A

Avec

CONSPIRATION AU VATICAN

Une mission de l'agence Mozart

Épisode 3

FIRST
ÉDITIONS

Note de l'éditeur : bien que fondée sur certains faits réels, l'histoire racontée ici reste une fiction.

Pour plus d'information :

#lisez engagé !

www.lisez.com

Imprimé sur du papier issu de forêts gérées durablement.

ISBN : 978-2-412-09906-3
Code éditeur : S09906/01
Dépôt légal : novembre 2025

Imprimé en Espagne par Liberduplex en octobre 2025

Directrice éditoriale : Marie-Anne Jost
Responsable éditorial : Florian Migairou
Éditrice : Elvire Tandjaoui
Couverture et maquette intérieure : Lisa Magano et Nikyta Madeira
Préparation de copie : Céline Dutt
Composition : Capucine Deslouis
Correction : Anne-Lise Martin

Éditions First, un département d'Édi8
92, avenue de France
75013 Paris – France
Tél. : 01 44 16 09 00
E-mail : firstinfo@efirst.com
Site internet : www.editionsfirst.fr

« La vérité est plus éloignée de nous que la fiction. »

Mikhaïl Bakounine

SALLE CLÉMENTINE, PALAIS DU VATICAN, ROME

16 mars 2023

La couleur orange des robes des moines bouddhistes de Taïwan donnait un nouveau sens au nom de la salle Clémentine, où tous attendaient en silence sous les voûtes du Palais apostolique. Pourtant, Momo Jung, assis à leurs côtés, savait que c'était en l'honneur de saint Clément que la salle avait été baptisée ainsi, comme le rappelait la magnifique fresque peinte par l'artiste hollandais Paul Bril qui ornait le mur du fond et dont il n'arrivait pas à détacher les yeux tant cette peinture illustrait, de manière à la fois bucolique et spectaculaire, le terrible martyre du pape canonisé.

Momo lui rendit silencieusement hommage. Troisième après Pierre à occuper le siège papal, Clément avait été persécuté en tant que chrétien pour ses actes de compassion et ses tentatives d'instaurer la paix, deux initiatives peu appréciées sous l'Empire romain. Puis, exilé par l'empereur Trajan à Chersonèse, il avait finalement été froidement assassiné, jeté depuis le pont d'un bateau dans la mer Noire avec une ancre attachée au cou.

La gorge de Momo se serra. Il avait retenu une maxime du saint homme : « Le Christ appartient aux humbles, et non à ceux qui se dressent au-dessus du troupeau. » Une phrase toujours d'actualité et qui aurait pu être prononcée par son descendant spirituel, le souverain pontife, qui arrivait dans la salle à la rencontre de la délégation taïwanaise.

Tout de blanc vêtu, immédiatement reconnaissable, sobre sans être hautain, comme quelqu'un qui se contente d'assumer son habit de fonction, le pape François ne dégageait aucune affectation. S'appuyant sur une canne dépourvue de tout ornement, il se comportait avec une simplicité non feinte et une indéniable dignité, et irradiait la salle Clémentine d'une bienveillance chaleureuse.

Après les premières salutations, au cours desquelles Momo s'émerveilla de la rencontre entre le blanc et l'orange des robes, le Saint-Père s'assit et se mit à lire aux moines bouddhistes en italien :

> « Je suis heureux de vous souhaiter la bienvenue, vous qui représentez le bouddhisme humaniste à Taïwan, ainsi qu'au délégué de l'Église catholique. Votre présence aujourd'hui témoigne de l'esprit d'amitié et de collaboration que vous cultivez en tant que croyants, solidement enracinés dans vos parcours religieux respectifs. Notre rencontre a lieu peu après la mort du vénérable maître Hsing-Yun, patriarche fondateur du monastère de Fo Guang Shan. Célèbre dans le monde entier pour sa contribution au bouddhisme humaniste, il a également été un maître de l'hospitalité interreligieuse. Votre visite, que vous avez qualifiée de pèlerinage éducatif, représente une occasion privilégiée pour faire progresser la culture de la rencontre, dans laquelle nous prenons le risque de nous ouvrir aux autres, en comptant sur eux pour découvrir des amis, des frères et des sœurs. De cette façon, nous apprenons et découvrons davantage sur nous-mêmes. En effet, en expérimentant les autres dans leur diversité, nous sommes encouragés à sortir de nous-mêmes et à accepter et embrasser nos différences. »

En l'écoutant prononcer son texte d'accueil avec sincérité et bonté, Momo pria en son for intérieur pour que ce pape ne connaisse jamais un sort semblable à celui de son prédécesseur. Et pourtant, en ce moment même, une menace mortelle planait sur sa personne. En recevant des délégués de l'île, le pape François bouleversait une partie de la diplomatie vaticane qui passait son temps à vouloir établir des relations de bon voisinage avec Beijing et sauver une certaine autonomie pour la dizaine de millions de catholiques chinois.

Depuis Pie XII qui, durant la Seconde Guerre mondiale, avait interdit aux croyants chinois d'adhérer au Parti communiste, les relations entre le Saint-Siège et la République populaire de Chine étaient complexes. Le dernier nonce, sorte d'ambassadeur du Vatican, avait été expulsé en 1951 puis relocalisé à Taipei. En 2000, Jean-Paul II avait frappé fort en canonisant d'un seul coup cent vingt martyrs chinois, pour beaucoup victimes du maoïsme. Début 2001, deux décès se succédèrent, témoignant de la tension entre Beijing et le Vatican : le dernier évêque nommé par Rome sans autorisation du gouvernement chinois et un cardinal réfugié aux États-Unis après trente ans de prison passés en Chine qui fut mystérieusement tué. Il avait fallu attendre 2009 pour que des pourparlers reprennent avec le pouvoir chinois et 2018 pour qu'un « accord provisoire », mais secret et fortement critiqué en interne, dans les couloirs du Vatican, sur la nomination des évêques soit signé.

Dans la salle, tout ce que Momo pouvait faire, c'était patienter. Il soupira. Comme en réponse à son soupir, la voix familière de Vera Kaplan résonna dans son oreillette.

— Reste en alerte, Momo. Si on rate notre coup, tout reposera sur toi.

Momo exhala à nouveau, envahi par deux sentiments en apparence contradictoires : l'impuissance liée à son rôle d'observateur non armé et la confiance dans ses coéquipiers.

À huit cent cinquante mètres de là, un homme très grand, entièrement vêtu de gris, attendait patiemment sur le bord d'un de ces toits-terrasses qui faisaient le charme de Rome. Il réglait la lunette de son fusil sur les jardins où le pape allait raccompagner ses invités au sortir de la salle d'audience. La distance était importante, mais ce n'était pas son tir le plus difficile, loin de là. Il eut un sourire cruel en se remémorant avec fierté son chef-d'œuvre réalisé à Taipei il y avait moins de six mois[1]. Plus d'un kilomètre de distance, malgré un vent de travers. Une cible principale tuée, deux morts collatérales. La perfection.

Il ajusta très légèrement sa visée. Il visualisait déjà une cible blanche. Extrêmement tentante. Mais il n'était pas là pour ça. Il attendait un objectif en robe orange et se préparait à l'éliminer dès la sortie de l'audience.

Il se tourna un instant vers la forme inerte sur sa droite. Un carabinier qui avait été posté là et qu'il avait dû neutraliser sans le tuer afin de ne pas s'encombrer inutilement d'un cadavre. Il s'était demandé si c'était la routine de couvrir tous les toits-terrasses avec vue sur le Vatican ou si les services italiens avaient pu avoir écho de sa venue.

---

1 Voir *Menace sur Taïwan*, First, 2025.

Ils semblaient mieux équipés pour la lutte antidrone que pour un sniper. Il avait penché pour la première solution. S'ils avaient su qu'il pouvait débarquer sur ce toit, au vu de sa réputation, ils auraient mis plus d'une sentinelle. Il se focalisa sur la direction et la vitesse du vent. Il fit ses calculs et les ajustements nécessaires, et…

— Garde la pose, Faucheur.

L'animal qu'il était, plus serpent qu'homme, réagit encore plus vite que le professionnel en lui, mais ce ne fut tout de même pas assez rapide. Une balle tirée par un Glock équipé d'un silencieux lui brisa le bras droit alors qu'il dégainait son Heckler & Koch.

— Ah ! Saloperie !

— Ravie de te revoir, moi aussi. J'avais juré qu'on se retrouverait.

Faucheur, l'assassin de la triade taïwanaise Alliance Céleste, grimaça de douleur et de haine mêlées en reconnaissant trois des membres de l'agence Mozart qu'il avait épargnés à Taipei.

Il leur avait enlevé à tous un être qui leur était cher. Ils avaient été dévastés ce jour-là, impuissants à protéger leurs amis de la mort qui tombait du ciel, mais ils avaient visiblement récupéré. Enfin, le commando, pas trop. Comment s'appelait-il déjà ? Ronan. Il avait les traits tirés et un regard de haine pure. Comme beaucoup d'hommes quand on tue leur copine sous leurs yeux. Un trop-plein d'émotion contenue. Pas bon pour le boulot, ça. Faucheur pourrait probablement exploiter toute cette tension cumulée pour reprendre l'avantage.

La métisse, Djatoua, le toisait avec mépris, comme elle l'avait déjà fait le jour de leur rencontre, lorsqu'elle l'avait vu brutaliser Kimi. Sa Kimi, qu'elle avait bêtement prise sous son aile, en oubliant qu'elle était sa possession à lui. Sa chose qu'il ne partageait pas. Elle le méprisait souverainement, mais ses yeux clairs étaient un peu trop humides. Là aussi, il y avait matière à retourner la situation.

La brune Vera, en revanche… Vera Kaplan ? Oui, c'était son nom. Ses yeux noirs étaient durs, son regard glacé. Elle souriait ironiquement. Froide comme la vengeance. Faucheur ressentit une appréhension réelle. Il prit agressivement les devants :

— Comment m'avez-vous trouvé ?

Djatoua lui répondit :

— Ton ancien patron en a eu assez de tes initiatives intempestives. Il a appris que tu avais accepté un contrat pour tuer un moine bouddhiste, un incorruptible qui en savait trop, et qu'il fallait que sa mort fasse du bruit, pour servir d'exemple et décourager d'autres courageux. Il nous a suffi de voir que ce vénérable moine Hsin Bau allait rendre visite au pape pour anticiper ta venue, te repérer à l'aéroport et te pister jusqu'ici. Là où ta route va définitivement s'arrêter.

Faucheur voulut se lever quand Djatoua lui tira dans la jambe gauche. Il hurla, ce qui parut satisfaire l'agente de Mozart. Elle lui dit :

— Ça, c'est pour Kimi. Tu ne la méritais pas. Elle allait enfin se dégager de ton emprise toxique, et tu ne l'as pas supporté, comme le minable égocentrique que tu es.

— C'était une sale p… !

Ronan l'interrompit en lui tirant dans l'autre jambe.

— Ta gueule ! Ça, c'est pour Meiling. Elle te valait un milliard de fois et elle t'aurait buté elle-même si tu l'avais affrontée à la loyale.

Faucheur éclata de rire et les défia du regard :

— Mais je vous emmerde tous ! Vous êtes pathétiques, les amoureux transis… Putain, tant de niaiserie sentimentale me débecte ! Je m'évaderai, quelle que soit la taule où vous m'enfermerez, et cette fois-ci, je vous finirai.

— Quelle taule ?

Faucheur se tourna vers Vera. Au ton de sa voix, plus qu'au sens de ses paroles, il réalisa soudain qu'il allait mourir là, sur ce toit, de la même façon que tant d'autres dont il s'était moqué en les exécutant. Ce n'était pas possible. Pas comme n'importe quel pigeon. Pas lui.

— Att…

— Ça, c'est pour Godfrey.

La balle de Vera passa impeccablement entre ses deux yeux, traversa le cerveau de Faucheur, l'illuminant au passage d'un éclair aveuglant, avant que tout ne s'éteigne.

— Va brûler en enfer !

Le corps du tueur dégoulina mollement sur le sol. Vera eut un haut-le-cœur. Même en mourant, il arrivait à être infect. Ronan lui donna un coup de pied pour vérifier. C'était inutile.

Vera rappela à l'équipe :

— Jack nous connaît et m'a bien prévenue : « Justice, parfait ; vengeance, OK ; sadisme, refusé ! » Franchement, je ne vois pas du tout ce qu'il voulait dire par là ! D'ailleurs, je dois l'appeler. Il doit contacter son ami au Vatican pour qu'il envoie quelqu'un.

Elle prit son portable et téléphona en mode crypté. En entendant décrocher, elle déclara :

— C'est fait. Tu peux joindre ton contact.

— Vous allez bien tous les trois ? Pas de blessés ?

Les trois Mozart ne purent s'empêcher de sourire. Jack Baggelson avait des réactions de mère poule à l'égard de ses agents.

— Pas une égratignure de notre côté. Mais il a assommé un carabinier en faction avant qu'on n'arrive. On quitte les lieux.

— OK. Bravo pour cette opération bien menée. Vous avez sauvé une vie et éliminé un crotale. Rendez-vous au QG.

Quelques minutes plus tard, les agents Mozart entendirent les sirènes, mais ils étaient déjà loin.

Sur le toit, un capitaine et une douzaine d'agents portaient assistance à leur collègue et faisaient les premières constatations.

Soudain, les rangs des carabiniers s'écartèrent devant un homme grand, tout aussi élégant, encore athlétique, entièrement vêtu de noir avec un col romain. Un ecclésiastique.

— Il faut toujours que ce soit au septième sans ascenseur !

Le capitaine des carabiniers lui sourit. Visiblement, les deux hommes se connaissaient.

— Il faut reprendre la course à pied, Monsignore.

— Je n'ai pas vos loisirs, Capitaine Monteverdi. Et puis, si je m'entraînais, le Seigneur pourrait moins facilement me mettre à l'épreuve. Alors, qu'est-ce que nous avons là ?

Avec une souplesse féline qui démentait son soi-disant manque d'entraînement, l'ecclésiastique s'allongea au sol pour pouvoir regarder par le viseur. Ce qu'il vit le fit siffler entre ses dents :

— Il visait la Clémentine, donc. Mais la sortie par les jardins visiblement. Jack avait raison, Sa Sainteté n'était pas la cible. Pas cette fois. Mais ça aurait pu. Il va falloir tout revoir encore.

Monsignore Marcello Ursini se redressa facilement, conversa discrètement avec le capitaine puis prit congé.

En marchant dans les rues de Rome, il rejoignit l'hôtel Atlante Star, à proximité immédiate du Vatican, où il retrouva Jack. Un hôtel très bien équipé, où les services italiens comme pontificaux avaient coutume d'accueillir leurs hôtes, disposant d'une terrasse avec une vue exceptionnelle sur la coupole, souvent utilisée par les journalistes du monde entier pour des retransmissions. L'agence avait loué un bloc de chambres au premier étage, officiellement pour le tournage d'un documentaire. Comme toujours, Jack préférait se cacher au grand jour.

MAISON SAINTE-MARTHE, CITÉ DU VATICAN, ROME

16 mars

Sa Sainteté le pape François, se félicitant de cette belle rencontre avec ses frères bouddhistes sans savoir qu'ils avaient échappé de justesse à un attentat, rentra dans ses appartements. Il résidait à la Maison Sainte-Marthe, située Piazza del Collegio Romano, une œuvre de charité fondée par Ignace de Loyola en 1543 pour accueillir des prostituées. Une initiative apostolique révolutionnaire pour l'époque, appréciée à sa juste valeur par le pape argentin, maudite par l'aile la plus traditionaliste de l'Église.

François marchait ainsi clairement dans le sillage du pape Paul III qui, par sa bulle du 16 février 1543, établit la Compagnie de la Grâce, chargée de la récolte des fonds et de l'organisation de la maison placée sous le patronage de sainte Marthe, sœur de Lazare.

En 1546, une douzaine de femmes demandèrent au pape de résider en permanence à Sainte-Marthe, y devenant « religieuses ». En 1560, rien ne distinguait plus Sainte-Marthe d'un couvent de moniales. Il reçut cette année-là son affiliation à l'ordre des Augustines.

Sa partie moderne, construite en 1996 à la demande du pape Jean-Paul II, était située dans la partie sud du Vatican. Elle était tenue par les Filles de la Charité de Saint-Vincent-de-Paul. Le nouveau bâtiment, en forme de H, accueillait les évêques et cardinaux de passage, ainsi que des prélats en fonction au Vatican.

En période d'élection, tous les résidents de la *domus* devaient laisser la place aux cardinaux. La maison était alors minutieusement inspectée pour détecter d'éventuels micros, et les moyens de communication étaient retirés des chambres et des studios.

La Maison Sainte-Marthe comptait cent six studios, vingt-deux chambres ainsi qu'un appartement, au numéro 201, occupé par le pape François et équipé d'une salle à manger privée pour recevoir quelques visiteurs.

On trouvait également dans le bâtiment des bureaux, un réfectoire, des cuisines, un auditorium et plusieurs chapelles. La principale, la chapelle du Saint-Esprit, était imbriquée entre la maison et le mur léonin, le rempart du Vatican, sans dépasser ni l'un ni l'autre en hauteur. Le pape François y célébrait la messe chaque jour à sept heures du matin, accueillant une poignée de privilégiés.

Le parking de la ville de Rome situé juste derrière cette parcelle du mur avait été partiellement fermé, par mesure de sécurité.

Le pape François alluma la radio. Les nouvelles étaient sombres : un nouveau naufrage d'un bateau de migrants en Méditerranée augmentait le nombre de ces malheureux décédés en mer en tentant de rejoindre les côtes italiennes. Il leva les yeux au ciel en entendant les commentaires des ministres italiens sur les étrangers. Le pire, c'était qu'il avait l'impression que plusieurs de ses cardinaux partageaient secrètement leur point de vue. Il soupira et s'installa à son bureau pour écrire. Il mangerait pour une fois seul dans son appartement.

HÔTEL ATLANTE, ROME
16 mars

Comme monsignore Ursini l'avait prévu, Jack Baggelson était sur le toit-terrasse de l'hôtel Atlante, sirotant un cocktail, assis avec un jeune homme asiatique sur les très confortables fauteuils marron aux coussins blancs. Face à eux, un canapé trois places attendait, vide, partageant la même table basse. Monsignore Ursini soupira bruyamment :

— Ce n'est pas mal comme vue, mais j'aurais eu mieux à vous proposer. Tu baisses, Jack, mon ami.

Jack éclata de rire et vint saluer son vieux frère d'armes. Ils s'étreignirent d'un *abrazo* très latin. Momo, qui se levait pour saluer convenablement le nouveau venu, comprit qu'ils se connaissaient bien et qu'ils avaient probablement vécu de drôles de situations ensemble pour que Jack manifeste un tel élan de fraternité, lui qui était d'ordinaire plutôt peu expansif.

— Bonsoir, Momo Jung. Vous pouvez m'appeler Momo.

— *Buona sera*, Marcello Ursini. Vous pouvez m'appeler Monsignore.

— Bigre ! Il faut que je me trouve un titre !

En entendant la voix provocatrice de Vera, l'ecclésiastique se retourna. Il détailla d'abord la brune intense et impertinente qui venait de parler, et lui répondit :

— Les vraies reines se passent de titre.

Puis il se tourna vers les deux autres agents Mozart qui accompagnaient Vera.

— Vous êtes tous les trois les agents de terrain de ce vieux briscard de Jack ?

— Vera Kaplan.

— Djatoua Wamytan.

— Ronan Beretti.

Le monsignore leva un sourcil :

— *Beretti ? Sei Italiano ?*

— *Mezzo Siciliano, Monsignore.*

— *Mezzo ? E l'altra parte ?*

— *Irlandese.*

— *Che la Santa Madonna ci protegga !*

— *Se Dio vuole.*

— Je suis né dans une ville américaine où j'ai pu rencontrer autant d'Irlandais que de Siciliens, précisa l'ecclésiastique avec un sourire.

— Boston ?

— Chicago.

Ronan sourit à son tour.

— L'un de mes frères y habite. J'ai teint le fleuve en vert avec lui pour la Saint-Patrick l'an dernier.

— Alors, nous étions probablement dans la même parade. Je portais une mitre et une crosse d'évêque vert fluo.

— J'étais moi-même en uniforme d'insurgé de Pâques 1916.

— Ça nous fait un point commun : l'art de parader incognito.

L'échange amical amusa énormément Jack et détendit les Mozart. Ils l'aimaient bien, le monseigneur, et comprenaient pourquoi Jack le tenait en haute estime.

Redevenant sérieux, Monsignore Ursini étendit les bras en signe de gratitude :

— Je vous exprime toute mon infinie reconnaissance, ainsi que celle du Vatican. Jack m'a dit que ce n'était pas Sa Sainteté qui était visée par ce tueur ?

— Non, en effet. C'était l'un de ses invités, un moine taïwanais.

— Malgré tout, déplora monsignore Ursini, notre souverain pontife aurait pu prendre une balle perdue ou, pire encore, constituer une occasion en or pour que ce tueur se fasse une réputation internationale. Cette situation n'aurait pas dû pouvoir se produire. Je suis fautif. Jack m'avait prévenu que cet homme était un dangereux tueur d'élite. La police avait mobilisé des troupes, mais pas assez. Il y a beaucoup de toits à Rome… Assez parlé de cette fâcheuse mésaventure. Jack vous a-t-il raconté comment nous nous sommes connus ?

Il lança un regard en biais vers son ami de longue date, qui le dévisageait, attendant la suite.

Les agents Mozart secouèrent la tête en signe de dénégation. L'homme en noir sourit alors de toutes ses dents, d'une blancheur naturelle enviable à son âge.

— À la bonne heure ! Je vais vous narrer cela au cours d'un succulent dîner. À mes frais, bien entendu, je vous dois bien ça !

Le prélat prit son téléphone et confirma un dîner au Mirabelle, dans le salon privé dont la vue sur Rome émerveillait toujours le convive.

HÔTEL SPLENDIDE ROYAL, ROME
16 mars

Une demi-heure plus tard, Momo se dit que le monsignore n'avait pas menti. La terrasse du restaurant au dernier étage de l'hôtel Splendide Royal, Via di Porta Pinciana, était encore plus haute que celle de l'Atlante. On y voyait tout Rome en panoramique, de Saint-Pierre au Gianicolo et de la villa Médicis à Trinità dei Monti. La vue au crépuscule était superbe. Monsignore Ursini était visiblement connu comme le loup blanc, et on l'emmena immédiatement avec ses invités dans le salon privé préparé à son attention. Le maître d'hôtel qui les avait guidés jusque-là les salua et s'en alla veiller aux préparatifs, laissant les convives entre eux.

— Ici, nous pouvons discuter en toute tranquillité, annonça monsignore Ursini aux agents Mozart. J'ai fait passer la salle au crible pour les micros.

Tout en s'installant, Vera alla droit au but :

— Pardon, Monsignore, mais que faites-vous donc au Vatican ? Je suppose que vous ne vous occupez pas seulement des confessions.

— Je le fais aussi, mais uniquement dans les cas désespérés, répondit monsignore Ursini, amusé. Je vous ai d'ailleurs gardé un créneau collectif, et il vous faudra beaucoup de *Pater* et d'*Ave*. Et des indulgences d'un montant considérable ! Jack prépare justement son chéquier… Mais nous prenons les CB, les virements et même les cryptos. L'Église reste à la pointe sur ce sujet.

Mieux que la concurrence ! Plus sérieusement, je dirige ce qu'on appelle l'Entité, ou la Sainte-Alliance, ou la Sapinière… un service qui n'existe tout simplement pas. Mais depuis très longtemps.

Jack éclata de rire et intervint :

— Tu me corriges si je me trompe, Marcello, mais c'est à moi de leur expliquer. J'aurais dû leur en parler plus tôt.

— Je ne te fais aucun reproche, Jack.

— J'espère bien !

Jack hocha la tête et se tourna vers ses agents :

— Fondé en 1566, sur l'ordre de Pie V, le service d'espionnage du Vatican porte différents noms qui viennent d'être évoqués. C'est l'un des plus anciens et des plus efficaces du monde. S'y ajouta plutôt tardivement – en 1910 tout de même – un département de contre-espionnage, le Sodalitium Pianum, la « Compagnie de Pie », en référence au pape Pie V. Dès le début, ces deux bureaux ne rendaient de comptes qu'au pape, qui prenait toutes les décisions finales.

Monsignore Ursini intervint :

— Et ces décisions n'étaient jamais contestées. Paluzzo Paluzzi, plus haut dirigeant de la Sainte-Alliance au milieu du XVIIe siècle, résumait ainsi sa mission : « Si le pape ordonne de liquider quelqu'un pour défendre la foi, on le fait sans poser de questions. Il est la voix de Dieu, et nous, son bras exécuteur. »

Jack reprit la main :

— Bien que le Saint-Siège ne reconnaisse toujours pas officiellement son existence, la Sainte-Alliance aurait œuvré – selon ses critiques les plus virulents – dans l'ombre au cours des cinq derniers siècles, exécutant sans broncher absolument toutes les missions papales : éliminations d'ennemis, financements de coups d'État, création de nombre de sociétés secrètes, aide à l'évasion de criminels nazis, établissement de relations occultes avec la Mafia. Mais aussi, depuis quelques années, un grand ménage au sein même du Vatican. Sous son nom français, la Sapinière est devenue un réseau moderne de renseignement, mis en place par Umberto Benigni en 1909, pendant le pontificat de Pie X. Ce réseau secret, étudié par l'historien Émile Poulat, fut officiellement dissous en 1921. Officiellement…

Le maître d'hôtel interrompit cette rétrospective de la Sapinière, annonçant le menu choisi par le prélat. Un festival de la gastronomie italienne ! Il fut suivi du ballet du personnel apportant les plats.

Une fois le service terminé, monsignore Ursini reprit la parole, s'orientant désormais vers une histoire plus personnelle :

— Toujours est-il qu'aujourd'hui, sous ma direction, nous œuvrons dans un unique souci de justice, sinon de légalité, et je m'efforce de faire le bien quand je le peux, et cela, souvent en collaboration avec les services secrets des pays amis.

Il marqua une pause, sourit avec nostalgie et continua :

— Lors de mon « recrutement », j'ai entendu parler d'un jeune et brillant agent de liaison du nom de Jack Baggelson, qui incarnait le trait d'union entre la Sainte-Alliance, le Mossad et les services secrets américains et canadiens.

Monsignore Ursini se lança dans le récit des exploits de Jack. C'était grâce à lui qu'un attentat contre Golda Meir, Première ministre d'Israël, qui avait rendez-vous avec le pape Paul VI, fut contré *in extremis* à l'aéroport de Rome le 15 janvier 1973. Puis, en avril 1976, Jack s'illustra lors du complot pour séquestrer et assassiner Paul VI ourdi par le célèbre « Carlos le Chacal », Ilich Sanchez Ramirez, connu pour ne jamais rater sa cible. Et encore au début des années 1980, lorsque les services secrets français mirent le Vatican en état d'alerte contre un possible attentat à la vie du pape. Il émanait probablement d'un pays du pacte de Varsovie, furieux de voir l'ancien cardinal polonais Karol Wojtyla, devenu Jean-Paul II, nouer des liens amicaux avec son compatriote Lech Walesa, à l'époque leader du syndicat Solidarnosc, opposé au régime dictatorial de Jaruzelski. Sa Sainteté avait alors refusé de bouleverser son emploi du temps pour des menaces en l'air. Jack avait heureusement insisté pour que des gardes suisses en civil se mêlent à la foule compacte, massée à Saint-Pierre lors des messes. Plus tard, le 13 mai 1981, la papamobile ouverte faisait le tour de la place lorsqu'un jeune Turc, Mehmet Ali Ağca, tira sur le pape. Les gardes réussirent à le maîtriser.

— Jack est alors devenu une légende pour notre service, que j'ai rejoint très jeune, dans les années 1990. Il revenait régulièrement nous voir lors d'une réunion commune avec les services italiens du DIS, le renseignement du Premier ministre, pour un exercice appelé « What's Next », qui permet d'analyser les erreurs passées et de se projeter dans les risques futurs.

— Et j'ai vu arriver ce jeune prélat chargé de me challenger à l'américaine, tout en critiques, crocs dehors, intervint Jack.

— Et bien mal m'en a pris, renchérit monsignore Ursini. J'ai été totalement ridiculisé devant mes pairs et les responsables des services. Jack, miséricordieux, m'a invité à déguster une *tagliolini all'astice* de chez Pier-Luigi et m'a avoué que mes chefs lui avaient demandé ce service de « dégrossissage ». J'ai eu un peu de mal à digérer malgré la qualité du tiramisu et du limoncello. Mais j'ai apprécié sa franchise et retenu la leçon.

— Son chef direct, un cardinal dont j'ai naturellement oublié le nom, m'avait dit que c'était leur meilleur élément et son futur successeur, mais qu'il fallait le former. J'étais devenu Yoda le Jedi et j'avais mon Padawan… précisa Jack.

— Et nous ne manquons pas de Dark Vador, renchérit monsignore Ursini, pour rester dans tes souvenirs de *boomer*. Mais nous avons vraiment travaillé ensemble pour la première fois en 1998.

L'ecclésiastique raconta que le 4 mai de cette année-là, au Vatican, Cédric Tornay, un jeune garde suisse francophone de vingt-trois ans, entra dans l'appartement privé du commandant de la Garde suisse, Alois Estermann, l'assassina lui et sa femme avec son arme de service, pour ensuite se suicider. Le cardinal Giovanni Battista Re, alors « ministre » de l'Intérieur du Vatican, fit appel au monsignore pour comprendre ce qui s'était réellement passé, car la version « officielle » était peu compatible avec les faits : le mobile des meurtres ; l'arrière-plan financier de l'affaire ; le rôle de certains évêques et de certains réseaux ; enfin, la relation personnelle entre Estermann et le jeune garde suisse. Le commandant de la Garde suisse avait été promu le matin même du crime et avait la confiance totale du pape, puisqu'il était à ses côtés lors de l'attentat de mai 1981 et lui avait sauvé la vie. Mais sa nomination était vivement contestée. Les responsables de la banque du Vatican, notamment, se seraient opposés, car il avait reçu pour mission de fermer des comptes bancaires secrets.

— On disait qu'il voulait « faire le ménage ». Nous avons cherché et nous avons trouvé. Et mes supérieurs ont bien rangé le tout dans les archives secrètes du Vatican, conclut monsignore Ursini.

— Avec les minutes du procès de templiers, ajouta Jack, narquois. Et vous n'en saurez pas plus…

Et les deux d'éclater de rire comme des collégiens, pendant que les agents Mozart, incrédules, les regardaient. Djatoua exprima le sentiment général :

— J'hallucine !

Une fois les deux vieux amis remis de leur hilarité, la conversation s'orienta vers les expériences vécues par les agents plus jeunes, et la soirée se passa très agréablement jusqu'à une heure avancée.

Un peu avant de prendre congé, monsignore Ursini prit Jack à part :

— C'est une belle équipe que tu as constituée là, Jack. Tu peux être fier. Cette Vera Kaplan est exceptionnelle, mais les autres sont très bien aussi. Bravo !

— Merci. Venant de toi, cela me fait plaisir.

— Je ne serais pas un bon ami si je ne te faisais pas part d'une légère inquiétude, toutefois. Ton commando, Ronan Beretti…

— Oui ?

— C'est une belle bête, et je l'imagine très efficace. Il est sympathique, du reste. Mais j'ai senti comme une…

— … fêlure ?

— Oui. Par moments, il n'était plus là. Et j'ai vu que ça causait du souci aux autres aussi. C'est pourquoi je me permets de t'en parler.

— Nous en avons beaucoup discuté avec Eirene, qui t'embrasse, au passage. Ronan a très récemment perdu un être cher, tué par le salaud qu'ils ont abattu aujourd'hui, sans qu'il puisse la protéger. Et pour un homme comme Ronan…

— Il culpabilise plus qu'un homme normal, bien sûr. C'est un protecteur-né.

— J'avais espéré que débarrasser la terre de cette ordure le ramènerait parmi nous à cent pour cent, mais ce n'est pas encore le cas.

— C'est récent. Il n'y a que le temps qui soigne l'âme. Je prierai pour lui.

— Merci, mon ami.

La voix chaleureuse se teinta d'émotion :

— C'est moi qui te remercie. Je te suis reconnaissant pour ce que toi et ton équipe avez accompli aujourd'hui.

— À quoi servent les amis ?

— C'est vrai. J'espère te rendre la pareille un de ces jours, Jack. *Buona notte.*

Jack le salua en retour. L'agence avait fait du bon boulot et rendu service à un vieil ami. Il était temps de se reposer. Pour bien faire, il avait prévu deux semaines de vacances pour l'équipe, une tournée italienne dans les villes de Rome, Milan, Sienne et Venise. Repos des corps et des consciences.

Dans sa chambre d'hôtel, Jack saisit son téléphone pour appeler Eirene Potamianou, la psy de l'agence Mozart qui était aussi son numéro deux. C'était elle qui gérait le siège et la direction des opérations en son absence. Il la connaissait depuis des décennies et lui vouait une confiance aveugle.

— Hello Eirene, comme ça va à Reykjavik ?

— On sort enfin de l'hiver et de l'éternelle nuit, ce qui est vraiment pas mal, notamment pour le moral, comme l'atteste mon patient zéro Mohand.

— Parfait. Et que se passe-t-il dans le reste du monde, en particulier là où nous sommes intervenus récemment ?

— Taïwan a bénéficié de la venue de l'ancienne Première ministre britannique Liz Truss, qui a semé le chaos en Grande-Bretagne et en Chine, où l'on estime sa visite scandaleuse et très inappropriée, d'autant plus que, devant les caméras du monde entier, elle a demandé à son successeur Rishi Sunak d'être moins laxiste vis-à-vis de la Chine.

— Ah oui, ça n'a pas dû plaire. Ni à Londres ni à Beijing.

— Non. En effet.

Eirene compulsa ses notes :

— Quant à l'Ukraine, Kiev a été le théâtre cette nuit d'une nouvelle frappe russe, un savant mélange de missiles et de drones. De son côté, l'armée ukrainienne affirme avoir grignoté vingt kilomètres de front près de Bakhmout. Là aussi, statu quo. Ni avancée significative ni recul drastique. Sinon, un petit clin d'œil que notre premier cercle va adorer : le président Zelensky a envoyé un cadeau à notre Ronan.

— Ah oui ? Excellent timing, comme toujours. Sais-tu ce que c'est ?

— Hélas, oui ! Tu connais Mohand, avec sa curiosité de jeune chat ! Il a trouvé le moyen d'ouvrir le paquet. Je l'ai sermonné, évidemment, mais j'étais secrètement contente de le savoir. Tu te souviens du t-shirt kaki militaire que Ronan avait offert à Zelensky dans l'optique de sa communication après l'invasion, avec ce sens de la prémonition qui le caractérise ?

— Bien sûr. C'est devenu l'uniforme de Zelensky par la suite !

— Eh bien, Zelensky lui a rendu la pareille en lui en offrant deux différents. Le premier est un maillot de foot du Dynamo de Kiev portant le numéro 7 et signé au dos par Andriy Shevchenko, ancienne star locale, ballon d'or 2004 devenu ensuite sélectionneur national. L'autre, portant aussi le numéro 7, est un maillot de l'équipe nationale de volley-ball. Je pense que c'est une boutade du président, puisqu'il s'agit d'un maillot féminin dans lequel Ronan ne rentrera jamais et qui est signé Yuliya Gerasymova, avec un cœur rouge dessiné à côté.

— Ce nom me parle, se souvint Jack. Ronan avait flirté avec elle lors d'une rencontre officielle. Ça va lui faire plaisir. Et il en a bien besoin.

— Oui, ça ne pouvait pas mieux tomber. Ronan m'inquiète.

— Il nous inquiète aussi. Il inquiète même monsignore Ursini, qui vient juste de m'en faire part, mais on va prendre quelques jours de vacances tous ensemble, un repos mérité, et on va s'occuper de lui. Autre chose ?

— Tes contacts indien, américain et canadien attendent ta visite une fois que tu seras rentré, mais rien d'urgent, a priori. Alors, bonnes vacances !

— Merci Eirene. À très vite !

SALLE PAUL VI, CITÉ DU VATICAN, ROME
18 mars

À onze heures et demie, le pape François entrait dans la salle Paul VI. Tout en montant la rampe de la large estrade blanche de cette vaste salle du Palais apostolique, il pensait à la plage de Cutro où s'étaient échoués les corps de tant de migrants.

Il venait rencontrer des familles de réfugiés arrivés en Italie grâce aux couloirs humanitaires. Face à l'immense salle remplie de centaines d'adultes et d'enfants, il prononça un discours ému :

> « Les couloirs humanitaires ont été lancés en 2016 en réponse à la situation de plus en plus dramatique sur la route de la Méditerranée. Aujourd'hui, force est de constater que cette initiative est tragiquement d'actualité, voire plus nécessaire que jamais ; le récent naufrage de Cutro en témoigne aussi, malheureusement. Ce naufrage n'aurait pas dû se produire et il faut tout faire pour qu'il ne se reproduise pas. Les corridors construisent des ponts que beaucoup d'enfants, de femmes, d'hommes, de personnes âgées, venant de situations très précaires et fuyant de graves dangers, ont finalement empruntés en toute sécurité, légalité et dignité vers les pays d'accueil. Ils franchissent des frontières et, plus encore, les murs de l'indifférence sur lesquels se brise souvent l'espoir de tant de personnes qui attendent des années dans des situations douloureuses et insupportables. »

Sur le chemin du retour à Sainte-Marthe, le pape, accompagné de son fidèle majordome Sandro Mariotti, avançait lentement avec sa canne, croisant des cardinaux conservateurs qui ne se priveraient pas de marquer leur désapprobation sur la thématique de la matinée. François se contenta de leur sourire d'un air espiègle et de poursuivre sa route. Il ne manquait pas d'ennemis et se plaisait, disait-on, à s'en créer de nouveaux.

À peine eut-il franchi le seuil de son petit bureau « officieux » que les préoccupations sur le sort des migrants du Saint-Père furent chassées par des soucis propres au Vatican. En parcourant les dossiers posés sur son bureau, François sentit qu'il allait devoir convoquer une nouvelle fois ses grands argentiers, car le Vatican se retrouvait plus que jamais dans une situation financière dégradée.

François laissa échapper un soupir. Il avait l'impression que depuis son accession au Saint-Siège en 2013, il n'en finissait plus de nettoyer les stalles putrides de la banque officielle du Vatican, l'IOR (Institut pour les œuvres de religion), et de ses filiales plus ou moins discrètes, lesquelles semblaient avoir servi de blanchisserie pour de très nombreuses opérations illégales.

Ce n'était pas un problème nouveau. En 2010, une enquête du parquet de Rome avait déjà conduit à la saisie de plus de vingt millions d'euros sur des comptes de la banque du Vatican. Elle avait dû fermer plusieurs milliers de « tirelires » suspectes. François avait immédiatement réclamé un audit à un cabinet d'experts, forçant la banque à un début de transparence.

Le budget annuel du Vatican dépassait juste le milliard d'euros, permettant d'entretenir environ cinq mille salariés, prêtres, religieux, laïcs et gardes suisses, des bâtiments, des œuvres caritatives et un fonds de retraite aussi bien géré que celui des Français, disaient des Italiens médisants. La cité-État était donc en déficit d'une petite centaine de millions d'euros tous les ans et n'arrivait plus à boucler son budget depuis longtemps.

Certes, le Saint-Siège disposait encore d'un immense patrimoine immobilier et culturel, mais sa gestion était chaotique. Et puis, il était évidemment hors de question de vendre des chefs-d'œuvre de la Renaissance italienne, des manuscrits à enluminures, des incunables, des vestiges de l'art religieux et d'autres joyaux du patrimoine de l'humanité juste pour éponger les dettes. La situation était de plus en plus tendue.

L'APSA (Administration du patrimoine du siège apostolique) gérait l'ensemble des biens immobiliers et mobiliers du Vatican et s'occupait de la gestion courante des ressources. L'IOR était toujours chargée des investissements, mais c'était désormais le secrétariat pour l'économie qui contrôlait le budget et tentait de piloter les réformes.

Le pape sentit la migraine arriver en se rappelant la liste des crises qu'il avait dû gérer pour sortir le Saint-Siège de ses difficultés. En 2021, il n'avait eu d'autre choix que de traîner devant la justice du Vatican le cardinal Becciu, alors numéro deux de la secrétairerie d'État, accusé de détournement de fonds, d'abus de pouvoir et de subornation de témoin autour de l'investissement douteux de plus de cent cinquante millions d'euros dans un immeuble londonien. François prit une grande inspiration. L'affaire avait un parfum de mauvais polar qui lui inspirait un profond dégoût.

Mais il y avait une affaire qui le préoccupait plus encore, et dont il parlait souvent avec monseigneur Ursini, son homme de confiance, dirigeant de l'Entité : le dossier Orlandi, dont il gardait une copie dans un compartiment secret de son autel personnel.

Le pape le convoqua et, en attendant son arrivée, il prit dans la cachette la clé USB cryptée, régulièrement mise à jour par l'Entité, qui revenait de manière très détaillée sur une affaire aux multiples ramifications.

L'enquête sur la mystérieuse disparition, au début des années 1980, d'Emanuela Orlandi, jeune citoyenne vaticane, avait été close en avril 2020, faute de résultats concluants. Le pape François avait été saisi par l'impact de ce terrible fait divers de 1983 qui avait passionné toute une nation. La jeune fille de quinze ans n'avait jamais été retrouvée.

Les informations qu'il avait découvertes dans le dossier de la clé cryptée ne manquaient pas de l'étonner, c'est pourquoi il souhaitait s'entretenir à ce sujet avec monseigneur Ursini le plus vite possible. Il lui paraissait primordial que justice puisse enfin être rendue et, surtout, qu'une famille vivant depuis des années dans la torture de l'espoir puisse trouver la sérénité. Et, avec elle, toute une nation.

En mars 2013, deux semaines après son élection, le pape célébrait une messe dans la paroisse de Sainte-Anne, celle de la famille Orlandi, quand il reçut une visite. Les Orlandi, toujours accablés par le drame de la disparition d'Emanuela, avaient décidé de venir à sa rencontre. Alerté par son entourage, il les avait reconnus. À la sortie de la messe, il avait dit avec une infinie tendresse à la mère d'Emanuela puis à Pietro Orlandi, son frère : « Emanuela est au ciel. » Respectueusement, Pietro avait répondu : « Je continue d'espérer qu'elle est en vie. » François lui avait serré la main avec affection et lui avait répété sur un ton doux, mais qui ne voulait laisser aucune place au doute : « Emanuela est au ciel. » Cela avait créé un certain trouble.

Or voici que la diffusion en octobre 2022 d'un documentaire Netflix, *La Fille du Vatican, la disparition d'Emanuela Orlandi*, était venue relancer l'emballement médiatique autour de l'affaire. Malgré l'absence de nouvelles preuves dignes de ce nom, les spéculations avaient repris de plus belle, chacun défendant une hypothèse plus ou moins délirante. Une trentaine de livres et des dizaines d'émissions avaient accompagné le mystère depuis ses débuts, mais jamais l'intérêt suscité par cette affaire n'avait été aussi grand.

Monsignore Ursini arriva rapidement, et le pape lui demanda de remonter le fil d'un dossier qu'il avait encore du mal à pénétrer.

— Votre Sainteté, lui rappela son maître espion, vous m'avez ordonné en janvier 2023 de rouvrir l'enquête en reprenant par le commencement.

Il se lança dans le récit de cette tragique et énigmatique disparition. Emanuela Orlandi était la fille d'Hercole Orlandi, un laïc dont la famille travaillait au service du Saint-Père depuis des générations, ayant servi pas moins de sept papes successifs, et qui résidait dans un modeste appartement d'un immeuble du Vatican. Elle disparut quarante ans plus tôt, le 22 juin 1983, sur le chemin du retour de son école de musique à Rome, et ne fut jamais retrouvée. Depuis, une pléiade d'hypothèses avaient été émises pour expliquer ce qui fut très vite défini comme un enlèvement.

Le documentaire Netflix avait rappelé que le 3 juillet 1983, Sa Sainteté Jean-Paul II en personne avait lancé un appel public rarissime pour retrouver la jeune fille alors que des milliers d'affiches sous-titrées « SCOMPARSA[2] » exposaient son portrait dans toute la ville. Il avait dit : « J'aimerais exprimer mes sentiments sincères à la famille Orlandi qui souffre pour sa fille de quinze ans, Emanuela, qui, le mercredi 22 juin, n'est pas rentrée à la maison. Je partage les peurs et les angoisses des parents. » Le souverain pontife avait alors prononcé une phrase montrant qu'il avait clairement opté pour la thèse pourtant non encore officielle de l'enlèvement : « Je ne perds pas espoir dans l'humanité de ceux qui sont responsables de cette situation. »

— Pietro Orlandi, le frère d'Emanuela, en avait déduit à l'époque que le pape et les enquêteurs du Vatican en savaient plus qu'ils ne voulaient le dire. Il s'en était confié à l'équipe de tournage du documentaire Netflix, ajoutant que les mots de consolation, venus de votre part des années plus tard, n'avaient pas diminué ses soupçons, glissa monsignore Ursini à l'attention du pape François.

— Je n'ai pas trouvé les bons mots, opina le pape, et ceux du pape Jean-Paul II ne m'ont guère aidé. D'autant

2 Disparue.

que je ne sais pas si c'est lui qui m'a légué ce « cadeau » ou son successeur. Ils n'ont jamais rien laissé entendre à ce sujet.

Le maître espion poursuivit son récit. Parmi tous les appels d'aliénés et de mauvais plaisants qui arrivaient au numéro de téléphone des Orlandi indiqué sur les affiches de recherche, un en particulier avait été pris très au sérieux par les enquêteurs, celui d'un homme mystérieux parlant italien, mais avec un accent. L'homme, surnommé « l'Américain », affirmait détenir Emanuela et avait fourni à la famille des détails connus d'eux seuls. Il avait déposé dans une poubelle un paquet contenant une photocopie de la carte scolaire de l'adolescente disparue et d'autres documents dont l'authenticité ne faisait pas de doute. Un ultimatum fut fixé au 20 juillet à la famille et aux enquêteurs : si Mehmet Ali Ağca, le terroriste turc qui avait tenté d'assassiner le pape Jean-Paul II sur la place Saint-Pierre en 1981, n'était pas libéré, Emanuela serait tuée.

— Ce fut l'ouverture de la piste du terrorisme. Nous nous y sommes consacrés avec l'aide de nos amis français, américains, turcs… Sans succès, rappela monsignore Ursini. C'est cette thèse que Jean-Paul II accrédita officiellement en se rendant au domicile des Orlandi, émus aux larmes par cette marque exceptionnelle de reconnaissance. Le souverain pontife avait alors dit à la famille que retrouver Emanuela serait difficile, étant donné qu'il s'agissait d'une « affaire de terrorisme international ».

Cette théorie prédomina longtemps. Pourtant, un journaliste du *Corriere della Sera* pensait que tout cela n'était qu'un écran de fumée et que les véritables kidnappeurs étaient des membres de la Mafia désireux de récupérer un prêt qu'ils auraient fait au Vatican. Le journaliste eut le malheur de publier sa thèse et fut aussitôt discrètement écarté par la rédaction de toute enquête sur le sujet. Il put prendre sa revanche des années plus tard.

En 2005, quelques mois après l'élection du nouveau pape Benoît XVI, sur le plateau de l'émission *Chi l'ha visto ?*, version italienne de *Perdu de vue*, le standard reçut un appel anonyme. Un de plus. « Pour résoudre l'énigme Orlandi, affirma un homme, il faut aller voir qui est enterré dans la basilique de Saint-Apollinaire et s'intéresser à la faveur que Renatino a faite au cardinal Poletti. »

Dans l'église attenante à l'école de musique d'Emanuela, où elle avait été vue pour la dernière fois, les enquêteurs furent stupéfaits de découvrir la tombe du fameux « Renatino », qui n'était autre qu'un criminel notoire, Enrico De Pedis, fondateur de la « banda della Magliana », une organisation romaine qui entretenait des liens avec la Mafia, ainsi que de hauts milieux politiques et religieux liés à la puissante pseudo-loge Propaganda Due, P2.

— Il vivait dangereusement, et d'ailleurs, « Renatino » est mort brutalement en 1990, dans un règlement de comptes, qui plus est ! s'exclama monsignore Ursini. Mort en criminel, à sa sortie de prison pour meurtre.

Le pape s'interrogea alors tout haut :

— Comment sa sépulture pouvait-elle se trouver dans ce lieu saint ? C'était impensable !

— Votre Sainteté le sait, pour pouvoir être enterré dans une basilique, il faut normalement être évêque au moins. Mais monsignore Piero Vergari, le recteur du lieu, s'était lié d'amitié avec le criminel dans la prison dont il était aumônier et avait justifié son geste en déclarant que Renatino avait été « un grand bienfaiteur des pauvres qui fréquentent la basilique ». Il précisa en outre qu'il avait demandé toutes les autorisations et que la sépulture avait bien été autorisée par le président de la Conférence des évêques d'Italie. Un passe-droit avait alors été délivré par le cardinal Ugo Poletti, vicaire général de Rome.

Tandis qu'Ursini poursuivait son récit, le pape levait régulièrement les yeux au ciel dans une forme de prière muette pour que tout ceci ne soit qu'un simple cauchemar.

Les enquêteurs réussirent à retrouver la maîtresse du gangster, Sabrina Minardi. Elle livra diverses informations successives et confuses. Sabrina aurait reçu de son amant l'ordre d'emmener Emanuela en voiture jusqu'à la station-service du Vatican où quelqu'un, dans un véhicule immatriculé au Vatican, la prendrait en charge. Elle vit en descendre un prêtre en soutane noire, boutonnée sur le devant, un chapeau noir à larges bords vissé sur la tête, qui fit monter la jeune femme rendue docile par la drogue et démarra sans demander son reste.

— Comme le sait Votre Sainteté, dans les dossiers que j'ai dû ressortir de nos archives secrètes, j'ai aussi retrouvé des documents de 2008 impliquant un grand prélat américain, monsignore Marcinkus, président de l'IOR de 1982 à 1987, que la maîtresse du mafieux avait aussi mis en cause.

Marcinkus aurait fait appel à la banque Ambrosiano, dont l'IOR était un actionnaire discret, mais important. Son directeur, Roberto Calvi, surnommé le « banquier de Dieu », recevait des sommes d'investisseurs privés et blanchissait depuis longtemps l'argent de la Mafia. Le système mis en place fut très efficace pendant un temps. Roberto Calvi prenait l'argent des donateurs privés et de la Mafia qu'il envoyait à la banque du Vatican, laquelle, contrairement à la banque Ambrosiano, n'était soumise à aucun contrôle international. L'argent était blanchi dans une société *offshore* aux Bahamas, revenait propre dans les caisses du Vatican et repartait dans celles de la banque Ambrosiano. Il était ensuite rendu aux donateurs privés et à la Mafia avec les intérêts.

Mais Roberto Calvi, qui faisait l'objet d'une enquête pour blanchiment d'argent et détournement de fonds, fut sommé d'expliquer pourquoi les comptes *offshore* des Bahamas prêtaient des sommes d'argent colossales à des créanciers inconnus. Un médiateur extérieur commença à éplucher les comptes de la banque. Roberto Calvi choisit de disparaître pour ne pas avoir à se justifier. Or il se trouvait qu'une somme conséquente n'avait pas été restituée à des mafieux après blanchiment. La sanction ne s'était pas fait attendre, et peu après la faillite de sa banque, Roberto Calvi avait été retrouvé mort le 18 juin 1982, à Londres, pendu dans une mise en scène élaborée sous le pont de Blackfriars, ce qui avait été considéré comme un message implicite d'avertissement au Vatican.

— C'était un an avant la disparition d'Emanuela Orlandi. Et selon des sources policières, acheva monsignore Ursini, l'enlèvement de la jeune fille aurait constitué un second message de la Mafia destiné au Saint-Siège : « Restituti di nuostro soldi[3]. »

3 Rendez-nous notre argent.

Le pape François décida de contribuer à ce décompte macabre en soulignant que les accords du Latran protégeaient monsignore Marcinkus du mandat d'arrêt émis contre lui. Il fut néanmoins destitué de la présidence de l'IOR puis renvoyé à l'archidiocèse de Chicago en 1990. Il mourut en 2006 d'une belle mort, chez lui, à Sun City, dans l'Arizona, à l'âge vénérable de quatre-vingt-quatre ans.

Monsignore Ursini continua de retourner le couteau dans la plaie et ajouta qu'en 2008, Carlo Calvi, le fils du « banquier de Dieu », avait déclaré aux magistrats enquêtant sur la mort de son père : « L'enlèvement d'Orlandi est un message adressé au Vatican pour qu'il se taise sur certaines affaires très délicates, comme celles de nature financière, qui ont vu l'implication de banques, de la Mafia et de partis politiques. Ces événements obscurs, comme l'enlèvement d'Emanuela Orlandi, seront toujours liés à notre affaire, à la mort de mon père et à la fin de l'Ambrosiano. »

Tout ceci aurait pu sombrer dans l'oubli si, en 2019, une nouvelle lettre anonyme, accompagnée de la photo d'une tombe, n'avait pas été envoyée à la famille avec ce message : « Cherchez à l'endroit désigné. » Deux tombes du cimetière teutonique, censées contenir les dépouilles de deux princesses allemandes mortes au XIXe siècle, avaient alors été fouillées par la police. Elles s'étaient révélées être vides.

Le pape François sentit la migraine s'emparer de son crâne lorsque monsignore Ursini se rappela un élément qu'il avait omis :

— Il faut dire qu'au moment du premier scandale Vatileaks, à la fin du pontificat de Benoît XVI, en 2012, la fuite intentionnelle d'un faux document avait précisément donné à penser que le Vatican avait engagé des dépenses pour enlever la jeune fille. Il avait également été question d'un pseudo-dossier secret Orlandi qui aurait été volé lors d'un cambriolage au Vatican.

Le pape François commença à secouer la tête et s'interrompit sous l'effet de la migraine. Il grimaça et désigna à Ursini un papier sur son bureau :

— Et voici qu'à nouveau, une lettre anonyme vient d'arriver. Je l'ai trouvée ce matin dans le sous-main de mon bureau, comme si l'expéditeur avait un accès personnel et direct à ma résidence.

Monsignore Ursini prit une pince dans sa poche et s'en servit pour examiner le papier dont il lut à haute voix le texte lapidaire :

— *Ricordati Sindona.*

Ursini réfléchit à ce que « rappelle-toi Sindona » pouvait bien vouloir dire.

— Vous savez qui était Sindona, votre Éminence, j'imagine ?

— Bien sûr que je le sais.

Michele Sindona était un homme d'affaires italien de triste mémoire. Président de la holding Fasco AG créée en 1950 au Liechtenstein, contrôlant cinq banques et des dizaines de sociétés dans onze pays, il avait fait profiter le Vatican de son expertise financière comme conseiller financier du Saint-Siège sous le pape Paul VI et siégeait avec monsignore Marcinkus au conseil d'administration de l'IOR. Seulement, à la suite d'une enquête pour banqueroute, il fut établi qu'il n'était autre qu'un « banquier de la Mafia », spécialiste du blanchiment d'argent. Non seulement il était l'auteur d'innombrables malversations, mais de plus, il avait commandité en 1979 l'assassinat de l'avocat Giorgio Ambrosoli, liquidateur de sa holding, qui avait découvert l'étendue de son activité financière criminelle. Condamné en mars 1986 pour ce meurtre, en plus de tous ses autres crimes, Sindona, incarcéré dans la prison de haute sécurité de Voghera, avait promis des révélations sensationnelles à la presse, notamment sur ses liens avec le Vatican. Mais il mourut opportunément avant de pouvoir parler, empoisonné par un café dopé au cyanure.

Le cerveau agile de Marcello Ursini réfléchissait à toute vitesse. Le pape François eut l'impression de voir les rouages tourner. Il était très admiratif de la vitesse de réflexion et de l'intensité de la concentration de son maître espion, et attendit qu'il ait examiné toutes les variables.

Finalement, monsignore Ursini releva la tête pour formuler ce qui le tarabustait avec cette lettre.

— Votre Sainteté, à l'époque, la presse n'avait pas manqué de souligner la ressemblance entre la mort du banquier et celle du pape Jean-Paul Ier, survenue le 28 septembre 1978, alors qu'il avait lancé une enquête sur la banque du Vatican avec l'intention de faire le ménage.

Le pape François savait où il voulait en venir.

— Comme moi aujourd'hui, en somme.

Son homme de confiance hocha la tête :

— J'y pensais, Votre Sainteté. Peut-être faudrait-il doubler votre sécurité ?

— Ah non, par pitié. Je me sens déjà assez surveillé comme ça.

Le chef de l'Entité sourit. L'allergie du pape François vis-à-vis de la sécurité était légendaire.

— Je comprends, mais comme vous l'avez dit, si l'expéditeur a un accès direct à votre bureau, il faut prendre la menace au sérieux.

— S'il a un accès direct, c'est qu'il est de la maison. Alors, la sécurité qui empêche les intrus d'arriver jusqu'à moi n'y pourra pas grand-chose.

La migraine du pape François s'intensifia. De mieux en mieux. Et la mort étrange de Jean-Paul Ier au bout de trente-trois jours n'était pas de bon augure.

Il fit un effort pour sourire au loyal espion.

— Merci, Monsignore Ursini, pour ce rappel exhaustif des faits.

— Avec plaisir, Votre Sainteté. Puis-je emporter la lettre pour la faire examiner ?

— Absolument. Vous me tenez au courant de tout nouveau développement de cette affaire ?

— Bien sûr.

— Bonne journée.

— À vous aussi, Votre Sainteté.

Comme à son habitude, le maître espion disparut avec rapidité et élégance, presque comme s'il avait été escamoté. Le Saint-Père s'en émerveillait toujours.

Le pape François demanda alors qu'on appelle le président de l'IOR, Jean-Baptiste Douville de Franssu, un Français qui, outre ses fonctions, continuait à nettoyer la banque. Repéré en 2013 par monseigneur Lucio Vallejo Balda, numéro deux de la préfecture pour les affaires économiques, il avait depuis grimpé les échelons. Le Français, qui avait dirigé la filiale européenne d'une société américaine d'investissement et occupé un poste de directeur à la Caisse des dépôts, était un fervent catholique, engagé notamment dans l'Alliance mondiale de la jeunesse, qui défend la famille.

La journée semblait sans fin.

ROME
18 mars

Au même moment, Djatoua poussa un soupir audible dans tout Rome. Jack venait de faire visiter à ses ouailles ce qui lui semblait être la centième église d'une ville qui en avait encore en réserve. Ils sortaient à peine de Sant'Ivo alla Sapieza que le boss de l'agence Mozart s'extasiait encore sur le génie de l'architecte Francesco Borromini, qui avait édifié ce chef-d'œuvre du baroque :

— La perfection de ce dallage aux motifs marquetés de marbre blanc et noir, vous avez vu ça ? Si j'étais malhonnête et impie, je vous donnerais comme mission de le desceller et de le transporter dans nos bureaux !

Momo fit semblant de prendre des notes, ce qui déclencha l'hilarité de Vera et Jack, et fit même sourire Ronan, mais pas du tout Djatoua, qui rugit :

— Si on visite encore un seul édifice religieux, je passe à l'ennemi ! N'y a-t-il rien d'autre à faire à Rome que se taper des basiliques, des chapelles, des cathédrales et des églises ? Et ne me réponds pas « des musées » ! Emmène-nous dans un endroit cool pour une fois, par pitié !

— Je vais accéder à ta requête, Djatoua, et te faire partager un autre type d'expérience mystique plus conforme à tes goûts. Venez, c'est tout près.

— Mystique ? Oh, non !

Baggelson les entraîna vers une terrasse qui ne payait pas spécialement de mine, avec des chaises cannées et des tables de bistrot. La foule, qui faisait la queue devant l'entrée surmontée d'un néon bleu indiquant « Sant

Eustachio » et d'un néon jaune annonçant succinctement « Il caffè », était très conséquente.

— Sentez-vous l'odeur du meilleur ristretto de tout Rome ? Et ce fumet sucré ? Je vous invite à déguster ce divin nectar avec des *dolce*. Installez-vous à cette table : je m'occupe du reste.

Les Mozart regardèrent Jack qui apostrophait un homme mince, avec une courte barbe et des lunettes, habillé simplement d'un jean noir et d'une chemisette bleue :

— Roberto ! *Come stai ?*

— Jack ! Comme toujours, je mène une vie d'esclave ici, derrière le comptoir…

— … pendant que ton frère Raimundo mène la belle vie sur l'Altiplano d'Amérique du Sud, exploitant les plantations de pauvres producteurs rêvant en vain de commerce équitable ?

— *Si !* Tu as tout compris ! Il a toujours été le préféré de la *mamma* ! Je suis marqué par le destin ! Ta commande habituelle ?

— Fois cinq ! J'ai mon équipe avec moi. Et je veux les épater !

— Ils vont pleurer des larmes de café !

Quelques minutes plus tard, Djatoua poussait un tout autre soupir en observant à regret la trace de l'écume de café sur sa tasse dorée vide.

— OK, extase mystique, j'avoue. Ce café est issu de la magie noire, c'est évident.

Jack sourit, ravi de sa victoire.

— Ce n'est pas tant le café, mais le dosage subtil de la pincée de cannelle qu'ils y ajoutent. Et les *dolce* ? Ça vous a plu ?

Vera en eut les narines qui palpitèrent :

— Fantastique ! Ce n'est pas un cliché, les Italiens ont tout compris au *carpe diem* !

— Tu vas voir où je vais vous emmener ce soir, renchérit Jack. Un petit restaurant tout simple à San Pietro, mais où l'on mange les meilleures pâtes de Rome. Je ne sais pas si la proximité du Saint-Père inspire le chef, mais on s'y régale. Et puis, vous allez avoir besoin de sucres lents demain, Vera, Djatoua et Ronan !

Vera et Djatoua fixèrent Jack d'un air soupçonneux :

— Comment ça ?

— Je vous ai tous les trois inscrits au marathon de Rome, qui démarre demain à huit heures et demie. Je ne connais pas de moyen plus sain de sillonner la ville. En plus, c'est pour la bonne cause ! Vous courrez pour une association caritative. Il me semble que tu l'as déjà couru, ce marathon, Ronan, pas vrai ?

Le commando, plongé dans ses pensées, ne l'entendit pas. Les autres Mozart se regardèrent d'un air inquiet. Djatoua lui donna un coup de coude pas trop appuyé.

— Ronan, le marathon !

— Quoi ? Comment ?

Vera prit le relais :

— Le marathon de Rome, tu l'as déjà couru ?

Ronan fit de son mieux pour revenir dans la conversation.

— Oui, avant la covid. En 2019, je crois.

Djatoua hocha la tête :

— Et ça s'est passé comment ?

— Atroce ! J'ai cru crever ! s'exclama Ronan avec le sourire, enfin.

Djatoua leva les yeux au ciel :

— Fantastique, trois agents d'exception vont expirer sur l'autel du coach Baggelson !

Jack éclata de rire :

— Vous essaierez de survivre jusqu'à midi et demi.

— Qu'est-ce qui se passe à midi et demi ? demanda Momo avec curiosité.

— L'Angélus !

— Pardon ?

— Nous irons place Saint-Pierre nous faire bénir par le pape.

— En personne ?

— Mais non, depuis son balcon.

Ronan manifesta enfin un intérêt. Avec son double héritage sicilien et irlandais, il était deux fois catholique, après tout :

— Ah, c'est bien, ça.

Momo hocha la tête, lui aussi :

— Ouais, c'est cool !

Djatoua lui donna un léger coup sur le bras :

— Pourquoi tu ne cours pas, toi ? Tu vas te faire bénir gratos ?

— Je ne peux pas risquer la santé d'un membre aussi essentiel de l'équipe, voyons ! intervint Jack.

Vera fit semblant d'être scandalisée. Elle voulut prendre Ronan à partie, mais le commando avait de nouveau lâché la discussion. Cela n'échappa pas à Jack, qui se dit que même avec deux semaines de congés, il y aurait du boulot avant de le récupérer totalement. Il allait devoir rappeler Eirene à ce sujet. Il répondit :

— Vous aurez tout le temps de vous reposer à Milan. Ensuite, direction la Toscane, avec Florence et Sienne, et nous terminerons par Venise, avant de rentrer à Rome.

C'est là que Ronan surprit tout le monde en revenant d'entre les morts :

— Est-ce qu'on pourrait faire un détour par Palerme ?

Jack leva un sourcil :

— Pour un pèlerinage familial ?

— Oui, patron. Je vois bien ce que vous essayez tous de faire, mais je n'y arrive pas. Mon esprit est resté à Taipei. Je me dis qu'en remontant aux sources…

Jack prit une profonde inspiration et vit les autres lui envoyer des signaux très clairs.

— Alors, entendu. Je rajoute Palerme à notre itinéraire. C'est une bonne idée.

Ronan le remercia d'un hochement de tête. Vera serra la main de Jack sous la table. C'était un début.

Les agents Mozart constituaient une famille dont les membres veillaient les uns sur les autres. Jack serrait en retour la main de Vera quand son attention fut détournée par un bruit.

Toutes les têtes se tournèrent vers Momo, qui sentit son téléphone vibrer. Il changea de couleur en voyant le numéro appelant dont il rejeta l'appel. Jack se rendit compte du trouble de son agent et l'interrogea du regard.

Momo, faisant bonne figure, expliqua alors :

— Ça va, Jack. C'est juste ma mère. Elle a fait un petit malaise en début de semaine. Je m'inquiète toujours trop et je lui ai demandé de me tenir au courant. Si vous voulez tous bien m'excuser, je vais aller de ce pas la rappeler.

Jack acquiesça, pas totalement convaincu. Tandis que Ronan et Djatoua avaient entamé une conversation sur la thématique de l'insularité et les possibles points communs entre la Sicile et la Nouvelle-Calédonie, il vit que Vera, tout comme lui, suivait Momo du regard d'un air vaguement inquiet.

— Qu'en penses-tu ?

— Sa mère peut être prenante, je n'en doute pas. Il n'empêche que je trouve Momo un peu ailleurs depuis notre opération à Taïwan.

Jack hocha la tête.

— En fait, ajouta Vera avec une grimace, ça remonterait plus loin encore. Je dirais… à son voyage en Chine, au cours de l'opération Zelensky. Je pense qu'il ne s'est jamais tout à fait remis de son escapade.

— Tu as sûrement raison. Tu me surveilles ça.

— Bien sûr !

PLACE SAINT-PIERRE, CITÉ DU VATICAN, ROME
19 mars

Douchée et habillée de frais, à la hâte, se remettant encore de l'effort fourni pendant la course, mais les yeux pleins de toutes les merveilles architecturales vues au passage, Vera regarda la place Saint-Pierre pleine d'une foule dense, disciplinée, mais expansive, qui attendait que le Saint-Père arrive à son balcon. C'était quand même très impressionnant de le vivre en vrai. Des groupes agitaient des drapeaux, des fanions et des banderoles. Le ciel était gris et il ne faisait que quinze degrés Celsius à plus de midi, mais la foule compensait en chaleur humaine.

À côté d'elle, Ronan, Momo et Djatoua n'en perdaient pas une miette non plus. Jack, sans sembler le moins du monde blasé, les observait, se régalant de leurs diverses réactions.

Le souverain pontife apparut enfin à son balcon, salué par une ovation de la part de tous les pèlerins et fidèles présents. Il commença à lire en italien, avec une voix teintée d'une sincère émotion. Son choix du jour s'était porté sur la guérison miraculeuse de l'aveugle selon saint Jean, chapitre neuf. Il raconta comment les disciples avaient pu mal réagir à ce miracle de Jésus, par scepticisme, par manque de capacité de pur émerveillement, ou pour toute autre raison.

Jack observa que Ronan était pris par le récit du Saint-Père, qui poursuivit : « Le seul qui réagit bien est l'aveugle : heureux de voir, il témoigne de ce qui lui est arrivé de la manière la plus simple : “J’étais aveugle et à présent je vois.” »

Djatoua regarda son frère d’armes avec affection. Elle n’était pas une grande fan de l’Église, mais l’humanité de ce pape perçait dans sa voix. Cela faisait du bien à son ami. Et elle devait bien se l’avouer, à elle aussi.

Et le pape François de conclure :

« Je vous salue tous, Romains et pèlerins venus de nombreux pays. Je salue également avec plaisir les participants au marathon de Rome ! Je vous félicite parce que, sous l’impulsion d’Athletica Vaticana, vous faites de cet important événement sportif une occasion de solidarité en faveur des plus pauvres. Frères et sœurs, n’oublions pas de prier pour le peuple ukrainien martyrisé, qui continue de souffrir des crimes de guerre. Et s’il vous plaît, n’oubliez pas de prier pour moi. »

Une acclamation salua ces mots. Vera se dit que, même dans ce monde en proie au chaos, la ferveur n’était pas morte. C’est seulement là que la juive et Israélienne qu’elle était mesura pleinement le pouvoir réel du pape.

PALERME, SICILE
26 mars

Une semaine plus tard, Jack et ses compagnons dégustaient un cocktail savoureux sur un toit-terrasse de la capitale sicilienne. Le restaurant Seven avait la réputation de proposer de la bonne cuisine, mais ce n'était pas pour la nourriture que Ronan les avait amenés ici. La vue panoramique était imprenable, donnant sur le vieux Palerme, enroulé comme un dragon dormant autour du Palazzo dei Normanni, ou Palais royal, dans un panorama qui s'étendait jusqu'à la Méditerranée. Cela en faisait *the place to be*, et la clientèle était chic et bien élevée, à l'exception d'un butor qui élevait la voix en s'adressant à une jeune femme qui, de toute évidence, s'efforçait de garder son calme pour ne pas faire d'esclandre.

Jack vit Ronan froncer les sourcils dans sa direction et s'empressa de l'apostropher afin d'éviter les ennuis.

— Dis-moi, Ronan, l'actualité est plutôt chaude en Sicile en ce moment, non ?

Ronan se retourna vers lui, et Jack poursuivit :

— Mon œil a accroché de gros titres de journaux en arrivant de l'aéroport. Une victoire conséquente contre le crime, si j'ai bien compris ?

Jack avait fait attention à ne pas prononcer le nom de « Mafia » et Ronan lui en sut gré, parce qu'en Sicile, il était mal vu d'en parler en public. Un reliquat culturel de l'omerta d'autrefois. Il hocha la tête et se pencha en avant pour murmurer :

— Oui, le 16 janvier dernier, après trente ans de cavale, ils ont arrêté Matteo Messina Denaro, un baron de la Cosa Nostra, peut-être le criminel le plus recherché d'Italie. Il était soigné sous un nom d'emprunt dans un hôpital de Palerme. On le soupçonne d'avoir commandité tellement de crimes que le procès pourrait durer des années. Le problème est que la nature a horreur du vide, et que ça flingue sec, entre les candidats à sa succession en interne et les organisations concurrentes, notamment les Calabrais. C'est un peu règlements de comptes à Omerta Corral…

Jack se réjouit de retrouver les jeux de mots navrants de son commando, à qui ce voyage commençait à faire du bien.

À Milan, Vera et Djatoua avaient décidé d'en faire leur Ken, poupée Barbie XXXL, en l'entraînant chez tous les meilleurs couturiers de la ville pour lui faire tailler des costumes. Littéralement. Ronan avait été très impressionné par les excuses de l'un d'entre eux en particulier, à qui il avait demandé de retoucher un gilet qu'il avait dégoté dans une de ses collections de classiques. À une époque où l'on cherchait à vendre à tout prix, le célèbre tailleur avait préféré renoncer, car la retouche ne pourrait conserver toute son élégance au vêtement en s'adaptant au physique hors norme du commando de marine. Sollicité ensuite pour un costume sur mesure, ce grand professionnel, tout comme ses petites mains, avait été enchanté de bénéficier d'un modèle pareil. « J'ai l'impression d'habiller Mars, le dieu de la guerre en personne », avait-il dit.

Puis, à la mythique Scala, Jack les avait emmenés voir, en succession rapide, deux opéras aux antipodes l'un de l'autre, l'un de Puccini et l'autre d'Offenbach. Ronan avait ronflé pendant quasiment toute *La Bohème*, mais la narrativité des *Contes d'Hoffmann* l'avait enthousiasmé. Le commando était plein de surprises, et cette stimulation culturelle lui libérait progressivement l'esprit. Après Milan, le cap avait été mis sur la Toscane.

Même en dehors de la période du Palio, l'antique course de chevaux à travers la ville, Sienne avait été passionnante, comme toujours, et Florence enchanteresse. De toute façon, d'après l'expérience de Jack, la Toscane éternelle ne décevait jamais. Vera avait insisté pour tester la réalité du syndrome de Stendhal sur Ronan. Ce dernier avait vu le film éponyme de Dario Argento, et savait par conséquent que ce syndrome désignait le vertige ressenti par le spectateur ou la spectatrice qui sentait tout d'un coup la puissance d'une œuvre l'aspirer à l'intérieur de la toile. L'équipe Mozart avait parcouru les couloirs des Offices, le musée de Florence qui renfermait les joyaux de la Renaissance italienne, et planté le commando devant des œuvres maîtresses. À la surprise générale, alors que Ronan demeurait de marbre, c'était Momo qui s'était évanoui, déclenchant une hilarité collective.

Puis ce fut le tour de la Vénétie. La shakespearienne Vérone d'abord, puis Venise. Venise ne décevait jamais non plus, même si cette année, une sécheresse qui allait rester dans les annales avait presque tari une partie des canaux. Jack promit de les faire revenir un jour pour le carnaval. Malgré cet inquiétant dérèglement climatique, le charme de la cité des Doges avait pleinement opéré sur toute l'équipe et sur Ronan en particulier. Puis était arrivé le moment tant attendu par le commando de se rendre en Sicile, et plus précisément à Palerme, dont son père, Orlando Beretti, militaire de carrière comme son fils, était devenu, de son vivant, une figure légendaire de résistance à la corruption.

Le matin, Ronan avait présenté l'équipe à ses grands-parents siciliens, qui les avaient accueillis avec une enveloppante et excessive hospitalité traditionnelle. Ils étaient ressortis, à moitié morts d'avoir trop mangé, d'un déjeuner émaillé de récits sur le petit Ronan, son frère et ses cousins, toujours à faire les quatre cents coups. L'atmosphère familiale faisait du bien au commando, qui n'en revenait pas de mélanger ses deux vies, professionnelle et personnelle. Le soir venu, il avait néanmoins décidé de sortir du cocon familial, pour venir dans ce bar où la seule fausse note était ce type qui harcelait sa compagne, quelques tables en arrière.

Une nouvelle fois, Jack s'efforça de faire oublier cette présence désagréable à ses agents en reportant leur attention sur le mafieux arrêté :

— Ce Matteo Messina Denaro risque bien d'être lourdement condamné !

Ronan opina vigoureusement de la tête :

— Il serait, entre autres, responsable de l'assassinat d'un curé, le père Pino Puglisi, abattu en 1993 et béatifié en 2013 à l'initiative de Benoît XVI. En 2018, le pape François est venu ici à Palerme pour marquer les vingt-cinq ans de la mort de ce martyr de l'Église. C'est là qu'il a prononcé son célèbre discours lors de l'homélie en plein air. Je me souviens encore de ses paroles entendues dans une retransmission : « On ne peut croire en Dieu et être mafieux. Qui est mafieux ne vit pas en chrétien. Et tout mafieux blasphème le nom du Dieu-amour ! » En 2014, il avait déjà menacé de tous les excommunier et exhorté la jeunesse à ne pas se laisser piéger par l'argent facile. Il est resté cohérent tout du long.

Vera en oublia de porter son cocktail à ses lèvres :

— Wow ! Ça n'a pas dû le rendre populaire après du crime organisé !

— L'année suivante, en octobre 2019, il nommait Giuseppe Pignatone, un juge antimafia célèbre, président du Tribunal du Vatican, avec pour objectifs, notamment, d'évaluer le rôle de la Mafia dans la société italienne et d'explorer sa culture.

Ronan se leva et désigna un bel immeuble à la façade blanche sur fond ocre, avec des personnages peints le long des balcons des deux premiers étages.

— Vous voyez ce bâtiment là-bas ? C'est le Palazzo Gulì, Via Vittorio Emanuele. Il abrite aujourd'hui le No Mafia Memorial inauguré en 2019, né d'une collaboration entre la Municipalité de Palerme et le Centre de documentation Giuseppe Impastato, du nom d'un célèbre journaliste antimafia, mais c'est le pape François qui a donné la première impulsion au projet.

— Et la Maf… le crime organisé n'a pas réagi ? demanda Momo.

— Un parrain de la 'Ndrangheta calabraise, un homme apparemment très croyant et très secoué par les menaces d'excommunication du Saint-Père, aurait dit : « Nous devons absolument parler avec Dieu, car nous faisons face à la mort. » La seule crainte du mafieux traditionnel est de partir au ciel ou en enfer sans l'extrême-onction.

— Mais pas de menaces ? s'étonna Vera. Ou ils ont attendu qu'il se calme ?

— Le pape François ? Il ne s'est pas calmé du tout, renseigna Ronan avec un sourire. Le 21 décembre 2020, il est allé encore plus loin en reconnaissant officiellement le martyre de Rosario Livatino, un célèbre et très respecté juge antimafia assassiné très jeune par la Cosa Nostra le 21 septembre 1990, ouvrant ainsi la voie à la première béatification d'un juge antimafia de toute l'histoire de l'Église catholique.

— Ça a dû être une sacrée révolution, un pape qui s'attaque à la Mafia ! commenta Djatoua.

Ronan secoua la tête :

— Ne crois pas ça. François n'était pas le premier pape à la condamner, loin de là. Il l'a même rappelé quand il en a remis une couche en 2021 : « Jean-Paul II avait condamné leur culture de la mort et Benoît XVI avait condamné leur chemin de mort. Ces organisations du péché échangent la foi contre l'idolâtrie, contrairement à l'Évangile du Christ. »

— Il n'y est pas allé de main morte quand même, admira Djatoua, impressionnée.

— Ce n'est pas en cela qu'il a été le plus innovant, rétorqua Ronan. Là où il s'est démarqué de ses prédécesseurs, c'est en s'attaquant directement à l'argent, à la corruption et à la vieille histoire de collusion financière entre la Mafia et la banque du Vatican, l'IOR, accusée à maintes reprises d'avoir blanchi son argent. La banque de l'Église catholique qui recyclait les revenus illégaux de la drogue, de la prostitution et du racket, vous vous imaginez ? Dès son élection, sans hésiter, malgré la présence quasi certaine de vieux cadavres pourrissant dans les placards du Vatican, François a obligé l'IOR à se soumettre aux normes internationales de transparence financière. Plus encore que la crainte d'être excommuniés, c'est ce qui a inquiété le plus la Cosa Nostra, la 'Ndrangheta et les autres.

Momo écarquilla les yeux :

— Mais est-ce qu'ils ne risquent pas de le tuer ?

Ronan secoua la tête :

— Un « homme d'honneur », comme il s'appelle, sicilien, calabrais ou plus généralement italien, tuer le Saint-Père ? Non, c'est tout simplement impensable. Gêner son action, certainement, mais attenter à sa vie, pas même en rêve ! Foi catholique et respect de l'institution vaticane sont très profondément ancrés dans toutes les couches de la société italienne.

Ce fut le moment où un bruit semblable à un claquement sec résonna sur la terrasse. L'équipe Mozart se retourna en direction des cris qui venaient de succéder à ce qui avait dû être une gifle proprement retentissante. En effet, le butor qui, quelques instants auparavant encore, parlait si mal à sa compagne massait sa joue rougie par l'impact d'une main féminine et musclée. Ronan venait de reconnaître cette petite frappe qui avait bien mérité sa gifle : Ricardo dit Junior Strozzi, le fils bon à rien du nouveau parrain de l'île, Gaetano Strozzi. La jeune femme brandissait maintenant énergiquement un poing menaçant sous son nez. Les agents Mozart virent la scène se dérouler sous leurs yeux : deux gardes du corps de l'homme, assis à la table voisine, venaient de se lever, tandis que leur patron dégainait un revolver.

L'intervention de l'agence Mozart fut si rapide que les clients du restaurant n'eurent quasiment pas le temps d'avoir peur. Ronan avait bondi avec une vitesse surprenante pour sa taille, désarmant et assommant le voyou armé en un seul mouvement, pendant que Vera et Djatoua neutralisaient les gardes du corps, qui hésitaient encore. Déconfits, les malfrats déguerpirent sans demander leur reste lorsque les agents Mozart les relâchèrent.

La belle femme brune adepte de la gifle leva la tête pour regarder Ronan dans les yeux et lui lança avec un sourire :

— J'ai failli attendre, Ronan Beretti. Ton papa aurait été plus rapide !

Ronan plissa les yeux tout en scrutant le visage qui lui faisait face. La brune piquante secoua ses cheveux. Elle était grande, brune et diablement bien faite, et Ronan se disait qu'il ne pouvait pas l'avoir oubliée. Il chercha plus loin encore dans les souvenirs de son enfance sur l'île et s'exclama tout en écarquillant les yeux :

— Nella, c'est bien toi ?

— J'ai changé à ce point-là ?

— Mais tu avais huit ans la dernière fois que je t'ai vue !

— Et toi, dix ! Mais je t'ai reconnu tout de suite. Avec ton côté redresseur de torts, tu n'as pas changé !

— Qu'est-ce que tu deviens ?

Antonella Lualdi, ou Nella, lui envoya un sourire à dix mille watts.

— Je n'ai pas repris les affaires de mon père, si tu veux savoir…

Ronan eut l'air gêné.

— Non, je ne voulais pas…

— Je te taquine. Tu me présentes tes amis ?

Ronan rougit et s'exécuta, notant au passage les sourires sarcastiques des agents Mozart lorsqu'il parla de la sublime brune comme d'une amie d'enfance. Antonella leur serra la main et précisa :

— Enchantée. Antonella Lualdi, fille de Don Ricardo Lualdi, baron du crime organisé, et devenue, en réaction, avocate des familles de victimes de la Mafia. Mon père s'amuse à dire qu'il me fournit l'essentiel de ma clientèle. Il distribue même mes cartes de visite en prison, car il sait qu'il m'arrive aussi de défendre son « petit personnel ».

Vera la fixait sans s'en cacher. Elle lui plaisait, cette fille, directe, mais fine, avec un joli sens de l'humour. Et parfaite pour soigner l'âme endolorie de Ronan. Elle sentait que le reste de l'équipe partageait totalement son sentiment. Seul Ronan, tout à son pur émerveillement face à cette créature de rêve jaillie de son passé, ne se rendait pas réellement compte de ce qu'il lui arrivait.

PALERME, SICILE
27 mars

Ronan fut réveillé par le parfum capiteux qui se dégageait des cheveux de Nella retombant en cascade sur ses épaules et son torse. Il se retint d'ouvrir immédiatement les yeux, afin de laisser ses autres sens profiter pleinement du corps nu et sculptural de la beauté sicilienne, encore assoupie après la nuit de passion qu'ils venaient de passer. Ils étaient dans la maison familiale, celle de ses grands-parents, un immense corps de ferme réaménagé dans les environs de Palerme.

Ce *baglio* ancien, datant des années 1800 et niché dans la pittoresque campagne de Noto, était un cadeau reçu par son père, Orlando Beretti, de la part d'un milliardaire et homme politique italien. Celui-ci souhaitait se montrer reconnaissant après que le colonel lui eut ramené son fils, kidnappé par les secondes Brigades rouges, bien vivant et entier, avec ses deux oreilles et tous ses doigts, qui plus est. Orlando avait été appelé comme consultant sur l'affaire tandis qu'il formait à Palerme des commandos italiens aux méthodes des Navy Seals, corps d'élite dont il était l'un des fleurons. Il avait accepté ce présent à condition de pouvoir l'offrir à ses propres parents, Vittorio et Monica Beretti, émigrés aux États-Unis, fatigués par une vie de labeur et désireux de retourner dans leur Sicile natale pour vivre leurs vieux jours dans une oasis de paix et de tranquillité.

Orlando Beretti et sa femme Siobhan étaient rapidement tombés amoureux de cette propriété qui offrait une vue imprenable sur les collines siciliennes et la ville baroque de Noto. L'Irlandaise avait craqué pour la région, le corps de ferme étant entouré de terres agricoles biologiques, entretenues par une famille de hippies siciliens, qui, avec des caroubiers et des oliviers, cultivaient légumes et arbres fruitiers. La propriété était idéalement placée, à seulement trois kilomètres du centre historique de Noto, huit du Lido et environ une centaine de l'aéroport Fontanarossa de Catane. Parfait pour les parents d'Orlando, mais aussi pour leur multiple descendance.

Orlando et Siobhan, tous les deux issus d'une famille nombreuse, rêvaient d'en avoir une à leur tour. Pour élever leurs enfants, ils avaient besoin de suffisamment d'espace et d'un lieu de vacances magique. Ils avaient étudié les plans avec l'un des frères d'Orlando, qui était architecte. Il y avait du travail, mais une fois rénovée, la propriété couvrirait une superficie totale de plus de mille mètres carrés. Elle serait trop grande pour les seuls grands-parents, mais avec ses vingt-deux pièces et autant de salles de bain, elle serait idéale pour accueillir les clans des deux côtés, irlandais et sicilien.

Les parents de Ronan étaient écologistes avant la lettre. La future villa de luxe, orientée au sud-est, bénéficiait d'une lumière naturelle constante, et ils décidèrent d'en profiter pour installer des panneaux photovoltaïques afin de réduire les coûts énergétiques, ainsi qu'un système solaire thermique pour produire de l'eau chaude domestique. De même, un procédé de climatisation naturelle fut mis en place. Déformation professionnelle oblige, un système de vidéosurveillance assurait une sécurité accrue. Il était renforcé par la présence de chiens policiers à la retraite, mais encore fringants et bien dressés. Le couple put aménager des intérieurs lumineux et spacieux, avec une immense cuisine équipée pour recevoir une petite armée. Il ne restait plus qu'à engager une équipe réduite de domestiques pour assister les parents dans l'entretien de cette belle demeure.

Orlando recruta parmi des soldats traités pour un stress post-traumatique, hommes et femmes, célibataires ou veufs, qui vivaient d'une maigre pension militaire et ne souhaitaient pas passer dans le secteur de la sécurité privée, mais étaient encore capables de se défendre contre des cambrioleurs. Il offrit de les loger et de les nourrir en plus de leur verser un salaire. Chef cuisinier, jardinier, majordome, informaticien et comptable, ils avaient tous leur spécialité tout en s'aidant les uns les autres pour les tâches diverses. Ils travaillaient toutes et tous depuis plus de vingt ans à la villa et étaient heureux de leur sort et très dévoués à Vittorio et Monica Beretti, qu'ils adoraient. C'était Monica, l'artiste, qui avait baptisé la villa « Desiderio » et disposé ses sculptures dans les jardins, à la joie de l'ancien juge, qui raffolait du travail de son épouse. Trois générations de Beretti passaient désormais une partie de leurs vacances en ce lieu enchanteur, maintenant les grands-parents éveillés et raisonnablement en forme. Pour Ronan et ses frères et sœurs, qui étaient tous soldats, c'était le havre de paix par excellence.

Le commando se leva discrètement, caressa des yeux le corps sublime de sa nouvelle compagne et remercia silencieusement le Seigneur de l'avoir mise sur sa route au moment où il menaçait de se disloquer. Être un soldat, un protecteur, comme l'avait verbalisé Jack, était essentiel pour Ronan, la nature même de son être. Ces derniers temps, depuis le trauma de Taipei, il s'était mis à douter de ses capacités, et Nella était arrivée à point nommé pour lui redonner confiance. Il sortit, la laissant dormir, pour aller retrouver son père et son grand-père pour le premier ristretto matinal, une vieille tradition masculine dans une maison totalement matriarcale, menée d'une main de maîtresse par sa grand-mère Monica. Il la croisa d'ailleurs dans le jardin. Elle n'avait rien perdu de sa beauté, avec ses cheveux gris, ses rides et ses yeux marron si doux qui pouvaient toutefois rapidement se noircir de colère, et Ronan se fit encore la réflexion qu'elle était le sosie parfait de Claudia Cardinale, sourire solaire compris. Elle s'occupait d'un rosier grimpant défaillant en compagnie de Saverio, le jardinier, un sexagénaire à la tignasse blanche, trapu et grognon, mais qui était entièrement apprivoisé par sa patronne et respectueux de son amour des plantes.

— Ronan, mon petit !

Saverio laissa un petit rire s'échapper de ses lèvres en entendant le colosse se faire appeler « petit » par sa grand-mère, qui était certes de belle taille, mais petite en comparaison de son petit-fils.

— Minana, tu es plus belle chaque jour qui passe ! Bonjour Saverio !

Le géant prit délicatement sa grand-mère dans ses bras tandis que Saverio râla pour la forme :

— Évidemment, Saverio n'a pas le droit à des compliments sur sa mâle beauté, lui !

Ronan éclata de rire :

— Tu es superbe, Saverio !

— Trop tard, ingrat ! Tu as déjà oublié tous les fruits que je te donnais en cachette !

Saverio faisait mine de bouder, un vieux rituel entre le jardinier et le gamin devenu un homme.

— Nous avons un rosier grimpant qui refuse de grimper au mur. Aurais-tu une idée, Ronan ?

— Lui ? Qui tue systématiquement toute plante qu'il arrose ?

Ronan, rien que pour faire mentir le sarcastique jardinier, examina de près la plante rétive, mais dut avouer son incapacité totale à redresser la situation. C'est alors qu'une voix résonna derrière eux :

— Vous vous souvenez, Monica, de cette sculpture de Vertumne que vous nous avez montrée hier et que vous ne savez pas où placer dans la propriété ? Pourquoi ne pas en profiter pour lui donner une seconde vie comme tuteur ?

Monica, Saverio et Ronan se retournèrent sur Vera, qu'aucun d'entre eux n'avait entendue arriver en dépit des graviers de l'allée. Même pieds nus et en petite robe légère, ce n'était pas normal qu'il n'y ait eu aucun bruit. Saverio n'en revenait pas.

— Vous marchez comme un chat, *signorina* Vera, bonjour à vous.

Vera fit un clin d'œil à Ronan :

— C'est l'entraînement, Saverio. Bonjour à vous deux !

Puis elle se jeta au cou de Ronan comme un raton laveur sur un gros chien.

— Salut toi ! Tu as un chouette sourire, aujourd'hui.

— Salut Vera.

Elle renifla son torse.

— Hmm. C'est Antonella qui sent bon comme ça ?

Ronan rit :

— Forcément !

— Oui, moi aussi, je l'ai remarqué tout à l'heure, renchérit Monica avec un sourire. Ça ne m'étonne pas. Cette fille dégage de la bienveillance de tout son être. Je suis contente qu'elle fasse du bien à mon petit.

Saverio grogna pour marquer sa désapprobation concernant la thématique abordée et voulut revenir à un sujet plus sérieux :

— Patronne, elle n'est pas mauvaise du tout, l'idée de la *signorina* Vera. Je pense que ça pourrait marcher pour ce rosier un peu fainéant. Et pour une fois, un de vos titans sculptés servirait un noble dessein.

— Et Vertumne, dieu des saisons, de la croissance des plantes et des jardins, est un choix idéal, approuva Donna Monica.

Saverio en profita tout de même pour râler :

— Évidemment, il va falloir traîner cette masse jusqu'ici, et ce n'est pas Ronan qui va m'aider, alors…

Vera annonça, en contractant son biceps :

— C'est moi qui vais t'aider, Saverio ! Tu vas voir, je suis costaude !

La tête de Saverio, totalement conquis par l'espiègle brune, amusait Monica. Elle caressa son petit-fils sur la joue :

— Va prendre ton café entre hommes. Moi, je vais m'assurer que ces deux-là ne brisent pas ma dernière pièce !

Ronan sourit en les regardant partir bras dessus, bras dessous tous les trois. Cette capacité de Vera à passer d'une impitoyable machine à broyer le mal en brunette loufoque l'émerveillait toujours.

Ronan adorait marcher sur les pavés de la cour du patio parsemée d'oliviers et qui desservait l'ensemble des appartements autour. Outre les escaliers conduisant à l'unique étage, elle menait au grand jardin privé, soigné dans les moindres détails et enrichi de plantes et de fleurs colorées, et à la piscine, où il voyait Djatoua, Momo et Jack profiter d'un instant de détente avec la comptable Liza, une jolie blonde toute menue, et l'informaticien Boris, un brun au physique inattendu de surfeur. Évidemment, cette provocatrice de Djatoua était en monokini. Ronan détourna les yeux pour fixer les pavés de la cour principale et sourit. Quel numéro, celle-là !

La cour principale débouchait aussi sur une autre petite cour pavée, où Orlando et Vittorio Beretti se faisaient servir le café par Procter, le majordome. Ronan sentit une bouffée d'affection subite. Trois belles têtes argentées.

Jusque-là dans la catégorie poivre et sel, le père de Ronan venait d'acquérir la toison blanche qui caractérisait la famille. Il la portait courte, ce qui allait bien avec sa haute taille, son allure martiale et sportive qui avait tant impressionné Djatoua : « Mais il est magnifique, ton daron ! Regarde-moi ces pecs et ces abdos à son âge ! On dirait toi ! » Elle avait embarrassé Ronan en appelant son père « sexy daddy » à table. La mère de Ronan, Siobhan, avait éclaté de rire en voyant les têtes effarées de son mari et de son fils. Elle-même, avec ses cheveux de sorcière roux teintés de fils argentés, était étonnamment énergique et très attirante, ce qui lui avait le surnom de « wild witch ».

Monica était simplement « la divine ». Quant à Vittorio, cet éternel charmeur avait été baptisé « il sorpasso », en référence à un film avec Vittorio Gassman, dont il avait un faux air.

Quant au dernier lion argenté présent autour de la petite table, il avait gardé de l'armée sa coupe courte. Grand et sec, Procter, ancien membre des SAS, avait lu trop de romans de P. G. Wodehouse, et insistait, été comme hiver, pour revêtir la tenue traditionnelle d'un Jeeves ou d'un Nestor dans *Tintin*. Quand Ronan était ado, pour lui et ses frères et sœurs, le majordome britannique coincé, autoritaire et psychorigide incarnait l'ennemi à abattre. Beaucoup plus tard, l'adulte qu'était devenu Ronan avait fini par admettre les qualités humaines du majordome, mais il restait de ces années-là une empreinte indélébile et un surnom : « Proctergeist ».

— *Bon giorno, maestro Ronan.* Un ristretto ?

Comment, après des années de vie en Sicile, avait-il pu garder un tel accent britannique lorsqu'il parlait italien ? Procter avait cité une fois un film d'E. M. Forster, avouant à Ronan qu'il rêvait d'être reconnu comme un « inglese italianato ». Ronan répondit :

— *Si ! Grazie mille, Sir Proc !*

— Je vous en prie.

Droit comme un *i*, le majordome *made in the British Empire* laissa les trois générations de Beretti discuter entre elles et s'éclipsa. Lorsque la piscine s'offrit à sa vue, il jeta un œil dans cette direction, et Ronan fut stupéfait de surprendre un sourire au coin des lèvres de l'impassible *gentleman's gentleman*. Vittorio se pencha vers ses fils et petit-fils :

— C'est la petite Djatoua qu'il mate ! Il faut avouer que cette gamine est volcanique !

— Papa ! Tu n'as pas honte ? Elle pourrait être ton arrière-petite-fille !

Face à l'expression outrée d'Orlando, Vittorio se tourna vers son petit-fils :

— Sérieusement, dis-moi si ce n'est pas lui, le vieux, et moi, le jeune, Ronan ?

Ronan éclata de rire :

— Tu veux dire que c'est lui, l'adulte, et toi, l'ado, Vitononno ? Ah oui, c'est indéniable !

Orlando secoua la tête, faussement exaspéré :

— Ça, c'est sûr ! Maman est une sainte !

Vittorio opina avec une lenteur délibérée :

— Enfin un point sur lequel on est tous d'accord.

Quittant son air de vieux renard narquois, Vittorio se tourna vers son petit-fils :

— Comment vas-tu, toi, mon grand ? Viens là !

Ronan pencha son grand buste en avant pour que son grand-père puisse lui passer la main dans sa nuque, un geste unique que l'aïeul n'avait que pour lui. Ses frères et sœurs n'y avaient jamais eu droit, même s'ils avaient chacun un rituel propre. Ronan y répondit en passant à son tour sa main sur la nuque du vieil homme :

— Je vais infiniment mieux qu'il y a deux semaines, Nonno. J'ai eu du mal à récupérer après une opération difficile. Mais l'amour de ma famille, le soutien de mes camarades, la tendresse d'Antonella, le soleil et les arômes envoûtants de ma Sicile, tout ici contribue à me réparer.

— Oui, tu es particulièrement bien entouré. J'en suis heureux pour toi, fils, s'émut son père.

Le vieux patriarche ne cacha pas sa satisfaction :

— Oui, et en plus, tu as pu expédier *ad patres* l'ordure qui t'a fait du mal.

— À vrai dire, grimaça Ronan, j'avais espéré que ça me permettrait d'effacer cette douleur, mais ça n'a pas été le cas. Je ne suis pas sûr d'être prêt à retourner à l'action. Et pourtant, dans mon équipe, nous dépendons les uns des autres. Je crains parfois de faillir au moment décisif…

À cet instant, les deux chiens-loups tchécoslovaques noirs d'Orlando se levèrent, montrant des signes d'agitation. Les trois Beretti les fixèrent, attentifs. Orlando se tourna vers Ronan :

— C'est ça, la beauté de la Sicile. Elle te teste immédiatement. On va vite savoir si tu es prêt, Ronan !

Ronan réalisa aussitôt que la villa était menacée. Il jura à voix basse, comme toujours à l'irlandaise :

— *Shite !*

Orlando donna un ordre bref à destination de ses chiens :

— Satanico ! Pandémonium ! Piscine ! En silence. Allez !

Les deux chiens filèrent sans un bruit, tandis que les trois hommes se levaient.

De la cuisine, Procter, dont le tablier qu'il portait encore témoignait des cookies qu'il était en train de préparer au moment du déclenchement de l'alerte, s'approcha en poussant un chariot de desserte chargé de calibres divers :

— Nous avons de la visite, *signore*. Treize individus. Armes de poing en majorité. Quelques fusils à pompe.

À en juger par les caméras, ils ont cerné la propriété et arrivent simultanément de tous côtés. Discrètement, croient-ils. Des tueurs de métier, mais pas des militaires. Trois à quatre minutes avant l'arrivée. J'ai alerté le personnel puis j'ai pris la liberté de vous constituer un petit arsenal de campagne, avec quelques gilets pare-balles assortis.

Les trois hommes enfilèrent les gilets tandis que Procter surveillait les caméras depuis son portable, tout en empochant deux 38 Spécial. Ronan attrapa deux Colts 1911 sur la desserte quand son père opta pour des automatiques italiens, rappelant à Ronan la devise d'Orlando, lorsqu'il était encore en active. Son fils la prononça à voix haute :

— C'est l'heure où les Beretti prennent les Beretta, pas vrai, papa ?

Orlando ne sourit pas, mais regarda son fils dans les yeux.

— Tu es blessé, mais tu restes un Beretti, Ronan. N'oublie jamais. Depuis nos ancêtres chevaliers, nous sommes tous nés pour ça. C'est ainsi. Tu as été blessé, tu as survécu. Tu vas affronter l'ennemi afin de survivre encore et protéger les tiens, *capisci* ?

— *Capito*, papa. Je suis prêt.

— À la bonne heure ! Allons descendre ces présomptueux !

Vittorio grogna en armant son fusil de chasse préféré :

— Ils vont regretter d'avoir coupé court à notre ristretto, *vergognosi* !

Procter, qui observait la scène, se dit que c'était encore mieux que chez les SAS.

— Si je puis suggérer aux *signore* de prendre leurs positions ? Ils ne vont plus tarder.

LA SAPINIÈRE, CITÉ DU VATICAN, ROME
27 mars

Dans cette étonnante petite villa cachée des regards dans les jardins du Vatican, monseigneur Ursini consultait les télégrammes diplomatiques envoyés par les quelque deux cents nonces et délégués apostoliques dans son bureau. Il appréciait le travail minutieux de ces envoyés un peu particuliers, diplomates représentant en même temps l'État du Vatican et la Sainte Église catholique apostolique et romaine.

Depuis le ve siècle, la papauté bénéficiait d'un représentant à la cour impériale de Constantinople, l'apocrisiaire. Au Moyen Âge, l'usage des légats, des émissaires pontificaux spéciaux en mission diplomatique, se répandit, et on trouvait des nonciatures dès 1530, notamment à Paris, Madrid, Venise et Aix-la-Chapelle. Le Vatican était partout, dans les pays ou les organisations internationales, et fait unique, il avait obtenu que ses nonces soient aussi les doyens du corps diplomatique, ce qui leur conférait une prééminence sans mesure avec le poids géopolitique de la Cité du Vatican.

Le patron de l'Entité recevait en outre des correspondances de ses propres agents, au sein de l'Opus Dei, qui ne l'aimait guère, de la Société de Jésus, qui l'appréciait peu, ou des envoyés de la communauté de Sant'Egidio, qui aurait préféré se tenir à distance. Sans oublier l'ordre souverain militaire et hospitalier de Saint-Jean de Jérusalem, de Rhodes et de Malte, dont il avait dû gérer une crise historique et mémorable. En effet, le

22 décembre 2016, le pape François avait dû créer une commission d'enquête pour donner suite au renvoi du grand chancelier de l'ordre, frère d'un de ses représentants chargé de nettoyer la banque du Vatican. Mais dès le lendemain, sa décision fut vivement rejetée par le grand maître d'alors, entré en rébellion ouverte, mais qui dut démissionner en 2017. Cinq ans plus tard, après de nombreuses péripéties et la disparition de divers prétendants, le pape promulgua de force une nouvelle constitution et prit le contrôle de l'ordre après un travail incessant des agents de monseigneur Ursini.

Mais les affaires du monde n'avaient pas attendu que se règlent les conflits internes. Il avait fallu négocier les accords secrets avec la Chine sans abandonner Taïwan, soutenir l'Ukraine sans rompre avec les orthodoxes, suivre les dossiers de la fille aînée, mais toujours agitée, de l'Église, la France, rester attentif aux soubresauts des catholiques américains ; bref, ne jamais se reposer.

Les pensées de monsignore Ursini furent interrompues par un appel urgent de l'inspecteur général du corps des carabiniers du Vatican qui voulait lui parler et se trouvait dans son antichambre. Le prélat l'invita à entrer et fut surpris de le voir accompagné du colonel commandant la Garde suisse et du capitaine Monteverdi.

Il s'amusait toujours, dans un si petit État, de cette curieuse cohabitation entre la Garde suisse et les carabiniers du Vatican. Créés en 1816 par Pie VII, ces derniers sont ensuite devenus la gendarmerie pontificale, intégrée depuis 2002 dans la direction des services de sécurité et de protection civile de l'État du Vatican et membre d'Interpol, ce que ses dirigeants successifs rappelaient avec gourmandise. Sa première mission est la protection du pape, au Vatican et lors de ses déplacements, en collaboration avec la Garde suisse pontificale, un corps de mercenaires qui existe depuis 1505, par décision du pape Jules II. Habituellement, la gendarmerie assure la protection du pape sur sa gauche et la Garde suisse pontificale sur sa droite.

— Que puis-je donc pour vous, messieurs ? s'enquit le prélat, curieux et alarmé.

— Monseigneur, un groupe de « hackers éthiques », plutôt spécialisés dans l'identification des détournements de cryptomonnaies, nous a transmis un message inquiétant concernant une menace crédible contre Sa Sainteté, révéla l'inspecteur général.

— Pardon, mais qui ? demanda, incrédule, monsignore Ursini.

— Un groupe privé, très efficace, d'OSINT avec qui nous travaillons parfois, comme nos amis italiens, d'ailleurs, précisa son interlocuteur.

Le capitaine Monteverdi en profita pour signaler au prélat l'existence d'activistes éthiques travaillant en *open source*, comme Chainalysis ou Bellingcat, qui utilisaient les ressources du monde numérique ouvert (OSINT) pour accéder à des informations très utiles.

Monseigneur Ursini digéra la leçon tout en se promettant de dialoguer plus souvent avec Monteverdi de sujets dépassant le maintien de l'ordre. Il lui demanda :

— Et donc, que disent-ils ?

— Qu'il y aurait, durant la semaine, une opération contre le pape et qu'il fallait commencer à spéculer pour « gagner un max »... Et toutes les APT mercenaires se sont branchées sur cette opération. On parle de milliards de dollars en bitcoin, ether et autres cryptomonnaies, compléta Monteverdi, qui semblait le seul totalement informé de ces sujets.

— APT ? demanda sans honte monseigneur Ursini.

— *Advanced persistent threats*, précisa Monteverdi. Les hackers les plus professionnels et les plus efficaces. Hier, ils étaient des agents d'État ; désormais, on trouve un peu de tout, mercenaires ou fonctionnaires. Ou les deux à temps partiel.

— Bon, résuma le patron de l'Entité. Et donc ?

— Et donc, on passe en alerte rouge, dirent d'une même voix ses trois interlocuteurs. On mobilise les renseignements italiens, américains, israéliens, français, Europol et Interpol au cas où. Vous pourriez parler aux Turcs ? Je crois que vous les connaissez.

— Oui. J'ai gardé de bonnes relations avec le MIT malgré les petites manœuvres lors de la visite du pape en 2014, quand ils nous ont détournés pour visiter le nouveau palais présidentiel… Bon, nous sommes déjà lundi, on sonne discrètement l'alarme et tout le monde sur le pont.

PALERME, SICILE
27 mars, matin

Du côté de la piscine, alertés par des bips très particuliers sur leurs portables, Liza la comptable, ex-Spetsnaz, et Boris l'informaticien, ancien du GIGN, se levèrent d'un bond et foncèrent vers les deux tables basses. Comprenant instantanément le sens des bips, Djatoua sortit de l'eau et se dirigea vers des galets ronds décoratifs posés sur le bord du gazon. Jack et Momo, quant à eux, réalisaient à peine ce qui se passait et étaient toujours vulnérables dans le grand bain.

Ce fut le moment que choisirent deux tueurs pour faire leur apparition. Liza et Boris en étaient encore à retourner les tables basses pour y prendre les armes scotchées dessous quand les tueurs levèrent leurs pistolets munis de silencieux. Deux ombres noires jaillirent aussitôt de l'herbe et se jetèrent sur l'un d'entre eux. Satanico et Pandémonium lui brisèrent d'abord les poignets puis allèrent droit à la jugulaire. Le deuxième homme paniqua une fraction de seconde, en perdit une autre à vouloir tirer sur les chiens, qui disparurent comme des fantômes une fois leur travail fait, puis releva les yeux vers ses cibles. Il perdit encore une ultime fraction de seconde en fixant le corps entièrement nu de Djatoua, sans réaliser ce que signifiait le bruit de rotation qu'il entendait comme en arrière-plan. Le galet envoyé avec vitesse et puissance par la fronde de fortune que la jeune Kanake avait constituée avec son maillot minimaliste lui fendit l'arcade sourcilière droite avec un craquement sinistre. Un jet de sang l'aveugla, et une douleur sourde lui fit relever son bras et tirer en l'air. En état de choc, il titubait encore lorsque Djatoua l'acheva avec le Glock qu'un Boris admiratif venait de lui jeter.

Tandis que Boris et Liza se postaient derrière des oliviers pour guetter les assaillants, Djatoua lança des armes à Jack et Momo, sortis de la piscine. Elle se tourna vers les oliviers pour demander :

— Où est-ce qu'on se replie ?

— Vers la cuisine principale, répondit Liza. La cheffe vous y attend !

Jack, pleinement opérationnel, commenta, en armant son Heckler & Koch :

— J'espère qu'ils n'auront pas gâté sa sauce. Cette femme est une artiste !

Enfilant son maillot à toute vitesse, Djatoua entraîna Jack et Momo dans la direction indiquée. Boris la regardait partir quand Liza lui envoya un petit caillou sur l'arrière de la tête :

— On reste concentré, Boris !

Boris, pris en faute, sourit, un peu embarrassé, puis reporta son attention sur l'attaque en cours tout en exprimant son admiration à sa collègue :

— Quand même, tu avais déjà vu un truc pareil ?

— Impressionnante d'initiative, j'avoue. Elle nous a sauvés. Sans elle et les chiens… Mais on n'est pas tirés d'affaire, en voilà d'autres.

Dans l'atelier de Monica, avant même que le téléphone de Saverio ne fasse entendre un ping d'alerte caractéristique, l'instinct unique de Vera l'avertit du danger. Elle chercha immédiatement des armes improvisées, alors que des ombres se découpaient déjà sur les vitres. Un sicaire fit son entrée et ouvrit le feu sans même attendre d'ajuster son tir. Saverio plongea sur sa patronne, l'entraînant au sol derrière un établi solide. Puis il rampa à toute vitesse vers une caisse qui, il le savait, renfermait son arme de prédilection.

— Planquez-vous, *signorina* !

Son cœur se serra en imaginant la pauvre Vera à la merci de cette brute. Son arme enfin en main, il allait très précautionneusement relever la tête quand il réalisa avec étonnement que le flingueur ne tirait plus depuis trente secondes déjà. Il risqua un œil rapide puis écarquilla les deux yeux. La « pauvre » Vera était en train de récupérer ses armes improvisées sur leur assaillant cloué contre un établi, secoué de spasmes d'agonie qu'elle ignorait, tout comme un ours le ferait pour un saumon récemment pêché. Les bras du tueur étaient épinglés à l'établi par des ciseaux de sculpteur qu'elle avait envoyés avec une précision démoniaque pour des outils aussi lourds. Mais ce n'était pas ce qui l'avait tué, et Saverio, incrédule, mit un temps à reconnaître ce qui dépassait de sa gorge : les poignées en bois de son propre sécateur grand modèle, qu'elle n'avait pas pu lancer. Elle avait dû se jeter sur lui comme une sauvage. Soudainement, Saverio vit Vera pour ce qu'elle était : l'ultime survivante. Le vieux soldat qu'il était établit aussitôt la chaîne de commandement et demanda :

— Que fait-on, Donna Vera ?

— On ne se planque pas. On reste mobiles. Trop de verre et pas assez d'armes ici.

Une détonation lui répondit. Debout comme un tireur olympique lors de l'épreuve de précision du pentathlon, avec élégance et détermination, sans trembler, Monica venait d'ajuster son tir et de faire feu sur un nouvel intrus avec un pistolet de tir de compétition.

Vera se retourna. Le flingueur, fauché à cinquante mètres alors qu'il était encore dans la cour, s'écroula au sol comme une marionnette sans fils. Un sacré tir. Elle se tourna vers la grand-mère de Ronan avec respect. La grande dame lui sourit :

— Toute une famille de militaires. Je n'allais pas rester à la maison pour faire du crochet.

Vera lui rendit son sourire. Quelle famille ! Elle s'adressa aux deux seniors.

— Vous me suivez dans la cour, Monica devant, aux aguets, Saverio derrière, avec des yeux dans le dos. Saverio, attention aux snipers possibles. Monica, vous devrez tirer à l'instinct, sans ajuster, cette fois. C'est parti !

Monica et son jardinier la suivirent, interrompus par un coup du 357 Magnum de Saverio qui fit décoller sa cible. Le tueur sur lequel Monica avait tiré n'était que blessé et s'était relevé. Saverio fit remarquer :

— Votre pistolet de compétition est une merveille de précision, Donna Monica, mais pour l'efficacité, rien ne vaut un Magnum !

Vera, tous ses sens en alerte, écouta un bruit de détonations et annonça :

— J'avais opté pour la cuisine, mais j'ai l'impression que c'est un point chaud là-bas. On part sur le salon grenat !

Effectivement, dans la cuisine, couvrant Jack, Momo et Djatoua qui rentraient s'y réfugier, la cheffe Laura Archimboldo émergea de la double porte-fenêtre et arrosa leurs poursuivants avec ce qui semblait être une mitraillette Thompson des années trente, dotée du très caractéristique chargeur camembert de l'époque. L'arme désuète, mais efficace, fit des ravages, fauchant deux assaillants, en tuant un net, mettant le second en piteux état, lequel fut aussitôt achevé par Djatoua.

Jack regarda l'arme de la cheffe avec effarement. Elle lui sourit :

— Je fais partie d'un club d'armes anciennes. Je l'ai restaurée personnellement, mais je ne l'avais encore jamais testée en situation de combat. Elle ne m'a pas déçue.

Jack savait que la cheffe corse avait servi quinze ans dans les forces spéciales de l'armée française. Il découvrit alors, derrière la façade de la blonde souriante et rigolote qui avait raconté des blagues en leur présentant un délicieux dîner le soir précédent, la femme soldat qui avait dû en voir de toutes les couleurs sur tous les fronts.

— C'est presque flatteur pour eux d'être abattus par l'arme d'Eliott Ness, Cheffe ! fit-il remarquer.

— C'est aussi ce que j'ai pensé.

Laura regarda Djatoua, qui achevait d'enfiler à la hâte une de ses vestes de cuisinier et le bas de jogging et les sneakers de son commis.

— Manelli, Tacchini et Berluti : l'alliance était improbable, mais vous la portez bien.

— Merci, Cheffe. On a des nouvelles des autres ?

Laura consultait rapidement son portable justement.

— Alors, le décompte des scores. Vous et moi en avons éliminé deux. Vera, avec Saverio et Donna Monica, en a eu deux. Vous en étiez à deux, vous-même, auxquels Liza et Boris en ont ajouté un autre depuis. Donna Siobhan s'est barricadée avec les chiens dans la bibliothèque et n'a pas encore de « marque » à son actif. Treize moins sept, restent six.

La cheffe laissa percer son inquiétude :

— Le souci, c'est que je suis sans nouvelles des trois Beretti mâles. Et j'ai cru entendre une grenade.

— Oui, je l'ai entendue aussi, grimaça Djatoua. En temps normal, je ne m'inquièterais même pas, mais Ronan n'a pas été à cent pour cent, récemment. Le connaissant, il sera allé secourir Antonella, seul ou avec son père et son grand-père. Si on n'a aucune nouvelle des trois, c'est qu'ils doivent être ensemble. Vous restez ici. Je vais aller à leur recherche.

Dans l'aile sud de la propriété, Ronan se releva difficilement. Il avait vu la grenade arriver et avait poussé son père, son grand-père et leur majordome derrière le long sofa de cuir, ce qui lui avait valu de prendre le gros du souffle qui l'avait projeté vers la porte-fenêtre du salon grenat. Il avait des coupures légères, mais pas de blessure fatale. Rien de cassé non plus. Rampant à travers le nuage de poussière qui avait rempli le salon, il rejoignit le canapé, derrière lequel il trouva ses trois protégés inertes, mais vivants. Ronan secoua sa tête endolorie pour diagnostiquer ou non une possible commotion. Il lui sembla que non. Pour s'en assurer, il fit le tour des troupes afin de compter les survivants dans le camp d'en face.

Au cours de l'affrontement, Procter et lui en avaient chacun abattu un. Son père et son grand-père n'avaient pas fait de victimes pour l'instant. Un score honorable de deux. Combien pouvait-il en rester ? Il perçut un mouvement et vit le faisceau laser d'une arme s'efforcer de percer le nuage de poussière. Quel était l'abruti qui indiquait ainsi sa position ? Ronan fit feu par trois fois puis roula hors de portée d'une éventuelle riposte. C'était inutile : après avoir vacillé, le faisceau s'éteignit et un corps s'écroula à terre. Un silence s'ensuivit.

Ronan connaissait la propriété par cœur. Ils avaient forcément Antonella. Morte ou vivante. Il fit refluer l'idée : il ne fallait pas y penser, pas maintenant. S'il se faisait tuer, les trois évanouis du canapé seraient sans défense, et avec eux, peut-être même tous les autres. Il serra les dents et plongea dans ses souvenirs de sniper pour jouer jusqu'au bout le jeu infernal de la patience.

Heureusement, les autres n'étaient pas bons à ce jeu. Pas bons du tout.

— Beretti ! Si tes couilles n'ont pas explosé, jette tes armes et viens par ici !

Il reconnut instantanément la voix comme étant celle de Ricardo Strozzi, l'imbécile qui avait tenté de forcer la main d'Antonella au restaurant Seven et qu'il avait assommé. C'était ahurissant qu'il ait osé attaquer en plein jour la propriété d'une famille connue et respectée de tous, même, jusqu'ici, de la Cosa Nostra. C'était forcément une initiative personnelle qui serait désapprouvée par son père.

— J'ai Antonella ! Elle ne m'intéresse plus, mais je sais que toi, oui. Et je n'hésiterai pas à la tuer. Mais on n'est pas obligés d'en arriver là. Je suis ici pour laver mon honneur. Viens mourir pour elle, Beretti, et je te promets de l'épargner.

Cause toujours, pensa Ronan. Mais il n'avait guère le choix. Un plan de dernière extrémité germa dans son esprit. Tout dépendait du nombre d'hommes qui se tenaient de l'autre côté de ce mur. Ils étaient treize au départ, mais ils avaient attaqué sur tous les fronts, et connaissant l'agence Mozart et les employés de son père, le ménage avait dû être sacrément fait un peu partout. Il pouvait en rester cinq au maximum, ce qui ferait beaucoup, mais il allait parier sur quatre, dont cet incapable. Gérable…

Ronan vérifia qu'il avait toujours ses deux couteaux, des *tantōs* dissimulés dans des étuis de manche. La poussière s'était dissipée. Il annonça à voix haute :

— J'arrive, Ricky.

— Non, Ronan ! Ne viens pas, ils vont te tuer !

Antonella, courageuse, fut récompensée de sa témérité par une claque bruyante. Il tenta une réponse, pour voir :

— Même à cinq, ils ne peuvent rien contre moi, ils sont trop minables, ne t'inquiète pas, Nella !

Elle comprit et hurla :

— Trois ! Ils sont…

Nouveau bruit, d'un coup de poing, cette fois.

— Arrêtez de la frapper, j'arrive ! s'écria Ronan.

Il lança ses flingues et, sans attendre leur réaction, entra.

Trois, c'était bien cela. Dont l'abruti. Donc deux. Il les dominait tous d'au moins une tête, et faisait le double en largeur d'épaules et en masse musculaire. Et en allonge.

Un le braquait avec un fusil à pompe, le deuxième avait ses deux mains occupées à le fouiller tandis que le chef tenait vaguement son arme pointée sur Antonella. Il était tout excité à l'idée d'avoir à portée de bras l'ennemi qui l'avait publiquement humilié. Le type qui le palpait arriva à ses bras et ses yeux s'agrandirent, donnant le signal à Ronan.

Tandis que son coude gauche écartait le fusil à pompe qui fit sauter le plafond, sa première lame lui trancha la carotide. Quasi simultanément, son pied droit brisa le ménisque de celui qui le fouillait. Puis, dans le même mouvement, son genou droit le cueillit au menton avec la force des cent kilos du commando. Il se tourna pour se jeter sur Ricky. Contre toute attente, la petite frappe eut la présence d'esprit de relever son arme sur lui. Si près du but… Ricky le visa en souriant avec un 44 Magnum quand il se produisit deux événements que le mafieux n'avait pas anticipés.

D'abord, Antonella, tremblante et visiblement blessée à l'épaule gauche, mais serrant les dents, se laissa glisser entre le bras qui la retenait, se retourna et lui mit un couteau sous la gorge. Le petit voyou tiqua, mais ne baissa pas son arme pour autant et continua à sourire :

— Tu en es incapable, Nella, tu es contre la peine de mort, nous le savons tous les trois.

— Détrompe-toi, je suis capable de t…

Elle avait perdu trop de sang, il l'avait compris, et d'un geste rapide, il parvint à la jeter à terre d'une main sans quitter sa cible des yeux.

Ronan allait jouer le tout pour le tout, mais en mode kamikaze, quand le deuxième événement se produisit.

Dans le dos de Ronan, un double déclic et une voix claire, sans pitié, avec un accent distinctif, se firent entendre :

— Dis-moi, petit con, est-ce que ton père t'a déjà décrit les dégâts que fait une *lupara* quand on vide les deux canons à deux mètres sur une cible facile ?

Ronan et Ricky tournèrent la tête vers la voix. Siobhan O'Gara-Beretti tenait l'arme en question, un fusil à canon et crosse sciée, pointé sans trembler sur le benjamin de la famille Strozzi. Ricky écarquilla les yeux. À en juger par la terreur qu'il dégageait, il devait non seulement en avoir entendu parler, mais aussi avoir assisté à une exécution par cette arme de prédilection de la Mafia.

— Si tu tires sur mon fils, reprit la grande femme rousse, il aura une mort propre, mais toi, tu ne seras plus que de la viande hachée. Même ta mère ne pourra pas reconnaître ton cadavre de merdeux. Et crois-moi, c'est le pire pour une maman. Alors, décide-toi maintenant. Je suis lasse, et ma main pourrait bien tirer toute seule.

L'arme de Ricky s'était, petit à petit, détournée de la poitrine de Ronan pour se diriger instinctivement en direction de Siobhan. Le commando en profita pour le sécher d'un coup de coude au menton. La petite frappe se répandit sur le tapis. K.-O. technique.

Ronan se précipita sur Antonella qu'il prit doucement dans ses bras, et se retourna alors vers sa mère, l'Irlandaise qui s'était fait respecter par tous les Siciliens à la ronde.

Un spectacle inattendu se dévoila à lui. Derrière elle, Vittorio, son grand-père, la tête en sang, baissait l'automatique avec lequel il visait Ricky. Un peu plus loin, son père, Orlando, un œil à moitié fermé, reposa contre son bras gauche son automatique ; et encore derrière, appuyant sa jambe brisée contre le canapé, mais toujours digne, Perceval Procter déposait ses revolvers. À la porte-fenêtre, enfin, Vera et Djatoua, talonnées par Jack Baggelson, lui aussi en position de tir, baissèrent leurs armes.

Vittorio s'avança lentement vers le corps inanimé de Ricky, avec la claire intention de le réveiller pour lui tirer une balle dans la tête, avant que la police, dont on entendait enfin rugir les sirènes, n'arrive. Vera s'interposa poliment, mais fermement :

— Don Vittorio, vous avez bien dit qu'il était le fils d'un parrain influent de la Mafia ? Auriez-vous, sur toute cette belle propriété, une cave à vin oubliée où on pourrait le stocker au frais, en vue d'intéressantes négociations ?

PALERME, SICILE
27 mars, fin d'après-midi

À l'arrière de la limousine noire qui l'emmenait sans un bruit ni même une vibration, sur cette vieille route serpentant à travers la campagne sicilienne, Don Gaetano Strozzi croquait des aspirines comme des Smarties. Sa migraine empirait exponentiellement depuis ce matin où il avait eu vent de l'attaque non sanctionnée par son autorité de la villa des Beretti par le benjamin de ses fils, Ricky le demeuré.

En fin de matinée, l'annonce insensée des douze cadavres de soldats de la Mafia, alors qu'en dehors de quelques blessés légers, les occupants de la maison étaient, eux, vivants et intacts, l'avait déjà fait monter de deux crans. Avec les hurlements de sa femme, persuadée que son bébé chéri avait été tué et que tout était sa faute, à lui, le père, il pensait qu'il avait atteint le sommet absolu de douleur migraineuse.

Toutefois, le coup de fil poli, mais glacial, au ton très légèrement condescendant de Don Vittorio Beretti lui annonçant qu'il pourrait, en fin d'après-midi, venir chercher son abruti de rejeton, bien vivant, et reprendre les restes de son petit personnel, l'avait achevé. Il allait devoir s'humilier à récupérer ce crétin, présenter excuses et réparations à ceux qui avaient décimé ses troupes et, d'une manière générale, perdre la face. En plus de devoir gérer une certaine amnésie chez les voisins et peut-être même les autorités locales, qui ne pleureraient probablement pas la disparition d'une douzaine de fauteurs de troubles. Il avait un instant prié pour que Ricky meure aussitôt d'un anévrisme au cerveau. Seulement, Ricky n'avait pas de cerveau, et s'il mourait aujourd'hui, sa femme ne le laisserait plus jamais en paix. Don Gaetano serra les dents : la limousine entrait dans la propriété des Beretti. Ils furent admis à se garer après qu'un couple eut vérifié qu'il était le seul passager de la voiture.

Un domestique *british*, une partie de la tête et du visage bandée, le conduisit avec un flegme agaçant vers la seule zone de la maison qui semblait avoir été traversée par un ouragan. Grenade, pensa-t-il. Les cons ! Partout ailleurs, il était déjà resté interdit devant le nombre d'impacts de balles, mais là, ils s'étaient surpassés. Ces douze crétins, où qu'ils se trouvent à présent, pouvaient se réjouir d'être déjà morts, car sinon, il les aurait écrasés en personne. Tous des jeunes à la tête près du bonnet, des crétins sans cervelle comme son fils. Jamais la vieille garde n'aurait fait ça.

Il entra dans ce qu'il subsistait du salon, et la première chose qu'il vit était Ricky, tout penaud, assis sur une chaise au milieu de la pièce dévastée, ni blessé ni même attaché. La honte suprême, avec, bien sûr, tous debout en arc de cercle autour de lui, le clan Beretti et ses invités au grand complet, attendant avec curiosité, comme le personnel incrédule d'un refuge animalier le ferait en voyant un gogo venir adopter le chien galeux dont personne d'autre ne voulait.

En le voyant, Ricky agit comme le roquet en question et fit mine de se lever pour venir vers lui :

— Papa ! Je peux tout…

Une gifle sèche et magistrale de son père l'envoya au tapis.

— Silence, Ricky ! Reste au sol, c'est ta place. Et laisse les adultes discuter. Si jamais tu ouvres la bouche, je t'achève de mes mains !

Ricky se le tint pour dit.

— Gaetano, je suis père et grand-père, moi aussi, soupira Don Vittorio. C'est pourquoi ton fils a été épargné bien qu'il soit venu avec une troupe nombreuse pour tous nous tuer. Je te le rends sans autre condition que ta parole qu'il ne nous importunera plus jamais, ni ma famille, ni celle de Donna Antonella, ni mes amis.

Don Strozzi hocha la tête malgré la douleur que lui infligeait sa migraine.

— Tu l'as, bien sûr.

Il inspira profondément avant de poursuivre.

— Je n'ai pas assez de mots pour vous dire à toutes et tous à quel point je suis très sincèrement navré des agissements intolérables de mon abruti de fils, dont je n'avais absolument pas connaissance. Jamais je n'aurais autorisé une telle folie ni laissé se produire cette aberration si j'avais pu un instant me douter qu'il fomentait un coup pareil dans son minuscule esprit malade. Je vous présente, au nom de mon épouse et de moi-même, nos plus plates excuses pour ce tragique et si regrettable incident, et pour avoir enfanté ce vermisseau humain. Grâce au Ciel, aucun d'entre vous n'a perdu la vie, ou pire, subi une blessure handicapante. Douze de mes soldats sont morts stupidement, et si ça me désole, je ne vous en tiens nullement rigueur. En vous défendant, fort efficacement, je dois dire, vous étiez dans votre droit. J'aurais fait de même à votre place, si ce n'est qu'en toute honnêteté, je ne pense pas que j'aurais pu faire preuve de la même générosité que vous en épargnant le fils de mon ennemi.

Don Strozzi regarda la pièce dévastée :

— Il va de soi que je paierai pour absolument tous les dégâts matériels qui ont été occasionnés, et si vous estimez qu'une compensation financière est nécessaire pour tout ce que vous avez subi, je vous laisse fixer la somme et la paierai sans discuter.

Vittorio secoua la tête négativement :

— Merci pour les travaux. J'accepte et je t'enverrai la note en due forme. Pour le reste, nulle compensation n'est nécessaire. Tes… employés ont payé cette folie de leur vie. On en reste là. Tu peux faire embarquer les… restes.

Gaetano soupira. Le plus dur était fait.

— Merci pour ta compréhension. Je suis néanmoins votre obligé à toutes et à tous. Je me tiens à votre disposition pour tout service dont vous pourriez avoir besoin à l'avenir. Nous nous connaissons depuis longtemps, Vittorio. Si mon fils n'a ni face ni race, et encore moins de parole, tu sais que la mienne a de la valeur.

— Je le sais, oui.

Les deux chefs de clan se serrèrent la main pour sceller le pacte. Don Gaetano Strozzi salua l'assemblée d'un signe de tête qui lui arracha encore des cris de douleur muets. Puis il fit volte-face, se dirigeant sans plus attendre vers sa limousine. Ensuite, sans se retourner, comme on siffle un chien, il appela sèchement :

— Ricky !

Le fils prodigue lui emboîta maladroitement le pas et sortit sans un regard pour le clan Beretti étendu.

Une fois la limousine ressortie de la propriété, Djatoua déposa un baiser admiratif sur la joue de Vittorio :

— Quelle classe ! On se serait cru dans *Le Parrain*. *Bravissimo, Don Sorpasso !*

— Merci Djatoua. Bon, maintenant que la représentation est finie, je souhaiterais reprendre où nous en étions avant le *ristrettus interruptus*. Jack, je serais honoré si vous vouliez bien vous joindre à nous.

Jack s'inclina.

Quelques minutes plus tard, un Procter légèrement claudiquant leur servit les cafés et des *dolce* en accompagnement, et s'en fut vaquer à ses occupations. Jack, Orlando, Vittorio et Ronan burent religieusement le nectar et soupirèrent d'aise, sous le soleil de Sicile filtré par l'ombre d'un olivier.

Vittorio se tourna vers le chef de l'agence Mozart :

— Jack, au nom de toute ma famille ainsi que de mes employés, je vous remercie pour tout ce que vous et les Mozart avez fait. Sans vous et votre expertise à tous, il y a fort à parier que nous ne nous en serions pas sortis vivants. Vous êtes tous les bienvenus ici, en espérant que vos prochains séjours seront plus sereins. Je me félicite que mon Ronan travaille pour vous. Il n'aurait pas pu mieux tomber.

— C'est moi qui vous remercie, Don Vittorio, pour votre gentillesse et votre hospitalité. Vous savez divertir vos invités !

Les trois générations de Beretti éclatèrent de rire. Reprenant son sérieux, Jack dit :

— Ce qui me fait le plus plaisir, c'est qu'au sortir de cette aventure, nous avons tous pu retrouver notre Ronan, opérationnel à cent pour cent.

Orlando et Vittorio assénèrent de petites tapes d'affection à leur descendance.

— Merci Jack.

— C'est surtout Antonella qui a fait le gros du boulot, mais l'équipe t'a soutenu et te soutiendra toujours.

— Je sais. Vous êtes comme ma seconde famille.

Jack leva la main et ajouta avec un air faussement froid :

— Houla, ne nous emportons pas ! D'autant plus que maintenant, fini de rire, mon garçon. Les vacances, c'est agréable, mais nous allons reprendre le collier sans plus tarder, Dieu merci.

— La prochaine mission est déjà fixée ? demanda Orlando, curieux.

Jack secoua la tête :

— Rien de précis, pour l'instant, mais je ne doute pas que d'ici notre retour à Rome, les autorités célestes y pourvoiront.

— Amen ! acquiesça Vittorio en souriant.

À quelques mètres de distance, les femmes de la maison observaient le café patriarcal se dérouler tranquillement. Vera regarda Monica, Siobhan, Antonella et Djatoua, et rompit le silence :

— Vu qu'aucun de ces goujats nous a invitées à boire le café, je propose que nous nous fassions une petite séance de dégustation de vins locaux.

La cheffe Laura Archimboldo annonça joyeusement :

— Je l'avais anticipé. Des tapas maison et le produit de notre vigne millésime 2023 vous attendent, servis sur la terrasse.

— Parfait ! approuva Monica. Et venez donc vous joindre à nous, Laura. Vous l'avez bien mérité !

— Merci, Madame. Avec plaisir.

En se dirigeant vers la terrasse, Antonella prit affectueusement le bras de Vera et la retint un peu en arrière, afin de lui poser la question qui lui brûlait les lèvres :

— Dis, Vera, est-ce que je vais perdre Ronan ? J'ai bien compris que son boulot était une immense partie de sa vie.

Vera sourit à la belle Sicilienne, si sensible et attentionnée :

— Une grande partie. Pas toute. Ronan n'est pas un homme qu'on retient comme un animal domestique en captivité. Mais si tu es capable de comprendre et, surtout, d'endurer son métier, il y a certainement une place pour toi auprès de lui. Il a l'air de s'attacher à toi, autant qu'un soldat comme lui puisse le faire, nous le voyons tous. Merci de l'avoir ramené à la vie et de nous avoir permis de le retrouver alors que nous commencions à désespérer.

— Honnêtement, il m'a ramenée à la vie aussi, avoua Antonella avec délicatesse. Avant Ronan, j'enchaînais les losers, les coups d'un soir et les histoires sans lendemain. Je ne vivais que pour mon métier. Or même un métier passion comme le mien perd son sens quand il se déconnecte des joies simples de l'existence.

— Je comprends très bien. Alors, mon conseil, dis-lui au revoir et surtout pas adieu, à notre beau gosse.

Offre-lui une nuit dont il se souviendra, dis-lui que ta porte lui est toujours ouverte. Et tu le verras rappliquer dès qu'il sera libre.

— Merci Vera. Je suivrai ce conseil à la lettre ! Et toi, tu as quelqu'un ?

Vera leva les yeux au ciel :

— Houla ! Je n'aborderai la question de mes amours qu'après la septième dive bouteille au moins, alors en avant ! On a du pain sur la planche !

Jack, qui avait laissé les trois générations de Beretti continuer leur conversation en famille, revenait vers la terrasse lorsqu'il entendit la remarque de Vera. Il ne put s'empêcher de sourire : comme si Vera allait permettre à quiconque de lui soutirer des informations personnelles.

Jack céda la terrasse à ces dames et s'isola dans un salon pour faire discrètement le point avec Eirene et le reste de l'équipe islandaise.

REYKJAVIK, ISLANDE
27 mars, fin d'après-midi

Pour la troisième fois de la journée, Eirene Potamianou se demanda si elle n'aurait pas dû accepter la requête de Mohand d'aller travailler au Village. Elle lui avait dit qu'elle préférait rester dans la capitale pour voir ses autres patients qui réclamaient ses soins. Eirene était aussi une psychanalyste jungienne très sollicitée, et Jack Baggelson ne s'opposait pas à ce qu'elle fasse des consultations en dehors de l'agence Mozart. Il l'y avait même encouragée afin de consolider sa légende auprès des autorités islandaises.

Toutefois, elle était censée accorder sa priorité aux cas compliqués, qui ne manquaient pas au sein de l'agence, rien qu'au sein du premier cercle : Djatoua la rebelle, Ronan le rétif obstiné, Vera l'insondable, Momo le discret, voire l'invisible, et Jack le fuyant. Mais même parmi eux, nul n'était aussi complexe que Mohand Ungam.

Mohand, spécialiste hindou absolu des codes et décryptages, machine de guerre des recherches en tous genres, était un surdoué savant, mais fonctionnel, dont l'équilibre restait pourtant fragile, surtout lorsque ses camarades étaient partis en mission. Terrorisé par l'ennui qui risquait de le faire replonger dans le monde imaginaire dont il était resté psychiquement prisonnier jusqu'à ce que le décès prématuré de sa mère le ramène dans la réalité, il était très sensible à son environnement.

Or Mohand n'aimait pas tellement le manoir d'Esjuberg et lui préférait de loin le « Village ». Il s'agissait d'un décor érigé sur une côte isolée d'Islande, pour le tournage du film *Vikingr*, du réalisateur Baltasar Kormákur, dont les studios Universal avaient acquis les droits, mais qui n'avait, en définitive, jamais été tourné. Jack Baggelson, qui en était l'un des producteurs exécutifs via sa structure de production Bag of Tricks, avait racheté le décor en vue de tournages ultérieurs. Il s'était engagé auprès du gouvernement islandais à entretenir à ses frais le village viking ainsi que son drakkar ancré dans le lac, à condition qu'un strict secret soit conservé sur la partie souterraine et non visible des installations. C'est dans ces sous-sols inaccessibles aux non-initiés qu'il avait installé la base secrète de l'agence, alors que le manoir d'Esjuberg en était le siège administratif et le lieu où l'on recevait les clients.

Mohand s'ennuyait ferme au manoir, sans mission, n'ayant rien d'extraordinaire à faire, et son ennui n'annonçait rien de bon. Eirene voulait par-dessus tout éviter une crise de panique que son absence d'activité pouvait déclencher, mais ne savait plus quoi inventer pour pouvoir l'occuper.

C'est là que le téléphone sonna. Jack, enfin ! Elle décrocha :

— Jack ? J'ai lu un rapport de police inquiétant vous concernant. Comment allez-vous tous ?

La voix claire et très articulée de Jack Baggelson, qui, de temps à autre, pouvait très légèrement le faire passer pour quelqu'un de pédant, la rassura d'entrée. Il ne lui cacha rien :

— Tout va bien. Nous avons effectivement essuyé une attaque de jeunes loups de la Mafia qui ont eu l'outrecuidance de s'attaquer à la maison familiale de Ronan. Mais ils ont tous fini à la morgue, alors que nous n'avons aucune victime à déplorer, que des blessés très légers.

— Et il ne risque pas d'y avoir de représailles ?

— Non, le père du jeune crétin à l'initiative du projet d'exécution un peu trop optimiste de notre agence est un parrain local ultra-embarrassé par le comportement de son rejeton. Il s'est excusé pour lui et nous a garanti que nous ne risquions plus rien. Et je le crois.

— OK, merci ! soupira Eirene. Je me sens déjà plus rassurée. Et comment va notre Ronan ?

La voix de Jack se fit joyeuse :

— Alors, sur ce chantier-là, nous avons bien progressé, grâce notamment à la belle Antonella, une avocate sicilienne.

Eirene manifesta aussitôt son approbation :

— Ah, une romance, c'est parfait. Ça va lui faire le plus grand bien, une relation avec une femme que j'imagine cultivée et que j'espère sans histoires.

— Pour la partie cultivée, tu imagines bien. Pour ce qui est d'être sans histoires, elle est, elle-même, la petite-fille d'un autre parrain très influent de la Mafia.

— Ce n'est pas possible ! gémit Eirene. Il les collectionne !

— Tiens ! Le voici qui arrive, je vais te le passer ! Ronan, viens dire bonjour. C'est Eirene qui s'inquiète pour toi !

Eirene entendit un cri joyeux puis la belle voix grave de Ronan :

— Hey, Doc, comment ça va ?

Eirene perçut dans le timbre si reconnaissable du commando un mélange d'émotions qui avaient disparu ces derniers temps. La joie. L'espièglerie. L'insolence. Pendant une fraction de seconde, elle fit le deuil du Ronan plus vulnérable, plus sensible, plus profond depuis Taïwan, puis elle soupira exagérément, de manière très audible.

— Si je suis ravie d'entendre que vous allez mieux, j'imagine donc que vous allez vous empresser d'esquiver nos rendez-vous fixés pour le début de votre analyse ?

— C'est que je vais être très pris par ma remise en forme physique, Doc, et je crains…

Une voix féminine, légèrement rocailleuse, vint l'interrompre :

— Docteur Potamianou ? Enchantée, je suis Antonella Lualdi, l'amoureuse de Ronan. Votre ouvrage *Les Enfants de la Mafia, violence dans les identifications* a littéralement transformé ma vie, et je tenais à profiter de cette occasion pour vous remercier de vive voix et vous exprimer toute ma gratitude.

Secouée par ce compliment inattendu, Eirene en resta sans voix et ne put que balbutier :

— Euh, merci !

— J'ai hâte de vous rencontrer en personne. J'ai des témoignages personnels de mon enfance sicilienne à vous apporter qui pourraient à eux seuls vous permettre d'écrire un second volume. En attendant, soyez sûre que j'encouragerai très vivement Ronan à consulter la merveilleuse praticienne que vous êtes, dussé-je pour cela avoir recours aux arguments de *Lysistrata*.

Eirene éclata de rire.

— Je ne vous en demande pas tant, Antonella, mais je vous remercie, et j'ai hâte de vous rencontrer, moi aussi.

— Appelez-moi Nella, je vous en prie.

— Et moi, Eirene. Merci Nella, et à bientôt.

La voix de Ronan, toujours aussi insolente, mais dans laquelle perçait la surprise causée par cet échange, revint dans son téléphone :

— Eh ben, vous voilà avec une alliée de choc, Doc !

Eirene ne chercha pas à cacher sa satisfaction :

— Vous avez vraiment la chance indécente de la canaille, Ronan Beretti ! Prenez bien soin de cette fabuleuse jeune femme. Et n'hésitez pas à l'emmener avec vous à votre retour. Je vous attendrai donc à mon bureau à l'heure dite. J'ai hâte de commencer nos séances. Je sens que je tiens le sujet d'un nouveau livre.

Ronan éclata de rire :

— Méfiez-vous, Doc. Mon cas pourrait bien faire date au prochain symposium de Vilnius des néo-jungiens tendance résistants-persistants !

— Ronan, vous êtes un crétin, mais il se pourrait, contre toute attente, que vous soyez récupérable. Repassez-moi, Jack, voulez-vous ?

— Bien sûr. Au revoir, Doc !

Elle hésita :

— Ronan ?

— Oui ?

— Je suis sincèrement heureuse pour vous.

Ronan hésita aussi. Conclure par une note sérieuse ne lui ressemblait pas.

— Je sais, Doc. Ce n'était pas gagné, mais ça va aller. Merci pour tout.

Eirene en resta comme deux ronds de flan, jusqu'à ce que la voix de Jack revienne.

— Alors, Eirene, verdict ?

— Je vais finir par croire aux miracles, Jack !

— J'avoue avoir brûlé un cierge à sainte Rita !

— La sainte patronne des causes perdues ! Tu as bien raison ! En tout cas, il semble être tiré d'affaire. Mais Jack…

— Oui ?

— Le Ciel nous en préserve, mais s'il arrivait malheur à Antonella Lualdi, je crois que la rechute de Ronan serait…

— … sans retour. Oui, Vera et moi y avons pensé. Toutes les précautions sont prises, mais sans garanties, hélas. Il faut voir le verre à moitié plein : nous revenons de loin et ne pouvons que nous en féliciter. En plus, l'initiative originelle est venue de Ronan : c'est lui qui m'a demandé ce voyage en Sicile. Pour un garçon avec son tour de cou, il peut être sacrément intuitif !

— En effet ! Bien, comment vont mes autres patients ?

Eirene sentit sans le voir Jack se retourner vers les agents Mozart afin de les avoir tous en ligne de vue.

— Djatoua est plutôt étonnamment discrète pour l'instant. Vera est insondable, comme à l'ordinaire. Celui qui me préoccupe, c'est plutôt Momo, à vrai dire… Est-ce que Mohand m'entend ?

Eirene n'eut même pas le temps de se retourner pour voir. Le jeune hindou, tout en restant aussi invisible qu'un ninja, n'avait pas perdu une miette de la conversation, et s'empressa de répondre :

— Je suis là, Jack. Bonjour !

— Bonjour Mohand ! Dis-moi, vous êtes plutôt proches, Momo et toi. Est-ce qu'il t'a parlé de la maladie de sa mère ?

La voix de Mohand se teinta d'inquiétude. Il avait un rapport exacerbé à la mère, surtout depuis que la sienne était décédée, et il savait que Momo et sa maman étaient très proches.

— Elle est malade ?

— À vrai dire, je ne sais pas. Il a parlé d'un malaise puis s'est refermé comme une huître. Je voudrais en savoir plus. Connaître la gravité de son mal, savoir s'il y a des frais médicaux, des opérations à prévoir, tout ça. Pourrais-tu te renseigner pour moi ? Discrètement, bien entendu !

— Bien sûr, patron. Pauvre Momo ! Je m'y mets tout de suite. Je vous repasse Eirene !

Eirene attendit que Mohand se soit éloigné du bureau principal afin de regagner son antre, la « Batcave » au sous-sol, qu'il partageait avec Momo, pour chuchoter :

— Merci de lui avoir confié une mission, Jack. Il commençait à tourner en rond. J'étais en train d'envisager un voyage au Village.

— Ah oui, je n'y avais plus pensé. Ne t'inquiète pas. Je vais m'assurer qu'il ne manque pas de boulot ces prochains jours. Mais inutile d'aller au Village. Vous serez tout aussi utiles au manoir.

— Ouf ! Tant mieux. Merci Jack.

— Je t'en prie. Est-ce que nous pouvons faire un point sur les dossiers en cours ?

Eirene se retourna pour prendre un dossier sur son bureau. Elle en profita pour admirer le ciel nordique qui scintillait à travers la grande baie vitrée. À la fin mars, l'hiver touchait enfin à sa fin en Islande, les dernières neiges à avoir recouvert le pays commençaient à fondre, et les heures de jour commençaient à être plus nombreuses que les heures de nuit. Même sans aurores boréales, le ciel prenait des teintes qui auraient fait les délices d'un Vincent Van Gogh. Eirene réalisa soudain à quel point elle adorait son bureau de Reykjavik.

Elle reprit le téléphone :

— Du côté de Taipei, la nouvelle du décès du Faucheur n'a pas fait couler de larmes. Des funérailles nationales avaient été tenues pour Meiling Rao[4], ce qui avait rallumé la colère des autorités concernant son assassin. Le sentiment général est que justice a été rendue, et le gouvernement remercie très officieusement l'agence Mozart d'avoir fait le sale boulot. Il faut dire qu'ils ont d'autres chats à fouetter. Il y a une semaine, Taïwan a perdu un allié de plus de quatre-vingts ans, le Honduras. La Chine ne faiblit pas.

— Ah oui, j'ai lu ça. Bon, c'est toujours dommage, mais je ne pense pas que la rupture des relations diplomatiques avec Tegucigalpa va vraiment peser dans la balance de la géopolitique mondiale.

— Non, c'est peu probable, en effet, mais quand on a peu d'alliés… Et sinon, ce lundi, c'est un ancien président

4 Voir *Menace sur Taiwan*, First.

de Taïwan, Ma Ying-jeou, en place de 2008 à 2016, qui débute son voyage non officiel en Chine. C'est certainement dans le but d'orienter les élections à venir de janvier 2024, d'autant plus que le Kuomintang auquel appartient Ma Ying-jeou n'a toujours pas désigné son candidat. Habile stratège, toujours prête à lancer sa contre-attaque, ton amie la présidente actuelle Tsai Ing-wen, qui devait se rendre dans deux autres pays d'Amérique latine avec lesquels Taïwan entretient encore des relations, à savoir le Guatemala et Bélize, vient d'annoncer qu'elle va en profiter pour faire une « escale » aux États-Unis, où il n'est pas impossible qu'elle rencontre le speaker républicain de la Chambre des représentants. Inutile de dire que la République populaire de Chine a condamné l'idée de cette « escale » avec la plus grande véhémence. Sur un autre front, celui des puces, les efforts de déstabilisation de TSMC, la grande entreprise technologique qui fabrique des puces de forte importance stratégique, continuent, par des tentatives de retournement ou même de recrutement de leurs ingénieurs. Enfin, la construction des matériels de débarquement chinois prend des proportions incroyables. La flotte chinoise est proche d'égaler celle des États-Unis, mais avec des matériels beaucoup plus modernes. On se rapproche tous les jours d'un conflit terrible.

— C'est inévitable. Et l'Ukraine ?

— Rien de très nouveau sous le soleil. Vladimir Poutine a reçu Xi Jinping à Moscou. Et voilà qu'il s'enhardit à annoncer qu'il veut installer des missiles nucléaires tactiques à la frontière biélorusse. Nous savons à quel point tout cela est techniquement difficile. Mais il sait y faire pour terroriser les Européens. De son côté, Volodymyr Zelensky a reçu à Kiev le Premier ministre japonais. Chacun campe sur ses positions, raffermit ses alliances et semble avoir envoyé les négociations sérieuses aux orties. Mais elles se poursuivent quand même secrètement en Turquie. Et pour finir, Evgueni Prigojine vient d'affirmer que l'Ukraine a déployé quelque deux cent mille réservistes à la frontière russe, mais on le soupçonne d'avoir gonflé ces chiffres afin de tenter d'obtenir des crédits supplémentaires pour le groupe Wagner. Il a ce matin même achevé de se rendre impopulaire auprès de Vladimir Poutine en récusant l'idée que les troupes ukrainiennes étaient composées de nazis.

— Même s'il a évidemment raison sur ce point, à trop jouer avec le tsar, il va finir par lui arriver un accident, à celui-là, et il ne l'aura pas volé, grogna Jack.

— Si seulement.

— Quoi d'autre ?

— Je suis très inquiète quant aux affaires dans le golfe Persique. Les Israéliens sont engagés dans le développement de stratégies très offensives contre tous les alliés de l'Iran.

— Oui. J'en ai parlé à nos amis arabes aussi. Mais tout le monde semble satisfait que les Israéliens fassent le sale boulot à leur place, répliqua Jack, soucieux. Mais à toute guerre, il faut des objectifs pour le jour d'après. Là, c'est plutôt un conflit éternel…

— Enfin, reprit Irene, plusieurs dignitaires des Nations unies ont l'air désireux de te contacter. Ils ont appelé pour se présenter, mais sans dire ce qu'ils désiraient, ont demandé si ton emploi du temps devait se libérer bientôt. En bons diplomates, ils ont réussi à me communiquer cette impression qu'à la fois, rien ne pressait pour le moment, mais que ça pourrait devenir urgent très vite, et qu'ils voulaient donc être les premiers sur la liste d'attente s'il y en avait une.

— Intrigant, mais on va les laisser venir. Merci Eirene.

— Il n'y a pas de quoi. Jack… ?

— Oui ?

— Tu m'as parlé de tout le monde sauf de toi. Comment vas-tu ?

— Je suis bronzé du soleil de Sicile où j'ai été bien nourri et choyé. Je suis en pleine forme !

— Physiquement, je te crois. Et mentalement ?

— Je vais bien aussi. Voir Ronan récupérer me remplit de joie. Tu me connais. Quand mon équipe va bien…

— Oui, je te connais, en effet. Très bien, Jack. J'espère prendre un café avec toi à ton retour. À très bientôt !

— Nous serons là dans deux jours. À très vite !

LA SAPINIÈRE, CITÉ DU VATICAN, ROME
27 mars, soir

Dans sa petite villa cachée, malgré l'heure tardive, monseigneur Ursini consultait encore et toujours les télégrammes diplomatiques.

Mû par une intuition, il saisit une note de son agent de liaison à Palerme. Son attention avait été attirée par la vue aérienne de la villa et le titre « Revers historique d'une famille de Cosa Nostra ». La villa d'une famille éminemment respectable avait été attaquée par des tueurs de la Mafia sicilienne qui, contre toute attente, non seulement avaient raté leur cible, mais étaient de plus tous repartis les pieds devant. Un carnage. Il se signa, mais poursuivit sa lecture. Sans surprise, il reconnut le nom du nouveau chef de clan, Gaetano Strozzi.

Mais c'est un autre patronyme, celui de la famille ciblée, qui déclencha un écho dans sa mémoire : trois générations de Beretti. Beretti… ? N'était-ce pas le nom de famille du commando de Jack, l'Irlando-Sicilien, le grand type ?

Il attrapa son téléphone, et la personne qu'il tentait de joindre répondit à la troisième sonnerie :

— Bonsoir, Monsignore, que me vaut cet appel ?

Évidemment, Jack savait parfaitement pourquoi il appelait. Cela faisait des années qu'ils jouaient à ce jeu.

— Je viens m'enquérir si ton équipe et toi avez pensé à une date pour votre créneau collectif en confession. Il me semble que depuis notre dîner, le poids de vos péchés s'est considérablement alourdi. Douze infractions récentes, à en croire mes informations.

— Oui, le salut de notre âme est clairement en perdition, mais nos corps sont intacts, et tu seras heureux de savoir que notre ami Ronan va beaucoup mieux. Rien ne vaut les bienfaits conjugués d'une femme magnifique, de la chaleur familiale et d'une bonne fusillade avec des mafieux présomptueux pour vous requinquer un commando de marine !

— Je suis heureux pour lui. Si c'était pour sauver son âme, alors je vais faire passer les douze disparus en incarnations du démon.

— *Grazie, Monsignore.* C'est fort généreux de ta part !

— *Prego !* Vous comptez ravager une autre province italienne ou vous allez en rester là ?

— Nous passons notre dernière journée à Palerme demain, puis nous rentrons à Rome le 29, récupérons nos affaires laissées à l'hôtel et repartons en Islande où il fait moins chaud, mais où la criminalité est nettement moins active. J'imagine que je ne te reverrai pas, a priori. Tu fais semblant d'être occupé ?

Monsignore Marcello Ursini regarda son bureau, qu'il allait retrouver le lendemain dès cinq heures, et soupira :

— C'est cela. Je brasse de l'air dans ces vieux couloirs. Entre les finances du Vatican et les relations internationales qui font passer la guerre froide pour une partie de plaisir, je ne pense, hélas, pas pouvoir me dégager du temps, mais ce n'est que partie remise. Heureux de te savoir sain et sauf, Jack, ainsi que ton équipe et la famille de Ronan. Transmets mes salutations à tout le monde.

— Ce sera fait.

Un silence se fit.

— Merci, Marcello, d'avoir appelé. J'apprécie.

— C'était la moindre des choses, Jack. *Buona notte.*

— *Anche voi.*

À Palerme, Jack raccrocha avec le sourire. Qu'un garçon aussi occupé ait pris le temps de s'enquérir de sa santé lui faisait plaisir. Dommage qu'ils ne puissent vraiment pas passer plus de temps en Italie. Il aurait aimé boire un dernier café avec son protégé et ami.

MAISON SAINTE-MARTHE, CITÉ DU VATICAN, ROME

29 mars

Épuisé par l'audience générale qui s'était tenue sous un dais à l'extérieur des palais, Jorge Mario Bergoglio, connu depuis son élection sous le nom de pape François, rentrait chez lui, dans son petit deux-pièces du 201 de la Maison Sainte-Marthe qui avait été en partie sécurisée lorsqu'il y avait aménagé, après avoir quitté le Palais apostolique et ses trois cents mètres carrés. Toute la matinée, il avait dialogué avec des pèlerins, reçu des offrandes, dicté deux catéchèses, l'une sur Paul de Tarse, l'autre sur saint Thomas d'Aquin. Il avait alors pu constater un renforcement significatif des agents de sécurité et s'était promis d'en parler avec le secrétaire d'État ou Ursini.

À peine arrivé, il commanda une soupe et des pâtes. Il acheva rapidement son repas, puis demanda à ne pas être dérangé. Son nouveau valet de chambre, Pier-Giorgio, le laissa alors seul.

Il venait de trouver une autre missive. Plus précise. Plus inquiétante. Mais qui ouvrait des perspectives nouvelles.

Le temps était venu d'une pause. Il était midi passé. Le pape ferma les yeux.

À quatorze heures, sœur Giovanella, qui dirigeait d'une main de fer dans un gant d'acier l'équipe dédiée au pape, vint s'enquérir de ses besoins. Elle frappa à sa porte.

N'obtenant aucune réponse, elle frappa encore. Inquiète, elle décida d'entrer et découvrit l'appartement vide.

Elle procéda à une rapide inspection, puis envoya des sœurs en reconnaissance dans les autres pièces que le pape utilisait parfois. Elle s'apprêtait à appeler le secrétaire du pape, Daniel Pellizzon, le commandant de la Garde suisse et monsignore Ursini, dont elle était naturellement l'une des informatrices, lorsque ce dernier arriva, essoufflé, suivi par le commandant de la Garde suisse.

— Où est Sa Sainteté ? cria-t-il presque, surprenant la sœur par sa véhémence inhabituelle.

— Je ne sais pas, j'allais vous appeler. Mais vous-même ? Pourquoi êtes-vous là ?

— Parce que j'ai reçu ce message sur un téléphone sécurisé dont personne à part moi ne connaît l'existence, répliqua le chef de l'Entité en montrant son portable. « Le pape vous sera rendu contre ce que l'Église cache depuis trop longtemps… Vous avez quarante-huit heures. »

— *Santa Madonna !* cria sœur Giovanella en portant la main à sa bouche.

— Vous voilà à présent dans le secret, mais on réduit le cercle des initiés au minimum. Silence et secret. Le pape est fatigué et se repose. Il ne voit personne.

Immédiatement, les équipes se lancèrent à la recherche du pape avec l'instruction de ne pas éveiller une trop grande curiosité. On indiqua qu'un prêtre âgé et ayant perdu le sens de l'orientation s'était perdu dans le Vatican. On inventa même, avec la complicité du capitaine Monteverdi, un faux portrait-robot.

Le chef de l'Entité exigea des points réguliers. Le commandant de la Garde suisse avait passé toutes les caméras au crible. Certaines étaient en dérangement, comme souvent, mais l'image du Saint-Père n'était apparue sur aucune d'entre elles. Personne ne l'avait aperçu non plus. Pas un témoin qui l'ait croisé. C'était de la sorcellerie ! Ursini secoua la tête. Comment les kidnappeurs avaient-ils opéré ?

Les recherches s'intensifièrent. La totalité de la cité vaticane fut fouillée de fond en comble.

À seize heures, aucune des trois forces mobilisées pour retrouver le disparu ne disposait du moindre début d'indice, ni les gardes suisses, ni la gendarmerie pontificale, ni les carabiniers italiens, sous le commandement du capitaine Monteverdi. Monsignore Ursini dut se résoudre à prévenir le secrétaire d'État.

En raccrochant, il se dit qu'à cette situation inédite, il fallait une approche originale. En désespoir de cause, il prit son téléphone et appuya sur un numéro parmi ses favoris. On décrocha aussitôt, et une voix espiègle, reconnaissable entre toutes, répondit :

— *Pronto ?* Tu as changé d'avis pour le café, Monsignore ?

Ursini coupa court aux plaisanteries :

— Jack, tu es à Rome ?

À l'autre bout du fil, Baggelson, sentant l'urgence dans la voix de son interlocuteur, redevint sérieux :

— Oui, nous sommes rentrés de Palerme à l'instant.

— J'ai besoin de toi. Et de ton équipe.

— Endroit habituel ?

— Oui.

Jack hésita une fraction de seconde puis dit :

— Quinze minutes !

— Merci. Ne traîne pas. On a enlevé mon patron !

Et Jack de répondre :

— Le grand patron ?

— Le patron après Dieu !

— On fonce !

Monsignore Ursini raccrocha, soulagé. Le fait de pouvoir compter sur son mentor changeait vraiment la donne. Il était le seul auquel il pouvait se fier sans arrière-pensée. Un enlèvement du pape en plein jour ne pouvait avoir une chance de réussir sans complicités intérieures. Le prélat devait donc partir du principe qu'il lui faudrait se méfier de tout le monde, jusqu'à ce que les actes prouvent au-delà du doute les authentiques loyautés. Et le temps jouait contre lui. Il relut le message : « Le pape vous sera rendu contre ce que l'Église cache depuis trop longtemps… Vous avez quarante-huit heures. »

Ursini prit une profonde inspiration. Dans *deadline*, il y avait *dead*. Qu'arriverait-il au Saint-Père si Ursini ne satisfaisait pas la demande des ravisseurs ? Oseraient-ils le tuer ? Il en eut la chair de poule.

« Contre ce que l'Église cache depuis trop longtemps », ne pouvaient-ils pas être plus précis ? Les secrets du Vatican étaient légion. À quoi faisaient-ils donc allusion ? Péchés, scandales, pédophilie, luttes de pouvoir, complots, empoisonnements, argent… quoi ?

Monsignore Ursini s'efforça de conserver son calme. Il regarda son téléphone et il se sentit gagné par un semblant de sérénité. Si quelqu'un pouvait retrouver le souverain pontife sain et sauf, c'était Jack et son équipe.

Le maître espion se leva pour aller au lieu fixé pour le rendez-vous.

VILLA SAPIENTA, ROME
29 mars

Tel un chef scout enthousiaste et énergique, Jack emmena sa troupe d'agents à vive allure, serpentant à travers les rues du centre de Rome. Vera se demandait vraiment pour quelle raison ils passaient par là.

— Est-ce qu'on essaie d'échapper à une filature, Jack ?

— Ou bien as-tu décidé qu'un nouveau marathon romain nous remettrait en forme ? renchérit Ronan.

Momo, qui conservait toute son énergie pour maintenir le train d'enfer de leur chef, ne disait rien, mais n'en pensait pas moins. Quant à Djatoua, en robe safran, pieds nus, et portant d'une main ses talons, elle n'hésita pas à exprimer son agacement :

— Il aurait été judicieux de me dire de mettre des Rangers plutôt que mes *stilettos*.

Jack se retourna en souriant :

— Tes Rangers n'auraient pas eu l'effet disruptif désiré, Djatoua. Nous sommes arrivés !

Il montra l'entrée d'un parking souterrain, dont la porte latérale destinée aux piétons s'ouvrit à son approche. « Sésame, ouvre-toi ! » ne purent s'empêcher de penser tous les membres de l'équipe.

Jack s'avança dans la semi-pénombre puis prit brusquement sur la gauche derrière un poteau. Là, une autre porte s'ouvrit encore, et ils pénétrèrent dans un de ces magnifiques jardins romains cachés. Un jeune homme athlétique, au fort accent suisse, les accueillit et les guida vers une belle maison palladienne qui paraissait tout à fait à sa place, comme le pavillon de n'importe quel parc dans le monde. Ce qui semblait un peu hors contexte, en revanche, c'était la multitude d'antennes, dont certaines servaient sans aucun doute au brouillage de communications, et de caméras de surveillance dernier cri. La présence, certes discrète, mais aisément détectable par les professionnels qu'ils étaient, de gardes lourdement armés ne collait pas non plus avec un simple pavillon de parc.

— Bienvenue à la villa Sapienta, annonça le jeune garde suisse. C'est le QG non officiel que monsignore Ursini utilise dans des situations sensibles.

Jack et son équipe le suivirent et entrèrent dans la villa. Un autre garde leur indiqua un escalier, et ils montèrent vers l'étage en admirant le luxe subtil de la maison, qui n'avait rien à envier à la villa Médicis. Une fois parvenus en haut, ils découvrirent monsignore Ursini, qui semblait s'efforcer d'arborer son sourire charmeur, mais ne trouvait pas la joie intérieure requise pour le faire rayonner. Il parut néanmoins heureux de les voir, ou plutôt, aux yeux de Vera, soulagé. Ce n'était pas le cas des trois autres hommes et de la femme, qui interrompirent leur conversation à leur arrivée. Les deux hommes les plus âgés avaient l'air franchement hostiles, la femme soupçonneuse, et seul l'homme plus jeune, prototype du bel homme italien, leur adressa un sourire, un peu plus appuyé envers Djatoua et Vera. Celle-ci pria silencieusement pour que le seul interlocuteur qui semblait bien disposé à leur égard ne soit pas une version modernisée d'Aldo Maccione.

Les Mozart étaient sans doute les derniers attendus, car en leur faisant signe de prendre place autour d'une table en U, le prélat démarra un tour de table.

— Bien. Vous me connaissez tous. Je commencerai donc à ma droite par le colonel Jaeger, commandant de la Garde suisse, notre service mercenaire d'élite. L'aspect quelque peu folklorique de son costume d'apparat ne doit pas vous tromper quant à sa réelle efficacité.

Le colonel, un quinquagénaire grand et sec, blond aux yeux bleus qui, selon Vera, n'avait pas dû sourire depuis la Nativité, se permit néanmoins un rictus ironique :

— Qui vient d'être sévèrement entamée par les événements du jour.

Vera et les autres agents Mozart se lancèrent des regards inquisiteurs. Ils avaient hâte de comprendre ce qui se passait.

Pendant ce temps, monsignore Ursini se tourna sur sa gauche.

— Voici le commandant Pietranera, inspecteur général du corps des carabiniers du Vatican, autrement appelé la gendarmerie pontificale.

Le commandant, aussi brun, trapu et costaud que son homologue suisse était long et nerveux, partagea également sa déconfiture :

— Il en va de même pour nous, cher collègue. Nous ne l'avons littéralement pas vu venir.

Vera nota que leurs remarques agaçaient profondément la femme aux cheveux gris bouclés et aux yeux assortis, derrière ses lunettes.

— Gardez vos remords pour le confessionnal, Messieurs, voulez-vous ? Il faut être pragmatiques et aller de l'avant.

Monsignore Ursini réprima un sourire :

— Je vous présente notre agent de liaison pour le gouvernement italien. Voici donc la *signora* Streggia…

Ronan étouffa un sourire, *strega* voulant dire « sorcière » en italien. L'agent de liaison s'en aperçut et le foudroya du regard.

Monsignore Ursini poursuivit :

— Je sais que certains d'entre vous n'étaient guère favorables à l'apport sur cette opération de renforts extérieurs et privés.

— Inutile de parler au passé, Monsignore, grogna Jaeger.

— « Guère favorables » est un euphémisme, renchérit Pietranera.

Et Streggia de conclure sur le ton tranchant qui la caractérisait :

— Ils n'ont strictement rien à faire ici.

Monsignore Ursini mobilisa toute la diplomatie dont il était capable et enchaîna :

— J'ai néanmoins tenu à faire appel à mon vieil ami et mentor Jack Baggelson, qui dirige aujourd'hui une agence de renseignements privés, l'agence Mozart. Tout comme lui, ses agents, respectivement Vera, Djatoua, Momo et Ronan, qui l'accompagnent, ont tous une capacité à bousculer les lignes et penser selon des schémas différents des nôtres, et je m'inclus dans ce « nous ». Si nos ennemis ont réussi à subtiliser le Saint-Père à notre nez et notre barbe, c'est qu'ils connaissent nos procédures par cœur. Il nous faut impérativement un œil neuf pour espérer le retrouver dans les temps et intact.

Les agents Mozart, stupéfaits et comprenant la gravité de la situation, se regardaient et interrogeaient Jack du regard. Celui-ci attendait la fin de l'intervention de son ami pour prendre la parole.

Le patron de l'Entité se pencha en avant. Il n'avait pas l'air menaçant, juste intense, mais Vera vit que cela suffisait amplement :

— Et je compte sur vous pour collaborer avec eux. Je prendrai comme une offense très personnelle toute querelle de chapelle malvenue. La vie de Sa Sainteté est en jeu, et je ne parle même pas du fait que le renseignement risque d'être la risée du monde s'il s'avérait que nous étions incapables de le récupérer. Est-ce que je me fais bien comprendre ?

Tous hochèrent la tête de concert, de mauvaise grâce, mais avec conviction.

Monsignore Ursini sembla satisfait :

— Bien, passons à l'ordre du jour. Avant même de nous attaquer à l'enlèvement et aux responsables possibles, il nous faut prendre trois décisions, et pour ce faire, répondre à trois questions : gardons-nous le secret ou rendons-nous la disparition publique afin de bénéficier de l'aide et des yeux et des oreilles de tous les catholiques de Rome ? Si nous choisissons de garder le secret, utilisons-nous un sosie pour donner le change quelque temps ? Et sinon, quelle explication trouvons-nous à sa disparition ? On démarre avec le secret. Vote à main levée. Qui est favorable au secret ?

Vera observa attentivement chacun des protagonistes. Les mains du colonel Jaeger et de la *signora* Streggia jaillirent quasi instantanément en l'air, comme si le secret était un réflexe professionnel automatique. Le commandant Pietranera suivit après un léger décalage dû à une rapide réflexion. Le capitaine Monteverdi et Jack, qui représentait toute l'agence Mozart, s'exprimèrent enfin après avoir vraiment pesé le pour et le contre. Monsignore Ursini hocha la tête : le vote avait confirmé son intuition.

— Je laisse à chacun d'entre vous le soin de déterminer quels membres de vos diverses organisations vous allez mettre dans le secret, sur le principe du « besoin d'en connaître ». Nous avons déjà assigné à résidence le valet de chambre et la responsable de la Maison Sainte-Marthe, qui ont été contaminés par la grippe papale.

Assentiment général autour de la table. Monsignore Ursini poursuivit :

— Bien. Ensuite, le sosie ?

Toutes les mains se levèrent en même temps cette fois, sans hésitation. Le colonel Jaeger formula une remarque qui résumait la pensée commune :

— Il faut garder à l'esprit que le sosie ne fonctionne vraiment que comme une image du pape, vu de loin, fugitivement, sans que les caméras puissent zoomer et sans qu'il prononce de phrases trop longues. Nous en avons un qui imite plutôt bien sa voix et ses intonations. Mais dans certaines situations, comme un angélus, un face-à-face ou encore une interaction avec d'autres personnes à l'intérieur d'une même pièce, aussi grande soit-elle, il ne trompera personne.

Monsignore Ursini opina et enchaîna :

— Pour ce qui est de la raison officielle, la santé m'a paru la plus pertinente. J'ai donc pris la liberté de préparer pour Matteo Bruni, notre directeur du service de presse du Saint-Siège, le communiqué suivant : « Le Saint-Père se trouve à l'hôpital Gemelli depuis cet après-midi pour des contrôles précédemment programmés. » Sans donner plus de précisions. Est-ce que ça vous convient ?

Toutes les mains se levèrent.

— Comme par hasard, soupira Ursini, nous arrivons sur la Semaine sainte. Nous sommes tranquilles le 30, le 31 et le 1er avril, où rien n'est prévu. En revanche, si par malheur, nous ne l'avions toujours pas retrouvé d'ici là ou si le Saint-Père, une fois récupéré, s'avérait dans l'incapacité de reprendre aussitôt ses activités, le sosie devra célébrer la messe des Rameaux le 2. Par contre, le 3, face aux dirigeants de l'INPS (monsignore Ursini se tourna vers les Mozart), l'Institut national italien de la prévoyance sociale, là, il ne trompera plus personne. Et il paraît difficile d'annuler ou même de reporter cette réunion prévue depuis très longtemps et qui a nécessité de coordonner tant d'agendas.

Jack Baggelson n'eut pas besoin de compter sur ses doigts et prit immédiatement le problème à bras-le-corps :

— Nous avons donc au maximum cinq jours pour retrouver le pape qui s'est volatilisé sans laisser de traces. Nous avons affaire à des professionnels pour ce qui est de l'exécution, sans aucun doute, mais en ce qui concerne les commanditaires, qui avons-nous en ligne de mire ?

Le commandant Pietranera laissa transparaître son énervement et sa frustration :

— Il y a trop de suspects : les Russes et les Ukrainiens, pour des raisons différentes, les Chinois et les Nord-Coréens, tous les protagonistes du Moyen-Orient, nos mafias, les Turcs – on ne sait jamais – et jusqu'à l'aile réactionnaire du Vatican.

— Pas les intégristes musulmans ? intervint Djatoua.

Jaeger la toisa avec mépris :

— Leur process est le plus souvent d'une simplicité élémentaire : ils tuent puis se suicident. Ils n'ont aucun intérêt à enlever le pape. Le prendre en otage, éventuellement, dans un lieu public devant les caméras, mais pas un kidnapping en secret. J'ai aussi éliminé les Brigades rouges, qui ne sont plus que l'ombre d'elles-mêmes.

— Et Gladio ? s'enquit Jack, incisif.

S'attirant les regards étonnés de certains et courroucés d'autres, Jack rappela une histoire longtemps gardée secrète :

— Pour celles et ceux qui l'ignorent, qui font semblant ou qui ont la mémoire courte, le 31 mai 1972, un attentat eut lieu à Peteano. Une voiture piégée a tué trois carabiniers. Un appel téléphonique anonyme est arrivé fort à propos à l'époque pour revendiquer la responsabilité des « Brigades rouges ».

Jack se lança dans le récit de cette vieille affaire. En 1984, un juge rouvrit le dossier après avoir constaté des manipulations à grande échelle. Il découvrit une armée secrète appelée « Gladio », cachée au sein des services secrets militaires, et il étudia ses liens avec le terrorisme d'extrême droite. L'un de ses chefs, Vincenzo Vinciguerra, avoua avoir perpétré l'attentat, mais surtout, il révéla la « stratégie de la tension » grâce à laquelle ils avaient manipulé l'opinion publique pour discréditer l'adversaire politique. Les acteurs de ces attentats visant à faire basculer l'Italie sous un régime fort étaient tous des militants de la droite radicale. Leur réseau bénéficiait de la complicité active de certains membres des services secrets italiens comme américains, des forces de l'ordre, de la magistrature, de la pseudo-loge P2 de Licio Gelli et même de certains membres de l'Église catholique. Ils s'étaient spécialisés dans l'infiltration des milieux d'extrême gauche et dans la fine préparation d'actions pouvant leur être attribuées, ce qui leur permettait une ultime manipulation dont le but était de s'opposer à tout prix à la contamination de la « peste communiste ».

Tous étaient liés à un dispositif international appelé « Stay behind », prévu pour résister de l'intérieur en cas d'invasion soviétique. Il y en avait dans chaque pays membre de l'Alliance atlantique. Seuls trois pays, l'Italie, la Belgique et la Suisse, menèrent une enquête parlementaire sur leurs armées secrètes et présentèrent ensuite un rapport public et détaillé de la manière dont tous les autres pays avaient traité la question à huis clos. Le journal anglais *The Observer* titra même sur le « secret politico-militaire le mieux gardé et le plus dommageable depuis la Seconde Guerre mondiale ». Il existait d'ailleurs, au sein de l'OTAN, un « comité de planification clandestine » et un « comité clandestin allié ».

À l'exception de la « sorcière » et de monsignore Ursini, tous les présents l'écoutaient avec attention, découvrant ainsi l'ampleur de ce secret si longtemps gardé.

— Pas plus qu'avec la pseudo-loge P2, les dossiers Gladio n'ont été explorés jusqu'au bout... termina Jack.

Monsignore Ursini opina et demanda qu'on ajoute les deux derniers sujets à un inventaire déjà long. Il montra ensuite son portable :

— Le mobile est tout aussi flou : « Le pape vous sera rendu contre ce que l'Église cache depuis trop longtemps. » Est-ce que vous imaginez seulement la liste des secrets du Vatican ? Nous n'aurons jamais assez de temps, d'autant plus que leur ultimatum est de deux jours !

— Alors, il faut en revenir à l'exécution, intervint Jack Baggelson. Le pape s'est volatilisé. Est-ce que vous pouvez nous en dire un peu plus sur le *modus operandi* ?

Un silence gêné se fit autour de la table. Monsignore Ursini se dévoua et répondit en quelques mots que non seulement personne ne l'avait aperçu après son déjeuner à la Maison Sainte-Marthe, mais qu'en plus, il n'était apparu sur aucune des très nombreuses caméras de sécurité disposées sur place et dans les environs.

— Comment l'expliquez-vous ?

Le colonel Jaeger, visiblement agacé par la situation, prit la parole :

— C'est le problème numéro un. Jusqu'ici, nous ne nous l'expliquons pas. Les images des caméras n'ont pas été trafiquées, nous avons vérifié. Et la plupart fonctionnent. Par ailleurs, le pape François est très aimé par les personnels de la Maison, et du Vatican en général : il est impensable qu'il ait pu quitter les lieux à visage découvert sans qu'absolument personne ne l'ait croisé. Et si on l'avait sorti cagoulé, masqué ou enfermé dans une boîte quelconque, une telle opération aurait forcément attiré l'attention. L'énigme est totale.

C'est alors que Vera fit entendre sa voix pour la première fois :

— C'est par là qu'il faut commencer, son appartement à la Maison Sainte-Marthe.

MAISON SAINTE-MARTHE, CITÉ DU VATICAN, ROME
29 mars

— Vous imaginez vraiment qu'on n'a pas pensé à sonder les murs et les sous-sols ?

Dans l'appartement 201 de la Maison Sainte-Marthe, où les Mozart s'étaient rendus à l'issue de la réunion, le colonel Jaeger fusillait du regard Vera et ses compagnons, qui testaient les cloisons à la recherche d'un passage secret.

— On est des professionnels, figurez-vous !

Vera en eut assez et lui lança un regard glacial :

— Si vous étiez réellement irréprochables, nous ne serions pas ici, Colonel. Laissez-nous faire notre travail, s'il vous plaît.

Le chef des gardes suisses allait répliquer avec une remarque assassine lorsqu'un nouveau venu fit son entrée avec monsignore Ursini. En le voyant, le colonel leva les yeux au ciel et s'éloigna aussitôt, ce qui ne manqua pas d'étonner Vera.

L'homme qui venait d'entrer était jeune, un quadragénaire récent selon elle, même s'il perdait un peu ses cheveux blond paille à peine coiffés. Avec sa mâchoire carrée, ses yeux francs et son allure sportive, renforcée par la simplicité du sweat à capuche bleu qu'il portait par-dessus sa tenue ecclésiastique, il irradiait une forme de bonté naturelle et presque innocente qui attirait d'emblée une sympathie immédiate. Ses yeux étaient rougis d'inquiétude, et il était probable qu'il avait pleuré, ce qui paraissait témoigner d'une authentique affection envers le pape. Cela acheva de bien disposer Vera à son égard. Elle lui sourit, et un sourire timide de gamin ravi lui répondit aussitôt.

Monsignore Ursini fit les présentations :

— Vera, je vous présente Gonzalo Aemilius, l'un des deux secrétaires particuliers du pape.

Ce jeune prêtre uruguayen était arrivé à ce poste en attirant dès 2006 l'attention de celui qui s'appelait encore Jorge Bergoglio, alors archevêque de Buenos Aires, par une série d'actions humanitaires en faveur des enfants des rues.

— Gonzalo était un vrai prêtre de terrain, œuvrant dans les pires quartiers et les squats de Montevideo, et fut notamment directeur pendant deux ans du lycée Jubilar Juan Pablo II. Le pape François l'avait alors félicité pour son travail, et il récidiva publiquement après son investiture, lorsqu'il le retrouva presque par hasard au Vatican. Le pape François célébrait l'une de ses premières messes dans le quartier Sainte-Anne, le 17 mars 2013, quand, parmi la foule, il le reconnut.

Vera regarda plus intensément le jeune prêtre. La date mentionnée venait de tirer l'une de ses alarmes internes, et son cerveau rapide effectuait une recherche à grande vitesse. La connexion se fit. C'était le jour même où la famille Orlandi, celle de l'autre disparue célèbre du Vatican, l'adolescente Emanuela, était venue voir le pape François dans l'espoir que ce dernier puisse les aider davantage que ses prédécesseurs. Vera ne savait pas encore que faire de cette information sinon la stocker dans sa bannette mentale « Dossier en cours », selon le principe que les coïncidences n'existaient pas. Relier deux kidnappings mystérieux paraissait logique.

Pendant ce temps, Ursini poursuivait :

— Le Saint-Père l'a appelé à ses côtés à la fin de la liturgie.

Le visage de Gonzalo Aemilius s'éclaira à ce souvenir :

— Je ne m'y attendais pas du tout. C'était un moment magique.

— Aussi, conclut Ursini, le 26 septembre 2020, lorsque son ancien secrétaire Fabian Pedacchio, le compatriote argentin de François, retourna à son poste auprès de la Congrégation des évêques, le pape annonça que Gonzalo serait son nouveau second secrétaire, en renfort du frère égyptien Yoannis Lahzi Gaid. Il a donc emménagé ici à Sainte-Marthe et partage le quotidien du Saint-Père depuis. Il constitue donc une source précieuse d'informations pour vous. Je le laisse entre vos mains.

— Merci, Monsignore, s'inclina Vera. Si vous le permettez, je vais vous poser des questions peut-être un peu directes, car le temps nous est compté. Est-ce que cela vous convient, père Aemilius ?

— Gonzalo, je vous en prie.

— Gonzalo, très bien. Je suis frappée par ce modeste immeuble, loin des fastes du Vatican, et plus encore par l'aspect presque spartiate de cet appartement.

— Sa Sainteté n'aime pas s'encombrer de possessions et méprise totalement le paraître. Il dit qu'il n'a pas besoin de plus.

Vera suivit le geste que fit le secrétaire de la main pour montrer l'appartement monacal du chef de l'Église catholique. Juste deux pièces en plus de la salle de bains :

une pièce dédiée au travail, avec un bureau, deux chaises, un fauteuil, deux commodes basses et un simple crucifix au mur – des meubles en bois sans dorures, élégants, mais pas outrageusement ouvragés ; une chambre à coucher encore plus spartiate, contenant un lit simple surmonté d'une tête de lit en bois, mais pas de baldaquin, une table basse, un fauteuil, une commode et un autre crucifix au mur.

— Cette simplicité que l'on voit ici n'était pas feinte ? demanda Vera.

Gonzalo Aemilius secoua énergiquement la tête :

— Non, pas du tout. Je viens d'une famille de juifs et de non-croyants. C'est en découvrant le travail de prêtres de terrain travaillant avec des enfants des rues que j'ai senti l'appel de ma vocation. De même, c'est en voyant Jorge Bergoglio, alors archevêque, se rendre dans un quartier au cours de la messe du Jeudi saint et personnellement laver les pieds de personnes droguées ou atteintes du sida que j'ai compris que j'étais en présence d'un homme profondément pieux. Et il n'a pas changé en devenant pape, bien au contraire.

— D'accord. Alors, j'imagine que parfois, la lourdeur protocolaire de sa charge et les fastes ostentatoires de certains de ses cardinaux devaient lui peser.

— Oui, en effet.

Vera sentit Jaeger, qui les avait rejoints pendant la visite et ne perdait pas une miette de la conversation, se raidir lorsqu'elle posa la question suivante :

— Est-ce qu'il n'aurait pas voulu, par moments, de lui-même, s'échapper de tout cela ?

— J'ignore à quel point tout cela a pu être amplifié comme une légende urbaine, mais Federico Wals, son ancien secrétaire à l'époque où il était encore archevêque à Buenos Aires, n'a pas nié lorsque je lui ai demandé une confirmation. Il m'a certifié que le pape prenait parfois le métro avec lui plutôt que la voiture avec chauffeur. Il était familier de ce moyen de transport public, et on dit aussi qu'il lui arrivait de fausser compagnie à sa sécurité pour aller arpenter la ville en solo. Il y aurait même des photos prises de lui dans le métro en 2008, méconnaissable et incognito, en imperméable avec une casquette sur la tête. Je ne les ai pas vues personnellement, mais c'est ce qu'on raconte. Le pape François est quelqu'un qui vous écoute. Il étudiera votre suggestion, mais prendra toujours seul, parfois envers et contre tous, la décision finale, et ce, quoi qu'il arrive. Il vous dira que votre idée est bonne, mais que pour des raisons qu'il vous expliquera patiemment, il vaut mieux faire d'une autre façon, en l'occurrence la sienne. Donc, pour répondre à votre question que je crois deviner, s'il avait voulu s'éclipser un instant, comme en 2008 à Buenos Aires, il aurait pu le faire.

Jaeger émit un grognement méprisant, mais Vera n'en avait cure. Elle désigna à son tour le modeste appartement :

— D'accord, donc il a pu initialement partir de son propre chef, avant d'être kidnappé par la suite. Mais où serait-il allé ? Y a-t-il dans cet immeuble un autre endroit qu'il affectionnait particulièrement ? Une bibliothèque ? Un patio ? Un salon ? Au rez-de-chaussée, de préférence.

Gonzalo n'eut pas à réfléchir longtemps :

— La petite chapelle de Sainte-Marthe, assurément.

— OK, emmenez-moi.

Elle fit signe à Ronan, Djatoua et Momo, qui les avaient rejoints, de les suivre, puis chercha Jack Baggelson du regard. Ce dernier, penché sur le modeste bureau du Saint-Père, était occupé à soupeser l'unique élément décoratif de la pièce qui paraissait précieux. Dans un petit coffre en bois au fond tapissé de velours se trouvaient trois emplacements : l'un était vide, dans les autres brillaient deux presse-papiers de valeur. Jack en prit un. Il avait reconnu, sur le disque en bronze, la *Bocca della Verità* – la Bouche de la Vérité –, un célèbre bas-relief sur marbre exposé sous le portique de l'église Santa-Maria in Cosmedin, à Rome. La légende voulait que la sculpture représentant un visage masculin barbu, dont la bouche était creuse, ait tranché la main de tout menteur qui se serait hasardé à la placer dans cette bouche sculptée. Jack retourna le disque et vit des crans qui devaient sans doute permettre de l'accrocher au mur. Il reposa à regret l'artefact grâce auquel il avait caressé l'idée d'établir une sorte de contact tactile et mystique à la fois avec le Saint-Père kidnappé, afin d'avoir une meilleure idée de sa personnalité.

Une idée lui vint. Il fit signe à Vera qu'il les rejoindrait au rez-de-chaussée et il saisit son téléphone pour appeler Eirene. Au bout de la cinquième sonnerie, celle-ci décrocha.

— Oui, Jack ?

— Bonjour Eirene. J'appelle pour une question technique. Pourrais-tu mettre Mohand dans la boucle, s'il te plaît ?

La voix de Mohand se joignit à eux :

— Je vous écoute, patron.

— Très bien. J'ai besoin de tes lumières, et encore plus de ta vitesse. Le pape François a disparu. Fugue d'abord, enlèvement ensuite, selon toute probabilité. La dernière fois qu'il a été vu, c'est dans son appartement de la Maison Sainte-Marthe, où je me trouve actuellement. Comme il semble s'être évanoui en fumée, nous avons cherché un passage secret.

— Trop génial !

— Effectivement, mais voilà le problème. Ledit appartement est au deuxième étage, et il n'y a aucune porte dérobée permettant de s'en évader. En revanche, Vera et les autres sont en route pour la petite chapelle de Sainte-Marthe au rez-de-chaussée. Je crois savoir que les anciens plans du Vatican ont été récemment numérisés. Peux-tu te les procurer en hackant discrètement les serveurs du Vatican, et voir si tu trouves un passage menant vers l'extérieur depuis la chapelle ou tout autre endroit sur la propriété ?

— C'est comme si c'était fait. Le temps que tu te rendes à la chapelle, et je te rappelle.

— Merci Mohand.

Avant que Jack ne raccroche, Eirene lui dit :

— Enlèvement, chapelle, passages secrets : cette opération prend une tournure très médiévale.

— Oui, nous baignons dans une ambiance entre Umberto Eco et Dan Brown, même si je préfère de très loin *Le Nom de la Rose* au *Da Vinci Code* ou à *Anges et Démons*.

— Je dois avouer que cette atmosphère d'un autre temps parasite un peu le profil que j'essaie de dresser du kidnappeur du pape. Heureusement que j'ai eu le temps de digérer ton message Signal.

— Je comprends très bien. Les suspects sont légion et je me doute bien que c'est très compliqué, mais nous avons vraiment besoin du maximum d'éléments pour y voir clair, dans un temps réduit, alors n'abandonne pas.

— Jamais.

— Très bien. À tout de suite, Eirene, je descends rejoindre les autres.

Au rez-de-chaussée, après avoir descendu les marches d'un pas tranquille, Gonzalo Aemelius entrait dans la petite chapelle, suivi par les agents Mozart et un Jaeger de plus en plus agacé. Ils furent rapidement rejoints par Jack.

Avec son dallage en losange, son toit en croisillons, et la simplicité de ses murs en bois et de sa vitre donnant sur un jardin intérieur, la chapelle de la résidence Sainte-Marthe correspondait bien aux goûts du pape François en matière d'absence de faste. Un autel de pierre simple sous un Christ en croix, un lutrin en bois, les chaises en paille et bois des fidèles, une élégance simple et ergonomique, sans ostentation.

Jack fit le tour de la pièce avec les autres, mais où chercher ? Son téléphone sonna dans sa poche. Il décrocha et connecta le haut-parleur.

— Ça y est, Jack. Je viens de consulter les sources un peu particulières dont nous avons parlé. Il semblerait qu'il y ait un passage dans la sacristie, le mur du fond.

Jack s'y rendit aussitôt, suivi de l'équipe, qui avait entendu. La pièce n'était pas immense ni très encombrée, mais le mur du fond, tout en pierres apparentes, paraissait plus ancien que le reste du bâtiment. Lors de la rénovation, l'architecte avait visiblement gardé quelques vestiges antiques.

— Est-ce que tu en as profité pour rechercher les moyens utilisés pour emprunter ces passages ? demanda Jack à Mohand.

— Absolument. Est-ce que tu vois dans ce mur un emplacement en creux ?

Vera repéra avant tout le monde un emplacement rond en creux, cerclé de bronze. Elle se retourna aussitôt vers Jack :

— Ce presse-papiers en bronze que tu regardais. Tu l'as laissé sur le bureau du pape, Jack ?

Celui-ci le sortit de sa poche en souriant.

— Celui-ci ?

Gonzalo, qui semblait partager avec son patron le mépris des possessions matérielles, parut légèrement amusé, mais Jaeger, scandalisé, faillit en faire une crise d'apoplexie.

— Vous avez volé le presse-papiers du pape ?

— Je ne l'ai pas emporté en souvenir ou pour le vendre sur eBay, soupira Jack. Ce presse-papiers représente une *Bocca della Verità* miniature, et je l'ai trouvé dans un coffret en bois fait pour en recevoir trois, mais où il en manquait un. Par déduction, j'ai pensé qu'il pourrait nous être utile. La preuve ! Tiens, Vera.

Vera s'avança avec l'artefact vers le cercle en creux. Elle demanda à Mohand :

— Tu as découvert ça dans les plans numérisés du Vatican ?

— Mais non ! Dans *Indiana Jones et le Grand Cercle.*

— Je ne l'ai pas vu, celui-là. C'est dans la série des *Aventures du jeune Indiana Jones* ?

Gonzalo intervint :

— Non, c'est un jeu vidéo.

Momo, ravi, poussa une exclamation d'approbation :

— Bravo, mon père !

Un prêtre *gamer*, ça lui redonnait la foi. Gonzalo sourit, tandis que Jaeger secoua la tête, horrifié par l'échange auquel il venait d'assister.

— Ce sont les enfants de mon école qui m'ont initié ! Rien de tel pour apprivoiser des enfants des rues qu'une console de jeux vidéo !

Vera prit le presse-papiers, le plaça dans le creux, sentit un déclic et tourna dans le sens des aiguilles d'une montre. Un mécanisme se déclencha, et un bruit de roues crantées se fit entendre. Un tremblement se fit, et une partie du mur pivota vers l'intérieur, révélant un passage secret. Jaeger jura.

Vera s'enhardit et s'introduisit dans le passage, sa lampe Maglite à la main. Elle émergea bientôt dans une petite grotte au fond de laquelle se trouvait un escalier menant vers les ténèbres.

Elle se retourna vers Jaeger :

— On y va, mais si vous voulez appeler des renforts, ne vous gênez pas. On entre dans des souterrains, là. On va naviguer en aveugles désormais. Ça pourrait bien être un dédale là-dessous, avec énormément de couloirs à explorer. Il va nous falloir du monde.

— Certes, dit Jaeger après une légère hésitation, je ne peux pas laisser des étrangers s'égarer dans les souterrains de Rome !

Il dégaina son portable et appela ses hommes. L'un d'entre eux arriva si vite qu'il devait forcément être sur place, à la Maison Sainte-Marthe. Il s'agissait d'un garde suisse d'une petite trentaine d'années. Avec son physique de nageur olympique mis en avant par sa tenue bleu marine opérationnelle, surmontée d'un béret noir, ses cheveux blonds coupés ultra-courts et son menton de jeune premier, il avait l'air à la fois ultra-efficace et totalement innocent. En le voyant apparaître, Djatoua, sans la moindre vergogne, claqua ses lèvres avec gourmandise.

Le jeune garde se tourna au bruit et, découvrant l'exubérante beauté en robe safran qui vrillait son regard dans le sien, sentit son corps se raidir et sa capacité de parole le quitter. Cela eut le don d'énerver son supérieur, choqué par ce manège indécent :

— Fermez la bouche et présentez-vous !

Le jeune garde suisse ressentit la deuxième décharge électrique de la journée, mais bien moins agréable que la première. Il lutta pour reprendre ses esprits tandis que les agents Mozart riaient sous cape.

— Caporal Lukas von Däniken, au rapport, mon Colonel !

— Voici les membres de l'agence Mozart, Caporal. Ce sont des experts étrangers. Ils sont venus nous aider. Vous allez les accompagner à travers ce passage secret, qu'il faudra répertorier, et ces souterrains par lesquels ces mécréants ont peut-être enlevé notre Saint-Père. Pour l'instant, cela paraît l'explication la plus plausible, et nous n'avons pas d'autre piste, de toute façon. Les renforts vont arriver sous peu, mais chaque seconde compte. Aussi, allez immédiatement reconnaître les lieux en éclaireur ! N'allez pas trop loin. Sécurisez juste les abords ! Exécution !

Le caporal salua d'un geste que Ronan, qui était très critique à cet égard, trouva impeccable, dégaina son arme et une torche, et disparut aussitôt par le passage. Ronan allait lui emboîter le pas lorsque Jaeger l'arrêta d'un geste :

— Laissons le caporal Däniken partir en éclaireur et attendons les renforts. Je vous assure qu'ils ne vont pas tarder. Mais monsignore Ursini n'hésitera pas à me crucifier s'il vous arrivait quoi que ce soit par imprudence.

Jack fit signe à Ronan de rejoindre le jeune homme et indiqua au colonel :

— Ce serait encore pire si monseigneur Ursini apprenait qu'on a laissé ce soldat seul.

Ronan fila dans le souterrain, gardant bien cachée son arme, qu'il avait récupérée par les services « diplomatiques » de l'agence.

Une voix résonna dans la chapelle :

— Vous êtes là ?

Jack répondit sur son portable resté allumé :

— Oui, Mohand. On t'écoute.

Mohand en profita pour faire part à l'équipe de ses découvertes. Après l'incendie de Rome en 64, l'empereur Néron imposa une vague de persécutions des chrétiens au cours de laquelle saint Pierre fut crucifié. Son corps fut enseveli dans la nécropole païenne de la colline du Vatican. Au IVe siècle, l'empereur Constantin décida de construire une basilique dont l'autel figurerait au-dessus de la tombe de l'apôtre.

En 1941 eut lieu une découverte majeure lors de fouilles ordonnées sous le pontificat de Pie XII : une boîte contenant des ossements fut trouvée non loin de la tombe, dans un *loculus*, une petite niche, près du mur du monument de Constantin, sur un fragment duquel une archéologue découvrit l'inscription grecque « Pierre est ici » ! En 1968, lors d'une audience, le pape Paul VI déclara que « les reliques de saint Pierre [avaient] été elles aussi identifiées d'une façon que nous pouvons tenir pour convaincante ». Elles furent alors replacées dans le *loculus*, excepté quelques reliques destinées à la chapelle privée du pape.

À présent, on accédait aux fouilles par une entrée située à côté de la sacristie de la basilique. Après avoir descendu un escalier étroit, cheminé à travers des mausolées de grandes familles romaines et s'être enfoncés en direction de la chapelle Clémentine, les pèlerins arrivaient enfin devant les reliques de l'apôtre, exactement au-dessus de l'autel de la basilique surmonté du baldaquin du Bernin, dans l'axe précis de la coupole de Michel-Ange, au creux d'un mur de pierres.

— Clairement, conclut Mohand, depuis Paul VI, les différents papes se sont offert un passage discret vers le tombeau de Pierre. Il doit y en avoir un autre depuis la résidence officielle qui a été boudée par François.

Tandis que le caporal von Däniken et Ronan, visiblement ravi d'avoir trouvé un binôme acceptable à ses yeux, revenaient en faisant signe que la voie était libre et qu'un renfort de quinze gardes suisses envahissait la petite chapelle, Mohand précisa :

— Ce passage-ci, en revanche, je ne sais pas où il mène. Les plans que j'ai pu consulter par ailleurs ne l'indiquent pas, et je n'ai pas encore trouvé pour l'instant de sources de documentation fiables permettant de le déduire. Si vous choisissez de l'emprunter, vous descendrez vers l'inconnu, et ça m'a l'air profond !

Résonnant dans la petite chapelle, la voix de Ronan déclama :

— Plonger au fond du gouffre/Enfer ou Ciel, qu'importe !/Au fond de l'Inconnu/Pour trouver du nouveau !

Jack sourit en voyant le visage étonné de Jaeger :

— Eh oui, nous avons un commando qui cite du Baudelaire ! Pas si mal, non ?

Puis, satisfait d'avoir décoché sa petite pique, Jack dégaina sa Maglite et suivit à son tour Vera dans le passage où elle s'était engagée sans la moindre hésitation derrière Ronan, Djatoua et son beau garde suisse.

SOUTERRAINS, CITÉ DU VATICAN, ROME
29 mars

Dans la première petite grotte qui menait vers un escalier, le caporal von Däniken essayait de se concentrer sur sa progression, mais ne pouvait pas empêcher ses yeux de constamment revenir vers Djatoua. Celle-ci sourit, mais décida de le rappeler à l'ordre.

— Lukas ?

— Oui ?

— Nous aurons l'occasion de faire connaissance plus tard, je te le promets, mais pour l'instant, montre-moi le professionnel que tu es. Voir un vrai pro en action, c'est comme une drogue pour moi.

Le jeune garde suisse déglutit, hocha la tête et se concentra à nouveau sur la mission, suivi du regard par un Ronan hilare.

Ils arrivèrent à l'escalier. Lukas se retourna :

— Cet escalier débouche sur une seconde grotte infiniment plus vaste, que je n'avais pas les moyens de vérifier entièrement lors de ma première incursion. Pas de présence humaine apparente, mais c'est un endroit parfait pour une embuscade, alors restez sur vos gardes.

Il allait repartir quand il ajouta :

— Je vous conseille de vous engager deux par deux au maximum dans l'escalier. Il est ancien et, de toute évidence, fragile. Je ne pense pas qu'il supportera le poids cumulé de toute notre troupe.

Jaeger opina et aboya ses ordres :

— Très bien. Ernst ! Martin ! Passez devant !

Deux autres gardes suisses équipés de fusils-mitrailleurs obéirent aussitôt et commencèrent à descendre l'escalier. Djatoua et Ronan, frustrés de ne plus mener la marche, se joignirent tous les deux à Lukas, constituant un trio au lieu d'un duo, et suivant les autres de près. L'escalier grinçait effectivement comme s'il souffrait du poids de ces humains effrontés.

Les deux premiers gardes étaient presque parvenus à la moitié de l'escalier lorsque son instinct poussa Djatoua à lever les yeux. Ronan et Lukas suivirent automatiquement son regard, et retinrent leur souffle : au bout d'une corde pendant du plafond et reliée à un système de roues crantées et de poulies, une sorte d'enclume en bronze s'apprêtait à écraser les deux éclaireurs.

Sans se concerter, ils foncèrent en un élan parfaitement synchrone, plongeant sur les deux gardes suisses qui n'eurent pas le temps de comprendre ce qui leur arrivait. Ils les percutèrent de plein fouet, ce qui les projeta tous en avant, roulant hors de portée de la pièce de bronze qui écrasa la partie de l'escalier où se trouvaient les éclaireurs et passa à travers, continuant sa route vers les profondeurs. L'un des gardes suisses devint atrocement pâle tandis que l'autre balbutia des remerciements.

Djatoua félicita Lukas :

— Beau réflexe. Tu as tout compris en une fraction de seconde et n'as pas hésité. Sexy !

Ronan respectait lui aussi le geste de Lukas, mais évita d'interférer dans ce moment que seuls les survivants pouvaient apprécier.

Lukas rougissait encore lorsque le reste de la troupe, enjambant le trou laissé par l'enclume en bronze, arriva au pied de l'escalier.

Jaeger détailla ses deux gardes.

— Pas de blessés ?

— Non, mon Colonel.

— Alors, qu'est-ce que vous fichez là, à bayer aux corneilles ? Reconnaissance ! Allez !

Tandis que, penauds, les deux gardes repartaient au trot vers les ténèbres, Jaeger se tourna vers Lukas, Ronan et Djatoua :

— Beau réflexe, Caporal. Monsieur. Vous aussi, Madame. Un vrai soldat. Il semblerait que les apparences soient trompeuses.

— Vous n'êtes peut-être pas si coincé que ça, en effet ! répondit Djatoua du tac au tac.

Sur ce, elle disparut avec son Lukas, sans laisser au colonel le temps de répliquer. Jaeger, outré, s'adressa à Jack, qui avait assisté à la scène :

— Où est-ce que vous l'avez trouvée, celle-là ?

— Chez les révolutionnaires kanaks. Ce sont des passionnés.

Sans savoir si c'était du lard ou du cochon, Jaeger demanda à Ronan :

— Il plaisantait, là, Baggelson ?

— Non, mon Colonel, répondit Ronan en souriant. Les méthodes de recrutement de Jack sont atypiques…

Momo, dont l'aspect de geek absolu donnait des boutons au colonel, ajouta :

— … mais elles font son succès !

Vera, qui arrivait derrière, renchérit :

— Vous ne devinerez jamais où il m'a trouvée. Je peux vous assurer que ce n'était pas chez les sœurs de l'Immaculée-Conception !

Le regard incrédule de Jaeger, qu'elle sentait la suivre des yeux, l'amusa. À ses côtés, Gonzalo Aemelius se régalait. Vera le rappela gentiment à l'ordre :

— Attention. Il y a peut-être d'autres chausse-trappes qui nous attendent. Restons concentrés.

Le secrétaire du pape se le tint pour dit et avança prudemment lorsque le groupe déboucha dans une grotte immense avec un plafond aussi haut que celui de la chapelle Sixtine.

La dernière fois que Vera était descendue dans des souterrains aussi profonds, c'était avec Marko à Kiev, et cela avait conduit à une séance de *banya* – le sauna slave – en sous-sol qu'elle avait du mal à oublier. Elle avait fait l'amour avec ce traître sans se douter que quelques mois plus tard, il tenterait de l'ensevelir dans l'explosion de ces mêmes souterrains. Il ne l'avait pas emporté au paradis, mais cela restait gravé en elle. Vera secoua la tête pour chasser ce souvenir, et se concentra sur sa mission actuelle. Pour ce faire, elle s'efforça de se mettre à la place de ce saint homme de quatre-vingt-sept ans, qui avait dû initialement se croire en sécurité, et peut-être même sourire à la perspective de jouer un petit tour à sa sécurité.

De la vaste grotte où ils se trouvaient partaient plusieurs couloirs. Vera, toujours flanquée de Gonzalo et Jaeger, décida d'instinct de suivre le premier, le plus à gauche et le mieux éclairé. Elle arriva assez rapidement à une grille, donnant visiblement sur l'extérieur, à en juger par le courant d'air frais qui lui parvenait. Devant la grille fermée et cadenassée, elle repéra, sans doute laissés à leur attention, les restes d'un sédatif, version moderne du chloroforme d'antan. Le secrétaire du pape en eut les larmes aux yeux et oublia un instant le protocole :

— Mon Dieu, Jorge, reprenant le patronyme civil du pape.

Vera imagina le pape surpris de trouver, fermée par un cadenas neuf, la grille qu'il avait l'habitude d'emprunter pour faire un petit tour dehors incognito. Après avoir montré le cadenas à Jaeger, Vera avait pris des gants, l'avait fait sauter et le lui avait remis pour recherche d'empreintes. Elle avait ensuite passé la grille et suivi un autre couloir qui, comme elle s'y attendait, menait à une sortie, à l'arrière du bâtiment de Sainte-Marthe, donnant sur une rue bordée par un haut mur d'enceinte et dont la caméra de surveillance, qui avait l'air de remonter au temps de Marc Aurèle, devait être en panne.

Vera revint sur ses pas. Les hommes de Jaeger et les agents Mozart commençaient à explorer les autres couloirs dérivés du souterrain principal. Ils opéraient par binômes en faisant attention de ne pas déclencher d'autres pièges.

Djatoua avait choisi de continuer à fonctionner en duo avec le beau Lukas, sous le regard réprobateur du colonel Jaeger. Vera se dit que soit les Suisses alémaniques étaient particulièrement coincés, comme Djatoua l'avait suggéré, soit le colonel aurait bien aimé être à la place de son caporal. Elle ne savait pas pourquoi, mais Vera penchait plutôt pour la seconde solution, ce qui n'excluait toutefois pas totalement la première.

Vera se focalisa à nouveau sur la tâche en cours, tentant encore une fois de se mettre à la place du Saint-Père. Les kidnappeurs, qui avaient surpris le pape devant sa grille habituelle, avaient dû surgir des ténèbres et l'endormir aussitôt, mais peut-être pas assez vite pour l'empêcher de réaliser ce qui était en train de lui arriver. Si c'était le cas, le choc avait dû être massif, surtout chez un homme dont la santé déclinait avec l'âge. Ils avaient dû ensuite l'emporter sur un brancard de campagne. Les ravisseurs étaient certainement venus préparés, peut-être assez nombreux, non pas à cause de la complexité de l'opération, mais en raison de l'importance de leur cible. Kidnapper le pape, ce n'était pas rien. Il ne fallait donc a priori éliminer personne. Le mobile devrait fournir une indication, mais pour l'instant, c'était trop vague. Elle grimaça.

Jack, qui avait fini par les retrouver, la regardait :

— Qu'est-ce qui te chiffonne, Vera ?

— Je suis en train de me poser la même question. J'ai l'intuition qu'un élément ne colle pas, mais je ne sais pas lequel. Les hommes de Jaeger ont-ils repéré des indices ?

Jack désigna le fond de la caverne.

— Oui. Apparemment, certains de ces passages mènent vraiment très loin. Rome, comme Paris et de nombreuses autres capitales européennes, est un vrai gruyère. Or, à l'entrée d'une série de couloirs, ils ont trouvé une bague que le pape portait quasi en permanence.

— Ils l'ont laissée à notre attention. Ils cherchent à nous embrouiller. On ne perd pas une bague comme ça ! grogna Vera.

— C'est ce que j'ai pensé aussi. De la mise en scène pour nous confirmer qu'ils le tiennent.

Vera, qui contemplait la vaste grotte, eut soudain une épiphanie :

— C'est tout ça qui ne va pas. Ce décor fantastique, cette mythologie à la *Indiana Jones*... ils veulent nous noyer dans le folklore, nous faire croire qu'ils l'entraînent au centre de la Terre et qu'ils vont le retenir prisonnier dans des oubliettes d'un autre siècle, quelque part sous la surface. Ils nous la jouent *Da Vinci Code* ou *Anges et Démons*, pour qu'on s'acharne à le chercher au mauvais endroit. C'est un vieil homme de quatre-vingt-sept ans, de santé fragile, et ils ne veulent pas le tuer. Ils vont au contraire le garder au sec en surface, dans un endroit isolé, mais lumineux, chaud et relativement confortable.

Les autres agents Mozart avaient rejoint Jack et Vera, et l'écoutaient religieusement.

— Reste la question du bruit. Là aussi, ils ne vont ni le garder infiniment drogué ni lui mettre un bâillon pendant plusieurs jours, au risque de l'étouffer. Mais s'il se mettait à crier et se faisait entendre de quelqu'un à l'extérieur, ils seraient vraiment mal. Alors, ils ont dû trouver un moyen de le réduire au silence. Je chercherais une maison équipée d'une *panic room* insonorisée, assez vaste pour contenir un lit, voire une douche, et ce dans les environs pas trop lointains de Rome, car ils auront misé sur des barrages. Si ça se trouve, ils n'ont même pas quitté la capitale italienne. Ils sont peut-être encore au Vatican.

Un silence se fit pendant lequel les agents Mozart réfléchissaient. Finalement, Jack déclara :

— J'achète. Bon, on boucle rapidement ici et on remonte ! Et l'équipe de Jaeger pourra quand même finir de tout passer au peigne fin, pour la forme.

LA SAPINIÈRE, CITÉ DU VATICAN, ROME
29 mars, nuit

Monsignore Ursini venait de réunir toutes ses équipes et de demander une vérification complète des dispositifs de vidéosurveillance du Vatican. Si la caméra vissée dans le mur d'enceinte qui longeait la Maison Sainte-Marthe et donnant sur la Via della Stazione Vaticana avait en fait été volontairement débranchée, d'autres avaient permis de constater qu'une camionnette des postes était entrée dans la rue deux heures avant la disparition du pape et était restée sur place durant cette période.

En quelques minutes, grâce aux enregistrements de vidéosurveillance, la camionnette avait été retrouvée vide dans un garage d'un immeuble de Rome abandonné et en partie squatté. La piste s'était arrêtée, faute d'équipements disponibles. L'IA essayait de reconstituer une faible image du conducteur, captée dans le rétroviseur du véhicule. L'IA achetée discrètement par la Sapinière combinait une demi-douzaine de systèmes de type Red Wolf, Blue Wolf, Wolf Pack, développés en Israël, mais récupérés par le biais d'entreprises italiennes qui les avaient « colorisés » en vert, blanc et rouge.

Satisfait de cette maigre avancée, le maître espion, monsignore Ursini, réunit son état-major avant l'arrivée du secrétaire d'État Pietro Parolin, le Premier ministre du Vatican, avec lequel ils allaient devoir se caler. Quittant son appartement situé au même niveau que la chapelle Sixtine, Pietro Parolin avait exceptionnellement, en raison de la situation, accepté de venir le voir dans la salle de réunion sécurisée de la Sapinière.

Le cardinal vénitien, qui approchait gaillardement les soixante-dix ans, n'était guère connu pour son caractère affable. Orphelin de père à dix ans, il avait rapidement intégré le séminaire puis l'université pontificale, où il avait appris le droit canon, et enfin, l'Académie pontificale pour devenir diplomate. Il avait occupé des postes au Nigéria, au Mexique, au Venezuela, avant de rejoindre le Vatican pour se pencher sur les grandes négociations internationales, notamment en matière de non-prolifération nucléaire, et surtout, sur le dégel des relations avec la Chine.

Monsignore Ursini se rappelait plusieurs accrochages qu'il avait lui-même eus avec le futur cardinal sur les questions iraniennes ou chinoises. Le pape François le nomma secrétaire d'État en 2013, l'un des plus jeunes dans l'histoire du Vatican. Il l'éleva au cardinalat début 2014. À peine promu, Pietro Parolin expliqua sa volonté commune avec le pape de transformer les relations de l'Église. Il estimait nécessaires « un renouvellement, une conversion qui devaient concerner toutes les structures de l'Église, y compris la curie romaine et la diplomatie ecclésiastique », qui étaient les deux principaux domaines d'activité du secrétaire d'État. Dès le 1er juillet 2014, il devint membre permanent du conseil des cardinaux, véritable gouvernement parallèle du Vatican. Il renoua avec les orthodoxes et connaissait Vladimir Poutine. Mais il œuvra surtout à un accord très controversé avec Beijing sur les conditions de fonctionnement de l'Église dans l'Empire du Milieu. Monsignore

Ursini se rappelait ainsi avec tristesse les violentes critiques du cardinal de Hong Kong, qui avait accusé publiquement le secrétaire d'État de « vendre l'Église catholique au gouvernement chinois ». Pietro Parolin avait même été invité au groupe Bilderberg, centre réel du libéralisme mondial, moins visible, mais plus influent que le grand *show* de Davos.

Son état-major était réuni autour d'une table ronde et attendait l'arrivée du cardinal, habituellement très ponctuel. En faisant visuellement le tour de la table ronde, monsignore Ursini se dit que le temps était venu de mettre un peu de politique dans cette enquête. La *signora* Streggia, dont la mission était de faire le lien avec le gouvernement italien, subissait la pression de ses supérieurs et consultait sa montre pour la troisième fois. Assise entre le commandant Pietranera, qui semblait être sur le point de s'endormir, et le colonel Jaeger, l'air perpétuellement agacé, elle piaffait d'impatience, persuadée que Parolin se faisait attendre dans le seul but de l'agacer, elle.

Assis en face d'elle, le capitaine Monteverdi discutait avec Vera qui, avec Jack, était le seul membre de l'agence Mozart présent à la réunion. Baggelson avait autorisé les autres à se reposer tandis que Momo était chargé de trouver le moyen d'accélérer le travail de l'IA pour mieux exploiter la photo floue prise dans le rétroviseur du camion de la poste, seul maigre indice qu'ils détenaient pour l'instant. Jack se demandait dans quel état ils allaient retrouver le Saint-Père : dans cet enlèvement, la montre jouait doublement contre eux.

Jack était plongé dans ses réflexions lorsque la porte s'ouvrit sur le secrétaire d'État du Vatican. Pietro Parolin était clairement d'une humeur massacrante, ce qu'on pouvait comprendre, étant donné les circonstances. Heureusement, il avait déjà rencontré Jack Baggelson. Et il ne portait pas la représentante italienne dans son cœur. Celle-ci, offusquée lorsqu'on disait d'elle qu'elle était passive-agressive, répliquait toujours qu'elle était agressive-agressive, et que la passivité était pour les pleutres. Aussi accueillit-elle Parolin d'entrée de jeu avec une remarque acerbe :

— Vous savez vous faire désirer, Monsieur le Secrétaire d'État.

Le cardinal leva son nez d'oiseau de proie et lança un regard méprisant à la Streggia.

— J'imagine que cela vous arrive plus rarement, Madame.

Laissant l'émissaire du gouvernement encaisser cette riposte, les yeux de Parolin firent le tour de la table.

— Néanmoins, je tiens en effet à vous prier de m'excuser pour ce retard. Il faut dire que cette situation exceptionnelle teste nos limites comme jamais, et tout spécialement sur le plan diplomatique. Si, pour la plupart d'entre nous, c'est le père de l'Église catholique qui a disparu, c'est aussi un chef d'État, même le plus petit du monde, qui a été kidnappé. Cela va bientôt se savoir, et les répercussions vont se faire sentir dans le monde entier, surtout avec la nouvelle politique diplomatique engagée par Sa Sainteté François depuis son accession à la papauté.

La *signora* Streggia, agacée par sa sortie, continua à déverser son fiel :

— Une diplomatie de la naïveté.

— Une diplomatie *d'amour*, la coupa le cardinal. Nous vivons dans un monde à nouveau en guerre, où le pape François se refuse d'être réduit au rôle de chapelain de l'Occident. Appelant de ses vœux une Église « moins eurocentrique », notre Saint-Père défend ainsi un regard multilatéral sur les problèmes internationaux. Si le catéchisme reconnaît le droit à la légitime défense, la guerre et le génocide ne sauraient jamais être considérés comme une solution. Le désarmement est la seule réponse adéquate et résolutive aux nouveaux conflits mondiaux. Et l'Église a son rôle à jouer dans cette diplomatie de la nouvelle détente. Cette prise de position de notre pape ne lui a pas valu que des amis, vous l'imaginez bien. Dans les jours qui viennent, nous allons, au travers des réactions et des témoignages divers apportés par les chefs d'État du monde entier, nous efforcer de deviner qui a bien pu commanditer cet enlèvement, mais à ce stade, les suspects habituels sont bien trop nombreux. D'où l'importance vitale de votre enquête policière, d'autant plus que l'objectif premier est de retrouver le pape François sain et sauf.

Le cardinal se tourna alors vers Jack et Vera.

— Je suis heureux de vous revoir Jack. Et je vous remercie, ainsi que votre collaboratrice…

— Vera Kaplan, Cardinal.

— … Vera Kaplan, pour votre assistance en la matière. Monsignore Ursini me dit que vous avez une théorie concernant l'endroit où il serait retenu prisonnier ?

— Heureux de vous revoir également, Monsieur le Secrétaire d'État. C'est exact, Vera a échafaudé une théorie qui me paraît se tenir. Vera... ?

Vera estima que Pietro Parolin ne souhaitait pas être encombré de détails ; aussi résuma-t-elle sa théorie autant que possible.

— Partant du principe que les kidnappeurs ne veulent pas la mort du pape et étant donné son âge, sa condition physique et la nécessité de le garder prisonnier, en silence, sans affecter cette condition, la solution la plus logique est une villa romaine – ils n'ont pas eu matériellement le temps de sortir de la capitale ou de ses proches environs –, disposant de ce que l'on appelle une *panic room*, une pièce bunkerisée, isolée sur tous les plans et autonome, initialement conçue pour protéger les occupants de la villa en cas de cambriolage ou d'attaque.

Pietro Parolin hocha la tête :

— L'usage en serait inversé dans ce cas précis : la prison parfaite.

— C'est exactement ça.

Parolin s'adressa à Jack :

— Vous avez été le seul capable de me tirer une belle épine du pied au Venezuela en 2009, alors que le président Chavez me menait la vie dure. Je n'ai rien oublié. Je vois que vous n'avez rien perdu de votre efficacité. Vous pensez le retrouver à temps ?

— Je ne peux, hélas, rien promettre, soupira Jack. Mais mon équipe et moi allons tout faire pour, en coopération étroite avec les services du Vatican, bien sûr.

— Je comprends.

Jack hésita un bref instant, puis se lança :

— Il y a un point sur lequel vous pouvez peut-être m'aider à y voir plus clair.

— Je vous écoute.

Jack montra au cardinal Parolin la copie du message envoyé à monsignore Ursini par les ravisseurs : « Le pape vous sera rendu contre ce que l'Église cache depuis trop longtemps... Vous avez quarante-huit heures. »

— Avez-vous une idée précise de ce à quoi ils font allusion ?

Parolin contempla le message en faisant la grimace, puis il releva la tête et son regard fit le tour de la table. Il tiqua en arrivant sur la *signorina* Streggia, mais une fois sur Jack, il se décida en une fraction de seconde. Il prit une profonde inspiration et dit :

— Ce ne sont pas les secrets cachés qui manquent au sein de l'Église, hélas. Mais ici, il s'agit d'une forme de demande de rançon. Or celle-ci doit pouvoir être concrètement payée, sinon la réclamation n'aurait pas de sens, n'est-ce pas ? Je ne pense donc pas qu'il soit question d'une reconnaissance publique d'affaires de mœurs ou de mise au grand jour d'accords politiques secrets, ou encore de la révélation d'un scandale religieux interne. Encore moins de la publication des archives du procès des Templiers ni de pseudo-révélations sur la famille du Christ ou de ses relations avec Marie Madeleine. Je pense que cela doit forcément se rapporter aux malversations liées à la banque du Vatican. Des sommes colossales – certains parlent d'un milliard d'euros – qui auraient « disparu » à la même époque, d'après ce qu'on raconte. Personnellement, je ne vois que ça.

La franchise inattendue de la réponse à Jack laissa l'assistance sous le choc. Vera éprouva un grand respect pour le secrétaire d'État. Il n'y allait pas de main morte.

— Cela va considérablement nous aider, Monsieur le Secrétaire d'État, répondit enfin Jack. Je vous remercie de votre franchise.

— Cela me paraît une piste extrêmement sérieuse, appuya monsignore Ursini. D'autant que cela corrobore un autre élément de l'enquête que je partage maintenant avec vous : le pape a trouvé sur son bureau il y a une dizaine de jours, le 18 pour être précis, une lettre anonyme. Sa Sainteté a malheureusement refusé toute sécurité additionnelle, comme à son habitude dans ce genre de situation. La lettre mentionnait ces mots : « *Ricordati Sindona* », « rappelle-toi Sindona ». Tout le monde autour de cette table connaît l'affaire Sindona, le banquier de la Cosa Nostra… Était-ce une référence directe à son empoisonnement et donc une menace de mort, ou une référence à ces sommes que la Mafia considère comme dues, ou les deux ?

Vera poursuivit pensivement :

— Encore un élément qui semble pointer vers ces questions de blanchiments et de malversations.

Parolin inclina la tête en direction de Jack et Vera :

— Je vous laisse poursuivre vos réflexions… Le pape François n'est pas qu'un saint homme. C'est aussi un homme de cœur. Retrouvez-le-moi intact, Jack. Mesdames et Messieurs, je vous salue, conclut-il en se levant. Je vais devoir m'entretenir seul à seul avec monsignore Ursini. Si vous voulez bien nous excuser.

LA SAPINIÈRE, CITÉ DU VATICAN, ROME
29 mars, nuit

Resté seul avec le cardinal Pietro Parolin, monsignore Ursini se prépara au pire. Mais en bon diplomate, il n'en laissa rien paraître. Alors que son interlocuteur s'apprêtait à ouvrir le feu, il leva l'index, désignant la porte latérale d'où surgissait son aide, qu'il venait de convoquer en pressant un bouton sous son bureau et qui poussait devant lui un chariot transportant une cafetière en étain fumante et deux belles tasses frappées aux armes du Vatican.

— Un café avant de démarrer, Monsieur le Secrétaire d'État ?

Parolin salua la manœuvre d'un sourire :

— Vous essayez de me prendre par les sentiments, Ursini ?

— Toujours.

— Votre café est légendaire. J'accepte.

L'aide, impassible, servit les deux tasses de ristretto à l'italienne, un véritable *shot* de caféine. Avant de sortir, il déposa le plateau sur une table basse encadrée de deux fauteuils confortables, dans un coin de la salle vers lequel Marcello Ursini invita d'un geste le secrétaire d'État à se déplacer. La table de réunion devenant incongrue pour deux, le cardinal obtempéra.

Les deux hommes s'assirent et burent d'un coup leur café brûlant.

— Excellent, quasi divin, dit Parolin.

Le secrétaire d'État se pencha en avant après avoir posé sa tasse. Ursini en fit de même avec la sienne et se prépara à l'impact.

— Vous semblez croire que je m'apprête à vous invectiver, monsignore Ursini. Il n'en est rien. Bien sûr, je suis scandalisé par cet enlèvement, fou de rage qu'il se soit produit sous notre garde à tous, et très inquiet pour la santé de notre Saint-Père, notre bien-aimé frère, au-delà de sa fonction. Nous avons eu nos différends par le passé, mais justement, au travers de nos joutes, j'ai suffisamment appris à vous connaître, Marcello, pour être convaincu qu'il n'y a eu aucune négligence de votre part. Et puis, très franchement, le temps de désigner des responsables viendra plus tard, lorsque nous l'aurons récupéré.

— Le Ciel vous entende ! Merci pour votre confiance.

— Je vous en prie. Resservez-moi une tasse de ce nectar, voulez-vous ?

— Avec joie.

Parolin sirota plus lentement sa seconde tasse avec délectation, puis entra dans le vif du sujet :

— Ce dont je souhaitais vous entretenir, ce sont les retombées multiples de cet enlèvement. En tout premier lieu, cela crée un précédent extrêmement regrettable. Si tous les fous de la planète venaient à s'imaginer qu'il était non seulement possible, mais même facile d'enlever le Saint-Père, ils ne se priveraient pas d'essayer à leur tour. Il faut éviter ça à tout prix. Bien entendu, il ne faut pas se leurrer : les grands leaders de ce monde vont inéluctablement l'apprendre, tôt ou tard. C'est à cela que servent les réseaux d'espionnage. Mais on peut raisonnablement compter sur eux pour garder le secret dans un cercle très restreint, car l'enlèvement d'un chef d'État n'est une perspective souhaitable pour personne. Ils vont, bien sûr, se moquer de nous, de vous en particulier, car l'occasion est trop belle, mais ils vont ensuite proposer de nous aider. Naturellement, il est hors de question de voir une *task force* internationale envahir le Vatican, même pour une raison aussi noble. C'est pourquoi je voulais vous féliciter.

Satisfait de la tournure que prenait la conversation, Ursini ne s'attendait pourtant pas à celle-là.

— Me féliciter, Éminence ?

— D'avoir engagé Jack Baggelson et l'agence Mozart. En agissant ainsi, vous désamorcez d'entrée toutes les critiques de la part des dirigeants étrangers et de leurs services concernant l'opacité vaticane et notre refus obstiné d'ingérence de la communauté internationale dans nos affaires. Comme Baggelson et son équipe sont de grands professionnels, ils vont à la fois faire au mieux leur travail et nous permettre de faire le nôtre avec plus de sérénité.

Ursini hocha la tête.

— Le communiqué de Bruni – « Le pape se trouve à l'hôpital Gemelli depuis cet après-midi pour des contrôles précédemment programmés » – est très bien, poursuivit le cardinal. Et j'ai lu votre rapport sur le recours au sosie qui nous laisse jusqu'au 3 avril au plus tard, même si j'ai bien conscience que les ravisseurs ne nous ont accordé que quarante-huit heures. Nous avons donc un délai ultra-serré entre deux et cinq jours pour résoudre cette crise, c'est bien ça ?

— Oui.

— Sur ces quarante-huit premières heures, ne rien laisser filtrer sera facile. C'est dans le cas où nous ne le retrouvions pas d'ici là, si la situation venait à se prolonger, que la tension va monter. Or je vous exhorte plus que jamais à une communication parfaitement étanche. En aucun cas, le grand public ne devra savoir que le pape François a été enlevé. Et nous ne devrons pas céder sous la pression nationale ou internationale, quoi qu'il arrive.

Le cardinal Parolin prit une grande respiration.

— Dans le cas terrible où nous venions à ne pas retrouver le Saint-Père en vie, il faut qu'un scénario inattaquable soit élaboré, un récit naturel, évidemment, à servir aux médias du monde entier. Rien ne doit filtrer même dans ce cas, j'insiste sur ce point. Pour les auteurs de ce lâche attentat, je laisse à la volonté divine le soin de s'abattre sur eux. Nous ne sommes plus aux temps anciens où tout était permis. Mais nous avons des amis et des moyens.

Parolin se pencha encore plus en avant.

— Dernier cas de figure. Nous retrouvons le Saint-Père vivant et entier. Sa Sainteté pourrait être désireuse de partager son chemin de croix avec les fidèles et même le monde entier. Je compte sur votre assistance pour l'en dissuader. Ce serait une absolue catastrophe, j'en suis convaincu. Et j'espère que vous aussi. Est-ce que nous sommes d'accord sur tout cela ?

Monsignore Ursini fit exprès de verser à son invité et à lui-même une ultime tasse de café pour s'accorder le temps de la réflexion. Ils le burent lentement.

— Oui, lâcha enfin Ursini, je suis d'accord sur tout. Pas d'exception. Soyez assuré de mon indéfectible soutien.

— Merci, répondit le cardinal. Je vais maintenant m'entretenir avec nos alliés étrangers et ceux qui le sont moins. États-Unis et France, puis Chine et Russie. Probablement les Turcs. Mais vos alter ego vont sans doute faire de même. Attendez qu'ils appellent.

CITÉ DU VATICAN, WASHINGTON, MOSCOU, BEIJING

30 mars à l'aube

En sortant de la villa au moment où l'aurore pointait, Vera observa à quel point Jaeger, après les avoir brièvement salués, avait pris la poudre d'escampette à toute vitesse. Il semblait rudement pressé. Forcément, le chef des gardes suisses avait beaucoup à faire, et encore plus en ce moment, mais tout de même…

Jack suivit son regard :

— Le colonel est visiblement un garçon tourmenté intérieurement, même s'il n'en laisse rien paraître.

— J'ai surtout l'impression qu'il a ses propres secrets qu'il ne partage avec personne. Allons voir si Momo a pu avancer sur la photo analysée par l'IA.

À des milliers de kilomètres de là, à Washington D.C., William J. Burns, directeur de la CIA, fut arraché à son sommeil par son secrétaire particulier. Burns, les yeux encore gonflés de sommeil et le cheveu hirsute, regarda l'horloge à affichage digital. Il était seize heures, mais il se remettait tout juste d'un violent décalage horaire du fait d'un de ses derniers déplacements à Istanbul pour des négociations secrètes sur l'Ukraine avec des Russes toujours plus impénétrables et agressifs. Son regard se reporta sur l'image en visio de son secrétaire Harold J. Purvis, parfaitement impeccable, quelle que soit l'heure. Facile, l'homme ne dormait jamais.

— J'imagine que c'est pour une raison impérieuse, Harold ?

— Le pape a été enlevé, Monsieur.

À ces mots, le directeur Burns se redressa aussitôt, toute fatigue envolée.

— Racontez !

— Notre agent infiltré au sein des gardes suisses a attendu une confirmation officielle avant de nous en informer. Le Saint-Père aurait été kidnappé peu après l'heure de déjeuner. Le pape François se serait évanoui en fumée sans laisser la moindre trace, et une demande de rançon cryptique aurait été envoyée à votre homologue italien, précisant, je cite…

Burns regarda Purvis chausser ses lunettes à monture d'écaille :

— « Le pape vous sera rendu contre ce que l'Église cache depuis trop longtemps… Vous avez quarante-huit heures. »

Les sourcils de Burns se joignirent pour former un accent circonflexe parfait.

— Wow ! Cryptique, le mot est faible. Autre chose ?

Purvis sourit, rappelant à Burns un raton laveur maléfique qui l'avait terrorisé lorsqu'il était enfant.

— Un détail qui a son importance : Baggelson et son agence Mozart participent à l'enquête en cours.

— Jack ? Mais comment a-t-il su si vite ?

— Il semblerait qu'il était déjà sur place, Monsieur le Directeur.

— Ce vieux filou devait déjà être sur place le jour de la Crucifixion ! On aurait dû lui demander de sauver Jésus… D'abord l'Ukraine, puis Taïwan, et à présent,

Rome et le Vatican ! Il arrive toujours à point nommé ! Sincèrement, il m'épate ! ironisa le directeur, se laissant aller à un sourire.

— Certes, Monsieur le Directeur. Il maîtrise l'art d'être au bon endroit au bon moment.

— OK, avant d'aller prévenir le président Biden en personne, je veux avoir Ursini en ligne dans trois minutes. En attendant, je vais me faire un café bien fort. Et ce ne sera pas un ristretto, ajouta-t-il, pensant à son antique cafetière à filtre qui débitait au décalitre une mixture liquide qu'aucun Italien ne pourrait ingurgiter.

Des milliers de kilomètres plus loin, Vladimir Vladimirovitch Poutine entendit frapper à la porte de son bureau, alors qu'il avait précisé qu'il ne souhaitait pas être dérangé. Il regarda l'heure : minuit passé. Puis il tourna son regard vers la porte, afin d'être en mesure de désintégrer le suicidaire qui se risquait à contrevenir à ses instructions.

— Entrez si vous l'osez !

À la suite de cette déclaration faite à haute et intelligible voix, et portant une indéniable menace, la porte resta fermée une microseconde, faisant naître un sourire sur les lèvres fines de Poutine.

Puis elle s'ouvrit sur Pavel Petrovitch Pasternak, sa nouvelle étoile montante du Bureau du service de protection du FSB, déjà surnommé « le spectre de la Loubianka » moins d'un mois après avoir succédé au regretté Arkady Iakolev. L'homme, d'une pâleur extrême, même pour un albinos, ne souriait jamais. Comme son homologue américain, lui non plus ne dormait jamais, et même lorsqu'il n'était pas en service, il arpentait les couloirs comme un fantôme. Tout entier dévoué à sa tâche, s'il respirait, c'était par pur devoir. En tout état de cause, il n'était pas du genre à déranger son président pour des broutilles. Poutine, intrigué, se redressa, le sourcil inquisiteur.

— Bonsoir Pasternak. Qu'y a-t-il de si urgent ?

— Le pape François a été enlevé, Monsieur le Président.

Vladimir Poutine écarquilla les yeux, fouillant rapidement dans sa mémoire :

— Par nous ?

— Pas à ma connaissance, en tout cas, Monsieur le Président. Mais je ne contrôle pas toutes les actions clandestines, ajouta-t-il, attendant de déceler sur le visage du président russe le signe d'une éventuelle connaissance de l'opération en cours.

Poutine se remémora le visage courroucé du chef de l'Église orthodoxe russe lorsque le pape François avait publiquement condamné son attitude vis-à-vis de l'Ukraine :

— Kirill n'aurait pas fait ça sans nous en faire part, quand même ?

Pasternak secoua la tête :

— Même s'il a dû le fantasmer à de multiples reprises, il n'en aurait pas les moyens. Ce kidnapping a été un travail de professionnel pour que ni les gardes suisses, ni les carabiniers, ni aucune agence internationale n'aient rien vu venir. Enfin, une peut-être. Baggelson et son agence Mozart sont sur le coup.

Poutine se laissa aller en arrière contre son fauteuil :

— Jack Baggelson ! Il n'a rien perdu de son flair, ce vieux renard !

— Il devait se douter qu'un incident majeur allait se produire, car il était déjà sur place avec son équipe *avant* l'enlèvement.

Poutine sourit puis fut pris d'un doute :

— Comment sait-on qu'il s'agit d'un enlèvement ? Le vieux était connu pour échapper à sa surveillance et prendre le large pendant quelques heures.

Pasternak dégaina son portable :

— Une demande de rançon arrivée sur l'adresse cryptée de monsignore Ursini, avec une formulation plutôt originale : « Le pape vous sera rendu contre ce que l'Église cache depuis trop longtemps… Vous avez quarante-huit heures. »

Poutine secoua la tête :

— Non, ce n'est clairement pas nous.

Il releva son regard bleu acier sur Pasternak.

— Est-ce que Baggelson a une piste ?

— Notre homme sur place m'a parlé d'une photo floue qu'ils ont soumise à une IA. C'est tout ce qu'ils ont, semble-t-il.

— Priorité haute sur l'affaire. Enquêtez et envoyez sur place un agent capable, un de nos meilleurs. Faites prévenir Baggelson que nous sommes prêts à aider. Et puis, appelez-moi Parolin. On va s'amuser un peu : « Alors, on a égaré son souverain pontife ? C'est négligent. »

Poutine partit d'un éclat de rire auquel Pasternak s'efforça de faire écho. Par pur devoir toujours. Et par prudence aussi.

À des milliers de kilomètres du Kremlin, assis au frais dans le jardin de la bibliothèque des Chrysanthèmes, Xi Jinping sirotait un thé rare quand, dans son champ de vision, il vit approcher son ami d'enfance, le général He. Les visites de pure courtoisie de ce dernier étaient peu communes, surtout si tôt le matin. Aussi, le président chinois se prépara à recevoir une nouvelle d'importance.

— Bonjour camarade Président. Je suis navré d'interrompre la quiétude d'un moment bucolique.

— On se connaît depuis trop longtemps pour ces précautions oratoires, mon ami. Va droit au but, je t'en prie.

Le général s'inclina et dit :

— Le pape François a été enlevé, camarade Président.

Xi Jinping écarquilla les yeux, se remémorant tous les ordres donnés récemment. Il avait apprécié que le pape François se réclame de Matteo Ricci, jésuite comme lui, qui, au XVIIe siècle, avait tant fait pour le rapprochement entre la Chine et l'Occident chrétien, faisant découvrir le confucianisme au monde, tout en ancrant le catholicisme en Chine. Matteo Ricci était le seul autre Occidental avec Marco Polo à avoir été reconnu comme père fondateur de l'histoire chinoise et à figurer sur le bas-relief du Millenium Center de Beijing. François s'était déclaré partisan de la sinisation de la religion catholique en ce pays, un pas en avant décisif, après le ferme protectionnisme eurocentré de Jean-Paul II.

Cependant, le nouveau souverain pontife avait agacé Xi Jinping avec l'histoire des deux Églises catholiques de Chine, l'une officielle, gérée comme il se doit par l'Association patriotique des catholiques chinois, mais l'autre souterraine, restée fidèle à Rome. En 2018, un accord avait été signé entre Beijing et le Vatican, mais rien n'avait vraiment avancé et ne pourrait de toute façon jamais déboucher sur du concret tant que le Vatican continuerait de reconnaître Taïwan. Et sur ce point, cet entêté de François n'avait jamais cédé, provoquant ainsi l'ire du président chinois.

Malgré tous ces désagréments, Xi Jinping ne se rappelait pas avoir à un moment ordonné un enlèvement. Il secoua la tête, espérant ne pas être en proie à un début d'Alzheimer, et demanda prudemment :

— Quelqu'un de chez nous ? Une triade incontrôlable ?

La réponse du général He fut immédiate :

— Pas à ma connaissance, en tout cas, camarade Président.

Rassuré quant à sa santé mentale, le leader s'enquit d'un air détaché :

— Des soupçons quant au commanditaire ?

— Apparemment pas pour l'instant.

— Qui d'autre est au courant, en dehors de Rome et du Vatican, bien sûr ?

— Les Américains, donc les Russes qui les ont piratés depuis longtemps, et nous. Et…

Surpris par l'hésitation du général, Xi Jinping insista :

— Quelqu'un d'autre ?

— Jack Baggelson et son équipe sont sur place et participent à l'enquête.

D'un revers de main agacé, Xi Jinping fit trembler des bibelots sur son bureau.

— Baggelson !

— Oui, il semblerait que l'agence Mozart était déjà sur place pour se faire justice, selon les appréciations, d'un tueur à gages de l'Alliance Céleste, la triade taïwanaise qui avait fait des siennes contre certains de nos adversaires, mais avait largement dépassé les bornes. Il s'agissait d'un dénommé « Faucheur », qui aurait assassiné leurs camarades et alliés à Taipei. Cet assassin professionnel était à Rome pour liquider un moine bouddhiste taïwanais, reçu au palais épiscopal par le souverain pontife. Une coïncidence opportune qui a permis à Baggelson d'être au cœur de l'affaire de l'enlèvement du pape dès le départ.

Xi Jinping hocha la tête :

— Je vois. Et sait-on au moins qui a pu exécuter le kidnapping ? Pas une mince affaire de réaliser un exploit pareil en plein cœur de la cité vaticane sans laisser de traces.

— Non, pas plus que le commanditaire, le ou les exécutants n'ont pu être identifiés.

— Comment sait-on qu'il s'agit d'un enlèvement ?

— Une mystérieuse demande de rançon arrivée sur un poste crypté de monsignore Ursini.

Le général He récita de mémoire : « Le pape vous sera rendu contre ce que l'Église cache depuis trop longtemps… Vous avez quarante-huit heures. »

Xi Jinping soupira :

— Quelle formulation alambiquée ! La preuve si nécessaire que nous sommes hors de cause. N'est pas Sun Tzu qui veut !

— En effet, camarade Président !

— Bon, je vous charge de l'affaire. Vous enquêtez, vous envoyez un agent sur place, et nous verrons quel parti prendre. Et vous relancez notre taupe chez les Mozart. En attendant, je vais m'octroyer un plaisir coupable, celui d'écouter Parolin m'expliquer tout cela. Faites-le appeler : j'ai hâte !

— Oui, camarade Président !

Une heure plus tard, seul dans son bureau, monsignore Ursini fixait son téléphone, qu'il considérait à présent comme un instrument diabolique. Ses oreilles étaient encore incandescentes des moqueries des patrons des services secrets les plus puissants de la planète. Et les autres allaient suivre. L'Américain semblait malgré tout compatissant ; le Français, narquois ; le Turc, soucieux de proposer son aide non sans arrière-pensées ; les Russes et Chinois étaient à la fois moqueurs et concernés, d'après la synthèse incisive du cardinal secrétaire d'État. Il eut en direct le chef du SR suisse, qui craignait qu'on ne fasse retomber la responsabilité sur ses compatriotes.

Mais aux dépens de sa fierté, il en avait appris plus qu'il en avait révélé : d'une part, aucune des trois grandes puissances ne semblait impliquée dans l'enlèvement, et d'autre part, Parolin avait raison, ils allaient tous garder le secret sur le kidnapping.

QUARTIER DES GARDES SUISSES, CITÉ DU VATICAN, ROME

30 mars à l'aube

Djatoua, authentiquement impressionnée, regardait dans l'immense atelier, à l'intérieur même du Vatican, les jeunes gardes suisses s'escrimer deux par deux à revêtir leurs armures de gala pour une répétition en vue de la prestation de serment des nouvelles recrues du 6 mai prochain.

Jack avait recommandé à ses agents Mozart de se ménager, parce que retrouver le pape allait visiblement tenir davantage d'un marathon que d'un sprint, et de prendre du repos les rares fois qu'ils en auraient l'occasion. Une équipe de gardes suisses de la gendarmerie vaticane et de carabiniers romains prenait le relai. Faute de nouvelle piste à explorer dans l'immédiat, le chef de Mozart enjoignit donc à ses agents d'aller se reposer, ce que Djatoua interpréta comme la permission de faire ce qu'elle voulait de cette plage de repos, aux petites heures du matin, une chose qu'elle aurait de toute façon faite. Et voilà comment elle se retrouvait à admirer de beaux gardes suisses, déjà à pied d'œuvre.

Lukas von Däniken, tout en aidant un camarade hallebardier à fixer les pièces les plus lourdes sur ses épaules, expliqua à la jeune femme :

— Ceci est l'uniforme de cérémonie. C'est le plus connu, avec ses couleurs chamarrées. Il sert pour le piquet d'honneur durant la bénédiction *Urbi et orbi* de Pâques et de Noël, mais aussi pour le moment peut-être le plus essentiel dans la vie de tout garde suisse, la prestation de serment.

À la vue d'un quinquagénaire entrant dans la pièce, l'air affairé avec son mètre ruban jaune autour du cou et ses lunettes sur le nez, le regard de Lukas s'illumina d'affection. L'homme était habillé avec simplicité, mais élégance : blazer bleu, pantalon beige, chemise blanche et cravate rouge. Il dégageait une réelle et bienveillante autorité à laquelle toutes les jeunes recrues étaient soumises, à en juger par leurs réactions à son entrée.

— Djatoua, je vous présente le maestro Ety Ciciony, le célèbre tailleur des gardes à la tête d'I Sarti del Borgo, l'atelier historique, depuis vingt-cinq ans. Don Ety, voici Djatoua Wamytan, de l'agence Mozart.

Ety Ciciony observa Djatoua tel un clinicien, sans sexualisation aucune, mais comme un tailleur qui découvre une silhouette particulièrement apte à porter l'habit.

— Enchanté, *signorina.*

— De même, répondit Djatoua en souriant.

Ety Ciciony lui rendit son sourire :

— J'aide ces garçons à éviter comme la peste tout incident vestimentaire qui pourrait leur coûter leur carrière.

— Un travail à plein temps, j'imagine !

— Vous imaginez bien !

Tout en discutant, il alla corriger une erreur commise sur un laçage de baudrier de l'une des recrues.

— J'ai connu trois papes, j'habille tout le clergé qui le souhaite, mais ce sont les gardes suisses qui retiennent l'essentiel de mon attention. Chaque année, je me retrouve à coudre une soixantaine d'uniformes, ce qui est chronophage. Mais il faut dire qu'à partir de l'arrivée des nouvelles recrues, je n'ai qu'un mois pour réaliser les trois uniformes de chacun : celui d'été, celui d'hiver et celui d'exercice, le bleu que porte Lukas. Cet uniforme dit aussi de manœuvre sert surtout pour le service du soir ou de nuit, et pour la surveillance de l'entrée Sainte-Anne, où il y a tant de passage qu'il serait difficile à réguler avec les autres habits, qui limitent trop la liberté de mouvement. C'est l'habit d'hiver qui est le plus complexe, naturellement.

Djatoua désigna les uniformes de gala chamarrés qu'essayaient les nouvelles recrues :

— Alors, celui-ci, c'est l'uniforme de gala, en quelque sorte ?

— Exactement. Il ne sert vraiment qu'en trois occasions : le piquet d'honneur durant la bénédiction *Urbi et orbi*, à Pâques et à Noël, et la prestation de serment des nouveaux gardes. Mais c'est indubitablement le plus connu. Il a été faussement attribué à Michel-Ange ou Raphaël, alors qu'il s'agit en fait d'une simple réplique de pièces d'armure qui viennent renforcer une interprétation moderne d'un habit de cour de la Renaissance. Le costume actuel a cent ans, mais il puise son inspiration dans le pontificat de Jules II, durant lequel les grandes familles Médicis et Della Rovere étaient très influentes. Ces couleurs rouge, jaune et bleu sont justement celles de ces dynasties. Le pape Léon X, sous lequel la Garde suisse a été fondée en 1506, appartenait à la famille Médicis. Le pape Clément VII également.

— Vous parlez comme un livre, Maestro Ciciony, admira Djatoua.

Ety Ciciony s'inclina et poursuivit sa présentation. Chacun des uniformes d'hiver comportait cent cinquante-quatre pièces – guêtres, pantalon bouffant, pourpoint à bandes rouges, jaunes et bleues, collerette blanche à soufflet, épaulettes dorées, baudriers de cuir, armure, gants et casque, pour en citer les plus importantes – et quarante-huit boutons, fabriqués et cousus à la main. Ils étaient taillés dans un tissu provenant de la ville de Bielle, dans le Piémont. Les hallebardes mesuraient deux mètres trente : difficiles à manier et encombrantes, elles complétaient pourtant à merveille la tenue. L'uniforme de gala, lui, pesait quatorze kilos, casque compris. Il fallait environ dix à quinze minutes pour le mettre, toujours à deux.

— Et il faut surtout trente-neuf heures pour en réaliser un ! confia le tailleur. Avec mon équipe, je commence par préparer une base sur mesure, parfaitement adaptée à la morphologie de chaque garçon, puis je passe à l'assemblage des pièces et aux essayages.

Djatoua se retint d'émettre un sifflement :

— Je suis très impressionnée par tout le détail, jusqu'aux plumes.

— Les plumes d'autruche du casque sont trempées dans un colorant spécial, car les couleurs varient selon les grades et les fonctions : rouge pour les hallebardiers, noir et jaune pour les gardes au tambour, violet foncé pour les officiers, blanc pour le commandant et le sergent major. En cas de pluie, ces plumes sont un cauchemar, car le colorant peut couler sur les uniformes et les abîmer. Il faut donc les protéger ou les enlever.

— Wow ! Puisque ces uniformes sont faits sur mesure, est-ce que les gardes les conservent après la durée de leur service ?

— Pas du tout. Ceux qui ont effectué moins de cinq ans de service doivent rendre leurs uniformes, qui seront détruits afin d'éviter toute imposture. Ceux qui ont fait plus de cinq ans peuvent en avoir temporairement l'usufruit. À leur mort, à moins qu'ils ne soient enterrés avec, ce qui est permis, leur uniforme devra impérativement être restitué. Leurs familles garderont en souvenir les photos et vidéos du jour de l'assermentation. Mais je vais laisser Lukas vous la présenter : ce sont les gardes qui en parlent le mieux, et je dois m'affairer. Cela a été un enchantement de discuter avec vous, *signorina* ! Je vous souhaite un bon séjour parmi nous.

Et Ety Niciony de faire un baisemain à une Djatoua enchantée, qui susurra un merci. Puis elle se tourna vers Lukas :

— Raconte-moi tout de cette assermentation qui a l'air si importante.

Lukas expliqua à la jeune femme le rituel millénaire. Djatoua écoutait en se rappelant la règle numéro 1 de Baggelson : tout détail peut compter.

— La prestation de serment, qui se tient après la période d'essai de six mois de chaque garde, a lieu le 6 mai, dans la cour Saint-Damase ou, en cas de pluie, dans la grande salle Paul VI. Le 6 mai est la commémoration du sacrifice volontaire des cent quarante-sept gardes suisses qui ont héroïquement donné leur vie pour le pape Clément VII lors du sac de Rome en 1527 par l'armée de l'empereur Charles Quint. Leur mort héroïque face à des troupes en surnombre permit de gagner du temps pour que les quarante-deux camarades restants réussissent à traverser le Passetto di Borgo afin de mettre le Saint-Père en sécurité au château Saint-Ange. C'est ce qui fut fait, et depuis, nous leur rendons hommage et nous réitérons leur serment de fidélité au pape jusqu'à la mort.

Un autre garde en tenue bleue qui, comme Lukas, aidait les autres à s'habiller intervint :

— C'est une occasion que nous partageons avec nos familles, qui viennent assister à la cérémonie après avoir visité les jardins du Vatican et rencontré le Saint-Père dans une audience privée. C'est le moment où nous réaffirmons très solennellement notre engagement.

— Merci, je ne réalisais pas vraiment ce que ça impliquait quand je vous voyais dans vos costumes à la télévision.

— Voilà, j'ai fini ! lâcha Lukas.

Djatoua fit mine d'applaudir puis, décidée à se changer les idées suivant les instructions habituelles de Jack, demanda :

— Génial ! On peut visiter les quartiers, maintenant ?

Lukas rougit, conscient des regards envieux de ses camarades, totalement sous le charme de Djatoua.

— Euh, bien sûr.

Ils sortirent de l'atelier pour emprunter un long couloir très haut de plafond. Un vrai labyrinthe ! En repensant à la réaction de ses camarades, Djatoua demanda à Lukas :

— Ils ne t'ont jamais vu avec une fille ?

Elle s'arrêta :

— Attends, vous n'avez pas tous fait vœu de chasteté, au moins ?

Lukas éclata de rire :

— Non. Pas du tout. C'est vrai que nous sommes tous catholiques pratiquants. Et c'est même l'une des premières conditions de recrutement en plus d'être de nationalité suisse, célibataire, avoir entre dix-neuf et trente ans, et mesurer un mètre soixante-quatorze minimum. Mais nous sommes des soldats, pas des prêtres. Nous sommes tous laïcs. Certains gardes peuvent aussi se marier.

— Certains seulement ?

— Il faut avoir effectué cinq ans de service et avoir vingt-cinq ans révolus. À ce moment-là, le Vatican met un appartement à la disposition du couple, assez grand pour accueillir de futurs enfants.

Les couloirs se succédaient, de plus en plus somptueux. Malgré cette pause suggérée par Jack, Djatoua ne perdait pas de vue l'enquête et profita de ce moment partagé avec Lukas pour en savoir plus sur lui. À ce stade, tout le monde pouvait être complice de l'enlèvement du pape.

— Je ne savais pas que seuls les Suisses étaient concernés. Qu'est-ce qui t'a décidé à choisir cette vie, Lukas ? J'imagine que ce n'est pas le salaire ?

Lukas parut étonné :

— Je ne suis pas malheureux. Je gagne mille cinq cents euros par mois, et je suis logé, nourri et blanchi. Mais ce n'est pas la paie qui m'a motivé, en effet. C'était le désir de servir le pape, d'une part, de travailler dans la sécurité, d'autre part, et puis de voir du pays.

Il haussa les épaules :

— J'ai grandi dans une ferme dans le village d'Escholzmatt, dans le canton alémanique de Lucerne, au milieu des prairies et des montagnes suisses. Rome a été un choc pour moi, presque plus que le Vatican.

— Tu n'étais jamais allé dans une grande ville ?

Lukas secoua la tête :

— Ça doit être difficile à comprendre pour toi. Tu es si sophistiquée, cosmopolite…

— Pas tant que ça, tu sais.

— Eh bien, pour te dire, une journée typique pour moi avant de venir ici, une fois mes tâches achevées à la ferme, c'était de partir en randonnée de montagne. Mon circuit préféré est le chemin qui part d'Escholzmatt et monte jusqu'à Wiggen et Marbach. C'est tellement beau et apaisant. Et tu parviens enfin au village de Marbach, le sourire au cœur et la paix dans l'âme…

Djatoua, incrédule, regardait le garçon aux yeux brillants, dont elle évaluait l'âge à vingt-deux ans, ce qui faisait déjà d'elle une cougar. Mais en plus de sa jeunesse, il avait cette innocence d'un autre temps qui n'était absolument pas feinte. Et il fallait que ce visage d'ange aille de pair avec un corps de dieu grec ! Cela lui donnait le tournis.

À quoi pensait-il en l'emmenant dans sa chambre ? À un bécot de lycéen ? Ou est-ce qu'il comptait la ravager ? Elle sentait bien qu'il la trouvait belle, et elle avait l'impression qu'il la désirait, mais jusqu'à quel point était-ce un fantasme et jusqu'où voulait-il aller ? Pour la première fois de sa vie, Djatoua ignorait les intentions d'un garçon à son égard, et ça commençait à l'inquiéter un peu. Elle continua la conversation tout en espérant qu'ils parviendraient bientôt à destination.

— Et ta formation pour arriver jusqu'ici ?

— On fait deux mois d'école de recrue, dont un mois au Vatican, ce qui n'est pas de trop pour la connaissance du Vatican, de ses méandres, des postes de service, mais aussi de ses usages, et les différents et maudits exercices de hallebarde. Et l'autre mois, on le passe à Isone, à la caserne des forces spéciales de l'armée suisse. On suit une formation soutenue, dispensée par le groupe d'intervention de la police du Tessin, qui nous entraîne au tir, au self-défense, au combat.

— Deux mois et c'est tout ?

— Beaucoup d'entre nous ont déjà suivi une formation militaire, et cette formation continue ici, comme beaucoup d'autres, d'ailleurs. Nos journées sont très chargées, entre les cours intensifs d'italien pour ceux qui viennent des cantons de Suisse romande ou alémanique comme moi, et l'apprentissage plus complexe de la diplomatie, du protocole et d'autres usages. Comme nous recevons les dignitaires étrangers, il faut savoir comment se comporter. Et puis, il y a les gardes. Moi, ce que je préfère, c'est le quart de nuit, de vingt-deux heures à six heures, surtout à la troisième loggia du palais épiscopal, où tu te retrouves assis à une petite table sous la représentation d'un globe terrestre géant, ou bien encore la ronde de nuit jusqu'au musée du Vatican, parce qu'après, tu peux aller admirer le lever de soleil sur Rome.

Lukas lui décocha un de ses sourires solaires dont il avait le secret :

— L'aube romaine, ça vaut un coucher de soleil sur les glaciers. Je n'aurais jamais cru. J'aurai fini mes deux ans de service minimum à la fin du mois, et je ne sais pas si je vais repartir. Je pense plutôt continuer. En plus, ça me permettrait fin mai de me rendre au pèlerinage militaire international de Lourdes, où on retrouve les corps d'armée du monde entier et où je pourrai représenter la Garde suisse.

Djatoua commençait vraiment à se demander s'il serait assez torride pour elle, qui aimait plutôt les *bad boys*. Il avait un corps sublime, mais cet esprit de boy-scout, qu'est-ce qu'il donnerait au lit ? Elle ajouta machinalement :

— À Lourdes ? Tu ne te lasses jamais des bondieuseries ?

Amusé, Lukas répondit pourtant sérieusement :

— La pratique religieuse est un élément essentiel du rituel de la Garde. Juste à côté des colonnes de la place Saint-Pierre se trouve la petite église des Saints-Martin-et-Sébastien, où les gardes peuvent participer aux messes quotidiennes qui y sont célébrées. Ça me fait du bien d'y aller. Ça me rappelle chez moi, j'y retrouve les copains et je me souviens pourquoi je suis là.

Djatoua hallucinait.

— Mais qu'est-ce que vous faites pour vous amuser ? Des sketches de la Bible ?

Lukas éclata de rire puis sourit d'un air coquin.

— Plutôt des parties de *Fortnite* ou de *FIFA*, de vrais matches de foot, et quand on a des quartiers libres, c'est à nous les petites Romaines ! Surtout qu'on est à trois quarts d'heure de la plage ici ! On fait du beach-volley et des bikini parties !

— Ah, quand même !

— Des sketches de la Bible ? Tu nous prends pour des moines, ma parole ! On est des jeunes comme les autres, malgré tout !

Djatoua lâcha un soupir de soulagement. Lukas riait toujours en arrivant dans le couloir de la caserne :

— Je te préviens, c'est une caserne prévue pour cent dix hommes et on est cent trente-cinq en ce moment, alors on est un peu à l'étroit. Visualise une chambre d'étudiant et divise par deux.

Il ouvrit une porte numérotée 77 comme s'il la faisait entrer au Ritz :

— Bienvenue dans mon château, princesse !

Elle découvrit une chambre vraiment monacale pour le coup, avec un lit surmonté de la bannière de son canton, tandis qu'un immense drapeau suisse était punaisé sur le mur du fond et qu'un crucifix trônait au-dessus d'un petit bureau où, à côté d'un Mac portable, d'un iPhone et d'un casque antibruit, reposait un sabre d'apparat. Une armoire. Une bibliothèque. Une petite télévision. Pas de cuisine, pas de grande salle de bains, mais une porte entrouverte sur un cabinet de toilette et un évier pour se laver les mains et se brosser les dents.

Lukas suivit son regard.

— Les douches sont communes. Et les cuisines et le réfectoire aussi, totalement gérés par les sœurs albertines, servantes des pauvres. Pour protéger l'uniforme, on déjeune en civil ou bien avec une blouse par-dessus. La blouse n'est vraiment pas sexy. Contrairement à toi…

Surprise ! Voilà qu'il attaquait sec, maintenant ! Djatoua se retourna et apprécia la vue. Il avait laissé tomber sa veste, son col blanc et son t-shirt. Un torse d'Hercule. Pas de meilleure description. Et un sourire coquin au-dessus. Peut-être plus *bad boy* qu'il en avait l'air, finalement. Il la contemplait avec un petit sourire de loup affamé sous ce regard clair, faussement innocent. Il ôta son pantalon et se retrouva en boxer short. Son enthousiasme était très visible.

« À nous les petites Romaines, hein ? » Djatoua sourit. Elle allait les lui faire oublier, comme si elles n'avaient jamais existé.

Pour ne pas être en reste, elle ôta sa robe, dévoilant son corps voluptueux, et eut la satisfaction de le voir entrer en apnée. À elle seule, Djatoua doublait les revenus de la marque de lingerie Aubade, laquelle, dans ses dernières créations, faisait l'apologie totale de la transparence. Lukas avança instinctivement vers elle, mais elle le contourna habilement, et dans son dos, avant qu'il n'ait le temps de se retourner et de la regarder, elle avait ôté le bas et le haut de ses dessous, et enfilé, à la vitesse d'un Arturo Brachetti, le pantalon bleu bouffant de sa tenue d'exercice qu'il venait de quitter.

Lorsqu'il se retourna enfin, elle portait son pantalon qui ne tenait que par les bretelles, dont les lanières couvraient juste les mamelons, mais nullement le reste de ses seins opulents. Elle n'avait fermé ni la braguette ni le bouton au niveau de la ceinture et il apercevait parfaitement la toison de son sexe. La vision quasi sacrilège de Djatoua dévêtue en uniforme d'exercice était si puissamment érotique pour le jeune garde que son visage entier s'empourpra d'un coup, comme s'il allait succomber à une crise d'apoplexie. Il avança à nouveau vers elle, et cette fois, elle l'attendait arc-boutée contre le mur, sans chercher à se dérober.

Ce fut à cet instant précis de fiévreuse anticipation qu'une voix retentit depuis la porte de la chambre.

— Cessez immédiatement et rejoignez-moi dehors, devant la porte, habillés. Tous les deux. Pas de discussion ! Et maintenant.

Même s'il s'éloigna en refermant la porte derrière lui pour les laisser se rhabiller, la voix du colonel Jaeger, lourde de menaces, résonnait encore dans la chambre pendant qu'ils s'activaient, Lukas nerveusement, Djatoua calmement et efficacement. Ils sortirent.

— Suivez-moi.

Sans attendre de réponse, le colonel démarra d'un pas rapide. Ils accélérèrent pour se maintenir sur ses talons. Djatoua pressa la main du jeune garde pour le rassurer. Il lui sourit en retour. Le voyage entièrement silencieux fut bref. Le colonel s'arrêta devant une porte qu'il déverrouilla et laissa ouverte tandis qu'il s'engouffrait dedans. Djatoua et Lukas le suivirent à l'intérieur.

— Refermez derrière vous et verrouillez.

Pendant que Lukas obtempérait, Djatoua regarda le colonel appuyer sur des boutons.

Elle comprit qu'il venait de désactiver les caméras vidéo braquées sur la pièce. En en faisant le tour, elle sut qu'elle ne se trouvait pas dans le bureau de Jaeger ni dans une salle d'interrogatoire. Un immense lit à baldaquin, mais au toit ouvert, trônait dans la pièce, qui faisait au moins le triple de la chambre de moine de Lukas, avec une cuisine petite, mais fonctionnelle, et une salle de bains complète, contenant un vaste jacuzzi qui était visible au fond. Il n'y avait pas de fenêtre, mais l'éclairage tamisé reproduisait la lumière naturelle du jour. La décoration était sobre, si l'on faisait exception des miroirs partout, y compris au plafond.

Djatoua se tourna vers Jaeger qui la dévisageait sans mot dire, tout comme le jeune garde silencieux debout à côté de lui.

— Laissez-moi deviner. C'est une salle de torture qui remonte à l'Inquisition, mais que vous avez remodelée au goût du jour ?

Jaeger lui répondit en souriant :

— En dehors du fait que l'appartement est parfaitement insonorisé, et de quelques instruments ludiques que vous pourrez trouver dans les tiroirs de la commode sur votre droite, ce n'est pas un lieu idéal pour arracher des aveux.

Djatoua passa d'un air pensif sa main sur l'une des colonnes en bois du baldaquin.

— Insonorisé, hein ? Nul ne vous entendra crier ou bien gémir… C'est un lieu idéal pour les recueillir sur l'oreiller, en revanche, c'est bien ça ?

Les deux hommes se lancèrent un regard furtif, mais dans cet échange réflexe, Djatoua comprit exactement ce qu'il était en train de se dérouler.

— Ce n'est pas la première fois que vous partagez un moment comme celui-ci, tous les deux, pas vrai ? Lukas, avec sa tête de gentil, attire les femmes et les ramène ici pour que vous… quoi, Jaeger ? Pour que vous les rassuriez de votre autorité naturelle ?

Djatoua décontenançait visiblement les deux hommes par son absence totale de peur, d'angoisse ou même de timidité. Jaeger se sentit néanmoins obligé de préciser :

— C'était une petite mise en scène pour nous mettre dans l'ambiance, mais évidemment, vous n'avez aucune obligation. Vous êtes libre de rester ou de partir. Nous sommes des gentlemen.

Djatoua dégrafa d'une main l'un des boutons de sa robe :

— Je n'ai rien contre les trios en tous genres. Bien au contraire. Je les ai pratiqués, et souvent. En revanche, je vous préviens tous les deux, je suis extrêmement exigeante. La synchronicité, l'échange et l'harmonie sont essentiels. Si vous ne les avez pas, un moment érotique prometteur peut vite virer à la partouze grossière, et ça, ça ne m'intéresse pas. Si vous êtes nuls, je m'en irai, et n'allez pas imaginer que même à deux, vous réussiriez à m'empêcher de partir si je le décidais.

Nouvel échange de regards interloqués des deux hommes. Djatoua en profita pour laisser sa robe tomber à ses pieds et se diriger d'un pas souple vers la salle de bains.

— Si vous êtes toujours déterminés, rejoignez-moi dans le jacuzzi et venez me faire la démonstration du savoir-faire et de la précision suisses.

Ils la regardèrent passer. Fière, arrogante, superbe. Puis ils s'empressèrent de se déshabiller, sans briser le silence, comme si un instinct primal les prévenait qu'un seul mot pouvait rompre toute la magie du moment.

Le jacuzzi, dont les parois n'étaient pas en plastique, mais en marbre, et dont le fond était habillé d'une mosaïque de Ravenne, était plus vaste et profond que les modèles usuels, et se remplissait infiniment plus vite. Adossée, ses fesses posées sur un rebord sous l'eau, Djatoua détailla le corps des deux hommes qui arrivaient face à elle. Lukas était étincelant dans la perfection de sa jeunesse, un athlète sculptural avec un visage aux traits fins et expressifs. Elle remarqua ce qu'elle n'avait pas vu avant, sur son flanc latéral, pas très loin de son ventre, la cicatrice d'une balle de gros calibre.

Jaeger était, quant à lui, incroyablement *fit* pour un homme plus mûr. Il était doté d'une ceinture abdominale à faire pâlir d'envie ses pairs et d'un torse puissant, mais ses muscles étaient plus nerveux, moins saillants que ceux du jeune Suisse, bien que tendus comme des cordes à nœuds. Quelques rides et cernes donnaient à son visage un aspect buriné, mais toujours séduisant, surtout quand il souriait au lieu d'être autoritaire et pénible. Deux beaux spécimens mâles qui pouvaient se compléter à merveille. Leurs membres également. Plus long pour Lukas, mais plus épais pour Jaeger, tous deux glorieusement dressés en hommage à sa beauté. Djatoua sentit son sexe se préparer à leur arrivée, son clitoris gonflé comme les pointes de ses seins. Elle les laissa détecter tous ces signes et les vit retenir leur respiration, puis reprendre leur progression vers elle.

Ils entrèrent dans le jacuzzi, chacun se plaçant d'un côté de Djatoua. Jaeger fut le premier à se pencher sur elle et à l'embrasser, en plaquant doucement son corps ferme contre le sien, tandis que Lukas, qu'elle sentait dans son dos, lui embrassait la nuque et le cou, tout en lui caressant les bras. Encore engourdie du baiser de Jaeger, elle tourna la tête vers Lukas, cherchant sa langue avec la sienne. Ils s'embrassèrent tous les deux pendant que Jaeger lui embrassait les seins, tirant alternativement sur ses pointes. Puis ils se plaquèrent de plus en plus étroitement contre elle, lui embrassant la gorge, la nuque, les épaules, guettant son approbation. Tout en embrassant à nouveau Jaeger, elle saisit son sexe et l'attira en elle, puis elle fit de même avec Lukas. Les deux hommes conservèrent un contrôle et un rythme lent et synchrone qui lui confirmèrent qu'ils n'en étaient pas à leur premier rodéo. Elle étouffa un cri quand Lukas, jusque-là resté au bord, la pénétra plus avant. En l'entendant, Jaeger la pénétra davantage lui aussi, en pinçant les pointes de ses seins. Elle gémit, imitée par les deux hommes, lorsqu'elle commença à onduler entre eux, les amenant plus profondément en elle. Désormais, elle les embrassa alternativement si vite que c'était comme si elle les embrassait ensemble. Elle les sentit monter, plus vite qu'elle, comme c'était toujours le cas avec les hommes, alors elle infléchit le rythme de ses ondulations, créant des ruptures dans la continuité qui les désarçonnèrent sans les perdre tandis qu'elle en profitait pour monter à son tour. Ils s'adaptèrent à son rythme, et bientôt, ils ondulèrent de concert. Ils attendirent qu'elle soit prête pour prendre son plaisir avec eux. Ils étaient devenus si proches qu'elle sentit leurs sexes se toucher mutuellement à de multiples reprises de chaque côté des membranes de son corps déchaîné. Elle sentit venir l'orgasme et accentua encore plus l'ondulation. Puis elle explosa, se contractant et se dilatant de tous côtés, vibrante, déclenchant leur propre explosion. Elle se sentit inondée de partout, une sensation qui provoqua aussitôt un nouvel orgasme sur lequel elle surfa pendant plus de trois minutes.

Elle rouvrit les yeux et regarda ses deux partenaires qui, acceptant son contrôle des opérations, attendirent qu'elle leur indique la variation qu'elle souhaitait tester. Les paroles étaient inutiles. Les corps se parlaient. Elle prit le sexe de Lukas, le lava, et plaquant ses fesses contre lui, l'invita à essayer l'autre entrée, tandis qu'elle tira la nuque de Jaeger pour qu'il lui lèche le clitoris avec douceur et fermeté. Il obtempéra immédiatement, et elle poussa un soupir d'aise. Ces deux-là, elle n'allait pas les oublier de sitôt.

Ils expérimentèrent toutes les combinaisons possibles, dont, en dépit de toute leur expérience, certaines surprirent les deux hommes et les ravirent littéralement. Ils firent l'amour, terminant allongés dans le lit à baldaquin où, pantelants, ils finirent par s'endormir les uns sur les autres, avec Djatoua au milieu, telle une impératrice bienveillante, leur caressant leurs cheveux courts. Elle sourit en énonçant mentalement les mots « sandwich suisse kanak » et soupira d'aise.

Plus tard, Djatoua se leva et se dirigea vers la cuisine pour aller boire un verre d'eau. Son instinct l'avertit en un quart de seconde. Elle servit un second verre d'eau et se retourna pour l'offrir au nouvel arrivant qui se déplaçait en silence comme une panthère. Jaeger lui sourit et accepta le verre dont il avala goulument le contenu.

Elle le resservit et désigna Lukas, toujours assoupi, le visage innocent et pur.

— Il est magnifique, ce garçon, et ne semble pas trop souffrir de votre relation. Mais il est jeune, tout de même, et sous influence puisque sous votre commandement. Avec votre air coincé, je ne vous aurais jamais imaginé adepte du polyamour. Je suis curieuse de connaître votre histoire, si vous voulez bien me la raconter.

Jaeger hésita, pesant visiblement le pour et le contre, puis se lança.

— Lukas ne vient pas seulement du même canton que moi. Il est du même village. Je suis ami avec ses parents et je l'ai pratiquement vu naître. Quand il a décidé de tenter l'aventure des gardes suisses, probablement pour suivre mon exemple, ses parents m'ont naturellement contacté. J'ai précisé qu'il ne bénéficierait d'aucun régime de faveur, mais j'ai promis que je veillerais sur lui. Ils ont été d'accord, bien sûr, à la suisse. Et, plus précisément, la Suisse alémanique. Vous me trouvez coincé, rigide ? Je suis la souplesse même.

Djatoua sourit :

— J'ai remarqué…

Jaeger lui rendit son sourire.

— Je parlais de souplesse morale, Djatoua. En tout cas, j'ai encadré son apprentissage, suivi sa progression. Il s'est très rapidement démarqué des autres, devenant l'un des meilleurs, passant de hallebardier à vice-caporal en un temps record, notamment grâce à un fait d'armes. Il a pris une balle pour le pape lors d'un voyage.

Djatoua hocha la tête :

— J'ai vu la cicatrice, oui.

— Cela n'a pas été relaté dans la presse, car l'attentat – probablement plus une opération montée pour effrayer

François qu'une véritable tentative de meurtre, mais le tireur découvert s'était laissé aller à la panique – aurait été commandité par un haut membre du clergé. Cependant, nous n'avons jamais pu savoir qui exactement.

Djatoua ouvrit de grands yeux.

— Oui, je vous en parlerai après si vous voulez, soupira Jaeger. Mais je termine sur nous avant que Lukas ne se réveille et ne nous entende.

— D'accord.

— Lorsqu'il est arrivé au Palais apostolique au terme de ses deux mois de formation, je sortais juste d'un divorce douloureux et humiliant. Vous imaginez bien que ça ne se produit pas souvent chez nous, et pour cause ! Parce que quand ça arrive au Vatican, où notre vie privée et notre intimité sont difficiles, voire impossibles à préserver, ça prend des proportions catastrophiques, surtout quand vous êtes le commandant de la plus petite armée du monde. J'ai dû me montrer encore plus dur afin de conserver mon autorité. Et ça a pu me faire paraître encore plus coincé.

— J'imagine…

— J'ai remarqué que Lukas avait un penchant pour moi à l'occasion d'une séance d'entraînement que je suis passé superviser à l'improviste.

Djatoua ne résista pas à l'envie de lancer :

— Maniement de hallebarde ?

Jaeger leva les yeux au ciel.

— La hallebarde, c'est pour le folklore. Nous avons des équipements ultramodernes : un système de com codé parmi les plus modernes et performants du monde, des fusils d'assaut SIG-550 et des Glock 19. C'est cette dernière arme qu'il apprenait à manier. Un exercice simple, mais essentiel, où on dégaine, on remonte le bras armé et on tend bien les deux bras pour mettre en joue et éventuellement tirer. Lukas avait tendance, sitôt après avoir dégaîné, à relever les deux bras dans un mouvement en arc de cercle vers le haut, alors qu'il faut garder le bras armé le long du corps, remonter le coude et ensuite lancer le bras armé soutenu par l'autre vers l'avant dans un mouvement d'extension.

Djatoua mima l'explication avec une arme imaginaire :

— Comme ceci ?

— Exactement. Mais lui n'y est pas arrivé du premier coup. Alors, je suis passé derrière lui.

Jaeger se déplaça dans le dos de Djatoua, attrapant ses bras par-derrière, afin de lui montrer le mouvement. Pour cela, sans être collé à elle, il était néanmoins très proche et, outre le contact des bras, Djatoua pouvait sentir son souffle dans son cou.

— Ah oui, extrêmement proche…

— Oui, rien d'inconvenant, et surtout pas de contact au niveau de l'aine et des reins, mais tout de même. Il ne s'était pas raidi, mais avait épousé mon mouvement en émettant un soupir audible de nous seuls, qui avait eu un effet sur moi que j'ai fort heureusement pu dissimuler aux autres gardes présents, mais que lui avait perçu. J'ai quitté la salle d'entraînement après les félicitations d'usage au formateur et aux recrues, un peu déstabilisé, mais en imaginant que cet incident s'arrêterait là. Et j'ai soigneusement évité Lukas les deux jours suivants.

Jaeger secoua la tête en désignant le jeune garde endormi.

— Mais le troisième jour, il a réussi à me coincer alors que j'allais sortir de mon bureau. Il était extrêmement contrarié. Il craignait de m'avoir dégoûté, terrifié, mis en colère, voire les trois à la fois. Il m'a expliqué qu'il m'admirait depuis toujours, se sentait malgré lui attiré par moi. J'ai bredouillé que j'étais flatté, mais que ce n'était pas possible, pour une multitude de raisons. Je ne savais pas comment j'allais m'en sortir, car je ressentais moi-même une certaine attirance pour lui, tout en sachant qu'elle était impossible. Là où il m'a surpris, c'est en prenant les devants pour m'annoncer avec une grande lucidité que sa foi et son éducation lui interdisaient toute relation homosexuelle à long terme. Je commençais à entrevoir une sortie, lorsqu'il me dit alors qu'il avait réfléchi et que la seule solution possible consistait à partager l'amour des femmes avec moi. Je ne m'attendais pas à ça, et en même temps, sa solution me parut irrésistiblement attirante. Néanmoins, j'ai d'abord refusé.

— Vraiment ?

Jaeger haussa les épaules :

— Vous ne le savez peut-être pas, mais nous avons deux dates sombres dans l'histoire récente de la Garde suisse. D'abord, bien sûr, le 13 mai 1981, quand a été commis l'attentat contre Jean-Paul II. Mais celle qui nous a encore plus secoués, c'était le 4 mai 1998, où un jeune caporal de la Garde suisse a abattu son nouveau commandant et la femme de celui-ci, avant de retourner l'arme contre lui.

Djatoua hocha la tête :

— J'en ai entendu parler. Évidemment, difficile de ne pas y penser, en effet.

— Même si l'on ne saura peut-être jamais exactement ce qui s'est passé, ce geste ultra-violent avait très certainement été déclenché par des relations interpersonnelles fortes, complexes et probablement émotionnellement tendues entre ces trois personnes. Je ne voulais d'une telle situation à aucun prix, alors je lui ai dit de prendre sur lui, de bien se tenir et d'effectuer son travail avec encore plus de rigueur. Et c'est ce qu'il a fait pendant un temps.

— Mais ça n'a pas duré.

— Non. Un autre incident a été le déclencheur : le suicide d'un de ses amis, qui avait été l'autre moteur de son engagement. C'était un garde suisse également de notre village qui avait été forcé de quitter prématurément le corps en 2020 pour des raisons médicales. Le garçon que nous connaissions ne s'en est jamais tout à fait remis. Servir le pape est un engagement moral et spirituel important, et s'en trouver soudainement privé est terrible. Il a suivi une véritable descente aux enfers et a fini par mettre fin à ses jours. Le jour où nous l'avons appris, j'ai vu notre Lukas se décomposer. Ce soir-là, il bénéficiait d'une sortie, et lui qui ne buvait jamais plus d'une bière ou d'un verre de vin s'est saoulé à l'alcool fort avant de sortir dans la nuit romaine pour « commettre tous les péchés de la chair », a-t-il dit à un camarade. Heureusement, il était en civil. Inquiet, j'ai moi-même laissé tomber l'uniforme et je l'ai discrètement suivi. Il m'a entraîné loin dans un quartier que je ne connaissais même pas, dans une boîte échangiste où le principe était à la fois de mettre un masque et de se dénuder. J'aurais dû me douter que, même bourré, l'excellent professionnel qu'il commençait à être m'avait repéré. Il a trouvé deux jeunes femmes assez belles et pas du tout farouches, en me désignant du doigt. Il m'a regardé comme s'il quémandait mon approbation. Il était nu et superbe, et l'idée d'un quatuor où nous allions nous effleurer m'a paru une évidence. C'était la première fois, et ça a redéfini ma sexualité jusqu'alors plutôt conventionnelle. Et la sienne, je pense. Et nous avons recommencé. Toujours en toute discrétion. C'est devenu une vraie addiction, accentuée par le goût du risque, et nous avons découvert cet appartement oublié de tous, hors des circuits de surveillance vidéo, pour oser braver l'interdit suprême : le faire ici au Vatican. Et vous êtes arrivée, Djatoua…

— C'était votre première fois ici ?

— Oui.

— Je me sens flattée, même si j'imagine que les occasions sur place sont plutôt rares.

— Oui, le fantasme de la nonne débauchée ou de la prof d'italien lubrique est vraiment très exagéré, sourit Jaeger, qui redevint aussitôt sérieux. Vous êtes la seule dépositaire de notre secret, Djatoua. Vous avez le pouvoir réel de détruire deux vies.

Djatoua s'empressa de le rassurer :

— Ces quelques heures à l'aube resteront parmi les plus excitantes de la vie. Non seulement je ne veux pas détruire vos deux vies, mais je ne veux pas me couper de la possibilité d'y revenir. Votre secret est sauf avec moi, à une condition.

Le colonel Jaeger, qui commençait à éprouver un certain soulagement, se raidit :

— Laquelle ?

Djatoua prit l'air sérieux à son tour :

— Que vous me racontiez tout sur cet attentat commandité par un ecclésiastique de haut rang.

Jaeger la fixa intensément, la jaugeant et l'appréciant encore plus :

— Nous sommes entre professionnels, je vois.

— Toujours.

— Ce n'est pas le moindre de vos charmes, Djatoua.

— Merci… euh ?

Jaeger parut un instant dérouté, puis il comprit.

— Wolfgang.

Djatoua lui tendit la main dans un geste tellement formel alors qu'ils étaient tous deux nus comme des vers qu'ils furent pris d'un fou rire. Lukas, qui ne dormait visiblement plus, se joignit à eux.

Au bout de quelques minutes, d'un geste tout aussi formel, Wolfgang Jaeger leur proposa de s'asseoir autour de la table de la cuisine. Il regarda l'heure et dit :

— Bon. On prend un café puis une douche, et je vous raconte.

Djatoua sourit d'un air malicieux qui noua le ventre des deux hommes :

— Ensemble, la douche ?

VILLA SAPIENTA, ROME

30 mars

Jack observait Momo nourrir l'IA de nouveaux prompts afin d'extraire une information exploitable à partir de la photo floue du rétroviseur. Pour l'instant, cela ne donnait rien de concluant. Pas plus que le travail mené toute la nuit par les trois forces de sécurité qui cohabitaient au Vatican. C'est alors qu'ils reçurent un appel en visio de Mohand qui, depuis l'Islande, travaillait sur une autre IA de sa création à coupler avec celles déjà au travail sur la photo.

Momo allait répondre lorsque son portable se mit à flasher. La photo d'une vieille dame aux traits asiatiques, légendée du simple mot « Maman », apparut. Jack vit Momo pâlir et lui fit signe de se lever :

— Décroche, je m'occupe de parler à Mohand. Allez, va !

Momo se leva alors en bredouillant un mélange de remerciements et d'excuses, et s'éloigna pour trouver un endroit discret. Jack prit le casque, et répondit à son génie hindou en Islande :

— Bonjour Mohand ! Quoi de neuf ?

— Bonjour patron. J'avance bien : mon IA sera bientôt prête.

— Bravo !

— Mais je suis content de tomber sur vous. Momo n'est pas là ?

Jack regarda par-dessus son épaule :

— Sa mère a appelé juste au moment où tu transmettais ton appel Teams. Je l'ai envoyé discuter avec elle dans un endroit tranquille.

— Il discute avec elle en ce moment même ?

— Oui, c'est ça.

— Ça m'étonnerait.

Jack en eut la chair de poule :

— Pourquoi dis-tu ça ?

Une fenêtre apparut au centre de l'écran du Mac de Momo. On y voyait la petite dame de la photo en train de s'amuser comme une folle à une partie de mah-jong avec des amies.

— Voici Madame Momo mère, à cet instant T, et elle n'est pas en train de parler à son fils. D'ailleurs, comme vous le constatez, elle est en pleine forme, et je n'ai trouvé aucune trace d'un quelconque problème médical. Jack, ça me fait peur. Ça ne ressemble pas à Momo de mentir !

Jack se retourna pour vérifier que Momo ne revenait pas.

— Mais à qui est-il en train de parler, alors ?

— Je ne sais pas, Jack. Le téléphone de Momo est très puissamment crypté. Il y a trois solutions pour savoir avec qui il discute. Soit je le craque, mais il le verra. Soit vous le chopez en flagrant délit, mais comment vous rapprocher d'assez près pour le prendre sur le fait ? Soit, eh bien, vous lui demandez directement.

Le regard de Jack s'assombrit à cette perspective.

— Tu en as parlé à Eirene ?

Le visage de la psy apparut à l'écran à côté de Mohand.

— Je suis là, Jack. Je penche pour la troisième solution. L'approche directe. Nous lui devons bien ça, je pense.

— Tu as sûrement raison, mais ça ne va pas être simple, soupira Jack.

Rien ne se dit de part et d'autre pendant quelques secondes, puis la voix de Mohand retentit à nouveau :

— Ça y est, je viens d'envoyer mon IA à Momo. Ça devrait débloquer le problème de la photo.

Jack vit du coin de l'œil Momo qui revenait vers l'ordinateur. Depuis l'Islande, Mohand et Eirene le virent aussi et prirent congé :

— Voilà, c'est fait. À bientôt, Jack !

Momo se rassit, frustré de se retrouver face à une annonce de fin de visio. Jack l'observa.

— Ils m'ont demandé de te saluer. Ils étaient pressés, mais Mohand m'a dit qu'il t'envoyait son IA.

Momo battit des mains :

— Oui, il est trop fort, ce Mohand !

Jack le fixa attentivement sans le laisser paraître :

— Alors, ça allait ?

— Hein ?

— Ta mère ?

Momo lui décocha ce sourire innocent qu'ils connaissaient tous, ou en tout cas, qu'ils croyaient connaître :

— Oh oui, elle s'amusait comme une petite folle à la piscine avec ses copines.

— La piscine, vraiment ? Elle va mieux, alors.

— Oui, elle s'est même offert une charlotte à franges violette. On aurait pu la prendre pour une méduse !

Jack hocha la tête, l'air ravi, mais il rageait intérieurement : « C'est toi qui nous prends pour des méduses, oui ! » Mais il réglerait ça plus tard : la mission avant tout.

Il asséna une claque amicale sur l'épaule de Momo pour que celui-ci ne se doute de rien.

— Dis-moi dès que l'IA de Mohand aura été intégrée au reste. On a besoin de cette photo !

— À tes ordres, Jack !

Jack Baggelson s'éloigna du bureau de Momo. Vera, qui le regardait arriver dans sa direction, se tourna vers Ronan pour voir s'il avait remarqué. Le commando hocha la tête, comme en réponse à sa question muette :

— Ouais, il y a un truc qui ne va pas. Peut-être au sujet de Momo. Jack n'a pas l'air bien.

— Momo ment sur sa mère, répondit Vera tandis que Jack parvenait à leur hauteur. Je le sentais bien. Mais Jack ne sait pas pourquoi ni à quel degré, et c'est ça qui lui remue les tripes, pas vrai, Jack ?

Jack se félicita encore de l'intelligence de son équipe.

— Nous avons peut-être un problème au sein de l'équipe, oui.

Il scanna la pièce :

— À ce propos, où diable est Djatoua ?

QUARTIER DES GARDES SUISSES, CITÉ DU VATICAN, ROME

30 mars

Djatoua fixait l'écusson que Lukas portait sur l'épaule du t-shirt qu'il avait fini par revêtir après sa douche, « Guardia Swizera Pontifica. Papstliche Schweizergarde ».

— Ils auraient pu rajouter la mention en français « Garde suisse pontificale ». Les Suisses romands doivent se sentir frustrés.

— Ils disent que c'est parce qu'ils sont les authentiques gardes suisses, expliqua Lukas en souriant. Seules les traductions sont mentionnées, car pour eux, ça va de soi.

— Vous vous regroupez par communautés entre vous ?

— Au début, oui. La fierté de faire partie de tel canton, la langue qui rassemble et sépare un peu, mais après, on se fond davantage au hasard des affectations.

Jaeger sortit de la douche sur ces entrefaites :

— Quel hasard ? Il n'y a pas de hasard. C'est moi qui les pousse à se mélanger et à se sentir fiers d'être gardes suisses avant d'être romands, italianisants ou alémaniques. C'est essentiel pour leur coordination, leur synchronisme et leur solidarité face au danger. Honnêtement, même si des affinités culturelles persistent, l'esprit de corps est si fort que ce n'est jamais un problème.

Il asséna une bourrade amicale à Lukas.

— Et puis, celui-ci, qui est super populaire auprès de tous, contribue à les fédérer.

Jaeger hésita, puis il ajouta :

— Et il contrôle l'information fournie à notre taupe américaine.

Djatoua arqua les sourcils d'étonnement :

— Vous avez parmi les gardes suisses une taupe américaine et vous le gardez ?

Jaeger haussa les épaules :

— L'Amérique est notre alliée depuis des décennies. Rien ne pourra jamais changer ça. Et puis, je préfère une taupe que je connais à un espion que j'ignore.

— Ça, je comprends. Dites-moi, Colonel, vous êtes habillé, vous avez un café. Toutes les conditions sont réunies pour que vous me fassiez un récit passionnant.

Lukas éclata de rire :

— Elle ne lâche rien !

— C'est certain, approuva Jaeger.

— Alors, cet attentat commandité par un ecclésiastique de haut rang ?

— OK. Vous risquez d'être déçue. Je n'ai aucune preuve de ce que j'avance là, ni même le nom d'un suspect. Cela s'est produit l'an dernier, lors du voyage du pape François au Kazakhstan, en septembre 2022, donc.

C'était un voyage très important, faisant écho à la visite de Jean-Paul II à Astana du 22 au 25 septembre 2001, juste après les attentats du 11 Septembre pour y délivrer un message de paix et de fraternité. Le voyage du pape François était également axé sur la paix mondiale, menacée par la guerre en Ukraine, et sur l'importance que présentent les religions, à condition d'être libérées des extrémismes et d'être en accord avec la société laïque. D'ailleurs, il venait officiellement participer à la VIIe rencontre des chefs religieux du monde à Astana, la capitale. À cette occasion, il avait espéré rencontrer le patriarche orthodoxe Kirill, qui, à en croire les observateurs extérieurs, semblait avoir béni les armées russes lors de l'invasion de l'Ukraine. C'était une position qu'il trouvait très violente pour un homme d'Église, et il souhaitait entendre sa version. Mais Kirill avait annoncé qu'il ne viendrait pas. En revanche, il était représenté par le métropolitain Antoine, l'équivalent orthodoxe d'un archevêque, lequel avait très cordialement accepté une rencontre.

— Nous avions dû quelque peu bousculer le programme pour permettre à cette entrevue capitale d'avoir lieu, poursuivit Jaeger. Et par conséquent, très peu de gens étaient au courant du changement… C'était le 14 septembre, jour de la fête de la Croix glorieuse, juste après la messe présidée par le pape François à partir de douze heures quarante-cinq sur une place de l'Expo bondée, avec dix mille personnes présentes et enthousiastes, alors que le Kazakhstan est à soixante-dix pour cent musulman et que les catholiques constituent à peine un pour cent de la population. Le pape était vraiment heureux. Il faut dire qu'après une première journée diplomatiquement complexe, au programme chargé et au protocole un peu coincé, l'ambiance se détendait considérablement, à la grande joie du souverain pontife. La messe s'était très bien passée, et le Saint-Père était satisfait à l'idée de dialoguer avec le métropolitain Antoine. Il était fatigué, son genou le faisait souffrir, et il préférait le fauteuil roulant à la canne quand il était hors de vue, mais il était content. Nous étions une poignée de gardes suisses à avancer, guidés par un membre des services secrets kazakhs qui servait d'agent de liaison, poussant le fauteuil roulant dans un espace soi-disant sécurisé nous amenant directement au lieu de rendez-vous tenu secret, lorsqu'un homme est apparu au bout du couloir. Il avait un badge et une sorte de banderole à l'effigie de KTO, la télévision catholique, mais Lukas a tiqué, car il ne reconnaissait en lui aucun des journalistes de la chaîne voyageant dans l'avion papal.

— C'est vrai, intervint Lukas. Sans avoir mémorisé les visages des dizaines de journalistes présents dans l'avion, j'étais quand même sûr de ne pas l'avoir vu à bord. Et s'il n'était pas venu avec nous, il n'y avait aucun moyen qu'il soit là. Et puis, il n'avait pas le type KTO du tout, si j'ose dire. J'ai compris que c'était un attentat avant même qu'il ne dégaine et n'ajuste le Saint-Père avec un pistolet à silencieux. Contrairement à mes collègues, j'avais anticipé, j'ai pu me placer à temps devant le pape pour lui faire rempart de mon corps.

— Il dit ça tranquillement alors qu'il nous a exécuté un Tim McCarthy impeccable, salua Jaeger.

— Du nom de l'agent des services secrets qui s'est interposé devant Reagan lors de l'attentat en 1981 ? tiqua Djatoua.

— Exactement. Une référence pour les gardes du corps du monde entier. J'ai toujours admiré ce type de dévouement qui va contre l'instinct même de survie, mais quand c'est un être cher qui le fait, c'est atroce à voir. Tout s'est passé incroyablement vite. Lukas a pris une balle, il est tombé tandis que le pape tentait de le rattraper. Puis j'ai vu l'assassin, qui n'en revenait pas, s'écrouler, un couteau planté dans sa carotide pendant que ses autres tirs se perdaient dans le plafond. Les autres membres de notre escorte n'avaient même pas eu le temps de tirer. Mais dès qu'il est tombé, ils sont allés vérifier la mort de l'assassin et sécuriser le périmètre. Je n'ai jamais su qui avait lancé ce couteau. Mais il y avait un ange gardien dans ce couloir. Notre médecin a accouru au chevet du pape, qui lui a dit qu'il allait bien et lui a aussitôt ordonné de s'occuper de Lukas. La balle avait traversé proprement, sans toucher d'organe vital.

Djatoua sourit à Lukas dont elle caressa la joue, tandis que Jaeger reprenait :

— Seulement, après le soulagement et les félicitations, il a fallu décider de ce que nous allions faire concernant cet attentat. Nous commencions à en débattre quand le pape François a coupé court d'une voix étonnamment ferme. Nous l'avons tous regardé. Le couloir était toujours désert, à part nous. Comme c'était une arme silencieuse, le bruit des coups de feu n'a pas alerté l'extérieur, et comme Lukas n'était pas grièvement blessé, Sa Sainteté nous a dit qu'il était hors de question de compromettre l'objectif de ce voyage, et surtout pas la rencontre avec le métropolitain Antoine. Il nous ordonna donc de gérer l'incident avec une discrétion absolue. En dehors de nous, seuls les services secrets kazakhs devaient être mis au courant, afin d'évacuer le corps. Et absolument rien ne devait filtrer dans la presse. L'agent de liaison kazakh approuva la décision avec soulagement et remercia le Saint-Père. Après avoir ausculté le Saint-Père et s'être assuré qu'il n'avait pas de traumatisme grave dû à l'attentat, notre médecin a emmené Lukas se faire soigner avec l'aide d'un autre garde suisse, et nous, nous sommes allés à la rencontre, comme prévu.

Jaeger marqua une légère pause puis soupira :

— Nous ne sommes même pas arrivés en retard. L'entretien s'est très bien passé, à la satisfaction mutuelle des deux partis, et le métropolitain Antoine a conclu en disant qu'une rencontre entre le pape François et le patriarche Kirill était envisageable, mais qu'il ferait aussi le maximum pour la faire aboutir. Ce n'est qu'une fois à bord de l'avion papal que j'ai pu respirer à nouveau. Le Saint-Père ne pouvait mettre Lukas à l'honneur comme il l'aurait voulu, mais il m'a officiellement demandé de lui accorder une promotion. Et cet animal a eu beau la refuser initialement, arguant qu'il n'avait fait que son devoir, il n'était pas de taille à résister à son chef et au souverain pontife. Mais ce qu'il a préféré, c'est que François ait réclamé qu'il soit désormais de toutes les escortes de la papamobile.

Djatoua regarda les deux hommes différemment.

— Wow ! Vous êtes encore plus sexy que je croyais. Et donc, pourquoi des soupçons envers un ecclésiastique de haut rang ?

— Eu égard aux conditions de connaissance des lieux et des horaires modifiés du pape, ce ne pouvait être que quelqu'un de chez nous, très haut placé et très informé, qui a pu dire à l'assassin où se placer. Partout ailleurs, nous étions sur les dents, les services secrets kazakhs aussi, qui, comme les forces de sécurité de tous les pays hôtes n'avaient qu'une peur, c'est que le pape se fasse tuer sous leur garde. En plus, il se trouve que Xi Jinping était aussi en visite dans le pays au même moment, la sécurité était donc d'autant plus étanche.

— Ursini ne nous a pas parlé de ces soupçons concernant un ecclésiastique de haut rang.

— Il le sait, mais il a les mêmes doutes que moi sur l'identité du traître. C'est notre réflexe premier de laver le linge sale en famille. Et là, un membre important du clergé qui comploterait pour assassiner le pape, c'est le cauchemar absolu pour nous. Donc…

— On ne peut pas avancer sans preuve, confirma Lukas en hochant la tête. L'affaire est trop sérieuse.

— Et franchement, ajouta Jaeger avec énergie, entre nous, j'ai eu tellement peur de perdre Lukas que mon naturel, déjà peu confiant, ne s'est pas amélioré.

Djatoua sentit l'émotion du colonel et le rare accès de confiance qu'il venait de lui démontrer, non seulement sur les faits, mais aussi sur sa vulnérabilité humaine. Elle comprenait aussi à quel point il avait fait de Lukas un confident professionnel en même temps qu'un partenaire amoureux d'un autre type. Elle réfléchit :

— Pouvez-vous néanmoins m'expliquer pourquoi un membre du Vatican pourrait bien aller jusqu'à vouloir commanditer la mort du pape ? L'histoire est pleine d'assassinats, entre ecclésiastiques, mais ça date un peu, non ?

Jaeger et Lukas se lancèrent un clin d'œil signifiant clairement « on est là pour un bon moment », puis le colonel, après avoir mis ses idées en ordre, développa pour Djatoua ce qui pouvait effectivement paraître absurde pour quelqu'un d'extérieur au Vatican.

— Dès le mois qui a suivi l'élection de Jorge Mario Bergoglio le 13 mars 2013, alors qu'il venait d'être proclamé pape sous le nom de François et que je n'étais encore que capitaine, j'ai surpris une conversation entre cardinaux et capté cette phrase qui m'a marqué : « Ce pape n'est pas le Vatican. »

Jaeger revint longuement sur le refus du pape, dès le tout début, de se plier à certaines des traditions séculaires du Saint-Siège. Ce dernier mit toute sa considérable énergie à réformer l'institution de l'Église : on cessait de couvrir ou passer sous silence les actes pédophiles, on arrêtait avec les flonflons et la pompe dispendieuse, le clientélisme et le népotisme, et l'on se recentrait sur les pauvres, les laissés-pour-compte, et même les migrants. On donnait une place aux femmes et l'on cessait d'ostraciser les LGBT.

— Certains membres n'avaient aucune envie de changer leurs habitudes, sinon pour revenir à une version conservatrice de l'Église, avec messe en latin au besoin, soupira Jaeger. Cela fit de François un rebelle et, pour certains, un ennemi à abattre. Et cela s'est aggravé ces dernières années. Le pape François en est conscient, bien sûr. Il est resté très profondément jésuite, et je me rappelle comment il s'est lâché dans un entretien avec ses frères de la revue *Civiltà Catolica* en septembre 2021, en prononçant cette phrase inattendue sur la fin de son pontificat : « Je suis toujours en vie, bien que certaines personnes veuillent ma mort. Je sais qu'il y a même eu des réunions entre prélats pensant l'état du pape plus grave que ce qui était dit. Ils préparaient déjà le conclave. Patience ! »

Le pape François faisait référence à un dîner secret dit « des corbeaux » qui se serait tenu le dimanche 4 juillet 2021, le soir même du jour où il était entré à l'hôpital Gemelli pour y être opéré du côlon. À ce dîner, dont la liste des membres, quoique pas totalement fiable, avait fuité, les noms des *papabili* – les candidats pressentis pour la succession du pape – traditionalistes avaient été cités. En outre, une stratégie pour obliger le pape malade à renoncer à sa charge puis le remplacer par un pontife plus « traditionnel » avait été mise en place, avec, notamment, le soutien inconditionnel financier et logistique de groupes néoconservateurs américains.

— D'accord, je peux bien croire à l'existence d'un complot des forces conservatrices pour le faire renoncer à la papauté, mais de là à le tuer, on passe à un autre niveau de violence !

Jaeger leva l'index pour interrompre Djatoua et se tourna vers Lukas :

— Tu peux m'apporter mon carnet, Lukas, s'il te plaît ?

— Le Moleskine bordeaux ?

— Oui, celui-là. Merci.

Lukas s'exécuta. Jaeger ouvrit le carnet à un endroit où se trouvait un marque-page et regarda Djatoua :

— Vous voulez de la violence ? Voici une tirade que j'ai notée mot pour mot en 2014, émanant non pas d'un agité du bocal fanatisé, mais d'un membre très éminent du monde académique, un théologien respecté, qui détenait la chaire émérite de droit canonique de l'université pontificale de la Sainte-Croix.

Jaeger se mit à lire :

— François n'est pas le Saint-Père dont l'Église a besoin. Il est peut-être populaire, mais il n'est pas l'homme indiqué pour répondre aux défis que nous, les catholiques, rencontrons dans ce XXIe siècle qui se présente comme le triomphe du Malin pour détruire l'œuvre de Dieu. Nous ne pouvons pas cacher que l'Église a besoin de mener le combat contre un monde qui est devenu futile, où le vice et la dépravation se présentent comme naturels, où la doctrine, la foi et la tradition sont mises en doute jusque dans les rangs de l'Église elle-même par des éléments qui, captivés par le relativisme, les aberrations libérales, le féminisme, l'idéologie du genre ou les fausses religions, trahissent les principes et l'œuvre de Dieu, où l'hérésie se transforme en doctrine et notre institution en ONG. Non, François n'est pas le Saint-Père dont nous avons besoin. C'est un imposteur qu'il faut combattre, un homme dépourvu des principes que réclament les croyants.

Jaeger referma le carnet, satisfait de l'effet que sa lecture avait provoqué chez l'agent Mozart.

— J'avais du mal à en croire mes oreilles, mais le journaliste Vicens Lozano, présent lui aussi, a rapporté ces propos également mot pour mot dans un livre qui vient de paraître dans son édition catalane et qui porte le titre très vendeur de *Vaticangate*. Lorsqu'il sera publié dans une langue plus courante, il va faire l'effet d'une bombe. On en parle déjà dans les couloirs ici. Dès 2014, au moment de Noël, période à laquelle il a pris l'habitude de réunir la curie, François a dit leurs quatre vérités aux prélats travaillant au Vatican. J'étais présent quand il leur a reproché leur « conduite peu exemplaire », leur vanité de se sentir « préservés, indispensables », leur attitude de

« rétrogrades mentaux et spirituels incapables d'autocritique ». Il a égrené la liste de leurs péchés, notamment de « tomber dans l'indifférence aux autres », de « céder au commérage », « d'accumuler les biens matériels et de mener une double vie hypocrite » et de « s'adonner aux frivolités mondaines et exhibitionnistes ». Il ne s'est pas fait que des amis, ce jour-là. Les prélats sont sortis indignés que le Saint-Père les traite de la sorte. Et il n'hésite pas à marquer des gestes forts. C'est ce qu'il a fait en béatifiant le 4 septembre 2022 Jean-Paul Ier, qui n'a été souverain pontife que trente-trois jours. Il est décédé prématurément, à tel point que certains pensent qu'il a été assassiné alors qu'il tentait d'assainir et de réformer en profondeur l'Église ainsi que la banque du Vatican. François fait exactement de même et s'attire la haine de ceux qu'il dérange.

Lukas compléta le propos de son supérieur en évoquant le cas de la frange conservatrice américaine, qui faisait aussi partie de ce problème : avec une cinquantaine de millions de catholiques avérés, soit un quart de l'électorat, étant admis qu'au moins la moitié d'entre eux partageaient des vues traditionalistes, le sujet méritait d'être abordé. Pour eux, un pape qui ne cessait de critiquer les travers du système capitaliste était forcément un « communiste » prônant le « marxisme culturel », un défenseur de toutes les causes, à savoir l'immigration, l'écologie, les femmes et l'homosexualité, qui, selon eux, attaquaient les fondements de la civilisation occidentale. Les États-Unis constituaient un pays immense, désormais coupé en deux du point de vue moral, philosophique et politique. Le premier signe en fut l'attentat du 19 avril 1995 par Timothy McVeigh : pour la toute première fois, six ans avant le 11 Septembre, on voyait un Américain blanc commettre un attentat à la voiture piégée contre un immeuble fédéral à Oklahoma City. Il y eut cent soixante-huit morts et sept cents blessés, tous agents du gouvernement. L'ennemi venait soudain de l'intérieur et dévoilait toute une partie de la population gagnée par le suprémacisme blanc, la haine de la démocratie libérale, du féminisme et des homosexuels. Ce fut le moment où toutes sortes d'organisations antigouvernementales rampantes sortirent du bois, la frange extrémiste qui allait donner QAnon ou les néonazis qui avaient recommencé à défiler au grand jour. C'est là aussi que fut révélée la radicalisation d'une grande partie de l'Église chrétienne, anglicane comme catholique.

Vingt-cinq ans plus tard, en juillet 2020, Timothy Dolan, cardinal archevêque de New York, envoya à tous les cardinaux du monde un livre décrivant le portrait-robot du successeur du pape, une provocation envers François encore impensable à l'époque de Jean-Paul II ou Benoît XVI. Dolan se trouvait être aussi un ennemi juré du président Biden et l'un des instigateurs de la campagne de discrédit menée contre lui, brandissant comme un étendard l'arme absolue de l'opposition au droit à l'avortement. L'ironie était que Joe Biden, premier président catholique depuis JFK et pratiquant très pieux, s'était à de multiples reprises prononcé, à titre personnel, contre l'avortement, mais évidemment sans jamais songer un instant, en tant que chef de l'État, à priver les femmes américaines de ce droit. Or les opposants à ce droit remportèrent une victoire conséquente le 24 juin 2022, lorsque la Cour suprême des États-Unis a mis un terme à la protection constitutionnelle de ce droit à l'avortement garanti depuis 1973, donnant à chaque État le droit de le maintenir ou de l'interdire. La majorité des juges de la Cour suprême à avoir voté en ce sens avaient été nommés par Donald Trump, un leader atypique, largement sous-estimé à l'époque d'Obama, mais qui fut tout de même élu à la présidence en 2017 et qui, le 6 janvier 2021, réussit à faire sortir de leurs bunkers des survivalistes survoltés et autres conspirationnistes pour lancer l'assaut sur le Capitole, symbole des institutions américaines.

— On dirait un scénario de mauvais film, et pourtant, c'est réel. Inutile de dire que Trump et François ne s'aiment guère. Le pape doit sans doute prier régulièrement pour que Donald Trump ne revienne pas au pouvoir, conclut Jaeger.

— Avec tous les procès en cours contre lui ? Impossible ! grimaça Djatoua.

— Impossible hier, mais pas aujourd'hui. Avec l'appui d'éminences grises comme Steve Bannon, champion de la manipulation, qu'on crédite du concept de « faits alternatifs » pour requalifier des mensonges, tout est possible.

— Quel rapport avec le pape ?

— Bannon, gourou des ultraconservateurs, considère le pape François comme un obstacle de taille à l'essaimage global des mouvements populistes de toutes sortes qu'il souhaite promouvoir. Et pour l'abattre, à une époque où un *mème* sur TikTok ou un avis schématisé d'influenceur sur YouTube vaut plus que mille discours argumentés, il a recours à la surmédiatisation de tous les problèmes de l'Église, notamment le sujet des agressions sexuelles sur les enfants. Internet est devenu le véritable champ de bataille des consciences.

Jaeger reprit son Moleskine, tourna quelques pages et lut :

— Sous couvert de l'institut *Dignitatis humanae*, Bannon affirmait en 2018 dans une interview parue dans l'hebdo britannique *The Spectator* : « Le pape est du côté des élites et non des pauvres. François est méprisé par les gens. Il devrait être un pilier de l'Occident et il ne l'est pas. Il essaie de diaboliser le mouvement populiste. » On voit clairement en quoi le pape François le gêne.

Jaeger referma son Moleskine.

— Les ennemis de notre Saint-Père sont nombreux, puissants et très déterminés. Ils ont tenté à de multiples reprises de l'intimider, de le destituer, de le contraindre à se retirer, mais rien n'y a fait. Ils ont essayé de le tuer, et à présent, ils l'ont enlevé. Pour moi, l'attaque ne vient ni des fondamentalistes musulmans, ni des Russes, ni des Chinois. Toutes ces pistes envoyées par les services « amis » ne servent qu'à nous enfumer. Il ne nous reste donc que le complot intérieur, qui, on vient de le voir, s'appuie sur les contradictions profondes qui traversent l'Église ; la vengeance personnelle, qui n'est pas à écarter, mais qui semble peu probable eu égard aux moyens conséquents déployés ; ou l'opération mafieuse, ce ne serait pas la première fois que l'Église serait rattrapée par des affaires de blanchiment d'argent. Je ne crois à rien d'autre.

— Je vous remercie tous les deux. C'était très instructif, mais j'aimerais vous demander de partager avec Jack Baggelson ce point de vue ainsi que toutes les informations recueillies, réclama Djatoua. Je respecte totalement le fait que vous souhaitiez protéger vos sources et éviter de tirer des conclusions hâtives sur l'attentat du Kazakhstan, mais les chances de retrouver le Saint-Père diminuent à chaque minute, et nous devons absolument travailler ensemble en bonne intelligence.

— Vous pouvez compter sur nous, Djatoua, comme nous comptons sur votre discrétion, insista Jaeger.

Djatoua éclata de rire :

— Personne ne me croirait, de toute façon !

Elle embrassa amicalement les deux hommes et partit rejoindre l'équipe Mozart.

BUREAU DE MONSIGNORE URSINI, VILLA SAPIENTA, ROME
30 mars

De son côté, Jack venait de faire le point avec ses correspondants étrangers qui, tous, à l'exception des Chinois, avaient fait des offres plus ou moins précises de soutien. Il s'était aussitôt rendu dans le bureau de monsignore Ursini, qui lui avait confirmé avoir reçu les mêmes, y compris des Chinois.

Jack n'avait rien d'autre à faire qu'attendre avec impatience les résultats de l'IA de Mohand. Il laissa ses pensées vagabonder vers Momo, qui s'efforçait pour sa part de progresser, sous la surveillance discrète de Vera et Ronan, qui ne le quittaient pas des yeux. Il se dit qu'avant de devenir fou à force de spéculations, il lui faudrait en parler avec Eirene. Il allait proposer à monsignore Ursini de faire le point quand son portable vibra. Il venait de recevoir un mail du colonel Jaeger, étonnamment courtois et, semblait-il, d'une humeur coopérative. Quelle mouche l'avait piqué ? Il relisait avec incrédulité le mail quand un mot d'Ursini l'arracha à ses réflexions :

— Jack ! Viens voir !

Le chef de l'agence Mozart fit le tour du bureau, tandis que monsignore Ursini fixait lui aussi son téléphone d'un air stupéfait. C'était le moment qu'avaient choisi les ravisseurs pour se signaler à l'attention du chef espion du Vatican. Sur son téléphone crypté et sa messagerie Proton+, il venait de recevoir un message qu'il partagea tout de suite avec Baggelson : « Attention, l'horloge tourne. Nous avons déjà trop attendu. » Mais cette fois, le document était signé « Guardia Corsa ».

Jack leva un sourcil étonné :

— Une garde corse ?

— Attends, ça me dit quelque chose, ça.

Monsignore Ursini fit aussitôt rechercher un dossier des archives numérisées du Vatican, tant la signature lui semblait étrangère tout en lui rappelant pourtant quelque chose.

Un aide lui apporta toute une documentation qu'il étala sur son bureau. Avec Jack, ils commencèrent à lire très attentivement : l'ambassadeur vénitien Paolo Paruta indiquait qu'en 1595, six cents Corses se trouvaient en service pour la sécurité du pape Clément VIII. Ces hommes étaient chargés de la garde en dehors du Palais apostolique et d'autres lieux de Rome. La Guardia jouissait de droits de police, car elle combattait les malfaiteurs, assurait la sécurité des routes, escortait les courriers et instaurait des cordons sanitaires lors des grandes épidémies de pestes.

La Garde participa également à toutes les cérémonies publiques romaines, processions, réceptions d'ambassadeurs, visites de monarques et exécutions capitales. Les Corses étaient étrangers aux intrigues qui secouaient la noblesse romaine, et la pratique de leur langue leur permettait des rapports aisés avec la population civile. Ils jouissaient d'une grande estime publique tout au long de leur service en raison de leurs qualités : probité, sobriété, courage, discipline, bonnes mœurs et piété. Un monument fut même érigé pour célébrer cette reconnaissance publique.

Le 20 août 1662, des soldats de la Garde corse du pape Alexandre VII en vinrent aux mains avec les Français chargés de la protection de l'ambassade de France à Rome. Des coups de feu furent tirés sur le carrosse de l'ambassadeur, le duc Charles III de Créquy, faisant plusieurs morts et blessés. Le pape ne réagissant pas, Louis XIV ordonna à l'ambassadeur de quitter Rome et éloigna de Paris le nonce apostolique Celio Piccolomini, provoquant une quasi-rupture diplomatique. De son côté, le parlement d'Aix décida l'annexion d'Avignon, alors possession papale, au royaume de France.

Le 12 février 1664, le traité de Pise dénoua enfin la crise, la Garde corse fut dissoute et le légat pontifical, le cardinal Chigi, vint s'excuser publiquement devant Louis XIV le 29 juillet 1664. À la suite de cela, la France rendit Avignon au pape.

Monsignore Ursini et Jack se prirent la tête entre les mains. Amusés et intrigués, ils se regardèrent et pensèrent la même chose.

— Trop de pistes tuent les pistes, commenta Jack.

— Les ravisseurs sont en train de nous enfumer et de nous rendre fous, opina monsignore Ursini. Comme des abeilles qui attaquent une troupe de lions.

Jack brandit son propre téléphone :

— Je viens justement de recevoir un mail spontané et fort aimable du colonel Jaeger qui me conseille de ne pas me disperser sur des pistes offertes pour détourner notre attention et de me concentrer plutôt sur celles du complot intérieur, éventuellement de la vengeance personnelle ou d'une opération mafieuse, les seules possibilités crédibles selon lui. Il m'indique que Djatoua dispose de détails utiles. Elle m'impressionnera toujours, celle-là.

— Je suis d'accord avec lui, il faut revenir au point de départ et éviter toute piste cherchant à nous éloigner de la vérité.

Monsignore Ursini haussa soudainement les sourcils :

— Jaeger t'envoie ça comme ça ? Incroyable ! C'est du jamais-vu ! Spontanément ?

Ce fut le moment où Djatoua, l'air radieux, vint toquer au bureau. Jack la regarda et elle lui sourit. Sans pouvoir imaginer exactement ce qu'il avait pu se passer, Jack s'amusa de la tête du monsignore, pour une fois vraiment pris au dépourvu.

— Pas si spontanément que ça, apparemment…

Pas sûr de comprendre, Ursini scruta Djatoua, dont le sourire éclatant s'élargit aussitôt.

— Bonjour, Monsignore. Le colonel Jaeger vient de partager avec nous l'information sur la tentative d'assassinat du Kazakhstan. On continue les cachotteries ou on joue cartes sur table ?

Jack regarda son vieil ami, pris la main dans le sac. Il l'avait rarement vu en aussi fâcheuse posture, authentiquement dans l'embarras, ne sachant, pendant un bref moment, quelle conduite adopter. Mais monsignore Ursini était fait d'un bois autrement résistant. Il récupérait vite. Il s'inclina devant Djatoua :

— Faire parler Jaeger, chapeau, *signorina* Djatoua ! Je n'aurais pas cru cela possible.

Elle lui fit une mini révérence qui fit sourire les deux hommes.

Monsignore Ursini affronta Jack et sa redoutable agente :

— J'admets, j'ai péché par omission. Je n'ai pas mentionné le Kazakhstan parce que je ne voulais pas que vous perdiez du temps à suivre la piste de nos propres éléments intérieurs qui ont très certainement monté cet attentat, que ce soit à des fins d'assassiner le pape ou non, peut-être pour simplement lui faire peur, nous l'ignorons encore. Et nous n'avons pu réunir aucune preuve suffisamment incriminante nous permettant de leur demander des comptes.

— Ce doit être frustrant.

— Ça l'est. Ce qui me taraude, ce n'est pas tant de connaître l'identité de celui ou de ceux qui sont à l'origine de l'attentat, mais de savoir s'ils seraient vraiment prêts à aller jusqu'au bout. Pour Jean-Paul Ier, même si on ne peut rien prouver non plus, ils n'ont pas eu d'hésitation, mais c'était une autre époque, il s'agissait d'un empoisonnement qu'ils ont fait passer pour un incident cardiaque, et les principaux instigateurs ne sont sans doute plus de ce monde. Est-ce que leurs héritiers iraient aussi loin ? C'est possible, mais je n'en suis pas certain.

Monsignore Ursini eut une grimace qui provoqua des frissons dans le dos de Djatoua. Elle vit, sous son aspect d'aimable homme d'Église et de diplomate, toute l'implacable résolution d'un homme déterminé à assurer sa mission, quel que soit le prix moral personnel à payer.

— Ce que j'ai pu faire, en revanche, c'est insuffler la crainte, et pas seulement celle de Dieu, dans leurs cœurs égarés. Je ne fais pas de sermon sur la montagne. Je suis un membre de l'Église, mais je suis également un soldat, plus dévoué au Saint-Père qu'un croisé au tombeau du Christ, et prêt à recourir à la toute dernière extrémité pour le protéger, même contre les siens. Je leur ai fait remarquer que si on commençait à vouloir jouer à s'éliminer entre nous, je me ferais un plaisir, en tant qu'expert en la matière, de leur montrer comment on s'y prend discrètement, sans rater sa cible. J'ai même d'excellents amis relevant d'autres confessions qui seraient ravis de participer. Même de vrais laïques… Crois-moi, Jack, ils se le tiennent pour dit. Ils savent que je suis prêt sans la moindre hésitation à tous les neutraliser définitivement un par un s'ils essaient. C'est encore marqué au fer rouge dans leurs mémoires, car j'ai ponctué mes paroles… d'une forme de démonstration. Ne me demandez pas laquelle. En tout état de cause, je peux vous assurer que cette fois, ce n'est pas eux.

Jack observa attentivement son protégé en se disant qu'il avait fait du chemin depuis son apprentissage. Cela lui fit penser aux extrémités auxquelles lui-même avait été contraint de recourir, extrémités qui auraient certainement choqué le Baggelson idéaliste des débuts. Il hocha la tête :

— Très bien. Nous te laissons gérer la piste de la conspiration en interne. Mais j'aurais pu déjà le comprendre si tu me l'avais dit plus tôt, Marcello, je suis un peu déçu que tu ne l'aies pas fait. Alors, transparence complète à partir de maintenant, d'accord ?

— D'accord, Jack. Je suis navré, les habitudes professionnelles deviennent vite une seconde nature, même vis-à-vis des amis. D'autant que j'en ai peu et que je tiens vraiment à ceux que j'ai. Dont toi.

— Je ne le sais que trop. N'en parlons plus. Y a-t-il d'autres omissions dont tu voudrais nous informer ?

— Aucune.

— Parfait. Ah, mais voici venir un Ronan porteur de nouvelles, je me trompe ?

Le commando salua d'abord le prélat qui lui rendit son salut d'un signe de tête et d'un sourire. Monsignore Ursini appréciait de plus en plus le garçon qui allait définitivement mieux que la première fois qu'il l'avait vu. Ronan se tourna vers Jack :

— Mohand a envoyé son IA personnelle, une sorte de cocktail de toutes les IA disponibles plus quelques prototypes secrets. Momo l'a intégrée à ce que nous avions déjà, et le résultat ne s'est pas fait attendre. Nous avons un visage. Et il se trouve que le capitaine Monteverdi le connaît.

Jack poussa un soupir de soulagement :

— Enfin une avancée ! On te suit.

SALLE DES ANALYSTES, VILLA SAPIENTA, ROME
30 mars

La petite délégation formée par Jack, Djatoua, Ronan et monsignore Ursini déboula dans la salle de la villa dévolue au travail des analystes et informaticiens. Elle était tellement envahie par les écrans, les câbles et les microserveurs de toutes sortes qu'on ne voyait même plus les fresques sur les murs. Tandis qu'ils traversaient le vaste espace qui les séparait de l'ordinateur de Momo, qui était en pleine conversation avec Vera et le capitaine Monteverdi, Jack s'en émut :

— On dirait qu'une pieuvre géante a pris possession des lieux. Tu aurais dû les mettre à la cave, tous ces geeks, Monsignore. Je suis sûr que les fresques derrière tout cet entrelacs informatique mériteraient d'être contemplées.

— Ironiquement, il s'agit de fresques relatant la vie d'Isidore de Séville qui, en 2002, est précisément devenu le saint patron des informaticiens.

Ronan arqua un sourcil étonné à ce qui lui paraissait totalement anachronique :

— Parce qu'il surfait sur un Intranet céleste ?

Monsignore Ursini sourit et raconta en quelques mots l'histoire de ce curieux patronage. Isidore vécut au VIIe siècle et fut évêque de Séville, dans le royaume wisigothique d'Espagne. Il écrivit une *Etymologiae*, un ouvrage savant en vingt tomes qui eut un grand retentissement. Le journaliste et historien Charles de Montalembert le surnomma « le dernier maître de l'Ancien Monde ». La structure de ses livres encyclopédiques évoquant les bases de données modernes et annonçant l'indexation par classement alphabétique, et leur aspect exhaustif préfigurant également la nature illimitée d'Internet, cela fit de lui le candidat idéal pour être le saint patron d'une communauté qui n'en avait pas encore.

Ronan, ravi, remercia le prélat en souriant et lança à Jack :

— J'adore cette mission qui booste ma culture générale. Je reviens quand tu veux !

Jack sourit, s'émerveillant toujours de voir un garçon avec son physique avoir une telle soif de culture :

— Terminons déjà cette mission, Ronan. Si nous venions à échouer, nos chances de revenir seront résolument nulles. Ou dans un monastère pour expier…

Arrivés à la hauteur du poste dévolu à Momo, ils purent observer, sur son écran disposé en *split screen*, les éléments qui ressortaient de son travail et de celui de Mohand. D'abord, dans le coin supérieur gauche, la photo encore floue du reflet du visage capturé dans le rétroviseur. En face, dans le coin supérieur droit de l'écran, la photo d'un homme d'une trentaine d'années, bien nette, celle-là, au point que son air peu aimable était évident. Et pour cause, puisqu'il s'agissait d'une photo anthropométrique dont bénéficiaient les détenus du monde entier. Dans le coin inférieur gauche figurait une carte de Rome extraite de Google Earth. Et dans un coin inférieur droit apparaissait un Mohand aux traits tirés, mais à l'air satisfait. Jack le mit aussitôt à l'honneur :

— Bonjour Mohand, et bravo, apparemment.

Mohand eut l'air ravi :

— Bonjour tout le monde. Une fois mon IA envoyée, c'est Momo qui l'a intégrée au programme et qui, à partir de notre morceau de visage récupéré sur le rétroviseur de la camionnette, a conjugué les actions de tous les algorithmes, ce qui nous a permis d'identifier un membre de la famille du chauffeur. Moi, somme toute, je n'ai fait que créer à partir d'une IA Deepfake et d'une IA de parentèle. Je suis navré d'avoir pris si longtemps, mais il m'a fallu un moment pour comprendre que je devais utiliser un meilleur descripteur imaginaire que les anciens motifs statistiques binaires locaux de LSP, BSIF et Gabor pour la réduction et la classification des comparaisons. C'est ainsi que nous avons été en mesure d'obtenir une vérification de visage 3D avec un taux de précision de 95,96 %. Allier reconnaissance de visages et détection de parenté a vraiment payé.

Jack sentit que monsignore Ursini partageait la même incompréhension que lui et en avisa Mohand :

— À part ta dernière phrase, je n'ai quasiment rien compris. Avant qu'on en vienne au résultat, tu peux nous expliquer comment ça fonctionne ? Mais comme à des néophytes, et… euh, brièvement, Mohand, d'accord ?

— Bien sûr, Jack, répondit Mohand, amusé.

Redevenant sérieux, il s'appliqua à se lancer dans des explications simples et accessibles à son auditoire. Un système de reconnaissance faciale n'était rien d'autre qu'une application logicielle visant à reconnaître automatiquement une personne grâce aux seuls traits de son faciès. Le fonctionnement de ces systèmes se basait sur une ou plusieurs caméras pour reconnaître l'utilisateur. La reconnaissance de visage eut alors de nombreuses applications en vidéosurveillance, sécurité, biométrie, recherche de personnes disparues ou enlevées, photographie, sécurité, médecine, robotique, sans oublier l'indexation d'images et de vidéos, les recherches d'images par le contenu, etc. Tous ces systèmes étaient généralement utilisés à des fins de sécurité publique, de protection de la vie privée, ou de sécurisation de données privées ou d'entreprises.

Ils pouvaient aussi, sur le plan pratique au quotidien, servir à déverrouiller toutes sortes d'appareils – ordinateur, console, téléphone mobile – et à gérer de la domotique, le principe de la maison intelligente. Ces systèmes pouvaient enfin également être employés, supposément pour faciliter la vie de l'utilisateur, comme le font certains réseaux sociaux, par exemple Facebook ou Google +, ou encore certaines applications mobiles, telles que FaceRec ou NameTag, dans le but d'identifier des visages présents sur des images. Ces systèmes se basaient alors sur des photos ou vidéos d'une ou de plusieurs personnes.

— Je dirais que le grand début de la généralisation du procédé doit dater de juin 2011, estima Mohand. C'est relativement récent. À cette date, Facebook lance son service de reconnaissance faciale accessible à tous. Bon, ils ont dû l'abandonner en Europe en septembre 2012 pour des raisons diverses, mais je n'entre pas les détails, vu qu'on est pressés. Un autre projet de reconnaissance de visage, appelé DeepFace, développé par le groupe de recherche de Facebook, a également commencé à voir le jour début 2015. Cet outil vise à reconnaître un visage, quelle que soit son orientation, pour y associer une personne. DeepFace permet donc de faire correspondre un très grand nombre de photos différentes d'une même personne, même si celle-ci n'est pas identifiée explicitement.

Cette technologie évolua rapidement. Depuis la fin 2018, les annonces et études se multiplièrent, faisant entrer progressivement la reconnaissance faciale dans le quotidien. Et en 2019, Cydral Technology diffusa un système utilisable depuis un simple téléphone ; il fournissait de ce fait le tout premier moteur de recherche grand public fonctionnant à l'image de la recherche inversée proposée par Google, mais pour l'identification de profils exclusivement.

— En juin 2020, la société espagnole Herta Security remporte un label d'excellence pour une technologie capable d'analyser des visages et de surveiller la foule. Cette technologie pourrait être utilisée en cas de nouvelle vague de covid-19. Ce logiciel, nommé Aware…

Mohand s'interrompit soudainement, pris par un fou rire, suivi aussitôt par Ronan. Ses interlocuteurs présents dans la salle de la villa Sapienta virent Momo gagné par le même fou rire. Monsignore Ursini et les autres agents Mozart se regardèrent, à la fois interloqués et résignés : encore une *private joke* de geek, à n'en pas douter.

Momo s'en aperçut et tenta de leur expliquer :

— *Aware !* À la JCVD !

— … ?

— Jean-Claude Van Damme ! *Aware !*

— … ?

— OK, laissez tomber, pardon.

En Islande, Mohand comprit que Momo et lui les avaient perdus, fit un clin d'œil à Ronan qui se remettait doucement, se racla la gorge, et reprit son explication sur le logiciel Aware, capable de vérifier la distanciation sociale et d'identifier les personnes à différents points de contrôle. Il faisait partie du cocktail que les deux agents Mozart avaient élaboré. La science de la reconnaissance faciale progressait de jour en jour et gagnait en efficacité, c'est pour cette raison que Momo, après s'être évadé du stade olympique de Beijing, ne pouvait pas retourner en Chine, sous peine d'être immédiatement reconnu, quelle que soit sa couverture. En effet, il était désormais impossible d'y échapper à partir du moment où l'on prenait un avion, par exemple.

— Ne nous éloignons pas trop du sujet, Mohand, les problèmes éthiques qui se profilent mériteraient à eux seuls une explication que le temps ne nous permet pas aujourd'hui, rappela Jack en levant une main. Il nous faut nous reconcentrer sur l'aspect logiciel de *parentèle* pour mieux comprendre cette image que tu nous as obtenue, Mohand. Il faut se servir du mal pour le bien. Une sorte de vaccin.

— Très bien. Au sein d'une famille, et notamment d'une fratrie, il y a des ressemblances génétiques, mais aussi morphologiques. Grâce à elles, si une IA n'arrive pas à t'identifier à partir d'une photo, qu'elle soit parfaite ou bien partielle et floue, comme ici, car elle ne dispose pas, à des fins de comparaison et de vérification, d'une banque de données te concernant, elle peut en revanche, à partir de ta photo, identifier avec une probabilité de quatre-vingt-treize pour cent ton frère qui, lui, possède un casier judiciaire et se trouve par conséquent dans le système.

Vera n'en revenait toujours pas.

— Donc la photo que nous regardons à droite est la photo du frère de celui dont le visage se reflète dans ce rétroviseur ?

— Exactement.

— Et on en est sûr ?

— Avec une estimation comprise entre quatre-vingt-treize et quatre-vingt-dix-sept pour cent.

Vera se tourna vers le capitaine Monteverdi :

— Et vous, avant même que les logiciels n'identifient ce type via la base de données, vous l'aviez reconnu ?

Monteverdi lui sourit d'un air enjôleur :

— *Si.* Mario « Mentecatto » Indelicato, je le connais. J'ai même eu l'occasion de le gifler. Même si mes yeux n'étaient plus aussi performants, ma main le reconnaîtrait n'importe où.

— Ça signifie quelque chose « Mentecatto » ?

— *Si, signorina* Vera. Littéralement « saisi par l'esprit », autant dire « fou ». Mais de nos jours, cela désigne tout simplement une personne représentant un défi intellectuel de taille, un « crétin » patenté.

— Vous l'avez déjà coffré ?

— À de multiples reprises. Vol aggravé, proxénétisme, agression caractérisée, trafics en tous genres, fausse monnaie, participation à un braquage, cambriolage, racket, rixe, conduite en état d'extrême ivresse, tenue indécente sur la voie publique... Dans la famille Indelicato, vous avez demandé l'abruti.

— À ce point ?

— Oh, il peut faire illusion. À première vue, il n'est pas mal de sa personne, plutôt grand, sportif, il s'habille bien sans excès. De loin, il a l'air parfaitement normal. Mais je vous garantis qu'après une conversation avec lui, vous avez envie de vous pendre ! Il fait partie d'une grande fratrie, mais ce n'est vraiment pas le plus malin de la portée. Il a quatre sœurs et un frère, Lisandro, un homme de spectacle musical et théâtral qu'on dit brillant. Peut-être pas tant que ça, si c'est lui sur cette photo, mais assez pour qu'on ne sache pas où le trouver. Il n'a pas de surnom, lui, à ma connaissance.

— Et Mentecatto, vous savez où le trouver ?

— Il est trop bête pour changer ses habitudes, donc oui.

— Alors, en route. Il doit absolument nous guider jusqu'à son frère. Et au pape.

QUARTIER DU TRASTEVERE, ROME

30 mars

Vera admira le dispositif. La souricière était extrêmement bien tendue. Tout un district sous surveillance, notamment deux restaurants, la Prosciutteria La Cantina Dei Papi, où étaient attablés Djatoua et Ronan, et La Canonica, dont Vera et le capitaine, en civil pour l'occasion – avec un polo beige qui lui allait terriblement bien –, occupaient une table en terrasse, sous une tonnelle végétalisée qui prenait toute la rue, d'un mur de pierre à l'autre. Même son oreillette, le fil et le micro étaient couleur chair : élégance italienne suprême de la coordination colorée. Pourtant, il n'avait rien d'un dilettante, et Vera fut sensible à l'autorité naturelle qui émanait de lui quand il donnait des ordres.

Le capitaine Monteverdi n'y allait pas par quatre chemins. Il n'y avait jamais eu autant de policiers disséminés dans ce quartier. Vera étudia les carabiniers en civil les plus proches, trois costauds cachés sous un porche de l'autre côté de la rue, feignant, avec la détermination de membres de l'Actor's Studio, d'avoir une conversation informelle. Ils étaient néanmoins si robotiques dans leurs mouvements, tellement engoncés dans leurs vêtements que tout leur langage corporel criait, bien malgré eux, à qui voulait les entendre : « Je suis un membre respectable des forces de l'ordre et je fais de mon mieux pour être incognito. »

Vera observait Monteverdi, qui soupirait comme un metteur en scène de légende à qui on attribue les pires acteurs de l'univers. Elle le trouva très mignon à cet instant. Pour éviter de montrer son propre trouble et de précipiter la dépression du capitaine, elle lui demanda :

— C'est étrange que l'on attende que le frère putatif du possible kidnappeur du pape sorte de l'un de ces restaurants aux noms particulièrement liés aux rites et coutumes de l'Église, non ? La Cantine du pape et Canonique ? C'est ce qu'on appelle l'ironie du destin !

Le capitaine Monteverdi rit de bon cœur.

— À ma décharge, si vous vous promenez dans la ville, vous verrez qu'il est difficile, voire impossible, de trouver dans les environs de Rome un bar ou un restaurant dont le nom n'évoque pas l'Église, quand ce n'est pas Sa Sainteté directement. Et puis, je vous ferai remarquer, Vera, que ce n'est tout de même pas ma faute si Mario « Mentecatto » Indelicato déjeune alternativement à l'un de ces deux restaurants tous les jours depuis au moins dix ans !

— Tous les jours ? Mais quel ennui mortel ! Moi qui étais persuadée que les mafieux brûlaient la chandelle par les deux bouts et vivaient une vie de débauche et de luxure !

— Certains, oui, mais ceux-là ne vivent pas vieux, en général.

Monteverdi s'interrompit en entendant des exclamations dans son oreillette. Il leva une main en guise d'excuse et dit dans son micro :

— OK, alors attention ! On se tient prêts !

Il se tourna vers Vera :

— Deux voitures de sport, une Ferrari ici, une Lamborghini là-bas, viennent de se garer à proximité de chaque restaurant. Parfaitement synchrones. C'est étrange, ça.

Il écouta encore :

— Là-bas, sortant de la Lamborghini, c'est une femme. Jeune. Belle. Un peu le type poule de luxe. Mon adjoint Briganti, qui a eu une première vie à travailler dans le milieu de la mode et de la haute couture, affirme que le prix de son tailleur équivaut à son salaire annuel. Il l'a prise en photo à des fins d'identification et a envoyé les images à votre Momo.

Encore des exclamations dans l'oreillette. Monteverdi annonça à Vera :

— Mentecatto à cent mètres, en approche ! Il regarde partout, apparemment un peu énervé… Pourvu qu'il ne repère pas ces crétins !

Vera eut subitement une intuition :

— Est-ce que la fille fait de même ?

Monteverdi la fixa, se demandant où elle voulait en venir. Le temps de transmettre sa question, il comprit. Écoutant la réponse, il se tourna vers Vera :

— Elle fait pareil, l'air encore plus agacé que lui. Je pense qu'ils avaient rendez-vous et que cet abruti congénital s'est trompé de restaurant. Cela fait vingt ans qu'il va, régulier comme un métronome, soit à un restaurant, soit à l'autre, et il n'est même pas foutu de se pointer au bon. J'indique à mes agents de ne surtout pas la perdre de vue. Au mieux, elle en sait plus que lui, au pire, elle nous servira de levier pour le faire parler !

— Champion intergalactique de pose de lapin en visuel ! murmura Vera.

Très différent de Monteverdi, magnifique spécimen de mâle lui-même, le poseur de lapin était le bel Italien dans toute sa splendeur. Grand, musclé, les traits fins et ciselés, des cheveux rebelles, extrêmement bien habillé de la tête aux pieds en nonchalant chic, même si ses chaussures, à elles seules, devaient coûter un bras, et des Ray Ban aux verres miroir. Une beauté virile et insolente. Puis, s'apercevant qu'il ne voyait pas grand-chose sous la tonnelle, il ôta ses lunettes de soleil, et le charme fut instantanément rompu. « Mentecatto » avait des yeux vides de toute intelligence profonde et donc dépourvus d'empathie, mais néanmoins empreints d'une ruse sournoise vraiment très désagréable. Vera vit d'ailleurs son instinct au travail. Il flairait le piège. Heureusement que toutes les rues étaient bouclées…

Le regard vitreux pivota vers elle, et elle sentit durant un instant que Mario « Mentecatto » Indelicato, le bien nommé, contemplait une alternative à sa copine qui n'était pas là. Heureusement, Monteverdi était invisible. Puis le bovin belle gueule remarqua un des policiers. Sa réaction fut instinctive et instantanée, au point qu'elle se dit qu'elle n'avait jamais vu une telle vitesse auparavant. Elle songea que c'était l'absence de réflexion au profit d'une animalité assumée qui en était la cause. Il tourna les talons, mais au lieu de chercher à s'enfuir par un bout ou l'autre de la rue, où il aurait facilement pu être pris, il entra sans hésiter dans la grande maison qui faisait face à l'entrée du restaurant et grimpa l'escalier quatre à quatre. Il était déjà hors de leur vue quand Vera et Monteverdi s'élancèrent à sa poursuite. Vera était contente d'avoir mis ses Onitsuka Tiger pour l'occasion.

Ils montèrent l'escalier à toute vitesse. Ni elle ni Monteverdi n'avaient dégaîné leur arme : ils sentaient leur proie concentrée sur sa fuite, pas l'esprit à une embuscade qui aurait demandé réflexion. Ils aboutirent sur le toit-terrasse d'où ils le virent déjà loin en train de sauter comme un cabri d'un toit à l'autre. Il allait vraiment très vite. Les fines ruelles antiques du Trastevere facilitaient formidablement cet exercice. Et quand Mentecatto ne s'élançait pas d'un toit en tuiles à l'autre, il sprintait tel un Tom Cruise surdimensionné, les bras cisaillant l'air le long de son corps.

Ils se précipitèrent à sa suite. Tout en forçant l'allure, Monteverdi hurla ses ordres :

— Il est sur les toits ! Je le veux pris en étau. On ne le lâche pas, même s'il venait à s'envoler, vous m'entendez ?

Ils avaient cinq ou six toits de retard, et s'ils ne trouvaient pas le moyen de couper, ils allaient avoir du mal à le rattraper. Vera vit une solution. Tandis que leur proie empruntait la direction générale des pentes, en décrivant un arc de cercle par la gauche, devant eux s'étendait une pente quasi totale de toits en succession rapide, évoquant une piste de ski. Elle entraîna aussitôt son compagnon :

— Par ici ! On coupe !

Monteverdi n'hésita pas à la suivre. Ils sautèrent sur la sorte de lit de rivière naturel formé par les toits successifs, comme dans une descente en toboggan, puis glissèrent, emportés par leur élan et la pente raide. Monteverdi vit qu'elle était ravie comme une gamine autorisée à faire du bobsleigh pour la première fois.

— Attention, il va falloir sauter !

En effet, la pente les entraînait vers un trou, une fente vers la rue en contrebas, aussi mince soit-elle, ne leur ferait pas grâce quand ils atterriraient sur la rue pavée avec la vitesse de la glissade. Il se prépara, et le moment venu, ils sautèrent tous deux en extension. Ils parvinrent à passer le gouffre de la rue, tels des skieurs à l'épreuve du tremplin, se raidissant et laissant la gravité effectuer son travail. Un roulé-boulé à la réception sur le nouveau toit, et ils reprenaient leur course effrénée. Plus qu'une rue de retard désormais. Ils venaient de le voir passer sur une terrasse devant eux. Ils redoublèrent d'efforts : ils entendaient le bruit de sa course à présent. Ils le talonnaient de très près. Il leur apparut courant en parallèle sur un toit-terrasse voisin. Il les repéra, jura et accéléra.

Ils l'aperçurent soudain obliquer vers le côté rue, prendre son élan et plonger tête baissée contre la mini baie vitrée d'un appartement de la rue latérale. Ils plongèrent à sa suite en espérant que l'appartement serait vide. Ils eurent à peine le temps de se relever qu'il se jeta sur eux de tout son poids, les percutant comme un bélier et les faisant repasser par l'espace de la baie vitrée brisée. Monteverdi se rattrapa de justesse à un balcon, et de l'autre main, attrapa Vera qui partait la tête la première vers les pavés. Il ne réussit pas à totalement freiner sa chute, mais à la diriger vers une poubelle verte sur laquelle elle rebondit, retombant ensuite au milieu d'autres poubelles, furieuse de s'être laissé avoir. Elle releva la tête et aperçut Mentecatto dégainer un pistolet et ajuster Monteverdi, toujours pendu d'une main à son balcon. Pourquoi le carabinier ne bougeait-il pas ? Elle comprit à sa grimace qu'il avait dû se faire mal en se rattrapant.

Il était à la merci du tueur. Vera voulut dégainer et constata qu'elle avait perdu son pistolet. Elle regarda frénétiquement tout autour d'elle. Du coin de l'œil, elle vit Mentecatto sourire et dire à Monteverdi quelque chose en italien qu'elle ne distingua pas. Une arme, vite !

À quelques rues de là, une autre course-poursuite revenait vers le Trastevere. Au volant d'une Mini Cooper empruntée à ce qui devait être une jeune influenceuse romaine, Djatoua profitait de l'avantage du puissant petit bolide dans ces rues étroites pour coller au train de la Lamborghini, que la copine de Mentecatto conduisait à tombeau ouvert, comptant sur ce bijou automobile pour aborder les virages comme une reine. Elle avait repéré les carabiniers beaucoup plus tôt que son fiancé et n'avait eu qu'à sprinter vers son véhicule pour prendre la poudre d'escampette. Seulement, le Trastevere était bel et bien bouclé : même une Lamborghini ne pouvait passer entre les mailles du filet. La petite amie du crétin fut identifiée par l'adjoint de Monteverdi : il s'agissait d'une certaine Mattia Rizzo. Le nom disait quelque chose à Ronan, mais il n'arrivait pas à se rappeler. La Mattia avait, comme son compagnon, un instinct très sûr, mais la réflexion ne semblait pas non plus faire partie de sa panoplie. Elle aurait pu, à de nombreuses reprises, arrêter sa voiture et tenter de se perdre dans la foule plutôt importante à cette heure-là, voire de s'engouffrer dans le métro, mais elle n'en avait rien fait, un peu comme si elle prévoyait de récupérer son fiancé au passage et de s'enfuir avec lui vers le soleil couchant.

En attendant, Ronan, dans la voiture avec Djatoua, se cramponnait et pestait parce qu'il ne pouvait rien faire pour aider sa partenaire. À la vitesse où ils allaient, il se refusait à tirer : une balle perdue faisait vite des dégâts. Sur ce chapitre, il avait compté sept véhicules de police à réformer depuis qu'ils avaient entamé la poursuite. Il se demandait comment ça allait finir quand, à un croisement, la Lamborghini tourna à droite et fonça dans une rue au bout de laquelle Djatoua et lui découvrirent Monteverdi accroché au balcon, Mentecatto qui l'ajustait et Vera qui…

Ronan plissa les yeux pour mieux voir. Vera qui se prenait pour le discobole de Myron.

Le couvercle de la poubelle métallique à l'américaine émit un sifflement strident en volant dans les airs, lancé par une Vera à l'adrénaline déchaînée. Le projectile improvisé frappa le voyou à la tempe, le faisant en même temps lâcher son arme et basculer dans le vide.

Vera entendit à la fois un cri humain déchirant et un rugissement mécanique. Elle se retourna pour voir une voiture de sport rouge avec une brune hurlant de rage au volant foncer sur elle. La Lamborghini prenait quasiment toute la largeur de la ruelle. Vera n'avait plus le temps de fuir ni l'espace pour le faire.

Ce fut le moment où la Mini Cooper s'envola, propulsée par Djatoua, qui avait utilisé un tremplin improvisé à l'endroit le plus large de la ruelle où une remorque était garée, sa rampe descendue en vue de la charger. La Mini s'écrasa sur le toit de la Lamborghini avec un craquement sinistre, tandis que par la portière passager, la vitre baissée, Ronan vidait son chargeur en direction de la conductrice du véhicule mortel.

Tout cela n'aurait pas suffi à sauver Vera si celle-ci n'avait pas sprinté à la rencontre de la Lamborghini pour sauter par-dessus. Elle faillit se faire percuter par la Mini, qui la frôla dangereusement, mais elle atterrit miraculeusement de l'autre côté. Elle entendit, avant même de voir, la tôle se fracasser contre un mur de pierre après un autre bruit caractéristique que Vera connaissait bien, celui de la tôle contre de la chair humaine. Elle prit une profonde inspiration : ça n'allait pas être beau à regarder.

Vera se retourna sur un spectacle hallucinant. La brune, le visage ensanglanté, un bras pendant sur le côté, se ruait vers son homme qu'elle avait heurté sur la fin de sa chute, l'envoyant s'écraser contre la pierre. Elle se précipita à son chevet et serra son visage encore plus ensanglanté que le sien dans les bras. Elle pleurait, tout comme lui.

Djatoua et Ronan, un peu secoués aussi, mais en meilleur état, tenaient leurs armes à la main et se rapprochaient avec circonspection du couple de cinglés. Vera avança à son tour. Quand elle comprit ce qui allait se passer, elle hurla :

— NON !

Trop tard. Devinant que son amant avait le dos brisé, la brune l'embrassa à pleine bouche. Avant même que leur baiser se termine, elle lui tira une balle dans la tête, puis, avec un regard de mépris pour les agents Mozart, elle retourna l'arme contre elle et mit fin à ses propres jours d'une balle sous le menton.

Un silence absolu suivit les deux détonations rapprochées. Tout ça pour ça ! Leur seule piste, envolée en fumée.

Les agents Mozart contemplaient le désastre quand la voix de Monteverdi, une voix lasse, au bord de l'épuisement, se rappela à leur bon souvenir.

— Je sais ce que vous ressentez, mais est-ce que vous pouvez venir me décrocher ? Mon bras ne répond plus, mais en même temps, je ne sais pas combien de temps il peut encore tenir.

SALLE D'INTERROGATOIRE, VILLA SAPIENTA, ROME

30 mars

Dans la salle qui avait été préparée pour l'interrogatoire, l'humeur n'était pas à la joie baignée dans l'optimisme. Monsignore Ursini avait seulement levé les yeux au ciel, et son silence était plus glaçant qu'une engueulade. Et Jack, qui avait à cœur de les rasséréner, avait juste réussi à les laisser dans un abîme de désolation. Monteverdi, le bras en écharpe, Vera, Djatoua et Ronan baissaient la tête face à ce qu'eux appelaient « la poisse infernale ». Et Momo n'avait pas de quoi leur remonter le moral. Toutes les recherches pour retrouver Lisandro Indelicato s'étaient heurtées au fait qu'il n'avait aucune existence sur Internet. Ni réseaux sociaux ni activité citoyenne non plus. Il était totalement hors système. Nul ne savait où il pouvait bien se cacher.

Momo avait creusé la piste des villas dotées de *panic rooms*. Il se trouvait qu'il y en avait des centaines à Rome, et si on élargissait aux environs, on les compterait par milliers. Deux entreprises principales les installaient sur la zone romaine : l'une, dénommée Bunkl, était française, et l'autre, appelée Oppidum, était romaine. Elles rechignaient à collaborer, craignant pour leurs fichiers clients, d'autant plus qu'on n'avait pas voulu les mettre dans le secret de l'enlèvement du pape. Alors, avec la double autorisation de Jack et d'Ursini, Mohand avait piraté leurs systèmes. Rien. Échec total.

Ronan avait demandé à Momo de lancer une recherche sur Mattia Rizzo, la fiancée de Mentecatto et conductrice de la Lamborghini. Elle venait d'une vieille famille sicilienne qui avait une connexion supposée avec la Cosa Nostra et d'autres organisations mafieuses. Rien d'autre ne ressortait particulièrement. Ronan avait dû en entendre parler lors d'un séjour chez ses grands-parents, voilà tout. Il était déçu : il avait espéré une nouvelle piste. Il rentra dans sa chambre pour appeler Nella.

Djatoua était partie retrouver Lukas et Jaeger. Le duo Baggelson-Ursini avait décidé de reprendre une tradition réparatrice en cas de crise née lors de leur première rencontre : une partie de billard-*brainstorming* leur permettant d'examiner les faits sous un angle différent en attendant des nouvelles des forces déployées sur le terrain, gardes suisses, gendarmes du Vatican et carabiniers romains.

Momo, quant à lui, s'excusa. Il était épuisé.

Restés seuls dans la salle d'interrogatoire déserte, Monteverdi et Vera étaient eux aussi déterminés à évacuer la frustration de cette journée durant laquelle rien, absolument rien ne s'était déroulé comme ils l'avaient espéré.

— Est-ce que je peux vous inviter à dîner, *cara mia* ? proposa le capitaine des carabiniers.

Vera lui répondit avec un sourire :

— C'est moi qui devrais vous inviter à dîner, car, après tout, c'est vous qui m'avez sauvé la vie, mon cher. Certes, pas avec l'élégance à laquelle je me serais attendue de votre part. Vous m'avez littéralement jetée à la poubelle…

— *Contre* la poubelle, protesta Monteverdi. C'était la seule alternative au pavé, et j'avais déjà la nageoire en piteux état.

Vera caressa d'un air distrait le bras en écharpe du capitaine des carabiniers.

— Comment ça s'appelle, déjà, ce que vous avez à l'épaule ?

Monteverdi prit un air exagérément docte :

— Une capsulite rétractile d'origine traumatique. Clairement un mal d'aristocrate. Cela sonne bien, je trouve.

Vera s'approcha plus près de lui.

— On va se tutoyer, et je vais te soigner… à condition que tu me dises ton prénom, *caro mio*. Comment t'appelles-tu, mon bel Italien ?

Monteverdi déglutit devant cette offensive de charme.

— Je me prénomme Corrado.

— Ça aussi, ça sonne bien. Corrado Monteverdi ? susurra langoureusement Vera. Ça doit bien marcher avec les femmes.

Il prit un air faussement humble :

— La modestie m'interdit de répondre.

— C'est ça. Je te crois. C'est encore mieux que « Bond, James Bond ». Essaie un peu, pour voir ?

Il s'exécuta dans une imitation suave et bondienne.

— Mon nom est Monteverdi. Corrado Monteverdi.

Vera l'embrassa sur les lèvres. Il répondit, et bientôt, leurs langues se mêlèrent. Au terme d'une apnée significative, leurs bouches se séparèrent. Essoufflés, ils se regardèrent dans les yeux, intensément.

— Finalement, cette infernale journée pourrait se finir bien mieux qu'elle n'a commencé, avança Monteverdi.

— Vraiment ? Et après dîner, tu comptes la finir où, *caro mio* ?

— Chez moi, si tu veux bien, *cara mia*.

— Pas une hésitation. J'adore.

— La vie est trop courte pour hésiter, *ragazza bellissima*.

— Je trouve aussi.

— Parfait.

— Emmène-moi dîner.

— *Andiamo !*

— Tu sais où ?

— Je connais un petit restaurant à San Pietro qui ne paie pas de mine, mais qui fait les meilleures pâtes de tout Rome.

— *Pasta ?* Ça tombe bien, je meurs de faim !

Quelques minutes plus tard, ils arrivèrent devant une façade modeste estampillée ARLU' A S. PIETRO, dont la mise en place en terrasse se réduisait à deux beaux parasols, quatre tables et des chaises posés à même la rue piétonne du Borgo Pio. L'atmosphère était familiale au possible. Vera se rendit compte que Corrado Monteverdi était connu et très apprécié dans tout Rome. Le patron, et aussi bon nombre d'invités, le salua ainsi que Vera. Monteverdi lui demanda si elle préférait la salle ou la terrasse.

— La terrasse. Comme ça, on peut partir plus vite si le besoin s'en fait sentir.

Le patron, qui avait mal compris, s'offusqua :

— Je vous assure, *signorina*, que ma cuisine n'a jamais fait fuir personne.

Vera lui décocha un sourire à vingt mille watts :

— Je n'en doute pas, *signore*. C'est ma capacité à résister au charme du capitaine Monteverdi que je remets en question. Le besoin auquel je fais référence n'est pas d'ordre culinaire.

Le patron éclata de rire :

— Ah, une femme passionnée, j'adore ! Vous pourriez être italienne, vous ! Comment vous appelez-vous ?

— Vera.

— Parfait, détendez-vous, *carissima*. Le vin est offert par la maison. Je m'occupe de tout. Un petit Barbi Brunello de Montalcino qui va décontracter notre Corrado sans l'endormir, je vous le promets.

— Merci, c'est très généreux de votre part.

— Si je puis me permettre une suggestion, *signore capitano* ?

— Je t'en prie, Armando. Tu t'en sors très bien jusqu'ici.

— *Va bene*. Je dirais, pour commencer, des *fettuccine all'amatriciana attratta dal guanciale di Norcia*. Suivies d'un *agnello scalzato e la sua polpetta con verdure caramellate*. Ça vous va ?

— Ça me paraît divin.

— Et pour le dessert, notre célèbre tiramisu, bien évidemment, pour…

Vera l'interrompit :

— Pas de dessert, Armando, *grazie*. Mais promis, je reviendrai le goûter !

— Mais… ?

Vera se pencha en avant et lui dit d'un air espiègle :

— Ce soir, c'est *moi*, le dessert, Armando !

Armando en resta comme deux ronds de flan. Puis il explosa de rire. Après avoir ri à gorge déployée, les larmes coulant de ses joues, il se tourna vers Corrado Monteverdi :

— C'est bien saint Michel l'Archange, votre saint patron, à vous, les policiers ?

— Exact !

— Il fait des heures sup, ce soir ! Tu as bien de la chance, mon ami. Tu es verni !

Puis Armando reposa son regard sur Vera, un immense sourire se dessinant à nouveau sur son visage bienveillant, et il l'imita :

— C'est *moi*, le dessert, *Corrado mio* ! *Mamma mia !* Même mon meilleur tiramisu ne peut pas lutter, c'est sûr ! Mais vous reviendrez le goûter, promis ?

— Promis !

— *Santa Madonna !* Je vais aller cacher mon trouble à la cuisine et discuter avec Rita, la cheffe. Je vous fais servir le vin tout de suite !

— Merci.

En regardant Armando disparaître, Vera s'enquit :

— Tu n'as pas peur que je détruise ta réputation, Corrado ?

Corrado Monteverdi se laissa aller à un sourire qui affola le pouls de Vera.

— Bien au contraire ! Je vais être envié par tout Rome !

— Tu as les yeux qui pétillent. Elle dit vrai, la chanson : « Gai comme un italien quand il sait qu'il aura de l'amour et du vin. »

— Je ne la connais pas. Tu me la chanteras ?

— Chanter n'est pas un de mes talents, mais si tu veux. Plus tard…

Ils vécurent une soirée délicieuse comme l'Italie sait en procurer, de la Toscane à Rome, en passant par les Abruzzes. De la bonne chère, du bon vin, une conversation agréable, en très bonne compagnie. *What else ?*

Un peu plus d'une heure plus tard, Corrado fit entrer Vera dans un bel appartement en *rooftop*. Il n'était pas immense, sans être petit, mais il était décoré avec goût – sans touche féminine, nota Vera – et chaleureux. Une petite terrasse donnait sur la nuit romaine et le Vatican. Vera réprima un pincement au cœur en se rappelant le pape François qui passait une nouvelle nuit en solitaire. Elle y penserait demain matin. Un moment pour chaque chose.

Corrado, conscient de ses devoirs d'hôte, demanda à Vera si elle désirait un digestif. Celle-ci avait déjà repéré la chambre :

— Voyons, Corrado. Jamais de digestif avant le dessert. Aurais-tu oublié ?

Corrado sentit une onde de chaleur parcourir son corps.

— Ça ne risque pas.

Vera laissa tomber l'intégralité de ses vêtements à ses pieds. Elle était sublime. Corrado se fit une note mentale de faire une offrande à saint Michel l'Archange.

— C'est toi que je désire, alors éteins et viens.

Il éteignit et la regarda partir nue vers sa chambre sous le clair de lune. Il la suivit. Debout, elle le fixait avec un demi-sourire et, en même temps, une attente sur son beau visage. Il esquissa un geste pour enlever sa chemise et grimaça de douleur.

Elle avança vers lui, l'embrassa doucement sur les lèvres et dit :

— C'est moi qui fais.

Elle commença à déboutonner sa chemise et l'ôta, en faisant attention à ne pas le blesser à l'épaule gauche. Il avait un torse superbe, bien musclé sans excès, ce qui était très important pour elle. Il fit mine de retirer son écharpe, mais elle l'arrêta d'un geste et s'en occupa elle-même. Puis elle déboucla sa ceinture, défit son pantalon, fit glisser son caleçon. En tenue civile, il ne portait pas de chaussettes sous ses mocassins, et il s'en félicita. Elle sourit en regardant son désir grandir.

— Tu es très beau, Corrado.

— Et toi, tu es magnifique, Vera.

Il l'embrassa sur les lèvres, dans le cou, les épaules. Il voulut embrasser ses seins, mais elle le tira sur le lit et le fit s'allonger sur le dos.

— Ce soir, c'est moi qui fais.

Elle vint le chevaucher très doucement, se frotta contre son sexe dressé, de son mont de Vénus à ses fesses, puis elle posa les mains de Corrado sur ses seins. Alors, très, très, très lentement, elle descendit sur lui, tout en ondulant sur un rythme chaloupé. Elle le regarda dans les yeux et entonna d'une voix rauque :

— Aujourd'hui, quoi qu'on fasse/Nous faisons l'amour/Près de toi le temps paraît si court/Parce que tu es un homme et tu es gentil/Et tu sais rendre belle la vie.

Il la contempla, émerveillé par tant de douceur et de beauté, puis une fringale s'alluma dans son ventre, et il attrapa ses sublimes fesses pour accompagner son mouvement, l'amenant encore plus près de lui, plus loin en elle. Elle lui demanda de pincer ses seins, ce qu'il fit, puis de les mordiller, ce qu'il fit aussi. Puis elle remit ses mains sur ses fesses, et ils commencèrent à onduler au même rythme. Pas trop vite, toujours très profondément. Elle le sentait remplir totalement son sexe, dur et gonflé de désir. Elle tressaillit en retrouvant ce moment où son sexe prenait la consistance d'une éponge marine gorgée de miel, et ils explosèrent ensemble, chevauchant la vague de plaisir à deux, jusqu'au bout.

Après s'être extraite de lui, elle l'embrassa et ils restèrent enlacés, se caressant doucement. Elle sentit son désir qui commençait à revenir, alors elle le prit dans sa bouche pour le rendre à nouveau aussi dur que précédemment. Il avait une peau incroyable, une odeur non agressive, et un très beau et très gros sexe. Elle qui n'aimait pas toujours sucer un homme n'arrivait plus à arrêter son va-et-vient, le léchant et le caressant au passage, puis le reprenant en bouche. Il voulut la prévenir, mais il explosa malgré lui.

Elle fut surprise, mais nullement dégoûtée.

— C'est malin. Il va falloir recommencer.

— Peut-être pas…

Elle fixa avec stupeur son sexe déjà prêt au combat.

— Endurant, avec ça !

Il sourit :

— La modestie m'empêche de répondre.

Il retenta de prendre l'initiative, et de nouveau, elle le repoussa doucement.

— C'est moi qui fais, tu as oublié ?

— Ça ne risque pas.

Il la regarda le chevaucher. Il voyait son sexe plonger dans le sien, tout en caressant ses fesses parfaites. Nouvelles ondulations, nouvelle harmonie, nouvel orgasme. Il n'avait jamais connu une telle nuit. Et pour finir, elle se tourna à nouveau, le fit la pénétrer, puis cette fois, elle s'allongea tout contre lui, ses seins frottant contre son torse, sa langue s'entremêlant avec la sienne, leurs sexes soudés de désir. Ils firent durer la montée de plaisir jusqu'au bout de leur résistance, puis la houle les submergea ensemble, les engloutissant dans un nirvana complice.

Elle s'endormit dans ses bras, sa tête doucement posée sur son épaule saine. Il ne savait pas ce que l'avenir lui réservait, mais il savait qu'il n'oublierait jamais Vera Kaplan.

APPARTEMENT DE CORRADO MONTEVERDI, ROME
31 mars

Le lendemain matin, Vera Kaplan s'éveilla seule dans le lit. Elle vérifia son téléphone : pas tout à fait six heures, il n'était pas tard, parfait. Tant mieux parce qu'ils allaient vite devoir replonger dans l'enquête. Mais en attendant, se dit-elle, *carpe diem*, à l'italienne. Elle s'étira comme un chat puis se dirigea vers la cuisine, attirée par l'odeur du café et des toasts. Il y avait aussi quelques *dolce*, ces petits gâteaux dont raffolent les Italiens.

Torse et pieds nus, en bermuda, Corrado Monteverdi tranchait des fruits. Il vint l'embrasser délicatement puis il l'invita à s'installer. Elle voulut participer au petit déjeuner, mais cette fois, c'est lui qui la repoussa doucement sur sa chaise, en souriant d'un air espiègle :

— Là, c'est moi qui fais. Laisse-moi te gâter à mon tour.

— Corrado Monteverdi, tu es vraiment un coquin ! le taquina-t-elle.

— Et comment ! Apparemment, tout le monde sait que tu en es une aussi, car ton collègue Ronan m'a appelé dès qu'il a vu que je m'activais sur les réseaux sociaux pour me dire qu'il avait une nouvelle fraîche qu'il souhaitait partager avec nous. Toi et moi…

— Ronan n'est pas aveugle. Ni idiot. Et il est délicat avec ça. Il n'a pas voulu me réveiller de trop bon matin, se doutant que ma nuit avait dû être courte. Il est vraiment trop chou !

Corrado fit semblant de faire la tête et de succomber à une crise de jalousie :

— Et moi, je ne suis pas chou ?

Elle rit et l'embrassa.

— Mais oui, tu es chou ! Et toi, tu me connais bibliquement, pas Ronan. Ça te va ?

— Ça me va très bien.

— Parfait, alors tu me gâtes encore cinq minutes. Puis on saute sous la douche. Séparément ! Et on va découvrir cette nouvelle fraîche. Une petite victoire nous ferait le plus grand bien.

Trente minutes plus tard, ils arrivèrent ensemble à la villa Sapienta qu'ils trouvèrent dans une atmosphère de branle-bas de combat. Vera fonça droit sur Ronan.

— Alors, où en sommes-nous ?

— Je crois que je l'ai mentionné à Djatoua hier, mais pas à toi. Le nom de la copine de ce malade de Mentecatto, Mattia Rizzo, me disait quelque chose, mais comme c'est un nom assez typiquement sicilien, je me suis dit que ce n'était rien. Et dans la nuit, je me suis rappelé deux sœurs de mon lycée, filles de mafieux : Mattia et Livia Rizzo. Je ne suis jamais sorti avec elles, même si je les trouvais plutôt attirantes, car ma famille, célèbre pour être anti-mafieuse, me rendait *de facto* non consommable.

— Mon pauvre chéri !

— Ça en attirait d'autres, donc tout va bien. Le truc, c'est que les deux sœurs s'étaient fait une sacrée réputation, non seulement celle de sortir en double *date*, souvent avec deux frères, deux cousins ou deux amis très proches, mais aussi de se mélanger les uns avec les autres.

Djatoua, comme une ourse alléchée par le miel, arriva bien évidemment sur ces entrefaites :

— Eh ben ! Intéressantes, tes années lycée, Ronny Boy !

— Certes, mais voilà le truc. Je me suis dit que si Mattia sortait avec Mentecatto, il y avait de fortes chances que Livia sorte avec notre suspect numéro un, Lisandro ! J'ai donc appelé quelqu'un qui me devait un service. En l'occurrence, nul autre que ce mafieux sicilien dont nous avons épargné le fils. Don Gaetano Strozzi, une source dont la fiabilité ne fait aucun doute, ne m'a pas seulement confirmé que Livia Rizzo était bien la petite amie de Lisandro Indelicato, mais il m'a en outre appris où je pourrais la trouver, elle, à défaut de lui. Un endroit étonnant, dont certaines particularités ont conduit nos deux grands anciens, Jack et monsignore Ursini, revigorés par leurs parties de billard de cette nuit, à ourdir un plan machiavélique, qui va nous permettre d'anticiper les mouvements de nos ennemis. Venez, je vais laisser à Jack la joie de vous expliquer.

Jack et monsignore Ursini les attendaient de pied ferme. Ils regardèrent Monteverdi et Vera arriver avec un sourire narquois, tandis que le colonel Jaeger et Lukas n'avaient pas l'air joyeux. Poussant un soupir, Jaeger distribua des billets de vingt euros aux deux anciens. Monteverdi eut l'air un peu gêné, mais Vera attaqua bille en tête, comme d'habitude.

— Alors, mon Colonel ? On a perdu un petit pari ? Vous m'en voyez navrée.

Jaeger esquissa l'ombre d'un sourire.

— J'avais parié contre... comment dire ? Une complicité étroite interservices.

Monteverdi grommela un borborygme indistinct. Il n'aimait vraiment pas mélanger le professionnel et le privé. Le colonel, qui le comprenait très bien, compatit et décida d'en rester là avec les moqueries. Tout le monde redevint dès lors sérieux et Jack résuma :

— Ronan vous a mis au courant pour Livia Rizzo. Ce qu'il ne vous a pas dit, c'est où elle travaille. Il n'en a pas parlé parce que ça ne semblait pas pertinent sur le moment, mais en fin de compte, c'est très intéressant.

Monsignore Ursini désigna un écran où l'on voyait se profiler un superbe bâtiment, avec en arrière-plan un énorme gazomètre.

— Livia travaille pour les musées du Capitole, et notamment dans leur belle annexe, la Centrale Montemartini, un bijou d'archéologie industrielle à Ostiense.

Ce quartier romain, moins connu des touristes que le Trastevere, par exemple, avait une particularité : il incarnait le passé industriel de Rome, comme le gazomètre, qui mesurait quand même quatre-vingt-dix mètres de haut, le laissait suggérer. L'immeuble qui se trouvait devant était ce qu'il restait de l'ancienne centrale thermique inaugurée en 1912, désaffectée en 1963, puis réaffectée en 1997 pour absorber temporairement le trop-plein des musées du Capitole. L'édifice, dont les machines, des turbines à vapeur, des chaudières et des moteurs Diesel, avaient été restaurées à la fin des années 1980 dans le but d'en faire, sans grand succès, un musée de l'Électricité, était donc en excellent état pour accueillir une exposition d'œuvres que la restauration des musées du Capitole obligeait jusque-là à garder dans les réserves. L'idée était en outre de mettre en valeur des statues dans leur décor originel, comme dans le cas du temple d'Apollon Sosianus. Ces vastes ensembles nécessitaient une place considérable que l'ancienne usine était à même de fournir.

— L'exposition temporaire, intitulée « Des machines et des dieux » a connu un succès aussi immense qu'imprévu : cet exemple unique de juxtaposition d'œuvres statuaires antiques et d'une architecture industrielle moderne a remporté une adhésion unanime. Aussi décida-t-on en 2001 de transformer la Centrale en musée permanent.

Jack prit la suite du monsignore :

— Vous verrez, c'est un endroit unique au monde. Et pour nous, dans le cas de l'enlèvement du Saint-Père, il présente une particularité supplémentaire. En effet, en 2016, la décision fut prise d'agrandir la Centrale Montemartini avec une nouvelle salle destinée à accueillir les wagons du train du pape Pie IX.

— C'est l'ancêtre de la papamobile ? s'enquit Djatoua.

Monsignore Ursini, amusé par la remarque de la jeune femme, poursuivit ses explications. Élu pape en 1846, Pie IX saisit immédiatement l'intérêt du chemin de fer, incarnation de la révolution industrielle. Au printemps 1850, il commanda à un fabricant français un train papal formé d'une locomotive et de trois wagons, eux-mêmes de véritables œuvres d'art, d'une valeur record pour l'époque. Le pape partait donc à bord de ce train de luxe bénir des fidèles dans les divers États pontificaux et une partie de l'Italie. L'histoire de l'unité italienne freina le recours à ce train, et à partir de 1870 et de la prise de Rome, il ne roula plus. Il devint après quelque temps propriété de la municipalité. Et comme la Centrale Montemartini était également un bâtiment municipal, il était logique qu'il finisse au sein des collections.

Jack reprit la main :

— Nous vous racontons tout cela parce que nous comptons y tendre un piège aux kidnappeurs. Ce matin, monsignore Ursini a reçu un nouveau message crypté, relativement identique au précédent, mais cette fois, plutôt que de continuer à subir cette pression, il a décidé d'exiger une preuve de vie sans laquelle ils n'auraient rien à attendre de sa part. Pas d'images ni de vidéos, qui pourraient être des *deepfakes*, mais une véritable preuve physique. En réponse, les ravisseurs ont proposé la pyramide de Caius Cestius. Celle-ci se trouve également dans le quartier d'Ostiense, et Ursini est donc persuadé qu'ils choisiront d'eux-mêmes le musée pour y déposer la preuve, dans un second temps.

— Comme Lisandro doit savoir, depuis la mort de son frère et de Mattia, qu'il est très activement recherché et que Livia doit elle aussi faire profil bas, leur intérêt est sans aucun doute de déposer la preuve de vie dans l'endroit qui exige le moins de mouvement de leur part, opina Vera. Soit il s'est déjà débarrassé du pape, ce que je ne crois pas, soit ce qu'il veut est tellement important qu'il va être tenté.

— C'est exactement ça, et vous serez sur place, une équipe à la pyramide et une autre dans la salle du train papal, dès l'ouverture. Je ne pense pas que vous verrez Lisandro, qui doit garder le souverain pontife, mais bien entendu, vous suivez Livia ou toute autre personne suspecte, en espérant qu'elle ou ils nous mèneront jusqu'à Lisandro et au pape. Est-ce que c'est clair pour tout le monde ?

— Limpide !

— Parfait, alors c'est parti !

PYRAMIDE DE CAIUS CESTIUS, QUARTIER D'OSTIENSE, ROME

31 mars

Djatoua fixait la pyramide avec étonnement :

— C'est dingue, ce truc.

Lukas, lui, n'en revenait pas :

— Je ne connaissais même pas l'existence de ce monument. Depuis que je suis là, on aurait pu penser que quelqu'un songerait à m'en parler, mais non. Rien. Pas un mot. Jamais. Et pourtant, c'est impossible de le rater.

— Il y a plusieurs raisons à cela, soupira Jaeger. D'abord, le quartier n'est pas très touristique. Ce n'est clairement pas le Trastevere. Deuxièmement, le monument ne se visite pas. Ça m'a toujours paru bizarre parce qu'on sait pourtant qu'il est creux.

— Comment ça, « creux » ? s'étonna Lukas.

— La pyramide a été construite entre 18 et 12 avant Jésus-Christ. Rapidement. En seulement trois cent trente jours. L'empereur Auguste admirait l'architecture égyptienne, et quatre pyramides ont été construites, dont seule celle-ci a survécu. Elle est petite par rapport à ses sœurs de Gizeh en Égypte, mais elle mesure quand même 36,40 mètres de haut. Et elle est creuse, car tout comme les pyramides égyptiennes, elle renferme une chambre funéraire, celle du grand magistrat romain Caius Cestius, mort en l'an - 12. Une troisième raison pour laquelle les touristes la boudent est qu'elle est blanche, car recouverte de marbre de Carrare sur béton et briques, ce qui fait qu'ils la croient fausse ou moderne.

— Et ces deux tours, qu'est-ce que c'est ?

— Ça, Djatoua, c'est la porte Saint-Paul, plus justement appelée Porta Ostiensis, autrefois, car elle reliait Rome à son port, aujourd'hui également sa station balnéaire, Ostie. Je t'emmènerai si tu veux. J'aimerais b…

— Individu suspect en visuel.

Lukas et Djatoua regardèrent dans la direction indiquée par Jaeger. Effectivement, un type pas très discret, l'air particulièrement nerveux même, tournait autour de la pyramide, un pli ou un message serré dans ses mains boudinées.

Jaeger émit un grognement dégoûté.

— On va l'arrêter, mais il y a fort à parier que cet olibrius ne sait rien. Il a la tête de celui auquel on file un petit billet pour exécuter les basses besognes.

Djatoua scanna la place :

— Je ne vois personne qui paraisse surveiller ce qu'il fait et qu'on pourrait appréhender de manière plus utile.

Lukas fixa les tours de la porte :

— À leur place, si je devais vérifier ce que fait ce minable, je le ferais depuis une position dominante en hauteur, avec des jumelles ou une lunette.

— Clairement. Bon, allons cueillir le minable. Et les autres, le cas échéant.

CENTRALE MONTEMARTINI, QUARTIER D'OSTIENSE, ROME

31 mars

Ronan, alerté par un ping, lut le message à Vera et Corrado Monteverdi :

— Bon, Djatoua et ses gardes suisses ont appréhendé le messager, qui ne sait rien. Un livreur à vélo à qui on a donné cinquante euros pour la course. Mais au moins, on a le mot du kidnappeur. « Une preuve de vie du pape sera déposée dans un lieu lié à l'histoire papale : les wagons du pape Pie IX. À vous de les trouver. »

— Jack et monsignore Ursini ont bien joué la carte de la manipulation, puisque nous sommes déjà là, opina Vera. C'est quand même incroyable, ces wagons papaux ! Il voyageait vraiment là-dedans ?

Corrado indiqua le premier wagon ouvert, une véritable œuvre d'art décorée de frises végétales, de fleurs en cuivre ciselées et de petites colonnes dorées. L'intérieur était orné de velours et de dorures, avec un voile au plafond parsemé d'étoiles.

— Ce premier wagon loggia, qui servait aux bénédictions papales, est appelé La Balconata.

— Il bénissait la foule depuis la balustrade ?

— Exactement. Une version mobile du balcon de Saint-Pierre de Rome.

Ronan désigna le second, dont la façade était également ornée de sculptures, frises et reliefs en cuivre argenté et doré.

— Et celui-ci ?

— Surnommé la « salle du Trône ». En plus d'un petit appartement réservé au souverain pontife, il contenait surtout une chaire papale capitonnée et surmontée d'un baldaquin.

Vera secoua la tête, incrédule devant tant de faste inutile.

— Et le dernier ?

— *Last but not least*, ultra-somptueux, voici le wagon dit de La Chapelle, où le pape aimait à célébrer la messe lors de ses voyages.

— Bonjour la mégalomanie galopante quand même, tu ne trouves pas, Vera ?

— Je suis plutôt très mal placée pour brocarder des jugements sur des croyants, Ronan. La foi en elle-même ne me gêne pas : elle se passe du culte comme de la raison.

Corrado regarda autour de lui :

— Sortons de cette salle avant de nous faire repérer. Nous attendrons un peu plus loin.

Dans les autres salles, le contraste entre les vestiges industriels et les statues antiques était vraiment saisissant. Et il y avait des morceaux de bravoure, comme la mosaïque géante de la scène de chasse que Ronan trouvait magnifique ou la reconstitution du temple d'Apollon Sosianus, dont le fronton dépeignait une scène d'attaque des Amazones par les Grecs. C'était une composition dominée par une Athéna imposante venue avec Niké, une divinité ailée, pour soutenir ses héros, Héraclès et Thésée, face à Hippolyte, reine des Amazones.

Dans la salle des Machines, les deux gigantesques moteurs Diesel se retrouvaient entourés de mosaïques polychromes, avec des murs bordés de plinthes en faux marbre. Le contraste qu'elles formaient avec les statues antiques augmentait la sensualité des corps féminins et masculins représentés, et la délicatesse des objets décoratifs. Pour Corrado Monteverdi, ce musée excellait à mettre en tension les arts statuaires et industriels, et dès lors, brouillait les frontières entre les époques, comme un voyage temporel sur des terres truquées.

Pour Ronan, c'était un endroit un peu irréel, où les frontières entre réalité et fiction s'estompaient. Il avait l'impression que les statues allaient s'animer ou que les machines et turbines géantes allaient se remettre en marche d'une seconde à l'autre.

Vera pensait de manière très analogue, se rappelant un texte de Freud sur la *Gradiva* de Jensen, la femme qui marche du bas-relief de Pompéi, l'exemple le plus connu d'une représentation qui semblait sur le point de s'animer.

Tous perçurent tout d'un coup des pas, lents, mais déterminés, à n'en pas douter ceux d'une femme investie d'une mission. Ronan en profita pour citer du Byron à voix basse :

— « Elle marche dans sa beauté, semblable à la nuit… »

Ils virent apparaître une femme qui était quasiment le sosie de la folle furieuse qui s'était donné la mort la veille, après avoir abrégé les souffrances de son compagnon. Jumelle physique de Mattia, Livia Rizzo était une belle brune aux traits aristocratiques et fins, et au corps de liane moulé dans une robe simple, mais sublime. Ils étaient dissimulés par les machines, et elle les dépassa sans les voir, portant un objet carré dans ses mains. Elle entra dans la salle des wagons de train de Pie IX, déposa le carré dans le wagon loggia, ressortit de la salle et se dirigea à la hâte vers la sortie. Vera et Monteverdi la suivirent tandis que Ronan alla récupérer la preuve. Il ouvrit la petite sacoche et y trouva la une de *L'Osservatore Romano*, le quotidien du Vatican du jour même, avec une annotation manuscrite.

Ronan empocha le document et courut retrouver Vera et Monteverdi. Entre-temps, Djatoua, Lukas et Jaeger s'étaient joints à la filature. Livia passa devant la pyramide, marcha deux minutes puis se dirigea vers ce qui semblait être une gare. Elle avait l'air perdue dans ses pensées quand elle prit le train à la station Paolo en direction d'Ostia Lido et ne parut à aucun moment repérer ses poursuivants, pourtant nombreux, puisque c'étaient désormais six traqueurs qui étaient attachés à chacun de ses pas. Vera se fit néanmoins la réflexion que tout cela était trop facile et se demanda s'il ne s'agissait pas d'un piège. Qu'importe, le jeu en valait la chandelle. Ils ne la quitteraient pas d'une semelle avant d'avoir retrouvé le Saint-Père.

Pendant que le train roulait, Ronan prit une photo du journal et l'envoya à Jack et monsignore Ursini. Celui-ci reconnut immédiatement l'écriture du pape et sourit en lisant les quelques mots manuscrits. C'était la première phrase de sa toute première encyclique de 2013, qu'il partagea avec le reste de l'équipe : « Moi, lumière, je suis venu dans le monde pour que quiconque croit en moi ne demeure pas dans les ténèbres. ».

Les six poursuivants disséminés dans le train se rejoignirent et discutèrent à voix basse de leurs options.

Ils conclurent que tant que Livia ne les repérait pas, la pister offrait plus de chances de succès qu'un interrogatoire qui, à en juger par le caractère de sa sœur, risquait de ne pas aboutir.

Elle descendit à Ostia Antica. Heureusement, le gros de la troupe de voyageurs y descendait aussi, et Livia continua son chemin, sans se presser et sans jamais regarder en arrière. Ils la suivirent pendant vingt minutes, jusqu'à ce qu'elle oblique vers une petite route serpentant vers une colline.

Au sommet de celle-ci, Monteverdi et Jaeger virent quelque chose qui les plongea dans une discussion faite de chuchotements inaudibles pour le reste de l'équipe. Puis ils s'expliquèrent, toujours à voix basse pour ne pas attirer l'attention de Livia :

— Ce Luna Park, là-haut, c'est là où sœur Geneviève Jeanningros travaille aussi depuis des années, précisa Jaeger.

— Qui est cette sœur, exactement ? demanda Vera.

— Ah oui, pardon. Aussi peu orthodoxe que cela puisse paraître, depuis un quart de siècle, Geneviève Jeanningros et Anna Amelia Gigli, deux octogénaires de la fraternité des Petites Sœurs de Jésus, vivent loin du Vatican, à Ostie, où elles partagent une caravane. Pour sœur Geneviève, d'origine française, cela fait même plus de cinquante ans qu'elle vit aux côtés des forains. Elle est indubitablement ce qu'on appelle une religieuse de terrain, vivant au sein de la communauté, dont elle soigne les âmes meurtries, et elle ne pouvait que s'attirer l'admiration du Saint-Père. Elle est de ceux qu'il appelle les pasteurs de « l'Évangile vécu sur terre ». C'est l'une des plus belles amitiés qu'il m'ait été donné de voir au sein de l'Église.

Jaeger, en pleine filature avec ses coéquipiers, pouvait difficilement s'étendre trop longuement sur cette amitié exceptionnelle, mais il y repensa avec beaucoup d'émotion. Leur première rencontre, en 2005, alors que Jorge Mario Bergoglio n'était encore que l'archevêque de Buenos Aires, ne s'était pas déroulée sous les meilleurs auspices… C'était peu après l'enterrement de la tante de Geneviève en Argentine, Léonie Duquet, elle aussi une religieuse. Celle-ci avait perdu la vie en décembre 1977, dans ce qu'on surnomma les « vols de la mort » sous la dictature argentine. Comme tant d'autres opposants du régime de la junte fasciste, elle avait été jetée vivante d'un avion en plein vol, s'écrasant sur l'océan. Un assassinat horrible, et une mort atroce et terrifiante.

Rapporté par la mer, enterré dans une fosse commune, ce n'est qu'au siècle suivant que son corps put être identifié puis inhumé en 2005 dans le jardin d'une église de Buenos Aires. Bien que Jorge Bergoglio l'eût autorisé, cela ne suffisait pas à sœur Geneviève, qui était indignée par l'absence de hauts représentants de l'Église à la cérémonie. Il était déjà inacceptable pour elle qu'une bonne partie du clergé ait basculé du côté de la dictature, alors elle estimait qu'ils auraient au moins pu faire amende honorable.

Outrée, elle trempa donc sa plume dans le vitriol pour écrire un brûlot à l'archevêque argentin. Ce dernier, présent à un synode du Vatican, eut la surprise de recevoir en Italie la missive transmise par son secrétaire, qui avait jugé qu'elle nécessitait une réponse urgente. Bergoglio appela immédiatement sœur Geneviève, l'assurant qu'il avait fait tout ce qu'il fallait pour honorer sa tante ainsi que deux mères de la place de Mai. Il reçut une réponse sceptique et cinglante de sœur Geneviève, qui lui fit remarquer qu'en tout cas, il avait brillé par son absence, comme tous les autres hauts dignitaires du clergé. Et sur ce, elle avait poliment raccroché. Jorge Bergoglio avait l'impression d'avoir traversé un ouragan. Il n'avait pas l'habitude qu'on lui parle sur ce ton, et en même temps, il ne pouvait que lui donner raison, et en conçut une grande estime pour elle.

En 2013, sœur Geneviève se trouvait au Vatican après l'élection du pape François. Huit ans après leur altercation, le souverain pontife la repéra immédiatement dans la foule, interrompit son tour, et la salua affectueusement d'un « Voici l'enfant terrible ! ». Elle fut désarçonnée par sa joie de la voir et la sincérité de son sourire, mais, dure à cuire, elle persista dans son quant-à-soi. Pas homme à rester sur un échec, François l'invita à assister quelques semaines plus tard à une messe qu'il célébrait à sa résidence de Sainte-Marthe. Ne pouvant s'y soustraire, elle décida de profiter de l'occasion pour le tester en public en lui parlant de son engagement envers ces oubliés de l'Église. Et là, au contraire de ses prédécesseurs, François adhéra à sa cause et soutint publiquement son combat quotidien, clamant que c'étaient précisément les laissés-pour-compte qui devaient être en priorité protégés par le clergé.

Leur amitié avait véritablement débuté à ce moment-là. Le pape François ne s'était pas contenté de la soutenir en paroles. Lors de la covid, apprenant par son amie la détresse des forains, il prit la décision de leur apporter à tous son soutien financier pendant toute la durée de la pandémie et de leur fournir des vaccins. Il accepta ensuite de recevoir au Vatican un groupe de prostituées latino-américaines vivant et travaillant sur le littoral romain. Une grande première qui ne fut pas un cas isolé. Peu après, le pape reçut toute une délégation, toujours soutenue par leur championne sœur Geneviève. Chose tout à fait impensable pour ses prédécesseurs, il alla même jusqu'à dire à un garçon en profonde détresse : « Ne te torture pas, mon fils. Si tu es homosexuel, c'est que Dieu t'a fait ainsi. »

Cela provoqua aussi un scandale sans précédent chez les ultra-conservateurs religieux, chez qui la défiance initiale vis-à-vis de François se mua en véritable haine. Ils se déchaînèrent contre lui. Peu lui importait, et pour toute réponse, il exhorta publiquement sœur Geneviève à continuer à « aller là où l'Église a le plus de mal à aller ».

Jaeger se rendit tout de même compte qu'il pouvait fournir une précision utile à ses coéquipiers :

— Ils ont entamé une correspondance, et depuis, chaque semaine, sœur Geneviève est au rendez-vous place Saint-Pierre pour lui faire rencontrer ses « damnés de la terre », les nomades, gitans et migrants de toutes origines, et ses « bannis du monde ». Tout récemment, le pape François lui a promis devant moi de venir un jour lui rendre visite à son Luna Park, où elle intervient régulièrement, expliqua Jaeger en fronçant les sourcils.

Vera conclut :

— Intéressant. Si cette sœur est suffisamment importante au point de motiver une visite du pape dans un

Luna Park, ce n'est probablement pas un hasard que Livia nous entraîne dans cette direction. Il va falloir que quelqu'un vérifie si Livia, voire Lisandro, a un rapport particulier avec cet endroit.

LUNA PARK, QUARTIER DU LIDO, OSTIA
31 mars

Effectivement, Livia les mena tout droit au Luna Park. La jeune femme commença par saluer des forains, qui, de toute évidence, la connaissaient et semblaient l'apprécier. Puis elle enchaîna les attractions, un peu comme si elle avait été trop longtemps privée d'amusement. C'était vraiment à n'y rien comprendre. Pendant ce temps, laissant Djatoua et Ronan surveiller la Livia, le reste de la troupe alla solliciter une audience à sœur Geneviève : connaissant particulièrement les lieux, elle pourrait avoir des informations.

Ils trouvèrent celle-ci en plein travail, faisant tout pour favoriser la pastorale des forains, dans une sorte de hangar. À la vue de cette octogénaire de choc petite et frêle, qui avait plus d'énergie que bien des jeunes gens, Vera sut immédiatement qu'un caractère bien trempé bouillonnait encore sous sa coiffe de nonne. Mais si l'on sentait bien un caractère de forte tête lorsqu'elle dialoguait avec les gens, c'était sa bienveillance solaire qui illuminait chacun de ses échanges. D'ailleurs, elle accepta aussitôt de les recevoir. Sœur Geneviève esquissa un sourire en reconnaissant Jaeger et Monteverdi, puis elle leur demanda :

— Que puis-je faire pour vous, *signorina* et *signori* ?

Avant que le colonel et le capitaine ne puissent répondre, Vera alla droit au but :

— Voilà, on ne va pas tourner autour du pot, ma sœur : le pape François a été enlevé, kidnappé. Ça fait maintenant deux jours, et la seule piste que nous ayons, c'est qu'une jeune femme qui vient d'entrer dans votre Luna Park est impliquée.

Sœur Geneviève pâlit et serra ses mains contre sa poitrine.

— Kidnappé ? Oh, Seigneur !

Monteverdi, Lukas et Jaeger réagirent à une vitesse éclair : pendant que le colonel et Lukas soutenaient la vieille dame qui commençait à tituber sous le choc, le capitaine lui avança une chaise. Une fois assise, elle se remit très vite, en revanche. C'est là que, rassurés, les trois hommes lancèrent de concert un regard de reproche à Vera. Elle leva les yeux au ciel. Bon, elle n'aurait pas l'oscar de la délicatesse et du tact cette année, mais quand même, elle n'avait pas été si brutale que ça.

Laissant Jaeger et Monteverdi s'occuper de la sœur comme s'il s'agissait de leur propre grand-mère, Vera sortit du hangar pour regarder ce que faisait Livia. Elle tournait toujours sur les attractions. Quelque chose clochait. Vera le sentait. Elle hésita à aller l'empoigner, la secouer et la gifler pour la faire parler, car il lui fallait rester calme. À cet instant, sœur Geneviève, jumelles en bandoulière, sortit pour aller voir cette jeune femme qui les avait menés jusqu'ici. Elle braqua les jumelles sur elle et poussa un petit cri d'étonnement :

— Mais c'est Bacall !

Elle posa ses jumelles.

— Je sais que ce n'est pas son vrai nom, mais c'est celui sous lequel on les connaît, avec son compagnon, qu'on appelle Bogart, du fait qu'ils adorent les vieux films noirs qu'ils sont venus projeter ici parfois. Ils ont mis en scène de très nombreux spectacles pour notre communauté. Alors, j'avoue ne pas comprendre leur motivation à commettre un acte aussi atroce envers notre souverain pontife.

— Est-ce que vous savez s'ils ont une propriété dans la région ? interrogea Vera. Nous cherchons notamment une villa ou un très grand appartement équipé éventuellement d'une *panic room*, c'est-à-dire une pièce insonorisée, inviolable et à l'abri des regards.

Sœur Geneviève réfléchit.

— Il y a bien ce studio d'enregistrement insonorisé pour leur musique, qu'ils ont aménagé à côté d'une grange qu'ils ont sur leur propriété. Ça pourrait être ça, non ?

— Oui, ma sœur. Il y a des chances.

Pour la première fois depuis le début, les agents Mozart, gardes suisses et carabiniers sentaient qu'ils tenaient leurs kidnappeurs. Sœur Geneviève leur fournit une adresse qu'ils n'avaient répertoriée nulle part. Elle la connaissait pour y être déjà allée afin de préparer un spectacle avec le couple. Cela leur donna une lueur d'espoir. Elle leur montra sur une carte comment s'y rendre, puis elle accepta de leur prêter un van Volkswagen des *sixties* par souci d'y arriver incognito. Vera se disait que cela ressemblait de plus en plus à un piège, mais ne voyait toujours pas le but de la manœuvre. Il n'y avait qu'un moyen de le savoir : suivre la piste jusqu'au bout. Se méprenant sur la tension visible sur le visage de la jeune femme, sœur Geneviève leur garantit qu'elle prierait pour eux et son cher ami François :

— Il n'est pas juste notre Saint-Père. C'est aussi un homme bon. Ramenez-le en un seul morceau, je vous en prie.

Lukas prit entre ses mains jeunes celles ridées de la religieuse :

— Il n'est pas qu'un symbole pour nous, ma sœur, rassurez-vous. Je suis garde suisse. Le ramener sain et sauf est notre priorité absolue.

Elle caressa le visage du jeune homme :

— Je te crois, mon petit. Tu respires la bonté et le courage. Merci.

— Je vous en prie, ma sœur. Reposez-vous à présent.

L'octogénaire fit un bond :

— Me reposer, tu plaisantes ? J'ai à faire. Et vous aussi. Mais d'abord… hé, toi, la *signorina abrupta*, viens voir un peu !

Vera, qui était déjà sur le point de partir, comprit que c'était à elle que la sœur s'adressait. Elle se retourna et vint vers elle. Que pouvait-elle faire d'autre ? Jaeger, Lukas et Monteverdi la regardaient, comme si elle allait se faire punir pour avoir mal parlé à la maîtresse.

— Oui ?

— Comment t'appelles-tu ?

— Vera.

Sœur Geneviève lui prit les mains dans les siennes :

— Tu es forte, Vera, et directe. Et c'est bien, mais c'est parfois un petit peu abrasif aussi. Je sais ce que c'est de ne pas prendre de gants. Mais prends garde à ne pas faire comme moi. En 2005, j'étais tellement en colère contre celui qui n'était pour moi que Juan Mario Bergoglio, tellement pressée de lui dire ses quatre vérités, que je l'ai envoyé paître. S'il n'était pas revenu vers moi en 2013, je serais passée à côté d'une amitié unique avec le Saint-Père qu'il est devenu. Et il n'aurait peut-être pas fait autant de bien à ma communauté de forains, parce qu'il aurait ignoré leur existence. Tu vois ? Sans se trahir, parfois il faut mettre un peu d'eau dans son vin. Tu n'en seras que plus efficace.

— Je…

— Je sens une immense souffrance en toi, ma fille. Et beaucoup de colère. Mais aussi un désir de rédemption, je crois…

Vera, sentant ses trois compagnons la regarder avec stupéfaction, voulut s'arracher à l'étreinte de la frêle petite religieuse, mais l'antique nonne avait étonnamment une poigne de fer.

— Apprends à transformer cette douleur en joie plutôt qu'en colère. Comme je l'ai fait. Tu en sortiras délivrée d'un grand poids.

— Je…

— À présent, va, ma belle. Retrouve mon ami et préserve-le du mal !

Vera se mit en route sous les regards goguenards de ses trois compagnons qu'elle ignora avec superbe. Quand ils la rejoignirent, elle parla avant qu'ils n'aient l'occasion d'en placer une :

— Bon, on a l'adresse. Maintenant, il faut décider ce qu'on va faire de Livia. Il faut lui poser quelques questions de base concernant la villa. Dès qu'on a la réponse ou si elle ne répond pas aux questions essentielles, je propose de la mettre au frais pour interrogatoire subséquent. On n'a pas le temps pour le moment, mais vraiment, j'aimerais savoir pourquoi elle nous a menés jusqu'ici. Il ne fait aucun doute qu'elle nous pilote depuis le début. Et on n'a pas d'autre choix pour l'instant que de la suivre. Mais on reviendra dessus.

Monteverdi dégaina son portable :

— Je préviens mes hommes. Ils vont passer la chercher et nous la mettre en isolement en attendant qu'on soit prêts à l'interroger plus longtemps.

Jaeger opina.

Vera appela Ronan et Djatoua, qui étaient restés non loin de Livia. Elle leur expliqua la situation et leur demanda de se saisir d'elle. Quelques minutes plus tard, les deux agents arrivèrent avec Livia, qu'ils venaient d'appréhender avec une facilité déconcertante, celle-ci n'ayant pas opposé de résistance ni même eu l'air surprise.

Vera la fixa intensément et lui annonça en italien :

— Livia Rizzo, nous savons qui tu es et qui est Lisandro Indelicato. Et je pense que tu sais qui nous sommes. Alors, on ne va pas perdre de temps. Juste trois questions. Tu comprends ce que je te dis ?

Livia se contenta de lui sourire sans mot dire.

— OK. Un, dans votre villa, combien de gardes, d'armes, de chiens, de caméras et de systèmes de sécurité ?

Nouveau sourire insolent.

— Deux, dans quelle pièce est détenu le prisonnier ? Est-ce bien dans votre studio d'enregistrement insonorisé ?

Éternel sourire.

— Trois, est-ce que Lisandro serait capable de tuer le pape ?

Haussement d'épaules cette fois.

Vera eut à nouveau une furieuse envie de la gifler. Puis elle eut une idée. Elle repartit voir sœur Geneviève et lui chuchota quelque chose à l'oreille. Puis elle prit Livia et la plaça devant la religieuse. Cette dernière lui parla avec douceur et lenteur, poussant la jeune femme à se rétracter sur elle-même, comme si elle voulait disparaître. Le sourire se transforma en larmes, et Livia fournit doucement des informations précises et essentielles que sœur Geneviève lui demanda de répéter à Vera.

Vera remercia les deux protagonistes et fit signe aux carabiniers d'emmener Livia en détention et au secret. Puis elle se dirigea vers le van VW. Ils montèrent tous à bord et le jeune garde suisse démarra. Le van fut aussitôt suivi d'un véhicule de carabiniers et d'un autre des gardes suisses, appelés en renfort par Monteverdi et Jaeger.

Si l'on considérait Lukas qui se tenait au volant, Jaeger sur le siège passager et Ronan derrière Lukas, tous trois arborant une coupe militaire, Monteverdi et Vera sur les sièges du milieu, pas vraiment dans le style baba cool, on était loin du look correspondant au véhicule d'origine. Seule Djatoua était dans le ton.

Monteverdi demanda comment sœur Geneviève avait pu faire parler Livia sans violence. Vera répondit énigmatiquement :

— Au commencement était le Verbe…

Vera téléphona à Jack et monsignore Ursini, et mit aussitôt à jour leurs connaissances sur les derniers développements.

— Le lieu-dit s'appelle villa della Stregha, la villa de la Sorcière… Et chaque seconde compte… Oui, moi aussi, je l'espère…

VILLA DELLA STREGHA, OSTIA
31 mars

Ronan, Djatoua et Lukas revinrent au terme d'une rapide reconnaissance initiale. Ils s'étaient tous équipés en treillis noirs, armés de Glocks 17 et 26 et des très compacts fusils d'assaut SIG-552 des gardes suisses. Un couteau ou une dague complétait la panoplie. Monteverdi, Jaeger, Lukas et les trois Mozart allaient constituer la première vague d'attaque. Les renforts resteraient en soutien.

Les administrations italiennes avaient vaguement protesté concernant l'opération, avant de fermer les yeux en considérant que les lieux étaient une zone provisoire extraterritoriale du Vatican. Ce n'était pas pour rien que l'Italie plaçait souvent des diplomates à la tête de leurs services de renseignement.

Ronan fit son rapport :

— Tout est conforme à ce que nous a dit sœur Geneviève, dans les moindres détails. Le plan de la maison correspond. Il y a de la sécurité, mais pas à l'excès. Nous avons compté trois gardes armés de kalach à l'extérieur, mais à l'intérieur, on ne sait pas. Il y a trop de caméras pour avoir recours à l'imagerie thermique à courte portée, jusqu'à ce qu'on puisse s'approcher.

Vera prit une profonde inspiration :

— Préparez-vous, nous allons donner l'assaut sur la villa sans plus attendre. Livia nous a clairement entraînés ici et nous ignorons encore pourquoi. Nous n'avons pas le temps de nous y attarder. On part du principe qu'il y a un piège. Dehors, les renforts, vous nous couvrez. Et pour nous, à l'intérieur, il faut nous attendre à tout. Priorité absolue à la préservation de la vie et de la santé du Saint-Père. Ceux qui l'ont enlevé, tant pis pour eux.

Tout le monde opina sans mot dire.

Ils avaient repéré sept caméras qui, selon Ronan, étaient toutes connectées à la même source d'énergie. Mais les couper aurait averti les criminels, Vera décida plutôt de les mettre en boucle, grâce à un mini logiciel développé par l'agence.

Ils avaient donc aussi repéré trois sentinelles, toutes en treillis militaires standard, avec des kalachnikovs et des gueules de mercenaires des pays de l'Est. Étrange, songea Vera au passage, qui s'attendait plutôt à des têtes de mafieux locaux, mais, sur le moment, peu importait.

Son mot d'ordre avait été clair. Les trois sentinelles furent donc simultanément neutralisées par Lukas, Jaeger et Ronan, coordonnés par Djatoua. Pendant ce temps, Monteverdi surveillait les issues et les fenêtres avec Vera. Mais aucune réaction ne se fit sentir.

L'instinct de Vera la titilla à nouveau. Il y avait un truc pas net, mais elle n'arrivait pas à mettre le doigt dessus. Elle vit que les cinq autres partageaient des sentiments diffus, mais elle trancha : ils ne pouvaient pas s'offrir le luxe d'atermoyer. Elle donna le signal en indiquant de garder les yeux ouverts. Comme un seul homme, les six traqueurs avancèrent sur la maison.

L'imagerie thermique montra alors qu'il n'y avait qu'une personne – sans doute Lisandro – dans une pièce à l'étage, et dans l'autre pièce, a priori le studio insonorisé, encore une personne, potentiellement le pape – du moins, ça paraissait cohérent. L'emploi d'une *stun grenade* avait été envisagé, mais écarté, de peur de blesser ou simplement traumatiser le Saint-Père.

Ils se placèrent en vue de l'assaut final. Vera donna le signal, Ronan défonça la porte, et ils entrèrent puis montèrent à l'assaut. Le commando des six investit le bâtiment à une vitesse éclair, se concentrant sur les deux pièces qu'ils savaient occupées.

Le dernier garde – ce n'était pas Lisandro – fut neutralisé sans sommation grâce à un prototype de LTL Alpha dont la puissance et la précision permettaient de tirer des billes en caoutchouc qui pouvaient assommer un bœuf. Sa chute fut rattrapée afin qu'elle ne fasse pas plus de bruit que les tirs au silencieux qui l'avaient envoyé au pays des cauchemars. Laissant à Jaeger et Lukas le soin d'évacuer le corps dans le couloir, les agents Mozart et Monteverdi s'approchèrent du studio d'enregistrement insonorisé, transformé en *panic room*. Rejoints par les gardes suisses, ils en firent le tour rapidement. Les murs étaient en acier blindé, la porte aussi, et une double serrure électronique et physique en protégeait l'accès. Pas de faille au plafond ni au plancher : l'ensemble semblait avoir été soudé comme une coque, avec juste une ventilation et ce qui ressemblait à un système d'interphone.

Jaeger regarda Vera qui lui fit signe d'y aller. Le colonel prit une profonde inspiration puis appuya sur le bouton et parla :

— Votre Sainteté, vous êtes là ? C'est Jaeger. Votre garde suisse. Nous sommes venus vous délivrer. Vous ne risquez plus rien.

Il y eut quelques secondes angoissantes, puis ils entendirent la voix célèbre, fatiguée, mais encore spirituellement énergique, énoncer clairement quelques mots :

— Loué soit le Seigneur. Que ta Très Sainte Mère soit remerciée.

Jaeger poussa un soupir de soulagement :

— Vos ravisseurs ont été neutralisés. Il nous faut juste venir à bout des serrures de cette pièce. Patience, très Saint-Père, votre épreuve va prendre fin. Tenez bon.

La réponse teintée d'humour les rassura tous :

— Je ne pense aller nulle part, et je vais raisonnablement bien. Faites ce qu'il y a à faire, j'ai toute confiance en vous.

Après avoir vainement cherché des clés dans la pièce puis sur la personne du dernier garde, l'équipe s'interrogea sur la meilleure façon de procéder sans blesser le pape. L'explosif, même léger, pouvait être hasardeux. Jaeger avait la solution :

— Corrado, c'est à vous. Vous êtes le plus qualifié pour faire ça en finesse.

Il se tourna vers les autres.

— Notre capitaine des carabiniers est un expert en la matière. Je l'ai vu à l'œuvre lors d'une opération conjointe, et depuis, il vient de temps en temps former nos recrues.

Tout en sortant une trousse de cambrioleur de son sac à dos, Monteverdi expliqua :

— N'allez pas imaginer que j'ai un passé criminel de monte-en-l'air ! Il se trouve juste qu'ayant été affecté aux cambriolages de villas de luxe romaines au tout début de ma carrière, j'ai dû, pour une mission d'infiltration, apprendre quelques trucs.

Vera alla regarder prudemment par la fenêtre, mais ne vit rien de suspect au-dehors. Pourtant, elle sentait que tout se déroulait de manière anormalement facile et qu'un danger invisible les menaçait. Ronan, qui la connaissait par cœur, la rejoignit :

— Tu sens des vibrations négatives, toi aussi ? Veux-tu que j'aille inspecter les environs au cas où ?

— Non, restons groupés. Si ce qu'on ressent vient à nous tomber dessus, je préfère qu'on soit ensemble pour l'affronter. Mais c'est sûr, il y a un truc qui ne va pas.

Un clic et un bruit de mécanisme d'ouverture se firent entendre. Monteverdi n'avait pas perdu la main. La porte de la *panic room* s'entrouvrit sur ce qui ressemblait à un studio, avec un canapé sur lequel était assis le pape, qui les attendait patiemment.

Ils firent entrer Lukas le premier, confiant au jeune garde suisse le soin de dire au Saint-Père qu'il était bel et bien sauvé. Le pape François le reconnut aussitôt et sourit :

— Lukas ! Encore toi ! Sois béni, mon garçon !

Ils pleurèrent doucement dans les bras l'un de l'autre, puis, au bout d'une minute, Jaeger entra et tapota sur l'épaule du jeune garde, laissant le pape se relever avec difficulté, mais en relativement bonne forme étant donné les circonstances. François avait l'air fatigué, mais pas épuisé ni même traumatisé. Jorge Mario Bergoglio était sain et sauf.

Les talkies de Jaeger et Monteverdi se mirent alors à résonner. La voix du coordinateur des renforts se fit entendre : « Des hostiles arrivent de tous les côtés ! Nous

nous replions dans la grange ! » Jaeger et Monteverdi se regardèrent avec Vera.

— Bien reçu ! aboya Jaeger.

Lukas trouva la canne du souverain pontife posée sur une étagère et la lui apporta. Le pape remercia le jeune homme, posa la canne au sol et s'appuya dessus. Il fit trois pas vers la sortie du studio. Rassuré par sa performance, il s'enhardit, et s'appuyant davantage sur la canne, il s'apprêta à franchir le seuil du studio…

C'est alors que tout le monde entendit un clac et se figea. Vera aperçut la première une lumière clignoter près de la cheville gauche du pape et une autre, très fine, qui barrait le seuil de la *panic room*. Elle réagit instinctivement alors que le souverain allait passer dans le grand salon. D'un coup de pied fluide qu'elle amortit au maximum, elle envoya le pape en arrière, droit dans les bras de Lukas, qui accompagna la chute du vieil homme surpris.

Monteverdi, qui avait compris une fraction de seconde après Vera, rattrapa la canne qui tombait, et en un mouvement circulaire impeccablement exécuté, la lança vers Ronan qui plongea par-dessus le rayon de lumière au sol et envoya la canne piégée par la fenêtre en criant aux renforts via le talkie : « Attention, explosifs ! Restez dans la grange ! » Moins de trente secondes plus tard, une explosion secoua la maison jusque dans ses fondations. Elle trembla sur ses bases, mais elle tint bon.

Monteverdi alla vers la fenêtre pour risquer un œil au-dehors, tandis que les autres se relevaient doucement. C'est là que Vera aperçut des points rouges de lasers de visée danser sur le plafond depuis en bas, où une fusillade nourrie éclatait entre leurs renforts et les assaillants. Monteverdi exhala un :

— *Sangu'lla porca.*

— À TERRE ! hurla Vera.

En un mouvement synchrone, les trois agents Mozart, le capitaine des carabiniers et les deux gardes suisses, qui formèrent un sandwich humain autour du pape, s'aplatirent tous au sol.

Les assaillants ouvraient le feu à l'arme lourde. Monteverdi jura. On se serait cru au temps des Brigades rouges ! Il vit la grange prise sous le feu ennemi. Les renforts ne pourraient pas venir les aider.

Vera prit le commandement d'un ton d'autorité naturel que personne, pas même Jaeger, ne contesta :

— C'était un piège. Une souricière. Ils ne comptaient pas laisser qui que ce soit sortir d'ici vivant. OK, tant pis pour eux. Les gardes suisses, je n'ai pas besoin de vous apprendre votre boulot. Quoi qu'il arrive, vous restez avec le pape, retranchés dans le studio, et vous abattez tout ce qui bouge. OK ?

— Affirmatif.

Elle se tourna vers les autres :

— Nous quatre, nous sortons faire la peau à ces salauds. C'est eux ou nous, alors ce sera eux. Monteverdi, estimation des forces en présence ?

— Je dirais huit, mais vraiment armés jusqu'aux dents.

Vera attrapa une grenade à la ceinture de Ronan, la dégoupilla et la jeta dehors. Suivie d'une autre plus à gauche et d'une autre plus à droite. La première explosion en déclencha une autre : elle les avait pris de vitesse au moment où ils allaient envoyer leurs propres grenades. Puis les deux autres se firent écho.

Vera écouta puis ordonna :

— On y va !

Ils descendirent d'un étage, personne. Puis ils se dispersèrent.

Ronan, comptant sur l'effet de surprise, plongea par la fenêtre. Il atterrit derrière un groupe de trois types qu'il abattit méthodiquement. Un reflet capté dans sa vision périphérique le fit se jeter sur le côté, lui permettant d'éviter une balle tirée d'un poste en hauteur face à la maison. Il se mit à couvert au moment où la *master sniper* de ceux d'en face entreprit d'ajuster son tir. Elle n'eut pas le temps de terminer, car elle se prit une balle dans la tête de la part de Djatoua qui, passant par une porte de service de la maison, venait de la repérer.

De l'autre côté de la maison, Monteverdi se trouva face à trois femmes soldats qui voulaient prendre les gardes du corps du pape à revers. Il leur cria de lâcher leurs armes et de lever les mains. Leur sourire le renseigna, mais ses réflexes d'Italien chevaleresque faillirent lui coûter la vie. Le quart de seconde durant lequel il hésita avant de tirer fit qu'il en eut deux, mais que la troisième eut le temps de lui tirer une salve en pleine poitrine qui se fracassa sur son gilet pare-balles. Il fut soulevé et projeté en arrière. Il n'avait pas lâché son arme comme elle s'y attendait, et quand elle vint pour l'achever, cette fois, sans la moindre hésitation, en envoyant sa galanterie aux pelotes, il lui fit exploser la tête. Il fut rejoint par les renforts qui avaient réussi à éliminer les soldats de fortune qui les retenaient dans la grange. Monteverdi aboya ses ordres : « Sécurisation du périmètre. On reprend l'initiative. En avant ! »

Il entendit des coups de feu rapprochés et un cri de douleur poussé par Vera. Il se releva malgré sa propre douleur due aux impacts des balles absorbées par son Kevlar, courut et vit Vera, blessée au bras, debout dans un champ de carnage où les grenades avaient laissé les corps déchiquetés, étalés alentour. Il s'aperçut qu'elle avait probablement attrapé Lisandro Indelicato, qui ressemblait à son frère, mais avec des yeux intelligents.

— Vera, ça va ? Tu as été touchée ?

— Superficiellement. Ça n'a pas été leur cas. Et ça ne va pas être le cas de celui-ci, que tu dois sûrement reconnaître.

Elle fixa intensément le cerveau de l'enlèvement, le braquant toujours de son arme. Il était blessé à la jambe, lui, mais il arborait le sourire narquois de l'étudiant potache qui a fait une bonne blague :

— Lisandro ?

— *Si. Chi ché ?*

— Tu étais prêt à tuer le pape. Pourquoi ?

Lisandro lui sourit :

— Pourquoi pas ?

Il était peut-être intelligent, mais avait l'air aussi barré que son frère. Elle poursuivit :

— Tu as peut-être conçu cette opération d'enlèvement, mais tu as forcément une hiérarchie au-dessus. Tu avais reçu des ordres ?

— Oui, de retrouver l'argent et de le laisser en vie. On ne tue pas le pape, qu'ils disaient !

— Alors, pourquoi ne pas les écouter ?

— Je n'aime pas leur obéir. Ils m'ont recruté pour faire le sale boulot, mais quand ils m'ont imposé de le kidnapper sans toucher à un seul de ses cheveux, avec pour unique appui de leur part un soutien financier, j'ai décidé de monter ma propre équipe de mercenaires et de les doubler. Ils sont finis, la vieille génération ! Dans l'histoire des années de plomb, ceux que je préférais, c'était ceux du groupe Nada. Ils n'obéissaient à personne. Comme Salvatore Giuliano ! La Mafia s'est embourgeoisée : c'est ce qui pouvait lui arriver de pire. Tous ne pensent plus qu'à l'argent, et ont oublié la révolte et notre obligation de semer le chaos. Nous sommes en guerre contre la société. La violence, c'est la seule vraie voie ! *Nous voulons tout*, comme on disait dans les années 1970.

Il avait l'air si passionné, si investi dans sa croisade personnelle qu'elle voulut le faire redescendre :

— Tu sais que c'est Livia qui t'a donné ? C'est elle qui nous a amenés ici.

— Bien sûr, c'était son rôle, et je parie qu'elle l'a joué à la perfection. Attirer ici les soldats du pape, pour qu'on puisse les massacrer avec lui.

— Eh bien, c'est raté. Sur cette partie-là, tu as échoué.

— On dirait bien.

Il souriait toujours. Rien ne semblait le toucher, celui-là.

— Et pour l'argent, tu as réussi ?

— Peut-être. Mais il n'aurait pas été pour Cosa Nostra de toute façon. Ils ne le méritent pas. C'est moi seul qui ai réussi l'impossible : enlever le pape au Vatican, au cœur même de l'Église catholique, là où il se pensait en sécurité. Des mois, même une année à travailler sans relâche au Luna Park, à me mettre dans les bonnes grâces de la vieille puis du François. Le convaincre de me montrer le passage secret partant de la chapelle qui rendait tout possible. Ces bourrins n'y seraient jamais arrivés. Non, l'argent n'était pas pour eux !

— Comment ça ? Tu voulais garder le milliard de la Mafia pour toi ?

— Nous voulions casser le système, taper au cœur des cryptos, déstabiliser tout en provoquant un désastre financier global.

— Tu es sérieux, là ?

Il l'était. Il souriait toujours aussi niaisement, mais il pensait vraiment ce qu'il disait. Vera le regarda, songea qu'avec ce frappadingue, cela aurait en réalité pu très mal finir. Brillant, à n'en pas douter, mais quel gâchis ! Elle se tourna vers Monteverdi :

— Menotte-moi Robin des Bosquetos, s'il te plaît, avant que je n'efface définitivement son sourire irritant de sa gueule de *vitellone* jouant à l'apprenti révolutionnaire ! Et si jamais il fait mine de résister, bute-le ! Je m'occuperai de la paperasse avec plaisir.

Monteverdi sourit à l'air vexé de Lisandro, qui prenait vraiment l'air d'un incompris. Puis il le retourna sans ménagement et le menotta.

— Toi, tu as eu tort de l'énerver !

Vera revint vers Ronan et Djatoua :

— Djatoua, ta copine que tu as tuée là-haut, tu lui prends son fusil et son poste de sniper.

— Et je couvre le périmètre pour éviter toute nouvelle surprise ? OK, mais la menace est écartée, je le sens.

— Moi aussi, mais un excès de prudence ne va pas nous faire de mal. Merci.

Djatoua partit au trot. Vera se tourna vers Ronan :

— Ronan, une fois que tu as le feu vert de Djatoua, tu réquisitionnes un véhicule, et après l'avoir bien inspecté, tu te tiens prêt à nous emmener.

— C'est parti !

— Parfait, merci, je vais aller préparer François à son retour au bercail.

Quelques minutes plus tard, Sa Sainteté le pape s'apprêtait à monter dans une Range Rover tandis que Djatoua redescendait de sa colline. Avant d'entrer dans le véhicule, il leur sourit et les bénit tous, les uns après les autres.

Une fois à bord, Vera poussa enfin un soupir de soulagement et appela Jack.

— Tout va bien. Vous pouvez envoyer la cavalerie à présent.

— Oui, je m'en occupe. Et… attends une seconde. Je passe monsignore Ursini à Sa Sainteté, si tu veux bien le mettre en ligne.

Vera tendit son portable au pape :

— Monsignore Ursini pour vous.

Il la remercia et écouta, puis dit :

— Non, Marcello, ils ne m'ont pas vraiment fait de mal. Je n'ai pas eu le temps d'avoir peur. Je rends grâce à Dieu et à la Sainte Vierge, qui m'a prise dans sa Miséricorde, que ce soit fini.

SALLE D'INTERROGATOIRE, VILLA SAPIENTA, ROME

1er avril

Dans la salle d'interrogatoire, qui avait bien failli ne jamais être utilisée, après la mort de Mentecatto et Mattia, Lisandro Indelicato, impassible, allait être soumis aux questions des agents Mozart. Derrière le miroir sans tain, Jack, Ursini, Jaeger, Lukas, et même Monteverdi attendaient avec impatience.

Vera entra dans la pièce, suivie de Djatoua et Ronan. Elle attaqua bille en tête.

— On t'écoute, Lisandro. Pourquoi kidnapper le pape ?

— Ce n'est pas la bonne question.

— Quelle est la bonne question ?

— Pourquoi ne pas l'avoir kidnappé plus tôt ? Ou même tué ?

Les agents Mozart se regardèrent. Lisandro rit et s'expliqua :

— J'ai passé des mois entiers à jouer au néo-hippie, à taper la discute avec le François dès que j'en avais l'occasion, jusqu'à ce qu'il me confie l'existence du passage secret sous la Maison Sainte-Marthe. À partir de là, c'était simple. J'avais les moyens d'agir et d'accomplir ma mission en bon petit soldat.

— De quelle mission est-ce qu'on parle ?

— Faire cracher le vieux au bassinet, lui faire dire où était le magot, tout cet argent que la banque du Vatican devait à la Mafia, mais ne lui a jamais rendu, au temps de Roberto Calvi et de Sindona.

— *Ricordati Sindona…* Cette lettre anonyme, c'était un premier avertissement ?

— Exactement. Histoire qu'il commence à réfléchir un peu à ses priorités, la bourse ou la vie.

— Et il vous a révélé où était le milliard perdu ?

— Tu n'as qu'à lui demander.

— Je préfère que tu me le racontes.

Lisandro lui sourit et déclara :

— En fait, non. Je vais me taire à présent. Comme ça, j'ai une chance de mourir d'une mort rapide.

— Tu te sens en danger ?

— Non. Je me sens mort. Mais je l'étais déjà, en fait. Cancer du pancréas, stade final.

— Vraiment ?

— Vraiment. Je ne l'ai pas fait pour l'argent. Tu ne l'emportes pas avec toi. Je l'ai fait pour trois raisons. Je l'ai fait pour l'exploit. Je l'ai fait pour épater Livia. Et je l'ai fait pour mourir vite et bien, choisir ma mort au lieu de subir la déchéance. Une mort rapide, mais pas douce.

— De mieux en mieux, un vrai poète, ce Lisandro, plus fort que Pasolini ! Si tu ne veux pas me parler de toi, parle-moi des autres. Tes commanditaires.

— Tu ne m'écoutes pas, ma parole ! ricana Lisandro. Je ne vais pas bêtement me priver d'une mort rapide.

— Mais qui te dit qu'elle sera rapide ?

— Moi, répondit Lisandro. Je contrôle le récit jusqu'au bout.

— Et Livia, tu y as pensé ?

— Bien sûr. Pareil pour elle aussi.

— Vraiment ? Comme ça, sans affect ?

— Énormément d'affect, au contraire. Nous avons monté cette opération ensemble. Et c'est ensemble que nous allons partir.

— Vraiment ? Mourir comme ton frère et ton ex-future belle-sœur ?

— Oui, mourir jeunes et laisser un beau corps derrière nous.

— Et sur ce qui devait se passer après l'expiration du délai ? demanda Vera.

Lisandro secoua la tête.

— Pourquoi tu secoues la tête ?

— Parce que je ne parle plus. Plus envie. C'est fini.

Vera tenta encore une ou deux questions, puis elle laissa la main alternativement à Ronan et Djatoua, qui n'eurent pas même un mot.

Vera passa dans la salle suivante, où Livia l'attendait avec le même sourire narquois que son amoureux.

— Bonjour Livia, Lisandro nous en a appris pas mal, mais il nous reste quelques trous à boucher, et…

Livia éclata de rire :

— Vous mentez ! Lisandro ne vous a rien dit du tout ! Et c'est ce qui vous rend dingue, je parie, à voir votre tête de musaraigne coincée ! Mais allez-y, posez vos questions !

— Le mot à la Pyramide, la preuve de vie à la Centrale Montemartini, le voyage guidé au Luna Park, tout cela, c'était pour nous attirer chez vous et nous tuer avec le Saint-Père. Je crois comprendre pourquoi Lisandro a fait ça, mais vous, pour quelle raison avez-vous accepté de nous envoyer tous à la mort ?

— Mais je n'ai rien accepté du tout ! C'est moi qui l'ai proposé à Lisandro. Moi ! Son enlèvement du pape était brillant, personne d'autre n'aurait pu faire ça, en plein Vatican, avec toute cette sécurité. Mais tout ça pour quoi ? Pour que nos pères mafieux s'en mettent plein les poches en récupérant cet argent déjà sale, ce milliard souillé ? Pour financer de nouvelles entreprises criminelles qui asservissent l'humain, l'aliènent et le détruisent ? Pourquoi ferions-nous un truc pareil ? On déteste nos pères, on les méprise. On n'allait pas anéantir un système féodal pour laisser triompher un autre système encore plus féodal, quand même !

— Mais alors, qu'est-ce que vous vouliez en tirer ?

— Justement, annoncer à la terre entière que le Vieux Monde s'écroule et qu'il faut hâter sa destruction. Frapper les spéculateurs là où ça leur fait le plus mal, au portefeuille. Lisandro, Mario, Mattia et moi n'avions rien à perdre.

— Tous les quatre ? Comment ça ?

— Lisandro ne vous l'a pas dit ? Nous étions tous condamnés : les deux frères par un cancer du pancréas, les deux sœurs par un cancer du cerveau, sûrement le prix à payer pour être nés dans une famille de pourris. C'est là que nous avons décidé de faire une action d'éclat pour partir en beauté. On savait que nos pères haïssaient le pape François et que la Mafia rêvait de récupérer le milliard d'euros volé par ces autres pourris de la banque du Vatican. On s'était fait une réputation de planificateurs de braquages ou d'assassinats, Lisandro et moi, tandis que Mario et Mattia étaient des exécutants hors du commun. Et rien ne nous faisait peur. Alors, le financement pour l'opération était acquis. Car il fallait quand même un investissement à la base : les mercenaires pour nous aider à enlever le pape, les frais de transport, la désinformation pour amener tout le monde à suivre de fausses pistes, les travaux pour faire de notre studio l'endroit parfait pour le garder en otage, et tout ce qu'il a fallu mettre en place pour vous y attirer.

— Et nous tuer. Le pape est un symbole, les gardes suisses aussi, je suppose. Mais nous, qu'est-ce que nous vous avons fait ?

— Je ne vous suis pas, là… Vous ne voyez pas ? Vous, l'agence Mozart, vous êtes les pires !

— Comment ça ?

— Une agence de renseignements *privée* !

— Là, c'est moi qui ne vous suis pas…

— La CIA, la NSA, le FSB, la DGSE, le MI5 sont tous des ordures, mais au moins, ils se retranchent derrière la raison d'État pour faire leur sale besogne. Ils prétendent agir pour le bien commun. Pas vous, vous faites ça pour le fric ! Vous êtes des cafards. Vous méritez mille fois de crever !

— Pas que pour le fric, non. Et quand bien même, tuer des êtres humains… vous manquez singulièrement d'empathie dans votre bande.

— L'empathie ? Vous n'en avez pas l'air, mais vous êtes vraiment vieille, en fait. Vous parlez encore de trucs qui ne servent à rien ! C'est saoulant. Je n'ai plus envie de discuter avec vous.

— Juste une question : le milliard d'euros, le pape savait-il où il était passé ? Vous avez pu le récupérer ou pas ?

Livia afficha un très large sourire triomphant :

— Tu aimerais bien le savoir, hein ? Tu n'es qu'une pute hybridée avec une salope, en fait.

Vera sourit d'un air mauvais. Derrière la vitre sans tain, monsignore Ursini, le capitaine Monteverdi et les deux gardes suisses virent Jack Baggelson, Ronan et Djatoua se reculer comme s'ils risquaient d'être éclaboussés. Tous les regards se tournèrent vers Livia, qui souriait encore avec arrogance, insolence et provocation.

Sans que l'expression de son visage change, la gifle de Vera partit d'une vrille de tout son corps, décolla Livia de sa chaise et l'envoya s'étaler sur le sol, sa main tenant sa joue chauffée au rouge.

— Je préfère être une pute et une salope qu'une petite conne mal élevée, Livia. Tous les quatre, petits bourgeois, vous n'avez rien compris au mouvement dont vous vous revendiquez et vous n'avez rien accompli du tout, car votre brillant enlèvement, le monde n'en saura rien. Même à supposer que vous ayez récupéré l'argent, vous n'avez certainement pas eu le temps pour le distribuer, et ce trésor de guerre mafieux va disparaître avec vous. En fait, vous êtes juste des minables arrogants, et vous allez crever comme des cafards vous-mêmes. Vous croyez que vous allez choisir votre mort, Lisandro et toi ? Monumentale erreur. C'est la Mafia qui va choisir pour vous, elle ne va certainement pas se laisser doubler sans riposter ! Et ce ne sera que justice. Bon voyage en enfer !

Vera sortit en claquant la porte. Elle dit à Djatoua et Ronan :

— Elle est à vous, si vous le souhaitez. Bonne chance !

Ne leur laissant pas le temps de répondre, elle attrapa le bras du capitaine Monteverdi et l'entraîna dehors. Ceux qui restèrent regardèrent Livia à travers le miroir sans tain.

— Faut-il en profiter pour résoudre quelques *loose ends* ? demanda Ronan à Djatoua.

— Je ne vois pas l'intérêt de continuer à l'interroger.

— On n'en tirera absolument rien, approuva Ronan.

Deux jours après, alors que la Mafia avait infiltré la prison, on retrouvait Lisandro et Livia entrelacés, morts, dans la cour, au sein de la prison la plus sécurisée d'Italie, L'Aquila. Jamais ils n'auraient dû se retrouver ensemble. Un poison fulgurant.

VILLA CYBO, CASTEL GANDOLFO

1er avril

Dans la salle haute de la villa Cybo, douze convives se tenaient confortablement assis sur d'élégants fauteuils bordeaux. Disposés autour d'une grande table ronde en bois brun, ils tournaient le dos à la vue sur le lac Albano et les jardins du Maure qui, avec la villa Barberini et le second Palais apostolique, composaient le complexe de Castel Gandolfo, autrefois résidence d'été du pape, partiellement transformé en musée ouvert au public par François, qui ne l'utilisait pas.

Ils attendaient que Luciano Monosilio, le chef italien du Follie, restaurant gastronomique de l'hôtel cinq étoiles Villa Agrippina, ici dans un rôle de traiteur, finisse de faire livrer entrées, plats, desserts et vins. Ses commis ne voyaient pas les convives et le chef n'avait pas été invité à les saluer. Seul le cardinal commanditaire l'avait remercié en lui faisant jurer le secret. La provenance et la traçabilité des produits étant essentielles, le chef insista sur le fait que le bœuf marengo venait de Civitavecchia, le poisson et les fruits de mer de Gaeta, le pecorino de Viterbo, et les herbes aromatiques de Castelli Romani.

Parmi les plats proposés figuraient sa spécialité, la carbonara revisitée avec une audacieuse modernité, et aussi l'agneau, avec des artichauts à la poêle gratinés à la mousse de pecorino, ou encore les pennes aux oursins de mer et bacon arrosés de vodka. Quant au vin, sa proposition était double : pour commencer, un Tre Terre, Amarone della Valpolicella Classico de 2013, suivi d'un

Masseto de 2021. Chacune de ces bouteilles avoisinait les huit cents euros pièce, mais aucun des douze convives n'avait l'habitude de regarder à la dépense, surtout un jour comme aujourd'hui.

Une fois les plats servis, le personnel de service fut remercié et les gardes du corps prirent position à toutes les issues.

Un ethnologue, même spécialiste des sociostyles de la Rome contemporaine, aurait été bien en peine de déceler un point commun entre les douze convives attablés. Le seul autre endroit où l'on pourrait s'attendre à une telle disparité ou diversité entre douze personnes était un tribunal, sur les bancs du jury. Et à en juger par l'atmosphère qui régnait autour de la table, la comparaison prenait tout son sens.

Ils se connaissaient tous, mais par discrétion, et pour tromper d'éventuelles écoutes, ils s'étaient attribué de faux noms. Un petit bristol plié devant chacun d'entre eux rappelait leur nom d'emprunt : Joseph Wladislaw, Robert Jefferson, Victor Franko, Archer Maggot, Vernon Pinkley, Samson Posey, Milo Vladek, Glenn Gilpin, Roscoe Lever, Pedro Jiminez, Seth Sawyer et Tassos Bravos. Certains avaient rajouté au stylo une mention ou un titre pour le compléter.

C'était le cas du « cardinal » Joseph Wladislaw. Celui-ci ouvrit le bal du tour de table formel qui les réunissait aujourd'hui, exercice auquel ils étaient rompus :

— Avant de commencer, je précise que cette salle a été « dépoussiérée », et si vous sentez un petit bourdonnement, c'est que les équipements anti-écoute ont été installés. Chers amis, certains d'entre vous ont été surpris de se retrouver conviés à cette réunion avec d'autres individus qui ont pu être vos ennemis en d'autres circonstances ou tout au moins des alliés incertains. Soyez assurés que ce qui nous lie et nous réunit aujourd'hui est bien plus fort que nos petits différends occasionnels ou nos méthodes divergentes. Je vous parle de la détermination pure vis-à-vis d'un usurpateur qui, par ses viles manœuvres, s'est fait élire pape, un titre dont il souille la valeur sacrée et qu'il ne mérite pas. C'est pourquoi la nouvelle de son enlèvement et, je dois l'avouer – je me repentirai en confession –, l'espoir secret de sa disparition permanente nous ont tous initialement enchantés. Il est regrettable que ce qui a commencé comme un kidnapping audacieux et très professionnel ait, en fin de compte, échoué. Nous sommes réunis aujourd'hui pour réfléchir ensemble aux suites à donner à cette opération. Elle ne pourra être réitérée à l'identique et c'est bien dommage, tant cet intolérable imposteur mérite d'être châtié pour ses actes sacrilèges. Car Bergoglio a profité de son arrivée au pouvoir pour systématiquement saper puis détruire l'œuvre de ses illustres prédécesseurs, authentiques gardiens de la foi et protecteurs de l'Église et de ses vraies valeurs, j'ai nommé Jean-Paul II et Benoît XVI. Nous l'avons vu, cet envoyé du Malin, abattre un par un les piliers fondamentaux du catholicisme…

Le « camarade » Milo Vladek enchaîna :

— … dont l'Église orthodoxe russe, à laquelle, franchement, François n'a rien compris. Tu as entièrement raison, Joseph ! Son modèle d'Église universaliste, faible, tolérante à l'excès, pacifiste et réformatrice est aux antipodes de la nôtre. Notre Église orthodoxe russe est en accord avec les projets de l'État russe, et les valeurs du président Poutine : une sainte Russie indivisible qui réunit le territoire, la langue, le nationalisme et la religion. Elle est forte, exclusive, et ne transige jamais, surtout pas avec les dégénérés dont ce faux pape s'est fait le défenseur.

Puis ce fut au tour du « sénateur » Archer Maggot de prêcher pour sa paroisse :

— Il faut dire que ce faux pape a été mis sur le trône de Saint-Pierre par ce faux Dieu de George Soros. François n'est jamais qu'un valet de la gauche radicale. Et sans vouloir vous offenser, il est hors de question pour moi de conserver plus longtemps ce pape communiste à la tête de l'Église catholique. Mes concitoyens, qui ont définitivement tourné le dos au gauchisme Obama, rêvent d'un retour aux vraies valeurs qui ont fait les beaux jours de la chrétienté.

L'« archevêque » Robert Jefferson prit le relais :

— Les sujets centraux de l'Église ne devraient pas être le changement climatique, la politique migratoire, les lieux de pouvoir pour les laïcs, mais l'Évangile de Jésus ! Aujourd'hui, il y a une conspiration pour imposer un agenda prétendant construire un nouvel ordre mondial en 2030 prônant non pas la parole de Dieu, mais une économie mondiale durable, l'éradication de la pauvreté, l'extension de l'accès aux droits humains et, bien sûr, la nouvelle lutte sacro-sainte contre le soi-disant changement climatique. Ce pseudo-nouvel ordre mondial est hérité de Vatican II, qui avait déjà divisé l'Église, et il veut faire triompher le relativisme et un monde totalitaire qui laisse Dieu de côté et se construit selon la dictature du nihilisme. Il est temps que cela s'arrête.

Le « général » Vernon Pinkley s'exprima à son tour :

— Exactement, cher… Robert. Si cela ne tenait qu'à moi, l'horloge du progrès tournerait à l'envers et arrêterait son curseur à l'ère victorienne, un temps de grande unité familiale et de belles valeurs traditionnelles. Nous assistons à une perte des convenances les plus essentielles. Nous faisons face aujourd'hui à une civilisation de plus en plus antichrétienne et à un post-humanisme qui nie la dignité humaine, la personnalité, les valeurs du corps masculin et du corps féminin. Il suffit !

Le « directeur » Samson Posey renchérit :

— Certes. Il a transformé notre Église en ONG encourageant les flux migratoires incontrôlés et le métissage anarchique. Il a laissé le *wokisme* à tous crins pervertir insidieusement notre moralité et infléchir notre conduite, et la peste homosexuelle proliférer et contaminer le monde par le virus de la culture transgenre, plutôt que de s'opposer à la légalisation éhontée de l'avortement. On arrête de jouer !

Le « député » Glenn Gilpin approuva :

— Oui, nous baignons dans la folie de l'idéologie du genre. Ni le pape ni aucun évêque ne peut bénir des unions ou des comportements qui vont à l'encontre de la volonté de notre Créateur et Rédempteur. Il existe un agenda gay qui s'est infiltré dans l'Église catholique pour la détruire. Tant qu'il le défendra, il restera un danger.

Le « recteur » Roscoe Lever s'indigna à son tour :

— François le démagogue se fait mousser sur la place publique en étalant le linge sale que nous savions très bien laver en famille, à savoir les abus sexuels commis par des membres du clergé. Mais ce qui s'est effectivement passé dans un certain nombre d'écoles n'est rien comparé aux millions de vies détruites par l'avortement. Il se trompe de combat et harcèle nos prêtres au lieu de les défendre ! Impardonnable !

Le « colonel » Pedro Jiminez en remit une couche :

— Ce pape communiste nous entraîne à la décadence, faisant l'apologie des dégénérés de tout poil. Comme au temps de notre regretté Caudillo, les bons patriotes et les bons chrétiens doivent s'unir contre l'internationale des communistes, des athées, des ennemis de la patrie et du christianisme. Il faut revenir au temps béni du franquisme.

Le « bâtonnier » Seth Sawyer fit lui aussi part de ses griefs :

— Il a failli en tous points à sa mission divine de rassembler les croyants en les guidant sur le chemin de la lumière. Et ce faisant, il a oublié à quel point la contribution de chacun d'entre vous est essentielle pour soutenir l'édifice vacillant de la foi chrétienne. Une Église sans sponsors ne peut survivre dans ce monde moderne sans valeurs. Vous qui avez tant fait pour notre foi, il vous a tourné le dos, il vous a critiqués, accusés, mis au ban, ostracisés. Il a fait de vous des hors-la-loi, oubliant tout ce que nous vous devions depuis des siècles. Il vous a trahis, comme il l'a fait avec nous, les vrais soldats du Christ.

« Don » Victor Franko soupira :

— … et il a détourné, dérobé et dissimulé la trésorerie qui nous permettait de fonctionner librement. Un milliard d'euros partis en fumée noire pour servir ses intérêts égoïstes et ceux de ses alliés. Dans une tentative pour les récupérer et pour mettre fin à son règne radicalement malsain, nous l'avions kidnappé pour l'obliger à rendre l'argent, avant de l'envoyer en enfer rejoindre son maître. Hélas, l'opération confiée à des esprits moralement corrompus a échoué. Nous sommes prêts à monter une nouvelle opération d'envergure ! À nos frais, bien entendu !

Le « timonier » Tassos Bravos modula :

— Du fait de cette maudite agence Mozart avec laquelle plusieurs d'entre nous ont déjà eu maille à partir, notamment nous, récemment, à Taïwan, l'opération n'a pas eu le résultat escompté, mais n'a pas été un échec total, car elle a démontré que le pape n'était pas du tout inaccessible. Par conséquent, cela sera plus facile la prochaine fois !

Le tour de table étant terminé, le « cardinal » conclut :

— C'est, certes, un coup dur, mais je viens aujourd'hui vous dire que si nous avons perdu une bataille, nous n'avons pas perdu la guerre, qui commence à peine. Il y a un fort consensus autour de la table : Jorge Mario Bergoglio, le faux pape François, est une idole des médiocres qui doit plus que jamais être abattue, et au plus vite. Comment ? Surtout maintenant que sa sécurité est plus que jamais sur ses gardes et qu'une agence extérieure nous empoisonne la vie. J'écoute humblement vos remarques et suggestions.

Après une légère interruption au cours de laquelle les douze dégustèrent des nectars vinicoles, les propositions fusèrent pendant plus de trente minutes sans discontinuer. On décida de confier l'exécution des opérations suivantes à une équipe spéciale, et la coordination à l'aile américaine de cet étrange conclave.

Le cardinal conclut en portant un toast avec une des rares bouteilles de la vigne des papes, plantée sur les instructions de Benoît XVI, un Castelli Romani essentiellement composé de cabernet sauvignon.

— La vigne qui a donné ce vin a été détruite sous François en 2019, mais replantée ailleurs en 2021. Célébrons donc cette autre résurrection. En attendant de fêter l'arrivée d'une autre ère.

LA SAPINIÈRE, CITÉ DU VATICAN, ROME

1er avril

Monsignore Ursini fit circuler les photos prises par un drone « mouche » très efficace qu'il avait fait entrer dans la salle de la villa Cybo avant la réunion. Les agents Mozart reconnurent au moins un cardinal, deux militaires et plusieurs hommes politiques, un Russe, un Chinois, un Espagnol, tous de premier plan. Seul un homme leur restait inconnu. Le capitaine Monteverdi éclaira leur lanterne :

— Il s'agit d'un membre éminent d'un syndicat du crime. Don Francesco Trevisan, de la 'Ndrangheta, la Mafia calabraise, est l'oncle maternel des frères Mario « Mentecatto » et Lisandro Indelicato. Nous le soupçonnons d'avoir donné le feu vert pour l'enlèvement. Le milliard d'euros de la Mafia qui a disparu dans les limbes entre la banque du Vatican et la banque Ambrosiano provient en partie de son organisation. À en juger par sa tête sur ces photos, il ne les a toujours pas récupérés.

Jack Baggelson examina attentivement l'expression du mafieux. Il avait effectivement l'air assez remonté, comme tous les participants à ce dîner somptueux. Jack demanda :

— Si c'est la rage contre le pape François qui les a réunis et qui continue à les guider, ça pourrait indiquer qu'ils vont essayer à nouveau de l'enlever, voire de le tuer, non ?

Monteverdi opina :

— En effet, ce n'est pas exclu. Nous n'avions que l'image, pas le son, alors qui sait ? Il nous a fallu beaucoup travailler pour déployer ce drone mouche.

Vera examinait les bristols placés devant les différents convives. Ils ne lui disaient rien. Elle avait pourtant l'intuition qu'ils n'avaient pas été choisis au hasard. Elle se tourna vers le geek de l'agence Mozart :

— Dis-moi, Momo, regarde bien attentivement ces noms sur les bristols placés devant chacun d'entre eux. Est-ce qu'ils te parlent ?

Momo prit la pile des photos et la parcourut rapidement, ne prêtant attention qu'aux bristols. Puis, satisfait, il expliqua :

— Ce sont tous des patronymes de personnages d'un film culte de Robert Aldrich…

— Ah oui, tu es sûr ? Lequel ? demanda Vera.

— *Les Douze Salopards.* Et, oui, j'en suis certain.

Ronan secoua la tête, incrédule :

— Eh bien, ces gentlemen ne manquent ni d'autodérision ni d'une certaine ironie.

— Oui, si ce n'est qu'ils n'ont rien de gentlemen, grimaça Monteverdi.

— Doit-on mettre une surveillance en place, maintenant que l'on sait qui sont ces conspirateurs ? demanda Djatoua, enchantée à l'idée de prolonger son séjour romain.

Ursini et Monteverdi sourirent. Le capitaine répondit :

— On le sait quasiment depuis le début. Il ne nous manquait que le commanditaire mafieux, mais il se trouve que celui-ci est déjà sous surveillance, car soupçonné de nombreux autres crimes. Il faudra juste plus de gens pour le surveiller.

Monsignore Ursini ajouta :

— Tous ces mécréants ont quand même un sacré culot. Se réunir à Castel Gandolfo ! Enfin… chers agents Mozart, nous avons grandement apprécié de vous avoir parmi nous, mais votre mission touche à sa fin. Rome, le Vatican et la Sainte-Alliance vous remercient tous infiniment. Nous aimerions vous témoigner une plus ample reconnaissance, autre que le virement exorbitant que j'ai déjà effectué à l'attention de Jack Baggelson.

Monsignore Ursini lança un regard narquois en direction de l'intéressé, lequel ne battit pas un cil, restant profondément calme, comme si parler d'argent était vulgaire. Amusé, monsignore Ursini poursuivit :

— J'ai essayé de lui offrir un millénaire d'indulgences, mais ça n'a pas suffi à ce mécréant. J'ai cherché d'autres voies pour vous exprimer notre reconnaissance, mais il se trouve, d'une part, qu'aux yeux de nos concitoyens et du monde, officiellement, vous n'existez pas, et d'autre part, que contrairement au colonel Jaeger, au caporal von Däniken et au capitaine Monteverdi, vous n'êtes éligibles ni à une médaille militaire ni à une promotion de corps. Alors, comment vous remercier comme vous le méritez ?

La porte du bureau s'ouvrit, tenue par Lukas von Däniken, et le fauteuil roulant papal fit son entrée, poussée avec soin par le colonel Jaeger, qui écoutait attentivement son passager et seul maître à bord, le pape François.

Arrivé à leur hauteur, le Saint-Père se mit debout avec l'aide des gardes suisses qui lui tendirent sa nouvelle canne, puis il se dirigea droit vers Vera et Jack. Il leur sourit, un sourire lumineux qui ne pouvait laisser personne indifférent :

— Jack Baggelson, celui qui commande, et Vera Kaplan, celle qui ordonne sur le terrain, avec brio, je dois dire. Dommage que vous soyez un agent clandestin, ma chère. Sans cela, vous seriez un exemple pour mes amies féministes. Comment allez-vous ?

Vera lui rendit un sourire au wattage presque équivalent.

— Très bien, Votre Sainteté. Mais vous-même, ne devriez-vous pas vous reposer ?

Le Saint-Père secoua la tête :

— Me reposer ? Vous n'y pensez pas. Après ce qui est arrivé, je me dois de préparer ma succession. S'il y a une leçon à tirer de cette expérience, c'est bien que nul n'est réellement irremplaçable. Mais ne vous inquiétez pas pour moi, le vieil ours a la vie dure.

— Je vous la souhaite longue et exempte de douleur, mon père.

— Je vous retourne ce vœu, chère Vera. Nous en connaissons un rayon sur le sujet de la douleur tous les deux, je l'ai bien senti. Comme pour moi, c'est ce qui alimente votre force. Continuez à transformer le négatif en positif. Notre Seigneur vous y aidera.

— Je m'y efforcerai, Votre Sainteté, merci.

François regarda Jack d'un air éclairé :

— La place du chef est souvent solitaire, *signore* Baggelson, mais avec l'équipe que vous vous êtes constituée, vous ne serez jamais seul et isolé pour autant.

— En effet, Saint-Père, ils sont ma famille de cœur.

— C'est précieux, mais vous le savez, n'est-ce pas ?

— Je le sais, Votre Sainteté, en effet.

François s'inclina légèrement devant le chef de l'agence Mozart :

— Merci du fond du cœur d'être venu nous aider, Jack.

C'était la première fois que Vera voyait Jack aussi ému.

— C'est moi qui vous remercie. Ce fut un honneur de venir en aide au pape, et un plaisir encore plus fort d'avoir pu retrouver l'homme bon que vous êtes.

François sourit :

— Bon, tant s'en faut. Mais on m'a toujours dit qu'il fallait au moins tendre vers…

Jack s'inclina à son tour :

— C'est aussi ce qu'on m'a enseigné, Votre Sainteté.

— Vous avez bien appris, Jack. Et on m'a rapporté qu'une certaine Eirene complétait cet apprentissage. Vous la remercierez aussi de ma part.

— Je n'y manquerai pas. Merci pour elle.

Le pape passa à Momo :

— Momo, l'un des deux génies de l'agence. Avec Mohand, je crois ?

— Oui, Votre Sainteté. Il aurait adoré être là.

— Vous le remercierez pour moi. Merci à tous deux d'avoir mis votre génie au service de l'identification de mes ravisseurs. Sans vous, j'y serais peut-être encore.

Momo se plia en deux à la mode asiatique. Il n'arrivait plus à articuler une parole. Le pape François lui tapota le dos pour qu'il se relève. Puis il se dirigea vers Djatoua et lui fit un clin d'œil :

— Djatoua Wamytan, celle qui affole mes gardes suisses…

Surpris et statufiés, Lukas et Jaeger virèrent au pourpre cramoisi.

— … avant de leur prouver qu'elle n'est pas juste une belle enveloppe, mais une âme généreuse capable d'un courage extrême, deux valeurs qu'ils respectent plus que tout. Merci, ma chère, d'avoir illuminé le palais épiscopal de votre esprit solaire.

C'était aussi la première fois que Vera voyait Djatoua en panne de réplique. Elle lutta pour se reprendre, mais ne réussit qu'à murmurer :

— Un honneur, Votre Sainteté.

Puis le pape arriva devant Ronan Beretti. Tous les membres de l'agence Mozart savaient ce que ce moment représentait pour le commando irlando-sicilien. D'ailleurs, il s'était automatiquement mis au garde-à-vous, ce qui amusa beaucoup le pape.

— Pas étonnant que mes gardes suisses et mes carabiniers vous apprécient tant, Ronan Beretti. Vous êtes de la même trempe et, je crois savoir, doublement chrétien. Alors, repos, mon garçon, et baissez-vous un peu que je vous bénisse : on dirait la statue d'un titan de légende !

Ronan obéit, se mettant à genoux, en proie à une immense émotion, et des mains âgées et fripées, mais étonnamment douces, tracèrent le signe de la croix sur son front. Quand Ronan, qui avait automatiquement fermé les yeux, les rouvrit, il vit que les yeux pétillants du pape étaient vrillés dans les siens. Le pape prit le visage du colosse dans ses mains comme s'il avait été un petit enfant :

— Les meilleurs soldats du Christ ne sont pas ceux qui sont mus par la seule foi en leur Dieu, la haine de l'ennemi et la défense de leur religion et de leur patrie, mais ceux qui se battent pour sauver l'humanité au nom de l'amour, de la fraternité et du bien. Merci de t'être battu pour moi, Ronan Beretti, *figlio mio*.

François lui caressa affectueusement les cheveux, puis lui intima de se redresser :

— Allez, déplie-moi cette grande carcasse et repars défendre la veuve et l'orphelin !

Puis il se tourna vers ses gardes suisses :

— Amenez-moi mon carrosse, voulez-vous. Je fatigue un peu.

Tandis que Jaeger et Lukas l'aidaient à s'installer dans le fauteuil roulant, le Saint-Père sourit à tous les membres de l'agence Mozart :

— Merci encore à tous. Je vous souhaite un paisible voyage de retour.

— Merci.

Puis il regarda le chef de ses services secrets et lui demanda :

— Vous me raccompagnez, Monsignore Ursini ? Je dois m'entretenir avec vous. Ça laissera le temps à ces jeunes gens de se dire au revoir. J'ai cru comprendre que des amitiés s'étaient formées.

PALAIS ÉPISCOPAL, CITÉ DU VATICAN, ROME

1er avril

Monsignore Ursini, suivant les indications du pape, le véhicula jusqu'à un petit salon qui servait souvent aux rencontres diplomatiques discrètes.

— J'en ai assez de ce fauteuil mal rembourré. Vous voulez bien m'aider à m'enfoncer dans ce confortable sofa, Marcello ?

— Bien entendu, Votre Sainteté.

Le pape soupira d'aise.

— On a ses petits plaisirs, tout de même…

— Heureusement.

— Certes. Vous savez ce que je vais vous annoncer, j'imagine ?

— Vous l'avez évoqué devant les agents Mozart. Vous avez choisi votre successeur, vous allez l'adouber et l'aider à être élu au conclave.

— Exactement. Avez-vous une idée de la personne que j'ai sélectionnée ?

Monsignore Ursini prit un moment pour répondre, puis se lança :

— J'espère que vous ne me jugerez pas incapable si je me trompe, mais, depuis peu, je dois l'avouer, j'ai forgé ma conviction. C'était au terme d'une discussion avec Jack Baggelson, qui a été mon mentor, vous savez ?

— Un homme qui mène par l'exemple à n'en pas douter. Dites-le-moi, Marcello, je suis curieux de voir si vous avez deviné. Ça me paraît presque impossible, mais j'ai appris qu'avec vous, on ne sait jamais. Alors ?

Monsignore Ursini prit une longue respiration :

— Pas un des papabiles, bien sûr. Mon intuition me fait pencher vers l'Américain Robert Francis Prevost.

Le pape François écarquilla les yeux, puis l'applaudit :

— Diable d'homme ! C'est vrai que vous savez tout. Mais comment avez-vous pu deviner ?

— Vous ne faites rien comme tout le monde, Votre Sainteté, vous aimez surprendre et ne pas suivre la norme. Depuis le temps que le clergé répète qu'il n'y aura jamais de pape américain, il me semblait que vous n'alliez pas résister au plaisir de tous les prendre à contrepied. De plus, Robert a été missionnaire au Pérou, puis a été nommé évêque du diocèse péruvien de Chiclayo. Il aime si profondément ce pays qu'il prend la nationalité péruvienne. Outre votre expérience commune en Amérique latine, vous savez qu'il ne sera jamais le pape de la seule Amérique du Nord, mais le pape de toute l'Amérique, celui des riches comme des pauvres. Et ça, c'est essentiel pour vous.

Monsignore Ursini marqua une pause, mais le pape François lui fit signe de continuer.

— C'est en 2018 que vous le rencontrez au Pérou. Vous appréciez tout particulièrement la devise qu'il s'est choisie, *In illo uno unum*, expression tirée du commentaire sur le psaume 127 d'Augustin d'Hippone où il est écrit *sed et nos multi in illo uno unum*, soit « bien que nous soyons nombreux, nous sommes un dans le Christ », une croyance que vous partagez.

— C'est certain.

— Ensuite, il y a eu une succession de faits : en 2020, vous le nommez membre du dicastère pour les évêques.

Puis, le 1er mars 2021, vous le recevez en audience privée à Rome, ce qui suscita ma curiosité, et celle de tout le monde, très franchement. Et le 30 janvier 2023 dernier, vous le nommez préfet du dicastère pour les évêques et aussi président de la commission pontificale pour l'Amérique latine, avec le titre d'archevêque-évêque émérite de Chiclayo. Il remplace dans ces fonctions le cardinal Marc Ouellet, visé par des plaintes d'agressions sexuelles et qui se trouve fort opportunément atteint par la limite d'âge. Cela m'indique que, sur ce plan aussi, vous lui faites confiance. À partir de là, j'imagine que vous n'allez pas tarder à le nommer cardinal. Comme sans doute le jeune Bustillo, qui va devenir un atout majeur pour notre Église.

Le pape François regarda Marcello Ursini dans les yeux :

— Vous supposez bien. Je prévois d'annoncer ces nominations lors du consistoire du 30 septembre prochain. Alors ? Que pensez-vous du choix de mon successeur ?

Monsignore Ursini se figea :

— Très Saint-Père, ce n'est pas à moi d'approuver ou de contester vos choix.

Le Saint-Père se fit sérieux et doux en même temps, une attitude mixte de son mélange personnel qui équivalait à une offensive de charme :

— Je vous le demande tout de même, Marcello, parce que j'ai besoin de savoir et que j'ai confiance en votre jugement.

Monsignore Ursini ne réfléchit pas longtemps :

— Dans ce cas, je pense que c'est un choix extrêmement pertinent, d'autant plus que…

— Que ?

Marcello Ursini se donna un coup de pied mental pour avoir laissé échapper ça. Il lui fallait aller au bout à présent. Il soupira :

— … d'autant qu'en plus de partager toutes vos convictions, il… euh…

— Alors ?

— Il est bien plus diplomate que vous ! lâcha enfin monsignore Ursini.

Le pape se figea, et le chef de la Sainte-Alliance se dit qu'il était allé trop loin. Et puis, le pape François éclata de rire. Ursini poussa un soupir de soulagement. Le rire de François enfla jusqu'à devenir un fou rire qui se communiqua au chef de ses services secrets. Et bientôt, le petit salon résonna de leur hilarité partagée.

Quand le colonel Jaeger et Lukas vinrent à leur recherche, ils les trouvèrent ainsi.

VILLA SAPIENTA, ROME / REYKJAVIK, ISLANDE
2 avril

Vera alluma le Mac crypté qui lui avait été livré par l'agence pour cette mission et attendit que soient regroupés autour d'elle Djatoua, Ronan et Jack, qui avait l'air particulièrement soucieux ce matin-là. Seul Momo était absent : Jack l'avait envoyé à l'autre bout de la ville avec une liste spéciale d'éléments liés à la Semaine sainte, une course qui allait prendre du temps.

Vera projetait d'appeler Eirene en visio, mais avant qu'elle n'ait pu appuyer sur la touche Entrée, l'ordinateur s'ouvrit directement sur un bref communiqué qui défilait en bas de l'écran : « Le Saint-Père, qui se trouvait à l'hôpital Gemelli pour des contrôles médicaux, sortira momentanément aujourd'hui pour célébrer la messe des Rameaux, mais il ne quittera définitivement la clinique que demain 3 avril, juste à temps pour la rencontre avec la délégation de l'INPS, qui l'attend avec impatience. Sa santé est au beau fixe, a-t-il dit avec énergie à nos envoyés spéciaux, qui l'ont effectivement trouvé en pleine forme. Voilà qui met un arrêt aux rumeurs d'agonie entourant le pape François. Il ne semble pas près de passer la main. »

Le *news flash* prit fin, laissant le visage d'Eirene apparaître au centre de l'écran. Elle sourit à l'équipe du premier cercle de l'agence Mozart, mais Vera vit que le cœur n'y était pas. Quant à Mohand, qu'on voyait en arrière-plan, le jeune hindou paraissait plongé dans une dépression carabinée. Cela ne fit que confirmer la prémonition de Jack, qui demanda :

— Que se passe-t-il, Eirene ? Je précise que nous avons envoyé Momo faire une course.

— D'accord, soupira Eirene. Je vais d'abord laisser Mohand t'expliquer puis je compléterai si besoin est, avant de te livrer mon analyse.

— Bonjour Mohand. Allez, déleste-toi de ce que tu as sur le cœur, l'encouragea Jack.

Le visage de Mohand, les traits tirés et les yeux rouges – avait-il pleuré ? –, remplit l'écran :

— Il nous trahit, Jack…

Le cœur de Jack tomba au fond de ses chaussures. Il savait que Mohand parlait de Momo, qui aurait dû être là.

— Comment ça ?

— Je sais que j'avais dit que je ne le ferais pas, mais je suis entré dans sa chambre pour fouiller sommairement, expliqua Mohand. Et, au milieu de ses carnets d'écriture et de dessin, j'ai trouvé des codes de connexion à des sites du *dark web* via un service *keysafe* sur Internet. Ça ne prouve pas grand-chose, bien sûr, mais tout de même. Je suis allé m'inscrire sur les mêmes sites, forums et messagerie, et j'ai découvert, sur le *dark web*, des sites de dangereux porte-parole annonciateurs d'apocalypse. Mais ce n'étaient que des couvertures, destinées à camoufler une boîte aux lettres des services secrets chinois. J'ai remonté les activités tout au début de notre aventure à Taipei. Il y a fort à parier qu'il était déjà en main à ce moment-là.

— Ce n'est pas possible ! grimaça Vera. Mais as-tu pu dénicher des preuves ?

Mohand baissa la tête :

— Malheureusement, oui. Au-delà du doute raisonnable…

Djatoua secoua la tête :

— Mais comment ont-ils pu l'obliger à collaborer, à espionner pour eux ? Tu as dit que sa mère se portait bien. Alors, ils ne la détiennent pas.

— Sincèrement, je n'en ai aucune idée, et à moins que tu me le demandes de le faire, Jack, je préfère m'abstenir d'enquêter davantage pour le moment.

Baggelson réfléchit.

— Non, je ne vais pas te demander de chercher ça tout de suite. En revanche, peux-tu faire en sorte d'espionner toutes ses futures conversations, échanges de mails et de messages à partir de maintenant ?

— C'est déjà en place ! Mais c'est atroce : j'ai vraiment l'impression d'espionner mon petit frère ! soupira Mohand.

— On te comprend, Mohand, intervint Vera. Mais une taupe comme Momo peut, parfois même malgré lui, en fournissant des informations à l'ennemi, nous mettre physiquement en danger.

Mohand prit la tête entre ses deux mains :

— J'en suis conscient, et je ferai ce qu'il faut, mais j'en suis malade.

Et Mohand partit sans demander son reste, les laissant seuls avec Eirene :

— Il est très affecté, Jack. Momo n'est pas juste son camarade de jeu. C'est, comme il le dit, son frère. Le choc est vraiment très rude.

— Je n'en doute pas. Donne-moi ton avis.

— Je n'en ai pas la certitude, alors ce que je vais dire est sujet à caution.

— On t'écoute, Eirene.

— Très bien. Je ne crois pas que Momo ait été récemment retourné. Je pense que son allégeance remonte à bien plus loin dans le temps. Je me demande même si son personnage de geek maladroit n'est pas une création destinée à le rapprocher de Mohand. Ou s'il n'agit pas sous un faux pavillon, soit pour une puissance qui le manipule, soit sous contrainte.

Ronan, dont le front se creusait au fur et à mesure des commentaires d'Eirene, se risqua à poser la question qui le taraudait depuis le début :

— Excuse-moi, Eirene, est-ce que tu sais si Momo risque de ne pas être aussi fonctionnel qu'il en a l'air ? Autrement dit, nous a-t-il menti sur ses capacités ou est-ce que c'est aussi à considérer comme de la poudre aux yeux ?

Eirene réfléchit :

— Je pense que les qualités affichées sont bien les siennes. Elles contribuent ainsi à sa légende. En revanche, il en possède peut-être d'autres qu'il ne nous a pas encore révélées et qui pourraient être négatives, voire fatales, donc méfiance. Voilà, je suis navrée d'avoir dû tempérer votre belle victoire par ces révélations qui ne sont pas ce qu'on souhaiterait entendre.

— Ce n'est pas ta faute, Eirene, soupira Jack. Il va falloir surveiller ce garçon, désormais. Et, tout en le traitant comme l'un des nôtres pour qu'il ne se rende compte de rien, rester sur nos gardes en permanence et nous méfier sans cesse. C'est sûr que cela teinte notre succès romain d'une ombre sombre, mais cela ne le diminue en rien. Tu y as contribué, et le pape m'a chargé de vous transmettre, à Mohand et à toi, ses remerciements sincères et sa reconnaissance émue.

— Merci, je ne suis pas fan de tous les papes, mais celui-ci, je l'aime bien. Bonne fin de séjour et revenez tous ensemble en un seul morceau.

— Au revoir Eirene.

HÔTEL ATLANTE, ROME
3 avril

Dans le salon privé de leur étage, l'équipe Mozart et leurs amis italiens se préparaient aux salutations d'usage. Un peu à part, le colonel Jaeger retrouva Lukas et Djatoua, tandis que de leur côté, Nella, qui venait de débarquer de Sicile, et Ronan s'embrassaient à perdre haleine, et que Vera et Corrado Monteverdi s'éloignaient.

Djatoua prit ses deux amants par le bras :

— Alors, c'est entendu, ne soyez pas sages tous les deux, et qui sait, je reviendrai peut-être vous voir.

Lukas sourit tristement :

— Tu vas nous manquer !

— Mais non ! Vous allez veiller l'un sur l'autre, pas vrai ?

Jaeger hocha la tête :

— Comme toujours. Ne nous oublie pas, Djatoua !

Djatoua rit à gorge déployée :

— Ça ne risque pas !

Un peu plus loin, Ronan embrassait Nella et lui disait :

— *A dopo cara mia.*

— *A dopo ragazzo bello.*

Il regardait la belle Sicilienne repartir quand il entendit la voix de monsignore Ursini :

— Vous allez bien mieux que la première fois que je vous ai vu, Ronan, et ça me fait plaisir.

Ronan sourit à l'ecclésiastique, toujours élégant dans son habit, ne paraissant nullement souffrir de la chaleur.

— Je vous remercie, Monsignore. Je ne perds plus l'essentiel de vue maintenant.

— Le Ciel vous entende.

Les deux hommes se serrèrent la main avec un respect mutuel et même une teinte d'affection. Ronan comprenait à présent pourquoi Jack tenait Ursini en si haute estime. Au moment de quitter le chef des services secrets du Vatican, Ronan se rappela la mission qui lui avait été confiée ce matin-là. Il sortit un papier de sa poche et le tendit à Ursini. Ce dernier le prit et le lut : « Le Seigneur est un oignon. Signé : le pape François. »

— C'est Mohand qui vous l'envoie, précisa Ronan. Un hacker a piraté le site officiel Vatican News et fait dire cette absurdité au Saint-Père. Mohand vous met en garde contre des dangers plus modernes qui approchent, et l'essentiel de votre mission sera peut-être de lutter contre la victoire de l'IA. Et la déshumanisation.

Ursini hocha la tête :

— J'avais vu ça, mais je n'en avais pas encore mesuré toute la portée. Vous remercierez Mohand.

— Oui, Monsignore.

Pour leur part, les adieux entre Corrado Monteverdi et Vera Kaplan furent moins expansifs et plus tendres.

— Tu es sûr que tu ne veux pas rester ?

— Allons, Corrado, tu sais bien que nous n'allons pas nous marier et avoir une flopée d'enfants !

— Et pourquoi pas ? Un mariage à l'italienne, ce n'est pas si mal !

— Sophia Loren et Marcello Mastroianni, ils sont beaux, mais leur histoire l'est moins. Non, moi, c'est plutôt *Vacances romaines* avec Gregory Peck et Audrey Hepburn.

Alors, garde mon numéro, et je reviendrai passer quelques jours de *dolce vita* avec toi. D'accord, mon bel Italien ?

Elle lui sourit et posa doucement ses lèvres sur les siennes.

— C'est vrai que tu es beau quand tu as de l'amour et du vin…

Il lui sourit en retour et allait l'embrasser quand Jack, qui venait de recevoir un coup de fil d'Eirene, mit un terme aux effusions.

— Agents Mozart, une nouvelle mission vous réclame. Vous avez cinq minutes pour vous préparer, car on a urgemment besoin de vous à New York pour une opération majeure.

Jack marqua une courte pause, face aux agents en légère sidération. Pas de doute, ces vacances romaines avaient pris des airs de délices de Capoue. Il fallait qu'elles se terminent. Alors, il adopta sa voix la plus « pavarotienne » pour déclamer :

— *Allora andiamo subito !*

Lector: Georgeta Naidin-Dimisianu

Pe copertă: Michelangelo Buonarroti (1475-1564), *Judecata de Apoi* (1537-1541), detaliu

www.polirom.ro

Editura POLIROM
Iași, B-dul Carol I nr. 4; P.O. BOX 266, 700506
București, Splaiul Unirii nr. 6, bl. B3A, sc. 1, et. 1, sector 4, 040031, O.P. 53

Descrierea CIP a Bibliotecii Naționale a României :

PALER, OCTAVIAN

Eul detestabil / Octavian Paler. – Ed. a 3-a. – Iași: Polirom, 2016

ISBN print: 978-973-46-6325-5
ISBN ePub: 978-973-46-6298-2
ISBN PDF: 978-973-46-6299-9

821.135.1-4

Printed in ROMANIA

Octavian PALER

Eul detestabil

O istorie subiectivă a autoportretului

POLIROM
2016

OCTAVIAN PALER s-a născut la 2 iulie 1926, în comuna Lisa, județul Brașov.
Va urma, ca bursier, Liceul „Spiru Haret” din București (1937-1944), făcând însă ultima clasă la Liceul „Radu Negru” din Făgăraș și susținând bacalaureatul la Sibiu, în 1945.
Este, concomitent, student la Facultatea de Litere și Filosofie, respectiv Facultatea de Drept din București (1945-1949). După absolvire, e recomandat de Tudor Vianu pentru a rămâne asistent la Catedra de Estetică, însă declină propunerea și se angajează la Radiodifuziune. Aici va fi corespondent special, apoi redactor-șef adjunct la redacția culturală. Este corespondent Agerpres la Roma, câteva luni, la sfârșitul anului 1964, iar în următorii ani director general al Televiziunii Române (1965-1968), director general adjunct la Radio (1968-1970), redactor-șef la *România liberă* (1970-1983).
Demis în 1983 din motive politice, se va pensiona medical în același an, reintrând în „arenă” odată cu Revoluția din 1989, când devine director onorific al ziarului *România liberă*. Ulterior s-a aflat în aceeași postură la *Cotidianul*.
Scriitorul a debutat publicistic în 1958, cu versuri în *Luceafărul*, iar editorial, abia în 1970, cu volumul de poezii *Umbra cuvintelor*. Urmează, pe linia jurnalelor de călătorie sau pe cea a literaturii parabolice, volumele care i-au dimensionat statura de important autor contemporan: *Drumuri prin memorie* (*Egipt-Grecia*, 1972, *Italia*, 1974; ediția a III-a, Polirom, 2009), *Mitologii subiective* (1975; ediția a III-a, Polirom, 2008, 2016), *Apărarea lui Galilei* (1978; Premiul Academiei Române; ediția a III-a, Polirom, 2009, 2013), *Scrisori imaginare* (1979; ediția a V-a, Polirom, 2010), *Caminante* (1980; Premiul Uniunii Scriitorilor; ediția a III-a, Polirom, 2010), *Viața pe un peron* (1981; ediția a V-a, Polirom, 2011, 2014), *Polemici cordiale* (1983; ediția a II-a, Polirom, 2008, 2013), *Un om norocos* (1984; ediția a II-a, Polirom, 2008, 2015), *Un muzeu în labirint* (1986), *Viața ca o coridă* (1987; ediția a II-a, Polirom, 2009), *Don Quijote în Est* (1993; ediția a II-a, Polirom, 2010), *Vremea întrebărilor* (1995; ediția a II-a, Polirom, 2011), *Aventuri solitare* (1996; ediția a II-a, Polirom, 2008), *Deșertul pentru totdeauna* (2001; ediția a II-a, Polirom, 2009, 2012), *Autoportret într-o oglindă spartă* (2004; ediția a III-a, Polirom, 2010, 2015), *Calomnii mitologice* (2007; ediția a III-a, Polirom, 2013).
În 2005 a primit Premiul Opera Omnia al Uniunii Scriitorilor. Octavian Paler a încetat din viață pe 7 mai 2007, la București.

În prima ei formă, apărută în 1986, această carte se chema *Un muzeu în labirint*. Revăzând-o, după nouăsprezece ani, i-am schimbat și titlul, permițându-mi să dau ironiei lui Pascal, „le moi est haïssable", un înțeles melancolic.

Oracolul de la Delfi le oferea pelerinilor ocazia să vadă două sfaturi pe frontonul templului închinat lui Apolo: „Cunoaște-te pe tine însuți” și „Nimic prea mult”.

Al doilea sfat era, oare, un avertisment în legătură cu primul?

Calomniatul Narcis

1

Când Columb a plecat în prima sa călătorie, zicea Braque, singura lui șansă era să se roage. Credința în misiunea lui era singurul său sprijin înainte de a descoperi America. În a doua călătorie spre America, n-a mai fost nevoie decât să repete un lucru deja făcut: busola a înlocuit rugăciunea.

Dar drumul spre noi înșine e mai pretențios. Uneori, pictorul s-a îmbrăcat elegant, și-a coafat părul cu grijă, și-a pus la gât, ca Van Dyck, un lanț de aur care produce un efect subtil și se privește încântat în oglindă. A uitat, se pare, de problemele sale. Îi ajunge satisfacția de a-și picta chipul. Un Narcis? Nu, Narcis trebuie scos din cauză.

2

Narcis este, cred, cel mai calomniat personaj din mitologie. Lumea s-a obișnuit să vadă în el un vicios care s-a aplecat deasupra unei fântâni și s-a îndrăgostit, vai, de el însuși. Drept care a sfârșit rău și nimeni nu l-a plâns. De pe mormântul lui Nero n-au lipsit multă vreme florile proaspete, în timp ce pe mormântul nefericitului Narcis a rămas solitară narcisa înflorită din sângele său. Asta e lumea în care trăim! Numărul celor încredințați că pământul, cu cerul înstelat cu tot, reprezintă un simplu decor al existenței lor nu e, probabil, deloc neglijabil, în schimb Narcis e hulit, ponegrit, luat în derâdere pentru că nimeni nu se mai obosește să citească legenda unde se vede ușor că adevărata lui vină era alta decât cea care îi e imputată.

Legenda spune limpede că Narcis, deși era iubit de multe fete și de nimfe, disprețuia dragostea. Era, probabil, un misogin. Și cum misoginismul nu putea fi tolerat de Nemesis, zeița care veghea la păstrarea ordinei în univers, ea l-a pedepsit pe Narcis să se uite într-o fântână și să se simtă atras de chipul său. Tot ce s-a întâmplat la fântâna de care se face atâta caz este consecința acestui fapt. Din clipa în care Nemesis a luat hotărârea de care pomenește legenda, Narcis a intrat, ca și Oedip, în destin. El execută o pedeapsă, o sentință divină, îndrăgostindu-se de chipul său! Ceea ce, evident, schimbă întreaga perspectivă din care trebuie privit. Dar nimeni nu mai vrea să vadă că mult hulitul Narcis e, de fapt, o victimă. Interesul pentru sine îi e reproșat pe toate tonurile, de parcă lumea ar fi populată exclusiv cu oameni care se rușinează să se uite în oglindă, care îi iubesc numai pe alții, îi admiră numai pe alții și au despre ei înșiși o părere execrabilă. Cei care n-au intrat în acest cor de reproșuri răutăcioase și au încercat să explice că problema lui Narcis nu ține de patologie au fost priviți cu mefiență. Literatură! Speculații ale poeților care, la urma urmei, sunt și ei suspectați de narcisism. Și lucrurile au reintrat pe făgașul lor. Încât Narcis pare țintuit pentru totdeauna la stâlpul infamiei.

Evident, nu-mi fac iluzii că voi risipi eu ironiile debitate pe seama lui Narcis. Știu în ce lume trăiesc și știu cât de tenace sunt prejudecățile. Dar ideea mea despre autoportret mă obligă să insist.

3

Un navigator florentin, care l-a însoțit pe Magellan în prima călătorie în jurul lumii, povestește că întâiului băștinaș întâlnit în Patagonia i s-a pus în față o oglindă și, atunci, acel uriaș, îngrozit de propria sa imagine, și-a pierdut mințile. Prima oară când am aflat acest amănunt, am văzut în el o simplă curiozitate exotică, fără nici o semnificație specială. Abia mai târziu m-am gândit că uriașul patagonez care a fugit de imaginea sa din oglindă exprima, poate, instinctiv, o atitudine mai generală, aproape o filosofie; una profund deosebită de cea care caracterizează, din leagănul ei, civilizația europeană.

Noi europenii n-am înțeles niciodată prea bine de ce simțeau nevoia populațiile precolumbiene să facă sacrificii umane pentru menținerea ordinei universului. Le-am socotit nu numai crude, ci și ilogice. În ciuda ironiilor cu care a fost gratulat, tânărul grec îndrăgostit de chipul său din fântână e pentru noi mult mai logic decât uriașul care a înnebunit observându-și imaginea în oglindă.

Mai trebuie să ne surprindă că autoportretul s-a născut în Europa? Și că o istorie a autoportretului trebuie să se limiteze, *volens nolens*, la pictura europeană?

4

Prejudecata că Narcis se iubește ca un egolatru trebuie, așadar, evitată dacă vrem să ferim ideea de autoportret de suspiciuni tulburi. În definitiv, din câte știm, cei care se iubesc excesiv pe ei înșiși nu prea au obiceiul să-și înfigă pumnalul în inimă. Când au vărsat sânge, au preferat să-l verse pe al altora.

Mi se poate obiecta, desigur, că grecii au vrut să arate prin această legendă că și în cunoașterea de sine, pe care o recomandau stăruitor, trebuie să existe o limită. Deci, de ce să complicăm lucrurile? Cred, însă, că trebuie să le complicăm dacă vrem să înțelegem deosebirile. Dacă ar fi găsit în sine motive destul de puternice pentru a trăi, Narcis nu s-ar fi sinucis. Sinuciderea lui nu e atât consecința cunoașterii de sine, cât eșecul ei. Așa stând lucrurile, el ar fi renunțat cu siguranță să-și facă autoportretul dacă ar fi fost artist.

Unii pictori s-au flatat, într-adevăr, în tablouri. Au avut grijă să-și dea un rang ori să se avantajeze ca vârstă sau ca aspect. Rubens e un bun exemplu în această privință. În alte autoportrete, însă, izbește plăcerea de a displăcea. Asta nu spune nimic?

5

În prezent, calomniatul Narcis își ia, se pare, revanșa. În lume se vorbește din ce în ce mai insistent despre triumful său, ca semn al epocii post-moderne. Are loc, cu alte cuvinte, o resurecție a individului. Paradoxal, într-un moment când se discută despre conștiința planetară, când pământul pare prea mic, individul se redescoperă pe sine, de parcă ar vrea să reia de la capăt întrebările, pentru a afla unde a greșit. Omul abstract, a cărui himeră a avansat uneori peste mormane de cadavre concrete, lasă locul omului în carne și oase, cum îl vroia pe la începutul veacului trecut Unamuno, încercând, probabil, prin această mișcare de recul să se debaraseze de crusta schematizărilor ce i-au pus în pericol identitatea.

6

Ar mai trebui spus, poate, că artistul seamănă, într-o privință, cu Midas, frigianul căruia Dionysos i-a îndeplinit dorința de a preface tot ce atingea în aur. El, artistul, preface tot ce atinge în autoportret. În *Noaptea înstelată* a lui Van Gogh există cer, există munți și un chiparos. Atât. Atât? Cerul e cuprins de un uragan care anunță parcă Judecata de Apoi. Munții seamănă cu valurile unei mări în furtună. Chiparosul s-a schimbat în flacără neagră. În toate e o neliniște care ne trimite cu gândul la neliniștea din ochii acelui Christos al picturii care este Van Gogh. *Noaptea înstelată* a părut multora pupila lui dilatată.

Uneori, tablourile obișnuite îi reprezintă pe creatorii lor chiar mai bine decât autoportretele propriu-zise. Rafael este mai Rafael în îngerii și madonele sale decât în autoportretul său. Iernile lui Bruegel ne spun despre pictorul flamand mai mult decât autoportretul său presupus. La nevoie, ne putem imagina istoria artei fără desenul în care Leonardo s-a reprezentat, se pare, dar ne-o putem imagina fără *Gioconda*? Și l-am înțelege la fel pe Leonardo fără *Gioconda*? Din pânzele consacrate de Cézanne muntelui Sainte-Victoire ne dăm seama mai bine, parcă, decât din autoportrete de ce solitarul de la Aix vrea să stea departe de lumea domnilor în redingotă. Încât ne-am putea lăsa ispitiți de acest paradox: totul este în artă autoportret, cu excepția, poate, a autoportretului.

El nu e, totuși, decât un paradox. Sunt destule autoportrete fără de care imaginea noastră asupra unui pictor n-ar fi completă. Cum să bănuim cât de biruitoare era înfrângerea falitului Rembrandt fără ultimele sale autoportrete? Cum să aflăm cât de înaltă era ambiția lui Dürer fără autoportretul în care a scris deasupra capului: „Destinul meu va progresa oare după Ordinea Supremă"? Arta, s-a zis, este cel mai scurt drum de la un om la altul. Probabil, tot ea este și cel mai scurt drum de la om la el însuși. Poate că întrebarea care ar trebui pusă e dacă harul de a preface totul în autoportret nu seamănă uneori cu al lui Midas, devenind o pedeapsă; să te ciocnești mereu de tine, fără nici o șansă de scăpare, nu e tocmai confortabil... dar acest preț nu se poate negocia.

7

Pasul spre autoportret n-a fost făcut dintr-odată. Artistul preferă să stea o vreme în fundul scenei, în spatele altora. Nu îndrăznește să iasă singur pe scenă. Și poate că nici publicul n-ar privi cu ochi buni o escaladare bruscă a tradiției. I s-a acordat, tacit, dreptul de a se picta pe sine în fresce, cu condiția să fie modest. Să facă figurație, cum am zice azi. De aceea pictorul se amestecă printre personajele secundare, ascuns, abia ghicit, încât uneori va fi descoperit numai peste secole. Nu vrea să atragă atenția asupra sa. Și, pe de altă parte, se obișnuiește cu provocările oglinzii. Înaintează încet spre protagoniști. Abia când a ajuns foarte aproape de ei se decide să vadă în chipul său unul din subiectele posibile ale picturii.

Rămas singur, caută o floare. Apoi se concentrează, ținând floarea între mâini. Și-a luat, între timp, și un nume. Se cheamă Albrecht Dürer. E un moment de răspântie în istoria artei acum. Viața interioară triumfă, în sfârșit, în pictură.

Floarea fidelității

Nu s-a văzut niciodată ceva mai fin decât degetele sale.

Un contemporan

1

Nu seamănă cu nimeni. N-are obrazul supt și cotropit de o barbă țepoasă, ca Van Gogh. N-are orgoliul amar al lui Michelangelo. N-are candoarea lui Rafael. Nici melancolia lui Botticelli. N-are umbrele lui Rembrandt. Nici asprimea lui Goya. A fost comparat uneori cu Leonardo. Dar a fost comparat și cu Luther. Și pentru că a fost comparat cu amândoi, n-ar trebui comparat nici cu unul, nici cu altul. Luther e zgomotos, izbește cu pumnul, ca să se audă până la Roma. Leonardo e o tăcere pe o lamă de cuțit. Nici măcar Dürer nu poate umple prăpastia dintre ei. N-are insolența lui Caravaggio și îi lipsește tăcerea care-l învăluie pe Velázquez. Pe scurt, el e Dürer. Frumos, elegant, conștient de valoarea sa. Doar Tițian mai privește lumea în felul acesta, princiar, seniorial.

Numai că Tițian capătă această privire spre bătrânețe, când știe cine este, în vreme ce Dürer, observați-l în autoportretul de la douăzeci și doi de ani, nici n-ai zice că era fiul unui modest argintar, într-atât seamănă unui tânăr nobil. Și a vândut vreodată gravuri chiar de la fereastra casei sale transformată în prăvălie? Cine, acest tânăr distins? Probabil, e o simplă legendă.

Frapează grija savantă cu care s-a îmbrăcat înainte de a se așeza în fața oglinzii. E limpede că-i plăceau hainele bune, scumpe, și că n-a văzut nici un motiv să ascundă asta. Așadar, un rival al lui Don Juan? O, nu. Don Juan, cu dantelele lui frivole, cu pălăria lui de aventurier lăudăros, cu aerele lui de seducător ce nu iartă ar arăta aproape penibil lângă acest tânăr pictor german care n-are nevoie, ca să-l umilească, decât de o mică beretă vișinie, așezată cu o subtilă neglijență, într-o parte, peste părul revărsat în bucle calde, sonore (fără egal în toată istoria autoportretului), de culoarea vinului vechi, ceva între auriu și aramă, care încadrează un obraz frumos, sever, mândru, calm, de om care nu datorează nimic nimănui.

Îmi reamintesc cele două panouri în care Dürer ni-i înfățișează pe Adam și Eva plecând din paradis; dintr-un paradis ciudat, în fapt un pustiu pietros, fără vegetație, de unde în mod normal simți nevoia să fugi, nu aștepți să fii izgonit, și, dacă ești izgonit, ce să regreți? În spatele primilor oameni nu se distinge nimic altceva decât un fond negru. Adam și Eva nu datorează nimic peisajului, ei poartă singuri întreaga răspundere pentru păcatul și dragostea lor.

La rândul său, Dürer pare să spună: „Nu datorez nimic nimănui. Mi-am căutat un maestru, dar nu m-am găsit decât pe mine". Și abia acum observăm că ține în mână o floare.

2

Un pictor poate să țină din multe motive o floare în mâini, într-un asemenea moment, mai ales că are douăzeci și doi de ani. Poate că floarea respectivă îi amintește de ceva sau poate că tocmai a primit-o de la o persoană iubită și vrea să se imortalizeze cu acest dar; sau poate a rupt-o și nu s-a îndurat s-o arunce. Deci, de ce ne-am mira?

Mă mir, totuși. Floarea e modestă, nepretențioasă. Parcă prea modestă pentru un bărbat atât de elegant și atât de sigur de valoarea sa. E o floare oarecare, smulsă parcă din marginea unui drum. Fără strălucire, fără mister. De ce a ales-o? Pentru contrast? Tânărul pictor din Nürnberg nu avea nevoie de un artificiu pentru a se pune în evidență. Buzele cărnoase și roșii, senzuale, fața frumoasă și fermă, părul, privirea, decisă și liniștită, fixând o țintă nevăzută, atrag singure atenția. Te intrigă chiar. Dürer și-a terminat ucenicia abia de trei ani, cum reușește oare, încă lipsit de experiență, să fie atât de relaxat și de stăpân pe sine? Nu e încordat, nici nu afișează un optimism de paradă. E riguros ca un principiu. Perfect drept, perfect calm. Ținând o floare, pe care iarăși o vedem, umilă lângă veșmintele lui. Și care pare desprinsă din pământ cu rădăcină cu tot. Are frunzele crestate adânc și floare mică, discretă, abia deosebindu-se de frunze. Discreția ei pălește și mai mult din pricina mâinilor care o țin, nervoase, energice, virile.

Ceva îmi spune, până la urmă, că pictorul procedează aici la fel ca în panourile în care i-a înfățișat pe Adam și Eva și unde a suprimat luxul vegetal, atmosfera paradisiacă pentru a pune în lumină faptul că primii oameni n-au descoperit dragostea întâmplător, s-au apropiat unul de altul deoarece în atâta singurătate dragostea era unica soluție. Dacă a renunțat la toate florile superbe care pot încânta ochiul și pot spori eleganța unui bărbat tânăr, dacă a preferat florilor nobile o simplă, o modestă floare de ricin sălbatec, pentru că o asemenea floare pare să țină în mâini Dürer, înseamnă că a vrut să dea acestui amănunt un înțeles anume. Neostentativ, firește. Un simbol autentic nu e niciodată ostentativ. Cei pregătiți să înțeleagă un lucru n-au nevoie, oricum, ca acel lucru să le fie strigat în urechi. Sunt de ajuns un indiciu, o sugestie, un semn discret, cum e această sărăcăcioasă tulpină înflorită care simbolizează, poate, în simplitatea ei caracterul secret, imprevizibil al existenței.

Iona, știm, după ce a predicat la Ninive, a rămas abătut. Era încredințat că trăiește într-o lume fără lege. Deodată, a văzut crescând lângă el o tulpină de ricin, care a ajuns să-i țină umbră și l-a înseninat. Noaptea, însă, un vierme a mușcat ricinul și, la răsăritul soarelui, frunzele și florile păliră. Un vânt fierbinte făcu restul. Iona avu atunci prilejul să afle că, pentru a se apăra de imprevizibil și de nesiguranțele care-l pot doborî, omul are nevoie de o logică în care să creadă... La asta se va fi gândit Dürer? Că, dacă destinul nu depinde de tine, de tine depinde ce faci cu ceea ce îți dă destinul? În acest caz, tabloul, pictat pentru a fi oferit logodnicei artistului, e mai mult decât un legământ de circumstanță. E un legământ tainic, de fidelitate față de ideal, al unui om care se simte responsabil de sine însuși.

La douăzeci și doi de ani, Dürer știe, prin urmare, nu numai că va fi pictor, ci și că va fi Dürer. Probabil, de aceea e atât de calm și decis. Și-a ales calea, și-a fixat ținta, e hotărât să meargă spre ea. Nu există desăvârșire? Există, oricum, drumul spre ea. Nu există glorie durabilă, onoruri stabile? Mica floare simbolică îi va reaminti de fiecare dată când va avea nevoie de voința lui că în fața lipsei de logică a lucrurilor nu e eficace decât puterea cu care crezi în ceva. Nu s-a zis că a fi credincios înseamnă a crede în tine însuți?

3

Întrebarea lui Dürer aproape că nici nu mă mai surprinde: „Dacă nu putem ajunge la desăvârșire, trebuie să renunțăm cu totul la a mai învăța?".

În autoportretul de la douăzeci și șapte de ani se pictează în aceeași poziție, dar fără nici o floare. Și-a așezat pe cap un turban magnific, și-a lăsat barbă, mustață, iar părul își revarsă buclele pe umeri. Stă lângă o fereastră, strălucitor și autoritar. E cumva „prea" lipsit de măsură? Nu, chipul lui Dürer e un bun prilej pentru a deosebi aroganța de conștiința valorii. Și apoi, vorbind atât de mult despre măsură, am pierdut, se pare, din vedere că a fi, într-adevăr, „ceva" înseamnă a fi mai mult din ceva; a lăsa, adică, să cadă în balanță, fără s-o drămuiești, fără s-o limitezi, acea calitate care cântărește mai mult decât celelalte; a exista prin ce ai mai important, mai lipsit de măsură.

4

Cel mai celebru dintre autoportrete ni-l arată în întregime din față. E vizibilă, încă, grija pentru eleganță, dar ea nu mai e atât de izbitoare. Fiul modestului argintar s-a obișnuit să fie un om prețuit. În schimb, izbesc acum duritatea expresiei și îngândurarea privirii. O taină învăluie acest chip redat cu maximă precizie. Întocmai ca în *Melancholia*, unde nici un obiect nu e aruncat în umbră, dimpotrivă, toate sunt redate cu mare exactitate (clepsidra, uneltele, piatra de moară, femeia care ține în mâna dreaptă un compas), dar ansamblul are un secret care ne scapă.

Hotărât lucru, nu s-a exagerat vorbindu-se despre ambivalența lui Dürer. El e, într-adevăr, omul a două epoci, a două tendințe. Aparține Evului Mediu prin superstiții și Renașterii prin curiozitate. E și poet, și meșteșugar. E „mai vechi decât vremea sa", dar și mai nou decât ea. E ultimul gotic și primul artist modern de la nord de Alpi. Chipul lui Dürer ne pune în dificultate, căci e greu de spus de unde vine liniștea lui, de la o voință ieșită din comun sau de la rugăciunea pe care o murmură. Și de ce zice Goethe „sărmanul Dürer"?

O poveste de dragoste

Un pictor care a murit mai tânăr decât Giorgione și Rafael a spus, cel dintâi, că nimic nu egalează gloria de a trăi.

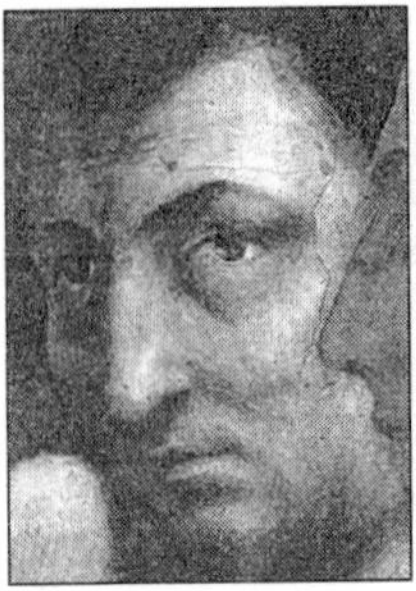

Nu știu dacă Masaccio a respectat tradiția din Quattrocento care vroia ca pictorii să ducă o viață fără prihană pentru a fi vrednici de subiectele divine. Văzându-i chipul într-o frescă, unde e singurul care întoarce capul spre noi dintre credincioșii ce asistă la un miracol, am înclinat să cred că nu. Figura e a unui bărbat obișnuit, fără acea „mare nepăsare" pusă pe seama lui de Vasari. Iar în ziua când, într-o întunecoasă biserică din Florența, am văzut cum și-a imaginat Masaccio pe Adam și Eva, îndoielile mele au devenit și mai mari. Dintre toți pictorii care i-au zugrăvit pe primii oameni părăsind paradisul, acest tânăr pictor, mort înainte de douăzeci și șapte de ani, după ce a zguduit începuturile picturii florentine, este cel mai puțin nepăsător. Eva lui urlă pur și simplu, desfigurată de durere, iar Adam își acoperă obrazul cu mâinile ca să-și ascundă rușinea și stupoarea.

Dacă Masaccio a încălcat tradiția, asta s-a întâmplat în folosul picturii. Ceea ce a zugrăvit el pe zidul ce i-a fost încredințat nu este o legendă divină, ci o omenească poveste de dragoste. Artistul n-avea decât douăzeci și cinci de ani când picta fresca de la Santa Maria del Carmine și, la douăzeci și cinci de ani, e greu să crezi, în mod normal, că dragostea e un păcat, deși din întreaga istorie a „expulzărilor" pictate eu nu cunosc alta care să ilustreze mai bine ideea lui Anatole France că, făcând din ea un păcat, mitul creștin a făcut mult pentru dragoste. Dar bărbatul și femeia pe care, în lumina slabă a capelei, îi vedem ieșind din paradis au aflat, se pare, prețul fericirii lor. Vasari s-a grăbit probabil să ia drept bune simple baliverne vorbindu-ne despre un Masaccio cu capul în nori, străin de cele lumești, întrucât un pictor, care la douăzeci și cinci de ani știe că doar ce e provizoriu e adevărat, numai de răceală nu poate fi învinuit. Atâta arzătoare luciditate e greu să întâlnești și la pictori în vârstă. Și nu întâmplător, desigur, s-au perindat prin fața acestui vechi zid, după moartea lui Masaccio, Andrea del Castagno, Verrocchio, Botticelli, Leonardo, Perugino, Ghirlandaio, Michelangelo, Rafael, Andrea del Sarto, Rosso, Pontormo, cu toții simțind, poate, că aici sfârșește ceva. Adam și Eva întorc spatele nu numai paradisului, ci și Evului Mediu, cu credința lui pioasă în absolut. Și că, tot aici, ceva important începe. Viitorul lui Adam și al Evei e încă nesigur, Masaccio nu știe ce le poate făgădui în schimbul paradisului din care sunt alungați, dar incertitudinea e compensată prin sensul neașteptat pe care-l capătă sub ochii noștri acest exil: descoperindu-și vremelnicia, dragostea descoperă pasiunea.

Rareori s-a spus atât de limpede că numai intensitatea poate consola o existență limitată.

Adam își acoperă fața pentru că, deocamdată, nu-i pasă, probabil, încotro se îndreaptă. E încă sub șocul evenimentului. Dar din gestul lui reiese că e dus pentru totdeauna timpul când n-avea trecut. De acum înainte va avea o memorie și o cicatrice pe această memorie: paradisul din care a fost izgonit. Nici el, nici femeia de lângă el nu se vor putea preface în viitor că nu știu ceea ce știu, ceea ce au ajuns să știe. Amândoi sunt încă sub impresia nedreptății care îi silește să plătească prin suferință adevărul, dar vor sfârși probabil prin a-și asuma acest adevăr ca pe singura dreptate posibilă.

Mă gândesc la chipul lui Masaccio, la privirea lui interogativă, de om care și-a devansat și vârsta. Bărbatul și femeia pe care ni-i arată el nu mai pot socoti dragostea un joc. Iar când se vor liniști, vor judeca, probabil, altfel exilul care acum îi năucește. Păcatul îi va lega pentru totdeauna.

Depindem de păcatele noastre și de ceea ce iubim, îți vine să spui în fața zidului unde sunt pictați Adam și Eva. Și, oricum, timpul inocenței e un paradis pierdut. Tot ce ne rămâne e infernul lucidității sau puterea de a iubi și mai mult.

Ciudat, nu? Suntem parcă mai bătrâni decât Adam și Eva.

Reverii vulnerabile

Melancolia este fericirea de a fi trist.

V. Hugo

1

Ni se povestește că Botticelli era „un bărbat foarte agreabil și foarte vesel". Autoportretul său din *Adorarea magilor* nu dezminte, dar nici nu confirmă această imagine. Bărbatul, intrat ultimul și rămas în marginea din dreapta a scenei – iarăși singurul martor care, în loc să fie atent la ce se întâmplă, se uită spre noi! –, e, ca să zic așa, destul de banal. De înălțime medie, e înfășurat într-o mantie de un portocaliu închis. Fața e rotundă, comună, numai gura tristă și ochii visători ne îngăduie să bănuim o sensibilitate feminină și o neliniște bine ascunsă, de om slab, influențabil. Îl privim ușor descumpăniți. Există în nesiguranța lui ceva din ezitarea fecioarelor botticelliene care nu se hotărăsc pentru nimic, nici să se bucure, nici să sufere, și merg dansând pentru că nu știu să meargă normal. Dar grația? Rafinamentul? Anecdotele puse pe seama omului se potrivesc cu atât mai puțin cu atmosfera din *Primăvara* sau din *Nașterea Venerei*. Un Botticelli glumeț, amator de farse, nu tocmai de cea mai bună calitate, care-și „înfundă" isteț un vecin ce-i tulbură liniștea, sună amuzant, dar neverosimil. Un Botticelli care mănâncă zdravăn la ospețele lui Lorenzo și pe urmă, făcându-și siesta, își gândește tablourile, sună încă și mai derutant. Ce legătură au toate astea cu personajele botticelliene, suple, elegante, care se tem, toate, să înainteze?

Curios e și altceva, că ne-au rămas atât de puține informații certe despre viața lui Botticelli. Câteva amănunte pitorești, cum ar fi aspectul dolofan al fratelui său mai mare care l-a adoptat, de unde porecla „Butoiul" (Botticello), trecută și asupra lui Sandro (Alessandro di Mariano Filipepi, pe numele său adevărat), ucenicia, câteva anecdote, lista lucrărilor, relațiile limpezi cu umaniștii rafinați ce frecventau saloanele lui Lorenzo de Medici și relațiile tulburi, neclarificate, cu Savonarola și cu „plângăreții", cum erau numiți partizanii dominicanului, o bătrânețe pustie, care ridică multe semne de întrebare, cam atât e tot ce se știe sigur. Fără îndoială, chiar dacă e, poate, prea tranșantă afirmația lui Malraux, că e o eroare să dăm importanță prea mare biografiei unui artist, de data aceasta trebuie să-i dăm dreptate. Veselia lui Botticelli există numai pentru cei care țin să-l creadă pe Vasari pe cuvânt. În clipa când vrem să descoperim această veselie și în pictura lui Botticelli, nu reușim decât să ne sporim nedumeririle.

2

Într-o hartă ideală a virtuților, Florența reprezintă nu sensibilitatea, ci inteligența. Din acest unghi, Machiavelli e mult mai florentin decât Botticelli. Spiritul florentin și-a minat totdeauna melancoliile printr-o ironie subversivă. Un diavol ironic a așteptat totdeauna reveriile la jumătatea drumului, la Florența, și le-a sărit în față pentru a se amuza de sperietura lor. Poate de aceea biografii lui Botticelli au apelat la anecdote. Altminteri, ar fi trebuit, cine știe, să constate că acele femei care nu știu să meargă decât dansând n-au trecut niciodată pe străzile Florenței; oraș care n-a înțeles niciodată prea bine ce fel de fericire e aceea de a fi trist.

De altfel, femeile botticelliene ne dau și azi senzația că trăiesc în muzeele Florenței într-un exil ironic. Cu visarea lor resemnată, cu nările lor fine, fremătânde, cu grația lor ușor maladivă, cu buzele palide și tremurătoare, cu privirile languroase, auzind continuu, parcă, o muzică pe care urechile noastre n-o percep, ele s-au obișnuit să locuiască într-o cetate care a prețuit totdeauna mai mult jocul subtil al spiritului decât visul, dar au ceva, în aerul lor, de victime frumoase. Iar Venera lui Botticelli pare mai curând o necunoscută venită la Florența. Nu din Olimp și nici dintre ruinele templelor grecești. Din ținuturile de nicăieri (și de oriunde) ale Melancoliei...

3

Am citit undeva că melancolia e un produs al epocilor fericite. Se poate să fie așa, nu-mi dau seama. În definitiv, și umbra se vede numai pe vreme însorită. O asemenea explicație ar justifica, fără alte complicații, prezența lui Botticelli în plină Renaștere florentină, ar motiva și melancolia ciudată din *Primăvara*, care te poate face să crezi că sâmburele bucuriei e totdeauna amar. Ar motiva însuși tipul botticellian de femeie, iluminată de mari ochi oblici și visători. Firește, cu condiția să crezi că tot ce li se întâmplă acestor femei e din pricina fericirii; ele se scaldă într-o atmosferă plină de flori și de aur, dar nu cunosc bine decât incertitudinea lor dansantă.

Renașterea împăcase Biblia cu Homer. Ceva s-a întâmplat însă între timp. Venus nu mai e aceeași care a mers, fericită și nepăsătoare, pe plajele antice. Stă în picioare, pe o cochilie, și se apropie de mal, îngândurată. Are părul blond, lung și desfășurat somptuos pe trupul gol, și ochi de femeie dezarmată, care a trecut printr-o revelație dureroasă. Parcă înainte de a fi surprinsă de Botticelli a participat la unul din carnavalurile organizate din inițiativa lui Lorenzo la Florența, unde s-a amestecat, nevăzută, în mulțimea gălăgioasă și veselă, a dansat, a râs, a cântat, molipsită de beția celorlalți, până ce, deodată, în vacarmul strălucitor, a auzit pe cineva strigând un distih, *Chi vuol esser lieto sia/ Di doman non c'è certezza*, „Cine vrea să fie vesel fie/ Mâine nu se știe ce va fi", dintr-un cântec compus de Lorenzo însuși, și a tresărit. Unde auzise oare ceva asemănător? Da, într-o odă a lui Horațiu care începea cu cuvintele *carpe diem*: „Bucură-te de ziua de azi, și nu te încrede în cea de mâine" suna îndemnul pentru Leuconoe.

4

Poate că melancolia îi precede pe profeți. Ea murmură neinteligibil ceea ce profeții vor striga mai târziu. Botticelli crede că pictează în consonanță cu stanțele lui Angelo Poliziano, și nu e prima oară că un artist se înșeală, spunând mai mult decât a vrut să spună. În realitate, la el fericirea și tristețea sunt jumătățile aceluiași adevăr, că nu trăim intens decât iubirile amenințate.

Venus ezită în același punct unde și celelalte femei botticelliene nu mai au curaj să înainteze, pașii lor căpătând fixitatea stranie pe care o au și privirile lor. O incertitudine sau o boală ascunsă seceră elanurile în acest univers care are ceva din fragilitatea după-amiezelor de la începutul toamnei, la mare, când soarele încălzește plaja goală, iar liniștea poate fi orice, împăcare, regret, convalescență luminoasă... Nimeni nu vede pe cerul Florenței vreun nor, Lorenzo Magnificul însuși nu-și dă seama cât de adevărat este avertismentul din cântecul său de carnaval, *Di doman non c'è certezza.* Nu a doua zi, dar peste zece ani, ducându-se la Santa Maria del Fiore, Savonarola va amenința din amvon Florența cu Apocalipsul, în timp ce mulțimea, înghesuită până la refuz în catedrală, va asculta îngrozită. În Piața Senioriei, florentinii vor arunca pe ruguri brățări, inele și alte podoabe „blestemate", instrumente muzicale, parfumuri, *Decameronul* lui Boccaccio și chiar tablouri cu chipul ei, al Venerei... Dar deocamdată cerul e limpede, apa e de un verde ușor, iar tristețea, confuză, emană din farmec și grație... *Chi vuol esser lieto sia...* Mâine vom vedea ce va fi.

5

Nu știu dacă în matematică drumul cel mai scurt dintre două puncte este și azi, ca pe vremea când eram eu elev, linia dreaptă. Știu, însă, că în artă lucrurile nu s-au schimbat. Între punctul A și punctul B, acum, ca și altădată, e un adevărat labirint. În punctul A, florentinii l-au văzut pe Botticelli tânăr, ca în autoportretul din *Adorarea magilor*, exprimând hedonismul unei Florențe rafinate. În punctul B, l-au văzut mergând bolnav și singur pe străzi, în cârji, căci nu se putea ține pe picioare, ne spune Vasari; era „bătrân și neputincios", părăsit de prieteni și de admiratori. Ce s-a întâmplat? Cum a ajuns „omul agreabil și foarte vesel" să ducă această existență precară? Și cum a sărăcit? De ce nu mai pictează? De ce a fost uitat? Sau el singur s-a închis în muțenie și s-a izolat, traumatizat de evenimente? E adevărat că Savonarola a exercitat asupra lui o influență covârșitoare? Că exaltarea fanatică a stareţului de la San Marco a căzut ca un trăsnet peste sufletul impresionabil al lui Botticelli și că după spânzurarea dominicanului s-a cufundat în lumea decepțiilor sale? Nimeni nu poate da un răspuns sigur, pentru că nimeni nu știe ce s-a petrecut exact. Sensibilitatea lui delicată, prea vulnerabilă, n-a rezistat șocurilor? Sau nu s-a mai putut sustrage niciodată scrupulelor religioase incitate de Savonarola? Se știe că visătorii au recidivat mereu în rătăciri sincere pe care le-au plătit până la urmă singuri.

Firește, nu e exclus ca biografii să fi exagerat zugrăvind spectrul unui bătrân decăzut și sărac, sfârșit în condiții penibile. Oricum, însă, bătrânețea lui Botticelli rămâne o taină. Pe măsură ce pictorul înaintează în vârstă, notorietatea lui, în loc să crească, scade. În jurul lui se cască un gol inexplicabil. Totul se întâmplă ca și cum, de la un moment încolo, viața lui Botticelli se consumă până la moarte într-o continuă eclipsă de soare. Bătrânețea sa e ca o pată de frig. N-a mai fost la modă, stilul său nu mai plăcea, ori schimbările intervenite în pictura lui, după criza sufletească, nu erau pe gustul florentinilor? A fost uitat de viu? La Rochefoucauld ne asigură, în felul său sentențios, că puțini știu să fie bătrâni. Posibil. Numai că nici asta nu lămurește mare lucru. Din păcate, nu există un autoportret la bătrânețe. Privindu-l, ne-am dumiri, poate, de ce bărbatul înfășurat cândva într-o frumoasă mantie portocalie s-a îndreptat mai târziu, discret și singur, spre moarte, supraviețuind propriei sale opere încheiate și secolului căruia i-a aparținut, neavând, după toate aparențele, nici tăria de a înfrunta circumstanțele, nici abilitatea de a se pune în slujba lor, cum au făcut alții.

Cum să proiectezi imaginea acestui om abandonat, dezamăgit și mergând în cârji, peste atmosfera din *Primăvara*? Eu nu mi-l pot imagina pe Botticelli decât tânăr, deși a trăit șaizeci și cinci de ani, ceva mai mult decât Rembrandt și cu aproape treizeci de ani mai mult decât Van Gogh. În imaginația mea, și poate și a altora, el a rămas să poarte vârsta din *Primăvara* și din *Nașterea Venerei*. La urma urmei, nu e singurul caz de victorie a operei asupra biografiei. Vârsta adevărată a lui Petrarca e cea a *Canțonierului*, a lui Boccaccio cea a *Decameronului*, iar Delacroix, ajuns la șaizeci și cinci de ani, ne pare uneori mai tânăr decât Van Gogh.

Învingătorul

Nu se știe cât sânge costă.
Michelangelo
(Însemnare pe spatele unui desen)

1

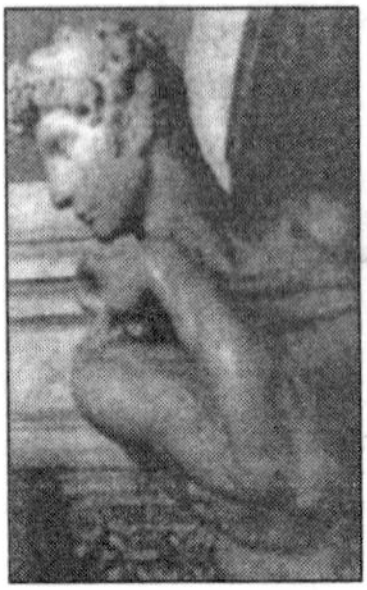

Cine parcurge scrisorile lui Michelangelo și mărturiile despre el nu poate evita un moment de perplexitate: imaginea care se încheagă din amănunte e mai degrabă a unui învingător învins! Pare mereu indecis, urmărit de un blestem: să nu poată sfârși nici unul din marile sale proiecte, în ciuda faptului că până la aproape optzeci și nouă de ani se istovește ca un cal de povară, trăind numai pentru truda sa. Îl persecută ideea că *Moise* e numai un fragment din ceea ce trebuia să fie monumentul consacrat lui Iuliu al II-lea, că *Gânditorul* și cele patru statui ale timpului sunt doar o parte din ceea ce a vrut să facă în Capela Medici. Și atâtea statui neterminate... Printr-un hazard ciudat, singura operă de anvergură dusă la capăt de acest mare sculptor este una pe care a dorit-o cel mai puțin și în care a trebuit să fie pictor: frescele din Capela Sixtină. În rest, cunoaștem numai frânturi din gândul lui. Pare un învingător învins și pentru că e înfricoșător de singur. „N-am prieteni de nici un fel și nici nu vreau", exclamă el. În schimb, are, ca profetul Ieremia din Capela Sixtină, căruia i-ar fi împrumutat chipul său, șapte riduri pe frunte. Șapte cercuri ale Infernului. E chinuit de diverse boli, hărțuit de dușmani, de rude, de el însuși; mănâncă în grabă și prost, deși dispune de un avut care i-ar îngădui să-și ofere ospețe princiare; în Grecia ar fi fost spartan, nu atenian; nu se pricepe să se bucure și, defect grav într-o lume nemulțumită doar de alții, e mereu nemulțumit de sine; pe deasupra, se irită ușor, e pătimaș, gata oricând să arunce o vorbă arțăgoasă. Se înfruntă cu Bramante. Îl defăimează pe Leonardo. Papii trebuie să-i suporte nu numai geniul, dar și toanele. Se descurajează, apoi tortureazā din nou marmura și schițează monumente grandioase care nu vor fi niciodată realizate. Îi amenință pe cei care îi zădărnicesc eforturile, se tânguie, suferă, pleacă, revine, se lasă cuprins de furii, de deznădejde, de amărăciune, după care se rușinează și dă înapoi; e pe rând timid și impulsiv, orgolios și tandru, nedrept și generos. Urmărit de superstiții, fuge la Florența pentru că i s-a vorbit de o vedenie. Cea mai măruntă neînțelegere se poate transforma la el în ruptură și nu pierde nici un prilej pentru a rămâne din ce în ce mai singur. „Ești singur ca un călău", îi replică Rafael, care trece însoțit de escorta lui de admiratori, când Michelangelo îl compară, mușcător, cu un prinț. I s-au reproșat și altele. Până și longevitatea. S-a zis despre el că a trăit prea mult, din care pricină influența lui zdrobitoare a apăsat prea greu în balanță, a inhibat, a orbit, a îndemnat la pastișe, a îngreunat progresul artelor frumoase. Burckhardt l-a numit „omul fatal al artei italiene".

Ce ironie, deci, să-l vezi pe Michelangelo comparat cu grecii! Nimic, absolut nimic nu e olimpian în ființa și opera lui, iar între prima *Pietà*, din tinerețe, și *Pietà Rondanini*, la care artistul mai lucra în zilele dinaintea morții, e un drum destul de lung pentru a înțelege de ce *David*, în loc să fie un copil, ca în legendă, are mâini de sugrumător. În cea dintâi, Michelangelo a dovedit că oricând îi putea egala pe Fidias și pe Praxitele. În ultima, se vede clar că acest orgoliu i s-a părut inutil. Alte țărmuri caută picioarele care dibuie pe soclu.

Dacă are ceva comun cu grecii, înrudirea lor trebuie căutată nu în muzee, ci în legendă, mai precis în povestea celor șase fii ai lui Uranus și ai Geei, prima generație de zei, titanii, care s-au luptat cu olimpienii. Lupta a durat zece ani și s-a sfârșit, se știe, cu victoria lui Zeus și a celorlalți olimpieni care i-au azvârlit pe titani în infern. Prometeu era fiul unuia dintre cei șase titani învinși. „Trăiesc din moartea mea", ar fi putut spune el înainte de Michelangelo. Dar sculptura greacă n-a fost de partea celui care suferea pe munte, cu carnea sfâșiată de vultur. Ea a optat pentru victoria olimpienilor, pentru frumusețe și calm.

Să ne mai mirăm de înverșunarea lui Michelangelo împotriva olimpienilor Rafael și Leonardo? Ea e mai veche decât ei, dinaintea istoriei, s-ar putea spune.

2

Numai Michelangelo era în stare să-și facă autoportretul în trăsăturile unui martir jupuit de viu, Bartolomeu, în fresca *Judecății de Apoi*. A ales suferința maximă pentru a-și demonstra forța.

Cei care l-au văzut sculptând afirmă că ataca marmura cu o violență neobișnuită. Dormea puțin și, adesea, îmbrăcat, pentru a se putea apuca de lucru imediat ce se trezea. Atunci, dacă mai era întuneric, își punea pe cap un coif de hârtie pe care lipea o lumânare, ca să-i lumineze lucrul fără să-i stingherească mâinile, apoi își relua truda de ocnaș al artei cu furie, cu patimă, cu disperarea că nu va împlini tot ce visa. Istoriile despre artistul care își creează opera cu ușurința unui zeu nu-și au locul aici. Michelangelo a trudit mai mult decât cioplitorii de piatră din ținutul unde s-a născut. Fără să aibă un trup robust, el și-a impus un regim dur de lucru, aproape supraomenesc, de teamă că nu-și va termina opera. Cu hainele mereu îmbâcsite de praf de marmură, bombănind când boala îl țintuiește la pat, ruinându-și sănătatea, ducând o existență de salahor, pune, cu o încăpățânată lipsă de măsură, fără să se bucure de nimic altceva, întreaga lui ființă în serviciul unor proiecte prea mari, prea grandioase pentru o singură viață și de aceea sortite, în parte, eșecului. Până în preziua morții trăiește în această încordare. Nu i se cunoaște nici un prieten sigur, nu se cunoaște nici o femeie care să-i fi stat în preajmă, dar e atât de preocupat de arta lui încât închipuirea noastră nu mai sesizează cât de singur e acest om plin de slăbiciuni omenești. E om în iritările care-l opun lui Leonardo și lui Rafael, în mâniile și înduioșările succesive față de un nepot ce-l jecmănește, e om în revoltele sale nemotivate și în cele pe deplin legitime, în elanurile și în prăbușirile lui, în momentele de fervoare și în crizele de deznădejde, dar ce om a mai visat să sculpteze munții? În această lipsă de măsură cu care și-a extins pretențiile față de sine, când limitele îi erau din ce în ce mai clare, văd eu grandoarea lui Michelangelo. Era surmenat cronic, dar vroia să facă totul singur, n-avea încredere în ajutoare. Pe pictorii care trebuiau să-l ajute la frescele Capelei Sixtine i-a alungat. Într-o dimineață a șters tot ce lucraseră ei și, închizându-se în capelă, n-a mai vrut să le deschidă ușa. Sculptor, trebuie să picteze; florentin, trebuie să stea la Roma; credincios, admiră operele păgâne ale antichității. Totul la el e sfâșiere. Între aspirația lui și puterile lui fizice se află o prăpastie pe care, în ciuda privațiunilor și eforturilor, n-o poate trece decât în parte, ceea ce îi provoacă stări de deznădejde. Buzele îi ard, în asemenea împrejurări, de vorbe grele. Aruncă dalta și ia pana. După care se întoarce la marmura abandonată. Dacă n-o va sfărâma furios, cum a făcut cu sculptura aproape terminată ce-ar fi trebuit să-i vegheze mormântul, o va desăvârși. N-are altă cale. Dar înainte de a muri, Michelangelo a aruncat în foc un mare număr de desene, schițe și cartoane pentru ca nimeni să nu-și dea seama cât de puțin realizase din ceea ce visase.

Aceasta a fost drama sa. I-a fost dat să poarte în sine proiecte care întreceau și puterea brațelor unui singur om, și capacitatea celor din jur de a înțelege un geniu sau măcar de a-l tolera, iar pe de altă parte n-a putut să se împace cu asta, istovindu-se, ca să micșoreze pierderile, și trăind astfel încă mai violent relativitatea unei opere pe care o dorea absolută. Înseninările sunt scurte, trecătoare. Căci nu există măsură posibilă în viața titanilor. Vulturul face parte din destinul lor. Ca și excesele. Michelangelo a pierdut odată trei ani la Carrara numai pentru că a vrut să aleagă cu propria sa mână blocurile de marmură cele mai frumoase, a vrut să construiască și un drum pentru transportarea lor. Trei ani din viața unui artist care în patru ani ne-a lăsat Capela Sixtină!

3

Îmi amintesc toate defectele pe care i le pun în seamă biografii. Îmi amintesc inclusiv amănunte care la altcineva mi s-ar părea neplăcute, ca de pildă povestea cu ciorapii din piele de câine pe care îi purta la bătrânețe ca să-i comprime varicele și care, când îi schimba, îi jupuiau pielea. N-am cum să contest echivocul unor legături ale sculptorului și nici unele ciudățenii de caracter. Înțeleg și de ce un anume Boccio a pătruns în Palazzo Vecchio cu o cheie potrivită și a sfâșiat cartonul pregătit de Michelangelo pentru *Bătălia de la Cascina.* Dar dincolo de păcate și defecte, acest toscan cu nasul turtit, părul zbârlit și două cute amare în jurul gurii, cu ochii triști, sumbri și arzători – cum arată și într-un autoportret presupus de la Uffizi – are ceva care te obligă să devii patetic. Oricare altul ar fi declarat că mii de plăceri nu valorează pentru el cât un zbucium, *mille piacer non vaglion un tormento,* m-ar fi făcut să zâmbesc. Pe Michelangelo îl cred. Unul ca el e în stare să-și aprindă torța din nefericire. Și n-avem decât să-i reproșăm, dacă vrem, excesiva finisare în cazul celebrei *Pietà* de la San Pietro. Tot noi vom descoperi în fața statuilor sale neterminate că n-avea nevoie de această finisare. Marmura aspră, nepolisată, purtând încă urmele daltei, e și mai elocventă decât cea netedă și lucioasă. E adevărat, paleta lui are culoarea pietrei, căci papa l-a putut sili să picteze, nu să devină pictor (obsesia toscanului născut într-un ținut plin de cariere de piatră și alăptat de nevasta unui pietrar a rămas piatra), și nu e de mirare că a umplut tavanul Sixtinei cu statui pictate. Sfinții lui arată adesea ca niște vlăjgani, profeții lui sunt parcă niște gladiatori convertiți, veșmintele lui *Moise* sunt, poate, prea studiate, au prea multe falduri și detalii care distrag atenția, cutele care brăzdează corpul *Nopții* între piept și pântece sunt, poate, neplăcute, dar nici un cusur nu mă împiedică să văd că la Michelangelo și defectele au forță.

De fapt, nimeni n-a incarnat mai bine forța și insatisfacția geniului. Insatisfacția l-a împins să-și vadă mereu slăbiciunile. Își recunoaște bolile, neliniștile, ravagiile aduse de bătrânețe, de epuizarea la care se supune, muncind „cum n-a muncit nimeni", adaugă el, fără să uite nici un amănunt, fără să treacă sub tăcere nici o suferință. Îl văd pe schelele Capelei Sixtine stropit de culori, ghemuit asemenea pisicilor din Lombardia, cu picioarele atârnând în gol, sau cioplind, îndârjit, extenuat, marmura. Bănuiesc că uneori exagerează relatându-și slăbiciunile. Ai zice, ascultându-l, că a ajuns să le adore; că e fericit să le poată arunca în auzul tuturor; ai zice că are nevoie să-și etaleze aceste slăbiciuni pentru a ne arăta cât este de puternic. Nici o meteahnă nu e recunoscută cu umilință. Nici un regret nu e mărturisit în șoaptă. Toate sunt declarate aproape cu vehemență. Spune: „Cel ce nu știe să trăiască din neliniște și moarte să vină în focul în care ard eu". Nu se lamentează pentru a fi compătimit, ci pentru că singurul mod al titanilor de a fi mai tari decât nefericirea e acela de a o privi în față.

Și poate că aceasta mă subjugă la Michelangelo. În timp ce alții abia și-au șoptit speranța, disperarea lui e ca răcnetul unui leu. Cu cât e mai disperat, cu atât geniul lui devine mai nepoliticos și mai impunător. Să observăm: nici personajele sale cu genunchii zdrobiți nu știu să îngenuncheze. Buzele abia mai pot îngâna un suspin uneori, dar dacă gura e mută, durerea poate țâșni prin toți porii pietrei. Supliciul nu zdrobește decât corpul, moartea nu închide decât pleoapele. Dincolo de asta totdeauna mai rămâne ceva. O neconsolare eroică. O melancolie răzvrătită și mândră. Nu putem nimic împotriva nefericirii dacă n-o putem sili să creeze, să ne dea curaj și să ne ajute să trăim; nu asta spune scriind într-un sonet „Bucuria mea este melancolia"?

4

Revăd statuia pe care Michelangelo o numea *Învingătorul*. Simt că aici se ascunde ceva mai mult decât o imagine a îndoielii eroice de care vorbește Romain Rolland și care-l exprimă pe Michelangelo însuși. Sigur, tânărul gol și frumos care-și ține genunchiul pe spatele încovoiat al unui prizonier bărbos renunță în mod evident la biruința lui tocmai în clipa când ar trebui să dea lovitura de grație, întorcându-și în altă parte privirea nehotărâtă. El se răzgândește, stă în cumpănă, se trage înapoi. A descoperit parcă, deodată, că vroia altceva decât înfrângerea adversarului, ceva care face victoria sa inutilă. Dezamăgit, nu mai are puterea să încheie ceea ce a început. Dar de ce și dezgustul care se citește pe chipul lui? De ce impresia ciudată că ar fi gata să se așeze și el alături de prizonierul bărbos pentru a șterge diferența dintre învingător și învins?

Mi-l închipui pe Michelangelo cu dalta în mână, oprindu-se în aceeași poziție în fața uneia din sculpturile sale neterminate. Împrejurările l-au împiedicat sau el n-a mai vrut să dea pietrei lovitura de grație? A renunțat oare s-o desăvârșească? Nu vom ști niciodată exact. Cum nu vom ști de ce zvâcnește înapoi tânărul care și-a trântit adversarul la pământ și de ce ezită când mai are de îndeplinit o simplă formalitate, să dea cea din urmă lovitură unui ins care nu mai are cum să se apere, așteaptă să fie răpus.

În toate sculpturile sale Michelangelo ne dă impresia că se exprimă pe sine. *David* ne arată partea lui de liniște, de încredere mândră. *Moise* ne sugerează ce vor fi fost momentele sale de mânie, iar *Ziua* cele de luciditate disperată. *Sclavul ce se deșteaptă* stă culcat ca un luptător înaintea bătăliei, în vreme ce în *Pietà Rondanini* pașii ies parcă și din limitele vieții, și din limitele artei, coboară în același timp în moarte și în veșnicie. Dar imaginea *Învingătorului*, pe care Danielo da Volterra a vrut s-o aducă la catafalcul artistului, ne poate ajuta să ne apropiem de Michelangelo fără să-l idealizăm inutil. Cine vede în el doar eroul, ignorând din ce abis s-a înălțat gloria sa, se grăbește, probabil, să nu înțeleagă destinul acestui toscan ursuz, arțăgos și nesociabil care ne repetă cu fiecare operă a sa că a avut nevoie de curaj pentru a trăi și că acest curaj nu l-a putut găsi, ca alții, în liniște, ci într-un nesfârșit zbucium, dus până la singurătatea ultimă.

Înțelept? Sau martir?

Nici un sfat nu e mai cinstit decât acela care se dă pe o navă în pericol.

Leonardo Da Vinci

1

Uneori văd în el singurul spirit fără limite. Alteori mă gândesc că harul de a se pricepe la orice a fost nenorocul său. Vorbea puțin, dar nu există oare o tăcere de dincolo de cuvinte, așa cum există una dinainte de cuvinte? Stătea cu brațele încrucișate în fața unui tablou și privea ore întregi fără să tragă nici o linie, dar ce concluzie să tragem de aici? Că nu se grăbea? Sau că dorința de a fi desăvârșit era mai puternică decât el? Dacă la Goethe, cu care a fost comparat, nu mă nedumerește aproape nimic, inclusiv faptul că la aproape optzeci de ani învăța limba persană, Leonardo mă face să-mi aduc aminte mereu de unealta curioasă, inventată de el, pe care a desenat-o în tinerețe, într-un moment când se simțea amenințat; „un instrument pentru a deschide o închisoare pe dinlăuntru", constând dintr-un cleşte prevăzut cu un şurub ce servea la scoaterea cuielor. Acest amănunt oarecare mi se pare simbolic de câte ori, privind chipul lui Leonardo, îmi sună ironic în ureche cuvintele lui: „Nu cred că s-ar putea povesti isprăvile mele, deoarece le-am săvârşit fără martori". Într-adevăr, el a avut nevoie, se pare, nu atât de o unealtă care să-i deschidă „închisoarea", cât de una care s-o închidă şi mai bine. Şi, dacă judec după mine, a reuşit. Nici un alt artist nu mi-a dat acest sentiment, că, în ce-l priveşte, totul e posibil şi nimic nu e cert. Astfel că nu-mi rămâne decât să fac presupuneri cu un fel de spaimă: că taina sporeşte pe măsură ce încerc să mi-o lămuresc.

2

Leonardo ar fi zis pe patul de moarte că n-a lucrat în artă „aşa cum s-ar fi cuvenit", recunoscând astfel că avea mai multe îndoieli la sfârşitul vieţii decât în tinereţe. Despre ce înţelepciune se mai poate vorbi în aceste condiţii? Înţelepciunea de a te îndoi din ce în ce mai mult?

În acest caz, nu cumva începem prin a fi înţelepţi şi irosim un avut, în timp ce încercăm din toate puterile să-l sporim? Mă gândesc la siguranţa vanitoasă cu care tânărul Leonardo îi comunica ducelui de Milano că poate rezolva orice, înşirând lista incredibilă a domeniilor la care se pricepea: matematică, mecanică, botanică, fizică, astronomie, muzică, hidrologie, şi încă altele, pe lângă arhitectură, sculptură şi pictură. Nu lipsea nimic important din ceea ce poate cuprinde mintea omenească. Un bărbat de nici treizeci de ani susţinea, oferindu-şi serviciile, că ştia totul despre domeniile respective.

Îl privesc în desenul în care s-a reprezentat la șaizeci de ani. Are înfățișarea unui înțelept cu barba lungă, îngrijită, și părul, de asemenea lung, atent pieptănat. Oare acest înțelept e mai puțin sigur de sine decât tânărul lăudăros de la treizeci de ani? El n-a cucerit noi certitudini, ci numai noi îndoieli? Când era tânăr, Leonardo nu se dădea înapoi, pentru a stârni admirația celor din jur, să apeleze la mușchii săi care-l ajutau să strâmbe între degete potcoave de cal sau să spargă o lamă de oțel, înfășurată în batistă, ca și cum ar fi fost de sticlă. La bătrânețe are ceva din Socrate și ne vine greu să credem că acest înțelept blajin și plin de prestanță a studiat cândva modul de a injecta otravă în pomii fructiferi pentru a obține fructe otrăvite ca să răzbune o ofensă! S-ar zice că patimile nu-l mai ating, că a trecut dincolo de ceea ce sfâșie și uzează, că pulberea ridicată de invidii, ambiții, intrigi nu mai ajunge până la el. Cu figura lui de olimpian clasic arată o indiferență regală față de tot ce-i agită pe alții, nu-și mai pleacă urechea la bolboroseala disputelor efemere, nu mai ascultă decât vocea sa interioară. Asemenea lui Faust, cu care e frate, își va sfârși viața săpând canale în mlaștini. Nu asta e înțelepciunea? Dante vedea în Platon tipul ideal de bătrân. Chiar durata vieții filosofului, 81 de ani (9 × 9), era socotită un ideal de simetrie, iar Marsilio Ficino, diriguitorul Academiei platonice florentine, ținea, se spune, o lampă aprinsă în fața imaginii lui Platon, atât de mult îl venera. Ipoteza că, în *Școala din Atena* a lui Rafael, Platon are chipul lui Leonardo nu e, deci, o problemă formală. Contemporanii lui vedeau probabil în Leonardo o reîncarnare a înțelepților antici și poate că nici unele gesturi ale lui, ca acela de a cumpăra păsări în piață pentru a le scoate din colivie, redându-le libertatea, nu sunt cu totul străine de dorința de a încuraja această comparație. Unii l-au asemuit chiar cu Hermes Trismegistul. Dacă principala maladie a omului este, într-adevăr, curiozitatea insațiabilă de a ști, el a fost cel mai mare bolnav din istorie. Singurul care s-a aventurat atât de departe în utopia „omului universal"; care a reușit să extindă limitele minții omenești pe un teritoriu uriaș, chiar dacă prețul plătit pentru asta a fost scump și dureros.

E celebră încetineala cu care lucra. Ca să termine *Cina cea de taină* n-au fost de ajuns reproșurile starețului mânăstirii Santa Maria delle Grazie, a fost nevoie de intervenția și de mustrările ducelui de Milano. Ore în șir, iar uneori zile întregi, își contempla picturile fără să adauge nimic. Obsedat de fuga timpului, îl ajuta să fugă prin amânări și tergiversări. Bietul Francesco del Giocondo, de câte ori întreba când va putea intra, în sfârșit, în posesia portretului soției sale, primea același răspuns: că tabloul nu era gata. Pe de altă parte, biografii observă că dacă trebuia să taie o bucată de stofă, Leonardo începea prin a inventa niște foarfeci noi, apoi un nou aliaj de metale pentru această foarfecă. Dacă vroia să picteze un surâs, vroia să cunoască mai întâi, în cele mai mici detalii, mușchii care permit surâsul. Când cânta, se acompania cu instrumente născocite de el. Michelangelo își bătea joc de el pentru că n-a fost în stare să termine în șaisprezece ani statuia ecvestră a lui Francesco Sforza, dar ne-ar uimi o listă a preocupărilor lui Leonardo din acești ani în care demonul său inventiv nu ocolește nimic: de la nervul care face sprâncenele să se încrunte, la legile refracției și ale perspectivei; de la lămpi cu apă și diverse unelte, la dispozitive cu aer cald pentru învârtirea frigăruilor; de la mișcarea astrelor, la proiectul unui lupanar. Ingeniozitatea sa neînfrânată îl aruncă în toate direcțiile. Uneori, concepe proiecte himerice, orașe pentru construirea cărora ar fi fost nevoie de orgoliul unui Alexandru cel Mare sau mausolee pe care doar faraonii ar fi avut curajul să le vrea ridicate. Alteori, când nu se avântă în pură utopie, sacrifică o idee pe jumătate înfăptuită pentru că nu rezistă să nu urmeze o idee nouă. În vreme ce lucra la *Închinarea magilor*, pe care a lăsat-o neterminată, a început să traseze planurile unui aparat cu care vroia să cântărească aerul și să arate când se va schimba vremea. Atras de toate orizonturile, nu vrea să renunțe la nici unul. Se interesează de fabricarea oglinzilor arzătoare, de nori, de combinarea celor mai diverse materiale și studiază din nou tehnica de turnare a bronzului, deși ea nu mai avea taine de la Andrea Pisano. Înaintea lui Bacon, înțelege valoarea experienței. Înaintea lui Versaliu, creează o adevărată tehnică anatomiei, înaintea lui Copernic, știe că pământul e un astru. Devine precursor în toate, în vreme ce în urma lui sporesc ruinele proiectelor neisprăvite.

Încetineala cu care lucra era un defect. Risipa în prea multe preocupări era o vocație. Nu vom ști niciodată la câte tablouri a renunțat Leonardo pentru a studia în amănunt zborul păsărilor, creșterea ierbii, stelele, succesiunea straturilor geologice, posibilitățile de deviere a fluviului Arno sau cvadratura cercului, pentru a născoci orașe pe care nimeni nu se gândea să le construiască și fortificații care nu apărau pe nimeni. Și, poate, nimeni altul nu și-a amestecat reușitele cu atâtea eșecuri răsunătoare, care, singure, pot forma gloria unui om... Uriașul său cal de bronz, la care a visat mulți ani, n-a ajuns decât la stadiul de machetă, devenind, înainte de a se pierde pentru totdeauna, ținta preferată a arcașilor intrați în Milano... Visul său de a zbura a rămas o himeră... În fresca *Bătăliei de la Anghiari* culorile s-au scurs pe perete datorită unei rețete dezastruoase găsite în scrierile lui Pliniu. Și chiar *Cina* unde a folosit o tehnică personală bazată pe tempera, care să-i permită pauze lungi de meditație, dar care, ulterior, a favorizat apariția mucegaiului, putea fi compromisă... Nenumărate proiecte s-au risipit, au rămas în schițe. Până și *Gioconda* e neterminată, dacă-l credem pe Lomazzo...

Leonardo n-a fost numai un poet al ipotezei, cum spunea Paul Valéry. A fost și un martir al ipotezei. Căci „foamea de cauze" care-l împinge înainte se întoarce, până la urmă, împotriva lui. Nu-și suportă limitele, și le extinde mereu, dar nu le poate extinde decât frustrându-se. Inginerul îl frustrează pe pictor, pictorul îl frustrează pe arhitect, arhitectul îl frustrează pe sculptor, sculptorul pe matematician, matematicianul pe botanist, botanistul pe fizician, fizicianul pe astronom, iar ezitantul îi frustrează pe toți. Michelangelo a fost sculptor, pictor și arhitect, dar nici o clipă nu ne îndoim că, pictând și construind, el a rămas sculptor. În schimb, care a fost domeniul lui Leonardo? În celebrul memoriu adresat lui Ludovic Maurul, își descria în zece puncte, pe larg, calitățile inginerești și abia la sfârșit, pe scurt, se referea și la priceperea sa artistică.

Dacă în acel memoriu ar fi existat mai puține puncte, muzeele, nu încape îndoială, ar fi azi mai bogate. Dar Leonardo n-ar fi fost Leonardo – aventura cea mai puțin înțeleaptă și cea mai prodigioasă a minții omenești. Și ce să opunem unui „om-pasăre", cum se vroia Leonardo? Un ideal sigur de cârtiță meticuloasă? Nu e mai firesc să acceptăm că există reușite mediocre și eșecuri nemuritoare? Zborul lui ratat a contat pentru omenire mai mult decât înțelepciunea altora de a rămâne cu picioarele pe pământ.

Poate că noaptea cade, într-adevăr, din ce în ce mai deasă peste bătrânețea lui Leonardo, însă această noapte ni-l dezvăluie *universal* și prin proporțiile decepțiilor sale. A visat prea mult pentru ca înfăptuirile lui să nu sufere, s-a lăsat sedus de prea multe ipoteze și, dacă înțelepciunea este arta renunțărilor, nimeni n-a fost mai puțin înțelept decât el, dar fără acest Leonardo istoria îndrăznelilor noastre ar fi fost mai săracă. Din fericire, n-a fost cumpătat decât în regimul alimentar, auster, aproape vegetarian, pe care l-a urmat toată viața. În visuri nu și-a impus aceeași moderație. Și poate de aceea nu pare niciodată trufaș. E îngândurat și, parcă, puțin trist.

Un singur fel de risipă din viața lui Leonardo îmi dă o strângere de inimă. Poate că-i plăcea să facă decoruri pentru jocurile de la curte, costume de carnaval, edificii de pânză vopsită împodobite cu jerbe de iederă, cu panglici de aur și crengi împletite frunză cu frunză. Poate l-a satisfăcut uimirea invitaților ducelui de Milano care au privit cu gura căscată o emisferă uriașă cu partea dinlăuntru aurită, presărată cu stele, și cu cele șase planete așezate pe piedestaluri învârtindu-se, ori poate i-a gâdilat vanitatea faptul că invitații regelui Franței au discutat multă vreme despre leul mecanic ce deschidea gura când regele îl lovea cu o nuia și își arăta pieptul azuriu decorat cu un crin de aur. Nu există nici un indiciu că a socotit o corvoadă obligația de a da strălucire serbărilor organizate de protectorii săi. Și totuși, când o asemenea minte își risipește geniul în fleacuri, în artificii destinate să se veștejească după o zi, e greu să nu ai o strângere de inimă. Michelangelo îi obliga pe papi să-l amenințe cu cârja, nu recunoștea că altcineva decât Dumnezeu sau decât limitele lui putea să-l abată de la misiunea sa fără să se încrânceneze, în timp ce Leonardo pare mulțumit că are prilejul să uite de picturile neterminate. Dar poate că, din când în când, neînțelepții cei mai consecvenți au nevoie să fie înțelepți.

3

În aceeași măsură în care lui Rubens nu-i plăcea să lucreze decât înconjurat de admiratori, lui Leonardo nu-i plăcea să lucreze decât fără martori. În plus, el detestă, în declarații cel puțin, dragostea. Îl citește pe Aristotel când toată lumea îl invocă pe Platon, o pictează pe Gioconda în veșminte modeste într-o vreme care se dă în vânt după podoabe, e un „Faust fără Margareta" într-o vreme în care Rafael se stinge aureolat de legenda că a murit din prea multă dragoste, e singur în mijlocul serbărilor la strălucirea cărora contribuie, se retrage din lumină în clarobscur, în plină glorie a Renașterii.

Geniul cel mai misterios al Renașterii era, ca și Erasm din Rotterdam, un bastard, fruct al hazardului și al dragostei. Poate de aceea fructul a fost de o ambiguitate care nu spune nimic precis, nimic restrictiv, dar e cu atât mai grăitoare; ca în clarobscur, unde lumina scade pentru a fi mai bogată în sugestii.

Așa se explică probabil impresia că Leonardo ne avertizează, din singurătatea lui, că „acolo unde există cele mai multe sentimente, există și mult martiriu, un mare martiriu"; și că nu toate abisurile sunt la fel de adânci; unele nu au decât adâncimea necesară pentru a te înghiți dacă aluneci în ele.

Nimic despre Bosch

Când omul încearcă să imagineze Paradisul, obține imediat un infern foarte convenabil.

Claudel

Nimic nu m-a derutat, poate, ca pictura lui Bosch. Ce sens au vedeniile mirifice, cu luciu opalin, prin care mișună monștri? Și cine este acest bizar Hieronymus care semnează Bosch, după numele satului său natal, și care nu arată nici un interes pentru lucrurile normale? Cel mai serios dintre mistici? Sau un eretic afiliat la o sectă secretă? Se distrează înfățișându-ne coșmare minunate? Se amuză recreând lumea, caricatural, după fantezia lui debordantă? Sau vrea să dea avertismente morale? De ce fiecare smulge cât poate din „carul cu fân"? Oare, numai din plăcerea de a-și dovedi că poate smulge și murdări? Într-un autoportret, seamănă cu un alchimist, cu un astrolog, cu un vrăjitor sau, tot așa de bine, cu un războinic. Poartă un fel de cască din postav și e îmbrăcat cu o tunică încheiată până la gât. Buzele sunt subțiri, ochii scormonitori, expresia melancolică și ironică. În lumea lui stranie, e plin de umor și anxios, esoteric și exuberant. O lume de monștri uneori, într-o lumină paradisiacă. Sfinții sunt mai puțin convingători și totdeauna amenințați. *Grădina deliciilor* e neliniștitoare, în ciuda abundenței de fructe, de flori și de păsări. Infernul nu e lipsit de frumusețe, iar paradisul pare bolnav. N-are respect pentru natură, în schimb lasă ființele să devină accesorii ale peisajului. Nu-i place să individualizeze, și, pe de altă parte, ființele sale imposibile par să spună ceva cunoscut. Fantezia delirează continuu, dar dincolo de acest delir se ascunde parcă un ochi necruțător. Totul e plin de probabilități și de incertitudini, dar altfel decât la Leonardo. Ce e sigur la acest pictor secret? Eu unul nu știu. Mă mulțumesc cu o scuză. Nu cred în vestita frază a lui Leibniz pe care tronează raționalismul secolului luminilor: *Nihil est sine ratione.* „Nimic din ceea ce este nu este fără rațiune." Ultima vanitate a rațiunii ar fi să recunoască singură că sunt lucruri care o depășesc.

Tintoretto furiosul

Cele mai obișnuite moduri de a îmbătrâni sunt trei: uitarea, melancolia și iritarea.

Eugenio d'Ors

1

Cine a fost la Veneția știe. În vreme ce bei o cafea pe o terasă însorită, unde ești singurul client, sau străbați, tot singur, potecile de piatră de pe marginea canalelor, te pomenești descoperind că nu întâmplător trupul a stat în centrul picturii venețiene. În ciuda faptului că ești amețit de impresii și de ispite culturale, laguna îți exaltă simțurile și cam tot ce ai citit despre Veneția ți se pare puțin. Constați că sunt o mulțime de lucruri pe care nu le poți afla decât aici, în această combinație de realitate și irealitate care-ți restituie în oglinzi propria imagine îmbătrânită cu câteva veacuri prin palate auguste cu ziduri leproase, pentru ca afară, la lumină, să tânjești după ceva nedefinit în vreme ce te uiți la statuile coclite de vânt, la poduri, la apa care seamănă cu clopotele de bronz înverzit. Tristețea e, aici, ea însăși confuză, ca tăcerea în care întunericul și aurul se amestecă la fel cum s-au amestecat în istoria Veneției fastul și crima; și, mai ales, în serile de toamnă când vizitatorii sunt puțini și gondolierii cântă ca să-și țină de urât, sunt de ajuns o fereastră cu flori, un balcon de unde o fată tânără privește în zare sau un arbust izbucnit între ziduri, pentru a-ți da seama că decadența Veneției n-a reușit decât să-i tulbure senzualitatea. Nimic nu e cast, inocent, aici. Nici măcar cerul. Totul are un fior vinovat de dragoste și de moarte. Istoria? „*Signore e signori*, poftiți, vă rog, în gondolă. Vă voi duce să vedeți pereții pictați de Tintoretto."

Dar mai amâni întâlnirea cu Tintoretto și te uiți în jur. Turiștii se înghesuie la carnavalurile regizate pentru străini, abia au vreme să vadă monumentele pe care li le arată ghidul și, după ritual, să dea grăunțe porumbeilor din Piața San Marco. Căci un anumit gen de romantism se simte dator să onoreze decadența Veneției. Palatele nelocuite de nimeni, scările de marmură surpate pe jumătate, agonia gondolelor, totul a fost transformat în melancolie de ocazie, în *suvenir*, iar Veneția se răzbună cum poate împotriva romanticilor în tranzit, epuizându-i, îmbătându-i de senzații, silindu-i să asculte cu evlavie serenade desuete de mult. Până și vântul e bătrân la Veneția, plin de umbre. Seara, pe vreme rea, chelnerii care se plictisesc îl ascultă și fac planuri să plece și ei la sfârșitul sezonului undeva pe *terra ferma*. Corăbiile care veneau altădată din Orient nu mai pot fi văzute decât în fresce, zidurile s-au ros, treptele s-au tocit, și pe multe nu mai urcă nimeni, balurile de odinioară au devenit literatură, ferestrele sunt zidite cu miile și apa putrezește lent pe canalele atât de des invocate. Ești în afara istoriei, și asta unde?

Într-un oraș care a mizat totul pe istorie, căci bravii negustori din lagună nu erau dispuși să amâne pentru mai târziu ceea ce flota, negoțul și inteligența practică le puteau aduce imediat. Ei n-au ezitat să adune cu un aproape desăvârșit prost-gust toate bogățiile care pot să dăuneze rostului unui lăcaș de rugăciune și, transformând întreaga lor existență în spectacol, și-au învăluit în același fast victoriile, iluziile, ambițiile și plăcerile. Au prădat, și-au împodobit palatele, și-au aurit leii așezați pe socluri și au încurajat artele. Cutia pentru delațiuni de la Palatul ducal era sculptată în lemn prețios, iar podul suspinelor, faimosul *Ponte dei sospiri*, avea spărturi pentru ca, trecând, condamnații să mai poată vedea o dată laguna și să mediteze la gloria de a trăi. Acum cutia pentru delațiuni a devenit obiect de muzeu, iar gondolele au ieșit din istorie, lunecă pe apa canalelor undeva dincolo de timp. Și tot dincolo de timp privesc leii auriți de pe soclurile lor. Par gardienii unei somptuoase necropole, unde tot ce-a fost putere, ambiție, vanitate a devenit joc de umbre în mâna destinului care a înscenat aici una dintre cele mai monumentale farse; i-a dat Veneției bogăție, grandoare, aroganță pentru a o sili apoi să contemple eșecul proiectului de eternitate ridicat pe piloni; a atras-o să aibă încredere nelimitată în istorie, pentru ca tocmai istoria s-o trădeze.

Dar marea pictură venețiană a apărut într-o vreme când istoria răsfăța încă orgoliul dogilor, când nimeni nu se gândea să aștepte de la decadență vreo glorie. Flota venețiană obținea singură ceea ce mai târziu va trebui să aducă melancolia, iar palatele nu erau mușcate de umbră. Veneția credea și în vanitățile ei, și în dreptatea ei. Trăia în provocarea pe care o aruncase destinului și cu aroganța pe care o au totdeauna învingătorii.

2

Venus n-a ieșit aici din valuri, ci din cada de baie. Ea a devenit o patriciană căreia îi place să fie admirată, mai mult decât să fie iubită, și nu e nevoie s-o vedem îmbrăcată în veșminte scumpe ca să ne dăm seama că nici ea nu știe ce înseamnă modestia. E de ajuns s-o privim cum stă pe sofa. Are ținuta Veneției, gusturile Veneției, și se pricepe să pară elegantă chiar goală. Nu mai ține minte probabil nimic din serile antice, în schimb cunoaște, cu siguranță, ce podoabe preferă femeile din Cinquecento și ce părere au negustorii venețieni despre frumusețe. A învățat tot ce era de învățat de la un oraș care niciodată n-a dat dovadă de prea mult tact în dorințe; oraș de negustori parveniți care a unit din instinct frumusețea și orgoliul; unde nimeni nu râde de cele lumești și nu visează să devină ascet. Veneția din vremea lui Tintoretto recunoscând o singură măreție: măreția trăită. Avertismentele Eclesiastului nu sunt luate în seamă, deoarece venețienilor nu le-a plăcut să li se aducă aminte că există lucruri mai importante decât ambițiile și serbările lor. Ei nu s-au dat în vânt niciodată după ideile pure, le-au preferat închise într-o materialitate grea, somptuoasă; s-au aventurat cu mai puțin entuziasm decât pe mări pe cărările spinoase ale adevărului și, când au făcut-o, au fost convinși că adevărul aparține celui ce deține puterea. Încât nu e nimic surprinzător în faptul că distincția dintre virtute și păcat e aici la fel de greu de stabilit ca hotarul dintre apă și pământ. Soarele apune în lagună aruncând lungi umbre de regret și o trenă de lumină melodioasă ca în pânzele lui Giorgione. Ce poate fi mai nepotrivit în aceste condiții decât să te gândești la lucruri abstracte? Zeițele sunt mulțumite de trupul lor robust, pe care și-l etalează fără nici o sfială, mândre, firește, că pictorii venețieni, îndrăgostiți de luxul culorii, fac și nudurile să fie luxoase.

Uneori, în apoteoza formelor calde și senzuale se insinuează un fior care tulbură culorile ca o presimțire. Euforia marilor descoperiri geografice se stinge. Tribunalele Inchiziției lucrează de mai multe decenii din plin. Copernic a murit și el când Tintoretto avea douăzeci și cinci de ani, după ce a detronat pământul din centrul universului și, odată cu pământul, omul. Lunga decadență a Veneției a început, dar ea trăiește încă în aparențele prosperității. Și, oricum, nu-l poate urma pe Copernic. Pentru ea, pentru pictura ei, în centrul universului se află în continuare un trup omenesc, reprezentând viața în formele ei cele mai pline de dorință. Grandoarea se îmbracă în continuare la cel mai bun croitor și nu întâmplător Tițian, cu barba lui albă, de patriarh al culorii, viscolit de timp ca Turnul vechii Veneții, are un aer princiar chiar la nouăzeci de ani. El trăiește, ca și Tintoretto, într-un oraș care, având abia ceva mai mult de o sută de mii de locuitori, a reușit totuși să devore bogățiile Imperiului bizantin și să devină centrul economic al lumii. Iar Venerei nici prin minte nu-i trece să se întoarcă vreodată în Olimp. Se simte bine în această Renaștere *de toamnă* (dar ce toamnă!) pe care o trăiește Veneția.

Arta venețiană a urmat destul de fidel filosofia practică a cetății dogilor, punând preț pe valorile ce pot fi sărbătorite. Și pe urmă, dacă Toscana a născut sculptori, în lagună totul se convertește în culoare. Până și lumina. Culoarea se aliază cu flota venețiană pentru a linguși vanitatea Veneției și pentru a-i da iluzia că puterea ei va fi eternă. Cine să bănuiască în Cinquecento că într-o zi culoarea va face același lucru în slujba declinului, slujindu-l cu aceeași pasiune cu care a slujit gloria? Lumina umedă îngrașă culoarea, și nici pe ruine culoarea venețiană nu renunță la ambițiile ei. Desigur, Cézanne exagera afirmând că pictura s-a născut odată cu venețienii, dar adevărata aventură a culorii a avut loc la Veneția.

3

Cu atât mai curios e Tintoretto, care o ia înaintea istoriei. Zidurile pe care le vede el nu sunt încă atacate de aerul sărat, marea n-a început decât în culisele destinului lunga ei răzbunare, leii de aur încă nu sunt cocliți, clopotele bazilicii San Marco anunță reîntoarcerea din Orient a corăbiilor pline de aur și de pietre prețioase și nimic nu prevestește, în afară de neliniștea lui Tintoretto, că într-o zi pe aceste cheiuri nu vor mai forfoti decât romantici de ocazie.

Probabil, Tintoretto însuși nu înțelegea de ce era mânat de o adevărată patimă posesivă. Gurile rele ziceau că ataca suprafețe imense fiindcă venețienii plăteau pictura cu metrul pătrat, dar Tintoretto a dovedit că era în stare să lucreze și fără plată, numai să fie lăsat să acopere cât mai mulți pereți. Era mereu grăbit, convins că nu poți deveni mare artist fără a-ți istovi mâna în fiecare zi. De altfel, a fost supranumit „furiosul" din pricina rapidității cu care picta.

Dar există în această „furie" ceva care intrigă. Apostoli care par gondolieri cu corpurile înclinate deasupra ramelor, bătrâni care au fixitatea privirii pictorului, femei care cântă într-un concert, dar fiecare ascultă parcă altă muzică, interioară, o lumină ireală, semănând aceleia pe care o va folosi mai târziu cinematograful, sunt toate acestea din același secol cu Tițian? Tițian e majestuos și senin. Tintoretto își strigă angoasa pe pereți întregi. Nici unul dintre venețieni n-a fost atât de lacom de spațiu și atât de nestăpânit. El face formele să se întindă ca o velă umflată de vânt. Trupurile devin dramatice, cresc în proporții, pentru a combate, poate, o panică ascunsă, și înțelegem foarte bine de ce un fanatic al idealului clasic, ca Burckhardt, vorbește de „nu știu ce asprime și barbarie a sentimentului" la Tintoretto. Condotierii decad. O muzică neagră începe să se audă în surdină, anunțându-l pe Rembrandt. O neliniște din ce în ce mai vizibilă alungește figurile, anunțându-l pe El Greco.

4

Adevărul nu se învață din cărți, iar singurătatea nu cere nici o ucenicie. Mă gândesc la asta privind o reproducere a autoportretului lui Tintoretto de la Scuola di San Rocco. Pe autoportret figurează și anul când a fost executat. 1573. Tintoretto are, deci, aici 55 de ani. Părul și barba sunt încă negre, abia înspicate, dar fața e gravă și vag obosită. Pictorul își ține mâinile încrucișate, ca pentru rugăciune și reculegere, și privește în jos. Parcă se uită nu în oglindă, ci în apa lagunei. „Furiosul" e calm acum și chipul lui are ceva din aerul care învăluie azi palatele din lagună. E un artist singur, prin care renaște individul în plină epocă de euforii colective. Într-o Veneție îmbătată de plăcere și vanitate, mai ales că de la bătălia de la Lepanto n-au trecut decât doi ani, Tintoretto își face un autoportret în care fixitatea privirii te intimidează și te neliniștește.

5

Existența lui Tintoretto e săracă în evenimente. Și-a petrecut întreaga viață la Veneția și n-a făcut decât un drum la Roma, și acela pus sub semnul întrebării, dar în pictură a gâfâit continuu ca un maratonist în cursă. Unii l-au socotit „un geniu înăbușit de facilitate" sau „un El Greco fără inimă", ceea ce e nedrept. Amândouă impresiile provin din furia cu care a pictat. E vanitos (legenda pretinde că a așezat pe peretele atelierului său această deviză: „Desenul lui Michelangelo și culoarea lui Tițian"), dar cine și-a căutat vreodată aici gloria în modestie? Dă trupurilor opulențe pe care nu le vom întâlni decât la Rubens și, peste tumultul culorilor, face să plutească, poate fără să vrea, fosforescența unui presentiment. În aer, chiar, e ceva nou. Începe oare Veneția să descopere că gloria nu e eternă, că fastul și puterea nu sunt de ajuns? Nu, nimeni nu bănuiește, probabil. Nimeni nu bănuiește și poate e bine așa. Întotdeauna e bine așa, altfel n-am mai reuși să iubim ceea ce încă avem. Numai Tintoretto amestecă un negru de funingine în strălucirea culorilor sale. Ceva se prăbușește în artă înainte de a se prăbuși în jur. Poate fiindcă arta vede mai departe. „Furiosul" exagerează! – își spun venețienii, siguri că Veneția e încă destul de puternică pe mări pentru a privi cu încredere viitorul. Dar undeva, în umbră, trecutul se pregătește să cucerească orașul casă cu casă, palat cu palat. Și, într-o zi, la San Rocco, amintirile vor arunca umbre lungi și sonore.

Atunci?

Acum.

Călcâiul lui Ahile

În acest timp, nici nu știu ce vreau și poate nici nu vreau ceea ce știu, ci vreau ceea ce nu știu.

Marsilio Ficino

1

Când Parmigianino își picta primele tablouri, Rafael murea, și mulți au spus că grația celui după care Roma suspina, neconsolată, renăștea la Parma. Parmigianino însuși declara că vroia să-l egaleze pe Rafael și chiar credea, se pare, că sufletul marelui pictor din Urbino migrase în el.

Între cei doi pictori, născuți la numai douăzeci de ani diferență, există, într-adevăr, mai multe asemănări. Aceeași precocitate. Același prodigios har al desenului. Aceeași eleganță a liniei. Și chiar sfârșitul prematur îi apropie. Amândoi au murit la aceeași vârstă. 37 de ani.

Dar e suficient să privim ciudatul autoportret al lui Parmigianino, pictat pe un oval de lemn de forma unei oglinzi, ca să rămânem pe gânduri.

Ce s-a întâmplat oare? Unde este celebra armonie a Renașterii? Douăzeci de ani au fost de ajuns pentru ca între Rafael și succesorii săi să apară o prăpastie?

De regulă, istoriile artei rezolvă nedumeririle prin clasificări. Ele încheie capitolul glorios al Renașterii, spunând tot ce au de spus despre Leonardo, Michelangelo și Rafael, după care, înainte de a trece la baroc, deschid un capitol, de obicei sumar, pe care-l rezervă manierismului. În el îi așează pe Pontormo, pe Parmigianino, pe Rosso Fiorentino și alții, artiști considerați, dacă nu minori, de mâna a doua în comparație cu gloriile dinaintea lor, pictori neliniștiți, aproape nevropați, bizari, care aduc un val de frig metafizic peste bucuriile Renașterii. Din nevoi de simplificare, autorii istoriilor respective trec peste faptul că Michelangelo i-a supraviețuit lui Parmigianino douăzeci și patru de ani, că Michelangelo însuși pare uneori atins de acest val de frig metafizic și că, oricum, hotarul dintre Renaștere și manierism e greu de trasat, el taie câteodată în două un tablou ca o linie de umbră. Suntem asigurați, în schimb, că manierismul ar fi un simptom de regres, de oboseală care se agață de efecte; și nu lipsesc, uneori, nici aluziile clinice.

Ce-i drept, manieriștii au oferit bune pretexte acestor interpretări. Probabil, nu-i adevărat că Rosso s-a sinucis, însă unele dintre pânzele lui au făcut verosimilă ipoteza. Pontormo sta izolat săptămâni întregi, scriind un jurnal straniu în care se plânge de tot felul de boli și de spaime. Iar Parmigianino, rămas singur, ia o oglindă convexă și se privește. O aranjează în așa fel încât își vede mâna distorsionată și uriașă. Apoi își face neobișnuitul autoportret, pe un panou convex, în care identifică tabloul cu însăși oglinda. Ce rost are această mână monstruoasă?

ne întrebăm. Vrea cumva pictorul să demonstreze că distorsiunea e tot atât de naturală ca și aparența normală a lucrurilor? Ori să pună între chipul său și sine o mână diformă? Și, la urma urmei, cum se explică această năvală bruscă de aer polar în atmosfera Renașterii? Ce a îmbolnăvit sufletul pictorilor? De ce grația s-a tulburat? Să fie doar o chestiune de temperament sau de modă? Cu neputință. Ceva îi unește pe acești artiști, dar ce?

2

Dicționarele noastre, fără excepție, continuă, imperturbabile, să reducă manierismul la „afectare", „artificialitate" și „formalism", inerție care face abstracție de tot ce s-a schimbat între timp în exegeza manierismului și care are la bază, după câte înțeleg, câteva prejudecăți.

Una dintre prejudecăți privește, cred, chiar Renașterea, pe care ne-am obișnuit să ne-o reprezentăm ca pe un fel de seră în care toată lumea discuta ca la Academia neoplatoniciană din Florența sau șoptea versurile lui Angelo Poliziano. La această imagine idilică a contribuit, fără îndoială, din plin și pictura. Fra Angelico ne dă uneori impresia că în Renaștere oamenii nu trebuiau să plângă decât din cauza fericirii. Nu plângea el însuși de fericire pictând o cută din mantia Fecioarei? Dar în era de lumină a Renașterii pădurile erau, se pare, mai pline de lupi decât în tenebrosul Ev Mediu; în timpul lui Botticelli ei ar fi intrat chiar în Florența pe străzi. Botticelli a readus-o pe zeița dragostei la țărm, dar unii autori pretind că în Renaștere misoginismul a luat proporții fără precedent. Oricum, atunci s-a scris că „femeia este mai amară decât moartea". Undeva am citit că în Renaștere și credința în fantome era atât de puternică încât juriștii se preocupau în mod serios să stabilească dacă atunci când o casă era frecventată de fantome locatarul trebuia să continue să achite proprietarului chiria.

O altă prejudecată, mai plină de urmări, privește ideea de decadență. Puternici cu adevărat nu sunt cei care își ascund slăbiciunile, ci aceia, din spița lui Michelangelo, care sunt în stare să le trâmbițeze. Puternic e cel care are un călcâi al lui Ahile și, știind asta, are totuși curaj. Ahile, fără călcâiul lui, n-ar mai fi decât un lăudăros, un fanfaron care se pricepe să lupte. El ni se impune abia prin riscul pe care și-l asumă. Încât, urmărindu-l cum se avântă în luptă, am putea spune că slăbiciunile noastre apar în miezul forței noastre. Și invers.

Ceea ce ne duce spre o concluzie numai în aparență ciudată. Că o criză spirituală, cum e cea vizibilă în opera de bătrânețe a lui Michelangelo care a pregătit manierismul, nu înseamnă regres. Dimpotrivă, ea era, poate, singurul progres posibil. Ca întotdeauna când reîncepe să-și pună întrebări, arta se apropie de punctele noastre vulnerabile cu speranța secretă că va găsi tocmai în călcâiul lui Ahile forța pe care o caută.

3

Aflat între clasic și baroc, artistul manierist e, de fapt, un artist aparte, chinuit și fragil sufletește, care a pierdut o credință și încă nu și-a găsit alta. O caută. Și o caută cu spaima nesiguranței de a nu o găsi. El e artistul dintre sărbători. A venit prea târziu pentru a o prinde pe cea dinaintea lui și prea devreme pentru a o apuca pe cea următoare. Își trăiește de aceea destinul în singurătate, cu unele ciudățenii. Elegantul Parmigianino a sfârșit ca un sălbatec, cu barba lungă și părul vâlvoi, și a trebuit să plece pe ascuns din Parma pentru că se îndatorase prea mult cu experiențele sale de alchimie. Despre Rosso Fiorentino ni se spune că avea o maimuță pe care o iubea ca pe sine însuși. Pontormo era ipohondru. Cu toții sunt altfel decât Rafael. Par obosiți încă de tineri.

Ar fi greu să-l înțelegem pe Parmigianino în afara acestor caracteristici de artist care nu mai crede în ceea ce a fost, dar nu și-a găsit încă un alt ideal. Se imaginează în continuare rivalul lui Rafael, dar mâna uriașă, deformată de oglinda convexă, se așează, între noi și el, dizgrațioasă și bizară. Ea ne intrigă și poate tocmai asta a vrut pictorul: să ne fixeze privirea asupra mâinii sale. Ca efectul să fie și mai sigur, și-a pus un inel prețios pe un deget. *Noli me tangere*, parcă murmură Parmigianino.

Toate acestea ne pot împinge într-o direcție greșită. E o artă minoră, înclină unii să creadă, o artă minoră în comparație cu glorioasa, senina, armonioasa artă clasică. Renașterea a fost cântată, idealizată, dogmatizată chiar. În schimb, despre manieriști s-a vorbit cu jumătate de voce, spunându-se că sunt sensibili dar prețioși, rafinați, dar plini de ciudățenii, frământați dar suspecți de artificialitate. Parmigianino, Pontormo, Rosso Fiorentino ne sunt prezentați ca niște artiști maladivi, suferind de anomalii suspecte.

E adevărat, însă manierismul nu e un stil, ci o stare de spirit.

Scara lui Pontormo

...și-i era atât de frică de moarte, încât nu voia nici măcar să audă vorbindu-se de ea.

Vasari

În *Depozițiunea* de la Santa Felicità s-a pictat și pe sine. Și parcă Pontormo ne întreabă de-acolo, cu chipul său de sfânt, de ce-l deranjăm. Zgomotele îl tulbură. El nu deranjează pe nimeni, stă în singurătatea lui ca pe o insulă, de ce nu înțeleg curioșii că nu vrea să audă nici laudele lor? Pare, încă, sub șocul unor experiențe pe jumătate uitate, de care nu vrea să-și aducă aminte. Se gândește, poate, la bolile care nu-i dau pace. Sau, poate, la ceea ce urmează să picteze. Nu ne-au spus biografii săi că, uneori, apucându-se de lucru, se gândea atât de adânc la ceea ce avea de pictat încât rămânea scufundat în gânduri toată ziua fără să spună nimic? O clipă avem senzația că acest chip e o rană, o imensă rană. Și poate nu ne-am înșelat. Ochii fixați spre un punct pe care n-avem cum să-l zărim sunt neliniștitor de imobili. Ochi de om cu sensibilitatea ultragiată, în care teroarea se naște ușor. De la contemporanii lui știm că fugea ori de câte ori vedea un mort. Și nu se ducea niciodată în locuri unde se aduna lume, pentru a nu fi înghesuit. De altfel, singurătatea i se citește în ochii tragici și blânzi la fel de bine ca în cele douăzeci și trei de pagini, nu mai multe, care reprezintă, cum arată Hocke, „cel mai bizar jurnal din câte a lăsat vreodată în urma lui un artist european".

Cine nu le-a parcurs nu și le poate imagina. Pictorul nu se confesează, nu acuză, nu explică nimic. Inventariază sec tot ce mănâncă, tot ce-l doare și tot ce lucrează. Spune că în cutare zi s-a simțit rău, că a avut amețeli, că sâmbătă i-a crescut febra și n-a dormit deloc, că luni a avut dureri mari în trup, dar că joi a putut lucra din nou, că a fost o lună în care a plouat în fiecare zi de se umflau ușile și se umezeau pereții, că timpul acesta a adus cu el o gripă nimicitoare, din cele care ucid repede, că în ziua de 15 Bronzino a venit la el acasă să-l caute, „dar eu m-am ascuns fără ca el să mă poată găsi", că luni a plouat toată ziua cu tunete mari și fulgere, că noaptea a bolit, iar a doua zi n-a mai putut lucra. Dincolo de aceste detalii nu există nimic. Doar singurătatea unui om care poartă în el ceea ce azi am numi „răul secolului". Și totul pe un ton șoptit, fără să se plângă nimănui, fără să se adreseze nimănui. În fiecare seară, se întinde în pat, își ascultă inima și, deodată, îl cuprinde, ca o sudoare rece, neliniștea. Dacă nu va exista „mâine"? Încearcă să picteze. Apoi renunță. Ia caietul și scrie. Bineînțeles, după ce a tras scara.

Această poveste cu scara merită să fie amintită. Ea ni-l dezvăluie pe Pontormo mai bine decât orice altceva. Moralizatorul Vasari, gata totdeauna să admonesteze greșelile altora și să-i pună în gardă pe tinerii pictori, relatează uneori câte un asemenea amănunt profund semnificativ care ne face să-i iertăm aerul de pedagog destoinic și cuminte. Iată ce scrie: „În camera unde dormea și uneori lucra, se ajungea pe o scară de lemn, pe care, odată intrat, Pontormo o trăgea în sus cu ajutorul unor scripeți, astfel încât nimeni să nu poată sui la el fără voia ori știința sa". Dacă toți manieriștii au avut unele ciudățenii, Pontormo a fost, probabil, cel mai ciudat și, totodată, cel mai explicit. Gestul său de a trage scara e aproape un simbol. Scara îl lega de lume și, în același timp, îl despărțea de ea. Retras în camera sa, ca într-o cetate medievală care își ridica podurile, el refuză săptămâni întregi să-și vadă puținii prieteni. Vasari se grăbește să fie înțelegător. „Cât despre singurătate, scrie el, eu am auzit totdeauna că ar fi cea mai bună prietenă a studiului. Și chiar dacă n-o fi așa, nu cred că trebuie să dojenim peste măsură pe acela care trăiește după felul său de a fi." Dar condescendența lui Vasari e floare la ureche pe lângă „minunatele urlete" cu care alții l-au întâmpinat pe Pontormo.

Un cretan în Spania

Atunci nu-ți mai rămâne decât să-ți închipui că forța gravitației care-l trage spre pământ ar fi, dacă răstorni imaginea, forța care îl face să cadă spre cer.

Salvador Dalí

1

„Grecia explică totul în ce mă privește", spune El Greco într-un roman care-i evocă viața. Afirmația mi se pare mult prea categorică. Departe de a explica totul, Grecia vine cu o singură explicație importantă la lămurirea destinului acestui pictor, grec după origine și spaniol după suflet: faptul că el s-a născut în insula Creta, patria labirintului.

De ajuns, totuși, pentru a confirma că avem totdeauna un tată și o mamă, cum zicea Degas.

2

Satul Fodele e situat la vreo douăzeci de kilometri distanță de Iraklion. La Fodele – spune toată lumea în Creta – s-a născut El Greco și mai există acolo casa unde pictorul a văzut lumina zilei. Eruditii nu împărtășesc această certitudine, Fodele e din ce în ce mai puțin citat ca posibil loc de naștere al lui El Greco, dar cum să rezisti ispitei de a merge până acolo, aflându-te în Creta?

Mașina a mers un timp paralel cu țărmul stâncos. Mă gândeam că El Greco a regăsit la Toledo peisajul arid al Cretei natale, peisaj extenuat parcă de lumina gălăgioasă ce cădea peste piatra goală, îmbătrânită sub un cer tânăr și aproape funebră sub focul amiezii. Măslinii, rari, și iarba sumară nu izbuteau decât să pună și mai mult în relief goliciunea pietrei. Colinele păreau descărnate, ca niște schelete de zei calcinate de soare și tocite de nisipurile timpului. După vreo cincisprezece kilometri, am părăsit șoseaua care se îngâna cu marea, intrând pe un drum îngust, rău asfaltat, care se afunda șerpuitor în universul de piatră. „Spre casa unde s-a născut pictorul Domenico Theotocopuli", scria pe un indicator. Dar, pe nesimțite, domnia pietrei a fost uzurpată de o vegetație abundentă. La un moment dat, șoferul a oprit mașina, s-a dat jos și ne-a făcut semn să coborâm. Nu înțelegeam ce vroia. Ne arăta ceva nedefinit deasupra unei păduri încâlcite care începea în dreapta noastră și continua, dincolo de vale, pe un povârniș. În sfârșit, am priceput că nu se putea ajunge cu mașina la „Casa lui El Greco". Trebuia s-o luăm pe jos prin amestecul de pădure, plantații și bălării. În uriașa pată verde nu se distingea decât ceva ce părea să fie turnul unei biserici. „Casa", ne-a precizat șoferul, se găsea nu foarte departe de această biserică. Puțin mai sus. Între timp, el, după ce va bea o cafea în sat (unde era satul?), se va întoarce să ne aștepte în drum.

Am pornit, deci. Ne-am rupt câte un băț de bambus cu care făceam zgomot, cum ne învățase șoferul, ca să alungăm viperele, am trecut o apă ce semăna cu un mic râu de munte și după vreun sfert de ceas eram în plin labirint vegetal. Nu mai exista nici o potecă sigură. Trebuia să mergem la întâmplare prin plantații de lămâi și portocali aproape sălbăticite, invadate de mărăcinișuri, de cactuși înalți și de tufe de bambus, o vegetație prolixă care nu te lăsa să vezi decât la câțiva pași înainte. Turnul bisericii nu se mai zărea și nu mai știam dacă mergeam în direcția bună. Într-un amestec de hazard și improvizație, ne-am continuat totuși drumul printre arbuști cu flori grase și puternic mirositoare, care ne făceau să uităm de vipere. Nimeream uneori în râpe unde orice iluzie de cărare dispărea și trebuia să căutăm alta, dădeam peste grămezi de pietre, urme de foc, dar nici urmă de casă. Două capre care pășteau și care au întors mirate capetele spre noi au fost primul semn că „labirintul” acesta nu era chiar pustiu. Într-adevăr, după câțiva pași am zărit un om care curăța un șanț. Ne-am apropiat și am zis doar atât: „El Greco”. Parolă și întrebare totodată. Omul a făcut același gest ca șoferul și în clipa aceea am descoperit că eram foarte aproape de biserică. Dar n-a trecut mult timp și dilemele au reapărut. Biserica, sau mai degrabă capela, era pustie și părăsită. O cărare, în stânga, se îneca în pădure. Alta, mai largă și mai umblată parcă, suia spre dreapta. Am pornit pe aceasta din urmă și ne-a trebuit ceva timp să ne dăm seama că ne-am înșelat. Acum rătăceam ba la dreapta, ba la stânga, și aproape pierdusem speranța de a găsi ce căutam când, privind în jos, am zărit pe coastă, ascunse între bălării și arbori, ruinele unei case. Presupusa „Casă El Greco" nu era așadar un muzeu, ci o amintire. Timpul a cruțat în ea doar temeliile și o parte din ziduri, înverzite de iarba care le acoperă și frecventate de șerpi. Am coborât, fără să mai căutăm altă potecă, și am făcut câteva fotografii. După care am plecat.

3

Nici actuala „Casă El Greco" din Toledo nu e casa în care a locuit pictorul. Cea adevărată nu mai există de mult. Pe locul ei e o piață publică și numai ambiția toledanilor de a da un adăpost legendei cretanului a redus la tăcere obiecțiile erudiților. Și osemintele lui El Greco au dispărut, după câte știu, ca și ale altor artiști spanioli: Cervantes, Lope de Vega, Velázquez sau Calderón. Și chiar numele a străbătut secole de eclipsă. Angoasele lui El Greco n-au interesat rigoarea secolului al XVIII-lea. Celebritatea lui e recentă și nu-mi dau seama ce anume a determinat secolul XX să se intereseze de un pictor neliniștit și bizar. Fervoarea? Ar fi greu să vorbim despre așa ceva azi. Misterul? Rar un secol mai dispus să vorbească despre taine pe care nu și le dorește decât ca panaș. Fiorul tragic, poate? Nu cred.

În schimb, pot să mă minunez de ușurința cu care unii judecă, încă, pictura după criterii străine artei. Numai așa îmi explic câteva experiențe curioase care s-au făcut cu tablourile lui El Greco. Au fost fotografiați nebuni de la ospiciul din Toledo și comparați cu apostolii lui El Greco, pentru a se dovedi că pictorul s-a slujit de alienați pentru unii din sfinții săi. Comparațiile n-au dus, bineînțeles, la nimic. Un medic spaniol a fotografiat câteva portrete ale lui El Greco în care a corectat alungirea formelor, pusă de el pe seama astigmatismului, aducându-le „la normal". Aceasta în dorința de a demonstra că bizara alungire nu ascunde decât o boală de ochi și că, eliminând deformarea produsă de astigmatism, putem obține figurile cum le-ar fi pictat El Greco sănătos. Însă, comparând imaginile originale cu cele corectate, nu e prea greu să-ți dai seama că, odată cu deformarea, a fost înlăturat și misterul figurilor respective. „Normale", ele au devenit banale. Și ce să credem, în fond? Că fascinația figurilor lui El Greco e rezultatul unui accident? Despre astigmatismul lui El Greco s-a vorbit atât de mult încât s-a observat pe bună dreptate că „s-a vorbit prea mult". De altfel, expertizele cu raze X au dovedit că adesea personajele au fost alungite în faza finală și, prin urmare, alungirea a fost voită.

În *Înmormântarea contelui de Orgaz*, El Greco s-a reprezentat și pe sine printre personalitățile orașului prezente la eveniment. E îmbrăcat ca un nobil spaniol autentic și ridică mâna dreaptă până la înălțimea gulerului de dantelă. Gestul e oarecum forțat, n-are nici o justificare, dar mâna e atât de expresivă încât fără voie facem și noi comparații. Ne amintim că lui Goya nu-i plăcea să picteze mâini și că s-a folosit de toate tertipurile pentru a evita sau a micșora această obligație. În schimb, El Greco e fascinat de mâini. Nu pierde nici un prilej ca să ne arate acele ciudate, unice, „mâini înaripate", cum le numește Unamuno. Sunt așezate uneori pe inimă, ca pentru a ne spune că ele traduc limbajul pasiunii, alteori izbucnesc într-un elan mut. Au o elocință cu totul neobișnuită și nu se întind niciodată să culeagă ceva ori să mângâie. Tânjesc să zboare. Și parcă din pricina lor oamenii se alungesc; uneori atât de mult încât, ca să încapă în tablou, trebuie să îngenuncheze. Sfinți cu ochii aburiți de extaz, cavaleri cu siluete oscilante și cu fețele ascuțite, ușor asimetrice, așezați de obicei sub un cer gol, nebulos și ars, dau impresia că se simt exilați pe pământ.

E arbitrar El Greco prin formele sale alungite care nu respectă proporțiile comune? Dumnezeule, dar Don Quijote nu e arbitrar? Nu-și permite el să vadă lumea altfel decât cei din jurul său, după propria sa logică? Don Juan nu e arbitrar? Pasiunea însăși nu e arbitrară? Și observați dansul spaniol. El este, în același timp, explozie și însingurare. Flacără care arde, la fel de aproape de țipătul vital și de țipătul de moarte. Oare nu e și Spania astfel? Când tace, Spania tace ca Velázquez. Nu scoate nici o vorbă. Când izbucnește în râs, o face în hohote, ca Goya. Iar când aspiră spre ceva o face ca El Greco. Arzând de fervoare. Nimic nu e moderat în pictura spaniolă, pentru că nimic nu e moderat în sufletul spaniol. Și mă mir că Filip al II-lea, care nu era un diletant în materie de gust, n-a înțeles câte lucruri îl apropiau de străinul respins la Escorial.

4

Dar poate că acesta nu e decât un paradox în plus într-o țară și așa plină de paradoxuri. Spania nu era deschisă spre lume și totuși a spart orizonturile cu caravelele ei. Nicăieri Dumnezeu n-a fost mai brutal și mai sângeros ca în Spania unde a fost cel mai mult invocat. Soarele Spaniei e violent și trist. Ca zidurile Escorialului. Inchiziția a apărut pe un pământ scăldat de lumină. La Toledo, orașul adoptiv al cretanului, soarele arde piatra, dar umbrele sunt adânci și sonore. Amiaza e ascuțită și scânteietoare ca sabia de Toledo, dar noaptea, probabil, într-un asemenea oraș nu mai ești sigur dacă pașii care sună pe caldarâm sunt cei de azi sau de ieri. De ieri și de totdeauna, pentru că Spania este, cum o caracteriza Kant, o țară a strămoșilor.

Nimic surprinzător în faptul că într-unul din autoportretele sale El Greco are aerul unui conchistador. N-avem de unde ști ce a vrut să cucerească acest conchistador cu ochii plini de toată tristețea Spaniei, dar un fapt e sigur: soarta a făcut o alegere fericită trimițându-l pe cretan la Toledo. Nicăieri gentilomii și apostolii lui El Greco n-ar fi găsit un oraș mai potrivit pentru ei.

Există o grandoare a aridității pe care Toledo, așa cum ni-l înfățișează El Greco în *Panorama și planul orașului Toledo*, o are din plin. Stânca gălbuie și secetoasă pe care e construit orașul se continuă cu un halo de mister, în ziduri și în turnuri, într-o lumină care e a unui seceriș de piatră. Cei câțiva arbori și petele verzi din jur nu fac decât să pună în relief zidurile martirizate de soare, unde vântul trebuie că-și amplifică sunetele izbindu-se de piatra goală. E Spania în această singurătate luminoasă, în acest amestec de soare, pasiune și tăcere. Spania în care, din chilia sa întunecată, Filip al II-lea poruncea, între rugăciuni, măceluri. Spania unde Velázquez va trebui să beneficieze de favoarea regală pentru a-și îngădui să picteze, aproape pe ascuns, un nud fără să riște închisoarea, exilul și confiscarea averii. Spania în care Cervantes la cincizeci de ani, copleșit de dezamăgiri, scrie cea mai frumoasă epopee a iluziei. Spania secretă, aspră, melancolică și neîndurătoare.

„Creta i-a dat viața și penelurile, Toledo o patrie mai bună", sună versul lui Paravicino. Adică o patrie care să încurajeze partea cea mai adevărată din el și să-l ajute s-o exprime. Ce ar fi devenit El Greco dacă, în loc să fi plecat din Italia în Spania, el ar fi rămas la Roma sau la

Veneția? Până la treizeci de ani nu crease nimic decisiv. Se povestește că în perioada când pictorul s-a aflat la Roma cineva care a vrut să-l scoată la plimbare, într-o zi cu soare strălucitor, l-a găsit închis în casă, cu perdelele trase la geamuri pentru ca lumina de-afară să nu-i tulbure lumina interioară. Adevărată sau nu, această întâmplare ne spune multe despre enigma grecului devenit primul pictor al sufletului spaniol, poate chiar împotriva voinței lui, dacă ne gândim că toate cărțile sale de căpătâi erau grecești. Și nu e *Panorama și planul orașului Toledo* un fel de autoportret? Pictorii își găsesc întotdeauna peisaje care li se potrivesc și care îi exprimă.

Capul lui Goliat

Eul este detestabil... dar e vorba de cel al altora.

Paul Valéry

1

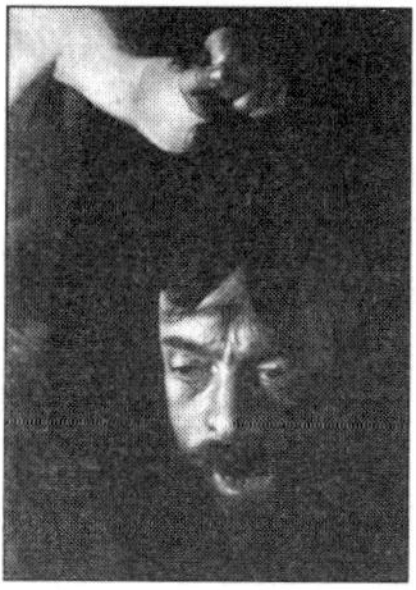

Mi-l imaginez pe Caravaggio la Judecata de Apoi, învinuit că și-a căutat sfinții prin taverne și că a încălcat bunele precepte, potrivit cărora nu e indicat ca un martir să semene cu un jucător de zaruri. Ce ar putea răspunde? Probabil, messer Caravaggio ar pretinde, cu bine-cunoscutul lui ton impertinent, că însuși Creatorul, când s-a hotărât să lase omului posibilitatea de a crea, s-a gândit cu siguranță nu la artiști dotați cu bună-cuviință, ci la artiști dotați cu talent. Câte tablouri proaste au fost, oare, pictate de artiști cu frica lui Dumnezeu și a clienților, care nu și-au îngăduit nici o nesocotință, dar n-au avut har? Destule. Prea multe. „Ei bine, ar zâmbi, poate, ticălosul, la atâta talent cât am avut eu, merit să mi se ierte păcatele." Profitând de ezitarea

Judecătorului, messer Caravaggio și-ar lua un aer de o nerușinată ipocrizie pentru a azvârli o provocare încă și mai îndrăzneață: „Preabunul Dumnezeu a greșit lăsând să existe atâția inși mediocri. Ei nu mi-au iertat în primul rând talentul și abia în al doilea rând caracterul. Or, în privința operei mi-am dat toată străduința".

Da, desigur, desigur. Michelangelo Merisi, zis Caravaggio, „pictor fără domiciliu stabil", cum sunase un denunț împotriva lui, și-a presărat drumurile și cu scandaluri, și cu capodopere. Chiar și firile mai cucernice au fost nevoite să concedă că „derbedeul" era foarte talentat. E adevărat că picta cu sabia alături și că-și dorise titlul de cavaler numai pentru a avea dreptul să poarte și pe stradă sabie, deoarece era totdeauna utilă într-un scandal, într-o încăierare sau, mă rog, într-un duel, dar să-și ceară iertare? Niciodată n-a făcut așa ceva. Când i se reproșa că-și făcea de cap și nici nu era destul de discret, era gata totdeauna să-i râdă în nas moralizatorului: „Nu-i nimic, după ce voi muri voi fi discret. De o discreție absolută. Până atunci mă mai joc". Așa că nu s-ar căi probabil nici la Judecata de Apoi.

2

„Scandalagiului" i-a plăcut să trăiască mereu pe o muchie de cuțit, rivalizând în impertinență cu Benvenuto Cellini. Pe unde a trecut, a despărțit lumea în două, ca un incendiu, ca o molimă sau ca o spaimă a spiritelor conformiste. Unii, fiindu-i partizani înfocați. Alții, dușmani de moarte. A entuziasmat și a iritat în aceeași măsură, făcând imposibilă neutralitatea în jurul lui, la Roma, la Napoli, în Malta, în Sicilia, peste tot. La nevoie, era gata să-și apere onoarea de a nu fi ignorat, crestându-i, cu vârful sabiei, obrazul sau umărul celui care nu se decidea dacă trebuia să-l admire ori să-l deteste.

În anul când a venit la Roma, adolescent încă, nu mai exista nici unul dintre „monștrii sacri”. Or, apariția unui talent atât de impetuos a stârnit panică în rândul celor ce se pregăteau să acapareze toate comenzile și să înhațe gloria de succesori ai lui Michelangelo și Rafael. Ei au început să se revolte împotriva „veneticului”, a „vagabondului fără maniere și fără măsură” care nu se mulțumea să se așeze alături de ceilalți la banchetul gloriei, le spunea de la obraz că nu recunoaște ca rival pe nimeni, că nu vrea să împartă gloria cu nimeni. Nici cu cei care muriseră. Când era sfătuit să meargă la Vatican să vadă frescele lui Michelangelo și „stanzele” lui Rafael, declara că nu vroia să fie influențat.

Adversarii aveau, deci, motive întemeiate să completeze rapoartele polițiilor cu reproșuri artistice. Unde s-a mai văzut un profet cu picioarele nespălate? Sau un apostol obosit de drum, arătând ca un biet cărăuș ce se odihnește? Nu înjosește asta pictura? În replică, acuzatul dă cu tifla. El crede că sfinții n-au nevoie să fie îmbrăcați în mătăsuri și că principala calitate a unui profet nu e aceea de a fi bine hrănit. Lui nu-i place stilul pompos. N-a vrut să ascundă degetele noduroase ori hainele uzate. N-a vrut să se folosească de culoare ca de un fard. Ceea ce l-a atras a fost nu frumusețea, ci adevărul. E oare vina lui că adevărul li s-a părut unora vulgar? Asta e, ar încheia messer Caravaggio, tușind și bucurându-se ca o pușlama că nu e pe gustul tuturor.

3

Din tenebrele care dau târcoale ca o ceață neagră *Martiriului Sfântului Matei*, se desprind, chiar în centrul tabloului, două chipuri: martirul, doborât la pământ, deschizând brațele; și călăul, gol, sinistru și viril, ridicând lancea. În rest, martori. Fiecare reacționând în felul său. Unul, cu pălăria împodobită cu pene, privește aproape amuzat. Altul, pe jumătate răsturnat la pământ, ca să vadă mai bine, e numai ochi și urechi: nu vrea să piardă nici un amănunt. Întors cu spatele, un spectator se ferește parcă, rămânând totuși pe loc. Un băiețandru, probabil unul din nenumărații vagabonzi care rătăcesc prin Roma acestui început de Seicento, țipă: e îngrozit și fuge. Și tocmai în partea cealaltă, în spatele călăului, distingem un bărbat căruia nu i se vede decât capul. Un ins cu părul negru, răvășit, cu mustățile lăsate în jos și barba scurtă, având ceva de pirat în aerul lui. Un chip întunecat, pe care violența se amestecă în mod bizar cu tristețea. Cine e acest martor? Nu seamănă cu Caravaggio însuși? Ba da, se pare că da.

Fără îndoială, scena, așa cum o vedem, s-a putut petrece în Roma, pe stradă sau chiar într-o tavernă. Dar ceea ce ne interesează acum e martorul care seamănă cu Caravaggio. Are tenul închis, ochii vii și sumbri. Da, se pare că nu ne-am înșelat. În plus, din câte ne dăm seama, e mai scund decât ceilalți. De aceea s-a aplecat într-o parte, ca să vadă mai bine, cum fac curioșii când nimeresc peste ceva care-i interesează. E oare cel mai liniștit dintre martori sau e doar o impresie? În gesturile altora se distinge o reacție. Un început de încântare sau un început de groază. În schimb, Caravaggio privește netulburat. Lumina îi cade pe față. Îi scaldă trăsăturile aspre. Ce gândește, de fapt?

E dezgustat sau amuzat de ceea ce se vede? E de partea călăului sau a victimei? E indiferent? Sau abia a venit și încă nu s-a lămurit ce se petrece? Pe fața lui nu se citește nimic sigur; nici satisfacție, nici oroare.

Tenebrele care îi învăluie chipul le recunoaștem; sunt aceleași umbre infernale pe care lumina le sfâșie ca un jet în aproape toate tablourile lui. Dar aici ele par să aibă și altă semnificație. Că însăși viața lui Caravaggio e învăluită în ele. De aceea, martorul enigmatic ne intrigă și mai mult. Ce a fost, în fond? Un asasin, cum zice Stendhal? Un aventurier? Un plebeu turbulent care visa să umble îmbrăcat în mătase, cu sabia atârnată la șold? Și care, neașteptând titlul de cavaler ce dădea dreptul la sabie, o purta încă de la Roma, ilegal, în ciuda ordinelor exprese ale papei? A fost un temperament prea coleric și excesiv ca să nu aibă dușmani? Sau un înnoitor prea impetuos și iconoclast pentru a fi înțeles de toți? Ce ascunde acest martor cu părul în dezordine, ca viața lui?

Cu siguranță, Caravaggio n-a fost un înger. Chiar dacă au exagerat cei care pretind că era gata în orice moment să-și facă dreptate cu pumnii, viața lui rămâne un roman negru, iar Caravaggio rămâne omul picturii sale. Certuri, încăierări, sfidări aruncate la tot pasul, tapaje nocturne, prietenii dubioase, aversiuni pătimașe, procese, întâmplări încâlcite, în care uneori a curs sânge, protectori influenți, dușmani neînduplecați, furii, o existență trăită între glorie și autodistrugere, nimic nu lipsește din acest destin fulgurant și straniu care a dat de furcă și poliției, și judecătorilor postumi. „A trecut toate punțile", s-a spus insinuant, s-a înhăitat cu bețivii, cu jucătorii de cărți, a intrat în conflict și cu cei care nu-l înțelegeau, dar și cu dreptul penal. Vanitos, nu recunoștea alt maestru în afară de natură. Insolent, striga asta pe toate cărările. Caravaggio era sortit, ca și pictura lui, să displacă spiritelor moderate. Și e greu de spus ce a provocat mai multe scandaluri: tablourile lui sau isprăvile lui. Nu, martorul nu arată a gentilom, în ciuda faptului că nu și-a dorit, probabil, nimic mai mult decât să se poată întoarce într-o zi cu însemne de cavaler în satul de la care își luase numele: Caravaggio.

4

Autorii de biografii romanțate încearcă acum, observ, să-l spele de păcate. Ne descriu un adolescent lombard, venind sărac și plin de visuri la Roma; egalându-i pe Rafael și pe Giorgione fără să le fi văzut operele; invidiat de pictori al căror ucenic a fost sau ar fi putut să fie; simțindu-se privit pieziș, fără să înțeleagă de ce, într-o Romă care se dădea în vânt după tablouri cu fructe și trăia sub tirania suavă a gloriei lui Rafael; și triumfând cu geniul său precoce asupra reticențelor și adversităților. Dar, probabil, acești autori de biografii romanțate l-ar fi făcut pe Caravaggio să izbucnească în râs. Cum să nu înțeleagă el de ce era privit pieziș când nu evita nimic din ceea ce îi putea împinge pe alții să-l dușmănească? Provocări, insulte, strigăte care îi făceau pe artiștii mai vârstnici să devină palizi, de genul „Eu sunt cel mai important pictor al Romei”, bătăi. Trecuse vremea când Rafael parcurgea străzile condus de o ceată de admiratori cuviincioși. Acum, admiratorii lui Caravaggio erau, ca și el, clienți ai tavernelor, jucători de zaruri, temperamente iuți, secondându-l pe pictor și în sfidarea prejudecăților, și în încăierări. Și ce e gluma asta că se răzvrătea împotriva nedreptății? Pentru el exista o singură dreptate.

Aceea care îi convenea. Și, în primul rând, dreptatea artei sale.

Caravaggio face parte dintre cei care înfruntă obstacolele convenționale cu aceeași ușurință cu care își distrug viața. El refuză să îmbrace sfinții în haine scumpe ca Rafael. Impertinent, își caută profeții prin cârciumi. Pictează apostoli desculți, cu picioarele umflate și murdare, cu hainele ponosite, aproape cerșetori, și nu se dă înapoi să insiste, cu un realism brutal, asupra ridurilor. Cum spunea cineva, sfinții lui Caravaggio sunt pictați astfel încât îți piere pofta de a te ruga în fața lor. Firile cucernice sunt consternate. Adversarii se revoltă. Cum își permite necioplitul acesta pripășit la Roma să trateze astfel subiectele sacre? Profeți care seamănă cu niște hamali. Îngeri cu picioarele strâmbe. Sacrilegiu, strigă unii indignați. Caravaggio nu se tulbură. El nu se consideră un pictor al Idealului, ci un pictor al Adevărului. N-a ascuns niciodată această ambiție, indiferent ce a pictat.

La început, a dormit sub porticurile Romei și a dat uneori desene pentru fructe ca să-și potolească foamea. Nu-l cunoștea nimeni. Era abia un adolescent, dar avid de glorie, grăbit. Apoi, numele său a ajuns să fie pomenit din ce în ce mai des. Amatorii de pictură și de scandaluri se interesau de el. Poliția mai puțin, e adevărat, în primii ani. De aceea nu se știe dacă în urma unei răni sau a unei boli a avut o stare de convalescență. Când a pictat *Bacchus bolnav*. Un autoportret, probabil.

Bacchus bolnav e un adolescent, poate vagabond, care s-a îmbolnăvit de malarie și care întoarce spre noi un chip răvășit de febră și de friguri. Pielea are un aspect nesănătos, iar umbrele îi învinețesc buzele și degetele mâinii drepte care strâng un ciorchine de struguri, simbolul vieții.

Dacă Bacchus ar strânge mai tare, pielița strugurilor ar plesni, iar mustul i s-ar prelinge pe degete ca o șuviță de sânge. De aceea zeul ține ciorchinele în mână cu o infinită tandrețe. Ceva ca o mirare copilărească alunecă pe fața lui. Bacchus a descoperit moartea și ne privește cu ochi mari, abătuți, umbriți de panică. Nu e privirea unui zeu aceasta. Sau e privirea unui zeu bolnav, care a aflat că se teme și că stă pe ruinele mitologiei. Din grădinile Olimpului n-a mai rămas decât cununa așezată peste părul negru.

De aici nu mai e decât un pas până la nerușinare. În tristețea și febra bolii, a apărut o sclipire obraznică de bucurie. „Sunt încă tânăr", se gândește parcă zeul. Și, probabil, dacă i-ar lua cineva strugurii sau cununa, s-ar înfuria și ar sări la bătaie, în ciuda faptului că e slăbit de boală.

5

În mai 1606, undeva în apropiere de Campo Marzio, la Roma, are loc o încăierare în urma unei neînțelegeri la un joc. Sunt patru de o parte și patru de altă parte, cei care se bat. Între ei Caravaggio, căruia nu-i trebuie mult ca să se înfierbânte. O vorbă. Un gest. În clipa următoare, sabia își face apariția. La un moment dat, adversarul său, lovit, cade și nu se mai ridică. E mort. Pictorul e, și el, rănit la cap. Sângerează. Prietenii îl iau de la locul încăierării și-l duc la un spital pentru a fi bandajat. Interogat acolo, de un notar, Caravaggio neagă totul. „M-am rănit eu însumi cu sabia mea căzând în stradă, declară el, și nu-mi amintesc nici unde s-a petrecut asta, nici dacă mai era cineva acolo." Notarul insistă. Dar pictorul replică sec: „Nu mai am nimic de spus". Câteva ore mai târziu fuge din Roma și se refugiază la un castel al prințului Colonna unde stă ascuns. Așteaptă acolo iertarea papei. Și între timp își amintește, poate, tabloul în care-l pictase pe David ținând în mână, însângerat, capul lui Goliat. Nu sângele, nu obrazul livid, acoperit de tristețea morții, îi înfiorase pe cei care priviseră tabloul, ci un fapt cu totul bizar: capul lui Goliat era capul lui Caravaggio însuși! Un autoportret! În fața unei asemenea dovezi de umor macabru se vorbise mult despre caracterul lui Caravaggio, fără să bănuiască nimeni însă că, într-o zi, autoportretul acesta ar putea să pară aproape profetic.

Dar papa e furios. Caravaggio i-a înfruntat ordinele. În plus, Paul al V-lea nu e atât de atras de artă ca predecesorii săi. Nu mai e vremea când Michelangelo îi putea înfrunta pe papi pentru că papii nu se puteau dispensa de el. Și apoi, dușmanii lui Caravaggio se agită. Vorbesc de răzbunare, de intransigență. În sfârșit, a venit vremea socotelilor, gândesc ei. Și chiar o spun. Caravaggio nu trebuie să revină niciodată la Roma. Și e de la sine înțeles că în viesparul acesta care zumzăie ar fi dificil un gest de clemență.

După câteva luni, pictorul se decide să plece la Napoli, cu speranța că vor veni totuși pentru el și vremuri mai bune. Aici lucrează și, mai ales, așteaptă. Dar o altă dispută îi înrăutățește situația. Fuge în Malta. Aici pictează din nou. Face portretul Marelui Maestru al Ordinului cavalerilor de Malta și e primit în rândurile cavalerilor acestui ordin. În sfârșit, e cavaler. Dar nici un semn de la Roma. Și, vai, intervine iarăși un accident. Pălmuiește pe unul dintre nobilii cavaleri, ultragiu care îl aruncă în închisoare. În împrejurări misterioase, evadează și fuge în Sicilia. Mai întâi la Siracuza. Aici, e intrigat de una din grote, care are forma unui canal auditiv. Află că tiranul Dionis se servise de ea pentru a asculta de-afară ce vorbeau ocnașii, întrucât orice sunet dinlăuntru reverberează. Și numește grota „urechea lui Dionis", denumire care a rămas până azi. Dar n-are timp să se bucure de nimic. Are impresia că e urmărit; sau e, într-adevăr. Cavalerii de Malta l-au exclus din ordin ca „membru corupt și putred" și se pare că nu s-au mulțumit cu atâta. Vor să se răzbune. Hăituit, Caravaggio fuge la Messina. Pictează și aici. Dar nicăieri nu se mai simte la adăpost. Se crede urmărit peste tot și nu mai pictează decât încins cu sabia. După puțin timp fuge la Palermo. Iar de la Palermo, înapoi la Napoli. Cu ce bilanț se întoarce? Cu o neliniște de animal hăituit, încolțit din toate părțile. Căci emisarii cavalerilor maltezi sunt pe urmele lui. Într-o noapte, la Napoli, Caravaggio e rănit și bătut atât de rău încât, după accident, la Roma ajunge zvonul că pictorul a murit.

În timpul convalescenței, pândește cu înfrigurare curierii care vin de la Roma. Ridicarea pedepsei pare aproape. Veștile care sosesc sunt încurajatoare. Încă puțin, i se spune, și papa se va îndupleca. Îl va grația, îi va permite să se întoarcă din exil.

Epuizat, Caravaggio nu mai are însă răbdare să aștepte. Nerefăcut după atacul în care fusese rănit, își îmbarcă bagajele pe o felucă și se îndreaptă pe mare spre Porto Ercole, un fort spaniol la frontiera statului pontifical, pentru a aștepta acolo grația papală și anunțul că se putea întoarce la Roma.

Urmează cel mai enigmatic episod din viața lui Caravaggio. În clipa în care debarcă la Porto Ercole, lăsându-și bagajele în felucă, pentru a se reîntoarce în cazul că ar avea dificultăți, e arestat ca urmare a unei confuzii de nume. Spaniolii cred sau se prefac a crede că e un anume señor Mendoza. Și îl încarcerează. Până se lămuresc lucrurile, trec două zile. Atunci e eliberat. Dar ieșind pe țărm, pictorul nu mai regăsește feluca. Marea e pustie ca și țărmul. Feluca plecase, lăsându-l singur într-o regiune fără apă potabilă, infestată de țânțari și de malarie. Furios și disperat, Caravaggio rătăcește pe acest țărm ostil, sub un soare necruțător, așteptând în zadar să zărească o ambarcațiune care să-l ducă de-acolo. Are un atac de febră pernicioasă, se pare. Și, fără nici un ajutor, la 18 iulie 1610 moare pe plaja pustie din apropiere de Porto Ercole, „mizerabil cum a trăit", scrie biograful său Baglione care nu este altul, însă, decât adversarul său, pictorul Baglione, cu care a avut un proces răsunător. Între timp, iertarea îi fusese acordată de papă. Dar această iertare nu-i mai servea la nimic. Pe chipul lui Caravaggio, la treizeci și șapte de ani, se lipise masca tristă care acoperă fața lui Goliat.

6

Mai târziu, Poussin l-a socotit „un distrugător al picturii", alții l-au acuzat că a ruinat poetica superioară a lui Piero della Francesca, bulversând și stricând gusturile, și multă vreme o parte dintre istoricii de artă au vorbit despre Caravaggio la fel de indignați ca și adversarii săi din timpul vieții. Dar reproșurile n-au făcut decât să-i sporească prestigiul.

Nu e singura curiozitate a acestui destin controversat. Poate că despre Caravaggio știm prea mult. Peste astfel de experiențe se așterne un fel de taină provocată nu de lipsa evenimentelor, ci de excesul lor, încât moartea, petrecută în împrejurări neelucidate cu totul nici azi, rezumă viața: enigmatică și violentă.

Adevăr și tăcere

> Măsurat în suprafață, geniul Spaniei este sărac. Măsurat în profunzime, este bogat.
>
> Salvador de Madariaga

1

Cine ar crede, oare, privind celebrul portret al lui Velázquez din *Meninele* și luând în serios anecdota acestei capodopere, că pictorul lui Filip al IV-lea era unul din acei taciturni rezervați, discreți până la uscăciune, care au oroare de oricine le-ar putea viola intimitatea? Aici își îngăduie îndrăzneli demne de un Caravaggio.

Judecând după tablou, lucrurile s-au petrecut astfel. Într-o zi din vara anului 1656, într-unul din apartamentele Alcatrazului madrilen, Velázquez făcea portretul suveranilor săi. Mica infantă Margarita asista la acest moment. Ea avea patru ani și era însoțită de două domnișoare nobile (numite „menine" cu un cuvânt portughez care înseamnă „fată"), de un bufon, de un pitic și de încă două personaje din suită. Infantei i se făcu sete și, după obicei, una dintre menine i-a adus, într-un mic vas, apă rece și parfumată. Tocmai atunci șambelanul a deschis ușa din capătul scării și apartamentul a fost invadat de un val de lumină de-afară. Brusc, Velázquez și-a dat seama de frumusețea plastică a scenei. A renunțat să se ocupe de portretul perechii regale pentru a fixa acest moment fugitiv din viața palatului, pictându-se pe sine, ieșit din penumbră. Tabloul e compus în așa fel încât lasă impresia că altcineva a zugrăvit scena.

La moartea lui Velázquez, Filip al IV-lea a poruncit să-i fie pictată pe piept în acest autoportret crucea roșie a Cavalerului sfântului Iacob, ordin ilustru în care artistul fusese primit câteva luni înainte de moarte. E singurul autoportret al unui pictor terminat de un rege.

2

Câteva scrisori au rămas de la Velázquez. Atâta tot. Și acelea reci, prozaice, administrative. Nu aflăm nimic din ele. Nici un accent de entuziasm sau de melancolie. Nici o noutate nu întrerupe liniștea monotonă, aridă, semănând cu câmpiile din jurul Sevillei unde s-a născut Velázquez. Nici măcar despre boala de care a suferit nu aflăm mare lucru. Sau despre preferințele lui. Când a fost întrebat, la Roma, ce părere are despre Rafael, a răspuns sec: „Nu-mi place deloc". Fără alte lămuriri, fără nici o motivare, încât cel care a pus întrebarea și care nu se aștepta, evident, la un asemenea răspuns va fi rămas, îmi închipui, perplex. Biografii au scotocit arhivele, au scuturat praful de pe documentele găsite. Inutil. Nici un fapt intim important și sigur n-a ieșit la iveală. Misterul a rămas să stăruie mai departe peste viața acestui solitar care n-a avut, s-ar zice, nici mari emoții, nici mari anxietăți. Sau, dacă le-a avut, le-a ascuns atât de bine încât nu le vom cunoaște niciodată.

Evenimentele din viața lui sunt puține, calme, oficiale, la persoana a treia. S-a născut la Sevilla, s-a însurat cu fiica maestrului său Pacheco, personaj influent și cu multe relații care l-a introdus la curtea lui Filip al IV-lea, a devenit pictorul regelui la douăzeci și patru de ani și a murit în serviciul regelui după alți treizeci și șapte de ani. Tactul și talentul i-au asigurat ascensiunea și o viață liniștită, consumată la curte. În afară de cele două călătorii în Italia, n-a părăsit niciodată Madridul decât pentru a-și însoți augustul stăpân care-l prețuia și accepta foarte greu să se despartă de el. Și-a asumat cu plăcere obligații și ranguri administrative, a devenit *aposentador*, un fel de mare intendent al palatului, i-a pictat pe rege și pe membrii familiei regale în situații diverse, călări sau nu, singuri sau însoțiți de câinii și de bufonii lor. Niciodată în această liniște nu se întâmplă ceva care s-o tulbure, niciodată nu se strigă: „Eu!". Totul e protocolar, solemn și misterios. Ca și în pictura lui Velázquez. Totul se petrece parcă dincolo de bine și de rău. Spania tace aici tot atât cât hohotește la Goya.

3

Întâlnirea lui Velázquez cu Rubens la Escorial și simpatia cu care cei doi pictori s-au privit ar putea avea, până la un punct, o valoare simbolică. Amândoi s-au numărat printre cei favorizați de noroc și de muze, netrebuind să renunțe la nimic, nici la talentul lor, nici la reușita lor socială, în vreme ce alții, atâția, au fost siliți să aleagă, să sacrifice ceva, o parte mai mare sau mai mică din talentul lor, ori o parte mai mare sau mai mică din starea lor. Unii au atins limitele de sus ale destinului lor artistic, ca Rembrandt, abia când au pierdut totul, alții și-au plătit scump dorința de a face carieră. Velázquez și Rubens au fost scutiți de asemenea dileme. Arta poate merge și pe covoare moi și scumpe, nu e nevoie să-și târâie picioarele prin pulbere sau să trăiască în încăperi sordide, ne șoptește din autoportretele sale diplomatul din Anvers. Arta, pare să adauge laconic andaluzul, din autoportretele sale, poate fi ceremonioasă fără să fie umilită. Numai că în timp ce Rubens, ca bun diplomat, știe să se folosească la fel de bine de vorba iscusită și de penel, Velázquez se învăluie cu o discreție absolută în tăcere mai tot timpul. La curte nu vorbea, se spune, niciodată. Era foarte rezervat și punea probabil același preț pe rangul și pe talentul său, respectând cu strictețe rigorile etichetei curții spaniole, trăind liniar și pictând ceea ce îi impunea condiția sa de pictor oficial al lui Filip al IV-lea, monarh obosit, care încerca să-și învingă oboseala cu vânători și escapade frivole.

4

Autoportretele ne arată un bărbat sobru, îngrijit, cu o mustață foarte spaniolă, îmbrăcat după moda timpului, care ne măsoară din priviri fără să-și trădeze gândurile. Dacă alți artiști vor să-și justifice opera, s-o explice, s-o apere, s-o impună, ajungând uneori, fără voie, chiar s-o concureze, Velázquez procedează invers. Ceea ce a avut de spus, a spus în opera lui. Viața se retrage în umbră, în culise.

Cei pe care-i pictează sunt calmi, asemenea lui. Femeile țin în mâini o batistă sau un buchet de flori, bărbații mănușile, arma de vânătoare, o scrisoare sau cravașa. Impresia e mereu aceeași, că, dacă ar putea vorbi, personajele acestea n-ar avea nimic de adăugat în afară de ceea ce ne dezvăluie prin tăcere și calm. Te gândești, aproape fără voie, că tăcerea are totdeauna timp. Victoria va fi, în cele din urmă, a ei.

I-a prețuit, oare, pictorul pe cei cărora le-a făcut portretul? Uneori e vizibil că-i lingușește. Dar atât, nu aflăm nimic dincolo de această impresie.

Se pare că spre sfârșitul vieții a fost învins de melancolie, dar nici atunci nu se confesează direct. Își așterne melancolia pe chipurile celor pe care-i pictează. Și încă un amănunt ciudat: un pictor de o asemenea talie n-are, practic, discipoli; el trece singur pe coridoarele palatului regal din Madrid și prin secolul său, dincolo de influențe și școli.

Mă întreb de aceea: din ce punct de vedere Velázquez este „pictorul adevărului", cum scrie pe statuia sa din Sevilla? Și ce ascunde oare lipsa de bucurie a personajelor sale? Ne întrebăm, facem supoziții. Atât. Restul, vorba lui Hamlet, e tăcere.

Semnul lui Rembrandt

Trebuie ca fericirea să fi trecut pentru a avea dreptul să spunem că a existat.

Kierkegaard

1

Ce să alegi mai întâi din acest destin? Succesul? Fanfarele celebrității care cântă? Timpul când Rembrandt se recomanda „negustor", nu pictor? Sau prăbușirea? Ruina? Ceasul când negustorii din Amsterdam i-au dat de înțeles că un artist, oricât de privilegiat de muze, nu mai înseamnă nimic dacă ei îi retrag favoarea lor? Anii când Rembrandt a descoperit că prietenii se schimbă, că popularitatea e efemeră, că hainele scumpe se învechesc, că admiratorii de ieri au devenit indiferenții de azi, că, într-un oraș în care au dreptate numai cei care reușesc, un pictor înglodat în datorii e un om sfârșit și că pe un om sfârșit nu-l mai caută decât alți oameni sfârșiți? Nimic nu lipsește din această viață: râsetele și umilințele, prosperitatea și mizeria, dragostea și singurătatea, gloria și ingratitudinea. Lipsește, poate, doar ura. A urât Rembrandt pe cineva? A avut motive, însă nu cred că și-a urât nici creditorii. Sau, cine știe? plimbându-se pe cheiurile Amsterdamului, amestecându-se în lumea pestriță a portului și uitându-se cum se încărcau și se descărcau mărfurile din corăbii, va fi ajuns la concluzia că într-un oraș de negustori meritele se cântăresc, inevitabil, pe aceeași balanță pe care se cântăresc mătăsurile și covoarele.

2

A fost învinuit că înjosește miturile, deoarece s-a folosit de ele pentru a picta un trup gol de slujnică, dar există ceva care să exprime mai bine căldura umană decât culoarea lui Rembrandt, acel amestec de aur și sânge care e numai al lui? Goya va descoperi în nefericire ceva mai înfricoșător decât neantul. Neantul ființei. Pe pulberea osemintelor, un deget scheletic scrie: *Nada*. „Nimic." Nimicul. Până la urmă, în „casa surdului", Goya se hotărăște să se înconjoare de vedenii care-i spun continuu că omul e crud, rău, urât, că infernul e trăit. Saturn își devoră copiii ca un dement. Nu există nici o speranță în deznădejdea lui Goya, bântuită de coșmare. A lui Rembrandt e fără nici un coșmar, doar cu o mare noapte în jur și cu o imensă, sfâșietoare tandrețe care respiră din fețele uzate de timp, din mâinile împreunate într-un gest simplu, nepatetic. La Goya chipul devine o mască. Nu mai poate fi mântuit. La Rembrandt devine un univers. Nici o ironie, nici un reproș, nici o invectivă nu schimonosesc și nu întunecă figurile pictate de el. Nici măcar când pierde ultimele ființe care-l iubesc. Vorbele amare, teribile ale lui Goya – „toți se înșeală și nimeni nu se cunoaște pe sine" - nu se aud în lumea lui Rembrandt. Aici, nimeni n-ar scrie în praful de la picioarele sale „nimic", în ciuda umbrelor care se întunecă și uneori cuprind o parte din trup. Pesimismul lui Goya, mizantropia lui nu mai lasă loc decât pentru spaimă. Rembrandt nu e nici optimist, nici pesimist. Bătrânii lui stau dincolo de clasificări. Ei există, acesta e principalul. Sunt singuri, uneori gârboviți, prost îmbrăcați, dar nu ne lasă să înțelegem că lumea ar fi o mascaradă. În fața morții, a nopții, a vidului, viața își păstrează intactă taina. Poate de aceea acești bătrâni obișnuiți par niște filosofi.

În jurul lor e mereu noapte, noaptea lui Rembrandt, care e mai puțin întuneric și mai mult o *altă formă de lumină*, dar în această noapte nu-și face loc nici un monstru, nici un demon. Culoarea rămâne caldă, parcă și mai caldă, când oamenii au chipul brăzdat de zbârcituri și uzat. Dacă omul a fost vreodată mai străin de zei, reușind să triumfe în perisabila lui umanitate, atunci aici se întâmplă acest miracol, în această lume cu profeți care nu predică nimic, dar a căror tăcere, a căror noapte țin loc de o bibliotecă.

3

Ei citesc mereu aceeași carte, dar, văzându-i, ți se pare o simplă glumă faptul că în inventarul bunurilor lui Rembrandt, când avutul i-a fost scos la licitație, figurau numai douăzeci de cărți. Așa cum altă glumă e să-l judecăm după călătoriile sale. Rembrandt n-a depășit niciodată hotarele Olandei. Călătoria în Anglia, care i-a fost atribuită, nu e decât o legendă. N-a părăsit nici Amsterdamul, după ce s-a instalat acolo, decât de două ori, o dată pentru a se căsători cu Saskia și a doua oară când a făcut o plimbare până la Utrecht. Dar pictura l-a dus unde nu-l putea duce nici o corabie, căci nimeni n-a văzut pe un obraz omenesc ceea ce a văzut acest olandez.

Cariera lui a început strălucitor: o căsătorie din dragoste cu o femeie frumoasă, care pe deasupra era și bogată, comenzi multe, reputație rapidă. Destinul îi surâde, inițial, fiului morarului din Leyda. După câțiva ani, însă, își arată colții, aruncându-l în durerea unor dolii succesive. Trei copii. Saskia. În anul când moare Saskia, Rembrandt termină *Rondul de noapte*, care e rău primit. Treptat, clienții încep să se rărească. Pictorul se izolează, bravează, ține seama din ce în ce mai puțin de gusturile negustorilor din Amsterdam. Câteva speculații financiare neinspirate și pasiunea sa de a colecționa obiecte prețioase îl ruinează, îl duc la dezastru, la faliment. Au loc trei licitații care-l lasă sărac, dar nu-și poate achita datoriile și va rămâne insolvabil până la moarte.

La Amsterdam, acum, în Rijksmuseum, vizitatorii caută, firește, *Rondul de noapte* și privesc tabloul mirându-se că o asemenea capodoperă a putut să scandalizeze. Afară, pe străzi, în ceața subțire amestecată cu ploaie și cu mirosul mării, destule case au aceeași tonalitate închisă. Chenarul alb al ferestrelor foarte largi, dornice de lumină, abia reușește să îndulcească severitatea zidurilor, așa cum în moda secolului al XVII-lea gulerul de dantelă atenua răceala hainelor. Arcada clădirii din care iese, în *Rondul de noapte*, compania de archebuzieri seamănă cu ceea ce se poate vedea uneori în plină stradă.

Dar bătrânilor lui Rembrandt nimic din ce s-a întâmplat până azi nu le este, se pare, străin. Undeva, dincolo de noaptea care îi învăluie, secolul nostru aleargă în toate părțile cu cele mai diferite mijloace, mașini, trenuri, autobuze, avioane, vapoare, spre ce? Nu cumva spre ceea ce acești bătrâni au aflat de mult, fără să se miște din încăperea lor?

4

Autoportretele sunt peste șaizeci. De ajuns pentru a forma, singure, o operă. Nimeni nu și-a pictat de atâtea ori chipul. Și ce surpriză rezervă ele!

Dacă într-un muzeu de artă greacă statuile ar fi aranjate cronologic, s-ar observa probabil destul de bine pe chipul lor cum viața interioară urcă spre suprafața marmurei. La început, surâsul e fin, secret, abia perceptibil. Apoi buzele freamătă. Și, în cele din urmă, se deschid. Dar tocmai această clipă în care zeii descoperă fiziologia e dovada decadenței sculpturii grecești. Când viața interioară ajunge la suprafața marmurei, marea artă greacă moare.

În autoportretele lui Rembrandt se întâmplă un fenomen invers. Din ce în ce mai mult viața interioară capătă adâncime. O vreme, ea abia se ghicește. Pictorul pare preocupat de ceea ce se întâmplă în jur, de succesul lui, de tranzacțiile sale, de tihna unui cămin reușit. Se uită în oglindă, sigur de sine. Își permite chiar să se amuze, să se joace, să se deghizeze. Apoi încep să apară grijile, norii. Privirea se umbrește. Noaptea din jur sporește, se îngroașă. Amenință? Da. Iată, dramele, doliile, dezamăgirile i-au despicat viața în două. Ochii devin mai profunzi. Viața interioară triumfă acum în toți porii. Rembrandt e bătrân, singur, ajuns la limitele picturii.

Autoportretele sale ne spun astfel o dublă poveste. Pe de o parte, povestea unui trup care se îndepărtează mereu de gloria ingenuă a tinereții și, pe de altă parte, cea a unei vieți interioare care se apropie de gloria amară a înțelepciunii. Pe măsură ce trupul își pierde vigoarea și îmbătrânește, chipul lui Rembrandt ne fascinează tot mai mult. Și dacă toate aceste autoportrete ar fi strânse într-o singură, uriașă, sală de muzeu, am vedea că pictorul e din ce în ce mai puțin dispus să se flateze. Nu îndulcește ceea ce îl dezavantajează, gura cu buze cărnoase sau nasul mare, iar când așează pe cap o bonetă neagră, nu-i mai pasă decât de adevărul său interior.

5

În primul autoportret, Rembrandt are douăzeci și trei de ani; vârstă la care orice vanitate e scuzabilă, inclusiv aceea de a poza în armură. „Se face mare caz, dar poate prematur, de fiul unui morar din Leyda", cam așa se vorbise la început despre el, iar tânărul pictor pare decis să demonstreze că n-a fost exagerată uimirea produsă de apariția lui. Poate de aceea are o siguranță bătăioasă, pe care candoarea o atenuează și o transformă în farmec. Unele stângăcii sunt vizibile, dar tânărul în armură îl vestește pe Rembrandt. Își scaldă în lumină numai jumătate de obraz. Cealaltă jumătate o întunecă. Încă de acum, umbra se luptă cu lumina ca Iacob cu îngerul.

6

Iată-l și la douăzeci și nouă de ani. S-a mutat de patru ani la Amsterdam și cunoaște o rapidă celebritate, îndeosebi ca portretist. Din cincizeci de tablouri pictate în ultimii doi ani, patruzeci și șase sunt portrete. S-a însurat, dota Saskiei îl scutește de grijile materiale, a început să joace la bursă, să facă negoț cu obiecte de artă și se întâmplă, nu rar, să-și cumpere singur, la prețuri exorbitante, gravurile pentru a le ridica în felul acesta cota. Are discipoli, faimă, clienți, își îmbogățește continuu colecțiile de tablouri, arme, sculpturi, gravuri și curiozități exotice, care constituie marea lui pasiune, bineînțeles, după pictură. Pe scurt, prosperă. Nu, nu acesta e adevăratul Rembrandt. Nu acest negustor care râde, ținând-o pe Saskia pe genunchi și ridicând o cupă în sănătatea noastră. Nu acest burghez mulțumit de felul cum îi merg afacerile, îmbătat de succes mai mult decât de vinul de Rin, acest olandez vesel care tocmai a făcut, s-ar zice, o tranzacție fericită și sărbătorește evenimentul în familie, nu el e leul a cărui gheară a rupt o parte din pecețile de umbră ale destinului. Leul va fi știrb, bătrân, singur, hărțuit, or, aici avem de-a face cu un bărbat tânăr, jovial, mândru de superba lui pălărie cu pene, de mustața lui fină și de sabia ce-i atârnă la șold. Întrebarea lui Hamlet i se pare, probabil, ca tuturor negustorilor din Amsterdam, rău pusă. „A fi sau a nu fi?” Nu, „a reuși sau a nu reuși”, aceasta-i întrebarea. Cu tânăra lui soție pe genunchi, pictorul de douăzeci și nouă de ani e în deplin acord cu orașul care-i face comenzi de portrete și cu soarta care-l răsfață deocamdată. E adevărat, a refuzat oferta de a merge în Italia, cum cere moda pentru pictori, motivând că și-ar pierde un timp prețios călătorind, în rest, însă, nu contrariază deocamdată logica negustorilor din Amsterdam. Dimpotrivă.

Când îl vom vedea arătând ca un Iov, nu vom putea spune, deci, că n-a știut ce-a pierdut. A cunoscut vanitatea, a cunoscut satisfacția de a fi bine îmbrăcat, a cunoscut plăcerea de a ține o femeie iubită pe genunchi, a gustat licoarea vinurilor scumpe, a avut bani, mobile prețioase, obiecte rare, a fost fericit, a fost iubit, a iubit el însuși, a fost flatat de negustorii din Amsterdam și, la rândul său, i-a flatat uneori în portrete. A cunoscut totul. În tinerețe a scris aceste două versuri în albumul unui călător german: *Ein frommer Mut/ Acht't Her vor Gut* (Un cuget curat își păstrează neîntinată onoarea). Și-a păstrat onoarea, dar fără să disprețuiască plăcerea.

7

Uneori, pare bănuitor. Alteori, malițios. Și încă o dată râde. Un râs ușor forțat. Se gândește, poate, la polițele semnate. A vrut neapărat să-și cumpere o casă impunătoare, nu a rezistat tentației. Pentru clienții săi, negustorii din Amsterdam, valoarea se măsoară după felul în care trăiești. Filosofia îi interesează mai puțin. Chiar deloc. Descartes zicea că într-un asemenea oraș poți să stai toată viața fără să te știe nimeni. Iar Spinoza care scrie, nu departe, în timp ce Rembrandt pictează, e încă o dovadă că respectabilii, întreprinzătorii negustori din Amsterdam nu se prăpădesc cu firea după filosofie și nici după viața interioară.

Dar iată că ne privește din nou liniștit cu ochii săi căprui. Își cunoaște valoarea și încă n-a descoperit că asta nu-i totdeauna de ajuns. Pe urmă, e atât de dulce povara gloriei! De ce să-și strice bucuria că locuiește, în sfârșit, într-o casă demnă de numele său? Mai bine să se distreze puțin. E tentat de parodie, de peruci, de travestiuri. Își pune pe cap un turban, îmbracă o tunică persană, se împodobește cu bijuterii luminiscente și schimbă măștile ca într-un carnaval uluitor. Urmărindu-l, ne întrebăm fără voie dacă legenda care pretinde că-și picta chipul pentru a nu plăti modelele n-are totuși un sâmbure de adevăr. Bărbia e despicată, ca de obicei, dar unde a dispărut ridul vertical de pe frunte? Să avem răbdare. Va veni un moment când el se va adânci și nu va mai putea fi evitat.

8

Într-o zi din februarie 1640, consilierul municipal Frans Banning Cocq, senior de Purmerland și Ilpendam, căpitan al gărzii civice, a venit la Rembrandt să-i comande un tablou. El și cincisprezece archebuzieri din compania sa erau dispuși să-i achite pictorului câte o sută de florini fiecare pentru o mare pânză în care să figureze toți. În uniformele lor și cu toată solemnitatea cerută de condiția lor, bineînțeles. În ce-l privește pe el, seniorul de Purmerland, se va înveșmânta în catifea neagră și, ca semn al rangului său, ori mai degrabă al distincției sale, va purta în mână doar un baston de trestie. Și, firește, în calitate de căpitan al gărzii, va trebui să se afle în frunte. Consilierul a mai propus ca pictorul să înfățișeze garda civică ieșind din casa seniorială a familiei Cocq, cu stindardele și muzica de rigoare. În rest... În rest, faima lui Rembrandt era o garanție suficientă că tabloul se va bucura de succes.

Apoi, onorabilii archebuzieri au început să vină pe rând în atelierul lui Rembrandt, să-i pozeze. Evident, cu întregul echipament, înveșmântați în platoșe și purtând coifuri sau pălării. Fiecare încercând să-și asigure cum putea mai bine partea de nemurire. Cu o pană prinsă la pălărie sau printr-o atitudine bine găsită. Și, cum celor din gardă nu li se impunea o anumită uniformă, fiecare îmbrăcându-se după gustul și punga lui, se înțelege că bravii archebuzieri vor fi studiat cu grijă imaginea pe care vroiau s-o ofere eternității despre ei înșiși. Și vor fi așteptat cu nerăbdare să vadă sub ce formă vor înfrunta veacurile. Mai ales că Rembrandt nu vroia să le arate tabloul decât gata.

Această clipă a venit, în sfârșit, după doi ani de așteptare, și îmi închipui stupoarea cu care archebuzierii vor fi privit tabloul atunci, tăcerea care s-a așternut, jena, surpriza, nedumerirea, dezolarea. Și tot ce-a urmat. Scandalul. Căci acești negustori cumsecade se așteptaseră la orice, dar nu la ceea ce se vede în *Rondul de noapte*: o învălmășeală pitorească de burghezi înarmați, care trece la asfințitul soarelui într-o solemnitate dezordonată, gălăgioasă. Și dacă ar fi fost numai atât! Dar, cu excepția a doi-trei, nici unul nu este înfățișat în întregime. Unora nu li se vede decât capul, cu toate că și ei au plătit tot o sută de florini ca și ceilalți. În schimb, în tablou au fost adăugați figuranți, care n-au plătit. Ba, în învălmășeală se amestecă și un câine. Ceea ce nu e un amănunt tocmai potrivit pentru a da un aer triumfal procesiunii. Nici ștrengărița căreia îi atârnă o găină la cingătoare nu e cea mai bună dovadă că asistăm la o defilare serioasă. Nici copilul cu casca pe cap, care fuge. Prin urmare, degeaba și-au dat domnii archebuzieri osteneala de a poza cât mai semeț. Pictorul și-a îngăduit să nu țină seama decât de ideea lui. Ei simt că acesta nu e tabloul *lor*. Nici măcar noaptea din care ies, sau spre care se îndreaptă, nu este noaptea *lor*. Este noaptea *lui*, a lui Rembrandt, care și-a permis să transforme un subiect comandat în prilej de a se exprima pe sine însuși. Și de a pune în valoare viața lor interioară.

Dar ce le pasă domnilor archebuzieri de viața lor interioară? Ei au plătit pentru a fi văzuți, admirați, nu pentru a se ști ce gândesc; pentru a fi bine luminați, nu pentru a fi împinși în umbră. Au vrut să li se vadă costumele care, iată, abia se disting la cei din ultimul plan al tabloului. Cum să fie mulțumiți? Tabloul îi costă o sumă care aproape atinge prețul unui soi rar de lalea, adus din Orient (nici măcar o pânză celebră de Rafael nu izbutea să concureze cu bulbii din soiul *Amiral Leifkins*, cotat – zic documentele vremii – la cinci mii două sute de florini!), dar au fost păcăliți, trași pe sfoară. Cine nu le va da dreptate în Amsterdam?

Rembrandt e și el năucit. Doi ani a trăit cu patimă acest subiect. Numai boala Saskiei l-a preocupat atât de mult. Dezvăluind tabloul, se așteptase la exclamații entuziaste, la strigăte de admirație, și când colo... *Rondul de noapte* încheie ceea ce biografii numesc „epoca fericită" a lui Rembrandt.

9

Acum stă la fereastră. Ce privește? Poate, strada. Poate, viitorul. Sau, dimpotrivă, amintirile. Căci omul începe, nu-i așa? prin a fi un sistem anarhic de speranțe și sfârșește prin a deveni un sistem organizat de amintiri.

Rembrandt n-are decât patruzeci și doi de ani aici, dar mormintele i-au și năpădit viața. I-a murit mai întâi mama, pe care a iubit-o enorm. Apoi copiii, cu excepția lui Titus. Și ultimul doliu, moartea Saskiei.

Toate acestea au lăsat urme. Fața îi e scăldată de o lumină zgrunțuroasă, iar gura îi e imperceptibil crispată.

E poreclit, acum, în derâdere „prințul tenebrelor" de detractori inculți, care nu știu că există o lumină pe care numai noaptea ne-o descoperă: cea a astrelor; și că lumina lui Rembrandt e la fel, are nevoie de umbre ca să strălucească.

Lupta aceasta dintre lumină și umbră nu mai e melodramă, ca la Caravaggio, ci tragedie. În plus, cu ajutorul ei, Rembrandt ne obligă să vedem esențialul. Aruncă în umbră ceea ce îl interesează mai puțin, la fel cum își împiedica, în atelier, vizitatorii să examineze prea de aproape tablourile, pretextând că mirosul culorilor îi incomoda.

10

Un contemporan de-al lui ne asigură că n-ar fi deschis ușa, în timp ce lucra, nici primului monarh din lume. În schimb, trebuie să le-o deschidă creditorilor, care-l sâcâie chiar și după ce l-au silit să se declare falit, și portăreilor care vin să-i inventarieze bunurile, colecțiile, totul. A rămas insolvabil și începe, la 51 de ani câți are acum, un lung șir de experiențe umilitoare, penibile. Își va vedea scoase la licitație colecțiile, faimoasele sale colecții, la care ține atât de mult. Va pierde și casa. Guvernanta fiului său Titus îl dă în judecată, învinuindu-l că a înșelat-o cu promisiuni de căsătorie. Hendrickje Stoffels, cu care stă împreună și care-i dăruie afecțiunea ei timidă și modestă, e blamată de Biserica reformată și privată de dreptul împărtășaniei. Toate se năruie în jur, acum când arta lui ajunge la adâncimi neatinse încă. A greșit, oare, vrând să fie el însuși, când nu i se cerea decât să fie ca toată lumea?

Dar Rembrandt pare să știe că, între el și negustorii din Amsterdam, conflictul e inevitabil. E calm, deși intuiește, probabil, ce va urma.

11

A îmbătrânit. De fapt, bătrânețea l-a fascinat încă din tinerețe, când a făcut de mai multe ori portretul mamei sale și al tatălui său. Câteodată s-a îmbătrânit voit pe el însuși în autoportrete. Într-unul, în care lumina a fost pusă să-i arate fără milă ridurile, s-a înfățișat ca un om de patruzeci și cinci de ani, deși n-avea nici treizeci pe atunci. A studiat, cu vădit interes, o vârstă de care alții se tem.

Rembrandt n-a fost totuși niciodată un pictor al decrepitudinii! Cine consideră că dintre toate ruinele din lume bătrânețea omului e cea mai tristă poate avea în fața bătrânilor săi, cu bărbi albe și umeri obosiți, o revelație. Există o grandoare a mâinilor slăbite, o sfințenie a chipurilor brăzdate de vreme, o umanitate mută a privirilor pe care splendoarea trupului tânăr nu le cunoaște. Poate fiindcă nici o iubire nu e mai profundă ca o iubire rămasă fără speranță. Viața se meditează pe sine în ființa acestor bătrâni și, poate nu întâmplător, pe măsură ce Rembrandt rămâne mai singur, bătrânii din tablouri se înmulțesc. Aproape toți luminați de soarele din amurg. Aproape toți absorbiți de gânduri. Filosofi fără nume, îmbrăcați uneori în haine sacerdotale, alteori în haine obișnuite, taciturni care au uitat parcă de mult să mai vorbească. Sau consideră cuvintele inutile.

Dar nici unul nu seamănă cu bătrânul care face o reverență în oglindă și râde ca un cabotin. Doamne, el e chiar Rembrandt! Are pe cap o tichie de saltimbanc. Nu cumva își bate joc de noi? Romantismul ne-a învățat că geniul se ridică deasupra vicisitudinilor. Or, bătrânul cu grimasă de paiață nu e decât un om hărțuit care, stând încovoiat în fața publicului, a negustorilor din Amsterdam probabil, pare să mormăie ironic: „Domnilor, ați câștigat. Arta se pleacă în fața dumneavoastră".

Prin urmare, așa arată sfârșitul gloriei? Și unde e acea „privire fără spațiu" pe care o întâlneam înainte la Rembrandt? A dispărut pe drum? Ce drum! De la pălăria cu pană la scufia aceasta de clovn. De la cupa cu vin de Rin la reverența aceasta hilară. Și la privirea cu care întreabă: „De ce vă uitați la mine astfel? Am fost un artist la modă, domnilor. Numai la bătrânețe am ajuns o bufniță". Așa l-au poreclit vecinii, „bufnița", pentru că iese numai noaptea.

Mobila i-a fost luată și vândută la licitație. Abia câte o pisică mai dă târcoale prin camerele pustii. Ușa stă mai mult închisă. Cine să vină? Admiratorii au dispărut. Prietenii, și ei. Clienții sunt extrem de rari. Și sunt mai ales bătrâni pe care Rembrandt îi pictează pentru plăcerea sa. Negustorii din Amsterdam nu-l mai caută. Nici măcar cei cărora le-a făcut portretul. Viața! A trebuit să semneze un act, cu Hendrickje și Titus, prin care a devenit angajatul lor ca să scape din ghearele creditorilor care, altfel, i-ar lua și tablourile pe care le pictează acum. „Ce să fi făcut? Ei sunt mulți", râde gura știrbă. Așa e. Steaua lui Rembrandt a declinat odată cu starea lui, iar cu această tichie caraghioasă e greu să mai joci un rol într-o societate onorabilă.

Înainte de a pleca, mai întoarcem o dată capul. Și parcă zărim o sclipire veselă, sarcastică în ochii saltimbancului. Parcă ar spune: „Acum nu mai depind nici de onoruri, nici de mărginirea celorlalți". Într-adevăr, aici unde e falit, Rembrandt s-a lepădat de toate limitele. Faptul că a fost un pictor la modă putea să-i fie fatal, să-l aservească modei. Însă obtuzitatea celor din jur i-a venit în ajutor. Cu cât dezamăgirile, loviturile nu-l ocolesc, cu atât culoarea sa devine mai caldă. Și-a câștigat libertatea de a nu mai aștepta nimic de la nimeni și de a scormoni până în cele mai adânci unghere ale lumii sale interioare. Iar fraternizarea cu el se împlinește mai ales aici, unde e mai singur. Căci sub această mască hilară tristețea face să strălucească viața până la suferință. Bătrânul cu tichie de clovn nu mai e „un pictor". E chiar pictura.

12

În ultimul său autoportret se uită liniștit. Placid. Și-a pus pe cap un fel de turban de sub care iese părul lung și alb. Pare bonom și, da, resemnat. „Totul trebuie iertat, altfel ce ne-am face?", spune parcă bătrânul cu obrajii blajini și buhăiți, cuprins de o pace pe care n-am văzut-o niciodată pe chipul lui. A îngropat-o și pe Hendrickje. A murit și Titus, ultimul său sprijin. Nu mai are pe nimeni. E singur și în viață, și în pictură. Ce mai poate spera? Poate că nimic nu-l mai sperie acum, de aceea e pregătit să accepte noaptea pe care a invocat-o mereu... Numai în privire i-a rămas aceeași umbră discretă și caldă. Van Gogh a numit-o „tandrețe mâhnită". Și a văzut în ea semnul distinctiv al lui Rembrandt.

Artistul la azil

Bătrân, Hals dă impresia că și-a pierdut verva. Dar au fost descoperite la el douăzeci și șapte de nuanțe de negru.

1

Până la un punct, povestea ne reamintește de Rembrandt... A fost odată un copil, fiu al unui țesător de pânzeturi din Anvers, care a arătat de mic înclinații neobișnuite pentru desen. Mai mult decât să scrie și să citească, băiatului îi plăcea să mâzgălească portrete. Mai târziu, familia țesătorului de pânzeturi s-a mutat la Haarlem, unde băiatul a început să studieze pictura și a devenit pictor. Era mare nevoie de pictori în Olanda secolului al XVII-lea, deoarece nu se descoperise încă fotografia, iar domnii negustori nu puteau să aștepte, ardeau de nerăbdare să-și vadă chipurile imortalizate. De aceea comandau portrete în care artiștii trebuiau să-i înfățișeze fie surâzând, fie serioși, îmbrăcați în hainele cele mai bune, singuri sau cu alții, cu prietenii de pahar ori cu colegii de breaslă. De cum și-a terminat studiile, tânărul nostru pictor s-a pus pe treabă și, înțelegând spiritul epocii, nu și-a pierdut vremea cu peisaje, compoziții istorice și religioase; s-a concentrat asupra portretelor. S-a căsătorit și a avut șapte băieți, dintre care cinci au devenit, după exemplul tatălui lor, pictori, și trei fiice.

La Haarlem nu ducea lipsă de comenzi. Dimpotrivă, putea să-și cearnă clienții. Îi prefera pe cei stăpâniți de pasiuni puternice, fiindcă putea așterne pe fețele lor propria sa poftă de viață; dar, din același motiv, nu i-a ocolit pe tinerii petrecăreți și pe cântăreții de bâlci, mai ales că nu-i displăcea, se pare, nici lui să aducă ofrande lui Bacchus. Nu era deloc un pictor discret, rezervat. Și chiar culoarea îl trădează prin strălucirea ei sonoră. Sau, Dumnezeu știe, poate n-a făcut decât să înțeleagă mai bine ca alții (mai bine ca Rembrandt, de pildă) că olandezii din secolul al XVII-lea vedeau în buna dispoziție un indiciu al reușitei sociale pe care puneau atâta preț. Fapt e că mulți râd sau surâd în portretele sale.

Asta până când destinul s-a decis să se răzbune pe un epicurean atât de convins, arătându-i că lumea știe și altceva, nu numai să zâmbească. Mai întâi îl face să vadă că, treptat, nu mai e la modă. Tușa sa prea liberă e de vină? Trebuie să cedeze întâietatea unor artiști mai tineri. Apoi – de parcă Olanda ar vrea să ne spună aceeași poveste! – mobilierul îi este confiscat din pricina unei datorii. Clienții se răresc. Prietenii se împuținează și ei. Fiii și fiicele? Nu se știe ce fac. Probabil, au propriile lor probleme, deoarece bătrânul Frans Hals trebuie să ceară sprijinul municipalității care îi acordă un ajutor anual de două sute de guldeni și cinci căruțe de turbă pentru a se încălzi. Va sfârși într-un azil.

2

Tabloul *Eforii azilului de bătrâni* a fost pictat de Hals la peste optzeci de ani. În el, numărăm șase bărbați îmbrăcați în negru, cu gulere și manșete albe, scrobite, așezați în așa fel încât nici unul să nu fie jignit că nu se vede bine. Cinci au pălăriile, tot negre, pe cap. Numai unul, care stă în picioare, a renunțat să pozeze cu pălărie. Figurile sunt serioase și preocupate să adopte o mină avantajoasă; figuri de oameni convinși că adevărata catastrofă nu e moartea, ci sărăcia. Eforii au ceva de magistrați ai destinului, care decid cine are dreptul să compătimească și cine are dreptul să fie compătimit. Sunt conștienți că Frans Hals a ajuns la mila lor și s-ar încrunta, fără îndoială, dacă le-ar șopti cineva că mai târziu nimeni nu le va mai ști numele, în vreme ce al bătrânului care-i pictează va fi cunoscut măcar din auzite. Dar cine să le șoptească o asemenea răutate? Tocmai de aceea, unul dintre ei și-a pus pălăria pe o parte, ca un chefliu, ca Hals însuși într-un autoportret, firește când era mai tânăr.

Izbesc în această capodoperă a portretului de grup două lucruri: că, dintre toate culorile, pe paleta pictorului au rămas numai negrul și albul; și că până și în aceste condiții se vede că optimismul era la modă în vremea aceea la Haarlem. Îmbrăcați în veșminte reci, sobre, eforii rămân pătrunși de importanța rangului lor. Nimic nu clatină convingerea acestor persoane atât de serioase că pozează unui bătrân sărac din azil. Numai personajul care stă în picioare, fără pălărie, zâmbește imperceptibil. Gura suptă, acoperită de mustața blondă, și ochii îl trădează. El pare a bănui ceva. Dar nu cumva zâmbetul acesta greu de observat e, în realitate, al lui Frans Hals? Prea seamănă cu cel pe care Hals și l-a așternut cândva, pe buze, lui însuși.

Diavol și înger

> Și când te gândești că a trebuit să ajungă la patruzeci de ani pentru a deveni Goya...
>
> André Malraux

1

E un diavol cu inimă de înger, a zis servitorul său.

La prima vedere, această caracterizare pare o banală lingușire, nimic mai mult. Drept care nici nu i-am dat importanță. Mi-am adus aminte de ea abia în singura noapte în care am fost la Madrid. Mă aflam în piața Puerta del Sol. Trecuse de mult de miezul nopții, iar străzile erau pustii. Nu mă induram să mă culc, bănuiam că n-aveam să mai revin niciodată în acest oraș la care am visat prea mult ca să-mi fie dat să-l văd în tihnă, și am început să caut un semn, o placă memorială, care să ateste că într-una din casele de la Puerta del Sol a locuit Goya. Nu mă bazam pe nici o informație sigură, dar mi se părea că numai acolo, în centrul Madridului, în inima

Spaniei, ar fi putut locui Goya spre cincizeci de ani. N-am găsit ceea ce căutam și m-am îndreptat încet spre hotel, când, cu gândul la autoportretul de pe prima planșă a *Capriciilor*, am avut deodată revelația că servitorul lui Goya a dat cea mai exactă caracterizare a fenomenului „Goya". A acelui Goya care se naște când lucrează la *Capricii*, când e lovit de surzenie și, poate din această cauză sau și din această cauză, se zidește din ce în ce mai mult în sine însuși, dând frâu liber unui uluitor cortegiu de coșmare ce-l vor însoți până la moarte cu pesimismul lor violent și dureros. Pictorul de serbări galante, care rivaliza cu Watteau, moare atunci. În locul lui, apare „Goya", cel mai spectaculos exemplu de mare artist născut spre bătrânețe.

L-a născut boala? Diagnosticul crizei care l-a doborât la Cádiz e controversat și azi. Apoplexie? Hemoragie cerebrală? Pestă? Consecința unui sifilis? Surdității i s-au adăugat amenințarea de a-și pierde vederea, spectrul paraliziei și angoase tulburi. Vederea îi va slăbi mereu. Va purta mai târziu ochelari dubli, va lucra cu lupa, dar nu va orbi. Paralizia i-a dat o amânare de treizeci și șase de ani. Va paraliza la optzeci și doi de ani, puțin înainte de a muri. Angoasele nu-l vor părăsi niciodată, îl vor însoți ca umbra, asociate câteodată cu pierderi de echilibru și migrene teribile. În *Autoportret cu dr. Arieta* îl vedem cu capul dat pe spate, cu halatul descheiat larg la piept, probabil din cauza febrei, sprijinit de doctor ca să nu se prăbușească.

2

Nefericirea n-a produs – *ea* – valori. A fost *transformată* în valoare. Dar cine poate da o explicație categorică metamorfozei lui Goya?

Fapt e că adevăratul Goya, incisiv, brutal, zguduitor, începe să existe după criza care l-a bulversat și l-a surzit. Avea vârsta la care Don Quijote pornise să se bată cu morile de vânt și mai era încă un om al secolului al XVIII-lea când apăreau *Capriciile*; al secolului care elogiase rațiunea și care sfârșea în Franța pe eșafod. Viața lui se împarte atunci în două. Dincolo de acest hotar, triumfă un artist și se adâncește în nefericire un om. Ceea ce făcuse înainte nu i-ar fi imortalizat probabil numele. Și dacă ar fi murit la vârsta la care au murit Rafael, Van Gogh sau Caravaggio, Goya n-ar mai fi fost Goya, ci un pictor, dornic să placă.

Dar prețul metamorfozei e dramatic. De acum înainte senzualul Goya, care iubea pătimaș viața, va rătăci mereu printre fantome și, spre sfârșit, se va înconjura de ele în propria sa casă, „casa surdului", *Quinta del Sordo*, pentru a trăi în intimitatea lor. A dispărut oare inima de înger, care iubise culoarea aurie? A rămas numai diavolul? De aceea izbucnește această colcăială de monștri din gravuri, de aceea deznădejdea din picturile „negre"? Giulgiuri enorme, umblând singure, fac un grup de soldați s-o ia la fugă. Un câine, singura ființă care a supraviețuit unei catastrofe, urlă în pustiu. Procesiuni de flagelanți, caznele Inchiziției, măști de carnaval grotești, execuții, vrăji, grozăviile războiului se succed halucinant. Neantul nu cruță nimic, nu lasă nimic neatins de sminteală, de zădărnicie, de spaimă. Rațiunea cade într-un somn letargic în timp ce lilieci enormi și bufnițe cu ochi sticloși deschid aripi sumbre. Ochiul diavolesc al lui Goya vede răul, prostia, nimicul și dincolo de masca drăgălașă, dincolo de dantele, dincolo de zâmbete. La flagelanții care maimuțăresc credința, la cerșetorii care maimuțăresc durerea.

Din când în când desenează o cetate clădită pe o stâncă înaltă, scăldată de soare în amurg. Trei ființe cu mari aripi albe încearcă să ajungă acolo. Ce este această cetate enigmatică și inaccesibilă care l-a obsedat, se pare, pe Goya? Poate că inima de înger o visa, în vreme ce presbit, surd, mizantrop, fostul pictor de serbări galante descoperea îngrozit că în centrul disperării, spre deosebire de centrul labirintului, nu se află nimic. *Todo es nada.*

3

Mă întorc la autoportretul care deschide *Capriciile*. Goya e îmbrăcat în redingotă, cu cravată de mătase albă și cu jobenul pe cap. Un trup de țăran aragonez, bănuitor și viguros, în veșminte de gentilom. Dar de ce am zis „Goya"? Trebuia să zic Francisco *de* Goya. Așa îi place să i se spună. Primul pictor al regelui Spaniei se încruntă când un necunoscut neglijează particula de noblețe. Probabil, acest bărbat orgolios, violent și trist vrea să-și oblige contemporanii să uite că e fiul unui simplu poleitor de rame, crescut sub cerul gol și prăfos al unui cătun aragonez: Fuentetodos.

Am văzut o fotografie a casei unde s-a născut. Un zid de piatră, cenușiu, la fel de mohorât ca și zidurile Escorialului. Zid de fortăreață, care nu te lasă să ieși, în aceeași măsură în care nu te lasă să intri. Un dreptunghi mai mare tăiat în el: o ușă. Un alt dreptunghi mai mic: o fereastră. În rest, piatră goală, neîmblânzită de nici un detaliu. E, probabil, când fierbinte, când rece, după cum bate vântul în aspra câmpie aragoneză. Și nimic nu pare să tulbure tăcerea; o tăcere în care clopotele nu sună, poate, decât pentru a te anunța să te rogi sau să te aperi.

Goya ne privește parcă din spatele ferestrei tăiate în piatră sau își amintește, revenind aici, un cântec pe care l-a auzit cândva de la niște muzicanți orbi. Căci nicăieri ca pe acest pământ plin de soare al Spaniei nu există atâția orbi care cântă.

Dar bărbatul cu joben, „Francho", cum îi spun prietenii, s-a înstrăinat de Fuentetodos. Și chiar de tinerețe, când, într-o dimineață tulbure, pe o stradă pustie, a fost găsit înjunghiat, cu un cuțit în spate. Pe atunci nu-l cunoștea nimeni și, dacă ar fi murit, faptul ar fi fost pomenit în treacăt de femeile și vagabonzii din cartier. Acum e cel mai notoriu pictor al Spaniei. Regele însuși i-a făcut într-o zi favoarea de a-i cânta la vioară pentru a-și arăta bunăvoința față de el. A ajuns academician la treizeci și patru de ani, apoi prim pictor al curții. Fuentetodos, cătunul strivit de ciori și de soarele istovitor, a rămas în urmă, cu praful și pietrele lui. Fiul poleitorului de rame are un echipaj propriu cu patru cai și îi place să străbată străzile Madridului, aruncând priviri piezișe de sub pleoapele grele. Participă la seratele ducesei de Alba, își ascunde infirmitatea sub o distincție provocatoare, are pretenția chiar să dea tonul modei (a fost, se pare, printre primii spanioli care au adoptat moda jobenului), își îngăduie să se facă așteptat, rugat, își permite să refuze, să pună condiții. Cu declarațiile pe care le face, de genul „luxul este plăcerea mea", ar ajunge probabil în Franța să-și așeze gâtul scurt și viguros sub cuțitul ghilotinei. Faimoasa încruntare a sprâncenelor e aici abia sesizabilă, iar nările senzuale adulmecă încă viața.

Nici n-ai spune că acest bărbat, cu o ținută ireproșabilă, care ține morțiș la particula sa de noblețe, ascunde un infern. Mândra și tenacea fire a aragonezilor îl împinge să-și ia mai degrabă aerul unui toreador. De altfel s-a numit singur

Francisco de los Toros, deși nimeni nu poate garanta că a luptat vreodată într-o arenă. Poate că și boala îl împinge în aceeași direcție. Câtă vreme a avut auzul normal, a iubit orice femeie i-a plăcut, fără să se sinchisească prea mult de rangul ei. Surd, vrea să fie iubit de o ducesă. În tinerețe, vagabondând prin Roma și-a zgâriat numele în cupola catedralei Sfântul Petru și pe cornișa mormântului Ceciliei Metella. Acum, buza de jos, repezită brutal înainte, arată că nu mai e dispus să se mulțumească cu o eternitate șterpelită. Diavolul vrea să-și scrie numele direct în panteonul artei... al artei fără de care, s-a zis, și-ar fi sfârșit viața într-una din casele de nebuni pe care le-a pictat.

4

Madridul, scrie Eugenio d'Ors, este o sinteză. Dacă pe de o parte seamănă puțin cu Roma, pe de altă parte, din pricina aridității împrejurimilor, seamănă cu un deșert. Europa se mărginește aici, într-un fel, cu Africa.

O sinteză este și Goya. Dacă îmbrăcămintea este a unui aristocrat, trupul îi divulgă originile modeste. E prim pictor al curții regale, dar e suspectat de Inchiziție că-i înșeală și pe rege, și pe Dumnezeu. Când s-a temut că a fost prea deslușit în *Capricii*, i-a dăruit, prudent, regelui plăcile de bronz gravate și planșele, deși gurile rele șopteau că regele însuși și sfetnicii săi s-ar fi putut recunoaște în caricaturi. Într-o Spanie în care Marele Inchizitor însuși se abonase discret la fasciculele Enciclopediei, el arată rațiunea dormind. Inima de înger îi dictează să scrie sub o scenă care înfățișează patru ființe nenorocite, cufundate în somn într-o închisoare: „Nu le treziți. Somnul este adesea singura fericire a celui nenorocit". În schimb, diavolul întoarce cadavrele ca să le privească obrazul. E sensibil la onoruri, dar își pictează suveranii ca pe niște bufoni somptuoși.

În autoportretul din 1805, unde seamănă cu Beethoven surd, ne privește cu ochi negri, întunecoși. Acum nici măcar sunetele joase, pe care la început le percepea, nu le mai aude. Dar maxilarele puternice îi trădează înverșunarea. Nu mai aude deloc? Atunci nimeni nu va mai avea motive să se mire când strigă. Se teme de Inchiziție? Cu atât mai mult va așeza, cât mai vizibilă, scufia țuguiată pe care acuzații trebuie să o poarte simbolic, împreună cu lumânările verzi din mâini, semn al speranței că vor fi iertați de Dumnezeu pentru crima de a fi gândit.

Dacă s-ar fi născut cu trei secole mai devreme, s-ar fi numărat, poate, printre conchistadorii care debarcau pe țărmuri necunoscute cu crucea într-o mână și cu lancea în alta, căutând aur la lumina incendiilor. El știe cum arată cruzimea. E, cum scrie Malraux, cel mai mare poet al sângelui. Dar corăbiile nu mai pleacă acum spre tărâmuri îndepărtate. Și ce poate face un diavol cu inimă de înger dacă s-a născut în Aragon, dacă e mândru și încăpățânat și pe deasupra surd? Pictează acum și cu degetul mare, și cu indexul, nu numai cu penelul. Lucrează repede, aproape furios, fără să mai revină, fără să corecteze, nerăbdător, trecând peste detalii, cum va face într-o zi Van Gogh. Are din ce în ce mai puțină poftă de nuanțe. Cere modelelor doar două-trei ore de pozat și tabloul e gata. Nu mai ridică vălurile, le smulge. Caută cu febrilitate ceva în lumea lui închisă, poate un adevăr, un semn de dincolo de „nimic", ceva care să infirme teama că totul e zădărnicie.

5

La șaizeci și nouă de ani, steaua melancoliei lui e aproape neagră. Ca un astru infernal. Și-a smuls de la gât eșarfa elegantă de mătase pe care o purta la începutul *Capriciilor*. Și-a aruncat jobenul, și-a dezbrăcat redingota. A rămas în halat. Deși nu mai poate picta decât cu ochelari dubli, nu-i poartă aici. Are gura amară, e obosit, îngândurat. Nu vorbește zile întregi cu nimeni, dar cuvintele cele mai discrete aduc uraganul, va spune Nietzsche. E gata să se mute pe malul celălalt al râului Manzanares. Acolo va fi „Casa surdului", cu picturile ei halucinante de pe pereți.

Pe acest chip torturat de vedenii ceva amintește expresia din primul autoportret, cel de la douăzeci și șapte de ani. Poate fiindcă pe măsură ce îmbătrânește, Goya se lovește de amintiri ca de obiecte... Fuentetodos. Zaragoza. Madrid. Încăierările nocturne stil Caravaggio. Drumul la Roma cu o trupă de toreadori ambulanți. Francisco de los Toros. Toate revin din ce în ce mai insistent. Din cei douăzeci de copii cu care l-a dăruit soarta, nu mai are decât unul, care trăiește la casa lui. Soția i-a murit. Secolul nou a început cu furtuni care l-au însingurat și mai mult. A văzut și lucruri incredibile. Oameni pe străzile Madridului cerând reinstaurarea Inchiziției.

Oare poți judeca un om abia la sfârșitul vieții, cum era de părere Papini? Atunci, Saturn poate ieși din grota timpului său. Pictorul său există. E gata să-i zugrăvească ospățul sadic chiar pe zidul din sufrageria „Casei surdului". Îl va picta mai crud decât au făcut-o alții. Îl va arăta bestial. Un canibal în locul unui zeu. Căci la șaizeci și nouă de ani, Goya nu mai vede în Olimpul grecilor decât un antropofag devorându-și fiii. Coșmarele au înnebunit și zeii.

Cursa spre moarte

Dacă aș fi făcut măcar cinci tablouri;
dar n-am făcut nimic, absolut nimic.

Géricault

1

I. Optsprezece sau douăzeci de naufragiați pe o plută rătăcind în imensitatea unei mări pustii. Un infern plutitor în care totul e oribil și pasiv. Privirea nu se poate opri pe nici un amănunt consolator. Morții au intrat, se pare, în putrefacție lângă supraviețuitori. Veșmintele, trupurile, scândurile, frânghiile, cerul sunt de aceeași culoare. A lipsei de speranță.

II. La capătul plutei, unul dintre supraviețuitori face semne cu franjurii unei draperii. Se epuizează într-un ultim gest inutil. Căci în pustietatea mării nu-l observă, desigur, nimeni. Dar acest om care agită franjurii unei draperii (ba chiar sunt doi) ne sugerează că o nenorocire devine completă abia când consimțim că inutilul este inutil.

III. De ce pluta n-are nici un pavilion? Probabil, pentru că naufragiații nu sunt nici greci, nici romani sau francezi. Sunt, pur și simplu, oameni. De ce nici un indiciu nu arată în ce epocă se întâmplă această catastrofă? Probabil, pentru a simboliza umanitatea însăși. Dar de ce supraviețuitorii n-au aruncat în mare cadavrele? Probabil, pentru că o secretă fraternitate în fața morții îi împiedică s-o facă. Supraviețuitorii seamănă, și poate nu întâmplător, celor care au închis ochii. Toți sunt captivi pe o coajă de nucă într-un deșert de apă. Deosebirile de rang, de vârstă, de educație, de caracter au încetat, vanitățile, ambițiile au dispărut, naufragiații și-au păstrat doar calitatea de ființe umane și nu mă miră că aproape toți sunt goi. Nici că trupurile sunt viguroase, deși în mod logic ar trebui să fie epuizate de foame. În felul acesta se vede că și mușchii sunt inutili. Și că o solidaritate, care n-a existat înainte, triumfă în suferință după ce totul, absolut totul a devenit, din păcate, inutil. Când cercul destinului se închide, catastrofa izbutește ceea ce n-a izbutit viața. Probabil că dacă naufragiații ar ajunge la țărm, ar întemeia o omenire nouă...

IV. Acest tablou a fost inspirat de un fapt real. La 18 iunie 1816, fregata *Meduza* a părăsit Franța îndreptându-se spre Senegal. La 2 iulie, ea a eșuat pe un banc de nisip. După cinci zile de încercări zadarnice de a repune fregata pe linia de plutire, s-a construit o plută și o parte dintre naufragiați au fost îngrămădiți pe ea, în timp ce toți ceilalți s-au repezit la bărcile de salvare. După tăierea odgoanelor care o ancorau, pluta, neremorcată, a rămas singură în imensitatea mării. Foamea, setea, disperarea s-au abătut asupra celor strânși pe ea. La 17 iulie, naufragiații au zărit la orizont o corabie căreia au încercat să-i semnaleze prezența lor. În zadar.

Pluta Meduzei este opera unui pictor tânăr, de douăzeci și opt de ani. Un tânăr fermecător, cu ochi visători, orientali, cu un surâs cuceritor care, zic cei care l-au cunoscut, atrăgea imediat simpatia. Punându-și mari speranțe în acest tablou de mari dimensiuni, el s-a închis în atelierul său ca într-o mânăstire și, pentru a fi sigur că nu va ceda ispitei de a ieși în lume, și-a tăiat frumosul său păr de care era atât de mândru și pe care-l putem și noi admira în autoportretul lui Géricault. Rezultatul a fost totuși dezamăgitor. În ciuda dimensiunilor tabloului și a scandalului provocat de naufragiul pe care-l ilustra, *Pluta Meduzei* a însemnat un semieșec. Abia în Anglia pânza a stârnit senzație.

2

La Luvru, mi-am dat seama, puțini privesc *Pluta Meduzei* fără să amestece pictura cu povestea ei. Vizitatorii văd în ea catastrofa de odinioară, pictată, și trec mai departe.

La fel am făcut și eu când l-am privit pe Géricault în autoportretul în care seamănă cu Byron, tânăr, impetuos, romantic. M-am gândit la destinul tragic al acestui artist, secerat de moarte la mai puțin de treizeci și trei de ani, când încă studia, încă își croia un drum, încă își asimila influențele; artist hărăzit unor mari promisiuni și care, înainte de a muri, a regretat, cu o răscolitoare modestie, că n-a apucat să picteze nimic din ce ar fi vrut.

Iubea pictura și caii. Îi plăcea să frecventeze manejurile, cursele de cai, să se afle în societatea grăjdarilor și a jocheilor. Primele sale schițe au fost studii de cai. Primul tablou expus la Salon înfățișa un ofițer călare. La Roma s-a documentat pentru a picta cursele de cai liberi, adică fără călăreți. Din întreaga natură nu l-a pasionat ceva mai mult decât caii. Motivul cel mai drag, obsesiv, din pictura lui, nu putea fi altul: un bărbat gol, tânăr și frumos, stăpânind un cal în plin efort. Și soarta a vrut ca moartea însăși să nu-i vină din altă parte. La treizeci și doi de ani, Géricault a căzut de pe un cal furios. După aproape un an de imobilizare în pat și mai multe operații teribile, înceta din viață, doborât de o moarte care-l pândise cuibărită în chiar pasiunea lui.

Întâmplarea a vrut să aflu mai târziu părerile lui Michelet, care l-a iubit și îl vede angajat într-o cursă spre moarte. Géricault, ne atrage atenția el, e fascinat nu numai de cai. E fascinat de condamnații la moarte, de naufragii, de ultima privire pe care o aruncă lumii condamnatul, cu ochii ațintiți în gol, fără să observe nici călăul, nici preotul. Poate că și această viziune e tributară legendei, e ea însăși legenda unui tânăr frumos, seducător, răsfățat de zei și de prieteni, în dialog neîncetat cu pericolul, grăbindu-se să ajungă la porțile morții, însă Michelet m-a făcut să mă uit altfel la chipul lui Géricault. Tânărul pictor, care nu va deveni niciodată, prin vârstă, „Domnul Géricault", e impetuos, are, evident, vehemența vieții, a pasiunilor, e un senzual, dar nu e prea serioasă fața lui? Își presimte destinul? Caii lui își rup căpăstrul, ca să fugă, înfricoșați și sălbatici, excitați parcă ei înșiși de întâlnirea cu moartea ce nu poate fi evitată.

Multă vreme cei care l-au cunoscut pe Géricault n-au putut vorbi despre el decât cu lacrimi în ochi. Sute de anecdote, adevărate sau nu, mii de amănunte pitorești au început să-i coloreze biografia. A fost amestecată și dragostea în drama sa. Iar legenda și-a avut partea ei bună. A forțat porțile Luvrului.

„E mai mult decât un pictor, e un mit" poate deveni totuși foarte lesne „e mai puțin decât un pictor, e un mit".

Géricault este nu numai aureolat de legendă, ci și, în parte, sufocat de ea.

Un „fost marinar”

În noaptea cea de iad, chiar marea însăși s-ar fi zvârlit spre stele să le stingă.

Shakespeare

Turner n-a pictat decât un portret. Al său. Un altul a rămas neterminat: al mamei sale.

Acest autoportret, din care ne măsoară un tânăr cu părul blond, cu obrazul scăldat de o lumină aurie, cu ochii mari, ațintiți imperativ asupra noastră, îți dă impresia că pictorul era un bărbat înalt, chiar foarte înalt. Apoi afli de la biografi că era mic de stat, însă dorea să fie uriaș în pictură. Și, fără să vrei, asociezi acest amănunt cu alte ciudățenii ale taciturnului și celibatarului Turner care, spre sfârșitul vieții, pentru a scăpa de inoportuni, ținea, se zice, o locuință oficială în centrul Londrei, cu toate datele unei existențe normale, în timp ce, în realitate, trăia într-o casă din Chelsea, cu iubita sa, sub o identitate de împrumut. „Mr. Booth” îl numeau vecinii, care îl credeau un marinar ieșit la pensie.

Faptul ține aparent de domeniul indiscreției biografilor, dar nu mă pot împiedica să bănuiesc că în sufletul romanticului englez a trăit ascuns, mereu, Mr. Booth, mult mai liber de convenții decât Turner. Și că în pictura lui Turner, artistul din văzul tuturor și secretul „fost marinar" au trăit împreună, încercând să ajungă la un compromis.

Mai mult ca sigur, „fostul marinar" Mr. Booth, nu Turner, admiratorul liniștitului Claude Lorrain, s-a legat de catarg pe vasul *Ariel*, ca un nou Ulise, pentru a urmări timp de patru ore o furtună care răscolea marea și pe care vroia s-o picteze. Mi-l închipui cu ochii orbiți de lumina fulgerelor, beat de unul din acele dezastre sublime pe care le întâlnim în peisajele lui Turner unde lumina e nor, val sau victimă, dincolo de limitele realului. Și de ce oare fiul bărbierului Turner a exclamat pe patul de moarte, și unde? într-o insulă otrăvită de cețuri, că „soarele este Dumnezeu"? Nu cumva fiindcă nebuloasele solare, naufragiile care au ceva și de apocalips, și de apoteoză, soarele de sulf, viscolele transformate în vălătuci de fum, incendiile cu funingini de aur au existat numai în imaginația unui „fost marinar"?

Pentru englezi, peisajul avea pe atunci mai mult rolul de a le oferi, celor ce nu puteau călători, vederi pitorești, iar celor ce călătoreau, amintiri pictate. Poate de aceea Turner aduce destul de des în scenă un actor care nu era neapărat necesar: o femeie contemplând furtuna, un înger într-un spasm de lumină, martori asistând la un incendiu. Numai că talentul lui nu mai e același când e vorba să reprezinte personaje sau când cerul se limpezește. Din fericire, ceața, incendiile și furtunile iubite de Mr. Booth copleșesc siluetele convenționale. Realul e prins în vârtejurile amețitoare ale irealului, actorii sunt dominați, când nu sunt devorați, de decor. Fără Mr. Booth s-ar petrece o catastrofă estetică în această pictură. Dacă s-ar destrăma ceața, dacă s-ar potoli furtuna, dacă s-ar stinge incendiul, dacă natura ar reintra în normal, peisajele, îmblânzite, cumințite, domesticite, ar semăna probabil cu leii din grădina zoologică. Din magie, s-ar cădea în pitoresc.

N-a trecut prea mult timp de când pânzele lui Turner erau înghesuite în magaziile de la National Gallery sub calificative ironice („prelate vechi" sau „lemn de încălzit"), în timp ce apologiile se întrec azi în superlative. Mă tem că această revanșă se datorează mai ales „fostului marinar" care l-a determinat pe Turner să ne vorbească despre sine mai ales prin peisajele sale.

Napoleon și tigrul

Când l-am văzut pe Delacroix era frumos ca un tigru.

Odilon Redon

1

Gauguin va spune și el mai târziu: „Acest om avea temperamentul fiarelor sălbatece. De aceea le-a pictat atât de bine". E exact sentimentul pe care ni-l dă tânărul Delacroix care și-a înfășurat gâtul cu o batistă roșie, luându-și un aer cuceritor, de prinț și terorist totodată. Din oglindă ne înfruntă un „tigru" cu înfățișare de dandy, pentru care succesul e mai mult decât posibil; e necesar.

„Tigrul" e, însă, un perfect om de lume. E elegant, stăpânește arta conversației galante și nu-și pierde vremea într-un salon. În urma lui se aud des asemenea exclamații: „Ce păcat că un om atât de fermecător face o asemenea pictură". Are părul sumbru, ceea ce-i accentuează aspectul puțin pergamentos al obrazului, ochii tenebroși, gura bine desenată și ușor disprețuitoare. E un admirator al lui Shakespeare, al lui Byron, al lui Goethe și al anticilor. Sub impertinența juvenilă se ascunde un pictor cult, care are totdeauna cărți la piciorul șevaletului.

Și iată-ne în fața primei nedumeriri. În viața acestui cuceritor romantic, al cărui cap nervos pare făcut pentru a fi adorat de femei, nu există nici o Saskia, ca în viața lui Rembrandt, și nici o Hélène Fourment, ca în viața lui Rubens. Într-o vreme în care George Sand își tăia părul bogat trimițându-l unui poet ca ofrandă, nici o urmașă a Evei nu-i probează lui Delacroix o pasiune cât de cât similară. Într-un Paris în care toată lumea vorbește despre aventurile sentimentale ale lui Alfred de Musset care a epuizat, se pare, întreg repertoriul pasional, a suspinat, a implorat, a invocat clipa și eternitatea, a scris ode și a alergat cu cuțitul în mână după obiectul pasiunii sale, viața sentimentală a lui Delacroix e de o dezarmantă sărăcie. Întrebat dacă a fost și el amantul lui George Sand, a răspuns echivoc și sarcastic, „Desigur, ca toată lumea". Dar nu-i știm nici o iubire mare. Doar iubiri derizorii și provizorii. Nu pasiuni răvășitoare, nu crize, nu furtuni. Nici măcar o ruptură spectaculoasă. Doar o aventură la Amsterdam, încheiată rapid, cu o plecare precipitată, a ei, și cu tradiționalul bilet găsit dimineața pe noptieră. Atât. Alte aventuri nu. Doar ipoteze sau întâmplări mediocre. Cameriste, modele, Jenny, adică guvernanta care a făcut la bătrânețe gol în jurul celibatarului Delacroix, păzindu-l ca un cerber de musafiri indezirabili.

Ce se întâmplă, așadar? Tocmai șeful școlii romantice în pictură, tocmai pictorul pasiunii n-a cunoscut pasiunea? Dacă am asculta bârfelile unor insidioși am eșua direct în psihanaliză, întrucât ei pretind că pictorul orgiilor sardanapalice și al nudurilor triumfale ar fi fost mai temerar în fața șevaletului decât în alcov și că timidul din intimitate s-a răzbunat făcând culoarea să urle. Dar nu e cazul să ne aplecăm urechea la clevetiri. În definitiv, un bilet lăsat pe noptieră nu e o mărturie pentru istoria artei. Mai surprinzător și neplăcut e că Delacroix însuși, în *Jurnal*, râde de „balivernele" cu îndrăgostiți care privesc luna sau plâng împreună. Reflecțiile sale seci și dezabuzate la adresa femeilor sunt și mai jenante decât cârtelile răutăcioșilor. Pictorul ajunge chiar să-și copieze vorbele acre ale lui Bacon care pretindea, vai, că toate operele importante au fost făcute de bărbați ce nu și-au pierdut vremea iubind. Așa vorbește ori un misogin, ori un bărbat lipsit de noroc. Să fi aparținut prințul romantic al picturii uneia din aceste categorii?

2

La douăzeci și patru de ani, și-a făcut un autoportret în costumul melancolic al lui Hamlet și, parcă, în plin monolog. Există totul aici. Romantismul său. Orgoliul său. Disperarea sa.

Dar am mai văzut undeva această privire semeață. Era a unui general tânăr care a devenit împărat și care a fost, apoi, nevoit să-și mute domiciliul de la Tuileries pe o insulă din Atlantic, departe de toate locurile de bătălie ale Europei, unde a trebuit să înfrunte tristețea de a nu mai comanda decât alcătuirea meniului zilnic. Napoleon e mort de un an, dar amintirea lui e aici, pe chipul acestui artist deghizat în Hamlet care năvălește în pictură asemenea corsicanului în politică. Îndrăzneț, forțează ușile saloanelor și tulbură siesta domnilor de la Academia de Belle Arte, arbitrii celebrității oficiale, care ridică mirați sprâncenele. Cine e tânărul impertinent care strică ordinea?

E un tânăr cu ambiții mari. În biografia lui există, de altfel, antecedente care ne trimit tot la Napoleon. În primul rând, tatăl. Dacă, așa cum spun actele, Charles Delacroix a fost tatăl său, acesta, se știe, a fost deputat în Convenția Națională, unde a votat moartea lui Ludovic al XVI-lea, pentru a reprezenta mai târziu pe împărat și imperiul ca prefect în două orașe importante ale Franței. Dacă, așa cum se șoptește, Eugène Delacroix s-a născut dintr-un ceas de iubire extraconjugală, lucrurile nu se schimbă prea mult, bănuielile avându-l în vedere pe ilustrul ministru de externe al lui Napoleon, Talleyrand. Apoi: unul din frații mai mari ai viitorului pictor a ajuns, în timpul imperiului, general, altul a căzut în luptă. Dumas care ne șoptește că până la trei ani Delacroix a fost, atenție! „spânzurat, ars, înecat, otrăvit, sugrumat", pentru că, până la această respectabilă vârstă, căzuse în mare, înghițise un tub de vopsea otrăvindu-se, fusese cuprins de flăcări de la o perdea care luase foc și, din greșeală, fratele său militar îl spânzurase de galoanele sale dându-i drumul din brațe, Dumas, deci, adaugă, răutăcios, că se îndoiește de sentimentele republicane ale amicului său.

Oricum, aventura sabiei s-a terminat prost, pe insula Sfânta Elena. Acum e rândul picturii să-și încerce norocul și orgoliul. Aproape necunoscut, Delacroix e decis să se bată cu gustul oficial, cu prejudecățile, cu adversarii. Conflictul său cu Ingres va sfâșia toată prima jumătate a secolului al XIX-lea. Și întocmai ca Napoleon care a vrut coroana imperială după ce a servit revoluția, Delacroix va dori un fotoliu la Academie după ce va revoluționa pictura. Acesta va fi fost visul său de încoronare. Deocamdată, însă, înveșmântat în costumul prințului Danemarcei, adulmecă gloria de a fi. „A fi", și nu oricum!

3

Secolul al XIX-lea adoră indiscreția. Din acest punct de vedere, Delacroix nu e fiul secolului său. El nu lasă pe nimeni să-și vâre nasul în treburile sale intime, iar ușa atelierului se deschide foarte rar pentru alții. Baudelaire îl compara cu un crater de vulcan ascuns artistic sub buchete de flori, adăugând că una din marile preocupări ale vieții acestui romantic a fost să-și tăinuiască furiile.

Și pentru ce apelează cineva, care nu duce lipsă de auditoriu în saloanele Parisului, la un confident atât de tăcut și de impasibil ca un *Jurnal*? Nu cumva pentru că n-are nici un prieten adevărat sau n-are totală încredere în nimeni? Tigrul e în realitate un solitar. La urma urmei, care sunt prietenii acestui desăvârșit om de lume, cu obrazul măsliniu și sulfuros, ce pare să ducă o viață mondenă și frecventează cafenelele boemei artistice? Musset? Delacroix se plimbă nopți întregi cu Musset, dar suspinele poetice ale acestuia nu-i spun nimic. Hugo? I se pare „exagerat". Când e numit „un Victor Hugo al picturii", răspunde iritat că nu merită „nici acest exces de onoare, nici această ofensă". Balzac? Îi citește cărțile, se bucură că Balzac îl elogiază, îi scrie chiar scrisori, dar ca om i se pare grosier și vulgar. Sainte-Beuve? Sainte-Beuve, care-l admiră pe Horace Vernet, n-a scris un rând despre Delacroix. Chopin? Gândirea lui Chopin, spune George Sand, nu se poate traduce decât în muzică; pe Chopin îl îngrozesc Michelangelo și Rubens și, bineînțeles, același efect produce asupra lui și pictura lui Delacroix. Dumas? E legat de Dumas, dar nu-l prețuiește ca scriitor. Baudelaire? Într-adevăr, Baudelaire l-a înțeles foarte bine. Singurul. Dar Baudelaire, ne asigură cei care s-au ocupat de această problemă, n-a fost niciodată pentru Delacroix decât „Cher monsieur". Cu timpul și relațiile cu Mérimée s-au răcit. Poate că Stendhal i-a fost prieten adevărat, dar această excepție nu face decât să confirme că, în bârlogul său, când se leapădă de eticheta omului de lume, tigrul reprezintă *individul* prin excelență. E firesc ca autoportretele sale să aibă, practic, același rol ca filele din *Jurnal*; deși, probabil, cele mai multe jurnale intime au fost scrise cu gândul, poate chiar cu speranța, că vor deveni într-o zi publice.

4

Iată-l în costum de voiaj, în 1832, când s-a îmbarcat pentru Maroc și Algeria. Are treizeci și patru de ani. Nu e, deci, nici prea tânăr, pentru a gusta dintr-o călătorie doar aventura, nici prea în vârstă, pentru a-l obosi drumul. Și, pe urmă, Orientul i-a înflăcărat imaginația încă din adolescență. La nouăsprezece ani copia miniaturi persane. Îi plac cavalcadele, caii neîmblânziți, leii care nu sunt „clasici", coafați, cu perucă à la Ludovic al XIV-lea, ci se încruntă fioros și își zbârlesc coamele, îl atrag mulatrele frumoase, parfumurile grele. Lecturile din Byron și din Victor Hugo i-au incitat și ele curiozitatea. Îl vedem într-un crochiu, cu cravată albă, cu o șapcă, tot albă, pe frumosul lui păr negru, pentru a se apăra de soare, și ni-l închipuim coborând la Tanger, jovial, mulțumit că a lăsat în urmă Parisul îmbâcsit de ploi și că are, în sfârșit, prilejul să-și vadă de aproape reveriile orientale.

Numai că însemnările din carnete ne descumpănesc. Încă de la plecare începe să se plângă. Ba e frig, ba ninge, ba plouă, ba suflă vântul. S-ar zice că regretă imprudența de a fi pornit la drum și că nu dorește decât să revină cât mai repede în liniștea atelierului său unde se simte mai în siguranță decât pe puntea unei corăbii. Traversând Mediterana, are rău de mare, furtunile îl îngrozesc tot atât cât și apele liniștite. Corabia devine, era de așteptat, „o închisoare plutitoare", cum ar fi spus Baudelaire... Până când, în cele din urmă, la 24 ianuarie, debarcă la Tanger.

Delacroix acoperă în Maroc și Algeria mii de pagini din carnete cu crochiuri și, în același timp, se simte ca un exilat. Face călare drumul până la Meknès, ajunge la Oran și Alger și, în iulie, se află din nou la Toulon. E greu de spus „cât Orient" există în schițele pe care le are în bagaje, și poate nici n-are rost să ne punem problema, deoarece un artist de felul său nu vorbește niciodată *despre* un oraș, un ținut sau o țară, ci *cu ajutorul lor*.

5

Cruciații lui, intrând în Constantinopol, te fac să te gândești că există victorii la fel de greu de suportat ca o înfrângere. Sau victorii la care ajungem prea târziu pentru a ne mai putea bucura de ele; le-am obținut după ce-am obosit așteptându-le, dorindu-le.

Aparent, nu lipsește nimic în acest tablou pentru ca triumful să fie triumf. Nu lipsesc platoșele scumpe. Nu lipsesc stindardele de mătase. Nu lipsesc, bineînțeles, caii. Și nu lipsesc, așteptându-și soarta, învinșii. Atunci de unde impresia că învingătorii seamănă cumva cu învinșii? Lumina, slabă și violetă, își depune praful pe armuri, pe stindardele acoperite cu pajere. Împovărați de platoșele lor, cruciații se întreabă parcă: „Și acum?". Până și coifurile împodobite cu pui de vulturi sau cu himere accentuează senzația ciudată că victoria e o povară pe care învingătorii o poartă mai greu decât au purtat bătălia. Câtă vreme s-au luptat, n-au avut decât un gând. Să învingă. Acum, sunt gata parcă să coboare de pe cai, să se așeze lângă învinșii lor. Au cucerit Constantinopolul, dar biruința e lipsită de bucurie. În clipa în care pulberea stârnită de copitele cailor a căzut, ea s-a așternut ca o oboseală pe coifuri, pe stindarde și pe fețele învingătorilor. Ce e gloria? se întreba Juvenal. Nimic, dacă e numai glorie.

Poate că în artă victoriile seamănă cu victoria cruciaților lui Delacroix. Nu o dată învingătorii sunt obosiți, la fel de obosiți ca învinșii. Biruința dorită, sperată, pentru care n-au cruțat nici timpul, nici viața, e, după atâtea eforturi, melancolică.

Anul 1855 este ora intrării lui Delacroix în Constantinopol. Triumful. Ingres și Delacroix, după o dispută care a dominat prima parte a secolului al XIX-lea, reprezintă amândoi pictura franceză la Expoziția Universală. Fiecare dintre cei doi mari rivali are dreptul la o sală. Patruzeci de pânze, Ingres. Treizeci și cinci, Delacroix. Răfuiala dintre clasicism și romantism se amână. Deocamdată vorbește doar gloria. „Acum, scrie Gautier, pulberea luptei a căzut, iar maestrul, multă vreme calificat drept înrăit și nebun, apare în lumina unei glorii senine, incontestabile...”

Dar abia acum tigrul pare obosit.

În anul 1857 e primit în Academia de Belle Arte. Mai are de trăit cinci ani.

Vederea îi slăbește. Laringita îi stinge glasul. Febra ciudată care l-a necăjit mereu, doborându-l din când în când, îl epuizează. Nu se oprește totuși din lucru decât pentru a mânca și pentru a dormi. Trăiește retras, păzit de Jenny, menajera, singura ființă rămasă în preajma lui. Bărbia, maxilarele proeminente care odinioară exprimau o voință încordată sunt, în autoportretul din 1862, mai puțin dure. Arcul lungit al sprâncenelor nu mai e atât de ferm. Tânărul focos, care-și înfășurase gâtul cu o batistă roșie, a devenit un om distant, cu cravată și redingotă. Ochii sunt reci. Cât a trecut de când ne privea semeț ca Napoleon? În plină glorie, ar avea motive să se considere un învingător, dar Delacroix ni-i amintește pe cruciații săi. Recunoaștem pe obrazul său ceva din singurătatea ultimă a lui Rembrandt și ceva din tăcerea ursuză a lui Goya. Marii artiști seamănă, poate, între ei la sfârșitul luptelor. Învingători și învinși se amestecă.

Bună ziua, domnule Courbet

El n-are violent decât amorul propriu; inima lui Narcis s-a oprit în el în ultima sa migrație.

Critica vremii

1

Scena se petrece pe la mijlocul secolului al XIX-lea, pe un drum prăfos, undeva aproape de Montpellier. Drumul e galben, de culoarea deșertului. În jur, câmp ars de soare, chiar abrutizat de soare, cu puțină vegetație, și aceea prăfoasă, stropită cu două flori roșii, doi maci, se pare. Dar cine sunt personajele? În primul rând el, Courbet, autorul tabloului. Cu un fel de rucsac în spinare, unde are uneltele de pictor, cu pălăria în mână din cauza căldurii și cu capul dat teatral pe spate. Se uită cu superioară bunăvoință la cei care i-au ieșit în întâmpinare. Ca și cum le-ar spune: „Iată, domnilor, aveți șansa să mă puteți saluta". Ceea ce și fac, de altfel, Alfred Bruyas, un simpatic admirator și colecționar din Montpellier, căruia îi place să fie pictat, și servitorul său.

Pe un asemenea drum ar fi putut trece și Don Quijote. Dar acest călător cu barba în vânt, cu alură impunătoare, care se admiră mai mult decât cei mai entuziaști admiratori ai săi, socotind că geniul său este unic, n-are nimic comun cu prea naivul cavaler spaniol. Și apoi, aici nu suntem în Spania. Suntem în Franța, unde iluzia a fost totdeauna privită cu prudență, și în fața unui pictor care își bate joc de reverii. Ca să nu mai spunem că în tot acest peisaj, în ciuda luminii meridionale, nu există, și nu întâmplător, nici o moară de vânt; nici o adiere de utopie. Totul e exact, concret, realist. Întrucât domnul Courbet e convins că un pictor nu trebuie să-și piardă vremea cu fantasme.

De fapt, cu excepția naturii, a lui Rembrandt și a lui Velázquez, călătorul nostru nu recunoaște pe nimeni.

El e foarte încântat și de chipul său de tip asirian, de ochii săi negri, lucitori, strălucitori, de genele sale lungi, de mâinile sale elegante și, firește, de barba care-i asigură un plus de originalitate. Și nu se dă înapoi să le impună și altora încântarea sa. De aceea se pictează în așa fel încât să se pună în valoare, distribuindu-se în diverse roluri, toate de primă mărime și toate văzute din fotoliul de orchestră. Uneori își dă cu ajutorul unei pipe un aer de lup de mare, alteori adoptă o poză de Christ, cu mâinile întinse asupra lumii.

Pe drumul de culoarea deșertului, cu bățul înfipt în praf, ascultă, probabil, urările de bun venit ale lui Alfred Bruyas care l-a invitat la Montpellier. Pare mulțumit, deși nimeni nu e în stare să-i facă atâtea complimente câte își face singur. Să observăm că, dintre cele trei personaje, singurul care are umbră e el. Și că până și câinele pare să ia parte la emoția momentului, privindu-l admirativ pe drumeț, în timp ce stăpânul său îl salută pe oaspete: „Bună ziua, domnule Courbet".

Sub acest nume e cunoscut și tabloul: *Bună ziua, domnule Courbet.* Și ne putem imagina o discuție posibilă.

— Sunteți obosit, domnule Courbet?

— Unul ca mine n-are voie să obosească, domnule Bruyas. Am de străbătut un drum lung. Nemurirea e vastă. Înțelegeți?

— Da, înțeleg. Și nu vă ascund că vă admir și pentru această încredere.

— Eu am știut totdeauna ce vreau. Familia mea a vrut să fiu avocat. Eu am ales să fiu pictor. Am știut că pictura îmi va da celebritate.

— Sunteți, într-adevăr, celebru acum.

— Numai atât, domnule Bruyas? Sunt primul și unicul artist din acest secol. Nu mă egalează nimeni. Și, sincer să fiu, nu văd de ce aș fi modest cu talentul meu. De aceea am râs când unii au încercat să-mi dea sfaturi. Cine să mă învețe? Domnii care s-au cocoțat în fotoliile Academiei și care s-au țintuit în jilțurile juriilor la saloane, vrând să decidă ce e arta și ce nu e? Ei să-i dea lui Courbet sfaturi cum să picteze? Nu e ridicol? Acești domni să predea desenul în școală și să nu-și vâre nasul în artă.

— N-ați fost gentil cu ei niciodată. Și vă înțeleg. Dar de ce, domnule Courbet, împăratul a lovit, iritat, cu cravașa un nud al dumneavoastră?

— Ei, de ce?! Pictasem o femeie obeză, cu picioare zdravene de docher, deoarece văzusem o asemenea femeie. Dar, după estetica oficială, așa ceva era un exemplu prost. Eu, domnule Bruyas, n-am pictat îngeri fiindcă nu i-am văzut niciodată. Pictez ceea ce văd. După părerea mea, arta trebuie să fie concretă, să reprezinte numai lucruri reale și existente.

Domnul Bruyas tace. Ar putea să întrebe unde i-au văzut grecii pe zeii lor de marmură sau unde a văzut Rembrandt, în natură, noaptea din tablourile lui, dar domnul Bruyas e o persoană bine crescută. În calitate de gazdă, știe că nu e frumos să-și contrarieze – și încă de la sosire – oaspetele. În plus, din moment ce e un admirator al domnului Courbet, există toate șansele să gândească la fel. Riscă doar o întrebare timidă.

— Înseamnă că excludeți imaginația?

— N-o exclud. Dar imaginația trebuie să mă ajute să găsesc expresia cea mai completă a unui lucru existent, nu să creez acel lucru. Artistul n-are voie să născocească. Dacă doriți, aș fi în stare să refac cel mai bun tablou al meu pentru a dovedi că nu sunt sclavul hazardului. Vă repet, nu mă interesează decât ce e real și vizibil.

Fiind un om instruit, Alfred Bruyas înțelege, desigur, că din perspectiva oaspetelui său o bună parte din istoria artei ar trebui aruncată la coș. Și are, poate, unele nedumeriri. Dar nu-și permite obiecții. Cu atât mai puțin servitorul său care așteaptă plictisit ca discuția dintre stăpânul său și pictor să se încheie pentru a-l conduce pe oaspete la vilă.

În ce ne privește, ar fi nepoliticos să intervenim într-o discuție la care am fost invitați doar să asistăm.

2

Procesul lui Courbet, după zdrobirea Comunei din Paris, e la fel de celebru ca și procesele lui Flaubert și Baudelaire. Între ele există totuși două deosebiri importante. Mai întâi, în cazul lui Flaubert și Baudelaire, pe banca acuzaților a stat arta (*Doamna Bovary* și, respectiv, *Florile răului*). În cazul lui Courbet, pe banca acuzaților a stat numai omul. Apoi, dacă în ce-i privește pe Flaubert și Baudelaire nu ezităm să ne socotim coinculpați, în calitate de cititori, considerând ridicolă pretenția pudibonderiei autoritare de a-și impune voința și ipocrizia, procesul lui Courbet ne lasă oarecum încurcați fiindcă nu știm unde începe și unde sfârșește adevărul. În ce măsură e vinovat Courbet? În ce măsură e inocent? Autoportretul făcut în închisoare ni-l arată privind în gol, pe fereastră. Nu mai e același om care se amuza să-și semneze, uneori, scrisorile „Courbet, maestru fără ideal și fără religie", nici cel care se înfățișase, în atelierul său, pictând sub privirile admirative ale unui copil și ale unei femei goale ce a uitat să se îmbrace; nici protagonistul atâtor bravade sau triumfuri artistice care i-au adus și prieteni și dușmani.

Nu mai e decât un om singur, față în față cu destinul său.

Puțină istorie

> Când reușești, înseamnă că ai reușit. Când nu, o iei de la început. Restul e o farsă.
>
> Manet

1

Ni se pare foarte curios că acest domn distins, îmbrăcat *comme il faut*, vag solemn, vag timid, vag absent, a provocat un scandal care a zgâlțâit din temelii edificiul artei. N-are nimic din fronda lui Gauguin, nici aerul de solitar irascibil al lui Cézanne. Dă impresia unui înalt funcționar, ca tatăl său, atașat tradițiilor, iubitor de conversații subțiri și ceremonioase, în care nimeni nu trebuie să ridice vocea și totul se desfășoară după un protocol inviolabil. Privirea lui n-am întâlnit-o decât la tăcutul și discretul Velázquez. Un om cu asemenea privire nu poate dori să se arunce într-un tapaj de proporții și nu e făcut pentru luptele de gherilă. L-ar deranja, se pare, chiar și țignalul unui polițist, dar un scandal? Și, în măsura în care fizionomiile nu înșeală, n-are deloc gustul provocărilor, tentația insurgenței. Nimic, deci, din autoportretul lui Manet nu ne dă dreptul să-l credem un corsar dispus să ridice steagul negru pe corabia picturii. A stat o noapte la închisoare, ca adversar al celui de-al doilea imperiu, dar, cum spune Lionello Venturi, pe atunci, la Paris, orice tânăr inteligent era un rebel. Și apoi, Manet însuși a scris în prefața catalogului la una din expozițiile sale: „Domnul Manet n-a vrut niciodată să protesteze".

Și totuși, scandalul izbucnește. În 1865, este expus la Salon tabloul său cel mai cunoscut, *Olympia*. Stupoare! În locul Afroditei, stă alungită pe divan o femeie rigidă, urâtă, lipsită de farmec, asistată de o negresă, care îi oferă un buchet de flori, și de o pisică neagră cu ochi fosforescenți. Se aud voci indignate. Cum e posibil așa ceva? Cum își permite domnul Manet? Nimeni nu pare să observe că lipsa de seducție a nudului e intenționată și că atenția privirilor ar trebui să se îndrepte spre relațiile noi stabilite între culori. În schimb, plouă cu invective: „Venus cu pisica"... „O odaliscă cu pântec galben"; și altele de același fel. Scandalul amenință să degenereze în primul linșaj din istoria artei, iar poliția se vede nevoită să ia măsuri ca să preîntâmpine sfâșierea tabloului. Niciodată iritarea n-a fost atât de vehementă, niciodată atacurile n-au fost atât de îndârjite. Intervin în corul de insulte și oameni cultivați. Courbet vorbește despre *Olympia* ca despre o carte de joc. Théophile Gautier adaugă că ea nu se explică din nici un punct de vedere, chiar luând-o ceea ce este, „un model plăpând întins pe cearceaf". Insultele nu ocolesc nici exclamațiile vulgare, de genul: „Dacă Olympia făcea bulevardul nu i s-ar fi dat trei franci!". Deconcertat, juriul decide ca tabloul să fie agățat foarte sus pe perete, ca să nu mai poată fi văzut. O singură voce se ridică în apărarea lui Manet. A lui Zola, care e totdeauna de partea celor învinși. Unii sunt de părere că tabloul e o replică stângace după *Venus din Urbino* a lui Tițian. Dar aceasta nu face decât să pună paie pe foc. Ce replică poate da unei zeițe superbe această femeie țeapănă, lipsită de feminitate? Domnul Manet a vrut cumva să sugereze că Olympia este unica frumusețe pe care o merită lumea? E vorba, așadar, de un puci estetic? În ce scop? Publicul și cronicarii preferă să-și răzbune perplexitatea prin ironii, făcând din Olympia cea mai ofensată și mai hulită femeie din istoria artei. Și, în atâta zgomot, puțini își amintesc că asemenea istorii nu s-au terminat, niciodată, prea bine pentru cei care au râs, deoarece mai târziu au fost nevoiți să bată în retragere rușinați.

2

Martorii scandalului asistau, în realitate, la un deces și la o naștere. O istorie care începuse pe muntele Ida, unde Paris s-a hotărât să dea Afroditei mărul, se încheie sub ochii fosforescenți și parcă ironici ai unei pisici negre. Și altă istorie începea, în care pictura nu se mai afla sub tutela vechilor divinități; trebuia să se descurce singură. Cu mâinile ei plăpânde și lipsite de grație, Olympia a deschis porțile grele ale artei moderne.

Copilăria artei moderne s-a petrecut, deci, printre invective. Toți o atacau, mulți râdeau, nimeni n-o înțelegea. Primele cuvinte pe care le-a auzit au fost unele de dispreț. Cântecul ei de leagăn a fost un cor de insulte. Și dacă ne-o imaginăm pe *Olympia* flancată de doi polițiști care apărau tabloul lui Manet împotriva celor dispuși să-l sfâșie, leagănul artei moderne seamănă mai degrabă a catafalc.

E adevărat că noul născut nu avea nici tact, nici răbdare. Că nu aștepta să fie recunoscut. Persiflat, el reclama lauri. Reticențelor salonului oficial, le răspundea cu amenințarea unui salon al refuzaților. În cele din urmă, a fost acceptat din prudență și poate cu gândul că, între gloriile oficiale, va deveni mai cuviincios, mai puțin recalcitrant, mai respectuos cu tradițiile; și poate chiar se va domestici; salonul oficial era pentru *Olympia* o jumătate de recunoaștere, dar și un fel de cușcă de lux. Juriile oficiale încă mai credeau că pot comanda din fotoliile lor cursul artei. Și, apoi, Delacroix abia murise. Ingres era în plină glorie. Courbet, de asemenea. Ei și prestigiul câtorva secole de pictură reprezentau o autoritate redutabilă pentru a intimida impertinența mută cu care Olympia își privea spectatorii revoltați și indignați. În plus, la același salon, împăratul în persoană a cumpărat, entuziasmat, Venera expusă de Cabanel. Și ce reprezenta această pânză? O zeiță cu părul auriu și lung până la glezne, cu ochi de peruzea și carnea spălată parcă numai în lapte, culcată cu o castă lascivitate pe valurile unei mări idilice, sub un cer inocent; o zeiță a cărei goliciune e păzită de îngeri. La urma urmei, nu cu Venus din Urbino ar trebui comparată Olympia, ci cu această Venus a lui Cabanel pentru a măsura proporțiile scandalului și ale rupturii care l-au făcut, mai târziu, și pe Paul Valéry să vadă în Olympia un fel de vestală bestială și impură, de o calmă nerușinare, cu capul pustiu, o Afrodită a Apocalipsei care a eșuat, nu din vina ei, bineînțeles, în casele de toleranță.

Scandalul n-a fost totuși decât furtuna de suprafață a unui conflict mai adânc, poate cel mai violent din istoria artei. Manet nu s-a ferit să reia vizibil cadrul și atitudinile caracteristice din *Venus din Urbino* tocmai pentru a demonstra că nu-l urmează pe Tițian! *Olympia* nu e nici caricatură, nici parodie, ci un manifest de independență. Și numai cei grăbiți și-au putut închipui că Manet propune aici o estetică, paradoxală, a urâțeniei. Olympia e urâtă numai fiindcă Afrodita e frumoasă. Asta e tot. Miezul adevărat al conflictului e cu totul altul: că arta își revendică dreptul de a nu mai răspunde la întrebările pe care și le pusese din Renaștere. Cum spune Malraux, ea devine mută. Ea nu mai are subiect. Ea însăși e subiectul și scopul ei.

Epilogul e cunoscut. În 1890, capodopera lui Manet este cumpărată prin subscripție publică și oferită statului care, din prudență, o expune în muzeul Luxemburg. În 1907 este însă transferată la Luvru. După patruzeci și doi de ani, cea mai răsunătoare controversă din arta secolului al XIX-lea, aflată la originile artei moderne, se încheie prin victoria celei lovite cu pietre.

Din autoportretul său, Manet pare să-și primească triumful cu aceeași glacială rezervă cu care își întâmpinase detractorii. Nimic mai străin de un cruciat al artei moderne decât acest domn ceremonios și ușor distant, care n-ar fi în stare să-și apere gălăgios ideile, nici să-și apostrofeze adversarii. În redingota lui corect tăiată, el rămâne un om al secolului al XIX-lea.

3

Înțelegem oare mai bine decât cei de acum un secol tabloul lui Manet? Poate da. Poate nu. Sigur e că nimeni nu mai îndrăznește să-l ridiculizeze, odată ce-a fost primit la Luvru, și că amintirea scandalului s-a transformat într-o lecție pe cât de usturătoare, pe atât de utilă. Fără ea, multe din îndrăznelile artei moderne ar fi fost înăbușite de deriziune. Spaima de a nu păți ceea ce au pățit detractorii impresioniștilor a împiedicat lipsa de înțelegere să se manifeste agresiv, ba chiar, prin recul, a încurajat uneori impostura, falsa inovație.

4

Că impresioniștii vorbesc despre „Renașterea noastră", sugerând că s-a creat o prăpastie între ceea ce a fost arta înainte și după ei, e, în definitiv, de priceput. Și înțeleg că pentru a nu fi confundată de nimeni cu vechii zei ai picturii, *Olympia* trebuia să fie urâtă. Dar nu văd la ce ar folosi o intoleranță *à rebours*, înlocuirea unui exclusivism, al celor care au insultat tabloul, neadmițând că se poate picta altfel decât au făcut-o maeștrii Renașterii, cu exclusivismul de a socoti că prețuirea artei moderne presupune a lua obligatoriu o distanță față de pictura dinainte. În fapt, a-ți închipui că arta adevărată începe abia odată cu *Olympia* înseamnă, am impresia, să fii, ca mentalitate, alături de cei care sunt de părerea inversă, că arta adevărată a sucombat în aventurile artei moderne. Eu unul n-aș putea adera cu inima ușoară la ideea că ultimul război troian a încetat acum o sută de ani și că de-acum înainte nimeni nu se va mai bate sub zidurile Troiei pentru frumusețe.

Realitatea care fuge

Nu există viitor, n-a existat niciodată viitor.
Adevăratul viitor este azi.

Unamuno

1

E vară, e soare și pentru a câta oară mă gândesc că o amiază de vară nu minte? De afară ajung acum până la mine parfumuri aspre, ațâțătoare, de ierburi calde. Natura însăși pare să treacă în asemenea ceasuri de partea picturii impresioniste.

Îmi aduc aminte că Monet regreta că nu s-a născut orb și nu și-a căpătat mai târziu, brusc, vederea pentru a privi lumea cu un ochi neviciat de obișnuințe. Îmi amintesc, apoi, că părerile mele mai vechi despre pictura impresioniștilor păcătuiau, probabil, printr-o nepermisă simplificare. Inițial, am văzut în impresionism doar aventura unor citadini care cunoșteau atât de puțin natura încât erau capabili să exulte, uimiți, în fața unui deal presărat cu maci roșii!

Înțelegeam, desigur, că exodul din ateliere, provocat de Monet și de prietenii săi, a adus un val de aer proaspăt în pictură, că îndrăzneala lor de a studia efectele unei raze de soare cu aceeași atenție cu care Delacroix studiase armurile cruciaților a fost o adevărată revoluție, dar, influențat probabil de ideea că nu weekend-urile ne apropie de natură, ci nostalgia de a regăsi partea naturală din noi, le atribuiam o euforie de plimbare duminicală și mă grăbeam să exagerez amănuntul – deloc întâmplător, ziceam eu! – că tocmai unul dintre impresioniști, Degas, nu un adversar, a dorit să fie creat un corp de jandarmi care să-i alunge pe peisagiști înapoi în ateliere. Practic, mă conformam unei prejudecăți, încă destul de răspândită, care face din actorii scandalului de-acum un secol niște excursioniști talentați, cu pretenții de exploratori: purtându-și șevaletele pe malurile apelor, prin grădini și în marginea pădurilor, ei se socoteau descoperitori de tărâmuri noi fiindcă aflaseră, primii, ce sărbători optice se pot ascunde într-un simplu strop de apă.

Autoportretul lui Monet m-a contrariat și el. Aparținând celui mai pur dintre impresioniști, impresionistului prin excelență, acest autoportret în care Monet ni se înfățișează îmbrăcat în bluza de lucru, cu un basc pe cap și cu barba bine îngrijită, n-are aproape nimic impresionist. E un portret clasic, de o corectitudine ce bate la ochi. Pictorul, mă gândesc acum, vroia, poate, să arate că „banda lui Monet”, expresia favorită a detractorilor impresionismului, era formată din oameni cuviincioși, calomniați pentru dorința de a face ceva nou.

2

Don Juan aleargă grăbit de la o dragoste la alta, de la o cucerire la alta, deși „o mie trei" femei înseamnă infinit mai puțin decât una, iar „iubiri" nu înseamnă iubire. Și poate că pictorul impresionist îl imită într-o oarecare măsură, mânat de aceeași febrilitate. El dă târcoale unor impresii, le „seduce", abandonându-le după aceea. Le sporește mereu numărul și se ferește să rămână prea mult într-un singur loc.

Căci pictorul impresionist ignoră cu bună știință porunca pe care Mefisto o adresează de mai multe ori lui Faust: „Oprește-te!". E un vânător de clipe. Ceea ce alții au urmărit să cucerească printr-un asediu lung, el vrea să obțină imediat. Își duce șevaletul în aer liber și pictează ceea ce vede.

Aproape orb, Monet nu e mai puțin decât înainte atras de lumină. Respins la Salon, el își instalează atelierul într-o barcă și străbate Sena pentru a zugrăvi fluctuațiile atmosferei. Ideea lui e că nu există mister mai mare decât acela dezvăluit spontan și că nu există adevăr mai durabil decât acela care fuge printre aparențe. Și apoi, ținta cea mai apropiată nu e neapărat ținta cea mai ușoară! În autoportretul său, Monet pare să fi uitat și de șicanele adversarilor. Nu se gândește, s-ar spune, decât cum să picteze a șaisprezecea oară fațada catedralei din Rouen sau o căpiță violetă de fân.

De fapt, renunțarea la filosofie e ea însăși filosofie. Reprezentând ceea ce e pieritor, clipa, reprezintă totodată ceea ce e posibil. Ea moare sub ochii noștri, dar e unicul timp viu, unicul în care viața freamătă.

3

Și totuși, ce valoare are să pictezi astfel? parcă aud. E o pictură plină de desfătări de moment, dar prin forța lucrurilor superficială, deoarece se oprește la aventura optică. La „impresii". Peisaje admirabile cu apă, soare, ceață, soare roșu, arbori vibratili, femei cu umbreluță și rochii ample, târâte prin iarbă, jocuri de culoare și de lumină în care, nu mai mult decât într-o scoică găsită pe țărm, e închisă povestea mută a unei ore apuse. Pictorul vedea o căpiță de fân, un plop, un râu, se oprea, desfăcea tuburile cu vopsele și începea lucrul, zorit, înainte ca „impresia" să piară. Problemele puteau să mai aștepte, n-aveau ce căuta în acele peisaje minunate și mincinoase în care lumea nu îmbătrânește niciodată.

Sigur, e greu să admiți că tot ce ne rămâne de făcut e să privim cu atenție cum se schimbă luciul unei frunze într-o după-amiază de vară, dar cum să nu admiri consecvența cu care Monet s-a străduit în pictura lui să facă locuibil prezentul, prezentul care ne scapă mereu? Și cum să nu observi că într-o asemenea pictură chiar și superficialitatea e plină de pasiune? Monet ne demonstrează cât de puțin vedem din mirificele sărbători ascunse în priveliștile cele mai modeste. Fără să fie un exaltat, un maniac, acest pictor îmbrăcat în bluză de lucru și cu bascul pe cap a rămas fidel impresionismului și atunci când vechii săi prieteni s-au întors din drum ori s-au îndreptat înspre alte orizonturi. A privit până la sfârșit aceiași maci roșii, aceleași căpițe de fân, aceleași eleștee cu nuferi, fără să ne lase să ne dăm seama că vederea îi era din ce în ce mai slăbită de cataractă. A crezut toată viața într-o idee, în ciuda obstacolelor de care s-a lovit, și, aproape orb, a avut norocul să-și vadă pânzele șiroind de lumină pe pereții Luvrului.

Până și faptul că Monet și-a dorit să privească lumea ca un copil spune mult. În loc să caute eternitatea în afara clipei efemere, pictorul o caută chiar înlăuntrul ei. De aceea nu se ferește să picteze același lucru de mai multe ori, la alte ceasuri ale zilei. E convins că Dumnezeu, dacă există, are mereu alt chip, e de o mie de ori pe zi altul și altfel, că există o singură nemurire reală, cea căutată în ceea ce moare.

Numai în fața oglinzii Monet n-a avut încredere în această strategie, dându-ne nu o „impresie" despre sine, ci un portret tradițional.

Vânătorul de corbi

Vreau cu orice preț să merg înainte,
vreau să fiu eu însumi.

Van Gogh

1

Există în viața lui Van Gogh multe episoade ciudate, dar, poate, cel mai ciudat dintre ele este cel legat de nașterea sa. Unsprezece luni după căsătoria lor, părinții săi au avut un copil care s-a născut mort și a fost înmormântat în micul cimitir protestant din Zundert. Acest copil se chema Vincent-Willem. Exact un an mai târziu, în aceeași lună și în aceeași zi, a venit pe lume un alt băiat pe care părinții, încă zdrobiți de pierderea primului lor fiu, l-au numit tot Vincent-Willem. (Pe cele două acte de naștere, printr-o altă coincidență bizară, cei doi Vincent au fost înscriși cu același număr de ordine, 29!) Astfel că ducându-se la cimitir, care se afla la o aruncătură de piatră de casă, Van Gogh a descoperit, de îndată ce a învățat să citească, un mormânt pe care figura propriul său nume. În mintea acestui copil taciturn au putut încolți atunci întrebări neobișnuite pentru vârsta lui. Și poate că nevoia lui precoce de independență, de izolare n-a fost cu totul străină de întâmplarea petrecută în micul cimitir din Zundert. Buzele mereu crispate, de care vorbesc cei care l-au văzut în copilărie, aerul de copil prea serios, închis în sine nu ascund oare o sensibilitate tulburată de timpuriu?

2

În autoportretele din perioada pariziană ne derutează o vreme prin aspectul de „om de lume" pe care reușește să și-l dea. Poartă des pălărie, de fetru sau de pâslă, se îmbracă în costum, cu cravată. Arborează chiar o lavalieră și un pardesiu elegant. Apoi, dintr-odată, își așează pe cap o pălărie de pai, imitându-l pe Monticelli, de care se simte legat: „A murit nefericit, la Marsilia, după ce i-a fost dat să îndure un adevărat calvar. Sunt sigur că și eu voi urma același drum ca el, ca și cum aș fi fiul sau fratele lui". Își presimte soarta? În următoarele autoportrete renunță din ce în ce mai evident să se preocupe de ținută. Trăsăturile i se înăspresc. Sub sprâncenele stufoase privirea e pătrunzătoare, încordată, înainte de a deveni obosită. Dar abia acum ne dăm seama de ce preferă să picteze ochi omenești în loc de catedrale. „Căci în ochi e ceva ce nu afli într-o catedrală... și anume sufletul unui om", spune acest olandez care caută în alții un frate și în sine un străin.

Poate fiindcă știe că „e foarte greu ca omul să se cunoască pe sine" s-a întors mereu spre oglindă, făcându-și în scurta lui carieră de pictor peste patruzeci de autoportrete.

3

Unul dintre cei care l-au cunoscut și-l amintește așa: „Era un fiu al deșertului...". Într-adevăr, cu ochii săi inflamați uneori de efortul de a privi mult timp în lumină, cu barba sa țepoasă, și mai ales cu acea mască de indescriptibilă tristețe care impresionează în fiecare autoportret, Van Gogh locuiește parcă într-un deșert. Un deșert care l-a însoțit peste tot. La început, pe câmpiile negre ale Brabantului, câmpii cu mărăcini, pe care rătăcea zile întregi singur, apoi la Londra unde seriosul și tăcutul vânzător de tablouri, angajat al firmei „Goupil & Co.", refuza să recomande gravurile pe care le detesta, și din nou pe continent, în centrul minier Le Borinage, din sudul Belgiei. „Pastorul Vincent" dormea pe un sac de paie într-o colibă și umbla cu haine ponosite, cu moletiere făcute din saci de cărbune, ca să ducă viața minerilor. Biserica protestantă s-a speriat însă de zelul său, retrăgându-i dreptul de a predica. Altădată, iubind o femeie care l-a respins, s-a dus acasă la părinții ei și le-a cerut voie s-o vadă cât timp va reuși să-și țină degetele în flacăra unei lumânări. Nu mai mult. Nu i s-a permis. A trebuit să plece. A cules după aceea pe stradă o prostituată bețivă și însărcinată, încercând s-o salveze, dar și în această încercare a eșuat. Era destinat să trăiască fără prieteni, fără familie, „imposibil și suspect", cum spune el. Instalat în sudul Franței, la Arles, unde soarele arde ucigător vara, locuiește într-o casă galbenă unde nimeni nu intră decât pentru a pleca. „Doamne, pentru multă vreme este asta, pentru totdeauna?", se întrebase într-un moment când singurătatea i se păruse o cușcă „oribilă, oribilă, foarte oribilă". Află curând răspunsul. Pentru totdeauna.

4

Cum să ne explicăm tristețea din această privire scormonitoare, și în ce termeni am putea-o face? Mai ales că omul din fața noastră, îmbrăcat adesea cu simpla bluză albastră purtată de țăranii flamanzi, roșcovan și destul de robust, trăiește parcă mereu cu degetele în flacără. Ajuns în Provența, pictează într-un ritm frenetic, de dimineață până seara. Cu eterna lui pipă între dinți, trece pe străzile din Arles urmărit de copiii care strigă în urma lui și râd. Se duce în câmp unde stă toată ziua sub soarele năucitor. Lucrează repede, fără să revină, fără să facă retușuri. La treizeci și cinci de ani, când alții sunt în plină vigoare a vieții, el e obsedat de ideea că lumânarea nu va mai arde mult. Se hrănește ca pustnicii și singurul lux pe care și-l permite e să fumeze cât vrea. A aflat cât de mare e singurătatea într-un oraș mare, dar și aici se simte străin. Nu-l așteaptă niciodată cineva, astfel că poate rămâne în câmp, în fața șevaletului, cât dorește. Până simte că-i vâjâie capul. Sunt o locomotivă care pictează, spune el. Dacă vrea, iese și noaptea, să picteze cerul înstelat. E stăpânit de o adevărată furie de a crea și, fără martori, poate păși pe cărarea subțire dintre moarte și absolut.

Căci acești ultimi ani din viața lui Van Gogh sunt o lungă sinucidere. Fiul deșertului se supune unei presiuni înfricoșătoare la care, în mod normal, o viață, și cu atât mai mult una măcinată de boală, nu poate rezista. Timpul se comprimă brusc, gata să explodeze. Departe de o lume care-l ignoră, străin și în Arles, olandezul umple pânzele cu chiparoși singuri și ceruri cuprinse într-un vârtej cosmic. Suprimă detaliile, căutând să ajungă repede, cât mai repede la esențial. Și n-are de ce să se menajeze. După ce i-a luat aproape totul, deșertul în care trăiește îi îngăduie să dispună cum vrea de ceea ce i-a lăsat. Poate sta nemâncat, se poate surmena în voie, nimeni nu-l oprește să-și macine forțele și să adune tablouri într-un ritm infernal, cum istoria artei n-a mai văzut încă. Poate picta uneori și două tablouri pe zi. N-are cine să-i reproșeze tensiunea în care trăiește. De altfel, e zorit. Poate presimte că are puțin timp.

5

Cât de vinovat era Van Gogh de această singurătate? Nesociabil, fiul deșertului îi pune la grea încercare pe cei apropiați când trăiește lângă ei. E mereu înclinat să exagereze defectele celor pe care-i iubește, să le reproșeze că văd în el un dulău lățos, cu labele ude, care îi încurcă, mai ales că „prea latră zgomotos!". Cu firea lui dificilă, impulsivă, îi incomodează, îi descumpănește, chiar îi exasperează uneori. Pentru a fi iertat, trebuie să se îndepărteze. Face parte dintre cei care nu-și pot mărturisi întreaga afecțiune decât prin tăcere și nu-i pot iubi până la capăt pe cei dragi decât simțindu-le lipsa. Iertat, iartă el însuși. Și poate lăsa, în sfârșit, inima să se descarce. „Din motive obscure, pe cei de care am fost legat nu i-am văzut decât ca într-o oglindă." Suferă că nimeni nu vine să se încălzească la focul din sufletul său și el, „fericitul posesor al unei inimi bolnave", dulăul lățos care le stă tuturor în drum, tânjește de dorul cuiva care să-i fie apropiat. „Și apoi, ce contează omul luat de unul singur?", se întreabă el, cel nedorit de nimeni. Visează o mare operă comună a pictorilor, reuniți într-un Atelier al Sudului. Când îi cheamă pe alții să vină să lucreze împreună la proiecte grandioase, vocea îi devine stăruitoare, rugătoare, aproape cerșind o prietenie care întârzie să se arate.

6

Totuși, nu acuză pe nimeni. Își consideră boala partea ce-i revine din răul lumii și își plătește această „parte" printr-o trudă fără răgaz. Se înfățișează pe șoseaua ce duce spre Tarascon, înfierbântată de căldura dogoritoare a soarelui, împovărat cu uneltele de pictor. Are o direcție, un țel și ne lasă să înțelegem că se numără printre cei care trebuie să arunce totul pe cântar. Chiar viața lor. Apoi, deodată, pe scena goală unde se joacă apoteoza și drama lui Van Gogh, se aude această mărturisire neașteptată și dramatică: „Devin pictor, dar vreau să rămân om". Deci, viața și arta nu merg pentru el împreună? Nu, nu e asta. El vrea însă mai mult decât i se refuză. Trăind singur, imaginează manifeste despre fraternitate. Pentru că nu-și găsește un loc pe pământ, visează să ajungă după moarte într-o stea. Singurul său prieten a fost fratele său Théo, singurele femei cărora a apucat să le spună că le iubește i-au întors spatele și singurul tablou care i-a fost cumpărat în timpul vieții nu-i putea asigura nici pâinea pe care a mâncat-o. Tablourile pe care le picta într-o exaltare epuizantă nu le vedea aproape nimeni, se strângeau în casa lui Théo sau erau depozitate claie peste grămadă într-o maghernită sordidă, amenințate de degradare. Și totuși acest fiu al deșertului revarsă în pustiul lui o tandrețe care ne emoționează. „A iubi, aceasta deschide închisoarea", scrie el, care a fost iubit atât de puțin, și ne întrebăm dacă nu cumva vorbele ascund o ironie. Nu. E de ajuns să-i privim tablourile. Chiparoșii răsuciți de căldură, noduroși și funebri, seamănă cu viața lui, dar e greu de găsit în toată istoria artei o singurătate atât de luminoasă ca a lanurilor sale de grâu. Van Gogh are obsesia galbenului pentru că galbenul este culoarea iubirii. Și, asemenea celuilalt mare olandez, Rembrandt, e cu atât mai tandru și mai explicit, cu cât e mai singur.

Nimic nu se întâmplă spectaculos, zile întregi, luni întregi, în viața lui. Se scoală, își ia șevaletul, se duce în câmp, pictează, se întoarce. Dar în această monotonie se întâmplă ceva neobișnuit. Chiparoșii sunt adevărate ruguri. Cerurile sunt sonore. „O, Doamne, nu există Dumnezeu", exclamă el. După care adaugă: „Pictura e mai mare decât noi și de mai lungă durată decât viața noastră". Și, asemenea personajelor dostoievskiene, Van Gogh știe că dacă a pus piciorul pe prima treaptă trebuie să înainteze, să trudească până la cea din urmă.

7

Aici e cu capul descoperit și fără barbă. Obișnuiți cu obrazul său neras, cotropit de țepi galben-roșcați, ni se pare curios să-l descoperim așa, întinerit brusc și mai voinic decât era în realitate. Nici urmă de boală, de deznădejde. Ochii, exagerat de mari, le ascund bine pe amândouă. Dacă nu mă înșel, la acest tablou se referea când îi scria mamei sale: „Din autoportretul pe care-l anexez vei vedea că, deși am fost la Paris, la Londra și prin alte orașe mari, arăt, totuși, mai mult sau mai puțin, ca un țăran din Zundert, așa, de pildă, ca Toon sau ca Piet Prins, ba uneori îmi închipui că am ajuns să gândesc și să simt ca ei. Doar că țăranii sunt de mai mare folos pe lumea asta".

Roșcovanul voinic din imagine ne amintește de semănătorul pe care Van Gogh l-a arătat suind pe un câmp arat, cu bulgări de pământ violeți, sub un cer cu nori roz. Un semănător, aureolat de discul imens și galben a soarelui, care înaintează, cu acest nimb, ca un profet. S-a gândit la el însuși atunci? Nu-i exclus. Van Gogh s-a simțit totdeauna legat de pământ, iar părerile lui despre grâu sunt de-a dreptul tulburătoare. Vede în istoria grâului istoria oamenilor. Grâul e semănat, lanul crește și se maturizează. Apoi, într-o vară, va apărea secerătorul. El va tăia spicele și va lega snopul. Ciclul vieții curge de la sământă la spic, de la semănător la secerător, și „chiar dacă omul nu e semănat în pământ ca să încolțească", povestea lui e ca povestea grâului, căci oamenii sunt spicele pe care le seceră secerătorul. Iată, prin urmare, de ce sunt atâtea lanuri de grâu în opera lui, de ce numărul secerătorilor crește și, într-o zi, deasupra spicelor calde își vor face apariția corbii. Iată de ce zice, cu o stranie premoniție: „Ești grâu și locul tău e într-un lan de grâu".

Odată ajuns la Arles, nu mai pictează tăcerea bituminoasă a „mâncătorilor de cartofi" și a câmpurilor negre, cu mărăcini, din Olanda. Pictează câmpuri pline de soare. Cerul nu mai e apăsător și cenușiu, arborii nu mai par morți, pământul nu mai e înghețat. Mărăcinii au lăsat locul chiparoșilor. Tristețea lui Van Gogh a ieșit din emisfera ei de frig și a intrat în plină caniculă. În locul tonului argilos, culorile țâșnesc arbitrare și dogoritoare. Până și cerurile de noapte au o febră ciudată. Recolta are puțin timp să crească, să ajungă la maturitate.

Desfășurată pe cel mai însorit câmp al Franței, această parte din povestea semănătorului ne amintește de uimirea și, totodată, de neliniștea celor care au descoperit că, strălucind mai puternic, soarele devine negru. Viața e omagiată aproape brutal, cu gândul că ea e pricina despărțirilor, a plecărilor.

8

Cine reconstituie ultimii lui ani de viață constată, într-adevăr, că apropierea morții, în loc să întunece lumina, o face și mai intensă. Soarele devine acum enorm. Cerul, de un albastru dur. Surescitat, Van Gogh nu mai poate vorbi cu glasul obișnuit. Iubește fără măsură ceea ce alții iubesc normal, de aceea lumina este mai orbitoare la el decât în natură. Mi-l imaginez pe o colină plină de miresmele grâului, suind, înclinat, cu șevaletul în spinare, cu pipa strânsă între dinți. Lumea îl privește un timp curioasă. Pe urmă ridică din umeri. Olandezul care locuiește în casa cu pereții galbeni nu i se pare în toate mințile. Dar nici boala, nici indiferența celorlalți nu-l opresc din drum. Dincolo de grâu se văd uneori măslini. Măslini bătrâni, sinuoși, crescuți sub rafalele mistralului și cicatrizați de intemperii, care au primit tot atâtea lovituri câte a primit și el de la viață. Probabil, de aceea se socotește frate cu ei. Van Gogh înțelege acum Judecata de Apoi ca o împrejurare în care nu oamenii, ci Dumnezeu trebuie să se justifice. Îmbrăcat într-o salopetă de salahor, privește în gol. Se gândește, poate, că e un cal de birjă înhămat la truda sa. Sau că simbolurile infinitului sunt semănătorul și snopul. Și pe măsură ce e mai amenințat de noaptea dinlăuntrul său, pune și mai multă lumină în pânzele sale. Soarele se inflamează, ajunge să fie halucinant. Semănătorul bea cu sete din ulciorul verii înainte de a-l sfărâma. Cu nervii încinși, extenuat de surmenaj, pictează în puținul timp pe care-l are la dispoziție cât alții într-o viață. Fac tablourile de parcă aș visa, zice el.

Cézanne a descoperit că soarele nu poate fi reprodus. El trebuie reprezentat prin altceva, prin culoare. Van Gogh se folosește pentru asta de toate nuanțele galbenului, și câți ne-au vorbit despre dragostea de viață ca acest sinucigaș? Un semănător, care a învățat să picteze la treizeci de ani și a murit la treizeci și șapte de ani, ne-a lăsat cele mai fierbinți lanuri de grâu, după ce a murmurat „soarele m-a omorât", iar secerătorul care va tăia spicele și va lega snopul se va ivi chiar din gloria amiezii.

9

Rugat de Van Gogh să vină la Arles și să împartă cu el „Atelierul Sudului", Gauguin se hotărăște după multe amânări. Sosește în octombrie, îl găsește pe olandez arătând „ca un văcar", e mulțumit de admirația ce i se arată și, la început, totul pare să meargă bine. Îi apropiau, de altfel, multe lucruri. Amândoi fac parte dintre artiștii „suspecți", pe care lumea îi evită. Amândoi au sacrificat ceva, o poziție respectabilă, în cazul lui Gauguin, sau șansa de a obține una, în cazul lui Van Gogh, pentru a porni pe un drum despre care știau doar că era drumul pe care trebuiau să meargă, indiferent de privațiuni și riscuri. Amândoi credeau cu patimă în pictură, deși nimeni nu le cumpăra pânzele și erau priviți cu milă sau cu dispreț.

Dar destule lucruri îi separau.

Van Gogh îl admira sincer pe Gauguin.

Gauguin, în schimb, avea o părere destul de tulbure despre stima față de ceilalți.

Van Gogh era susceptibil, ușor de rănit.

Gauguin nu accepta decât să domine.

Van Gogh era, structural, un naiv. Îi va scrie singurului critic care va publica un articol elogios despre el în timpul vieții că exagerează.

Gauguin se va dovedi până la urmă un regizor destul de bun al posterității sale. Va forța istoria artei să-i deschidă ușile și va intra tropăind cu vechii săi saboți de marinar în muzee.

În autoportretul dedicat *À mon ami Paul Gauguin*, Van Gogh se înfățișează tuns chilug, cu ochii pieziși și sprâncenele ușor încruntate, într-o ipostază modestă, de umil slujitor al lui Buddha, vrând să demonstreze că dacă pune concepția lui Gauguin alături de a sa, atunci a sa e tot atât de serioasă, dar mai puțin deznădăjduită.

10

În ciuda lucrurilor care îi apropiau, cei doi nu erau făcuți pentru a se înțelege. Impresia că prietenul său s-a săturat de Arles, de căsuța galbenă și de el amenință să pună capăt iluziilor lui Van Gogh. Cu câteva zile înainte de criza care a constituit cauza sau pretextul despărțirii, a pictat locul lui Gauguin gol.

Într-un hebdomadar local a apărut în acele zile următorul fapt divers: „Duminică seara, la unsprezece și jumătate, un anume Vincent Vaugogh (!), pictor, originar din Olanda, s-a prezentat la casa de toleranță Nr. 1, a întrebat de o anume Rachel și i-a dat acesteia... urechea sa spunându-i: «Păstrează acest obiect prețios». După care a dispărut. Informată de această faptă, care nu putea să aparțină decât unui biet alienat, poliția s-a dus a doua zi dimineață la acest individ pe care l-a găsit culcat în patul său, nedând aproape nici un semn de viață. Acest nefericit a fost admis de urgență la ospiciu".

Întâmplarea a fost mai târziu interpretată în multe feluri. S-a văzut în ea inclusiv un ritual tragic inspirat de obiceiul matadorilor din Provenţa, de a oferi urechea taurului doborât femeii iubite. S-a vorbit despre autopedepsire. Ceea ce e sigur e doar că în acea zi de 25 decembrie, când mistralul sufla rece, rece ca aripa nebuniei, înnegrind chiparoşii în drum spre Mediterana, echilibrul vieţii lui Van Gogh s-a rupt.

„Păzeşte-te, a doua zi după sărbătoare, de mistralul de iarnă", scria el undeva.

11

Oglinda îl arată abătut, închis în el însuşi, bandajat la cap. La ce se gândeşte? A aflat oare că optzeci de locuitori din Arles au adresat primarului o petiţie în care cer ca olandezul nebun să nu fie lăsat în libertate? Sau visează, încă mai intens, să ajungă după moarte într-o stea, fiindcă pe steaua unde s-a născut n-a găsit înţelegerea de care avea nevoie? Teoria că tabloul are menirea de a fixa o clipă în care lumea pare să fie mai aproape de ceea ce dorim să fie n-are nici o bază aici. Cu căciula pe cap, cu pipa în gură, fumând şi privind absent, „străinul" nu se vede decât pe sine. Faţa îi pare golită de sânge, palidă. Dar ceva în ochii albaştri şi încăpăţânaţi ne spune că n-au greşit cei care au numit autoportretul *Şi totuşi*. „Olandezul nebun" încă mai crede că o pânză pictată e mai preţioasă decât o pânză goală. Or, dreptul să picteze, pentru Dumnezeu, îl are!

Se povesteşte că Napoleon i-a arătat unui cardinal cerul în plină zi şi l-a întrebat: „Vedeţi steaua aceea?". „Nu", i-a răspuns cardinalul şi, într-adevăr, pe cer nu se zărea nimic. „Ei bine, a adăugat Napoleon, cât timp voi fi singurul care o vede îmi voi urma drumul și nu voi suporta obiecții." Dacă ar mai fi orgolios, Van Gogh ar putea declara același lucru. Mai ales că pentru el speranța este chiar o stea, pe care o pictează uneori în vârful chiparoșilor.

12

„Asta ar fi ceva pentru cei din secolul XX dacă, la un moment dat, își vor aminti de mine", spune despre un autoportret pe care și-l face la azilul Saint-Rémy, în mod ciudat, pe un fundal luminos. Figura are ceva din surâsul maladiv al ultimei flori de toamnă. Ochii sunt mai adânciți și parcă ușor tulburi. E privirea unui om ajuns să trăiască într-un univers închis, după ce a rătăcit pe câmpuri pline de soare și a pictat ceruri înstelate, a unui om care a visat infinitul pentru a se lovi de zăbrelele unei case de sănătate, unde e supravegheat de un gardian când i se permite să lucreze în afara azilului. Dar de ce s-a gândit la secolul XX? În speranța lui că lumea va trăi într-o zi „mai muzical", acest apostol al utopiei s-a hrănit oare cu iluzia că alt secol va înțelege mai bine tristețea întipărită pe chipul său?

Oricum, merită amintită concluzia unui neurolog francez de azi: „Van Gogh n-ar fi trebuit internat dacă s-ar fi găsit cineva să-l înțeleagă".

13

Uneori se uită la sine ca la un „altul", de parcă natura sa dublă a sfârșit prin a crea doi oameni diferiți. Unul care se simte foarte aproape de starea unui vas spart. Altul care își impune să rămână calm. Unul care se teme că totul e inutil și că viața lui e atacată la rădăcină. Altul care își repetă că nu e născut pentru resemnare. Între cei doi e o continuă luptă „corp la corp".

Cel dintâi vorbește cu oarecare iritare despre Rubens și Courbet, fiindcă „sănătatea le permite să mănânce, să bea și să sărute". Suferă pentru faptul că abia își poate plăti vopselele, suferă pentru golul din jur, suferă pentru că e socotit un biet bolnav. Celălalt crede că bolile sunt vehicule celeste, așa cum trenurile și omnibuzele sunt mijloace de locomoție terestre, și e convins că numai prin suferință se poate iubi cu adevărat. Chiparoșii ajung să ocupe toată suprafața pânzei cu incendiul lor negru, tremurând în lumină. Alteori par coloanele unui templu al cărui tavan este chiar cerul. „Am preferat melancolia activă, melancolia care nădăjduiește", se explică Van Gogh, încredințat din ce în ce mai mult că e un călător care merge undeva, că are o destinație. Asta îl ajută să se ridice din prăbușiri, lucrând cu „o furie îndârjită". Cu mai puțin de un an înainte de a muri, îi scrie lui Théo, trimițându-i un autoportret: „Arăt mai sănătos acum".

14

Iată-l, însă, cu bărbia trasă mult înapoi, cu buzele strânse, cu ochii la pândă. Aici e un om hăituit, care se teme de o lovitură iminentă.

Locuiește acum la mansarda unui hotel sărăcăcios din Auvers, într-o chilie luminată de o singură fereastră, unde nu se află decât un pat de campanie și un scaun, dar nu mai e păzit de gardienii de la Saint-Rémy, poate rătăci toată ziua pe câmp.

E vară, grâul e gata de secerat. Secerătorul poate veni.

A cerut un revolver hangiului, spunându-i că vrea să împuște corbi. Vara, deasupra lanurilor de grâu de lângă Auvers, se strâng mulți corbi și-l stânjenesc de la lucru. Îi trebuie o armă cu care să-i alunge.

Nu, nu-i împușcă. Îi pictează.

E adevărat, corbii aceștia sunt de rău augur. Niciodată n-au coborât atât de jos și niciodată n-au fost atât de mulți, atât de amenințători. Și parcă nici grâul nu mai seamănă cu cel din alte tablouri. Recunoaștem, desigur, vehemența lui Van Gogh, febra lui, imensele lui întinderi de grâu sub ceruri de o mare singurătate. Dar până acum grâul era cald. Deodată, s-a răcit parcă, a devenit casant, ca gheața. Și culoarea lui e alta.

Lanul de grâu cu corbi e, simbolic, autoportretul unei sinucideri. Aici, se aud pașii secerătorului. Vara e înaltă, spicele s-au copt. Poeții sunt de părere că ora sinuciderilor rituale este miezul nopții, dar ora care-l atrage cel mai mult pe Van Gogh este amiaza, apogeul zilei. Din moment ce s-a hotărât să se îmbarce în moarte, pentru a se duce într-o stea, vechiul predicator, iubind religios grâul, trebuia să se sinucidă în altar, în altarul său, ziua, în plină glorie a verii. Noaptea e reprezentată numai de corbi. Un stol de corbi negri ce planează deasupra lanului. Cel care i-a pictat a murmurat cândva la căpătâiul tatălui său muribund: „E dificil să mori, dar e și mai dificil să trăiești". Povestea grâului se apropie de sfârșit și se vede acum că semănătorul e una și aceeași persoană cu cel secerat.

15

Fiica hangiului Ravoux a povestit, mulți ani după, cum s-au petrecut lucrurile. Ca în toate zilele, Van Gogh s-a dus dis-de-dimineață să picteze pe câmp. La prânz s-a întors și curând a plecat din nou. Nimic în atitudinea lui nu lăsa să se întrevadă ce va urma. Hangiul uitase de pistolul pe care i-l împrumutase ca să împuște corbi. S-a alarmat numai când a văzut că pictorul n-a venit ca de obicei la ora mesei. Au mâncat fără el și pe urmă au ieșit afară. Atunci a apărut Van Gogh. A trecut prin fața lor ca o umbră, fără să spună un cuvânt și fără să privească pe nimeni. Împleticindu-se, a traversat sala de jos cu pași mari și s-a urcat pe scară în chilia lui ținându-se de coaste ca un om pe care-l durea ceva. Intrigat, hangiul s-a dus ceva mai târziu să vadă ce face „domnul Vincent". L-a găsit întins pe patul strâmt de fier, întors cu fața la perete. N-a răspuns când l-a invitat să coboare la masă. „Ce aveți?", a insistat Ravoux. Atunci, Van Gogh s-a întors și i-a arătat la piept gaura însângerată lăsată de glonț. „Ce-ați făcut?", s-a speriat hangiul. „M-am împușcat, a răspuns Vincent. Să sperăm că n-am ratat." A fost chemat în grabă un doctor. Când acesta a venit la căpătâiul său, pictorul i-a spus: „Cred că m-am terminat. Ce ziceți?". Cum doctorul îi adresa vorbe încurajatoare, el mormăi cu o tristețe flegmatică: „A, bine... Pot să fumez? Vreți să-mi dați pipa din buzunarul hainei?". Spre seară, jandarmii s-au prezentat să facă ancheta reglementară. Dar după ce le-a replicat că nu priveau pe nimeni motivele care l-au determinat să se sinucidă și că era liber să facă cu corpul său ce vroia, Van Gogh a refuzat cu încăpățânare să le dea cea mai mică explicație. S-a închis în muțenie, fuma și nu-i mai vedea pe jandarmi. A doua zi, a sosit de la Paris în mare grabă Théo. Văzându-l pe fratele său îndurerat, Vincent a încercat să-l consoleze: „Nu plânge, am făcut-o spre binele tuturor".

După miezul nopții, a murit în brațele lui Théo. Avea treizeci și șapte de ani. Și zece ani de pictură. Vânduse un singur tablou și, în afară de pictori, nu-l cunoșteau decât cei care-l compătimeau.

Ceea ce frapează în această relatare e că Van Gogh, studiat cu atâta voluptate de psihiatrie, *s-a omorât lucid, nu nebun.* După ce s-a împușcat, în noaptea și ziua următoare, a discutat cu doctorul, cu jandarmii, cu hangiul, cu Théo. Și nici unul dintre aceștia n-a avut impresia că se afla în fața unui om cu mințile rătăcite. Dimpotrivă, Van Gogh era lucid și liniștit. Fuma aproape tot timpul. Singura lui grijă era ca nu cumva să fi ratat încercarea de a-și lua viața. Când Théo i-a dat și el asigurări încurajatoare, cum făcuse și doctorul (deși glonțul, ricoșat în abdomen, nu fusese extras și era limpede că nu se putea trăi astfel), a răspuns cu o frază zguduitoare: „E în zadar, tristețea va dura toată viața". Și aceleași vorbe le murmură parcă în ultimul său autoportret.

Aventura unui sălbatec

Tu n-ai încredere în viitor, dar eu am încredere pentru că vreau să am. Fără asta de mult mi-aș fi zburat creierii. A spera înseamnă aproape a trăi.

Gauguin
(Într-o scrisoare din Tahiti)

1

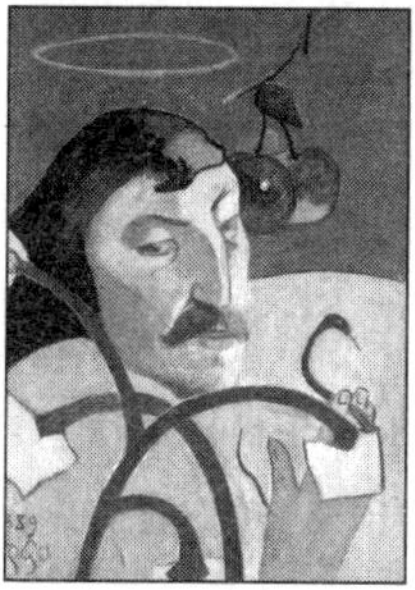

Rembrandt a dus individul până la liniștea de a locui într-un Amsterdam negustoresc fără să țină seama de gusturile negustorilor. Van Gogh l-a dus într-o utopie plină de soare, unde șevaletul era un altar. Gauguin și-a permis și mai mult. După ce a renunțat la slujba sa de la bancă, la familie, la o viață cât de cât sigură pentru a deveni pictor, s-a lipsit și de certitudinile în care credeau colegii săi de boemă și de iluzii. „Să urmezi maeștrii? Pentru ce-ar trebui să fie urmați?", s-a întrebat el, retoric, având răspunsul pregătit: „Ei au fost maeștri tocmai fiindcă n-au urmat pe nimeni". Într-o zi s-a îmbarcat pe un vapor, cu direcția

Tahiti, decis să-și pună în aplicare ideile. Întorcea spatele și civilizației, și propriei sale experiențe de până atunci. Vroia să trăiască într-o colibă, la tropice, să ducă viața indigenilor, pentru a descoperi limbajul originar al artei. Hotărâre care în ochii multora se încadra în iresponsabilitate. Cum să lași totul baltă pentru a te afunda cu șevaletul într-o junglă? Să speri de la colibele primitivilor mai mult decât de la saloanele pariziene? O, nu – gândeau ei, probabil –, acest Paul Gauguin care vrea să fondeze o estetică nouă printre sălbateci a mers cam departe cu dorința de originalitate. Nimeni n-a îndrăznit să fie atât de nesocotit și atât de lipsit de modestie.

Și, într-o logică normală, aveau, desigur, dreptate. Gauguin lăsa în urmă civilizația, dorind să trăiască printre sălbateci, la o vârstă, patruzeci și trei de ani, când e cam greu să te scuturi de obișnuințe și e cam târziu pentru a o lua de la început într-un mod atât de radical. Și nu trișa oare? Fugea de tradiția artistică, dar bagajele sale erau pline de reproduceri! Strigase *le péché c'est le Grec*! și ducea cu el fotografii ale frizei Parthenonului.

2

Nu, nu trișa. Gauguin se gândise la nouă ani să fugă într-o pădure cu o batistă umplută cu nisip, avea, deci, gustul aventurii în sânge, nu era omul care să se sperie de necunoscut. Se ducea în Tahiti pentru că era mai ambițios decât alții. În Franța fusese unul *dintre*, or, el visa o glorie care să-i aparțină în exclusivitate, de *întemeietor*. De altfel, n-a dus lipsă de un anumit gust teatral. Mai târziu, între cele două călătorii în Oceania, va umbla prin Paris îmbrăcat extravagant, stârnind zâmbetele trecătorilor. Va purta o enormă mantie albastră, mănuși albe, tivite cu argint, va exhiba un baston decorat de el însuși cu sculpturi barbare și cu o perlă încrustată în lemn, fiind însoțit peste tot de o mulatră javaneză cu o maimuțică mică pe umăr. Pe poarta atelierului din Montparnasse, unde își va primi prietenii în compania unui papagal, va scrie în limba maori *Te faruru*, „Aici se iubește".

Rezultatul? Despre povestea fostului funcționar de bancă, afundat în jungla polineziană, s-a scris mai mult decât despre valoarea adevărată a picturii lui. Gauguin a devenit o legendă care a făcut din el unealta unei eredități tulburi, un fel de somnambul stăpânit de reverii tropicale. Paradoxal, rolul și-a devorat parcă actorul. Biografia nu se mai mulțumește să lămurească opera. Vrea să ocupe singură scena, enigmatică și bizară ca idolul din spatele pictorului în *Autoportretul cu idol*.

3

Lângă idolul tahitian, pictorul are mai degrabă aerul unui matelot. Ceva între trubadur și pirat. Cine e, de fapt? Un Pierre Loti al picturii? Poate, pentru cei care se opresc la miresmele exotice din opera sa. Un aventurier? Când se urcă pe vapor, Gauguin își trântește bagajul să se audă prin toate saloanele din Paris. Oscar Wilde era normal să traverseze bulevardele cu un crin în mână. Fostul marinar preferă să tropăie pe puntea vaporului cu saboții săi. Deși se trage, pe linie maternă, dintr-un vicerege peruvian, locul său nu e în hotelurile somptuoase. Visează o colibă sub un cer fără iarnă, într-o natură fericită unde a trăi înseamnă a cânta și a iubi, a bea când ți-e sete și a întinde mâna spre un fruct când ți-e foame. E, așadar, un sălbatec care s-a simțit exilat la Paris, cum vrea să fie considerat? Sau un copil care-și demontează jucăriile pentru a-și face altele, cum pretinde Strindberg? Și care, în ciuda tuturor, preferă să vadă cerul în roșu, nu în albastru. E un nostalgic al paradisului pierdut? Eternul Robinson dornic să facă o baie de preistorie? Sau, cum insinuează unii, un vânător de glorie care pleacă în Tahiti doar pentru a stârni în jurul său o publicitate pe care mijloacele obișnuite i-au refuzat-o?

4

Dar ar fi trebuit, poate, să încep cu o mărturisire. Am făcut o pasiune pentru pictura lui Gauguin în tinerețe. Descoperisem în pictura lui o lume cu totul diferită de cea pe care o vedeam eu. Pe deasupra, judecam destul de simplist, cu toate fumurile mele de romantic precoce. Nu trepidam să vântur lumea, dar nici nu înțelegeam sfatul dat de Rembrandt unui tânăr pictor: să cunoască întâi minunile din jurul său și numai după aceea, dacă îi va mai rămâne timp, să colinde mările și oceanele. Vedeam în acel sfat, chiar dacă Rembrandt privise toată viața corăbiile din portul Amsterdam fără să fie tentat niciodată să se urce pe vreuna dintre ele, doar o dovadă că orice se poate spune când ai o anumită notorietate.

Ce-i drept, unele lucruri din povestea lui Gauguin mă cam puneau în încurcătură. Mă contrariau amănunte cărora nu le găseam nici o explicație. Ce rost avea să scrie noaptea într-o natură fericită, în timp ce palmierii foșneau ușor și oceanul se legăna la câțiva pași, că „suferința ascute geniul"? Asemenea vorbe nu se împăcau ușor cu imaginea mea despre Gauguin, care mi se părea a fi ceva între un Don Quijote tropical și un Rousseau al picturii. Și ce sens avea acel episod straniu când pictorul s-a urcat pe un munte unde a înghițit o doză mare de arsenic, încercând să se sinucidă? Asta tocmai când terminase celebra lui pânză, un fel de testament spiritual cu titlu pascalian: *De unde venim? Cine suntem? Încotro ne îndreptăm?* Vorbelor lui Gauguin dintr-o scrisoare, „a spera înseamnă aproape a trăi", nu le găseam nici un sens. „Aproape a trăi?" Ce putea să însemne asta?

Mai târziu, mi-am dat seama că încântarea mea în fața laturii exotice a picturii lui Gauguin era o banală capcană în care căzusem. Între timp, viața mă învățase că un drum obișnuit de câteva sute de metri ne poate duce uneori mai departe decât orice voiaj peste mări și țări, că un artist adevărat găsește oriunde prilejul să fie el însuși dacă e hotărât să vrea asta, *coûte que coûte*, cum spunea Gauguin. Și era fatal să-mi surâdă ideea că Gauguin a făcut drumul în Tahiti pentru a ajunge acolo unde Rembrandt ajunsese stând neclintit în Amsterdam. Ce nevoie am avea să căutăm aiurea ceea ce n-am fost în stare să găsim în noi înșine? Faptul că arta are nevoie de un limbaj nou nu înseamnă că nu se poate vorbi despre fericire și cu imagini uzate.

5

Rămânea să-mi lămuresc ideea de „sălbăticie", exigență inevitabilă pentru înțelegerea lui Gauguin; pictorul însuși a adăugat pe un autoportret, un profil de bronz, lângă iscălitură, cuvântul *oviri*, care înseamnă în tahitiană „sălbatec". Și, sincer să fiu, nu sunt cu totul convins nici astăzi că n-am amestecat unele prejudecăți în raționamentele mele. Asta până am înțeles că originalitatea lui Gauguin nu ținea de faptul că vedea în Tahiti *altceva* decât pictorii rămași la Paris, ci că vedea *altfel* decât ei. Nu zicea Rivarol că oriunde e un amestec de barbarie și filosofie, barbaria are câștig de cauză?

Îmi închipui cum vor fi sunat în urechile celor care-l ascultau, asigurările lui Gauguin că barbaria reprezenta pentru el o întinerire; ca o sfidare aruncată civilizației, ca o ruptură, ca o reconvertire. Ele puteau da impresia că omul cu privirea stranie, ascuțită și oblică, vroia să nege tradițiile picturii europene, să rupă cu propriul său trecut. Așa după cum, o scrisoare adresată peste vreo zece ani de la tropice, unui prieten, părea să fie dovada definitivă că „sălbatecul" a disprețuit până la sfârșit *les braves imbéciles de la métropole*; simțindu-și aproape moartea, el cerea o sculptură în ceramică, refuzată la Salonul din 1895, intitulată *Oviri* și pe care o lăsase la Paris; dorea să o știe pe mormântul său.

Deci, nu aventura l-a născut pe Gauguin, cum nu faptul că n-a părăsit Amsterdamul l-a făcut pe Rembrandt un pictor mare. Între cei doi nu era o deosebire decât de mijloace. Scopul rămânea același. Gauguin nu renunța la ceea ce căutase Rembrandt. Numai că „sinele său" simțea nevoia să se purifice de zgura tuturor convențiilor pentru a-și auzi sunetul original.

Pentru asta Gauguin s-a dus în Tahiti, hotărât să împărtășească efectiv viața indigenilor. Nu s-a mulțumit să stea la Papeete, așezare ce i se părea coruptă de snobismul colonial, și s-a îndepărtat la patruzeci și cinci de kilometri, să trăiască printre băștinași, „în împărăția ierburilor" și aproape de mare. Locuia ca ei într-o colibă, se hrănea ca ei și a ajuns să creadă în zeii lor. Umbla ca ei, cu picioarele goale și cu bustul gol, vânând în pădurea vecină și pescuind ton în mare. Mai târziu, a părăsit și Tahiti, afundându-se în insulele Marchize printre foști canibali.

6

Pământul, spunea Gauguin, dând o altă valoare mitului lui Anteu, e partea obscură, sălbatecă, primitivă, din noi. Pentru a ne împrospăta forțele, trebuie s-o regăsim. Un Adam tropical înalță, la el, un topor pentru a tăia un cocotier bolnav. Alteori, femeile culeg fructe roșii și flori albe și roșii. Culoarea e pură. Sălbatecă? Da, adică „nepervertită", „inocentă". Alături de țărm, pete de albastru, portocaliu și alb. Marea. Și deasupra nisipului, frunzișul intens, strălucitor, al unui copac pictat parcă astfel pentru a-i da dreptate lui Cézanne că un kilogram de verde e mai verde decât o jumătate de kilogram. Soarele curge pe pielea bronzată, ca pe lemnul pirogilor. Dintr-un fruct de mango, dintr-un frunziș roșu și o iarbă galbenă, din albastrul arzător al mării, din florile pe care femeile le strivesc în palme, din coada de păun a unui copac tropical, se compune, treptat, mirajul unui paradis sălbatec, enigmatic și indolent. Pe aceste femei de pe plajă nu le interesează că „azi" va deveni „ieri". Ele privesc imobile pe cerul cald și înmiresmat ceva ce va rămâne până la căderea serii. Noaptea, numai țipetele păsărilor tulbură liniștea. Uneori, câte o frunză uscată cade. Pictorul o aude, dar foșnetul ei i se pare mai degrabă foșnetul unui spirit. Înțelege atunci de ce băștinașii pot sta ore întregi, fără a spune un cuvânt. Când Strindberg îi refuză prefața la un catalog, pentru că nu-i putea aprecia arta tahitiană, îi scrie: „Eva concepției dumneavoastră civilizate ne face și ne va face aproape totdeauna misogini;

străvechea Evă care vă înspăimântă la mine ar putea să vă zâmbească într-o zi mai puțin amar".

7

Totuși, nu mă pot opri să presupun că Gauguin se află în insulele Oceaniei pentru a avea câștig de cauză în expozițiile de la Paris. Dincolo de setea lui de a întineri arta, căutând-o la izvoare, „sălbatecul" are nevoie de recunoaștere. Și dacă vorbește mereu de o natură fericită în care vrea să trăiască, n-ar trebui să-i luăm cuvintele într-un sens limitat și strict. Declară că detestă civilizația, dar tot timpul cât înaintează spre izvoarele artei e preocupat de ce se întâmplă în urma lui. Ca și Diderot, e convins că tahitianul se apropie de originea lumii, în vreme ce europeanul se apropie de bătrânețea ei. Dar singura lui teamă e să nu fie uitat la Paris. „Sunt un sălbatec", ține să declare Gauguin, dar după eșecul expoziției organizate la Paris cu pânzele pictate în prima sa ședere din Tahiti, sălbatecul acesta a plâns ca un copil. Tahitienii lui seamănă cu arborii, cu florile și cu zeii. Nu cunosc tristețea pentru că nu și-au pus problema fericirii. Gauguin vrea să le semene, desigur, însă rămâne un fel de Rastignac plecat la tropice ca să cucerească Parisul. În timp ce acuză artificiile vieții pariziene, devoră în fiecare lună o revistă rafinată ca *Mercure de France*.

Și nu e normal să se întâmple așa? Un sălbatec autentic n-ar avea nevoie să-și dovedească sălbăticia, să și-o afirme permanent. Ce-l interesează ce spune lumea despre el? Numai un artist legat de lume poate spune „Gloria, ce cuvânt zadarnic, ce recompensă zadarnică". Pentru că n-a uitat cât de mult a dorit-o și, poate, o dorește încă. „Sălbatecul" Gauguin așteaptă laurii din partea lumii pe care o învinuiește, demonstrându-ne că artistul se poate răzvrăti împotriva societății, dar nu poate trăi cu totul în afara ei.

Altfel spus: Gauguin se afundă în jungla tropicală pentru a cuceri intrarea la Luvru. În timp ce alții s-au mulțumit să predice reîntoarcerea la natură și la izvoarele primordiale, acest misionar al artei s-a dus să trăiască și să moară într-o colibă. Și chiar dacă scopul unui artist nu poate fi acela de a sta singur undeva pe o insulă, trebuie să recunoaștem că el și-a achitat singur nota de plată pentru iluziile sale.

Neputând să văd în Gauguin un sălbatec absolut, nu văd, totuși, nici de ce i s-ar reproșa că și-a dorit așa ceva. În fond, s-a dus la tropice pentru a fi cât mai aproape de noi.

8

În felul acesta, înțeleg, sau am impresia că înțeleg, de ce Gauguin aruncă anatema asupra artei grecești, „marea eroare" zice el, de ce declară că va merge cât mai departe de caii Parthenonului, în vreme ce își ia ca model pentru *Calul alb* un relief din friza apuseană a Parthenonului și studiază un călăreț de pe aceeași friză pentru mișcarea *Bărbatului cu securea.*

Luată în serios, ce ar spune vehemența din tonul lui? Că ar fi timpul să nu mai căutăm nimic pe Acropole? Caii Parthenonului nu mai aleargă în aceeași direcție cu noi. Apolo nu mai surâde decât ruinelor. Afrodita a coborât de pe soclu retrăgându-se în budoar, unde nu mai are de ce interesa arta. Dionysos putrezește undeva beat, într-un șanț din Arcadia. Heracle nu mai este decât o poveste bună pentru copii, dacă nu cumva face demonstrații de forță la bâlci. Iar în jurul mormântului lui Ahile nu mai aleargă nimeni.

Îl bănuiesc, însă, pe Gauguin de bravadă. Bineînțeles, vrea să meargă mai departe decât caii Parthenonului. Dar cel ce vrea asta nu trebuie căutat neapărat printre adversarii statuilor grecești, ci printre cei care vor să spună *altceva* și mai mult decât ele. Păcatul este *a te opri* la arta greacă, vrea să spună Gauguin. Și mai ales la arta greacă predată, canonizată de pe amvonul Academiei. Nu religia Eladei o combate piratul deghizat în monah din *Autoportret cu paleta*, ci superstiția ei. Insurgentul sălbatec este un admirator care are ambiții mari, vrea nu să repete, ci să spună ceva nou. De aceea vorbește ca un barbar: „Păcatul este arta greacă!”.

9

În ciuda vanității cu care declara că nimeni nu l-a învățat nimic, Gauguin a tras, totuși, adesea cu ochiul la reproducerile aduse cu el în Oceania. Braconierul nu s-a sfiit să braconeze și pe propriul său teren. Reproșul lui Cézanne, că Gauguin i-a șterpelit trucurile și i le-a plimbat pe la tropice, nu e chiar o simplă glumă. Dar braconierul e în același timp fachir, reformator, prinț oriental și Jean Valjean din autoportretul *Mizerabilii*. Un Jean Valjean personificând un pictor desconsiderat, târându-și lanțul prin lume. Un ocnaș al mirajelor cu nasul acvilin și cu pleoapele grele. La Paris a lipit o vreme afișe, ca să aibă din ce trăi. În cea mai neagră mizerie, refuză să vândă o natură moartă de Cézanne, declarând că se va despărți de ea numai după ce va fi renunțat la ultima cămașă. În acest timp, ochii săi ciudați, de om care vine din

Marte, cum zicea Van Gogh, caută cu obstinație dincolo de un orizont știut numai de el.

10

În autoportretul cu șarpe arată ca un sfânt sarcastic având ca emblemă două mere, fructele păcatului originar. Șarpele sâsâie îndemnul înscris de Gauguin, într-una din sculpturile sale, pe un fel de poartă a paradisului, deasupra unei Eve barbare: „Iubiți și veți fi fericite". De parcă ar fi vrut să spună: „Ascultați de șerpi! Încredeți-vă în sâsâitul lor! E unica șansă!".

În acest paradis copacii sunt albaștri, caii verzi, nisipurile violete. Cerul e înflăcărat, nisipul e sălbăticit de soare, femeile au mâinile mirosind a fructe de mango și ne privesc fără să fie surprinse, calme, cum privesc copiii și zeii.

Dar cu atât mai mult ne amintim că nu există decât paradise pierdute. Dovadă că prin natura strălucitoare și parfumată a lui Gauguin întrebările dau târcoale. Vor să intre în chiar titlurile tablourilor și uneori reușesc. Dincolo de miresmele tari care ard în aer, șarpele din mâna vrăjitorului-pirat a obosit, parcă, să-și mai legene capul.

11

În 1895, are loc prima expoziție cu vânzare a tablourilor lui Gauguin din prima sa călătorie în Tahiti. Sălbatecul sperase să cucerească Parisul, dar Parisul nu vede în această expoziție, ca și Strindberg, decât o „harababură de tablouri însorite". Acum sunt chiar mai puțini amatori pentru pictura lui Gauguin decât înainte și singurul dintre pictorii consacrați care-l prețuiește este Degas. Chiar fostul său mentor, Pissarro, îl consideră mai degrabă abil decât vizionar, „un făcător de bibelouri”.

Profanii sunt nedumeriți. Dacă maeștrii ridică din umeri sau îl disprețuiesc, ce să mai spună ei? În seara închiderii expoziției, Gauguin se simte înfrânt. Are patruzeci și șapte de ani și nu mai vrea decât să se cufunde într-un „mormânt înflorit de la tropice”.

Autoportretul cu pălărie este ulterior acestor întâmplări, deoarece în spatele artistului, pe perete, distingem o reproducere după nudul Tehurei din *Manao Tupapau.* Gauguin arată aici ca un om care nu mai așteaptă nimic de la alții. A ajuns la miezul amar al aventurii sale, iar pleoapele grele îi accentuează oboseala.

12

Încă un drum cu vaporul și trupurile sunt din nou arămii. Fructele de mango se coc mai departe, nisipul de pe plajă e din nou violet și natura pare, ca totdeauna la tropice, fericită. Și, dintr-odată, un alt autoportret care sfâșie vălurile. „Lângă Golgota”, scrie pictorul în stânga tabloului, jos, adăugând o dată, 1896. Deci, aceasta e concluzia lui? Cerul e cald, cocotierii foșnesc liniștiți, pe mare lunecă pirogile ca de obicei, în vreme ce Gauguin scrie: „Ce aventură nebună, urâtă și tristă e călătoria mea în Tahiti”. Se simte la capătul forțelor și bolnav. Scuipă sânge și constată că a îmbătrânit mult. Alege încă aceleași culori pure, dar scrisorile îl trădează că se teme acum.

„A spera înseamnă aproape a trăi” nu sunt vorbele cuiva care ajungând la capătul frazei își va mânca liniștit biftecul și-și va face apoi, netulburat, siesta. Nici ale unui aventurier. Piratul, sălbatecul, Jean Valjean, muzicantul cu mandolina, îmblânzitorul de șerpi au dispărut. În locul lor a rămas un bărbat îmbrăcat simplu, într-o cămașă polineziană se pare, care are nevoie să-și dea curaj.

La cincizeci de ani, într-o zi când n-a mai putut să-și forțeze iluziile, Gauguin s-a urcat pe munte și a încercat să-și pună capăt zilelor înghițind arsenic. Din fericire, doza fiind prea mare, i-a provocat vărsături care au anulat efectul otrăvii.

Abia terminase, jos, în coliba lui, marea sa pânză *De unde venim? Ce suntem? Încotro ne îndreptăm?*

13

În cazul lui Van Gogh, moartea nu pune în cauză și opera. Dimpotrivă, o explică oarecum. În schimb, tentativa de sinucidere a lui Gauguin, despre care nu știm ce-a fost în realitate – consecință a dezamăgirilor? un moment de disperare? o înfrângere morală? o slăbiciune a unui om bolnav și îmbătrânit prematur? –, acoperă cu un mister de nepătruns aventura lui. Privesc ultimul autoportret al pictorului, un cap văzut din profil, fără o expresie precisă, întrebându-mă de ce și-a botezat coliba din insulele Marchize „casa bucuriei". Ironic? Pentru a sugera că nu e nevoie să te duci la capătul pământului pentru a descoperi tristețea?

Între atâtea întrebări, nu mai e loc decât pentru un fapt incontestabil. Într-o zi de mai a anului 1903, un indigen, un fost canibal din Hive Hoa, a străbătut cătunul strigând: „Gauguin a murit, nu mai există nici un om". Iată un omagiu mai mare decât cel pe care i-l refuzase până atunci, „sălbatecului", Parisul.

Cap și pajură

> Nu există afirmație mai falsă decât aceea a lui Origene, potrivit căreia fiecare suflet are corpul pe care-l merită.
>
> E.M. Cioran

1

Înainte de a fi, ca pictor, un martor al boemei pariziene de la sfârșitul secolului al XIX-lea, Toulouse-Lautrec e un actor al ei. Și încă un actor pitoresc, răsfățat de lumea deocheată a Parisului, purtând o dublă aureolă, a numelui și a bolii care l-a lăsat infirm; un actor care nu poate trece neobservat pe stradă. Arată ca o paiață cu picioarele lui mult prea scurte, vârâte totdeauna în pantaloni strâmți și cadrilați, sprijinindu-se într-un baston din lemn de cireș și având un mers ciudat, caraghios, frânt din șolduri. O boală misterioasă a oaselor și două căzături de pe cal în copilărie, care i-au frânt femurele ambelor picioare, i-au pecetluit și înfățișarea, și destinul. Torsul e normal, dar din pricina picioarelor seamănă cu un pitic. Spre disperarea bunei sale mame care l-a supus tuturor tratamentelor posibile, n-a depășit un metru și cincizeci și doi de centimetri. Disproporționat, capul este, sau pare, uriaș. Buzele sunt prea cărnoase, umflate, bărbia teșită, nasul gros, încălecat de un *pince-nez* cu rame de metal. Numai ochii, negri, strălucitori și inteligenți, sunt frumoși, în rest, un personaj estropiat care, pe deasupra, mai e și peltic, vorbind cu poticneli. E privit cu milă de cei care nu-l cunosc și întorc capul după el întrebându-se dacă nu cumva e un clovn nou, apărut prin cartier. Și ce noroc pe cei cu picioarele normale să întâlnească acest bondoc dizgrațios care le oferă șansa de a fi mândri de normalitatea lor! Îi intrigă numai faptul că „bondocul" trece nepăsător sau fredonând cu o voce falsă ultimul cântec la modă în cabaretele din Montmartre. Caracterul sau inteligența, ori poate amândouă împreună, l-au ajutat pe Toulouse-Lautrec să descopere că reacția cea mai bună împotriva curiozității amuzate a celorlalți nu e mândria jignită, ci jovialitatea.

De altfel, de aceea s-a grăbit totdeauna să râdă primul de infirmitatea lui. A preferat s-o facă el în locul altora. Se imită, își exagerează defectele, atrage atenția celorlalți asupra mersului său caraghios, ca un veritabil clovn, explicând doar atât: „Natura m-a trădat". Pe obrazul lui, ca și pe obrazul înălbit al clovnilor, e greu să deosebești râsul de plâns. La șaisprezece ani, într-un autoportret, se înfățișează ca un tânăr perfect normal. Stă în spatele unei mese, nu i se văd picioarele, și are alura unui student la Oxford, surprins în timpul studiului, care se întoarce spre vizitatorul intempestiv așteptând politicos ca acesta să plece. După aceea preferă să se deseneze caricatural, accentuându-și ironic defectele.

„Dacă aș fi avut picioarele puțin mai lungi, n-aș fi pictat niciodată", râde el și, poate, nu glumește. Acest mic monstru care poartă numele conților de Toulouse și al viconților de Lautrec este un aristocrat autentic, având un arbore genealogic ilustru care urcă până în vremea cruciadelor. Prin naștere, Henri de Toulouse-Lautrec era hărăzit să trăiască într-un castel seniorial, printre câini de vânătoare și cai strălucitori, aduși la scară de grăjdari respectuoși, petrecându-și o bună parte din zi călare, cu o haită de ogari alergând după el. În loc de asta, vântură cartierul Montmartre, sprijinindu-se într-un baston, și se înghesuie, printre pușlamale, vedete efemere de *music-hall* și visători mai mult sau mai puțin ratați, în jurul ringurilor de dans din cabaretele boemei pariziene. Era născut să asculte sunetele cornului anunțând începutul sau sfârșitul partidelor de vânătoare. În loc de asta, ascultă orchestra de la *Moulin Rouge*. Trebuia să se priceapă la șoimi. Se pricepe doar la vopsele. E adevărat că în familia sa desenul a fost, se pare, un har. Toți sau aproape toți l-au avut. Tatăl, unchiul, bunicul. Dar acest har n-a valorat niciodată mai mult decât plăcerea de a stăpâni un armăsar pursânge. Era util numai în timpul plictisitor dintre două partide de vânătoare. În vreme ce Henri, cu melonul pe cap, cutreieră străzile și cabaretele având permanent în buzunar un carnet și un creion. Actorul boemei e și martor. Trupul său schilod în care natura a pus un mare dor de viață l-a silit să schimbe destinul de castelan cu lumea pestriță a cartierului Montmartre și să se refugieze în pictură. Cei din preajma lui l-au îndrăgit și nu-i mai iau în seamă infirmitatea. Unii zic că Henri e de-a dreptul încântător. Și s-au găsit, cine ar fi crezut? câteva femei care să-l iubească, în ciuda înfățișării sale. Familiarii localurilor de noapte s-au obișnuit atât de mult cu figura sa negricioasă, spintecată de buzele enorme, aproape obscene, încât n-ar concepe că ar putea intra la *Moulin Rouge* ori la *Mirliton* fără să-l vadă pe Toulouse-Lautrec la o masă, urmărind entuziasmat vârtejul unui dans, bând amuzându-se cu prietenii sau scoțându-și înfrigurat carnetul pentru a schița ceva. O siluetă. O bărbie. O figură de dans. Printre demimondene, dansatoare, vagabonzi și filfizoni se amestecă uneori în aceste localuri și nobili decăzuți. Prințul infirm al boemei nu e singurul convertit la noblețea echivocă a deocheatului Montmartre. Dar Henri de Toulouse-Lautrec se distinge de ei prin câteva calități. E talentat și modest. În ciuda infirmității sale, e sociabil și vesel. N-are psihologia unuia care poartă pică oamenilor sănătoși, dimpotrivă, e mereu binevoitor și chiar cu vorba sa peltică reușește să fie un interlocutor plăcut, plin de vervă. Cocoțat pe un taburet, râde și desenează. Fuge, astfel, de sine? Fapt e că nu mai seamănă deloc cu tânărul ceremonios, perfect manierat dar distant care s-a întrerupt din studiu și a întors capul auzind că se deschide ușa.

2

Frustrat de soartă, Lautrec nu-și refuză nimic din ceea ce poate primi. Se dă în vânt după o mâncare bună, are un apetit excelent, se pricepe la rețete culinare rafinate, știe să aprecieze calitățile unui vin bun și să amestece astfel băuturile încât să doboare și un taur. E gata oricând să guste un spectacol de circ, să dea o raită prin localurile de noapte, să se afle în preajma vedetelor zilei ori să hălăduiască printre dansatoare, clovni și pensionare ale caselor de toleranță, încât mulți se întreabă când mai are timp să picteze. Acest pitic plin de viață îi uimește pe toți prin neastâmpărul cu care nu pierde nici o șansă de a-și dezola familia care i-a cerut să nu-și semneze tablourile cu numele său adevărat. O vreme, el s-a conformat, folosind pseudonimul „Tréclau", rezultat din anagramarea lui „Lautrec". Apoi, n-a mai vrut să dea ascultare dorinței familiei. Nu ține să-și ascundă identitatea, după cum nu ține să pară un erou în confruntarea pe care i-a impus-o, prin boală, destinul. Se îmbracă așa cum îi place, își așează un melon pe cap și se autoironizează în câteva trăsături de creion. Nu le împuie capul celorlalți cu titlurile sale, cu ascendența sa și cu blazoanele sale. Se poartă ca și cum leagănul său ar fi fost atârnat de o grindă la *Moulin Rouge*, ca și cum în loc de lapte ar fi supt din suzetă șampanie și ca și cum ar fi adormit de mic în sunetele cancan-ului. Rareori e posac. Rareori e obosit. Are o inepuizabilă dorință de a petrece, de a se distra și, poate, de a uita. Nu disprețuiește nici succesul. Din contră, îl caută prin toate mijloacele. Participă la toate expozițiile unde e invitat, semnează afișe care colorează din când în când zidurile Parisului, folosind orice ocazie pentru a se face cunoscut și apreciat. Adoră litografiile și bârfelile, adoarme beat prin birje, cu buzunarele pline de crochiuri, și ilustrează tot ce i se oferă: cântece, programe de café-concert, foiletoane, spectacole la ordinea zilei. După o noapte de chef se duce direct la tipografie să retușeze un desen care urmează să fie imprimat, urmărește probele, râde cu tipografii. „Un măscărici", zic unii. „Un om fermecător", zic alții.

Și nici domiciliile lui nu sunt de natură să facă plăcere nobilei sale familii. Ce artist mai locuiește într-un bordel? Are chiar îndrăzneala de a povesti că se lasă jucat la zaruri de prostituate și de a da, celor care vor să-l caute, adresa lupanarului, ca și cum ar fi vorba de unul dintre castelele conților de Toulouse sau viconților de Lautrec. Și dacă, în Renaștere, pictorii se reprezentau printre personaje care figurau în scene sacre, el se reprezintă printre cei care se înghesuie la *Moulin Rouge*. Îi descoperim doar capul, ușor de recunoscut după melon și *pince-nez*.

Această beție a vieții e, parcă, prea exaltată, acest chefliu infirm râde prea zgomotos pentru a nu trezi în noi bănuieli. Ce adevăr ascunde, oare, verva lui? „Trebuie să te suporți pe tine însuți", zice el. Atât. Și râde. În loc să întoarcă spre lume, și spre posteritate, o privire sumbră, jignită, întunecată de reproșuri, îi învață pe alții să bea diverse combinații de gin și vermut, de coniac și absint, trăind frenetic și periculos. Nu-și refuză nici o plăcere posibilă. Destul l-a frustrat destinul. Nu mai vrea s-o facă și el. Jefuiește viața de toate șansele pe care i le oferă și moare la treizeci și șapte de ani.

S-a grăbit, s-ar zice, să moară. Abuzul de alcool, nopțile nedormite l-au epuizat și i-au scurtat viața. A vrut, parcă, să ia, din ceea ce i-a rămas, cât mai mult pentru a termina cât mai repede. Lautrec are un „râs infernal și dureros", spune o cântăreață la modă căreia pictorul i-a făcut portretul în mai multe litografii. Râs infernal? Nu se vede el și în unele caricaturi în care-și lăbărțează chipul?

3

Prietenii la care Lautrec se află, odată, în vacanță, aud într-o dimineață împușcături în camera lui. Aleargă îngroziți și-l găsesc pe pictor trăgând cu pistolul într-un păianjen care își țese pânza într-un ungher al camerei. Răsuflă ușurați. „Ah, ce ne-am speriat. Bine că a fost o glumă."

Lautrec însuși seamănă acestui păianjen. Își țese o pânză din care nu se mai poate desprinde. Nu-i rămâne decât s-o sporească. Iar această pânză de păianjen este chiar viața pe care o duce, cu nopțile pierdute prin localuri, cu toanele de chefliu pornit să risipească mai repede ceea ce mai are de trăit și să-și încerce norocul în această risipă. „Pentru cine macini, Moară Roșie? Pentru moarte sau pentru dragoste?", întreabă cântecul la *Moulin Rouge*. Și pictează din ce în ce mai puțin. „Tot n-o să-mi dea înapoi picioarele", bombăne el.

Își sporește pânza, cu riscul de a fi rău înțeles și rău judecat de oameni cumsecade, dar consternați să vadă bunele moravuri nesocotite. Mai ales că nimeni nu e dator să-l fi citit pe Pascal și să judece divertismentul și în sens pascalian, de mijloc frivol prin care se poate eluda uneori problema gravă a existenței. Oamenii trag concluzii din ceea ce văd și aud. Și, din păcate, aud destule despre acest pictor care și-a instalat atelierele prin șantane și bordeluri. Sigur – consimt ei –, nu e simplu să te trezești infirm într-o lume care se dovedește adesea necruțătoare și cu cei normali; dar arta cere respect, totuși. I se reproșează viața pe care o duce și din care nu lipsesc gesturile nesăbuite. Uneori e chiar prost crescut, bea până la degradare, se înfurie, devine violent și ridicol, căci cine se teme de bastonașul unui pitic? Apoi chiar pictura sa. Ce idee, exclamă unii, să pictezi pensionarele caselor de toleranță și dansatoarele din localurile de noapte. Păcat de talentul lui. Și de inteligența lui, adaugă alții, uitând, probabil, că nici un infern nu e mai înfricoșător ca infernul în care te aruncă inteligența; oare nu cumva acest Lautrec nu se mai privește niciodată în oglindă când își face autoportretul? Se înfățișează în continuare caricatural, cu baston, cu eternul său melon, iar când face aluzie la problemele sale adoptă un ton de zeflemea. „Năpăstuiților, încercați-vă norocul", strigă el în bătaie de joc cu vocea lui peltică. Și se înțelege că îndemnul și-l adresează în primul rând lui însuși. Dar nu există oare o singurătate încă și mai rea, poate, decât aceea de a sta singur într-o cameră? Singurătatea în care trebuie să înșeli pe toată lumea, nu numai pe tine însuți. Singurătatea mirosind a alcool și a parfum grosolan de lupanar, pe care mulți o iau drept viciu, neglijând ce zicea Baudelaire, că „noroiul e făcut din lacrimile noastre".

În definitiv, Lautrec putea să iasă altul din încercarea la care l-a supus destinul, dându-i și infirmitate, și inteligență. Putea să devină un ursuz. Un înrăit. Un izolat. Un mizantrop. Ar fi fost, poate, calea cea mai la îndemână. Dar n-a urmat-o. A părăsit lumea conților pentru a fi adoptat de lumea demimondenelor. Deoarece singura lui speranță, uneori, pare a fi aceea de a termina cât mai repede ceea ce are de risipit. Ei, voi, năpăstuiților, vine ceasul când se pot atinge și înălțimile, încercați-vă norocul, bombăne Lautrec și pufnește în râs încă o dată. Măcinat de alcool și de boala contractată în casele de toleranță, se distrează și, brusc, devine arțăgos. Arta nu i-a dat, constată atunci, ceea ce natura i-a refuzat. Trebuie, deci, să-și încerce norocul într-o bucurie care ucide. Existența lui e, acum, ceva între poftă de viață și deznădejde.

Dar nu e și pictura lui la fel? Pictând, el nu condamnă, nu absolvă și nici măcar nu explică. Observă. Atât. E un martor necruțător, crud, un feroce scrutător al durerii ascunse sub fard, al țipătului îngropat în plăcere. A învățat parcă de la soartă să nu se înduioșeze niciodată în fața modelelor sale. Nu poate flata, nu poate idealiza, nu poate minți, nu poate ascunde adevărul care țâșnește din toate trăsăturile, cu brutalitate. Exceptând autoportretul de la șaisprezece ani, n-a fost indulgent nici cu sine, cum ar putea fi indulgent cu alții? Prostituatele pictate de el n-au nimic vulgar, indecent și chiar nimic romantic. Sunt, mai degrabă, tragice. Imaginea lor ne trimite cu gândul la piticul care trăgea cu pistolul într-un păianjen.

4

La mai puțin de treizeci și cinci de ani, Lautrec devine „cazul Lautrec". În urma unei crize de delirium tremens, e internat într-un azil de alienați. Azilul e instalat într-un castel vechi, din secolul al XVIII-lea, în mijlocul unui parc cu arbori seculari, statui și fântâni; dar într-un cadru somptuos nebunia apare și mai tristă. Nebunie? Adversarii lui Lautrec nu ezită să vorbească pe șleau despre ea. O fac chiar cu o anume satisfacție. În sfârșit, jubilează ei, nimeni nu mai poate avea nici un dubiu. Nici măcar cei care-i admirau pictura. Circulă zvonuri, răutăți. Se publică articole jignitoare. Voci ostile sunt de părere că, de fapt, dintotdeauna... Căci niciodată n-au lipsit, se pare, cei dispuși să considere arta o consecință a unei fiziologii anormale. Se vorbește în presă despre un Don Juan cocoșat și dizgrațios ale cărui „o mie trei" femei figurează în registrele poliției de moravuri, despre paradisul degenerării și despre ultima fericire la care mai poate năzui Lautrec: aceea de a fi nenorocit până la capăt, de a depăși limitele decăderii.

Prietenii pictorului sunt consternați citind aceste articole și auzind bârfelile. Când își revine din criză, Lautrec e disperat. Cum să demonstreze doctorilor și, îndeosebi, lumii că mintea lui nu e întunecată? Declarațiile ar fi, desigur, inutile. Lumea s-a obișnuit cu nebuni care se pretind lucizi. Un om trecut printr-o criză și care a fost internat într-un azil devine, categoric, suspect. Cu atât mai mult dacă e vorba de un artist. Suspiciunea de nebunie explică, pentru unii, talentul și, mai ales, îl exorcizează; nimeni nu mai e obligat să admire ceea ce se cere mai curând compătimit. Așa că Lautrec e îngrozit de două ori. O dată pentru hăurile din care s-a ridicat. Apoi pentru ceea ce îl așteaptă.

Și nu cunoaște alt mijloc de a-și obține libertatea: cere pensule, o cutie de acuarele, creioane pentru litografii, hârtie și tuș. În camera sa de la Saint-James, începe o activitate febrilă despre care e greu de spus ce exprimă în primul rând: nevoia de a fugi de adevăr sau o încercare disperată de a-l dovedi și impune. Pictează, desenează ca în vremurile sale bune, când alcoolul și sifilisul nu-și desăvârșiseră încă opera de distrugere. Uneori râde și acum. Mai ales când sunt martori, deoarece vrea să fie văzut râzând. Râsul ar putea dovedi că e un om liber chiar în captivitate. Numai că râsul lui e și mai dureros ca altădată. Din pricina bolii sau pentru că orice râs în aceste condiții n-ar putea fi altfel. Există în el ceva prea mult sau prea puțin, care-l face să sune forțat.

În lunile claustrării în azil, din februarie până în mai, Lautrec termină cincizeci de lucrări. Dintre ele, treizeci și nouă sunt scene pe care și le amintește de la circ. Imagini cu clovni, dresori, dansatoare pe sârmă, călărețe, acrobați. Și, ciudat, cu o singură excepție, în toate aceste desene băncile sunt goale. Spectatorii lipsesc.

Clovnii, dresorii, acrobații se mișcă într-o tăcere de moarte. Nimeni nu-i vede. Nimeni nu-i aplaudă. Își fac exercițiile pentru ei înșiși, fără să vadă că băncile sunt goale. Sau tocmai pentru a evita să le vadă? Altminteri, ar trebui, poate, să-și șteargă fardul, să părăsească arena ori să se sinucidă.

Pentru a explica aceste bănci goale a fost avansată ipoteza că lui Lautrec i s-ar fi permis să se ducă, însoțit de un paznic, la repetițiile unui circ din apropiere. Mai recent, biografii au stabilit însă că nici o reprezentație n-a fost dată la Paris de acest circ, în perioada în care pictorul se afla la azil. Prin urmare trebuie căutată altă explicație. Și nici una nu e mai ispititoare ca aceea de a vedea și în Lautrec un acrobat silit să-și joace rolul, în arenă, dinaintea băncilor goale. Încât aceste scene de circ au, după părerea mea, valoarea unui autoportret patetic, în care Lautrec vrea să se convingă pe sine și să-i convingă și pe ceilalți că nu și-a pierdut măiestria.

5

Părăsind ospiciul, pleacă pe coasta mării, însoțit de „o umbră" a cărei misiune e să-l apere, cât poate, de cei doi zei care i-au măcinat sănătatea, Bacchus și Venus. Vrea să uite, în aerul sărat și în forfota porturilor, criza care-l îngrozise. Toamna, se reîntoarce la Paris. Încearcă să-și reia existența dinainte și, bineînțeles, pictează. Dar Lautrec nu mai e Lautrec. Ceva s-a stins în el. Ceva s-a sfărâmat. Rezultatele nu mai sunt aceleași. Se reapucă să bea. Ca să înșele vigilența „umbrei" sale se folosește de un truc. Își cumpără de la un anticar un baston aparent normal, care e scobit însă și conține un recipient din sticlă subțire, iar măciulia de argint ascunde un păhărel. O vreme s-a ferit de excese, temându-se de consecințele lor. Acum orice tertip e bun ca să-și reîmprospăteze provizia de alcool din bastonul scobit. În vara următoare, vara anului 1900, se duce din nou pe coastă. Și de-acolo, toamna, la Bordeaux. Speră ca aceste schimbări să-i reînvie pofta de muncă. Se înverșunează să picteze, deși nu mai are deloc verva dinainte. Primăvara, se reîntoarce la Paris. Bănuind că, odată plecat, nu va mai reveni niciodată, se închide în atelier. Scoate din unghere toate pânzele, toate cartoanele, toate panourile de lemn, le triază, semnează ce i se pare bun, înlătură altele, termină mai multe schițe care rămăseseră ani de zile pe șantier. În sfârșit, pune totul în ordine și, când închide ușa, atelierul lui e, de fapt, un testament artistic. În miezul verii, pleacă și, peste mai puțin de două luni, va muri, vegheat de mama sa, în castelul Malromé. Cercul se închide. Născut într-un castel, Lautrec închide ochii în același decor aristocratic, după o absență care a constituit viața lui.

Ce s-ar fi întâmplat oare dacă destinul l-ar fi lăsat să trăiască, asemenea strămoșilor săi, între partide de vânătoare și serate aristocratice? Ar mai fi pictat oare Lautrec, și, dacă da, ar mai fi pictat oare la fel cum a pictat? La moartea lui, un anume Jules Rocques n-a ezitat să fericească omenirea că are atât de puțini artiști nefaști, vătămători. Dar n-ar fi normal să ne spunem că „nefastul" Lautrec a trăit abuziv pentru că viața îi păruse interzisă?

Țipătul

> Menelau: Ce simți, tu? Ce rău te roade?
> Oreste: Clarviziunea. Căci eu știu că sunt blestemat.
>
> Euripide

1

Cum mărturisea singur la șaptezeci de ani, Munch a mers totdeauna pe buza prăpastiei. La cinci ani și-a pierdut mama, răpusă de tuberculoză. Apoi a trebuit să suporte pierderea altei ființe iubite: sora care l-a crescut, răpusă și ea tot de tuberculoză. Aceste răni vor lăsa urme. El însuși are o sănătate fragilă. Se teme să nu înnebunească. Se teme de munți, se teme să treacă strada, se teme de mulțime, se teme de spațiile închise. Până și fiordurile țării sale îl îngrozesc. Caută câmpiile, golfurile largi. Locuiește la Oslo și, încă adolescent, se refugiază în pictură. La douăzeci și nouă de ani, pânzele sale, expuse la Salonul artistic din Berlin, sunt atât de impregnate de melancolie, de angoasă, de disperare, că organizatorii se văd obligați să închidă expoziția din pricina scandalului care izbucnește. Scandalul îl face celebru peste noapte.

Din acești ani e autoportretul „cu țigară". Munch stă în picioare, cu mâna dreaptă, în care ține țigara, dusă la piept, învăluit într-o ceață vălătucită, nevrozată, sumbră, ca un fum gros. E îmbrăcat corect, cu o eleganță rece, și caută să fie calm. Să pară calm. Fumează și ne interoghează cu privirea. Nu ține să fie patetic. Dimpotrivă, încearcă să fie cât mai discret, să-și ascundă angoasa, panica.

De la acest autoportret la cel pe care-l numește *Între orgoliu și pat* trece aproape o jumătate de secol de spaimă. Toate autoportretele sale, declarate ca atare sau nu, spun asta. Îl vedem lângă o casă înăbușită de viță sălbatecă vorace, aproape bestială și irezistibilă, de un roșu înflăcărat; un incendiu vegetal care cuprinde casa, o împodobește și o sufocă. Oare ce caută aici Munch? A locuit vreodată în această casă? A venit să salveze ceva? Ori fuge îngrozit? Alteori, îl recunoaștem din spate, într-o încăpere. Trage cu pușca asupra a două vedenii de la fereastră care par să fie tot el. Se apără și se amenință. E un Goya nordic, nevropat, trecut prin clinica de neurologie din Copenhaga, posedat de o teamă dureroasă, traumatizat de cei doi îngeri negri care l-au însoțit, a spus-o el însuși, toată viața, boala și moartea.

2

O femeie, pe un pod, se ține cu mâinile de cap și țipă. Un țipăt lung, paroxistic, insuportabil. Niciodată n-am crezut că poți să *privești* un țipăt. Am fost convins că țipetele trebuie auzite. De pictat, cum să le pictezi? Să arăți o gură enormă, ca un crater de vulcan, deschisă, urlând? Femeia aceasta, îngrozită și lividă, țipă însă prin toți porii. Se transformă în țipăt. A devenit țipăt. Înainte de a-i zdrobi coardele vocale, țipătul i-a sfârtecat inima, creierii. În spatele ei, ceva mai departe, o pereche își continuă, netulburată, mersul. N-a auzit țipătul? Nu există decât două posibilități. Că nimeni nu vrea să audă pe nimeni, că nimeni nu e dispus să înțeleagă pe nimeni, că nimeni în universul lui Munch nu vrea să fie trezit, că fiecare e gata să-i spună celuilalt, „dacă vrei să țipi, du-te în mijlocul unui pustiu sau internează-te într-o clinică de neurastenici, nu trebuie să deranjezi lumea". Sau că vidul din jurul femeii care trece pe pod e atât de mare, atât de ermetic încât dincolo de el nu pătrunde nici un ecou, deși până și cerul, acoperit parcă de un curcubeu imens și strident, a devenit țipăt. Dar ce i s-a întâmplat, totuși, acestei femei? Și-a amintit ceva? A văzut ceva?

Femeia ajunsese aproape de capătul podului când s-a oprit. Iar țipătul ei este cu atât mai angoasant cu cât se ridică într-o tăcere rece și nu există nici un motiv aparent care să-l justifice. „Am simțit marele urlet care străbate natura", a scris Munch sub o litografie unde a reluat *Țipătul*.

3

Personajele sale sunt aproape totdeauna un bărbat și o femeie. Și aproape totdeauna femeia se găsește puțin înaintea bărbatului. Ei stau, adesea, pe un țărm. Fără să aștepte nimic. Nimeni nu vede pe nimeni, fiecare își poartă singurătatea sa fără leac. Omul, la Munch, e condamnat la singurătate chiar când se găsește cu alții. În jurul lui e un vid dureros. Nimic nu-l vindecă, nimic nu-l apără, nici prietenia, nici dragostea.

În adâncul singurătății se află tot singurătate, ca și în afara ei. Fiecare spune, parcă, un „eu" lung, dureros, înfricoșat, fără speranță. Individul a ajuns la limita singurătății sale, fără să vadă nimic dincolo de ea.

Suferința, odată devenită artă, nu mai interesează ca suferință, ci ca artă? În peisajele lui Munch se văd femei cu obrazul înlocuit de părul despletit în vânt și perechi întoarse cu spatele, stând lângă mări verzi, acoperite de sloiuri ciudate; sau poate că nu sunt mări, ci altceva, umbra verii nordice care a trecut, ori o cicatrice pe care vântul o deschide... dar ce nu pot fi aceste tăceri colorate care seamănă cu o pajiște bizară sau cu un cer căzut la pământ? M-a izbit asemănarea ciudată a lui Munch, din autoportretul realizat în cerneală neagră și creion la treizeci și doi de ani, cu Bacovia. M-am mirat chiar că nu s-a gândit nimeni să facă o ediție „Bacovia" ilustrată cu reproduceri din Munch.

4

Am visat vreodată aurore boreale și peisaje nordice? Dacă da, nu această mare dezolată unde două femei așteaptă parcă o corabie despre care știu că nu va sosi nicicând. Nu acești copaci luminați doar de părul unei femei. Nu această plajă rece pe care trupul nu cunoaște sărbătorile verii. A trecut multă vreme de când îl citeam pe Radu Rosetti, urmărindu-i călătoria în nord. Siluetele funambulești ale lui Munch, lumina zgârcită, femeile cu părul glacial, culorile surde îmi par dintr-un fiord fără ieșire la mare.

În autoportretele pe care pictorul și le-a făcut spre sfârșitul vieții, se vede un bătrân, slab, încovoiat de ani, de angoase. Interoghează în continuare, mut, în oglindă destinul. Cei doi îngeri negri care l-au însoțit mereu, boala și moartea, nu se văd, însă li se simte prezența. Și am ciudata senzație că sunt unul din cele două personaje aflate pe pod, în spatele femeii terorizate, care nu aud țipătul.

Destin și legendă

> Plâng lacrimile celor care n-au putut
> să întâlnească stelele.
>
> Modigliani
> (Versuri găsite în hârtiile sale)

1

Într-o noapte friguroasă din ianuarie 1920, beat, gesticulând pe străzile Parisului și amenințând statuile cu pumnul, Modigliani s-a despărțit de prietenii săi și a rămas pe o bancă, fără palton, doar într-o haină subțire de doc. Credea că se află într-un port unde trebuia să se îmbarce spre țărmuri necunoscute și calde. A doua zi, cu febră mare, a fost dus la spitalul săracilor. Era de multă vreme bolnav de plămâni, boala se agravase în ultimii ani, scuipa sânge des, dar acum doctorii au descoperit și o meningită tuberculoasă. Nu mai era nimic de făcut. La 25 ianuarie, Modigliani, în vârstă de treizeci și șase de ani, moare la spital murmurând: *Cara, cara Italia*. De la Roma, fratele său telegrafiază prietenilor lui „Modi":

„Înmormântați-l ca pe un prinț". Prietenii fac chetă. Sunt pictori, poeți, modele. Reușesc să încarce trei trăsuri cu flori. Prințul boemei care amenințase aproape un deceniu și jumătate liniștea din Montmartre și Montparnasse cu extravaganțele, bețiile, scandalurile și disperările lui, e înmormântat, într-adevăr, ca un prinț. Polițiștii care îl duseseră de mai multe ori la comisariat salută trecerea cortegiului funerar spre cimitirul Père Lachaise. „Îi vezi? îi șoptește Picasso lui Carco. Acum e răzbunat..."

Prețurile tablourilor lui Modigliani au început să crească vertiginos, ca la bursă, abia odată cu plecarea cortegiului funerar spre cimitir. Și tot de-atunci, legenda a început să atragă în vârtejul ei de amintiri, mărturii, incertitudini și presupuneri, tot felul de amănunte incontrolabile care fac acum aproape imposibilă încercarea de a stabili precis ce e adevărat și ce nu în istoria romantică a acestui boem violent și pitoresc, generos și bețiv, frumos și scandalagiu, care se îmbăta dintr-un pahar și adora filosofia, care știa pe dinafară sute de versuri din cel mai disperat poet al Italiei, Leopardi, și le amesteca la beție cu vorbe grele; acest italian prin naștere și francez prin adopțiune care pretindea că Spinoza i-a fost strămoș; care suna la ușa prietenilor cu un buchet de flori înghețate în mână, în dimineața de 1 ianuarie, sau îi trezea noaptea ca să le recite cu vocea lui caldă poeme de Villon, spre disperarea vecinilor sculați din somn; acest impenitent visător care punea o dulceață calmă și melancolică în pictura lui și o înverșunare devastatoare în viața lui; care, între hemoptizii, crize de tuse interminabile și stări de prostrație, și-a distrus viața cu meticulozitate, vânzându-și desenele pentru un pahar de rom, ignorat de colecționari, prețuit doar de prieteni și care scria totuși sub un desen „viața e un dar". Legenda amestecă singurătatea și prietenia, mizeria și hașișul, scandalurile și dragostea, exaltările și eșecurile, frigul și gloria. Unele amănunte par desprinse dintr-o poveste stranie; se zice că la *Rosalie*, unde Modigliani își plătea cina cu desene, din când în când șoarecii mai dolofani urcau în bucătărie purtând în gură bucăți din desenele pictorului pe care patroana localului le arunca în pivniță; sau că un comisar de poliție, pudic, autoritar și prost, a decis să fie coborâte nudurile lui Modigliani din vitrinele unei galerii de artă; „Vă ordon să scoateți toate aceste murdării!", ar fi strigat el ultimativ și, astfel, prima „expoziție Modigliani" s-a încheiat lamentabil.

Unele biografii relatează boema lui Modigliani pe un ton mustrător, fără să fie trecută cu vederea nici una dintre cârciumile în care el și-a scurtat viața. Nu mă mir și nici nu știu câtă dreptate aș avea să mă mir. Dar nu văd de ce am evita adevărul că frumosul italian venit la Paris a trăit între boemă și dramă, beat de vin și de poezie. Numai așa ne putem da seama cât de riguros exact e paradoxul că Modigliani a trăit pentru a muri și a pictat pentru a trăi.

2

În autoportretul din 1919, pare străin de furtunile care i-au devastat existența. Ochii orbi, fără pupile, ca ai tuturor personajelor sale, accentuează această impresie. Cine ar bănui, dacă nu i-am cunoaște biografia, că mai avea doar câteva luni de trăit și că acest visător și-a scandalizat vecinii? El ni se înfățișează calm, trist și, cumva, reconciliat cu lumea. Excese, exaltări, perorații amestecate la beție cu versuri? Cine, visătorul maladiv din autoportret? El ne dă senzația că poate fi deranjat, rănit chiar, și de o șoaptă. În tăcerea de aici nu se aude nici un ecou din furiile, patimile și disputele de care legenda face abuz. Boemul a ars toate materiile inflamabile din el prin cârciumi și în discuțiile cu prietenii, pentru ca odată intrat în atelier să nu mai aibă nevoie să spună nimic, să capete acel aer de somnambul abulic, de o indicibilă melancolie, atât de caracteristic lui Modigliani.

3

Există, într-adevăr, o ciudată opoziție între viața și opera acestui pictor. Când Modigliani, abia venit din Italia, se găsea într-o stare mai bună și ducea o existență mai calmă, pictura lui nu-și căpătase nici tonul cel mai autentic, nici armonia. Și exact în perioada când viața lui atinge cea mai mare dezordine, se încheagă ordinea operei sale; atunci își cucerește și originalitatea, și detașarea melancolică. Totul se întâmplă aproape după principiul vaselor comunicante. Pe măsură ce viața se destramă, calmul din tablouri triumfă. Iar moartea se apropie în același timp cu desăvârșirea. Ca și cum nu puteau sosi decât împreună.

Asta i-a făcut pe unii să creadă că Modigliani a devenit un pictor important abia când s-a scufundat în boemă și alcool; că alcoolul și drogurile i-au scurtat viața, dar i-au deschis drumurile spre nemurire; și chiar că melancolia sa inconfundabilă, acea dificultate de a trăi care se citește pe toate fețele lui, n-ar fi decât un efect provocat de stupefiante. Dar nu cred că e înțelept să reducem arta la o simplă supurație a fiziologiei noastre.

4

Într-o noapte de pe la începutul secolului, într-un bar din Paris, mexicanul Diego Rivera și italianul Amedeo Modigliani se certau furioși. Modigliani striga: „Peisajul nu există". Răspunzând, Diego Rivera striga și mai tare: „Peisajul există". Și, probabil, cum observa cineva, în noaptea aceea amândoi aveau dreptate.

Pentru Modigliani, strigătul „Peisajul nu există" reprezintă aproape formula unui program. El nu cunoaște decât o temă în pictură: chipul și trupul omenesc. Nu-l interesează altceva. Cele trei peisaje ale sale par și sunt, probabil, un accident. Și toți cei pe care ni-i înfățișează au ceva comun. Toți s-au născut sub steaua bolnavă a melancoliei, toți au figura ovală, gâtul lung și corpul disproporționat. Specialiștii au spus că pentru a avea gâtul atât de lung, femeile pictate de Modigliani ar fi trebuit să aibă cinci vertebre în plus. Nu există în natură așa ceva, au conchis ei. Torsul e, în genere, mai scurt, iar capul mic în comparație cu restul corpului. Ochii, goi sau pe jumătate închiși, fără pupile, nu sunt decât două migdale. Două picături albastre sau verzi. Decorul e, cel mai adesea, suprimat. Obiectele din jur, când există, n-au nici o importanță, abia formează un fundal. Nu se zăresc alte mobile în afară de cele strict necesare, un scaun, un colț de masă ori un divan incert; nu se disting bibelouri. Pictorul a renunțat și la accesorii, și la anecdotă pentru a se concentra asupra modelelor, care sunt aproape totdeauna așezate pe un scaun, de unde privesc în gol. Atitudinea lor te face să le recunoști înainte de a vedea semnătura măruntă și citeață a lui Modigliani într-un colț al tabloului.

Pictate cu eleganță și pudoare, aceste ființe ciudate, din altă lume, nu dau nici un semn de nerăbdare, de agitație. Nimic din furia cu care creatorul lor și-a răvășit viața nu le atinge. Toate stau cufundate într-o visare împietrită, golită de cotidian, fără să vrea să obțină nimic, mulțumite să posede ceea ce au, într-o detașare care le apără de surprize; stau, parcă, în fața destinului cu capul ușor aplecat într-o parte și-l privesc cu ochii lor orbi cu care nu se poate vedea decât nevăzutul. Reprezintă *o stare* pe care Modigliani o proiectează asupra tuturor modelelor sale și pe care o regăsim și în autoportrete, ceea ce mă face să afirm că în această pictură există, de fapt, un singur personaj: Modigliani însuși. Mai exact, melancolia sa. Până și copiii pictați de el par să sufere de răul de care suferă femeile cu gât de lebădă. Nudurile au carnea luminoasă, de o eleganță amară. Și nu există nici o figură veselă. Când se înfățișează în rolul lui Pierrot, pictorul are expresia obișnuită, de ființă de pe altă planetă.

Din perspectiva academiștilor, care susțineau că o problemă pusă artei de un motiv oarecare nu are, ca în matematică, decât o singură soluție, el ar fi, fără îndoială, un eretic, un autor de creaturi anormale. Dar ce înseamnă „normal" în artă? Față de „normal", soarele lui Van Gogh este prea mare și prea galben; umbrele lui Caravaggio sunt prea brutale; mușchii statuilor lui Michelangelo, prea viguroși; bătăliile lui Delacroix, prea somptuoase; Rafael e prea pur; Rubens, prea opulent; Velázquez, prea calm; Goya, prea crud. Și unde merg femeile dansând, ca la Botticelli? Unde sunt caii albaștri ca la Gauguin? Courbet exclama zeflemitor: „Dacă vreți să vă pictez îngeri, arătați-mi-i!". Fraza nu era totuși decât o bravadă a maestrului din Ornans. El însuși știa, desigur, că pictura Renașterii e plină de îngeri pe care nimeni nu i-a văzut și de paradise în care nimeni n-a locuit. Pictorii au închis uneori ochii pentru a vedea mai bine, iar Modigliani îmi dă tocmai această impresie prin ființele lui fragile, care stau pe scaun, cu capul aplecat, de regulă spre dreapta, încercând să rămână senine.

Cer și pământ

La 8 iulie (1881) juriul expoziției din București acordă distincțiile și premiile: Andreescu nu obține nici măcar o mențiune.

(Monografia *Andreescu* de Radu Bogdan)

1

Anticii aveau nevoie de patru elemente fundamentale pentru a alcătui lumea. Apa, focul, aerul și pământul. Andreescu e mai zgârcit. El se rezumă la două. Cerul și pământul. Renunță la foc și, în mare măsură, la apă. Culorile lui sunt reci și chiar grâul secerat pare atins de o boare de frig. Iar cât privește apa, ea e foarte rară, abia dacă o întâlnim în câteva tablouri. În locul râurilor, al mării și al lacurilor care îi atrag atât de mult pe impresioniști la ora când profesorul de desen și caligrafie din Buzău pătrunde discret în pictură – discret, așa cum trăiește – Andreescu e fascinat de păduri, de obicei desfrunzite, de câmpuri, de obicei aride, sau de margini de sat cu două-trei case, deasupra cărora se boltește cerul. Un cer ciudat, pe cât de simplu, pe atât de misterios. Pare pictat cu o paletă săracă. Un albastru opac, alburiu sau lutos, presărat uneori cu câțiva nori uscați, secetoși. Nici străluciri, nici furtuni. Efectul ar trebui să fie de absență, de pustiu celest, dar în ciuda faptului că lumina nu e niciodată intensă, orbitoare, că până și arșițele sunt reci, acest cer nu e totuși trist, apăsător.

Sunt tentat să cred că în multe din pânzele acestui pictor al pământului, esențial e, de fapt, cerul care sacralizează cumva țărâna, copacii, zidurile, tăcerea, le transfigurează, le transmite, prin lumina lui scăzută, săracă, saturată de singurătate, un mister, o boală sau o vrajă secretă care pătrunde în lucrurile cele mai umile. Te depărtezi de tablou și vrei să-ți lămurești de ce un asemenea peisaj pare în același timp trăit și visat. Imposibil. Taina acestor ceruri, așternute pe margini de sat ca peste margini de poveste și de lume, rămâne dincolo de cuvinte. Sau dincoace de ele. Doar presimțită. Un duh trece peste lucruri, mai bine zis prin lucruri, și le face să arate altfel de cum le-am văzut noi înșine în realitate. Casa de la marginea satului nu mai este doar casă, copacul nu mai este doar copac, drumul de țară care duce spre orizont nu mai este doar drum. Fiecare este ceea ce este și în același timp altceva; o adiere de vis face să tresară materia cea mai brută.

E un univers aici unde nu există soare. Materia se luminează singură. E fecundată de reverie. Poate de aceea răceala emană totuși căldură, în ciuda singurătății care stăruie ca o fatalitate pretutindeni. Pământul, cerul suferă de un frig discret. Și, indiferent de loc, de moment, singurătatea e liniștită și modestă. Ea nu îmbracă niciodată haine de lux. Își pune cel mult o broboadă pe cap și așează o ulcică cu flori de câmp în față. Își fixează domiciliul într-o casă de țară lăturalnică sau alege drumuri mai puțin umblate. Nu e niciodată absență, gol, ci un copac, o claie de grâu, un chip de femeie. Sau propriul chip al pictorului.

2

Niciodată nu m-a izbit mai mult acordul perfect dintre om și opera sa. Chipul omului e vag obosit, deși tânăr; chipul unui taciturn, neatras de lumina reflectoarelor, semănând cu natura pe care a pictat-o și care nu freamătă, nu râde, nu cântă. Dar cât de mult trebuie s-o fi iubit acest om rezervat pentru a o picta cu atâta sinceritate. Aproape că nu mai simți nevoia să știi amănunte din cariera pictorului, începută cu un drum de la Buzău la București, la expoziția „Amicilor artelor frumoase", și sfârșită prematur, la treizeci și doi de ani, sub semnul tuberculozei. E destul să-i vezi peisajele, pădurile desfrunzite, câmpurile arse de secetă, casele din marginea satelor. Ele divulgă, singure, un temperament înclinat către izolare, vis și meditație. Aproape necunoscut în epocă, Andreescu nu ține să ne farmece, ca Grigorescu. El povestește ceea ce vede și spune, astfel, cum este. Se destăinuie mereu, cu o melancolie gravă care atacă lumina ca un acid, împuținând-o, pentru a instala visul în realitate.

Simbolul anemonelor

> L-am întrebat, umil, despre florile lui... N-am să uit niciodată lumina suprapământească care s-a revărsat, o clipă, deasupra frunții bolnavului.
> Apoi gura lui s-a strâns dureros, ochii i s-au întunecat și mi s-a părut că aud: „...nu mai pot...".
>
> Tonitza

1

Foarte tânărul admirator al lui „Ștefan" i-a zis sfios: „Am venit să te deranjez și eu, domnule Luchian". Gura bolnavului s-a dilatat subit într-un râs crispat. „Dragă băiete, n-ai nici o teamă: eu îs «deranjat» de vreo zece ani." Scena se petrecea în septembrie, în una din acele zile când vara agoniza, iar toamna lua în stăpânire străzile. Medicul își vedea de treabă, iar foarte tânărul admirator, care era Tonitza, stătea rezemat de prichiciul ferestrei în preajma șevaletului părăsit. Luchian, palid, mistuit de boală, i-a zâmbit în vreme ce doctorul îi făcea injecția. Un zâmbet chinuit, care încerca să domine boala. Te gândești fără voie la chipul din *Un zugrav.*

Și altă imagine. Odaia e albă, cufundată în semiobscuritate, tăcută, cu miros de medicamente. Luchian stă cu capul îngropat în perne, care îi scot în evidență fața marcată de boală și ochii întunecați, triști. Lângă pat se află un fotoliu cu stofa uzată. Ceva mai departe, un dulap de brad cu ustensile de pictor și câteva ulcele rustice. Într-un vas smălțuit, un buchet de flori care se veștejesc. Mai există și un tablou neterminat. Maci.

Când încă se mai putea deplasa, picta cu deosebire peisaje. La Brebu, la Govora, în Bărăgan, la Filipeștii de Pădure, la Poiana Ialomiței. Mergea ceasuri întregi cu căruța, cu genunchii la gură, ca să poată picta, cum zicea el, care avea slăbiciunea diminutivelor, „un peisăjel". Din clipa în care boala nu i-a mai îngăduit să se miște, peisajele nu-i mai sunt accesibile. I-au rămas florile. Cu florile e mai simplu. I le pot culege alții, aducându-i-le în cameră. Și poate să aștepte clipa când boala îi îngăduie să mânuiască penelul.

Atunci îi exasperează pe cei din jurul său cu aranjamentul florilor în ulcică sau glastră, înainte de a se hotărî să înceapă tabloul. O floare în plus. O floare în minus. O floare mai la dreapta. O alta mai la stânga. O floare se înalță prea sus. O floare nu e destul de aplecată peste buza ulcicăi. Și pe urmă există prea multe anemone roșii. Sau prea multe albe. Și nici nu sunt bine distribuite. Ele trebuie să fie astfel aranjate încât... Aranjamentul durează ceasuri în șir, cu reluări, cu reveniri, cu corectări, cu detalii care strică ansamblul, cu ansamblul care îneacă un detaliu dorit, cu încercări ale nepoților de a-l convinge că „ajunge!", cu rugăminți, „încă puțin și gata", până când buchetul arată cum îl aștepta el. Atunci, spre ușurarea celor care se văd, în sfârșit, scăpați de corvoadă, se apucă să picteze.

Să sufere. Trebuie să împungă pânza cu penelul, sfârtecat de dureri, transpirând din cauza încordării, uneori amețind, nemaiputând să miște brațul, trebuind să se oprească și să aștepte cu bărbia căzută în piept.

Ușa s-a deschis. O femeie care-l îndrăgește i-a trimis un buchet de anemone. Pe patul lui de suferință, Luchian tresare. E doborât de boală, se teme că totul s-a sfârșit, dar ochii, strălucind de febră, privesc intens florile primite în dar. Vrea să se ridice. Vrea să picteze. Când anemonele sunt aranjate în ulcică, începe să cânte cu glas stins Imnul bucuriei din Simfonia a IX-a de Beethoven.

Cine poate privi chipul lui Luchian din *Un zugrav* fără să se gândească la lunga și penibila sa luptă cu boala?

2

Anemona este floarea lui Adonis. Legenda spune că Adonis s-a născut dintr-o crestătură făcută în coaja unui copac. Uimită de frumusețea copilului, Afrodita l-a încredințat Persefonei să-l crească, dar, mai târziu, aceasta a refuzat să i-l restituie. Drept care, cele două zeițe au apelat la judecata lui Zeus, iar acesta a hotărât ca în fiecare an Adonis să stea o parte din timp în împărăția umbrelor; în rest, pe pământ. După o altă versiune, anemonele s-ar fi născut din lacrimile vărsate de Afrodita pentru moartea lui Adonis, provocată de răzbunătorul Ares. Câte picături de sânge, atâtea lacrimi... Caracterul efemer al acestei flori solitare, cu petale catifelate, reiese și din numele ei, care în grecește înseamnă „vânt”; anemona s-ar ivi din respirația vântului și dispare stinsă de vânt. În miezul anemonelor roșii, în potirul lor, semințele negre par un grăunte de noapte, de spaimă, de fatalitate, o amenințare cuibărită în fructul vieții.

E exact ce se întâmplă în destinul lui Luchian.

La expoziția din primăvara anului 1902, Caragiale a exclamat la un moment dat privind un tablou: „Băiatul ăsta nu știu ce are, că mă reține”. Caragiale nu avea o pricepere specială în materie de pictură, dar fraza lui exprimă limpede situația în care se găsea la acea dată Luchian, căci el era „băiatul ăsta”. Avea treizeci și trei de ani, dar era destul de puțin cunoscut, încât un oarecare domn care-i cumpărase pe mai nimic câteva tablouri, fără să-i achite întreg costul lor, își putea îngădui să-i trimită în loc de bani o pereche de pantaloni uzați. Din acel an datează, am impresia, autoportretul în care pictorul s-a înfățișat la o masă în curte, cu pălăria pe cap, văzut din profil, și care, dincolo de valoarea estetică, are și o valoare documentară. E singurul care ne evocă un alt Luchian. Nu bolnavul cu chipul emaciat de suferință, cu ochii arși de febră, nu „zugravul”, cu mâna, ținând penelul, dusă la piept, într-un gest blând, de umilință sau de rugăciune, ci un Luchian care până la treizeci și trei de ani alergase cu docarul pe Șoseaua Kiseleff, călărise, gonise cu velocipedul, cunoscuse la Paris experiența impresionistă, într-un cuvânt trăise normal. Făcuse greșeli, nepriceput în treburi practice și credul, pierduse avutul pe care-l moștenise, declinând spre condiția de boem, dar nimic în atitudinea acestui bărbat tânăr, înalt, cu alură de sportiv nu anunță ce va urma după prima confruntare violentă cu boala și internarea în spitalul de boli nervoase Pantelimon unde Luchian descoperă că sănătatea lui e compromisă și se trezește în fața unui destin brutal. Când își revine din criză, merge greu, cu ajutorul unui baston. Picioarele îi amorțesc și îi înțepenesc. E amenințat de paralizie. E amenințat, în plus, să-și piardă vederea. E amenințat să înnebunească.

În același an 1902, în Franța, Renoir se plânge de înrăutățirea reumatismului său articular care va sfârși prin a-l țintui într-un fotoliu de infirm. Dar Renoir are atunci șaizeci și unu de ani și o operă în urma sa, pe când Luchian are treizeci și trei de ani și abia și-a început opera.

Tratamentul prescris de doctor, savantul Gh. Marinescu, sună categoric. Băi la Govora, odihnă și *evitarea oricărui efort*. Deci, o lungă, răbdătoare și goală convalescență sau riscul de a-și agrava boala, de a grăbi deznodământul. Trebuie să aleagă.

Și a ales să trăiască între teama că-și va pierde viața și teama că-și va pierde harul. Deplasările în peisajele ce-l atrag și lucrul propriu-zis îl silesc cu timpul la adevărate chinuri, dar fostul alergător cu velocipedul nu mai cere acum destinului decât să-l lase să picteze. Obsesia permanentă a lui Luchian era că boala îi va seca forța de creație; o spaimă care l-a hărțuit cincisprezece ani.

Săgetat de dureri cumplite, se întreba, disperat, dacă mâna îl va mai asculta. Fiecare tablou de maturitate era creat, probabil, cu teama ascunsă că putea fi ultimul. Și chiar atunci când, spre sfârșit, trebuie să i se lege penelul de încheietura mâinii, când pictează din fotoliul său pe rotile, e recunoscător providenței că încă poate lucra. De aceea și cântă. Pentru a-și da curaj.

Anemonele ar fi simbolul consolării, dar despre ce consolare putem vorbi aici? Pictând, Luchian se expune la suferințe fizice care-l istovesc și îi înrăutățesc situația, în fond, cincisprezece ani el nu face decât să încalce, de câte ori poate, recomandarea de a evita orice efort. Instinctul lui de creator e mai puternic decât instinctul de conservare. Amenințat să paralizeze, să-și piardă vederea, să-și piardă chiar mințile, „zugravul” acesta delicat, suav poet al florilor, ascunde sub subiectele sale modeste – un peisaj, un buchet de flori, un pâlc de sălcii –, sub blândețea tragică pe care i-a imprimat-o boala pe obraz, „neîmblânzita vehemență” pe care Focillon a observat-o la pictorul nostru.

Victoria învinșilor

> Există vârsta de aur: este vârsta copilăriei, a ignoranței; de îndată ce afli că vei muri, copilăria s-a terminat.
>
> Eugène Ionesco

1

Tonitza povestește cu haz, evocându-și începuturile, că „debutul" său, la frageda vârstă de patrusprezece ani, când o cucoană bătrână i-a cerut să-i facă un portret în „oloi", făgăduindu-i patru lei pentru această operă, plus libertatea de a ciupi la discreție din agudele grădinii în timpul lucrului, s-a desfășurat, prin forța împrejurărilor, cu serioase „compromisuri" artistice. Căci brava clientă, văzându-și chipul pe pânză, a fost nemulțumită și l-a pus să corijeze tabloul după indicații imperative: nasul mai subțire, ochii mai mari, gura mai mică, gâtul mai gras, cerceii mai lucioși, până ce adolescentul care bate la porțile artei s-a trezit că a pictat nu o bătrână sexagenară, ci o fetiță de unsprezece ani. Cucoana însă a fost încântată și l-a plătit cu patru piese de argint, noi și strălucitoare. „Numai când am ajuns cu ele la bragagiul meu, continuă Tonitza, am aflat că erau false. Atunci mi-am dat seama că sunt riscuri mari în cariera de pictor... Ceea ce am putut, cu prisosință, verifica și mai târziu..."

2

A înfruntat riscuri mari, într-adevăr. A oscilat o vreme între pictură și literatură, iar profesorii de la Școala de Belle Arte din Iași i-au predat o pictură academică, rece, pe care a simțit-o străină de firea sa și de aspirațiile sale. Până la urmă școala i-a arătat doar drumurile care îi erau închise, învățându-l că trebuie să-și caute singur un drum și că pentru asta trebuie să muncească din greu. A aflat astfel că talentul singur nu ajunge pentru a forma un artist; el trebuie șlefuit cu răbdare ca să sune frumos și original și, mai ales, trebuie ferit de fraude; fără sinceritate, fără deplină sinceritate, relațiile artistului cu lumea și chiar cu sine se degradează.

A înfruntat și riscul descurajărilor. Tânăr încă, și-a închipuit astfel povestea artistului. O privighetoare cade obosită. Omul o închide în colivie. În noaptea următoare, privighetoarea nu mai cântă. Supărat, omul o azvârle unei pisici care își înfige colții în țeasta privighetoarei. Cuprins apoi de remușcări, omul alungă pisica și împăiază stârvul... Și, în timp ce se vedea, bineînțeles, și pe sine în această poveste, Tonitza strica multe pânze lucrate, nemulțumit. Uneori, descurajările ajungeau la exasperare. După care declara că un artist care nu trece prin momente de descurajare nu e un adevărat artist. Și, probabil, avea dreptate.

Citadin prin excelență, crescut în târgurile moldovenești, n-a riscat să devină un emul al lui Grigorescu. Era convins că „bătrânul de la Câmpina" a spus tot ce era de spus în domeniul idilei rustice. De altfel, viziunile idilice nu l-au atras niciodată. El visa cu totul altceva decât să se emoționeze în fața unui cer curat. Visa „marea victorie a omului asupra bestiei". Nu-l atrăgeau nici florile, pe care a învățat de la Luchian să le iubească. Vocația sa era să picteze fețe omenești și să refuze pe aceste fețe ura. Ura care, zicea el, n-a creat și n-a vindecat niciodată. Dimpotrivă, a imbecilizat și a dezagregat. Îl atrăgeau dramele celor învinși înainte de a purta vreo luptă, ratați înainte de a se lua la trântă cu viața, îl fascinau ființele istovite de o viață încă netrăită, resemnate înainte de a spera, triste înainte de a fi fericite, și aici, în această fascinație, a înfruntat riscul cel mai mare, să devină și el un învins, să piardă partida cu Mefisto pe care-l pictase îmbrăcat în redingotă neagră, cu un ac de aur înfipt în cravata roșie, jucând șah, și să se consoleze, așa cum a încercat, cu vorbele lui Baudelaire: „Frumosul nu există decât în mine". Într-un autoportret, pare să se îndoiască și de asta. Ochii îi sunt mari, luminoși, dar cel care ne privește nu mai e același om care declara orgolios: „Singura mea preocupare a fost: să mă aflu pe mine însumi." Are ceva de om dezarmat. Amintește aici de copiii din pânzele lui.

3

Există, așadar, o logică în faptul că Tonitza a început prin a-l picta pe Mefisto la douăzeci și șase de ani, când încă nu-și trecuse nici examenul de absolvire la Școala de Belle Arte, și a ajuns abia mai târziu să picteze copii. Începem totdeauna cu ceea ce e mai ușor: să ne luptăm cu marile probleme ale universului. Ne trebuie timp pentru a afla că privirea unui copil poate fi mai dramatică decât priveliștea unui cer înstelat. Și dacă o greșeală poate fi săvârșită oricând, nostalgia inocenței cere, probabil, de la noi să fim în plenitudinea tuturor forțelor. Ea este o cucerire de maturitate, când regretele se limpezesc și devin străvezii. Numai un artist cu o asemenea experiență putea picta, cu atâta înțelegere, acei copii timizi, susceptibili, complicați, visători, pe care-i vedem în pânzele și în desenele lui Tonitza.

Sunt ei, cumva, simple amintiri ale unui pictor care a crescut într-o familie numeroasă, cu trei frați și două surori? Sau simple portrete? Plini de o viață netrăită, acești copii ne surprind prin neobișnuita lor maturitate. Știu ceea ce nici un copil n-a apucat să afle. Există, în aerul lor, un amestec de reverie și sfâșiere care seamănă prea mult cu viața contradictorie a lui Tonitza, pentru a nu bănui că avem de-a face, de fapt, cu un autoportret clandestin.

Nucii de piatră

S-ar zice că Petrașcu a fost obsedat toată viața de o idee scumpă romanticilor: timpul apus vorbește neîntrebat.

1

Am impresia că am mai evocat undeva această amintire, dar n-aș putea-o evita acum. E vorba de niște nuci enigmatici, stranii, pe care i-am întâlnit undeva în munții Mehedinților. Exact unde anume, nu mai țin minte. Nici în ce împrejurări. Mă rătăcisem? Vroiam să ajung într-un loc anume? Mergeam fără o țintă precisă? Nu mai știu. O veveriță speriată a fugit din calea mea cățărându-se între crengile unui brad, apoi am zărit în josul unei poieni un câine cenușiu care a întors botul spre mine, după care nu am mai întâlnit nici o vietate care să-mi atragă atenția. Am continuat să merg prin păduri care suprimau punctele cardinale, într-o lumină filtrată, imprecisă și din ce în ce mai slabă, semn că se apropia seara, și, într-adevăr, când am ieșit pe un tăpșan soarele aproape se lovea de spinarea de dromader uriaș a unei culmi aride, anunțând iminenta trecere în noapte. În afară de foșnetul stins și intermitent al brazilor și fagilor înfiorați când și când de vânt, nimic nu mai tulbura calmul acelei ore. Atunci, în acel amurg cu tăceri limpezi și adânci, am ajuns pe o coastă de munte unde am descoperit ceva greu de uitat.

Nu cunosc altitudinea la care mă găseam. Bănuiesc că ea nu trecea de o mie cinci sute de metri sau poate nu atingea nici atât. Dar, chiar și la o asemenea altitudine, ce să caute nucii? Și nu doi, trei, patru, nimeriți acolo prin accident, ci o pădure aproape. O pădure de nuci, pe jumătate devastată, care acoperea o bună parte din coasta de munte scăldată de o lumină cu reflexe de aramă. Și nu erau nuci obișnuiți. Erau nuci de piatră! Mineralizați. Unii cu coroană, cu crengile rigide, dar intacte, alții mutilați, cu o parte din crengi rupte și, în sfârșit, alții rămași în picioare goi, ca niște obeliscuri. Uluit, cu sentimentul că visam, am trecut de la un nuc la altul, am privit crengile împrăștiate pe jos, trunchiurile decapitate, am pipăit lemnul împietrit și cercurile de vârstă desenate clar în piatră. La unii, lemnul mai păstra o relativă elasticitate, era încă viu, sau parțial viu, dar cei mai mulți dintre nuci încremeniseră, sculptați parcă, iar când bătea vântul crengile se loveau cu sunete seci. Ce se întâmplase? Cum apăruse acel fenomen fantastic într-un peisaj prin nimic ieșit din comun? Explicația pe care mi-am dat-o atunci e cea pe care mi-o dau și azi. Respectiva coastă de munte era calcaroasă. Nucii, apăruți prin ce capriciu al naturii acolo? își înfipseseră printre stânci rădăcinile ca niște odgoane groase cu care se ancoraseră ca să reziste și să se hrănească și, probabil, odată cu seva absorbiseră mereu și cristale de calcar. Acestea s-au depus în fibrele lor, pietrificându-i treptat, ucigându-i lent, în picioare, transformându-i într-un fel de mumii botanice.

Pădurea aceea era străină de tristețea ruinelor în care timpul putrezește. Nucii erau duri ca piatra, din care pricină ramurile mai slabe când erau presate mai tare de vânt cedau, dar ei făceau parte dintr-o lume în care nimic nu se descompune, în care vegetalul trece în mineral păstrându-și forma. Alcătuiau parcă sanctuarul unui univers dispărut, din care nu mai rămăsese decât taina. Taină asemănătoare acelor tablouri de Petrașcu în care până și florile, mobilele și cărțile, și chiar tăcerea, se mineralizează.

2

În autoportrete, Petrașcu arată așa cum îl vede Tonitza: ca un vrăjitor; fie că are o șapcă împinsă spre ceafă și pipa în gură, ca lupii de mare, fie că își ia un aer hirsut, cu o tichie pe creștet, parcă ieșit dintr-un laborator de alchimist.

O pată de culoare îi e uneori de ajuns acestui pictor cu vocație de orfevru pentru a ne dovedi că a avut ca nimeni altul la noi cultul materiilor prețioase. E drept că el cam uită să coboare în zonele mai adânci ale sufletului. Se cufundă de multe ori în plăcerea pură a cizelatorului stăpânit de încântări tactile. Și e, în felul său, un conservator. Un zid rămâne la el un zid. O tavă de aramă rămâne o tavă de aramă. O floare rămâne o floare. Doar că totul se înnobilează și se învechește. Descoperim, la Petrașcu, o noblețe a lucrurilor umile, un fast al simplității, și că învechirea obiectelor poate fi un mijloc de a le spori durata. Cărțile par incunabule. Florile au sclipiri minerale. Poate chiar au trecut în alt regn. Fructele au și ele același aspect. Mobilele vechi devin și mai vechi, casele par să nu mai fie locuite decât de umbre; când apare paragina, ea absoarbe lumina, ruinele ascund comori, iar lucruri fără importanță devin parcă simboluri pe care arta continuă să le cizeleze și să le îmbătrânească. Așa cum face timpul cu Veneția.

3

Veneția a crezut atât de mult în glorie, încât i-a fost imposibil să nu-și transforme și decadența într-o formă de glorie. Melancolia ei e augustă, iar pecinginea de pe ziduri pare o pecete nobiliară. Dincolo de privirile indiscrete, singurătatea arată ca oriunde, însă la scenă deschisă, în Piața San Marco sau pe podul Rialto, ea umblă în haine de lux. Palate cu ferestre oarbe, cu uși pe care atârnă bare de fier ruginit, au o ținută impunătoare și, în ciuda faptului că istoria a expirat, pe fațade continuă mirajele care i-au îmbătat pe coloriști, veniți aici în pelerinaj ca arhitecții pe Acropole. Unică și din acest punct de vedere, Veneția își permite să fie vanitoasă și în declin, fără să pară că joacă un rol ce nu i se mai cuvine. Viitorul nu mai e aici decât o prelungire fastuoasă și decrepită a amintirii, o agonie care visează colorat.

Nu e de mirare că Petrașcu a fost, se pare, de șapte ori în acest oraș. A pictat, în Veneția, aproximativ două sute de pânze.

Îndeosebi fațade ale palatelor. Mai rar poduri. Și mai rar clasicele canale pe care lunecă sau staționează gondole. Nu putea exclude, bineînțeles, apa – cum să suprimi apa la Veneția? –, dar ea nu e decât o trecere spre fațadele patinate sau devastate de timp. În mod evident, nu-l atrag ceţurile luminoase care i-au captivat pe alţi pictori, nici serbările regizate, nici jocul umbrelor. Nu e interesat de pitoresc şi, fapt rar aici, nu e nici elegiac. Dimpotrivă, s-ar zice că a fost fericit să găsească în cetatea dogilor scenografia ideală pentru preferinţele sale: vechimea rece şi îmbibată de culoare, tăcerile minerale, ruina princiară. Petraşcu bătrân, cu părul mai scurt şi mustaţa albă, strângând pleoapele ca să vadă mai bine, dar cu un zâmbet vag pe faţa ridată, caută la Veneţia ceea ce a căutat totdeauna. Şi e bucuros că palatele sunt vechi, nu mai trebuie învechite.

Fața calmă a zbuciumului

Singur cu mine însumi mă desenez într-o oglindă ca o natură moartă.

Pallady
(Dintr-o scrisoare către Matisse)

19 iunie. Un bărbat de șaptezeci de ani se amuză oare pe stradă, jucându-se cu praștia? Nu. S-a folosit de sfoara cu piatră numai pentru a îndoi o creangă de oțetar, ca s-o poată prinde cu mâna. O rupe și o ia cu sine. Acasă, punând creanga într-un vas cu apă, descoperă o larvă care, cum e atinsă, tresare. 21 iunie. Larva e tot acolo. Din când în când se zbate. 23 iunie. Trezindu-se, pictorul zărește zburând prin odaie un fluture. Deschide fereastra pentru a-i reda libertatea, dar după un timp fluturele se întoarce. 25 iunie. Fluturele zboară, iese și revine mereu. Pictorul îl urmărește intrigat. Observă atunci că larva de pe creanga de oțetar e goală și că fluturele stă pe ea. Așadar, el tresărea când era atinsă larva! Își simte ochii plini de lacrimi înțelegând că fluturele se întoarce de fapt la locul unde s-a născut. 27 iunie. Nemaivăzând fluturele

executându-și arabescurile, se uită la creanga de oțetar; e acolo, agățat, mort, după ce și-a depus ouăle. „Își îndeplinise misiunea, menirea", sună concluzia din jurnal...

Intimii, apropiații lui Pallady l-au cunoscut, poate, și pe acest Pallady sentimental, violent afectiv. Nouă, celorlalți, autoportretele sale ne arată numai lucidul; un lucid cu ochii tăioși, inteligenți și sarcastici, care atrag cei dintâi atenția pe fața ușor suptă și autoritară, un lucid suprasaturat de lecturi probabil, arborând o eleganță distantă, glacială, de natură să-i intimideze pe inoportuni. În nici un autoportret nu apar vestitul său baston cu măciulie de fildeș pe care-l învârtea între degete sau celebra sa umbrelă cu cap de pasăre, în schimb în toate se vede cine este. Cel care a refuzat de trei ori, cu o frază rămasă celebră, să fie propus pentru legiunea de onoare: *Je n'admets pas que l'on se permette de me décorer.* Cel care a declarat: „Nu cunosc decât un singur Dumnezeu: conștiința mea". E rezervat când e vorba să-și divulge sentimentele, dar are impulsuri de pamfletar. Dacă se simte lezat sau deranjat de ceva nu șovăie să dea o replică usturătoare pentru a pune lucrurile la punct. Cândva, elev la Școala de poduri și șosele din București, fiind acuzat că minte nerecunoscând că a copiat la o teză, i-a răspuns directorului în fața întregii clase: „Ba dumneata minți!". Și i-a arătat foaia de hârtie pe care scrisese: „Nu înțeleg nimic. Theodor Pallady". Incident care l-a obligat, de altfel, pe tânărul elev, dornic să ajungă inginer, să părăsească școala. Bărbia voluntară, energică, aerul decis trădează un spirit ambițios și metodic. În tinerețe, la Paris, s-a dus un an întreg, în fiecare zi, ca să vadă *Gioconda*. În fiecare zi, și numai ca să vadă *Gioconda*. Se îndrepta direct spre capodopera lui Leonardo, își lua, cum zicea, „porția zilnică" și pleca.

Și totuși, e ceva prea sever în chipul pe care ni-l arată Pallady în autoportretele sale ca să nu bănuim că această severitate e suspectă. Infernul e populat numai cu oameni inteligenți, iar asceții au totdeauna ceva de ascuns. Cu atât mai mult cei care umblă prin lume, care participă la dejunuri, care sunt membri ai unui club. Uneori își încruntă sprâncenele. Ochii sunt atunci și mai tăioși. Dar știm de la Proust, și nu numai de la el, că inteligența apelează adesea la pretexte pentru a eluda ceea ce dictează instinctele. O mască distantă e, nu o dată, un avertisment că omul care se ascunde în spatele ei își face singur răul de care are nevoie, nu vrea să fie ajutat, încât Pallady, cu figura sa de ascet, ne face să ne întrebăm dacă nu se numără cumva printre lucizii care au dus individul la limita lucidității și dramei.

Jurnalul său o confirmă.

Uneori, nu știe cum să facă să treacă mai repede ceasurile care-l despart de somn. Să citească? Dar ce, căci a citit mult. Să recitească, eventual, Pascal? Renunță. „Prea tot vorbește despre lucruri pe care nu le cunoaște mai bine decât noi și care nu există." Să picteze, poate? Nu izbutește să picteze însă niciodată fără să aibă ceva de exprimat. Desenează ceva. „Ca să omor timpul până să mă omoare el... și să ia pielea de pe mine." E dezgustat de vulgaritate, de meschinărie, asta îl face uneori să nu mai vrea să iasă pe stradă, mai ales că nu poate privi fără să observe. Un gest, o vorbă, un amănunt îl irită, îl fac să fie mușcător, să aibă resentimente și să exclame când se întoarce: „În sfârșit, singur!". Pe de altă parte, viața i se pare o comedie la care nu prea a luat parte, din păcate. Se plânge că e înconjurat de prea multă viață defunctă. Regretă ce n-a trăit. Nu suportă iarna. („Prima zăpadă... s-o ia dracu.") Fără frunze, acoperit de ninsoare, Cișmigiul i se pare un cimitir... Singurătatea îl bântuie nu numai când se rotește prin cameră ca un cal de moară. De obicei e la un dejun, la club sau măcar cu un model în față, dar nevoia lui de analiză continuă și spiritul său de observație necruțător îi joacă feste. I se pare că a poetizat dragostea. Că prietenia este o iluzie. Și că, numai dezbărată de toate prejudecățile, gândirea îi va îngădui să vadă clar, să trăiască, să existe. Uneori își dorește să fie indiferent, să privească fără să vadă, să asculte fără să audă, să doarmă fără să viseze, să trăiască fără să gândească. În clipa următoare, constată: „Nimic din ce am visat în absolut nu se înfăptuiește așa cum am dorit sau visat". Îl obsedează că întinde brațele către o Țintă supremă, care se trage îndărăt. Și nici măcar nu poate să-și facă iluzii, să „quijotizeze". E prea lucid pentru asta. Exasperat, se întreabă dacă fericirea înseamnă să vezi, să simți, să înțelegi. Dar ce să înțelegi? Constată că a vedea, a simți, a înțelege reprezintă mai curând un prilej de suferință și iată-l înclinat să creadă că nenorocirea oamenilor a început din clipa când și-au descoperit inteligența. Îi reproșează vieții că nu e eternă. Îi reproșează morții că e un nonsens. Îi reproșează lumii că amestecă frumosul și urâtul. Își reproșează lui că vede toate astea. Pe stradă nu poate rezista ispitei de a aduna frunze căzute. Trecătorii îl privesc mirați. Ei și? Vrea să nu ceară nimic de la nimeni, să nu accepte nimic, ca să-și păstreze libertatea. Nu vrea să-și angajeze libertatea primind. Preferă să dea. E prea orgolios? Refuză catedra de profesor la Școala de Belle Arte din Iași motivând că nu-i poate învăța pe alții ceea ce nu știe nici el. Apelativul „maestre" i se pare o batjocură și o diminuare. Are numeroși admiratori, dar se ferește să aibă discipoli. Vrea să reia, să străbată singur drumul spre Ținta care se trage îndărăt. Întocmai ca în tinerețe când se ducea zilnic să vadă *Gioconda.* În fond, consideră arta însăși o suferință, o întrebare pe care ți-o pui tot mereu ție însuți. Încât nu din extravaganță nu vrea să fie încadrat în nici un curent artistic. Nu vrea nici măcar să fie socotit modern. Se pretinde „din toate vremurile". E atât de singur acest lucid sarcastic, acest ascet care frecventează cluburile, încât nu poate concepe pictura decât ca pe un jurnal al existenței lui. (Nu era normal să fie el pictorul român cu cele mai multe autoportrete?) Pictura îi oferă prilejul unei confesiuni sincere și necruțătoare. Să ierte? Să se ierte? Iertarea nu șterge nimic. Singura soluție e să fie fără menajamente. Și cu sine. Și cu alții. Și să-și continue „nebunia" de a urmări perfecțiunea, absolutul. Dar, încă o dată, fluturele se întoarce la ramura de oțetar. „Mereu îmi spun că totul depinde de o clipă (de un minut)... de faptul că ai mers la dreapta sau la stânga." Și ascetul își amintește o vorbă a cuiva, vorbă pe care ar fi vrut s-o fi spus el însuși: „Ah, cât este viața de cotidiană". Din nou regretă ce n-a trăit în „strictul cotidian".

Deși, dintre pictorii noștri, e cel mai apropiat de asceza spirituală, Pallady ne demonstrează, de fapt, că nici un artist autentic nu poate semăna călugărilor trapiști (în ordinul cărora, se pare, bunicul lui Pallady îl îndemnase să intre) care adoptă consensul tăcerii, întrerupt zilnic doar de acest salut: „Frate, amintește-ți că toți suntem muritori". El e predestinat să fie „guraliv", vorbind mereu despre viață, chiar dacă această viață are defectul de a fi trecătoare, despre lume, chiar dacă această lume amestecă frumosul și urâtul, despre „ceilalți", chiar când aceștia nu-l aud. În urma lui e totdeauna o ramură de oțetar, oricât de înalt ar zbura gândul, desenându-și arabescurile.

Mă uit la figura severă a lui Pallady, la ochii lui tăioși, cu sentimentul că nepăsarea distantă nu e decât un truc, iar singurătatea un post de observație.

Pictura care mușcă

Oamenii încep aproape totdeauna prin a nu înțelege.

Picasso

1

Cel mai glorios pictor al secolului XX nu putea să aibă decât un nume imposibil de reținut: Pablo Diego José Francisco de Paula Juan Nepomuceno Crispín Crispiniano de la Santísima Trinidad Ruiz Blasco. Un nume luxuriant, ca o cometă ce târăște după sine umbrele strămoșilor ei. Într-un fel e păcat că dorința noastră de simplificare, care nu mai gustă asemenea ceremonialuri onomastice, l-a silit pe Picasso să renunțe la numele său întreg și să semneze folosind numele mamei sale. Ne-ar fi dat de la semnătură o imagine exactă și a participării Spaniei la aventura sa individuală, și a nedumeririlor sau jubilațiilor pe care opera sa le-a stârnit de-a lungul a trei sferturi de secol.

Dar, firește, cu un astfel de nume e imposibil să devii un mit. Or, Picasso nu mai e de mult doar un pictor. E o legendă. De unde și paradoxul că principalul obstacol spre pictura lui și spre el însuși e celebritatea lui.

Căci un mit nu mai e, azi, ca în vechime, un mod de a înțelege lumea. Cel mai adesea, se pare, e, dimpotrivă, un mod de a o ignora. Când nu înțelege prea bine un lucru sau n-are timp și răbdare să-l înțeleagă, secolul nostru e tentat să-l împingă în mit, pentru a scăpa astfel de nedumeriri și de obligații. Împins în mit, un artist incomod încetează de a mai fi incomod și nu mai trebuie neapărat înțeles. E admirat fără condiții.

Pe la începutul secolului, șoferii irascibili din Paris se foloseau de numele lui Picasso ca de o injurie. Îndrăznelile spaniolului au provocat o vreme ilaritate și chiar furie. Până și prietenii l-au socotit nebun când le-a arătat *Les Demoiselles d'Avignon*. Apollinaire însuși a rămas, se pare, deconcertat, iar Braque ar fi exclamat văzând cele cinci domnișoare hidoase: „Pictura ta e ca și cum ai vrea să ne faci să mâncăm câlți sau să bem petrol". Să ne mai mirăm că scandalul stârnit de pictorii cubiști a ajuns la interpelări în parlament și la amenințarea formală de a li se interzice accesul în muzee? Și, după aceea, gloria! Cea mai mare glorie la care putea aspira un artist.

Intimidați de această glorie, destui pronunță acum numele lui Picasso cu admirație fără să-i cunoască și opera. Celebritatea impune, e axiomatică și nimeni nu vrea să se arate neavizat în problemele artei moderne. Lecțiile usturătoare primite în ultimul veac de cei care și-au bătut joc în gura mare de impresioniști, pentru ca mai târziu să-i salute la Luvru, și-au făcut efectul cu vârf și îndesat. E mai prudent să nu te expui, să nu ai obiecții, rețineri, cu atât mai mult cu cât mitul te scutește de neplăceri și de efort.

Și de ce nu? Amețit de torentul de cunoștințe cu care e bombardat din toate părțile, înclinat să confunde cultura cu volumul cunoștințelor, omul modern nu mai are, adesea, nici destulă vreme, nici destulă răbdare să înțeleagă, mulțumit să se țină cât de cât la curent cu lucrurile noi pe care le află din cărți, din reviste, de la radio și televiziune. Apar enciclopedii peste enciclopedii și cred că visul multora ar fi o Enciclopedie completă în care să fie rezumate toate cunoștințele. Omul modern își găsește din ce în ce mai rar timp pentru cărțile fundamentale, preferă ca ele să-i fie povestite pe scurt. Cine mai citește *Odiseea*? E preferabil un film de televiziune care să ne arate peripețiile lui Ulise. Încât mă întreb câteodată dacă nu cumva diferența dintre șoferii parizieni de la începutul secolului XX și pietonii care se mulțumesc azi cu legenda se reduce la faptul că primii își exprimau într-un mod nepoliticos, dar mai cinstit neînțelegerea.

2

Picasso a pictat pe țărmul Mediteranei, unde s-a retras după război, *Ulise și sirenele*, și mă hazardez să văd în acest motiv un simbol pentru toată creația lui. N-a existat nici o ispită în odiseea artistică a secolului de care el să fi rămas străin, iar Malraux observa că metamorfoza l-a obsedat mai mult decât moartea.

Un autoportret din 1901 ni-l arată proaspăt venit la Paris. Pe un fond albastru, acel albastru pe care Apollinaire îl asemăna cu „adâncul umed al abisului", se profilează silueta unui bărbat descins parcă din romanele lui Dostoievski, nu din Spania. Are un pardesiu aproape negru și rece, închis la gât, care pune în evidență obrazul palid, neatins de soare, și ochii, neliniștitori, având acea fixitate care se repetă în toate autoportretele lui. Pe atunci spaniolul din Málaga, instalat la Paris, trăia într-un atelier înghețat și nu-și putea îngădui luxul de a avea o lampă aprinsă. Lucra, noaptea, cu penelul într-o mână și cu lumânarea în cealaltă, pictând cerșetori și copii clorotici. Unul dintre puținii care l-au înțeles în acea vreme îl asemăna cu un tânăr zeu, „care ar vrea să refacă lumea, dar e un zeu sumbru, fără surâs". După câțiva ani a apărut și surâsul. În „perioada roz", cu dulceața ei evazivă și farmecul ei ambiguu. Un autoportret din 1906, în care vedem un tânăr cu bustul gol, robust și trist, anunță însă o înăsprire a sensibilității. Un altul, ulterior, are fața redată numai din linii drepte. Singurele linii curbe sunt ale ochilor. Cubismul nu e departe.

Dar care e adevăratul Picasso? Perioada albastră, perioada roz, perioada neagră, perioada iberică, perioada cubistă, perioada neoclasică, perioada suprarealistă, mereu o nouă experiență, mereu o nouă cotitură, mereu o altă stare de spirit, mereu o altă concepție despre artă, „fiică a tristeții și a durerii"; apoi „secretul este de a nu picta decât ce iubești"; apoi „nu, pictura nu este făcută pentru a decora apartamentele, ea este un instrument de război ofensiv și defensiv contra inamicului"; apoi, „la doisprezece ani, eu desenam ca Rafael și mi-a trebuit toată viața pentru a învăța să pictez ca un copil". Se joacă cu vorbele oare? (Cum să consacri o viață – și ce viață! – pentru a ajunge să pictezi ca un copil?) Sau vrea mai mult decât e posibil? Nu mai știi ce să crezi, ești uluit, derutat, în timp ce Picasso, cu masca lui de „șopârlă bântuită de duhuri", se justifică cu un zâmbet: „Pictura este mai puternică decât mine". După care continuă. Cucerește, renunță, pleacă, își caută un ogor nou, îl cultivă și când te aștepți să-l vezi, în sfârșit, stabilit undeva, își scoate cortul din țăruși și pornește mai departe. Nimic nu-l oprește. Are un hedonism al aventurii fără precedent. Pictează, gravează, sculptează, fericit și nefericit, jovial și mânios, juvenil și acuzând vârsta, impunându-și angoasele, temerile, capriciile, pasiunile, cu aceeași dezinvoltură. Într-adevăr, care e adevăratul Picasso? Cel care, împreună cu Braque, face cubismul să triumfe pentru a-l părăsi? Cel care dă lovitura de grație perspectivei pentru a o reînvia ulterior? care combate ceea ce el însuși a impus? care exclamă „trebuie ucisă arta modernă", angajându-se în toate tentativele artei moderne? Își asumă toate tehnicile, toate stilurile și toate riscurile. Părăsește ceea ce a descoperit și lasă impresia că ascunde în această eternă infidelitate singura sa fidelitate adevărată.

Dintr-un labirint nu putea lipsi, bineînțeles, Minotaurul. Există chiar o adevărată *Minotauromahie*. Monstrul a fost scos din bârlogul lui, din labirint, și pus să umble printre oameni. E tenebros și exterminator, cum altfel? Atacă cu un braț enorm lampa ce arde în mâna unei fete lângă o mare. Sau e înarmat cu un pumnal. În altă gravură, se prăbușește, îngenunchează într-o arenă și moare pe nisip, ca într-un sfârșit de coridă. Brusc, te încearcă o vagă nedumerire. Acesta e oare Minotaurul? Minotaurul e una din acele „fiare pe care le cunoaștem fără să le vedem", suna un vers al lui Éluard. Dar poate și inversul e adevărat, că e una din acele fiare pe care nu trebuie să le vedem pentru a le cunoaște.

3

M-a nedumerit foarte tare întrebarea pusă undeva de Kafka: „Departe de ce?". Cum adică departe de ce? Nu ne putem raporta oare la nici un punct fix? Între noi și toate lucrurile care ne înconjoară se află aceeași distanță? Suntem la fel de aproape și la fel de departe de totul? Cam la fel m-au nedumerit metamorfozele lui Picasso. Și mi-a trebuit mult timp până am înțeles că, aruncându-i în față aceste vorbe, „tu n-ai știut niciodată ce înseamnă a iubi", Dora Maar l-a jignit inutil pe Picasso. Perioada albastră e un popas. Perioada roz, alt popas. În schimb, pictura e chiar drumul. Un drum care trece prin toate. De la acrobați suferinzi și arlechini triști, la copaci cu frunzișul ca un arici de mare în fața cărora, în loc să mai spunem „acesta e un copac", ne întrebăm „în ce lume trăim?". Pentru că Pablo Diego José Francisco de Paula Juan Nepomuceno Crispín Crispiniano de la Santísima Trinidad Ruiz Blasco a dorit de la început să facă „o pictură care mușcă", adică o pictură care-l obligă și pe privitor să gândească.

Într-o zi, a mărturisit că visa adesea la o „știință a omului" și că prin opera lui vroia să lase „o documentație cât mai completă pentru această știință". De aceea îmi datez lucrările, preciza el. Ceea ce ne îngăduie să privim și din altă perspectivă metamorfozele sale. Fiecare tablou al său e, poate, un detaliu dintr-un mare ansamblu, singurul capabil să ne dea măsura adevărului. Fiecare infidelitate urmărește o fidelitate globală. În acest caz, a privi o singură etapă din evoluția sa e cum ai privi un singur por din palmă. Un tablou al lui Picasso nu mai e doar „un tablou", ci e o parte dintr-o operă mai vastă, de peste 10 000 de lucrări se pare, eclectică doar în sensul în care omul este și râs și plâns.

În această perspectivă, declarația „eu nu evoluez, eu sunt” nu mai apare ciudată, întrucât nici omul nu evoluează de la râs la plâns ori invers; omul este om când râde, la fel cum este om când plânge. Nu putem să reproșăm celui care râde că l-a trădat pe cel care plânge și nu putem să-i reproșăm lui Picasso că a vrut să lărgească mereu „documentația” sa.

De altfel, secolul XX ar fi fost mai tern, mai lipsit de imaginație fără îndrăznelile și metamorfozele acestui artist unic în multe privințe, care și-a permis luxul de a deveni o legendă în timpul vieții fără să devină captivul ei. Rembrandt și Van Gogh mă emoționează mai mult decât Picasso, dar admir virtuozitatea inegalabilă cu care Ulise și-a condus corabia pe valurile agitate ale unui secol ce n-a dus lipsă nici de sirene, nici de catastrofe.

Auto(mobil)portretul

Magritte prefera să fie socotit nu „artist", ci „un om care gândește".

1

Câteva zile a plouat. O ploaie rece, meschină, care îmbâcsea aerul și suprima orizontul. Cerul nu mai exista decât noaptea, când apăreau stelele. Dimineața se acoperea din nou și soarele putrezea lent, de prea multă umezeală. Acum norii s-au risipit, iar aerul e limpede, ca într-un tablou de Magritte în care o stâncă plutește la câțiva metri deasupra pământului ca un puf de păpădie.

Plictisit de ploaia care nu mai înceta, mi-am adus aminte de un alt tablou al lui Magritte, intitulat ironic *Vacanțele lui Hegel*. Înfățișează un pahar plin cu apă pus pe o umbrelă. Când l-am văzut prima oară, mi-am închipuit că, undeva în spatele umbrelei, un domn cu melon îmi făcea cu ochiul, amuzat: „Ce ziceți de ideea mea?".

În pânzele suprarealistului belgian, surprizele și anecdotele de acest gen abundă, iar ele sunt tot atâtea capcane pentru cine uită că Magritte nu vroia să picteze decât misterul, cum se și lăuda de altfel prin atelierele din Bruxelles, străduindu-se în același timp să fie „cât mai treaz cu putință". Desenul e corect, uneori de un realism meticulos, culoarea e francă, dar între lucruri se stabilesc raporturi neașteptate. O scrisoare închisă rămâne totuși perfect vizibilă. Stâncile plutesc în aer, în vreme ce, în fața lor, un măr are, dimpotrivă, densitatea și aparența granitului. Sirena nu mai arată ca în reprezentările arhicunoscute din mitologie; trup de femeie și coadă de pește. Ea are cap de pește și picioare de femeie. În *Magie neagră*, o femeie cu bustul de piatră, înălțat printre nori, cu partea de jos a trupului vie, ține în mâna stângă un trandafir vulnerabil. De fiecare dată aluneci pe o primă impresie, de normalitate, ca pe o coajă de banană pentru a descoperi în clipa următoare, ușor buimăcit, ușor amuzat, că pictorul te-a tras pe sfoară, că scrupulozitatea desenului său și a culorilor sale n-a fost decât o stratagemă abilă, aplicată cu virtuozitate, pentru a te deruta. Într-un tablou, cerul se transformă în zid. În altul, Magritte n-a deschis o poartă, de teamă că nu va găsi nimic în spatele ei; a preferat să sape în poartă o deschidere. Ca să nu mai vorbesc de *Mémoire Z*, unde Afrodita antică are pe obraz o pată de sânge. Pentru a ne sugera că omul e un zeu rănit? Sau că așa arată zeii coborâți în istorie? Magritte nu răspunde la asemenea întrebări. Ne lasă să ieșim singuri din încurcătură. Dacă jocul ni se pare prea serios, putem oricând să-l considerăm o extravaganță.

2

Când apar și bărbați în tablouri, ei au propria sa siluetă. Talie mijlocie, haine totdeauna închise, melon și, în mod frecvent, umbrela agățată de braț. La adăpostul anonimatului, subiectivitatea suprarealistului zburdă. Vicleană, calculând bine efectele și inepuizabilă. Uneori, intrigă în loc să emoționeze și transformă tabloul în șaradă. Observând asta, începi să te joci, încerci să găsești cât mai repede „cheia", să nu te mai lași păcălit. Ce e, așadar, cu autoportretul acesta intitulat *Vrăjitorul*? Un bărbat stă la masă, mănâncă. Are în față o farfurie, cu o friptură pe ea, un pahar cu vin și o pâine. Totul scrupulos redat. Chiar prea scrupulos pentru un pictor modern. Bărbatul arată aproape ca într-o fotografie... Nu, iar n-ai fost atent. N-ai observat că „vrăjitorul" are patru mâini? Două taie friptura, una duce o bucată de pâine la gură și alta toarnă vin în pahar. Costumul închis te-a indus în eroare... Da, așa este. Și pentru a te răzbuna, murmuri nemulțumit: „Vrăjitorul e mai degrabă un iluzionist". Cu satisfacție constați că Magritte își numea *Vrăjitorul* un „auto(mobil)portret". Un joc, deci. Pictură-rebus. Sau parodie. I-am putea întoarce vorbele: „Nu-i cazul să ne minunăm de așa ceva, ci să ne minunăm că ne minunăm".

Iau la rând, din nou, mâinile. Deci, una ține cuțitul. A doua furculița. A treia toarnă vinul. A patra e dusă la gură. După ce termin inventarul mâinilor mă opresc. Și acum? Trebuie să nu-l pierd din ochi pe iluzionist. Altminteri, ar putea profita de o clipă de neatenție ca să schimbe rolul mâinilor. Și astfel observ că bărbatul (Magritte adică) stă cam țeapăn la masă. De ce? Ei, cum de ce, îmi răspund singur. Simplu. Fiindcă e grăbit. Cu patru mâini poate să mănânce mai repede. Vrea să-și încheie mai iute prânzul, după aceea se va ridica, va pleca, se va sui în mașină, va demara ca un bolid, *time is money*, secolul se grăbește, și, în vreme ce cu două mâini va ține volanul... ei da, ce va face cu celelalte două mâini? Mă opresc încurcat și revin la bărbatul din fața mea. Pe măsură ce mă uit la el, ajung la concluzia că, neputând să dau nici un sens precis acestui „auto(mobil)portret", am libertatea să-i dau orice sens. Și nu-i exclus ca năstrușnicul Magritte să fi urmărit tocmai să ne ofere o asemenea libertate, ca să ne pună puțin pe gânduri.

Această ipoteză mă face să mă tem că mâinile, cele patru, ar putea, la un moment dat, să acționeze singure, fără controlul stăpânului lor, sau chiar să-și transforme stăpânul în instrument, să-i impună ce să facă. El nu va mai avea decât jumătate de timp să se reculeagă sprijinindu-și fruntea obosită cu mâna (care dintre ele?). Și cum să mai devină cineva Kant, cu patru mâini? Cum s-ar ruga un asemenea om? Cum ar cânta la vioară? Brusc, mă întreb dacă nu cumva, sculându-se de la masă, bărbatul se va duce la o clinică, rugând să i se amputeze două mâini.

Labirintul fără centru

Pentru Pitagora, sufletul avea formă pătrată. La vechii chinezi, pătratul neînchis era simbolul infinitului. Mondrian și-a petrecut douăzeci de ani din viață desenând pătrate.

1

Îmi amintesc de o expoziție „Mondrian" deschisă la Hamburg într-o sală în formă de „L", unde spațiul strâmt te silea să asculți fără voie comentariile vecinilor, chiar când erau făcute în șoaptă. Ceea ce m-a izbit atunci a fost nu atât dificultatea artei moderne de a se face înțeleasă, cât faptul că adversarii ei de azi se folosesc cam de aceleași argumente ca adversarii impresioniștilor acum un veac: „Ce înseamnă asta? Ce reprezintă?". „Așa ceva pot să mâzgălesc și eu. Nu trebuie să fii pictor." În fața *compozițiilor* lui Mondrian, un vizitator mai expansiv ținea să ne asigure pe cei care-l auzeam că „până și un elev netalentat la desen ar putea, cu ajutorul unui echer, să facă aceste pătrate, aceste încrucișări de linii orizontale și verticale, nu credeți?". Apoi, după câțiva pași, s-a oprit în fața unui autoportret perfect figurativ al lui Mondrian, care întorcea din tablou capul, intrigat parcă el însuși de pătratele din arta sa abstractă. Probabil că necunoscutul, în sfârșit mulțumit, ar fi crezut că-mi bat joc de el dacă i-aș fi spus că Mondrian pictase acel autoportret la rugămintea unui prieten și că mai târziu ar fi vrut să-l distrugă trăgând în el cu pistolul.

2

El Greco a fost învinuit că nu se pricepea să picteze mâini; Michelangelo, că era tot sculptor și în pictură; Rembrandt, că arunca o mare parte din tablou în noapte; Caravaggio, că era insolent, arătând sfinți cu picioarele umflate de varice. Nimeni nu mergea, însă, altădată, până la a afirma că oricine ar fi putut face, la nevoie, ceea ce făceau ei. S-a produs, deci, o radicalizare a refuzului odată cu apariția artei moderne, iar fenomenul are, desigur, cauze complexe, ținând, între altele, și de un deficit de educație estetică. Un privitor care știe că „noutatea" nu e un capriciu al pictorilor, ci o consecință a evoluției artei și a ideilor despre artă, că pictura abstractă n-a sfărâmat obiectul din pura plăcere de a distruge, ci din dorința de a privi dincolo de el, va încerca să-și dea seama în ce măsură artistul a reușit să-și realizeze intențiile sau n-a făcut decât să-și complice inutil limbajul. Cineva care a citit cum trebuie declarația, cam ostentativă, dar de bună-credință, cu care începea manifestul neoplasticismului din 1920, „Cuvântul e mort. Cuvântul e neputincios", și înțelege că ea putea suna și altfel, „Obiectul e mort. Obiectul e neputincios", are multe șanse să nu mai vadă în încrucișările de linii verticale și orizontale, în pătratele „neoplastice" pictate în ultima parte a vieții de Mondrian, un joc de elev corijent la desen.

Mondrian vorbește continuu despre „denaturalizarea artei", convins că pictura trebuie să se purifice de orice amintire a obiectelor. E un sacerdot al purității (a avut, de altfel, vocație de predicator), fascinat de culoarea pură, de raporturile pure, de echilibrul pur spre care tind pătratele sale. Cu puțină voință, spune el, nu va fi imposibil să creăm un Eden; acolo omul va fi o parte din Tot, pierzându-și „vanitatea micii și meschinei sale individualități".

Utopia fiind la fel de veche ca omenirea, nu văd de ce ar trebui reproșată numai celor care au căutat-o în pătrate colorate. Altceva mă face să dau înapoi în fața manifestelor neoplasticismului, și anume tonul lor iacobin. Dogmele vechi sunt repudiate pentru a fi așezate în locul lor alte dogme, ale purității visate, care nu admit nici o dilemă, nici o ezitare. Linia oblică e condamnată și socotită frivolă. Când Doesburg, cu care pornise la drum, își îngăduie să introducă într-unul din tablourile sale o diagonală, Mondrian rupe cu mișcarea *De Stijl* și rămâne să viseze singur într-un Eden în care nu există decât linii drepte și culori pure. Ani la rând, de la o compoziție la alta, pânzele sale reiau aceleași patrulatere cu o consecvență care ne explică, poate, de ce a vrut să-și distrugă autoportretul figurativ cu pistolul.

Forma zero a picturii

Ritmul – se explica Malevici – nu se găsește doar în sunete, ci și în tăcere.

1

Malevici a expus mai întâi un tablou înfățișând un pătrat negru pe fond alb. Și, inevitabil, s-a ajuns la celebrul și controversatul *Pătrat alb pe fond alb*. Un fel de sfârșit al picturii, mai bine zis Forma ei Zero, ca să folosesc cuvintele lui Malevici.

2

Ne amintim fără voie cât de lung a fost, până aici, drumul picturii. Și, uneori, cât de sinuos. A părăsit grotele inițiale și mormintele faraonilor, s-a bucurat de lumina care scălda Elada, a străbătut ulițele încă rău cunoscute ale Evului mediu, a ieșit îngândurată, odată cu Venera lui Botticelli, pe țărmul Renașterii, a surâs enigmatic prin Leonardo, a iubit și a fost iubită prin Rafael, a cunoscut fastul culorii odată cu Tițian, a cunoscut fastul umbrei odată cu Rembrandt, a străbătut zăpezile nordului împreună cu Bruegel și s-a răsfățat în apartamentele lui Rubens, a ridicat ochii la cer împreună cu El Greco și a coborât în taverne cu Caravaggio, a tăcut lângă Velázquez și a râs cu bețivii lui Frans Hals, a trecut din paradisul lui Dürer în infernul lui Bosch, a studiat somnul rațiunii la școala lui Goya și rațiunea somnului la visătorii romantici, a semănat grâu și l-a secerat cu Van Gogh, s-a îmbarcat dornică de aventuri cu Gauguin, a trăit fericirea lângă Renoir și nefericirea lângă mulți alții, a dorit, a sperat, a suferit, a jubilat, a greșit, și a plecat din nou la drum, visând din nou, greșind din nou, iubind din nou, rătăcind, regăsindu-și drumul, purtându-și singură torța sau bucurându-se de torța ridicată de alții, vindecându-și mereu rănile vechi pentru a-și face sau pentru a suporta altele, dar, practic, niciodată renunțând. Și acum? Aici? Tăcerea acestui pătrat alb pe fond alb? Pentru prima oară pictorul pare să declare: Am spus tot ce-am avut de spus cât am putut de bine. Nu-mi mai rămâne decât să tac pentru a depăși această limită. Tăcerea e forma supremă de a vorbi.

3

Autoportretul în care Malevici arată ca un călugăr războinic a fost pictat la mai mult de douăzeci de ani după *Pătrat alb pe fond alb*. Din vechea aventură suprematistă n-a mai rămas decât fondul alb. Pliurile veșmintelor amintesc canelurile unei coloane ionice. În rest, totul e fidel imaginii din oglindă. Dincolo de motivele biografice care l-au silit, poate, pe pictor să se redea astfel, îmi place să văd în acest autoportret un răspuns simplu și normal la întrebările puse de pătratul alb. Cine altul să scoată arta din impas dacă nu Artistul însuși? La urma urmei, izgonirea obiectului din pictură n-a fost determinată de dezinteresul față de realitate, ci de dorința de a vedea mai mult decât obiectul. O demonstrează și faptul că, treptat, obiectul își face acum reapariția, încărcat de „amintiri" din aventurile trăite de pictură dincolo de el. Și apoi, ceea ce a început ca o declarație de dragoste, dacă e să credem legenda păstoriței care a zgâriat cu un cui într-o grotă profilul umbrei iubitului ei, ar fi nefiresc să amuțească.

Cuprins

În colecția *eseuri & confesiuni*

au apărut:

Carlo Maria Martini, Umberto Eco – *În ce cred cei care nu cred?*
Alexandru Paleologu – *Bunul-simț ca paradox*
Alexandru Paleologu – *Despre lucrurile cu adevărat importante*
Ion Vianu – *Amor intellectualis. Romanul unei educații*
Mircea Mihăieș – *Ultimul Judt*
Tony Judt – *Cabana memoriei*
Norman Manea, Hannes Stein – *Cuvinte din exil*
Alex. Leo Șerban – *De ce vedem filme. Et in Arcadia Cinema*
Günter Grass – *Decojind ceapa*
Aldous Huxley – *Porțile percepției • Raiul și iadul*
Octavian Paler – *Rugați-vă să nu vă crească aripi*
Jorge Luis Borges – *Nouă eseuri dantești • Borges oral*
Ernesto Che Guevara – *Jurnal pe motocicletă*
Octavian Paler – *Deșertul pentru totdeauna*
H.-R. Patapievici – *Cerul văzut prin lentilă*
Ioan Petru Culianu – *Păcatul împotriva spiritului. Scrieri politice*
Octavian Paler – *Apărarea lui Galilei*
Lev Șestov – *Noaptea din grădina Ghetsimani • Privilegiații și dezmoșteniții istoriei*
Adelin Petrișor – *Războaiele mele*
Nikolai Berdiaev – *Sensul istoriei*
Vasile Ernu – *Născut în URSS*
Umberto Eco – *Cum ne construim dușmanul*
Jules Barbey d'Aurevilly – *Dandysmul*
Aldous Huxley – *Reîntoarcere în minunata lume nouă*
Octavian Paler – *Polemici cordiale*
Radu Pavel Gheo – *Adio, adio, patria mea cu* î *din* i, *cu* â *din* a
Cella Serghi – *Pe firul de păianjen al memoriei*
Henri Bergson – *Teoria râsului*
Cristian Tudor Popescu – *Copiii fiarei*
Stendhal – *Despre dragoste*
Vintilă Mihăilescu – *Scutecele națiunii și hainele împăratului. Note de antropologie publică*
Irfan Orga – *Portretul unei familii turcești. O poveste din Istanbulul de altădată*

Edmund de Waal – *Iepurele cu ochi de chihlimbar. O misterioasă moștenire de familie*
Robert Guillain – *Gheișele*
Emil Brumaru – *Cerșetorul de cafea*
Jack Kerouac – *Cartea trezirii. Viața lui Buddha*
Michael Ignatieff – *Albumul rusesc. Povestea unei familii aristocratice*
Alina Mungiu-Pippidi – *De ce nu iau românii premiul Nobel*
Thomas Piketty – *Economia inegalităților*
Ruxandra Cesereanu – *Panopticum. Eseu despre tortură în secolul XX*
Radu Pavel Gheo – *Românii e deștepți. Clișee mioritice*
Sei Shōnagon – *Cartea pernei. Confesiunile unei doamne de onoare de la curtea imperială japoneză*
Octavian Paler – *Autoportret într-o oglindă spartă*
Umberto Eco – *Confesiunile unui tânăr romancier*
Paul Valéry – *Criza spiritului și alte eseuri*
Margo Rejmer – *București. Praf și sânge*
Jacques Attali – *Scurtă istorie a viitorului*
Radu Pavel Gheo – *DEX-ul și sexul. Carte de joc*
Octavian Paler – *Mitologii subiective*
Octavian Paler – *Eul detestabil*

www.polirom.ro

Coperta: Carmen Parii
Tehnoredactor: Irina Lăcătușu

Bun de tipar: august 2016. Apărut: 2016
Editura Polirom, B-dul Carol I nr. 4 • P.O. BOX 266
700506, Iași, Tel. & Fax: (0232) 21.41.00; (0232) 21.41.11;
(0232) 21.74.40 (difuzare); E-mail: office@polirom.ro
București, Splaiul Unirii nr. 6, bl. B3A, sc. 1,
et. 1, sector 4, 040031, O.P. 53
Tel.: (021) 313.89.78; E-mail: office.bucuresti@polirom.ro

IMPRIMERIILE DAVID

Iași, Șoseaua Ștefan cel Mare și Sfânt 67-69, 700498
Telefon: 0232 276221, Fax: 0232 232588
www.imprimeriiledavid.ro